读客

读客外国小说文库

激发个人成长

她一生的秘密

[澳]凯特·莫顿 著　文微 译

文汇出版社

Kate Morton

The Secret Keeper

献给西尔瓦

我的朋友、经纪人、拥护者

目 录

第一部
洛瑞尔

1

.

20世纪60年代初的一个夏天，英格兰的偏远乡下坐落着一座农舍。农舍是半木质结构，西墙上的白漆轻微剥落，铁线莲顺着斑驳的墙壁往上爬。烟囱上炊烟缭绕，一看就知道炉子上正煨着好吃的。农舍后的布局像是菜畦的模样，嵌着玻璃的铅质窗户闪着骄矜的光，屋顶上的瓦片鳞次栉比地排列着。

农舍四周围着土里土气的栅栏，一扇木门隔开了平淡无奇的花园和两边的草地。远处是成片的灌木丛。树丛里枝繁叶茂，一条小溪轻快地淌过岩石，在阳光和阴凉中穿梭躲闪。几百年来，它一直都是这般模样。但农舍这里听不到小溪的声音，小溪离得太远了。农舍孤零零地蜷缩在尘土飞扬的长路尽头。虽然这也是乡村公路的一段，但路上的行人根本看不到这里。

除了偶尔的微风，一切都是静止的，一切都是悄然无声的。一对白色的呼啦圈靠在紫藤花架起的拱门上，彰显着去年流行的时尚。绿色的洗衣篮里，一只戴着眼罩的泰迪熊坐在挂篮当中，居高临下，用悲天悯人的目光打量着周遭的一切。一辆装着盆盆罐罐的独轮手推车，安然立在农舍一旁。虽然周遭寂静，也或许正是出于这种寂静，整幅画面萦绕着意料之中的浓情厚意，就像演员登台前的剧院舞台。所有的可能性都在面前延展开来，命运还没被大环境封锁。

"洛瑞尔！"远处传来一个孩子不耐烦的声音，"洛——瑞——尔——你在哪儿？"

静谧的时光就此结束。剧院的灯光暗了下去，幕布徐徐拉起。

一群母鸡不知从哪儿钻出来，在花园小径的砖缝中啄食，阳光下，一只松鸡拖着长长的影子慢慢走过花园，附近草地上的拖拉机轰隆隆地活了过来。高高的树屋里，一个十六岁的少女躺在地板上，用力吮吸着柠檬糖片，她用舌头将糖片抵向上腭，叹了口气。

* * *

让她们一直找自己真是残忍，她想。但外面热浪滚滚，她又怀揣着自己的秘密，捉迷藏这项幼稚的游戏实在是过于劳心劳力，她不想露面。而且，找人也是一项挑战。爸爸常说要公平公正，她们要是不尝试一下，就永远也学不会。洛瑞尔总是能比别人找到更好的藏身之处，这也不怪她。虽然妹妹们年纪比她小，但也不是襁褓之中的婴儿了。

无论如何，她并不想被找到。至少今天，至少此时此刻，她不想。她只想静静躺在这里，放任轻薄的棉布裙在裸露的腿上轻舞，放任关于他的念头在脑子里自在奔涌。

比利。

闭上眼，比利的名字就歪歪扭扭地出现在黑暗中。霓虹，眼前全是艳粉色的霓虹。她感到皮肤一阵刺痛。她把柠檬糖片翻了个个儿，这样中间的空心部分就在舌尖上稳稳地立了起来。

比利·巴克斯特。

他从黑色太阳镜后面凝视她的样子，他微笑时嘴角向一侧翘起的样子，他那一头桀骜不驯的深色头发……

她和比利刹那间就电光石火。不过据她所知，真爱就是如此猝不及防。五个星期前，她和雪莉刚下公交就看见比利和他的朋友在舞厅外面的台阶上吸烟。彼此眼神交汇时，洛瑞尔真庆幸自己刚用周末的薪水买了一双新的尼龙袜，现在看来真是划算。

"出来吧，洛瑞尔。"说话的是艾莉丝，天太热，她的声音也无精打采的，"你为什么不肯规规矩矩地玩游戏呢？"

洛瑞尔把眼睛闭得更紧了。

那天，他们把所有的舞曲都跳了个遍。乐队的节奏越来越快，她一丝不苟地照着《邦蒂》杂志封面做的法式鬈发已松松垮垮。虽然脚有些疼，她还是不停地跳着舞着。最后，一直被晾在一旁的雪莉忍无可忍，像个长辈似的冲到她身边，告诉她回家的末班车就要开走了，不知她心里是否还有宵禁这回事。她这才停下了舞步。雪莉其实非常清楚，洛瑞尔才不在乎什么宵禁呢。雪莉不耐烦地用脚尖叩着地板，洛瑞尔面色绯红地跟比利说再见，比利一把抓住她的手，把她拉到自己身边。洛瑞尔内心深处清楚地明白，这个闪耀着光芒的美丽时刻，一直都在等待着她……

"噢，随你的便吧！"艾莉丝的声音清晰起来，还夹杂着几分愤怒，"可别怪我们没给你留生日蛋糕。"

已过正午，日头西斜，一丝热气从窗户中溜进树屋，洛瑞尔的内眼睑被热气熏成了鲜红色。她坐起来，却迟迟没有起身离开。艾莉丝的威胁击中了她的软肋——母亲烤的维多利亚海绵蛋糕相当美味，洛瑞尔对此没有任何抵抗力。可她心里并不怕，因为她知道，切蛋糕的刀落在厨房的桌子上了。先前大家忙着找野餐篮、地毯、气泡柠檬水、浴巾和新收音机，随后又像退潮似的蜂拥出家门，刀子就是在那时落下的。借着捉迷藏的名头，她折回这间凉爽昏暗的屋子拿包裹的时候，看见蛋糕刀就躺在果盘边上，果盘的把手上还系着红色的蝴蝶结。

这把蛋糕刀很有些年头，它切过尼克森家族的每块生日蛋糕、每块圣诞蛋糕，乃至所有庆贺时刻的蛋糕，母亲是它的忠实拥趸。所以，洛瑞尔清楚，除非有人被支使回来找这把刀，否则她都是自由的——为什么不享受这难得的自由呢？在他们这样的家庭里，安静的时刻比母鸡的牙齿还稀少，家里总是有人在进进出出，他们挥霍着隐私就如同在亵渎圣物。

今天，她尤其需要时间独处。

包裹是和上周四的邮件一起送过来的。感谢苍天，遇见邮递员的是洛丝，不是艾莉丝或黛芙妮；谢天谢地，更不是妈妈。拿到包裹的时候，洛瑞尔就知道是谁寄的了，她心里明镜似的，脸"唰"的一下就红了。但她还是故作镇定，嘴里结结巴巴地说着雪莉、乐队，还有她借来的唱片。她这番含糊其词压根儿没必要，洛丝的注意力早就转移到篱笆桩子上停着的蝴蝶上去了。当然，这样再好不过了。那天晚上，一家人坐在电视机前看脱口秀节目《音乐评审团》，艾莉丝和黛芙妮争论克里弗·理查德和亚当·费斯谁更厉害，吵得热火朝天。父亲感叹亚当的美国口音糟透了，又悲叹整个大英帝国的口音越发粗俗不堪。洛瑞尔悄悄溜了出去，她钻进卫生间，反锁上门，然后蹲在地板上，后背紧紧抵着门。

她颤抖着手指拆开了包裹。

一本包了书皮的袖珍书掉落在她手中。透过包装纸，她看见书名——《生日聚会》，是哈罗德·品特[1]的作品。洛瑞尔激动得有些发抖，忍不住想要尖叫。从那天开始，她就把这本书放在枕套中，每晚枕着它入眠。虽然这样并不舒服，但她就想离它近些，她需要靠近它，这很重要。

洛瑞尔虔诚地相信，人有时候会遇上十字路口，有些事会突然发生，猛然改变生命的进程——品特的剧本首次上映就是这样的十字路口。在报纸上看到这条消息后，她就一门心思想去观看。个中缘由，她自己也说不清道不明。她告诉父母，自己要去拜访雪莉；另一边，她又要雪莉发誓一定守住这个秘密，然后她就搭上了去剑桥的汽车。

这是她第一次独自外出。坐在昏暗的艺术剧院里，看着斯坦利的生日聚会一步步变成噩梦，洛瑞尔感到一种前所未有的精神上的觉醒。面色潮红的巴克斯顿家的小姐们每周日早晨在教堂经历的就是这样的觉醒吧！洛瑞尔发现，让小姐们激动的是新来的年轻牧师，而不是上帝的教诲。坐在剧院的廉价座位上，剧中人物的命运在她的心中百转千回，最终和她自己的命运纠缠在一起。这时候，她的脸欣喜地红了起来。这种感觉无法言喻，但她心里非常清楚：生命中原来有许多值得期待的事情，它们在静静地等待着她。

这种精神上的觉醒成了她独自守护的秘密，但她心里并不清

---

[1] Harold Pinter，1930—2008，英国剧作家、导演，他的著作包括舞台剧、广播、电视及电影作品。2005年，他获得诺贝尔文学奖。——译者注（若无特殊说明，本书注释均为译注）

楚该拿它怎么办，也不知该如何将这一切告诉别人。直到那天晚上，比利拥抱了她，她的脸紧紧贴在他的皮外套上，她忍不住把这种感觉告诉了比利……

洛瑞尔从书里取出比利的来信，又读了一遍。信中只有寥寥数语，说周六下午两点半他会骑着摩托车在小巷尽头等她，他要带她去海边看他最喜爱的那个可爱地方。

洛瑞尔看了一下腕表，距离约定的时间不到两个小时。

当洛瑞尔讲《生日聚会》和她的观后感时，比利点点头，跟她聊起伦敦的事，聊起剧院和他在不知名的夜店里见到的乐队。洛瑞尔觉得希望在眼前闪闪发光。之后，他吻了她——这是她的初吻。她脑子里似乎有灯泡炸开，整个世界一下子变得煞白煞白。

她溜到黛芙妮放化妆品的地方，那儿立着一面小镜子。洛瑞尔打量着镜中的自己，检查两边眼角处的黑色眼影是否均匀，那可是她费了好大一番工夫画的。眼影看上去无可挑剔，洛瑞尔用手抹了抹刘海，让它更顺滑一些。同时，她尽力回想，看自己有没有忘记什么重要的事情。毛巾已经准备好了，泳衣也已经穿在连衣裙里面了。她告诉父母，要在霍奇金斯夫人的沙龙上多待几个小时，帮她清扫清扫。

洛瑞尔从镜子前扭过头，咬着指甲尖儿。偷偷摸摸不是她的性格，真的不是。她是个好女孩儿，每个人都这么说——老师、朋友们的母亲，还有霍奇金斯夫人。但她有什么办法？她该怎么向母亲和父亲解释这件事呢？

虽然父亲和母亲非常喜欢讲述他们相遇的爱情故事，但洛瑞尔敢确定，他们从来不知道爱为何物。噢，他们的确深爱着彼此，但他们的爱情是安安分分波澜不惊的老式爱情，那种爱情不过是肩膀靠着肩膀，一杯茶接着另一杯茶，就那样过完一生。她才不要那样子。洛瑞尔厌恶地叹了口气。或许，父亲和母亲都不知道这世界上还有另一种爱情，充满了绚烂的花火，装着两颗怦怦跳跃的心，还有——想到这儿，她的脸红了——肉体的欲望。

一阵热风传来远处母亲的笑声。恍惚之间，洛瑞尔觉得自己站在了人生的一道峭壁前，这种感觉让她很欢喜。亲爱的妈妈，她美好的青年时代蹉跎在了战争中，但这并不是她的错。她跟父亲相遇结合的时候已经二十五岁了。孩子们到了需要鼓励的年龄时，她往往还茫然无知，还在炫耀自己折纸船的手艺。今年夏天，她的头等大事就是赢得了乡村园艺俱乐部的奖项，报纸刊登了她的照片——不仅是当地报纸，伦敦的报刊也在当地新闻板块大幅刊登了妈妈的照片。雪莉的律师父亲兴致勃勃地将这篇报道从报纸上剪下来，送到洛瑞尔家人面前。父亲把报道贴在新买的冰箱上，母亲对此颇为尴尬，一副半推半就的模样，却并未主动把它揭下来。母亲种的红花菜豆特别长，她对此非常自豪。瞧吧，这就是母亲。洛瑞尔从嘴里吐出一小块指甲。对一个会为红花菜豆感到骄傲的人来说，欺骗比强迫她接受世界已经改变的事实要好些。

洛瑞尔在撒谎这方面没什么经验。无论人前还是人后，她所有的朋友都认为，洛瑞尔一家子的关系十分亲密。如果相爱是场罪的话，在外人看来，尼克森家的人早已罪孽深重。但最近，洛瑞尔的感觉变了。虽然她的行为举止一如既往，但她心里清楚，自己和家里人之间出现了一种陌生的距离感。夏天的微风将一缕发丝吹上洛瑞尔的脸颊，她皱起眉头。晚上，大家围坐在餐桌旁，父亲慈爱地讲着蹩脚的笑话，大家非常捧场地哈哈大笑。洛瑞尔觉得自己仿佛是个局外人，对这一切冷眼旁观。那些欢笑着的家人像是共坐在一节火车车厢里，一起摇响古老的家庭节奏。只有洛瑞尔独自站在站台上，看他们逐渐远去。

事实上，即将远行的人是她。洛瑞尔已经做好了功课：皇家中央演讲和戏剧学院就是她要去的地方。她想，如果父亲和母亲知道自己要离开，会说些什么呢？他俩都没多少社会经验，洛瑞尔出生之后，母亲连伦敦这样近的地方都没有去过。别说是让他们在昏暗的剧院看演出了，就连洛瑞尔这个家中长女有搬去伦敦的想法，都足以让他们俩急得中风。

树屋下面，刚洗好的衣服湿漉漉的，在晾衣绳上晃来晃去。牛仔裤的两条裤腿相互触碰，那只有一只翅膀的母鸡被吓得咕咕直叫，在原地兜来兜去绕圈子。尼克森奶奶很讨厌这条裤子："你这样特别掉价，洛瑞尔，一个女孩子穿着这样的裤子整天瞎晃悠实在不成样子。"洛瑞尔将白框太阳镜往鼻梁上推了推，背靠在树屋的墙壁上。

战争是父母心头的隐忧。虽然它的硝烟已经散去了十六年——洛瑞尔也已经十六岁了——世界早已今非昔比。防毒面罩、制服、配给卡以及战争所留下的一切，都被父亲装进卡其色行李箱，扔到阁楼上。但悲哀的是，有些人还是意识不到这一点。所有二十五岁以上的人都是如此。

比利说，他们那辈人是不会懂这些道理的。他说，这就是所谓的"代沟"，跟他们解释自己的想法没有任何意义，他一直带在口袋里的亚伦·西利托[1]的那本书里就是这样说的。大人没法理解自己的孩子，要是哪天他们真的理解了，一准儿是你哪里出了问题。

---

[1] Alan Sillitoe, 1928—2010, 20世纪50年代英国作家，无产阶级文学派成员之一。

本质上，洛瑞尔还是个听父母话的乖女孩儿，所以她内心习惯性地想要反驳比利的观点。但她并没有这样做。相反，她的思绪飘忽到自己偷偷离开妹妹们的那些晚上。她一脚踩进温暖芬芳的夏夜，宽松的衬衣下藏着收音机。她偷偷爬上树屋，心里怦怦直跳。她把收音机调到卢森堡频道，然后躺在黑暗里，让乐声在身边流淌。随后，音乐声流进乡下静谧的空气中，最新的流行歌曲就这样包裹住这古老的风景。有一个天大的密谋，一个秘密组织，而她是其中不可或缺的一部分，这让她内心涌起一种神圣的陶醉感，皮肤随之传来一阵刺痛。新一代的人此刻都在听着收音机，他们知道，生命、世界还有未来，都在外面等着他们。

洛瑞尔睁开双眼，回忆仓促地离开了，但它带来的温暖感觉还在周围萦绕。她心满意足地伸了个懒腰，凝视着白嘴鸦在天空中的飞行轨迹。飞吧，小鸟。飞吧。完成学业之后，她也会成为这样自由的小鸟。她凝视着空中的鸟儿，直到它变成了湛蓝天空中的一个小黑点才眨了眨眼睛。她刚才所说的密谋是一项壮举，事成之后，父亲和母亲就会站在她的立场来看待问题，未来就会毫不拖泥带水地展现。

洛瑞尔的双眼湿润了，这是胜利的泪光。她扭头打量着家里的房子，看见自己卧室的窗户，她和妈妈种的紫菀，下面埋着那只名叫"警察"的可怜小猫。她看见砖墙上的缝隙，说起来真是难为情，她曾在那里给精灵们留过言呢。她脑子里浮现出很久以前的记忆，有小小的她在海边的池子里捡海螺的身影，有他们一家在奶奶的海边公寓里吃晚饭的画面。但这一切都像一场远去的梦，这座农舍是她所知的自己唯一的家。每天晚上，父亲和母亲都会坐在各自的扶手椅上，虽然洛瑞尔对扶手椅并没有多少好感，但她很喜欢这个场景。家里的墙壁很薄，睡觉的时候总能听见父亲母亲在隔壁低声碎语。而她只要一伸手，就能惊醒睡梦中的妹妹们。

离开后，她会想念大家的。

洛瑞尔眨了眨眼。她会想念大家的——这个念头飞快地掠过心头，然而却是沉甸甸的，她心里像是塞了块石头。虽然妹妹们还借着自己的衣裳没还，虽然她们弄断了她的口红，刮花了她的唱片，但她还是会想念她们的。想念她们的吵闹和热情，想念她们之间的口角和打闹嬉戏。她们像是一群小狗崽，在大家同住的房间内滚作一团。她们联起手来在外面战无不胜，大家对此都非常开心。她们是尼克森家族的姑娘，洛瑞尔、洛丝、艾莉丝还有黛芙妮，父亲开玩笑说家里成了女儿国。假期她们去看望奶奶，老人家却觉得这么多女儿太可怕了。

她听见远处的呐喊和尖叫，还有夏日里小溪的潺潺流水声。她心里传来一阵紧缩感，像是一根被勒紧的绳子。她能想象出大家此刻的模样，就像一幅幅年代久远的肖像画。女孩们把裙子扎在短裤里，在树荫下追逐嬉戏。洛丝跑到岩石上的安全地带，用一根蘸了水的棍子在石头上写写画画，纤细的脚踝在水中摇摆。艾莉丝身上湿透了，非常恼火。一头鬈发的黛芙妮在一旁哈哈大笑。

带格子图案的野餐垫此刻肯定被平放在长满青草的岸边，她们的母亲弯腰站在齐膝深的溪水中，放刚叠好的小纸船扬帆起航。那是溪流的拐弯处，水流是最急的。父亲肯定在一旁观看，他的裤腿卷起来，嘴里叼着一根香烟。洛瑞尔能够清楚地想象出父亲现在的模样，他肯定带着那副惯有的温和又迷惘的表情，好像不相信自己能有在此时此刻置身此地的好运气。

在父亲脚边上戏水、尖叫和欢笑，并伸出胖乎乎的小手去捞取母亲放逐的船儿的那个，肯定是家里的小男孩，他是大家伙儿的心肝宝贝。

小男孩当然也有名字，他叫格拉尔德，但家里没人这样叫他。格拉尔德是大人的名字，他还那么小。他今天已经两岁了，但小脸儿还是圆圆的，一笑就露出两个酒窝，一双调皮的眼睛忽闪忽闪，双腿肉乎乎的，十分讨人喜欢。洛瑞尔经常忍不住想捏上一把，又怕下手太重捏疼了他。家里人都争着想成为小男孩最爱的人，大家都说自己才是他的最爱。但洛瑞尔知道，小男孩脸上的笑容大部分是因为她这个大姐姐。

洛瑞尔竟然会错过他的两岁生日，这怎么可以？在即将和比利开溜的关键时刻，她在树屋里躲了那么久，她脑子里究竟在想些什么？

洛瑞尔皱了皱眉，内心的自责让她感到一阵燥热，不过想到和比利离开的决心，很快便镇定下来。她会弥补这一切的——她打算从树屋里爬下来，去厨房拿上蛋糕刀，然后直接去小溪边。她会是一个乖巧的女儿，是无可挑剔的大姐。要是能在十分钟内做完这一切，她肯定会在内心的表扬册上给自己好好记上一笔。微风吹在她被太阳晒黑的双脚上，暖暖的。她行动起来，双脚飞快踏上楼梯最上面的那级阶梯。

* * *

洛瑞尔后来一直在想，那天，自己若是再慢一些的话，结局会不会不同？她若是再小心些，整件可怕的事情或许能就此改变。但世上没有后悔药，所以事情还是按照原来的轨迹发展。她当时很着急，所以后来发生的事令她非常自责。但那时候，她根本无法控制自己，之前她有多渴望独处，那时候她就多想跟大家在一起，享受热闹的时刻。近来，她的心思就像格林埃克斯农场塔楼上的风向标一样摇摆不定，一会儿一个主意。这种感觉很奇怪，有时甚至很吓人，但也有几分刺激的味道，就像是在海边晃晃悠悠地骑车一样。

这种情况下也很容易受伤——比如这时候，她迫不及待地想加入小溪边的生日聚会，膝盖在树屋的木地板上磕了一下。伤口很疼，她皱着眉头低头看见鲜血流了出来，红得触目惊心，只好折回树屋检查伤口。她一动不动地坐着，看着鲜血从膝盖渗出来。她一边咒骂自己粗心大意，一边担心比利会不会留意到这个丑陋的大伤疤，自己又该怎么遮掩它。这时候，灌木丛那里忽然传来一阵喧哗，声音沙沙簌簌，像是风吹过树叶的响动，但其中还夹杂着别的声音。这声音立马引起了她的注意，她从树屋的窗户往外瞄了一眼，看见巴纳比在宽敞的草地上溜达，光滑的耳朵耷拉在脑袋旁，像两只天鹅绒做的翅膀。母亲穿着自己缝制的夏裙，跟在后面不远的地方。她稳稳当当地抱着小男孩，大步迈过草地，朝花园走来。弟弟穿着一套连体裤，天气炎热，光着一双小脚丫。

尽管母女俩还隔着一段距离，但一阵轻风吹来，母亲嘴里哼的小调清晰地传到洛瑞尔耳中。家里每个孩子都听她哼过这首歌。母亲的手指爬过弟弟的肚子，抚弄着他的下巴，他于是高兴地笑起来，大声喊着："还要，还要！"母子俩的注意力全在彼此身上，阳光洒满草地，他们的身影充满了田园之美。洛瑞尔看见母亲和弟弟亲密互动，心里既感动又因自己不在而略感嫉妒。

母亲拔掉门闩，朝屋里走去。洛瑞尔意识到，母亲回来拿蛋糕刀了。

母亲每往前走一步，洛瑞尔弥补的机会就少了一分，她因而有点生闷气。因为这，她既没开口叫住母亲，也没从树屋上爬下来，反而就在树屋上待着了。母亲走进屋子的时候，洛瑞尔就在树屋的地板上坐着，心里既烦闷又开心。

一个呼啦圈轻轻掉在地上，洛瑞尔觉得呼啦圈也支持自己这样。她决定就在树屋待着，哪儿也不去。就让他们多想念她一会儿吧！她心情好起来自然会去溪边的。她决定再看一遍《生日聚会》，想象在远离格林埃克斯农场的地方，她的未来会怎样。她会是个见多识广的美人儿，膝盖上也不会有疤痕。

* * *

那个男人，刚出现的时候，像地平线上一个模糊的黑点，站在车道的另一端。后来，洛瑞尔回想起这件事的时候，一直不明白自己为什么会忽然看向那里。她看见男人朝农舍后面走来，以为是比利提前过来接自己了，心里顿时紧张起来。那人的身影慢慢变得清晰，她看清楚他的穿着打扮——深色长裤、长袖衬衣，还戴着一顶黑色旧帽子——这才长舒了一口气。不是比利。

放松下来，洛瑞尔随之感到一阵好奇。家里很少有客人来访，步行过来的就更少了。男人走近时，洛瑞尔总觉得在哪儿见过他，却始终想不起他究竟是谁。于是，洛瑞尔忘了自己在生气，也忘了躲藏，自顾自地打量起那个男人来。

她把胳膊支在窗沿上，双手托着下巴。这个中年人长得不赖；步子不徐不紧，显然是有意而来。洛瑞尔不认识这个男人，他不是父亲村子里的朋友，也不是附近农场的人。他可能是个迷路的旅人，正在找路。但他怎么会往农舍的方向来呢？这里离大路那么远。他难道是吉卜赛人？或者是流浪汉？曾经有流浪汉误打误撞走到农舍来，感激父亲给了他们工作。又或者——洛瑞尔被自己的想法吓得打了个冷战——又或者，他是个精神病人？她在本地的报纸上看到过类似消息，这些人经常去惊扰野餐的人，在下游拐角独自散步的女人往往被吓得不轻。

　　洛瑞尔打了个哆嗦，吓了自己一跳。随后，她又打了个哈欠。这男人应该不是坏人——现在，她连他身上背的皮包都看得清清楚楚。他可能是个推销员，来向母亲介绍最新的百科全书，尼克森家可离不了这个。

　　于是，洛瑞尔把目光移开了。

＊ ＊ ＊

　　过了几分钟，她听见巴纳比在树下低声吠叫。洛瑞尔爬到窗户边，看见家里的西班牙猎犬站在砖石小径的正中央，十分显眼。男人离农舍更近了，他捣鼓着通向花园的铁门，巴纳比就站在他面前吠叫。

　　"安静点，巴纳比，"母亲在屋内训斥着小狗，"我们马上就出来了。"她从昏暗的大厅里走出来，走到门口时对着小男孩的耳朵说了句悄悄话，亲了亲他胖嘟嘟的脸颊，孩子于是咯咯笑起来。

房子后面，鸡圈旁边早该上油的大门吱吱嘎嘎地响，小狗于是又咆哮起来，背上的毛顺着脊柱散向身体两边。

"够了，巴纳比，"母亲说，"你到底怎么了？"

男人转过屋角，母亲朝小径看去，脸上的笑容立马消失了。

"你好。"陌生人停下来，用手绢擦拭着鬓角，"今天天气真不错。"

小男孩看见这个陌生的男人，脸上绽放出笑容。他伸出肉乎乎的小手，一张一合，激动地表示欢迎，没人能够拒绝这种邀请。男人于是将手绢放回口袋里，又走近了些。他轻轻地举起手，像是要为小家伙洒圣水。

母亲慌忙走开，速度快得惊人。她拉开孩子，粗暴地放在身后地面上。孩子的光脚丫下面就是砂石地。对这样一个只懂得温柔和爱的小孩来说，这种待遇不啻为一场酷刑。他耷拉着脑袋，哭了起来。

哭声牵动了洛瑞尔的心，但她整个人冻住了一般，迈不开手脚，只感觉后颈上的毛孔一阵刺疼。母亲的脸上浮现出她从未见过的表情。那是恐惧，母亲在害怕。

洛瑞尔觉得有些异常，她一贯的安全感化成青烟散去，冰冷的恐慌取而代之。

"你好，桃乐茜，"男人朝母亲打招呼，"好久不见。"

他知道妈妈的名字，他不是陌生人。

他又说些了什么，声音很低，洛瑞尔听不见，母亲则轻轻点了点头。洛瑞尔歪着脑袋，继续偷听。阳光照在她扬起的脸上，她的眼睛闭了那么一秒钟。

接下来的事发生得非常突然。

洛瑞尔永远都记得那道亮晃晃的银色光芒，阳光照在金属的刀刃上，那一瞬间异常美丽。

接着，尼克森家族那把别致的刀子划下来，深深刺进了男人的胸膛。时间似乎慢了下来，尔后又加速流淌。男人一声惊呼，他扭曲的脸上夹杂着吃惊、痛苦以及恐惧。他伸手想去握住骨制的刀把，却发现鲜血沾染了他的衬衣。他倒在地上，温暖的风吹翻他的帽子，吹落进尘土里。

狗儿狂吠起来。小男孩在砂石地面上号啕大哭，通红的小脸儿闪着泪光，伤心极了。但在洛瑞尔耳中，这些声音越来越远，像是隔着她膝盖伤口上流血的汩汩之声。她只听见自己的呼吸声乱成一团，在一片模糊中分外刺耳。

刀柄上的蝴蝶结散开，丝带的尾巴拖在花坛边缘处的碎石上。这是洛瑞尔最后看见的画面。随后，金星闪烁，眼前一黑。

2

2011年，萨福克郡

此时的萨福克郡烟雨蒙蒙。在她童年的记忆里，这里似乎从未下过雨。医院在镇子另一边，汽车只好沿着坑坑洼洼的街道缓慢地行驶，在转弯处稍作停留，随之又拐入那边的车道。洛瑞尔打开粉盒，照起镜子来。她把一边脸上的皮肤往上推，冷静地看着皱纹堆积起来，松手的时候它们又散开。在另一边脸颊上，她重复了一遍刚才的动作。经纪人告诉她，观众喜欢她的皱纹。选角导演看见她的脸会变得伤感，化妆师在这样的脸上挥舞着粉刷和青春的时候也会忍不住感伤低唱。几个月前，一家网络媒体发起一项民意调查，号召读者投票选出"全英国最喜爱的面孔"，洛瑞尔名列第二。报纸称，她脸上的皱纹让人们觉得很安心。

这对外人来说自然很好，可却让洛瑞尔觉得自己老了。

自己的确老了，洛瑞尔一边想着，一边合上粉盒。但这种老不是当年扮演鲁滨逊太太①时那种老法。在国家剧院参演《毕业生》已经是二十五年前的事了，时间是怎么溜走的呢？一定是有

---

① Mrs Robinson，鲁滨逊太太，电影《毕业生》中一位风韵犹存的风流夫人。

人趁她不注意的时候将该死的时钟调快了吧？一定是这样。

司机打开车门，在她头顶撑开一把黑色大伞，领着她往前走。

"谢谢你，马克。"走到雨棚前，她向司机道谢，"你知道周五该在哪儿接我吗？"马克放下她的旅行袋，把伞收起来。"知道，在镇子另一边的农舍。那儿的路很窄，农舍就在车道尽头。还是两点钟来接你吗？"

她说是，马克点点头，然后匆忙穿过雨帘，走到车门前。车子发动起来，她看着车子远去，突然渴望在潮湿的公路上体会温馨愉悦的感觉，漫无目的地走。随便去哪儿，但肯定不是这儿。

洛瑞尔打量着入口处的大门，但却迟迟没有走过去。她掏出香烟点上，贪婪地吸了一口，优雅的淑女不该这样抽烟的，但她刚经历了一个可怕的夜晚。凌乱地梦到了母亲，梦到了这个地方，还有尚且年幼的妹妹们以及还是小男孩的格里①。幼小的格里虔诚地拿着亲手做的宇宙飞船，对洛瑞尔说，他以后要发明时间胶囊，穿越回过去，弥补那些该弥补的事情。什么事情需要弥补呢？在梦里，洛瑞尔问格里。你说是什么？当然是那些出问题的事情咯。要是洛瑞尔想去的话，可以跟着。

她真想。

医院大门"哗"的一声开了，走出两名护士。其中一位扫了洛瑞尔一眼，认出了她，双眼不敢置信地瞪得溜圆。洛瑞尔点点头，算是打招呼。趁着护士扭过头跟自己的同伴窃窃私语，扔掉了手中的烟。

---

① 格里，即前文提到的洛瑞尔最小的弟弟格拉尔德，格里是格拉尔德的昵称。

洛丝坐在医院大厅里的椅子上等着，见面的一瞬间，洛瑞尔差点没认出来这就是自己的亲妹妹。洛丝肩上裹着一条紫色的针织围巾，围巾两头用粉色的蝴蝶结别在一起，耷拉在胸前。如今已经银白的蓬乱头发编成松散的辫子，垂在肩上。看到妹妹绑头发用的是系面包口袋的绳子，洛瑞尔心里顿时涌上一种难以言喻的怜爱，这感觉几乎让她无力招架。"洛丝，"她竭力藏起自己的情感，精神抖擞地跟妹妹打招呼，这么做的时候洛瑞尔心里其实是有一点讨厌自己的。"天哪，感觉好多年没见了似的，一直没机会好好聚一聚。"

姐妹俩拥抱的时候，洛瑞尔惊讶地发现洛丝身上有一股薰衣草的味道。这味道虽然熟悉，却如此不合时宜。那是暑假午后尼克森奶奶海之蓝公寓的味道，不该是自己妹妹的味道。

"你能来我真开心。"洛丝紧紧拉着洛瑞尔的双手，把她领进大厅的走廊，"我不会不来的。"

"嗯，我知道你肯定会来。"

"如果不是采访的话，我早就回来了。"

"我知道。"

"不过，要不是还要排练，我这回本来可以待久一些。还有两周，电影就要开拍了。"

"我知道，"洛丝把她的手握得更紧了，像是强调自己理解，"妈妈要是看见你来了肯定会很开心，你是她的骄傲，是我们大家的骄傲。"

来自亲人的赞美令人无所适从，洛瑞尔干脆置之不理，直接问道："其他人呢？"

"还没来呢。艾莉丝堵在路上了，黛芙妮今天下午到，她打算从机场直接回家，路上会给我们打电话的。"

"格里呢？他什么时候到？"

这实际上只是句玩笑话，洛丝这个尼克森家最一本正经的人，听见这话也忍不住咯咯笑起来。她们的弟弟能够建立宇宙距离表，计算出遥远星辰的方位，但你要让他估算一下自己回来的车程时间，他就蒙了。

她们转过墙角，来到那扇写着"桃乐茜·尼克森"的门前。洛丝伸手握住门把手，然后又踌躇了。"我得先给你提个醒儿，洛瑞尔，"洛丝说道，"从你走后，妈妈的身体就每况愈下，病情时好时坏。前一秒她还好好的，后一秒就……"她的嘴唇颤抖着，双手紧紧抓住那串长长的珠子。她继续说下去，但声音愈发低了，"后一秒就糊涂了，有时候会很烦躁，絮絮叨叨地说以前的事，有的事我根本就听不明白——护士说她就是瞎说而已，话里没什么含义，到了她——她这个阶段，这种症状很常见。这时候，护士往往会给她喂药片，让她睡下。但因为药效，妈妈终日都昏昏沉沉的，我估计今天的情形也不会太好。"

洛瑞尔点点头，她上周来探望的时候医生也是这么说的。那位医生说话很委婉。这是一场毫无悬念的比赛，她最终会听从命运的召唤，陷入冗长的梦境。他的声音非常甜腻，洛瑞尔有些受不了。"医生，您的意思是，我母亲快不行了？"她用女王般优雅威严的语气问道，只为听见那医生气急败坏的声音。

胜利的果实甜美而短暂，医生开口答道："是的。"

这是世界上最恶毒的字眼了。

洛丝推开门。"妈，你看谁来了？"洛瑞尔下意识屏住了呼吸。

* * *

童年的时候，洛瑞尔有一阵子非常胆小，害怕黑暗，害怕僵尸，害怕陌生人。尼克森奶奶警告她们，这些在墙角鬼鬼祟祟转悠的人都是来抓小女孩的，他们会对小孩做一些令人发指的事。什么样的事呢？令人发指的事。奶奶和孙女们之间的对话总是这样。只模糊提到香烟以及出现在奇怪地方的汗水和头发，说得越是模糊，越是让人恐惧。但奶奶说得言之凿凿，洛瑞尔逐渐觉得，那些都是命中注定的事情，只是时间早晚而已。

有时候，洛瑞尔最害怕的东西会一股脑儿出现在梦里，梦见僵尸站在漆黑的橱柜里，用空洞的眼眶凝视着她，等着发起可怕的攻击，吓得她尖叫着惊醒过来。"乖，小天使，"母亲会过来安慰她，"只是个梦而已，你要学会区分现实和虚幻，这可不容易，妈妈也花了好长时间才学会。唉，好长。"尔后，母亲钻进洛瑞尔的被窝，挨着她躺下，"你想听故事吗？一个小女孩跑去参加马戏团的故事怎么样？"

她不敢相信，那个每晚为她驱散恐惧的坚强女人，就是如今这个一动不动躺在医院被单下面色苍白的病人。之前她也有朋友去世，她知道死亡来临时的样子。此外，她还因为扮演一位癌症晚期患者而获得过英国电影学院奖。洛瑞尔以为自己已经做好了心理准备。但这回不一样，这回快要死掉的人是自己的妈妈，她几乎想转身逃跑。

但她并没有那样做。洛丝站在书架旁，鼓励地朝她点点头。洛瑞尔扮演起一个探望病人的孝顺女儿，她快步走过去握住母亲虚弱的手。"亲爱的妈妈，"她说道，"还好吧。"

桃乐茜的眼睛睁了几下，又闭上了。洛瑞尔轻轻地吻了她两边脸颊，她也没有反应，只有虚弱的呼吸声还在继续。

"我给你带了件礼物，我等不到明天就想给你了。"洛瑞尔放下行李，从手提袋中取出一个小盒子。她停了一小会儿，然后才开始拆礼物。"是一把梳子。"她说着，手里翻转着这个银色的小物件。"梳齿特别柔软，我觉得可能是野猪毛做的。我在骑士桥一家古董店里找到的，我还找人在上面刻了字。你看——就在这儿，你名字的首字母。我帮你梳头好不好？"

她并不期待母亲会回答她，事实上，病床上的母亲也的确没有任何回应。雪白的头发围绕着母亲的面庞，像是给她戴上了一顶皇冠。那头曾经浓密的深褐色头发，如今不见了昔日光芒。"放在那儿吧，"她把梳子放在架子上，阳光照在上面，梳子上的字母D①闪闪发光，"放好了。"洛瑞尔说。

洛丝对她的表现非常满意，她从书架上取下一本相册递给洛瑞尔，然后打手势示意自己要去大厅给她泡茶。

家庭成员各有分工，比如这时候，洛丝的任务是去泡茶，洛瑞尔则负责照顾母亲。她松了一口气，坐在母亲枕边的一张治疗椅上，小心翼翼地打开老相册。首先映入眼帘的是一张黑白照片，已经褪色的照片上还有褐色的污点。泛黄的相纸上是一个头上裹着围巾的年轻女子，她的样子就这样匆忙而永久地留了下

---

① 桃乐茜，英文Dorothy，D是它的缩写。

来。她停下手里的活儿，抬眼看着镜头，举起一只手，像是想把摄影师轰走。她微微笑着，脸上带着既厌烦又开心的表情；她张着嘴，说着些没人记得的话语。洛瑞尔看照片时，总喜欢根据上面的内容补上一两句俏皮话。拍下这张照片的人可能是以前在奶奶的公寓里住过的客人——四处旅行的推销员、孤独的假日游客，或是皮鞋锃亮、寡言少语的官员，在战争中能够安然作壁上观。女子身后有一条远远的海岸线，那是一片非常静谧的海，知道它的人一眼就能认出来。

洛瑞尔把相册放在母亲面前。"那时候你在这里，妈，在尼克森奶奶的公寓。那是1944年，战争就要结束了。尼克森太太的儿子还没从战场上回来，但他会回来的。过了不到一个月的时间，尼克森太太让你拿着配给卡去镇上买东西。你带着食品杂物回来的时候，厨房的桌子旁坐着一名士兵，你从未见过他，但却从壁炉架上的照片认出了他。你们相遇的时候他比照片上苍老了些，看上去更加忧伤，但他的穿着打扮还是一样的，他穿着卡其色军装，朝你微笑，你心里马上明白，他就是你一直在等的那个人。"

洛瑞尔翻到下一页，时光荏苒，原本透明的照片保护膜已经发黄变脆，她用拇指把边角处抚平。"你结婚时穿的礼服是自己一针一线缝的，奶奶把楼上客房里的一幅蕾丝窗帘贡献出来让你做婚纱——你真厉害，我们都知道奶奶有多舍不得家里的软装。干得漂亮，亲爱的妈妈。婚礼前夜有暴风雨，你担心婚礼那天也会下雨，好在没下。太阳升起来，乌云被风吹散，大家都说这是个好兆头。不过，你还是留了一手——那就是哈彻先生，他是负责打扫烟囱的工人，你让他站在教堂的台阶下面祈祷婚礼那天会有个好天气。他对这个活儿非常满意——爸爸付给他的工钱足够给他的大儿子买双鞋了。"

洛瑞尔不知道，过去几个月自己一直这样念叨，母亲究竟有没有听见。但那个友善的护士说，这样总归好些。洛瑞尔看相册的时候会自己编些情节，当然没有特别出格的——不过有时候她的思路会偏离主线，关注起其他细枝末节的事情来，她也就听之任之了。艾莉丝不同意洛瑞尔的做法，她认为母亲的往事对她而言非常重要，洛瑞尔没有权利擅自修改。不过她们把这事告诉医生的时候，他只是耸了耸肩，说谈话本身才是最重要的，至于所说的事情是否属实则没什么关系。医生朝洛瑞尔挤了挤眼："你最不会恪守事实，尼克森小姐。"

尽管医生和自己站在一边，洛瑞尔还是不喜欢这种自以为是的同谋。她想指出，舞台上的表演和现实生活中的欺骗不是一回事；她想告诉这个头发黑黝黝、牙齿白森森的粗鲁医生，无论表演还是生活，事实都很重要。但她知道，跟这种衬衣口袋里别着一支高尔夫球杆样式钢笔的男人交谈时，她还是避开哲学话题比较好。

她又翻了一页相册，发现自己婴儿时期的一系列照片。她随口就讲解起了自己幼年时的照片——小洛瑞尔在婴儿床里睡着了，头顶的墙壁上绘着星星和精灵；洛瑞尔在母亲的怀抱里郁郁寡欢地眨着眼睛；长大一些的洛瑞尔胖乎乎的，在海边的树荫下蹒跚学步。翻过这一页，她不再一一叙说，脑海中浮现出久远的回忆，耳畔响起妹妹们的吵闹声和欢笑声。她的回忆和相继出生的妹妹们紧密相连，这难道只是巧合？她们在宽阔的草坪里打着滚儿，在树屋的窗户边挥手，在格林埃克斯农场前站成一排，那里是她们的家。妹妹们打扮一新，头上别着发卡，脚上的小皮鞋擦得亮亮的，是准备出去玩吗？洛瑞尔记不清了。

妹妹们出生之后，洛瑞尔再也没有做过噩梦。也可以说，是噩梦的内容变了。白天住在橱柜里晚上出来活动的僵尸、怪物以及陌生人再也没来骚扰过她，她转而梦见海啸、世界末日或者又一场战争。在梦里，她要独自面对这一切，保护妹妹们的安全。她清楚地记得，自己还是个小姑娘的时候，母亲就说过："要照顾好妹妹们，你是她们的姐姐，千万要保护好她们。"那时候洛瑞尔并没有意识到，母亲之所以这样说是因为她自己有过类似的切肤之痛——第二次世界大战期间，母亲的弟弟在一次轰炸中身亡，母亲为此痛苦了许多年。孩子们容易以自我为中心，尤其是那些活得比较开心的孩子，而尼克森家的孩子显然比大多数孩子都要开心。

"这是复活节拍的照片。坐在高脚凳子上的是黛芙妮，这么算来，这应该是1956年。你看，洛丝的胳膊上打着石膏，这次受伤的是左手。远处，艾莉丝在调皮玩耍，她咧着嘴笑，不过不一会儿她就笑不出来了。你记得吗？那天下午，艾莉丝洗劫了家里的冰箱，把爸爸前一天出去钓鱼时买的蟹腿全都吃光了。"这是洛瑞尔唯一一次看见父亲真正动怒。他睡完午觉，晃晃悠悠地走出来，以为能吃到点甜甜的蟹肉，但冰箱里只剩下一堆空壳。洛瑞尔现在都记得艾莉丝躲在沙发后不敢出来的样子，那是家里唯一一个父亲的鞭子够不着的地方。虽然父亲的鞭子从来只是吓唬人的，但依旧很可怕。她祈求大家行行好，递本《长袜子皮皮》给她。回忆令洛瑞尔开心，她都快忘了，艾莉丝不撒脾气的时候还是蛮可爱的。有东西从相册后面掉了下来，洛瑞尔从地板上捡起来，发现这是一张从未见过的黑白老照片。照片上是两名年轻女子，她们手挽着手，在白色边框的照片里笑吟吟地望着她。她们站在一间屋子里，头顶上悬挂着彩旗，照片中看不到窗户，但却有阳光洒进来。洛瑞尔把照片翻过来，想看看背面有没有写点什么，但后面只写了日期：1941年5月。真奇怪，洛瑞尔对这本家庭相册熟悉极了，但却从未见过这张照片，也不认识照片上的人。洛丝推门进来，两个胡乱配在一起的茶杯在杯碟上轻轻晃动。

洛瑞尔递上照片："你见过这个吗，洛丝？"

洛丝把一只茶杯放在床边的桌子上，扫了一眼照片，然后笑着说道："你说这个呀？这是几个月前我在格林埃克斯农场找到的，你看看相册里能不能找个地方放它。这张照片很漂亮，你说呢？尤其是现在，可以看到妈妈的另一面，格外棒。"

洛瑞尔再看了看照片。上面的两个年轻女子都留着维多利亚式不对称鬈发，裙子刚到膝盖，手里夹着香烟的那个就是母亲。照片上她的妆容很特别，她整个人看上去都很不一样。

"真有趣，"洛丝说道，"我从来不知道母亲还有这一面。"

"哪一面？"

"年轻，和闺蜜开怀大笑。"

虽然洛瑞尔心中也有同样的感觉，但她还是问道："你为什么会这么觉得？"她跟家里其他孩子心中的母亲形象，都像是那些奶奶从报纸上招聘来干杂活儿的女佣。她们对母亲在此之前的经历了解不多——她出生长大的地方是考文垂，战争开始前去了伦敦，她的家人在轰炸中全部身亡。洛瑞尔还知道，母亲家人的死亡对她影响很大。桃乐茜·尼克森抓住一切机会提醒孩子们，家人就是一切，这几乎已经成了洛瑞尔和弟弟妹妹们童年时期的一道符咒。有一次，洛瑞尔正在经历痛苦的青春期，母亲握着她的手，格外严厉地说："别像我以前那样，洛瑞尔，别花那么长的时间才认清楚什么最重要。家人，有时可能会让你抓狂，但是他们对你的意义超过了你的想象。"

桃乐茜并没有告诉孩子们，认识史蒂芬·尼克森之前的生活具体是什么样子，而她们也从没想过主动询问。洛瑞尔心里虽然有些疑惑，但却觉得这并没什么奇怪的。孩子们并不想了解父母的过去，每当父母说起自己之前的经历，孩子们会觉得有些不可思议，甚至有些尴尬。如今，看着照片上这个身处战争时期的陌生女人，洛瑞尔深深感到自己对她一无所知。

刚开始演艺生涯的时候，一位非常著名的导演趴在剧本上，用手推了推可乐瓶底一样厚的眼镜，告诉洛瑞尔，她的外形不适合演主角。他的建议刺痛了洛瑞尔，她悲伤过，也抱怨过，然后花好几个小时有意无意地端详着镜中的自己。之后，她便喝得烂醉，跑去把一头长发剪短。但如今回过头来看，这不过是她演艺生涯中的弹指一瞬而已。她演了一个配角。那位导演让她扮演女主角的妹妹，不料却好评如潮。人们惊叹她能够由内而外地塑造人物，还能隐去自我，完全化身成另一个人。但这其实也没什么诀窍，她只需要花些工夫去挖掘人物背后的秘密就行。洛瑞尔对保密这件事了解颇深。她知道，要想了解一个人，就要了解他们身后的秘密。

"你发现没有？我们从没见母亲这么年轻过。"洛丝靠在椅子扶手上，伸手拿过照片。她身上的薰衣草香味愈发浓烈。

"是吗？"洛瑞尔伸手去拿烟，忽然想起这是在医院，所以转而端起了茶杯。"我觉得是。"母亲的过去完全隐藏在未知的黑暗当中，她之前为何从未想过这个问题？她又扫了一眼照片，年轻女子的笑容看上去似乎是在嘲笑她的无知。她尽量让自己语调如常，"你说你是在哪儿找到照片的，洛丝？"

"在一本书里面。"

"一本书？"

"确切地说，是《彼得·潘》的剧本。"

"在剧本里发现了妈妈的照片？"母亲酷爱化妆打扮和角色扮演，但洛瑞尔不知道她以前还真的表演过戏剧。

"我不太确定。那本书是一份礼物，前面有题词——你知道，小时候母亲最喜欢让我们在礼物上写点什么了。""题词里写了什么？""送给桃乐茜，"洛丝一边回忆一边摆弄着手指，"真正的朋友是黑暗里的一束光。——薇薇安。"薇薇安。这个名字对洛瑞尔有种奇怪的魔力，她的皮肤时冷时热，太阳穴不停地突突跳着。一连串模糊的画面在她脑海中闪过——闪着白光的刀刃，母亲恐惧的脸庞，还有松开的红丝带。这是属于过去的丑陋回忆，这个陌生女人的名字不知怎么忽然从中冒了出来。"薇薇安，"洛瑞尔重复着这个名字，她的声音大得出奇，"谁是薇薇安？"

洛丝一脸不解地看向她，想开口说话却被挥舞着停车券、风火火闯进门的艾莉丝打断了，洛瑞尔和洛丝都一脸愤慨地转脸看着她。没人注意到桃乐茜此时深深吸了一口气，她们提到薇薇安这个名字时，母亲脸上闪现过痛苦的表情。尼克森家的三个女孩齐聚在母亲的病榻旁，而桃乐茜此时似乎进入了平静的梦乡。从她的脸上你看不出，她的灵魂早已离开医院，离开虚弱的身体和长大成人的女儿们，穿越时光，去往了1941年的黑暗夜晚。

3

1941年5月，伦敦

桃乐茜·史密森把胳膊伸进衣袖里，一边对房东怀特太太说晚安，一边飞快跑下楼。擦肩而过的时候，戴着厚底眼镜的怀特太太眨巴眨巴眼，又开始喋喋不休地数落房客桃莉[1]的种种缺点。但桃莉没有因此而停下脚步，走到公寓大厅的镜子前，她才慢下来，打量了一下镜中的自己，又往两边脸颊上扑了些粉。她对镜中的自己非常满意，于是打开房门，蹦跳着走入灯火管制的黑夜。她脚步匆忙——今晚可没时间同房东太太纠缠，吉米肯定已经在餐厅等自己了，她不想让他久等。他们有很多事情要商量：带什么东西，以后要做什么工作，几点出发……桃莉脸上露出急切的笑容，她把手伸进深深的衣服口袋里，用手指把玩着里面的小雕像。她在典当行的橱窗里发现了这个小玩意儿，虽然这并不是什么值钱的东西，但却让她想起了吉米。此时此刻，整个伦敦都陷入灯火管制的黑暗当中，她对吉米的思念尤为刻骨。桃莉迫不及待地想把这件雕像送给他，他一定会微笑着伸出手，像以

---

[1] 桃乐茜的昵称。

前那样告诉她，自己有多爱她。桃莉能够想象出他脸上欣喜的表情。这件小巧的庞齐①雕像虽然并不贵重，但也不失可爱。至于未来，吉米一直想去海边生活，桃莉亦是如此。

"打搅一下。"

黑暗里忽然响起一个女人的声音。"怎么了？"桃莉有些诧异。开门的时候公寓里的灯光一闪而过，女人肯定在那时候就注意上她了。

"你能帮我个忙吗？我在找24号。"

虽然周围一片漆黑，女人根本看不见她的动作，桃莉还是习惯性地伸手，指了指身后的门。"你运气真好，"她说道，"这儿就是24号，现在已经没有空房间了，不过很快就会有的。"桃莉指的是自己住的那间——如果那个地方也能被称作房间的话。她叼着一支香烟，擦燃了火柴。

"你是桃莉？"

桃莉打量着黑暗中的人影，女人朝自己跑过来，她感觉到女人奔跑时带的一阵风。现在，女人离自己很近了。"真的是你，太好了。桃莉，是我，我是——"

"薇薇安？"她突然认出了这个声音。她对这声音太熟悉了，不过这声音里此刻显然夹杂着一丝异样。

"我以为追不上你了，我以为一切都来不及了。"

"什么来不及了？"桃莉颤抖着声音问道，薇薇安并没有提前约自己见面。"你在说什么？"

"没什么……"薇薇安笑起来，她的声音尖锐，让人不安。

---

① 庞齐是英国木偶剧《庞齐和朱迪》中一个鹰鼻驼背的滑稽木偶，在英国家喻户晓。

桃莉听得脊背发凉。薇薇安又改口说道，"我的意思是，我找你有事。"

"你喝酒了吗？"她认识的薇薇安从来不会有这样的举动，现在，薇薇安一贯的优雅气质和完美的自制能力都不见了踪影。

薇薇安没有回答她。邻居家的猫从附近的墙上跳到怀特太太的兔笼上，发出"砰"的声响。薇薇安被吓得差点跳起来，她小声说道："我有事跟你说，快。"桃莉一动不动地站在原地，狠狠地吸着烟。若在平时，她很乐意和薇薇安找个地方坐坐，推心置腹地聊聊。但今晚不是时候，她急切地想要抽身离开。"不行，"她说，"我要去——"

"桃莉，求你了。"

桃莉把手伸进衣袋，捏着那个木头小礼物。吉米现在一定已经到那儿了，自己迟迟不出现，他一定很担心。一定会紧紧盯着门口，希望推门进来的人是自己。她不想让他等，此刻尤其不想。可这边是薇薇安，她一脸严肃语气紧张地出现在公寓门口，满怀期待地看着桃莉，恳请自己有重要的事要说……桃莉叹了一口气不情愿地妥协了，她不能丢下焦躁不安的薇薇安不管。

桃莉告诉自己，吉米会理解的，他也会喜欢薇薇安的。然后，桃莉作出了一个改变他们三人命运的重要决定。"走吧，"她熄灭了烟头，轻轻挽着薇薇安纤细的胳膊，"我们进去聊。"

* * *

她们转身走进公寓上楼的时候，桃莉突然想到也许薇薇安过来是要道歉。她想，只有这个理由才能解释薇薇安刚才的焦虑和失态。薇薇安那样出身上层社会的有钱女人可不习惯向人道歉。想到这一层，桃莉有些不安。其实薇薇安没必要道歉——桃莉觉得，事情已经过去了，她希望以后都不要再提了。

她们走到走廊尽头，桃莉打开卧室的门。她打开电灯，光秃秃的灯泡发出昏暗的光。窄窄的床铺、小小的橱柜、漏水的水龙头下裂缝的水槽，这一切都映入眼帘。桃莉突然借薇薇安的眼睛打量自己凌乱逼仄的屋子，一时间颇有些尴尬。比起薇薇安习以为常的居住环境来说，这里实在太寒酸了。她那栋位于坎普顿丛林的豪宅里有亮闪闪的中空玻璃吊灯，还有斑马皮沙发罩子。

桃莉脱下身上破旧的皮草大衣，转身把它挂在门后的挂钩上。"实在不好意思，房间里太闷了。"她努力使自己的声音听上去很轻快。"更糟糕的是房间没窗户，不过灯火管制的时候是个优势，只是通风有些不畅。"她想用俏皮话活跃一下气氛，也想让自己高兴起来，但这显然没什么效果。她脑子里全是薇薇安站在自己身后，满屋子打量，希望能找个地方坐下来的样子。天哪。"抱歉，椅子也没有。"她计划了好几个星期想买把椅子，无奈囊中羞涩，她和吉米决心力所能及地省下每一分钱，所以桃莉还是打算将就将就。她转过身看见薇薇安瘀青的脸，一时间忘了自己家徒四壁。"天哪，"她睁大双眼，"你怎么了？"

"没事。"薇薇安不耐烦地挥挥手，在屋子里踱来踱去。"来的时候不小心撞路灯柱子上了。我真傻，跟平时一样横冲直撞的。"这话倒是真的，薇薇安做事总是一副急匆匆的样子。但桃莉很喜欢她这个怪习惯——她乐于看见这样一个衣着精致的优雅女人像个少女那样步履匆匆。但今晚的情形似乎有些不同。薇薇安的衣服搭配错乱，长袜脱丝了，头发也乱成一团……

"到这儿来。"桃莉招呼薇薇安坐到床边。早上起床时她认真整理过床铺，现在想来真是庆幸。"坐这儿。"

防空警报开始呼啸，桃莉在心底咒骂着，她最不希望看到的情况还是发生了。公寓的防空洞简直是地狱，所有人都像沙丁鱼罐头一样挤在一起，潮湿的床铺，令人作呕的气味，还有歇斯底里的怀特太太。今天，薇薇安不巧也被卷了进来……"别管它。"薇薇安说道，似乎读透了桃莉的心思。薇薇安习惯了发号施令，听上去俨然是这间屋子的女主人一般，"待在这儿，我要说的事比这重要多了。"还有什么事会比赶去防空洞重要？桃莉的心怦怦跳起来。"是钱的事吗？"她低声问道，"你想让我现在就还给你吗？"

"不，不是，别提钱的事。"

高低起伏的警报声震耳欲聋，桃莉心中的不安迟迟无法打消。虽然不知道缘由，但是她知道自己内心非常恐惧。她想赶紧顺着黑暗的街道去找吉米，他在等她呢。"吉米和我——"她开口说道，但薇薇安打断了她的话。

"对，"她的脸庞闪耀着光芒，好像刚刚想起了什么似的，"我要说的就是吉米的事。"

桃莉不解地摇了摇头。吉米能有什么事？薇薇安真是糊涂了。或许她应该带上薇薇安一起去见吉米，她们俩可以在别人都忙着躲进防空洞的时候冲出去逃走。她们俩直接去找吉米，吉米知道该怎么办的。

"吉米，"薇薇安大声说道，"桃莉，吉米走了——"

警报声此刻骤然停了。"走了"这个词在房间里反复回响。桃莉等着薇薇安往下说，但她还没来得及开口，门外就传来一阵用力的敲门声。"桃儿，你在吗？"敲门的人是这儿的房客朱迪斯。她从楼上急匆匆地跑下来，上气不接下气地喊道："我们要去防空洞了！"

桃莉没有回答，她和薇薇安都没起身离开。朱迪斯的脚步声逐渐消失在走廊上，她赶紧坐到薇薇安身边。"你搞错了，"她快速说道，"我昨天才见过他，还约好了一会儿见面的。我们要一起离开，他不可能一个人走……"她想说的话还有很多，但终于还是沉默了。薇薇安盯着桃莉，她的眼神逐渐瓦解了桃莉的信心。她手忙脚乱地从包里摸出一支烟，哆嗦着手点上了。

薇薇安开始讲述事情的经过。今夜的第一枚炸弹在头上轰隆作响。桃莉不知道薇薇安说的到底是不是真的，整件事情听上去令人难以置信，但薇薇安急迫的语气、奇怪的举止，还有现在正说的那些事情……桃莉感到一阵晕眩。房间里闷热，她不能平稳呼吸。

她大口大口地拼命吸烟，各种各样的念头从脑海中奔涌而出，和薇薇安叙述的内容混成一团。一颗炸弹落在附近不远的地方，发出一声巨响。爆炸声响彻整个房间，震得桃莉耳朵生疼，后颈上每根汗毛都立了起来。曾经一段时间，她很喜欢在轰炸的时候外出，那时候她觉得很刺激，一点儿都不可怕。但现在她早就不是那个年轻的蠢姑娘了，那些无忧无虑的日子似乎久远得很。她匆匆扫了一眼房门，希望薇薇安赶紧住嘴。她们该去防空洞，或者去找吉米。总之，她们不该在这里干坐着等待。她想跑，想藏起来，想离开。

桃莉越来越恐慌，薇薇安却似乎镇定了下来。薇薇安冷静地低声述说着，桃莉费劲儿听着，她在说那封信和照片的事情，还有被派出来料理吉米的恶棍。计划出了岔子，薇薇安说，亨利觉得自己受到了奇耻大辱，吉米根本没有赶到餐厅。薇薇安在那儿等他，却没等到。那时候她才明白，吉米真的不在人世了。一瞬间，所有零散的碎片都穿过迷雾拼合在一起，桃莉突然明白了一切。"是我的错，"她的声音微不可闻，"但我——我不知道事情会这样——照片的事，我们说好不干了的，没必要……"薇薇安明白她的意思，正是因为薇薇安，桃莉和吉米才放弃了原来的计划。桃莉伸手抓住她的胳膊，"这一切都不该发生的，吉米现在……"

薇薇安点点头，脸上满是同情。"听着，"她说道，"我要说的事情很重要——那些人知道你住哪儿，他们会来找你的。"

桃莉不愿相信这一切，她非常害怕，滚烫的泪珠顺着脸颊流下。"都是我的错，"她听见自己重复念叨着这句话，"都是我的错。"

"桃莉，求你别这样。"屋外开始了新一轮轰炸。薇薇安紧紧抓住桃莉的手，不得不提高嗓门让她听到，"我的错不比你少，但现在说这些没有任何意义。他们马上要过来了，很可能已经在路上了。所以我才来找你。"

"可我——"

"你必须离开伦敦，现在就走，不要回来，他们会一直找你的，一直——"屋外的爆炸震得整栋房子都颤抖摇晃着。炸弹落得越来越近了，虽然房间没有窗户，但爆炸的火光还是汹涌进来，在屋里喷薄散开，比灯泡昏黄的光刺眼得多。

"你还有亲人可以投靠吗？"薇薇安抓紧时间问她。

桃莉摇摇头，家人的画面涌上心头：母亲、父亲，还有可怜的弟弟，那些过往的美好。一颗炸弹呼啸而过，地面的防空炮立刻开始还击。

"那朋友呢？"薇薇安在爆炸声中大声喊道。

桃莉再次摇摇头。她孤身一人，没有能依靠的，她只有薇薇安和吉米。

"那你有什么地方可以落脚？"又一颗炸弹落下，听声音像是莫洛托夫面包篮①。爆炸声震耳欲聋，桃莉只能从薇薇安的唇形看出，她在哀求自己，"快想想吧！桃莉，你必须好好想想。"

桃莉闭上眼睛。她闻见了火药味儿，一定是附近哪儿落下了一颗燃烧弹，空袭预防委员会的警官肯定在旁边用手摇灭火泵处理呢。桃莉听见有人哀号，但没有睁眼，反而闭得更紧，努力集中精神。她的思绪像战火中的碎片一样四散开来，她的思绪纷繁杂乱，什么也看不清。脚下的路遍布沟壑，空气凝重得无法呼吸。

"桃莉？"

飞机越来越多了，除了轰炸机，现在还多了战斗机。桃莉想象自己站在坎普顿丛林的屋顶上，看飞机俯冲着掠过天际，追踪显示灯一路尾随，远方燃起熊熊火光。这幅画面曾让她兴奋不已。

还记得那天晚上，她和吉米在400俱乐部约会，两人跳着舞着笑着闹着。他们穿过大轰炸的夜晚，两人安然无恙回到家里。她愿意放弃一切，换得此刻重回那个夜晚：挨着吉米躺着，听炸弹落下，在一片黑暗中说着悄悄话，勾勒两人的未来。他们要修一座农舍，要生几个小孩，要去海边。海边——她忽然想起一件事。

"我找了一份工作，"桃莉抬起头，"就在几个星期前，还

---

① 一种苏军炸弹，内装许多小燃烧弹，空投后分散落下。

是吉米帮我找的。"海之蓝公寓尼克森太太的信就躺在狭小的床头柜上，桃莉拿起信，颤抖着递给薇薇安。

"我看看。"薇薇安匆匆浏览了一遍信的内容。"太好了，你必须去这儿。"

"我不想一个人去，我们——"

"桃莉——"

"我跟吉米本来打算一起去的，事情不该是这个样子，吉米说好要等我的。"桃莉哭起来。她俩同时伸出双手，这个突如其来的拥抱把两人都撞疼了。

薇薇安没有道歉，她脸上的表情非常严肃。桃莉看得出来，薇薇安也很害怕，但她把恐惧抛在一边，像个大姐姐似的，用桃莉此刻最需要的那种坚定而又怜爱的语气说道："桃莉·史密森，你必须离开伦敦，尽快离开。"

"我做不到。"

"你行的，你要活下去。"

"可吉米——"又一枚炸弹呼啸着落下，在屋外爆炸。桃莉忍不住发出恐惧的哭喊声。

"够了，"薇薇安两手坚定地捧着桃莉的脸，她的动作很温柔，双眼中洋溢着怜爱的光芒。"我知道你爱吉米，他也爱你，但你现在必须听我的。"

薇薇安目光坚毅，桃莉尽量忽略飞机俯冲发出的嗡嗡声，不去管高射炮反击的炮火声，不去想炸成废墟的建筑以及被炸成肉泥的人。

两个女人抱在一起，桃莉听薇薇安说道："你今晚就去火车站买票，你要——"一枚炸弹掉在附近，爆炸声震耳欲聋，薇薇安的身体僵硬了一下，随后又快速说道，"搭上火车，到终点站再下车。别回头，向前看，好好活着。"

好好活着，桃莉和吉米原本正是这样打算的。未来、农舍、嬉笑打闹的孩子，还有怡然自得的母鸡……眼泪滑过桃莉的脸颊。薇薇安继续说："你必须走。"她一边说一边哭，她也会想念桃莉的，她们会彼此思念。"抓住第二次机会，桃莉，把它当成重生。在你经历了一切，失去了一切之后……"

虽然难以接受，但桃莉心里明白，薇薇安是对的，自己必须走。她内心有个声音想尖叫着拒绝，她想蜷缩起来哭泣，为自己失去的一切，为生命中希望幻灭的一切。但她没有这样做，她不能。

桃莉要活下去，薇薇安这样说过。她知道这个词的含义——她也曾从童年的苦难中爬出来，为自己创造了新生活。既然薇薇安能够做到，那么桃莉也行。虽然她经历了那么多苦难，但她还有值得为之活下去的理由——她会为自己的生命找到继续的理由。是时候勇敢起来了，她要更加坚强。桃莉做过一些不想记得的丢脸事情，她所谓的伟大计划不过是年轻女孩的愚蠢白日梦而已，而这一切如今都化为泡影。但每个人都应该有第二次机会，每个人都值得宽恕，桃莉也不例外——这是薇薇安说的。"我会的，"桃莉说，"我会做到的。"

灯泡忽明忽暗，但并没有熄灭，而是摇摇晃晃地在墙上投下一片暗影。桃莉拖出自己的小行李箱。爆炸声惊天动地，街上燃起大火，烟雾飘进屋子，刺得人眼睛生疼，但桃莉完全顾不上。

她没多少要带的东西，她一向没什么财产，她唯一想从这间房里带走的也带不走了。想到留下薇薇安一个人，桃莉有些踌躇。她想起薇薇安在《彼得·潘》中写给她的话——真正的朋友是黑暗里的一束光——又忍不住泛起了泪光。

可她别无选择，必须走。未来还很长，这是她的第二次机会，她将迎来新的生活。她要做的就是抓住这次机会，绝不回头，像和吉米的计划那样去海边，重新开始。

她听不到外面飞机轰隆隆的声音，听不见炸弹的轰炸声和高射炮的反击声。每爆炸一次，大地就颤抖一次，震得石膏粉从天花板上簌簌地落下来，门链发出"咔嗒、咔嗒"的声音，但桃莉什么都没听见。她的箱子已经收拾好了，她准备好要离开了。

她站在那里看着薇薇安，虽然内心很坚定，但声音还是有些颤抖，"你怎么办？"那一瞬间，桃莉觉得她们俩可以一起走，薇薇安可以跟自己一起离开伦敦。这似乎是最完美的解决办法，也是唯一可行之计——之前的生命里，桃莉和薇薇安各自过着不同的生活，要是她们当初没有相遇，如今的一切都不会发生。

当然，这个想法也很愚蠢——薇薇安并不需要人生的第二次机会，她在这里拥有了想要的一切：一栋漂亮的房子、财富、美貌……薇薇安把尼克森太太的聘用信递给桃莉，微笑着含泪道别。她们俩心里都知道，这是人生中最后一次见面了。"别为我担心。"薇薇安说道。一颗炸弹从头顶呼啸而过。"我会好好的，我要回家了。"

桃莉紧紧握着尼克森太太的信，坚定地朝薇薇安点点头，走向新生活。虽然还不知道未来会发生什么，但她突然下定了决心，去迎接新生活。

4

2011年，萨福克郡

尼克森家的女儿们乘坐艾莉丝的汽车离开医院。洛瑞尔是姊妹们中的老大，平时也最喜欢前排的座位，但这次却坐在满是狗毛的后座上。她原是大姐，但因为是名人，不想给妹妹们留下狂妄自大的印象，宁愿坐后面的座位。从日常杂务中解脱出来，此刻她只想和自己的思绪为伴。

雨过天晴，阳光灿烂。洛瑞尔急着追问洛丝薇薇安的事情——她敢肯定，之前听过这个名字。不止如此，洛瑞尔还知道，这个名字和1961年那个可怕的日子有关。但她绝口不提此事。艾莉丝的兴趣一旦被勾起来会令人抓狂，洛瑞尔还没准备好面对她连珠炮一般的问题。两个妹妹在前排座位闲聊，洛瑞尔一个人坐在后座望着车窗外不断闪过的田野，车窗虽然关着，她还是闻见了新割下的青草的味道，听见了寒鸦的叫声。孩提时代的风景比什么都生动。不论这风景在哪儿，风光如何，它在生命中留下的印记和之后的风景都大不相同。它们已经和生命融为一体，避之不得。

过去五十年的生活似乎只是大梦一场，洛瑞尔看见年幼的自己骑着绿色自行车带着妹妹沿着绿篱在大地上飞驰。洛瑞尔的皮肤被太阳晒得黝黑，金黄色的腿毛在阳光下闪烁着光芒，膝盖上还结着疤。那是很久很久以前的事了，却好像发生在昨天。

"是为了电视节目的事吗？"

洛瑞尔抬起头，艾莉丝正眨巴着眼睛从后视镜中看着她。"你说什么？"洛瑞尔问道。

"你的采访，就是让你忙得团团转的那个。"

"噢，那是个系列采访，下周一我还要去录一场。"

"对，洛丝说你不久还要早点赶回伦敦，是为了电视节目的事吗？"

洛瑞尔点点头："是为了制作传记片，大概有一个小时长。还会采访其他人，比如和我合作过的导演、演员；再和其他旧影片和一些童年往事剪辑在一起——"

"听见了吗，洛丝？"艾莉丝酸溜溜地说，"还有小时候的事儿呢。"她坐直了身体，更有力地从后视镜中瞪着洛瑞尔。"我还得感谢你没把我衣衫不整和光着身子的照片展示出去。"

"真可惜，"洛瑞尔从黑色长裤上捡起一根白发，"那可是我最好的素材了，可惜不能用。那我还能聊些什么呢？"

"拿镜头对着你，你肯定能想出点东西聊。"

洛瑞尔笑了笑。如今外面的人都对她尊敬有加，能和艾莉丝这样的吵架能手拌嘴真让人欣慰。

旁边，一贯爱好和平的洛丝变得焦虑起来。"看，快看，"她双手指着镇子边上被夷为平地的街区，"这儿要修新超市，不知道这些人在想什么，三家超市难道还不够用吗？"

"呃，这的确太荒谬了……"

艾莉丝的不满被成功转移，洛瑞尔终于能够安安静静地坐在后排看风景了。汽车穿过镇子，街上的繁华逐渐褪去，乡村公路隐约可见。车子绕过一些平缓的拐角。洛瑞尔太熟悉这条路了，即便闭上眼睛也清楚自己身在何方。道路慢慢变窄，前座上妹妹们的交谈声也逐渐淡去，头上的树荫愈发浓郁。最后，艾莉丝打着转向灯，驶入了标着格林埃克斯农场的车道。

*　*　*

农舍依旧坐落在小山丘上，几十年如一日地俯视着周围的草地。这自是当然，毕竟，房子又不会走路。艾莉丝把车停在平地上。之前，父亲的莫里斯小汽车一直停在那儿，直到父亲终于同意卖了它。"这屋檐简直太丑了。"艾莉丝说道。

洛丝表示赞同："房子也被屋檐拖累了，你说呢？快过来，我带你看看屋里新裂的缝子。"

洛瑞尔关上车门，却并没有跟着妹妹们走进农舍大门。她双手插在兜里，站着不动，端详着眼前的画面。花园、开裂的烟囱，所有的事物都一一映入眼帘。她们曾站在窗台上，用篮子装着黛芙妮，把她慢慢放到地上；她们把卧室的旧窗帘挂在阳台上，扮成舞台上的拱门；还有那个阁楼，洛瑞尔曾在那儿偷偷地学抽烟。

这栋房子还惦记着自己——洛瑞尔心里忽然冒出这个想法。

洛瑞尔觉得自己算不上浪漫主义者，但这个想法如此强烈，洛瑞尔差点以为，眼前这座由木板、红砖、斑驳的瓦片以及位置诡异的窗户组成的农舍也有记忆。洛瑞尔感觉到，此刻，它正从每一块玻璃当中凝视着自己，想跨越多年的时光，将眼前这个穿着设计师套装的女人和当年那个对着詹姆斯·迪恩的海报发呆的小女孩联系到一起。它会怎么想呢？洛瑞尔在心中揣测，它会怎么看待如今的这个女人？

她真傻——房子怎么会思考呢？它们不记得这里住过的人，不记得任何事情。房子不记得她，反而是她，一直心心念念着这栋房子。她当然会想念这里，从两岁大的时候起她就住在这儿，一直到十七岁的时候才离开。她是有段日子没回来了，母亲生病的这段时间，她虽然常常去医院探望，但也没回过格林埃克斯农场。生活的脚步总是如此匆忙。洛瑞尔看了一眼树屋，想起自己曾下定决心，一定要忙起来。

"这才过多久，你不会已经忘记门在哪边了吧？"艾莉丝站在前厅冲她喊道。她的身影已经消失在屋里，但声音却被远远地抛在身后。"别告诉我你在等管家来帮你提行李！"

洛瑞尔少女似的翻了个白眼，拿上行李箱，径直走进屋里。她走的那条石头小路，正是六十多年前一个明朗的夏日，她母亲发现的那条……

* * *

桃乐茜·尼克森看到格林埃克斯农场的第一眼，就认定今后要在这里生活。她此行原本不是为了找房子。战争才结束几年，他们根本没钱买房子，好在婆婆同意把自己的房子租一间给他们——当然，他们要为此付出许多，老太太可不是个慈善家。那天，桃乐茜和史蒂芬只是想出来野餐而已。

那是七月中旬一个难得的空闲日子，更难得的是，史蒂芬的妈妈竟然答应帮忙照顾还是婴儿的洛瑞尔。天刚破晓的时候他们就醒了，莫里斯小汽车的后座上放着篮子和毯子。他们驾车一路向西，看见哪条喜欢的乡村小路就开上去，不管它最终通向何方。桃乐茜的手放在史蒂芬腿上，史蒂芬的胳膊搂着桃乐茜的肩膀，温暖的气息从敞开的车窗中飘进来。他们一直这样好一阵子了，要不是轮胎漏气他们还会继续下去。

可惜轮胎破了。他们只好放慢车速，把车停在路边检查。很常见的情况：一根可恶的钉子扎在了轮胎上。

那时候尚年轻的他们正沐浴在爱河中，能够一起共度的空闲时间不多，所以即便轮胎破了，他们也没浪费这一天的好时光。丈夫开始修理轮胎，桃乐茜在芳草萋萋的山丘上漫步，想找块平地铺野餐垫子。就在这时，她爬上山顶看见了格林埃克斯农场的农舍。

这些事情可不是洛瑞尔的胡思乱想，尼克森家的孩子们对格林埃克斯农场的故事都耳熟能详。桃乐茜敲响农舍大门时，狐疑的老农夫费解地挠了挠头。他转身倒茶的时候，鸟儿就在客厅的壁炉边上筑巢。地板的破洞上架着木板，看上去像是窄窄的桥。最重要的是，家里没人觉得母亲突然下定决心要在这里安家有任何不妥。

桃乐茜向大家解释了很多次——这栋房子在召唤自己，她听见了它的召唤，发现彼此竟然非常合拍。格林埃克斯农场就像一位傲慢的老妇人，有些憔悴，有些古怪——但大家最终都会变成这样子，不是吗？桃乐茜看得出来，这股子颓败中，依稀可见往日的骄傲和尊严。这是栋骄傲而孤单的房子，它能从孩子们的笑声、家庭的爱意以及炉子上迷迭香烤羊肉的香味中汲取能量。它心怀善意和忠贞，也愿意着眼未来，而不是一味沉溺于过往，它迎接新家庭的到来，与之一起成长，欣然接纳新的习俗。洛瑞尔现在明白了，母亲口中说的房子，其实说的是自己，而她之前似乎从未明白这一点。

* * *

洛瑞尔在门口的垫子上把鞋擦干净才走进屋里。地板发出熟悉的吱嘎声，家具也都照原样摆放着，但整个房子的感觉还是不一样了。屋内空气混浊，有种平时没有的气味。洛瑞尔知道，这是陈旧的味道。当然了，这并不奇怪，毕竟自从桃乐茜住院后，房子就一直空着。洛丝平时要照看孙子孙女，得空的时候才会来这边打理。她的丈夫菲尔也会做些力所能及的事，但没人居住的空房子还是一天天破败下去。这种感觉让人心神不宁，洛瑞尔竭力忍着没打寒战。她在心中慨叹，一个人的存在是多么容易被抹去痕迹啊，文明也会轻易地让步于荒芜。

洛瑞尔告诫自己不要这么阴郁，然后像往常那样把行李放在大厅的桌子下面。她径直走进厨房。她在那儿做过家庭作业，玩过橡皮膏，也曾在那儿伤心哭泣。厨房也是每个人回家后先去的地方，洛丝和艾莉丝已经在那儿了。

洛丝扭开冰箱旁的电灯开关，电线发出嗡嗡的杂音。洛丝开心地搓着手："我来煮些茶喝吧？"

"就不能做点其他好吃的吗？"艾莉丝说着，把脚从船形高跟鞋中伸出来，前前后后扭动着穿着黑袜子的脚指头，像个不耐烦的芭蕾舞者。

"我带了酒。"洛瑞尔说。

"也行，那就别煮茶了。"

洛瑞尔从行李箱中拿出一瓶酒，艾莉丝去橱柜上找酒杯。

"洛丝，你要一起喝点儿吗？"她取下一只杯子，猫眼石眼镜后的双眼闪着狡黠的光。艾莉丝的眼睛和短发一样都是深灰色。

"噢，"洛丝焦虑地盯着手表，来来回回看了好几遍，"天哪，我都没发现，才过五点，还早呢。"

"过来吧，亲爱的洛丝，"洛瑞尔把手伸进装着黏糊糊餐具的抽屉里，想找个开瓶器。"红酒富含抗老化剂，你懂的。"她找到开瓶器，手指上也粘了一层黏糊糊的东西，"有利于健康。"

"嗯……那好吧！"

洛瑞尔拔出酒瓶上的软木塞，开始倒酒。她习惯性地将杯子摆成一条直线，这样每杯酒的量才会差不多——这个动作还跟小时候姊妹间分东西一样。意识到这一点，洛瑞尔忍不住笑起来。不论如何，艾莉丝肯定乐于看到这样。兄弟姊妹间最容易因为是否公平引起争端，排行中间的孩子尤其看重公平。"别数了，我的小花骨朵们，"母亲过去常这样说，"样样都想比别人多的女孩儿可不招人喜欢。"

"一点儿就好，洛儿，"洛丝谨慎地说，"我不想黛芙妮回来的时候看见我醉醺醺的样子。"

"这么说你是有她的消息啰？"洛瑞尔将斟得最满的那只酒杯递给艾莉丝，"就在我们离开医院前。我没跟你们说吗？天哪，我的记性越来越差了。她打电话说，要是不堵车的话，六点钟就到家了。"

"那我们该准备晚餐了。"艾莉丝打开食物储藏柜，跪在凳子上检查食物的保质期，"要是让你们俩来弄的话，又只有烤面包和茶。"

"我来给你搭把手。"洛丝说。

"不用了，"艾莉丝没有回头，嘴里嚷嚷着撵走洛丝，"没这个必要。"

洛丝朝洛瑞尔看去，大姐递过来一杯酒，用手指了指房门。这种无谓的争吵实在没必要。艾莉丝喜欢做饭，其他姊妹也乐见其成，这已经成了尼克森家家庭的一贯信条，也是姊妹们之间互相促成的小善意。

"好吧，既然你执意如此。"洛瑞尔说着，又往自己杯子里加了一点比诺葡萄酒。

* * *

洛丝上楼去看黛芙妮的房间有没有收拾好，洛瑞尔则端着酒杯走到门外。早些时候下了一场雨，此刻空气十分清新，洛瑞尔忍不住深吸了一口气。园子里的秋千吸引了她的目光，她坐上去，用脚后跟推着它慢慢地晃动起来。这架秋千是母亲八十大寿的时候，她和妹妹们送的礼物。桃乐茜见着它的第一眼就决定要把它安在那棵枝繁叶茂的老橡树下。园子里其他地方景致更美，但没人把这话告诉母亲。在外人看来，老橡树下不过是一片空荡荡的草地，但尼克森家的人都明白，那儿的空旷别有深意——离老橡树不远的地方青草繁茂，父亲在那儿摔了一跤，长眠于斯。

回忆是个狡猾的东西。在酒精的作用下，洛瑞尔的回忆又把她拉回那个下午。那时，她还是一个莽撞的少女，抬手遮着太阳，放眼空旷的草地，期待看见父亲结束一天的劳作从地里归来的身影。她会冲下山丘，挽着父亲的胳膊，跟他一起回农舍。记忆中有她昂着脑袋望着父亲走过草坪的样子，有父亲停下脚步眺望夕阳，欣赏余晖给云朵镶上粉色裙摆的场景。这时候，父亲往往会说，晚霞照天边，明天是个大晴天。不过，记忆中还有父亲僵直着身子，大口喘气的画面，有他用手捂着胸口，然后跌倒在地上的场景。

但事实并非这样。父亲过世的时候洛瑞尔还在世界另一头，那时候她已经五十六岁，早就不是那个十六岁的少女。她当时盛装打扮，准备出席洛杉矶的一个颁奖典礼，心中还暗自揣测，典礼上是不是只有自己没有涂脂抹粉，疯狂在脸上注射肉毒杆菌。她一点都没预见到父亲的死亡，直到艾莉丝给她打电话留言，她才知道这件事。

十六岁那年，一个阳光晴好的午后，在洛瑞尔眼前倒地死亡的男子另有其人。

洛瑞尔划燃火柴，把烟点上，随后胡乱把火柴盒塞回口袋里，皱着眉头望着远方的地平线。农舍和花园在夕阳里闪着光芒，但草地外面，靠近树丛的田野上却是一片阴影。她的目光逐渐往上移，扫过秋千椅上熟铁制成的遮檐，看见葱郁的树叶中偶尔露出的树屋的底部。梯子还在原来的地方，木头制成的梯级被钉在树干上，有几处已经歪了。不知是谁，在最后一级梯子上挂了一串亮晶晶的珠子，有粉色的，还有紫色的。可能是洛丝的小孙子或孙女吧，洛瑞尔想。

十六岁那年，洛瑞尔动作迟缓地从树屋上爬下来。

她深吸了一口烟，陷入了回忆中。那天，她在树屋里醒来，脑子里立刻回想起那个男人，想起那把刀，还有母亲恐惧的脸。之后，她哆哆嗦嗦地沿着梯子往下爬。

回到地面的时候，她呆呆地站着，双手紧握梯子上最后一级横木，额头靠在粗糙的树干上。那一刻非常安静，洛瑞尔觉得很安全，就是不知道自己接下来该去哪儿，该干什么。荒唐的是，那一刻她还想着要去小溪边，加入妹妹们和弟弟的游戏当中，听父亲吹黑管，看他脸上迷茫的笑容……

或许就是在那一刻，洛瑞尔意识到自己或许再也听不见他们的声音了。

她目光涣散，光着脚丫踩在滚烫的石径上，朝屋里走去。她的目光飘到道路两边，看见花园的苗圃上似乎放着什么又大又白的东西——园子里本来没有那东西的。但她只是低下头，收回目光，走得更快了。她满心都是孩子般的渴望，希望自己什么都没看见，跨过门槛回到家里，一切都跟往常一样。

她并没有表现出内心的震惊，相反，她整个人都陷入了一种不寻常的镇静当中，好像身上穿了一件宽大的魔法斗篷，离这现实世界远远的。她就像童话书里走出来的人一样，想去寻找一个可以让自己沉睡的城堡。进屋之前，她把呼啦圈从地上捡起来。

房间里安静得令人诧异。太阳已经落到了屋后，入门处的前厅一片黑暗。她站在敞开的门廊边，等双眼适应屋里的光线。屋里传来爆裂声，好像是排水管突然冷却下来。这声音成了记忆里那个夏天的标志——那年夏天，黄昏漫长，令人倍感温暖，还有飞蛾围绕着台灯不停地扑闪。

她顺着铺了地毯的楼梯往上看，发现妹妹们都不在家。大厅里的钟嘀嘀嗒嗒地走着，她陷入短暂的错乱当中，以为大家都走了——妈妈，爸爸，还有小弟——就剩她一人和白色床单下盖着的东西。这个念头让她后背感到一阵寒意。尔后，客厅里传来一阵响动，她转过头，看见父亲站在没点火的壁炉边，一只手放在身边，一只手捏成拳头搁在木头的壁炉架上，整个人显得非常僵硬。"上帝保佑，我妻子有幸活了下来。"他说。

屋里传来一个男人的声音，他应该坐在门廊的某个位置，洛瑞尔看不见他。"我理解你的感受，尼克森先生，同时我希望你也能够理解，这是我们的工作。"屋里的灯把敞开的门廊照得亮堂堂的，洛瑞尔踮着脚走到灯后面。母亲坐在扶手椅上，怀里抱着熟睡的小弟。洛瑞尔看见他天使般可爱的侧脸，他靠在母亲的肩上，肥嘟嘟的小脸儿都被挤得扁平了。

除了爸爸和妈妈，房间里还有两人——沙发上坐着一个秃头的男人，窗户边有一个年轻男子拿笔在记着什么。洛瑞尔意识到，他们可能是警察。他们当然是警察了，这里刚发生了那么可怕的事情，阳光灿烂的花园里还有一具白被单裹着的尸体。

年纪较大的警察问："你知道他是谁吗，尼克森太太？你之前见过他吗？有没有这种可能——你们曾有过一面之缘，哪怕只是远远地看了一眼？"

母亲没有回答，或者说，没人听清了她的话。她对着小儿子的后脑勺小声说着什么，嘴唇轻轻地嚅动着。爸爸大声替母亲说："不认识，之前已经告诉过你们了，我妻子从来没见过这个人。如果你是在问我的话，我觉得他可能是报纸上说的那个专门骚扰野餐者的人。"

"所有的线索我们都会排查，尼克森先生，请你相信这一点。但此刻你家的花园里摆着一具尸体，而你太太是唯一的目击者。"

爸爸发怒了："那个男人攻击我的妻子，她不过是自卫而已。"

"你目击了这个过程吗，尼克森先生？"

年长警官的语气里有一丝不耐烦，这让洛瑞尔有些惴惴不安，她往后退了一步。大家都不知道她在这儿，他们也没必要知道。她可以悄悄溜走，爬上楼梯，小心翼翼不让吱嘎作响的地板发出声音，然后蜷缩在床上。成人世界里的勾心斗角和阴谋诡计就留给大人们去思考吧，等这一切都结束，父亲和母亲自会来找她，告诉她一切都平息了——

"你当时在现场吗，尼克森先生？你是否看见了整个过程？"

洛瑞尔最终还是留在了房间内，这里灯火通明，和黑暗的大厅截然不同。屋里的人也奇奇怪怪，父亲紧张的语气和僵直的身体似乎暗含着某种重要的信息。她向来喜欢凑热闹，即便没人向她寻求帮助，她也想站出来助他们一臂之力，就像小时候害怕错过精彩的事情而不想睡觉一样。

她很震惊，她需要有人陪在身边。她控制不住自己的举动，终于还是从幕后走到了舞台正中央。"我在现场，"她说，"我看见他了。"

爸爸吃惊地抬头看着她。他匆匆忙忙地扫了妻子一眼，随后又看向洛瑞尔。再次开口说话的时候，他嗓音沙哑，语速飞快，像是动物发出的咝咝声："洛瑞尔，别在这里添乱了。"

所有的目光都聚集在她身上，妈妈，爸爸，还有那两个警察。洛瑞尔知道，接下来的剧情至关重要。她避开父亲的目光，开口说道："那个男人从房子后面绕过来，他想抢走小弟。"事情真是这样的吗？洛瑞尔坚信自己看到的就是这样。

爸爸皱起眉头："洛瑞尔——"

洛瑞尔加快语速，决心也更加坚定。为什么不站出来呢？她已经不是个孩子，不用悄悄躲进自己的卧室等大人来搞定一切。她是家庭一员，她也有自己的角色要扮演，她也很重要。屋里的灯光似乎更亮了，年长警察的目光投向洛瑞尔。"他们争执起来，我看见了，那个男人动手打我母亲，然后……然后他就倒在地上了。"

似乎有一分钟左右，房间里没人开口说话。洛瑞尔看了看母亲，她没有继续对小弟轻声低语，而是抬起头看着洛瑞尔。有人泡了茶——这么多年过去了，洛瑞尔还是记得这个细节——有人泡了茶，但没人喝它。茶杯孤零零地放在房间四周的桌子上，窗台上也放着一杯。大厅里的钟嘀嗒嘀嗒地走着。

最后，坐在沙发上的秃头警察清了清嗓子，问道："是这样的吗，洛瑞尔？"

"是的，警官。"

爸爸终于长舒了一口气，那声音听上去好像气球突然泄气一样。他指着洛瑞尔介绍说："这是我的女儿，"他的声音中有一种颓败感，"我的大女儿。"

沙发上的警察看了看洛瑞尔，嘴上扯出一个微笑，但眼睛里却没有丝毫笑意。"洛瑞尔，你最好还是进屋坐下来，把你看见的从头到尾都告诉我们。"

5

　　洛瑞尔把事情如实告诉两位警察。她小心翼翼地坐在沙发另一端，父亲不情不愿地鼓励了她几句，然后她就开始回忆下午发生的一切。她将自己看到的一切都如实相告——她当时在树屋里看书，看见男人往格林埃克斯农场走之后就开始观察他。

　　"你当时为什么想到要观察他？他身上有什么不寻常的地方引起你的注意了吗？"从警察的语气和表情中，洛瑞尔看不出他想得到什么答案。

　　洛瑞尔皱了皱眉头，她焦虑地回忆着每个细节，想让大家知道自己是个有价值的目击者。是的，那个男人的确有些不寻常。虽然他没有奔跑吵闹或是有其他奇怪的举止，但他——洛瑞尔看着天花板，想找出合适的词来描述当时的感觉——他看上去用心险恶，自己被吓到了。对，用心险恶，洛瑞尔重复了一遍，为这个词的贴切感到欣慰。她也说不出个中缘由，但她当时的确有些害怕。

　　会不会是之后发生的事情影响了她的第一印象？让平平常常的事物看上去充满危险？

　　不，洛瑞尔非常确定，男人身上有某种令人恐惧的特质。

年轻警官在记事本上匆匆写下谈话记录。洛瑞尔舒了一口气，她不敢看向父亲和母亲，害怕自己一看到他们就会失掉所有的勇气。

"他是什么时候到达你家的呢？当时发生了什么？"

"他鬼鬼祟祟地转过墙角——一般情况下，来做客的人不会这样——然后我母亲就和小弟一起出去了。"

"你母亲抱着你弟弟吗？"

"是的。"

"她手里还有没有其他东西？"

"有。"

"什么？"

洛瑞尔咬了咬腮帮子，回想着那一道银光。"她拿着蛋糕刀。"

"你认识那把刀？"

"每个值得庆贺的重要时刻，我们家都会用那把刀来切蛋糕，刀柄上还系着一条红丝带。"

警察的动作没有任何变化，他略微停顿了一下，然后继续问："之后发生了什么？"

洛瑞尔早就准备好了："然后那个男人攻击了我的母亲和弟弟。"

洛瑞尔说，那人跌跌撞撞地冲向弟弟——说到这儿，她心里忽然浮上一丝疑虑，就像一缕阳光模糊了照片的细节。她踌躇了一会儿，盯着膝盖上的伤口，想搞清楚自己内心真实的想法。之后，她继续往下说。男人伸手去夺格里——她记得很清楚——他伸出双手，想从母亲手里夺过弟弟；母亲转身把格里放到一旁，男人去抢母亲手里的刀，两人随后便争抢起来……

"之后呢？"年轻警察不停地在笔记本上写着，把洛瑞尔说的每句话都记了下来。问话的警察声音很大，洛瑞尔觉得很热，房间里的温度似乎升高了，她不明白父亲为何不把窗户打开。

"之后呢？"

洛瑞尔吞了吞口水，她的嗓子很干。"之后母亲就把刀往下一挥。"

房间里一片寂静，只听见笔尖飞快地划过纸张的沙沙声。洛瑞尔心里的画面清晰起来：那个可怕的男人面庞微黑，双手很大，他抓着妈妈，想要伤害她，然后对弟弟不利——

"然后那个男人就直接倒下了吗？"

窗户边的年轻警察停下笔，拿着笔记本看着洛瑞尔。

"当时那个男人是直接倒在地上了吗？"

洛瑞尔犹犹豫豫地点点头："应该是。"

"应该？"

"其余的事我都不记得了——我当时晕倒了，后来才在树屋里醒过来。"

"你是什么时候醒来的？"

"就在刚才，然后我就到这儿来了。"

年长的警察慢慢吸了一口气，然后又吐了出来。"你还记得其他和案件有关的事情吗？你有没有看见或听见什么？"他用手摸了摸自己光秃秃的脑袋。他的双眼是非常纯粹的浅蓝色，几乎要成灰色了。"慢慢想，即便是细节也可能会有重要价值。"自己是不是遗忘了什么？自己当时有没有看见或听见什么？洛瑞尔仔细地回想。她觉得应该没有。不，她确定这就是事情的真相。

"一点儿也想不起来了吗？"

她回答"是的"。爸爸的双手插在兜里，双眼凝视着某处。

两位警官交换了一下眼神，年长的警官轻轻点了点头，年轻的那个随即合上记事本。询问就此结束。

*　*　*

洛瑞尔坐在卧室的窗台上，一点一点咬着大拇指的指甲。格林埃克斯农场的大门外站着三个男人，他们并没有过多交谈，只有较为年长的那位警官在说着什么，父亲指着逐渐暗下去的地平线一一作答。看上去，他们像是在谈农作物的种植方法、当季的温度，或者萨福克郡土地的历史沿革。但洛瑞尔觉得，他们谈论的不可能是那些。

一辆厢式货车缓缓驶向车道，年轻警察穿过宽敞的草地，打着手势让车往农舍这边开。洛瑞尔看见从驾驶座走下来一个男人，车厢后面抬出来一副担架。担架被抬进花园里，再抬出来的时候那条白色的床单在风中飘忽飞扬。床单被鲜血染成了近乎黑色，不复记忆中的洁白。他们把担架抬进车厢，之后货车就开走了。警察也离开了，爸爸独自一人走进屋子。洛瑞尔隔着楼板听见前门关上的声音，还有靴子踩在地上的声音。一声，两声，这脚步声温柔地靠近坐在客厅的母亲。洛瑞尔拉上窗帘，用后背抵住窗户。警察已经走了，她把真相告诉他们了。她描述了自己内心的一切，她觉得这就是事实。为什么，她为什么会认为这就是事实？这太奇怪，太不可思议了。

洛瑞尔蜷着身体躺在床上，把双手夹在两膝中间，像祈祷一样紧紧合拢。闭上眼，那道银光和白色的床单，还有那个男人说出母亲的名字时她恐惧的脸……这一切不断地在洛瑞尔眼前闪现，她只好睁开眼。

洛瑞尔的身体忽然变得僵直——男人叫出了母亲的名字。

她并没有告诉警察这一点。当时，警察问她还记不记得别的事情，有没有看见或听见什么，她回答没有，什么都不记得，什么都没看见没听见。但她听见了——这才是事实。

门忽然开了，洛瑞尔飞快地坐起来，以为是那位年长的警察回来带她去问话。但进来的人是她的父亲，父亲说他要去邻居家把妹妹们接回来。小婴儿格里已经睡着了，母亲也去休息了。父亲在门口犹豫了一会儿，用手叩着门框。再次开口的时候，他的声音已经嘶哑了。

"今天下午的事情太令人震惊，太可怕了。"

洛瑞尔咬着嘴唇。她没发现，自己已经快哭出声了。

"你母亲是个勇敢的女人。"

洛瑞尔点点头。

"她是这场事故的幸存者，你也是。你在警察面前表现得很好。"

热泪滚滚而下，刺得脸颊疼。洛瑞尔含糊地说道："谢谢你，爸爸。"

"警察说他可能是报纸上报道过的那个男人——他一直在小溪边犯事。描述都很吻合，不会有人再来打扰你母亲了。"

洛瑞尔也是这样想的。她第一眼看到那个男人的时候就怀疑他是不是报纸上说的那个人了，她忽然感到轻松了些。

"听我说，洛瑞尔。"父亲把手插进兜里，身子微微有些摇晃，"我和你母亲商量过了，我们觉得还是不把这件事告诉妹妹和弟弟比较好。没有这个必要，他们还太小，理解不了这件事。要是我能选择，我宁愿事情发生时你在一百英里外的地方——但没办法，事实上你就在这里。"

"对不起。"

"没什么对不起的，这不是你的错。你帮助警察找出了真相，也帮助了你母亲，现在一切都结束了。有个坏人来到我们家，但现在一切都恢复了正常，一切都会好起来的。"

父亲并没有在问她，但他这话听上去很像一个问句。洛瑞尔于是回答说："会的，爸爸，一切都会好起来的。"

父亲一边的嘴角动了动，勉强扯出一个微笑。"你是个好女孩儿，洛瑞尔，我现在要去接你的妹妹们。今天发生的一切都只有我们三人知道，好吗？这才是我的好女儿。"

* * *

他们三人都信守诺言。那天下午发生的事成了尼克森家族史上一件秘而不宣的要事。他们以为，年幼的妹妹们无从得知此事，唯一的目击者格里还太小，根本不会记得。但后来才知道，他们猜错了。

妹妹们都意识到，家里发生了不同寻常的事情——她们突然被带离生日聚会的现场，被安排在邻居家崭新的电视机前看节目；父亲和母亲一连好几个星期都面色阴沉，还有两位警察定期来访，他们关着门低声严肃地交谈。父亲告诉她们，格里生日那天，牧场上死了一个可怜的流浪汉，于是所有的事情都解释得通了。虽然这种事情令人唏嘘，但却经常发生。

与此同时，洛瑞尔咬指甲的习惯愈发严重了。警察调查了好几个星期才得出结论——男人的年龄和相貌都与报纸上那个野餐侵扰者相符。警察说，那人迟早会干出暴力事件来。洛瑞尔的证词证明，她的母亲是正当防卫。男人入室盗窃未遂，受害者有幸逃过一劫。报纸上也没有披露更多的细节。所幸那个年代自主决定权还是常态，一位绅士的决定可以令头版头条的新闻撤到第三版。幕布落下，这个故事就此结束。

尼克森家的生活逐步回归正轨。洛瑞尔变得很安静，她觉得自己与家人离得越来越远，为此感到十分焦虑。那件事一直在她心头盘旋——她在调查中扮演的角色，她告诉警察的事情，还有那些她没告诉警察的事情……都让她诚惶诚恐，有时甚至无法呼吸。无论她走到格林埃克斯农场哪个角落，无论是在屋里还是在园子里，她都感觉自己被那天看见和所做的一切包围裹挟着。回忆无处不在，她无处可逃，而这一切的源头竟然是个谜。

后来，她参加并通过了皇家中央演讲和戏剧学院的面试。父母苦苦哀求，希望她留在家里；希望她推迟一年入学，好完成一级水平的学业；希望她想想妹妹们，想想最爱她的小弟。但她没有理会，只是打包好自己的行李，收拾好所有的零碎物品，把所有人都抛在身后。她的人生即刻变了方向，如同突如其来的暴风雨中来回打转的风向标。

* * *

洛瑞尔将杯子里的酒一饮而尽。天空中，一对白嘴鸦低低掠过父亲的草地。天空中那个巨大的开关关上了，大地逐渐陷入黑暗之中。演员都有自己最爱的词语，"黄昏"是洛瑞尔的最爱之一。它的发音那么美，似乎饱含着昏黄的天色，以及被包围的无助感觉。此外，这个词如此接近光芒，它的光辉也在其中逐渐消磨殆尽了。

黄昏让她想起自己的童年时代，想起去伦敦之前的生活。这个时候，父亲应该刚刚结束一天的劳作，从农场回到家里；母亲在炉子旁帮格里洗澡，艾莉丝在楼上表演模仿秀，姊妹们在一旁笑作一团——讽刺的是，如今的艾莉丝已是学校校长，成了孩子们最爱模仿的对象。灯光亮起的时候，屋里的场景又变了：房间里弥漫着一股肥皂味儿，宽大的橡木桌子早已收拾好，晚餐就在桌上等待着孩子们。即便现在，洛瑞尔也能不自觉地察觉出昼夜的交替，这是她最想家的时候。远方的草地里有东西在移动——爸爸在世时每天都要经过那条小路，洛瑞尔一阵紧张，但随后发现那只是一辆小汽车。车子是白色的——她看得愈发清楚了——沿着车道蜿蜒前行。她站在那儿，将酒杯里最后几滴酒倒了出去。天气微凉，洛瑞尔双手抱胸，慢慢朝大门走去。司机起劲儿地闪了闪车灯——如此活泼只会是黛芙妮。洛瑞尔朝她挥了挥手。

6

晚餐的时候，洛瑞尔一直在观察自己最小的妹妹黛芙妮。她的脸庞显然被照顾得很好，愈发迷人了。要是姐姐们问起来的话，黛芙妮肯定会说，自己用了"一种新的润肤膏"。洛瑞尔不想听别人撒谎，因此也就按捺下问她的想法。晚餐过程中，黛芙妮一边用手拨弄着金色的鬈发，一边给大家讲她在《洛杉矶早餐秀》那档节目里的见闻——每天早上，她都在节目中播报天气，顺道和一个叫奇普的新闻播报员调情。洛瑞尔一边听她讲，一边漫不经心地点头。黛芙妮喋喋不休地讲着，连喘气的时间都不留给大家。最后，她终于止住话头，洛丝和洛瑞尔赶紧换了个话题。

"你先喝。"洛瑞尔和洛丝碰杯，不料却看见自己的酒杯又空了。

"我正想说来着，是不是该讨论一下母亲生日的安排了？"

"我觉得也是。"艾莉丝说。

"我有个主意。"黛芙妮说。

"当然——"

"显然——"

"我们——"

"我——"

四姊妹七嘴八舌地说着，一时乱作一团。

"你怎么看，洛丝？"洛瑞尔问道。

从小到大，洛丝总是在姊妹们的层层压力中挣扎徘徊，她咳了一声："我觉得，很遗憾生日聚会只能安排在医院。而且，我们应该想办法让这次生日聚会特别一点——你们都知道，母亲一向很看重生日。"

"这也是我要说的。"黛芙妮用婴儿般粉嫩的双手捂着嘴，轻轻打了个嗝儿，"不管怎么说，这可能是母亲最后一次过生日了。"

沉默在姊妹们当中蔓延，房间里一片沉寂，只听得见瑞士挂钟突兀的嘀嗒声。艾莉丝带着哭腔说道："你太……太残忍了，不是吗？"她用手抚着自己铁灰色的短发，"自从你搬到美国之后就变了。"

"我的意思是——"

"我们都明白你的意思。"

"但这是事实。"

"但你不用说得这么直接。"

洛瑞尔看了看围坐在餐桌边的妹妹们。艾莉丝怒气冲冲，黛芙妮委屈地眨着蓝色的眼睛，洛丝焦虑地用手绕着自己的辫子，头发都快被她绕断了。大家似乎都还是小时候的样子。洛瑞尔冲着酒杯叹了口气："或许，我们可以给妈妈带些她最喜欢的东西——比如爸爸收藏的录音带。你是这个意思吧，洛丝？"

"是的，"洛丝满怀感激又略带紧张地答道，"这主意太棒了。我们还可以给她讲故事——就是她曾经给我们讲的那些故事。"

"花园底下有扇门通往精灵世界的故事就不错。"

"还有妈妈在柴火堆里找到龙蛋的故事。"

"还有她跑去参加马戏团的事。"

"你们记得吗?"艾莉丝突然说道,"还记得我们的马戏团吗?"

"是我的马戏团。"黛芙妮接着说道,她握着酒杯,整个人显得容光焕发,"噢,是你的,"艾莉丝插嘴道,"不过那还不是因为——"

"那是因为我得了麻疹,镇上来马戏团的时候没法去看。"黛芙妮陷入回忆之中,高兴地笑起来,"妈妈让爸爸在草地里搭起帐篷,让你们所有人去扮小丑。还记得吗?洛瑞尔扮演狮子,妈妈表演走绳索。"

"妈妈的表演真不错,"艾莉丝说道,"几乎没怎么从绳子上跌下来——她肯定练习了好几个星期。"

"她讲的故事或许是真的,她说不定真的在马戏团待过。"洛丝说道,"我快要对妈妈的故事信以为真了。"

黛芙妮赞同地叹了一口气:"有这样的母亲是我们的幸运,不是吗?她那么爱玩,就像个还没长大的孩子一样,一点儿也不像别人家无聊又苍老的母亲。以前,我把学校里的朋友带回家的时候都特别自豪。"

"你?自豪?"艾莉丝故作惊讶,"可真是看不出来啊——"

"我们还是接着谈母亲的生日聚会吧!"洛丝拍拍手,生怕这场斗嘴变成了争吵,"我负责烤蛋糕,母亲最爱的维多利亚海绵蛋糕——"

"你们记得吗？"黛芙妮的声音里透着一股子愉悦，"那把刀，系着丝带的那把——"

"红丝带。"艾莉丝补充道。

"刀柄还是骨头做的呢。母亲以前最喜欢用那把刀了，每次过生日的时候都要用它切蛋糕。"

"母亲说过，这把刀有魔力，能够实现人们的愿望。"

"你们知道吗，好长一段时间我都信以为真了呢。"黛芙妮把下巴搁在手背上，轻轻叹了口气，"不知道那把蛋糕刀去哪儿了。"

"弄丢了呗，"艾莉丝说，"我记得有一年我没见着那把刀，跑去问妈妈的时候她说弄丢了。"

"家里不见了好多笔和针，那把刀肯定跟它们一起逍遥去了。"洛瑞尔飞快说道，她清了清喉咙，"我渴死了，再喝点吧！你们呢？"

"要是能找到那把刀就太好了！"穿过客厅的时候她听见有人在说。

"对呀，那样我们可以用它来切开母亲的生日蛋糕……"

洛瑞尔走进厨房，妹妹们兴奋的讨论声被抛在身后。"它会去哪儿呢？"黛芙妮的声音非常激动。

洛瑞尔扭开电灯开关，屋子瞬间活了过来，就像一个忠实的老管家，即便早就过了合约期，还是一如既往地在此守候。厨房里空无一人，在昏暗的日光灯的照耀下，屋子比洛瑞尔记忆中凄凉了许多。地砖的接缝处灰扑扑的，茶叶罐的盖子上蒙了一层油腻腻的灰，仿佛是母亲逐渐暗淡下去的目光——这个联想让洛瑞尔心里很不舒服。她应该雇个清洁工的——她为什么早没想到呢？自责的同时她又想到，自己为什么要离家那么远？应该常回家看看，亲手打扫房间的。

厨房里的冰箱看上去还比较新。原来那台老开尔文冰箱鞠躬尽瘁，终于退出尼克森家舞台的时候，洛瑞尔打电话从伦敦订了一台新的节能冰箱——还可以做冰块呢，母亲以前从未用过这种功能。

洛瑞尔找到自己带回来的夏布利酒，关上冰箱门——劲儿有点大，冰箱门上的磁铁掉下来，后面压着的剪报飘到冰箱底下的地板上。洛瑞尔有些丧气，她趴在地上，在灰尘堆里摸索着。剪报都出自《萨德伯里纪事报》，上面有艾莉丝穿着灰色花呢外套和黑色紧身衬衣站在学校前面的照片，看上去相当有校长范儿。这张照片丢了可不得了，洛瑞尔于是又找了个地方把它贴上——这事说起来容易做起来难，尼克森家的冰箱可是个重要的地方，所有想引起家人注意的东西，照片、贺卡、奖状、提到尼克森家的文章报道等，都贴在白色的冰箱门上。大大小小的磁铁后面贴着五花八门的东西，看上去一片凌乱，家里有人曾建议把这些磁铁都拿去卖废品。

不知为何，洛瑞尔忽然想起1961年夏日里的一天早晨。那时，离格里的生日还有一个月，一家七口人围坐在餐桌边吃早餐。女孩儿们用勺子在黄油面包上涂草莓酱，父亲在用当地的报纸做剪报。那天的报纸上有桃乐茜的获奖照片，她举着红花菜豆，笑容满面。大家吃完饭后，父亲把剪报贴在冰箱上。

"你没事吧？"洛瑞尔转过头，看见洛丝站在门口。

"没事，怎么了？"

"你出来好一会儿了。"洛丝皱了皱鼻子，仔细打量着洛瑞尔，"你看上去有点憔悴。"

"灯光的缘故，"洛瑞尔说道，"这种灯光下，大家看上去都苍老了不少。"她转过身去摆弄螺丝锥，这样洛丝就看不到她脸上的表情了。"你们想出办法找那把蛋糕刀了吗？"

"是的，黛芙妮和艾莉丝凑到一块儿……"

"希望这把刀真的有魔力。"

"说得对。"洛丝打开烤箱，看覆盆子酱馅饼是否烤好了。房间里一时蒸汽翻滚，空气中弥漫着香甜的水果味，洛瑞尔忍不住闭上双眼。这是母亲最拿手的点心。

她花了好几个月才鼓足勇气，去问母亲那天发生的事情。父亲和母亲希望她抛开过去往前看，他们否认了整件事情，说那些都只是洛瑞尔的幻想，从来没有发生过。但洛瑞尔知道，它的确发生过，还出现在她每晚的梦境里，房子边上的男人声声呼唤着母亲的名字——

"应该可以吃了，"洛丝满意地抽出烤盘，"没有妈妈做得好吃，我们只能将就一下了。"

去伦敦的前几天，洛瑞尔在厨房找到母亲。她直截了当地问："那个男人为什么知道你的名字，妈妈？"说出这句话的时候她心里一阵绞痛，她希望母亲会矢口否认，说是她听错了，那男人什么都没有说。

桃乐茜没有马上回答她的问题。她走到冰箱前，打开门清理冰箱。洛瑞尔看着母亲的背影，过了很久，她几乎已经放弃希望的时候母亲终于开口说话了。"报纸，"她说道，"警察说他肯定是看了报纸上的文章。他的挎包里有那天的报纸，所以他知道咱们家的地址。"

这理由听上去非常完美。

如此甚好。洛瑞尔一直希望这件事有个合理的解释，如今终于有了。那个男人读了报纸，看见母亲的照片，然后就找过来了。洛瑞尔脑海中有个细微的声音在问：为什么？她赶紧驱散这个念头。那是个疯子——谁知道他为什么会来找妈妈？再说，这又有什么关系呢？事情已经过去了。只要不执著于细枝末节，整件事情似乎没有任何问题，完全说得通。

本来已经尘埃落定的事情，如今又被翻了出来。而在五十年后掀开这一切的竟然是一张突然出现的老照片，以及一个陌生女人的名字。洛瑞尔脑中尘封的记忆开始一点点复苏。

烤架"砰"的一声弹回烤箱里。洛丝说道："还是再烤五分钟吧！"

洛瑞尔将酒咕嘟咕嘟倒进杯子里，努力装作淡然的样子叫了声妹妹的名字："洛丝。"

"嗯？"

"今天那张照片，就是你在医院里给我看的那张照片，那个送书给妈妈的女人——"

"她叫薇薇安。"

"哦。"洛瑞尔放下酒瓶，身子轻轻颤抖着，这个名字总觉得似曾相识，"妈妈以前提到过这个人吗？"

"提到过，"洛丝说道，"我找到照片之后，母亲说这是她以前的朋友。"洛瑞尔想起照片上的日期是1941年，"战争时期的朋友。"

洛丝点点头，把抹布叠成整齐的方形。"妈妈没说太多，她只说薇薇安是澳大利亚人。"

"澳大利亚人？"

"她小时候就来英国了，原因我不太清楚。"

"那她和妈妈是怎么认识的？"

"妈妈没说。"

"为什么我们从没见过她？"

"不知道。"

"这真奇怪，你觉得呢？妈妈以前从没提起过她。"洛瑞尔品了一小口酒，"这是为什么？"

烤箱定时器突然响起来。"她们可能吵架了，然后不再来往了。我可不清楚。"洛瑞尔戴上手套，"不过，你为什么这么感兴趣呢？"

"我哪有？"

"可以开饭了，"洛丝捧着装着水果馅饼的盘子，"看上去棒极了。"

"她去世了，"洛瑞尔语气忽然变得十分坚定，"薇薇安去世了。"

"你怎么知道？"

"我的意思是，"洛瑞尔吞下一口酒，又改变了主意，"她可能去世。当时是战争时期，所以这很有可能，你说呢？"

"一切皆有可能，"洛丝用叉子戳了戳馅饼的皮，"举个例子——啊，这皮可真滑，准备好去惊艳大家了吗？"

洛瑞尔急切地想上楼去验证自己的想法："你刚才说对了，我的确有点儿不舒服。"

"你不想吃点甜点吗？"

洛瑞尔摇摇头，走出厨房。"恐怕你得提前跟我说晚安了，明天要是还不舒服就不妙了。"

"我去给你拿退烧药和热茶好吗？"

"不用，"洛瑞尔说道，"不用了，谢谢你，洛丝。我只想——"

"怎么了？"

"那本书。"

"什么书？"

"《彼得·潘》，就是夹着照片的那本书，在你那儿吧？"

"你真奇怪，"洛丝露出一个微笑，"我去帮你把它找出来。"她无奈地摇了摇头，"晚一点可以吗？"

"当然，不用着急，我只是想休息一下。好好享用甜点吧！还有——"

"什么？"

"抱歉让你一个人去听她们争吵。"

* * *

澳大利亚这个词勾起了回忆。洛丝说起从母亲那儿了解的信息时，洛瑞尔脑子里灵光一闪，明白了薇薇安这个名字为何如此重要了。她想起自己第一次听到这个名字的时候，那是很久以前的事了。

妹妹们在享受美味的甜点，四处寻找一把她们永远都找不到的蛋糕刀，洛瑞尔则跑到阁楼上，在自己的储物箱里翻找。家里每个人都有一个储物箱，桃乐茜对待储物箱一丝不苟。爸爸曾向她们吐露说，这也是战争留下的烙印——炸弹落到母亲位于考文垂的家里，她心爱的一切都化为废墟，过往岁月只余下满地碎石。她下定决心，不让自己的孩子有同样的遭遇。虽然不能帮孩子们避开每一次心痛的时刻，但她至少可以保证，孩子们想要班级合影的时候知道该去哪儿找。母亲对所有能拿在手里而且有意义的东西都有着狂热的兴趣，她集物成癖，家里人也只好听之任之。所有东西都被保存下来，什么都不扔，尼克森家的人虔诚地坚守着这种家族传统。那把蛋糕刀就是例证。

洛瑞尔的储物箱挤在破烂的水箱旁，父亲一直没能抽出时间修理它。还没看见箱子上的名字，洛瑞尔就知道这个储物箱肯定是自己的。箱子表面绑着两条黄褐色的皮带，上面的铁扣已经坏了——这就是证据。看见箱子的时候，洛瑞尔心里扑腾扑腾直跳，她知道，自己要找的东西就在里面，她十分期待。想来也是奇怪，几十年都没想起的一件东西她竟然还准确地记着位置。她知道自己要找的东西是什么，知道把它握在手里的感觉，她也知道，这件东西蕴含的情感终会浮上水面。解开皮带的时候，她脑海里浮现出上一次打开箱子时的场景。箱子闻上去有股潮湿的灰尘味道，像一款过时的古龙水，洛瑞尔记不起香水的名字，但这个味道让她想起了自己十六岁的时候。箱子里装满了纸张，有日记、照片、信件、学校报告单，还有紧身七分裤的缝纫样式图。洛瑞尔继续在箱子里翻找，她取出一沓纸张，飞快地浏览着。

左边的纸堆翻到一半的时候，洛瑞尔终于找到了自己想要的东西。那是一本薄薄的书，看着一点儿也不讨人喜欢，但却让洛瑞尔想起了很久以前的事情。

多年以前，有人邀请她出演《生日聚会》中的梅格一角。能在利特尔顿剧场表演是个好机会，但洛瑞尔却拒绝了。那也是她印象中唯一一次将个人生活置于演艺事业之前。表面上，她说是档期的问题；实际上，虽然档期不合适，但这并不是她拒演的真正原因。这样含糊其词很有必要——洛瑞尔不能出演这个角色，这场戏和1961年的夏天盘根错节地纠缠在一起。拿到少年时喜欢的那个男孩——想来真是讽刺，洛瑞尔已经记不得他的名字了——送的剧本后，她读了一遍又一遍。她一一记下剧本中的情节，把青春期无处发泄的愤怒和沮丧倾注到每个场景之中。之后，那个男人的身影就出现在尼克森家的车道上。整件事情剪不断理还乱，洛瑞尔根本无法思考剧本的细节，她对此有种生理上的不适。

即便现在，她回想起来浑身都感到一阵冰凉，脉搏也在加速。幸运的是，她要找的并不是这本书，而是书中夹的两篇新闻报道。第一篇是那年夏天，萨福克郡地方报纸对男人死讯的报道，第二篇是《泰晤士报》上的一篇讣告。洛瑞尔有个好朋友的爸爸每天都从伦敦带回最新的《泰晤士报》，那份讣告是洛瑞尔偷偷从上面剪下来的。"你看这个，洛瑞尔。"那天，她去雪莉家玩的时候，雪莉的父亲对她说，"这是关于那个家伙的一篇报道，就是那个死在你家附近的男人。"报道很长，里面指出男人并不是寻常的罪犯。他出现在格林埃克斯农场前，身份显赫，一度十分风光。他结过婚，但没有孩子。

光秃秃的灯泡在头顶轻轻摇晃，灯光昏暗，看不清报道的具体内容。洛瑞尔合上箱子，拿着书走下楼。

今晚她还住在小时候睡过的房间，床单都是新的。小时候，四姐妹年龄不同，家里一共为她们准备了两间房。她的行李箱已经在房间里了，肯定是洛丝搬过来的。洛瑞尔没有动手整理行李，她打开窗户，坐在窗边上。

洛瑞尔一手夹着香烟，另一只手从书里翻出那两张剪报。她没看地方报纸的报道，而是直接拿起那份讣告。她匆匆扫了一眼标题，在字里行间寻找自己想要的信息。

正文第三排，那个名字跃入洛瑞尔眼中。

薇薇安。

洛瑞尔回过头把整个句子读完：*1938年，詹金斯与薇薇安·隆美尔小姐结为夫妇。隆美尔小姐出生于澳大利亚昆士兰，由住在英格兰牛津郡的舅舅抚养长大。*几段话过后，洛瑞尔又发现了如下的内容：*1941年，薇薇安·詹金斯在诺丁山的一次空袭中遇难。*

洛瑞尔猛吸了一口烟，她的手指不住地颤抖着。

当然了，世界上可能有两个薇薇安，而且都是澳大利亚人。死在洛瑞尔家门口的那个男人不可能是妈妈朋友的丈夫。但这显然说不过去，不是吗？

如果母亲认识薇薇安·詹金斯，那她肯定也认识薇薇安的丈夫亨利·詹金斯。"你好，桃乐茜，好久不见。"那个男人这样说道，然后母亲脸上浮现出深深的恐惧。

房门开了，洛丝走进来。"感觉好些了吗？"她闻见烟味，皱了皱鼻子。

"还好。"洛瑞尔说着，挥了挥手中的香烟，把它扔出窗外，"别告诉爸爸妈妈——我可不想被他们禁足。"

"我会帮你保密的。"洛丝走近一些，拿出一本袖珍的书。"这书很破了。"

说它破算是客气了。书的封面已经要脱落了，准确说来，是用线缝在一起的。封面下是绿色的布纹纸，上面污渍斑斑，还有淡淡的烟味，可能被煤烟熏过。洛瑞尔小心翻到扉页，上面用黑色的墨水写着：送给桃乐茜，真正的朋友是黑暗里的一束光。薇薇安。

"这本书对母亲肯定很重要，"洛丝说，"它没和其他书一起放在书架上，而是放在母亲的储物箱里。这些年来，母亲一直把它放在那里。"

"你翻了妈妈的储物箱？"母亲对隐私问题历来看得很重。

洛丝脸红了。"别那样看着我，洛瑞尔，我又没用锉刀把箱子撬开。是母亲叫我帮她拿这本书的，那是几个月前，她还没住院的时候。"

"她把钥匙给你了？"

"嗯，不情不愿地给我了，还是我发现她想自己爬梯子上去之后才给我的。"

"妈妈才不会呢。"

"她真的想自己爬上去。"

"她真是不要命了。"

"她跟你一样，洛瑞尔。"

洛丝这话没什么恶意，但却刺痛了洛瑞尔。回忆涌上心头——那天晚上，她告诉爸爸妈妈自己要去皇家中央演讲和戏剧学院念书。他们惊讶而又闷闷不乐。洛瑞尔背着他们参加学校面试让他们十分受伤，他们坚持认为，洛瑞尔太小，还不能离开家里，而且洛瑞尔还没完成学业，还没拿到A级证书。父亲母亲还有洛瑞尔坐在厨房的桌子边，他们用冷静得有些夸张的语气轮流跟洛瑞尔讲道理，洛瑞尔满脸不耐烦。父亲和母亲终于停下来的时候，她开口说道："我还是要去。"她阴沉的语调中藏着那些迷茫而叛逆的青少年特有的愤愤不平，"你们怎么说都没用，我是不会改变主意的。"

"你还太小，洛瑞尔，你根本不知道自己真正想要的是什么。"母亲说道，"人是会变的，长大后会作出更明智的决定，妈妈了解你，洛瑞尔——"

"你不了解我。"

"我知道你很任性，我也知道你很固执，你想与众不同，你脑子里全是梦想，就像我年轻时候那样——"

"我跟你一点儿都不一样，"洛瑞尔说道，她尖锐的语言像一把利刃，刺入母亲本就摇摇欲坠的冷静当中，"我不会做你做过的那些事。"

"够了！"史蒂芬·尼克森伸出双臂抱着妻子。他冲洛瑞尔挥挥手，让她赶紧上楼睡觉。同时也警告她，这场谈话远没有结束。

洛瑞尔躺在床上，生了好几个小时的闷气。她不确定妹妹们究竟在哪儿，只知道她们被安置在别处，免得打扰到被禁足的洛瑞尔。这是她记忆里第一次和父母争吵，这让她既兴奋又受伤。生活好像再也回不到以前那样了。

她躺在黑暗中，一动不动。门忽然打开，有人轻手轻脚地朝她走来。那人坐在床边的时候，洛瑞尔明显感到床尾往下沉了沉。然后，她听见妈妈的声音。她在哭泣。洛瑞尔知道，妈妈的眼泪是为自己而流。她想伸出双臂抱着妈妈的脖子，不让她离开。

"抱歉和你吵架。"桃乐茜说道。月光透过窗户，照亮了她的面庞。"事情发展到今天这步也真是滑稽，我从没想过会和自己的女儿吵架。年轻的时候，我也挣扎徘徊过——我总觉得自己和父母不一样。当然了，我爱他们，但是我不知道他们是否了解我。我觉得自己什么都懂，所以他们说什么我都不听。"

洛瑞尔露出浅浅的笑容，虽然还不知道母亲这次谈话目的何在，但心里却不再像滚烫的熔岩一般焦灼了，她很开心。

"我们俩很像，"母亲继续说道，"或许，这就是为什么我担心你会犯和我同样的错误吧！"

"可我并没有犯错。"洛瑞尔坐起来，靠在枕头上。"你难道不明白吗？我想当演员——对我这样的人来说，戏剧学院才是最好的归宿。"

"洛瑞尔——"

"想象一下你只有十七岁，妈妈，未来在等着你。你还能有比伦敦更想去的地方吗？"洛瑞尔错了，母亲对伦敦从来没有任何兴趣。

母女之间出现短暂的沉默，画眉鸟在窗外呼朋引伴地歌唱着。"没有。"桃乐茜说道，她的语气温柔又略带点悲伤，她伸手去抚摸洛瑞尔的发梢，"伦敦是个好地方。"

如今的洛瑞尔猛然意识到，当时的自己还是太自以为是了。她根本没想过母亲十七岁时是什么模样，不知道什么才是她真正想要的，她究竟犯了什么大错，所以才如此焦虑，不想让女儿重蹈自己的覆辙。

＊ ＊ ＊

洛瑞尔拿起洛丝送来的那本书，声音不由得有些颤抖："看到妈妈以前的东西感觉有点奇怪，你觉得呢？"

"什么以前？"

"在生下我们之前，在她来到这里之前，那时她还不是我们的母亲。你想象一下，她收到这本书的时候，她和薇薇安拍下那张照片的时候，她根本不知道会有我们的存在呢。"

"怪不得照片中的妈妈如此耀眼。"

洛瑞尔没有笑。"你想过关于妈妈的事情吗，洛丝？"

"妈妈的事？当然了——"

"不是妈妈的事，我的意思是——照片中那个年轻女人的故事。那时候的她还不是我们的妈妈，我们对她那时候的生活一无所知。你想过她的事吗？她想要什么？她有什么想法——"洛瑞尔偷偷看了妹妹一眼，"她有什么秘密？"

洛丝脸上露出不解的笑容，洛瑞尔摇了摇头，"你别介意，我今天晚上有些伤感。我想，可能是重回老家的缘故，这旧房子让人感伤。"她努力挤出欢快的表情，"你还记得艾莉丝打呼噜的声音吗？"洛丝笑起来，"比爸爸的鼾声都大，是吧？不知道她现在是不是还这样子。"

"很快就知道了，你要上床睡觉了吗？"

"我想在她们来之前先去洗个澡，我的镜子被黛芙妮抢去了。"她压低嗓音，抬起一边的眼皮，"她是不是……"

"好像是的。"洛丝做了个鬼脸，那样子好像是在说，"人真奇怪。"然后走出去，把门关上了。洛丝的脚步声逐渐远去，洛瑞尔脸上的笑容也慢慢消失了。她转过头凝视着夜空。墙后传来浴室门的吱嘎声，然后水管开始哗哗作响。五十年前，洛瑞尔告诉天上的星星，母亲杀人了。她说这是正当防卫，但我看见了事情的真相。她举起刀，然后用力挥下，那个男人身子往后一倾，倒在了地上。青草被压倒一片，紫罗兰开得正盛。母亲认识那个男人，她很害怕。我不知道这为什么。

洛瑞尔突然醒悟过来，自己人生中的空白，所有的失去和悲伤，每个黑夜里的噩梦，每个无法开解的郁结，都笼罩在这个无解的谜团的阴影下。这个谜团从她十六岁的时候就存在了，那就是——母亲不曾言说的秘密。

"你是谁，桃乐茜？"洛瑞尔在心中问道，"在成为我们的妈妈之前你到底是谁？"

7

1938年，考文垂开往伦敦的火车

十七岁那年，桃莉·史密森确信自己是被拐卖到史密森家的，那时自己还是襁褓之中不谙世事的婴儿。唯有如此，事情才解释得通。那是个周六，上午十一点的时候，桃莉发现了这个秘密。当时，她正盯着父亲看。父亲用手指转动铅笔，嘴里轻轻念叨着什么，下唇微微动着。然后，他在小小的黑色分类账簿上记下全家到车站需要付给司机的车费和行李费。送人要三先令五便士，送行李还得再加三便士。在伯恩茅斯的大部分时间，父亲都要与这本账簿为伴。回到考文垂之后，他还会糟蹋一个美好的夜晚，把所有家庭成员召集到一起，分析账单明细。父亲会把这次旅行的开销做成表格，还会将今年的花销和去年作对比——要是他们有"耳福"的话，父亲还会扯出十年前的账单。家人看过账单之后纷纷不情不愿地表态，下次会节约点。年假过后，父亲就会回到H.G.沃克自行车有限公司，继续当会计，兢兢业业开始新一年的工作。

桃莉的母亲坐在车厢的角落里，焦躁地用棉布手绢揉着鼻子。她小心翼翼地把大半张手绢都攥在手心里，偷偷抬眼看一下自己的丈夫，看见他仍在对着账本皱眉头，自己没有打搅到他才放下心来。在他们家，也只有贾妮思·史密森有这个本事，每年都能在暑假开始的前一天夜里准时感冒。她这个记录着实令人钦佩，要不是她时不时的喷嚏声，桃莉真想向她这持之以恒的习惯致敬。母亲的喷嚏声也是温顺而恭谨的，但这声音敲打着桃莉的耳膜，父亲尖尖的铅笔划过账本的声音都被喷嚏声盖住了。每年，家里人都要去海边待两个星期度假，但对贾妮思来说，每一年的海边假日都是一样的：小心翼翼地伺候丈夫，挑剔桃莉的泳衣款式，担心卡斯波特和坏孩子交朋友。

可怜的卡斯波特。他一直是个开朗的孩子，整天都能听见他咯咯的笑声，看见他黏人的笑容。只要桃莉一离开房间，他就会放声大哭，那声音真让人不忍。卡斯波特逐渐长大，人们也愈发清楚，这个开朗的孩子终将和自己的命运相撞，成为和父亲阿瑟·史密森先生一样的人。这昭示了一个令人悲伤的事实：虽然他们彼此深爱，但桃莉和卡斯波特之间不可能有血缘关系。自己的亲生父母究竟是谁？她又是怎么混进这个寒酸窘迫的小家庭的？桃莉一直回避着这个问题。

他们会不会是马戏团的演员？难道是一对表演高空走钢丝的夫妇？桃莉看着自己修长的双腿，觉得这很有可能。她对运动一向很在行，体育老师安东尼先生很重视她，每年都把她选进第一支曲棍球队。在凯特琳家，她们用留声机播放路易斯·阿姆斯特朗的爵士乐，在地毯上翩翩起舞，桃莉觉得自己是个优秀的舞蹈家。想到这儿，火车上的桃莉双腿交叉，理了理裙子，举止中有种浑然天成的优雅——她怎么可能是史密森家的孩子？

"我可以在车站买糖果吗，父亲？"

"糖果？"

"车站的小店里有卖的。"

"我不清楚哪儿有，卡斯波特。"

"可父亲——"

"我们得考虑预算。"

"妈妈，你说过的——"

"住嘴，卡斯波特，听你父亲的。"

桃莉扭过头去看窗外一闪而过的田野。马戏团的演员，听上去倒是挺靠谱的。那个大帐篷笼罩下的世界里金光闪闪，还有不眠的夜晚，它沐浴在公众的惊叹和人群的狂喜中，充满魔力、激情和浪漫——对，这才是马戏团的样子。

桃莉身世离奇，怪不得她一有引人注目的举止，父母就会发出严厉的警告。"大家都看着你，桃莉。"衣裙太短，笑声太大，口红太艳，这些都会引来母亲的训诫。"你这样太出风头了，你父亲对这种事情的看法你是知道的。"桃莉当然知道。父亲总爱说那句，"有其父必有其子。"由此看来，他一定一直生活在恐惧当中，所以才在来历不明的女儿周围隔起广袤的土地，害怕终有一天她亲生父母高贵优雅的血统会像腐烂的水果一样通过大地的皮肤肌理，渗透到她身上。

桃莉从衣兜里掏出一块薄荷糖，趁大家不注意偷偷塞到嘴里，然后扭过头对着车窗。阿瑟·史密森和贾妮思·史密森夫妇是怎么把她偷来的至今仍然是个谜，毕竟他们俩都不是爱小偷小摸的人。真是难以想象他们会蹑手蹑脚地走到一个无人看护的婴儿车附近，掳走熟睡的小婴儿。偷窃的人不外乎是出于需要或贪婪两种目的，他们迫切渴望某种东西。阿瑟·史密森和他们不一样，他认为"渴望"这个词即便不能从英国人的灵魂中删掉，也应该从字典中剔除，真的"渴望"到心痒难耐的时候也要尽量压制。想去马戏团？他觉得没这个必要。

当然，事情还有另外一种可能——桃莉嘴里的薄荷糖裂成了两半——史密森夫妇可能是在家门口发现了被遗弃的自己，他们把她带回家是出于责任而非贪欲。

桃莉靠在车厢座椅上，闭上双眼，心里却想得一清二楚：马戏团有人怀孕了，团长非常不满，威胁说要赶走他们，然后马戏团的人搭乘火车来到考文垂。那对年轻的父母非常坚强，他们满怀希望和爱，抚养着他们的孩子。但好景不长，失去工作的他们连买食物的钱都没有——走钢丝的活儿可不是随时都有的——最后陷入了无奈的绝望。一天晚上，路过考文垂市中心的时候，他们的孩子已经虚弱得发不出声音了。这时候，面前刚好出现一栋房子。房子前面的台阶比其他人家都干净，屋里亮着灯，贾妮思·史密森做的烤肉的香味从门缝中飘出来。这对夫妻忽然间知道该怎么做了。

"我站不稳，站不稳！"

桃莉睁开一只眼，看见弟弟在车厢中间单腿跳着。

"快过来，卡斯波特，我们要到站了——"

"但我想上厕所！"

桃莉把眼睛闭得更紧了。桃莉相信自己与众不同，不是指那对不幸的年轻夫妇，她其实并不相信这个故事——自己的确与众不同。桃莉一直觉得自己和别人不一样，她似乎比别人更有活力。无论是她身处的这个世界，还是所谓的宿命或是命运，都为她安排好了美好未来。现在，桃莉已经找到了证据——科学的证据。凯特琳的父亲是个医生，这些事情他都懂。在凯特琳家的阳台上玩游戏的时候，鲁弗斯医生多次赞叹桃莉与别人不一样。他拿出一张张被墨水弄脏的卡片，让桃莉看着上面的墨渍，说出自己心中想到的第一件东西。"太棒了。"他叼着烟斗，嘴里发出含混的赞叹，然后轻轻摇了摇头，"真让人吃惊呢。"他脸上露出淡淡的笑容，那英俊的模样哪像是朋友的父亲。鲁弗斯医生说，桃莉的答案非常特别，最好——不，一定——要再次对她进行测试。如果不是凯特琳吃醋地瞪着她，桃莉几乎要迷迷糊糊地跟着鲁弗斯医生走进他的书房了。

特别。桃莉在心里回味着这个词。特别。她不是平庸的史密森家的一员，她也不想成为其中一员，她的生命要充满光明和惊奇。父亲和母亲总想把她困在规矩和体面的圈子当中，但桃莉想要的绝不仅止于此。或许，她应该离开家，独自去马戏团，在那大大的帐篷下试试自己的运气。

火车靠近尤斯顿，车速逐渐慢下来。伦敦的房子密密麻麻地出现在车窗当中，桃莉感到一阵兴奋的战栗。这是一个巨大的城市漩涡——沃德洛克出版社出版的《伦敦指南》中就是这样形容伦敦的，桃莉把那本书和母亲不让穿的短裤一起藏在了抽屉里。这里到处都是剧院，充斥着五光十色的夜生活和过着奢靡生活的上流人士。

桃莉还小的时候，父亲有时会去伦敦出差。他不在的那些夜晚，母亲以为桃莉睡着了，但她实际上一直望着屋外的栏杆，迫不及待地等着父亲回来。钥匙插进锁孔里发出声响，桃莉屏住呼吸，等父亲走进屋来。母亲接过他的外套，父亲身上散发出陌生地方的气息，这味道让父亲显得比以往重要多了。桃莉从没想过要去问父亲的伦敦之旅，她觉得真相不过是在拙劣模仿自己想象中的画面而已。如今，她再次凝视父亲，希望父亲能感受到自己的目光，希望能在父亲的眼中看到，他也感觉到了这座伟大城市的吸引力。

可父亲并没有，阿瑟·史密森的眼睛只顾盯着账本。此刻，他正仔细看着账本的背页，上面详细记着列车时刻表和各个站台的编号。他的嘴角抽搐着，桃莉的心一点点往下沉。她已经准备好迎接意料之中的忙乱了——无论她们的行程预留了多少缓冲时间，无论这个地方他们来了多少次，无论周围的人有多淡定悠闲，父亲总是慌慌张张的。果不其然，该来的还是来了——父亲发出战斗的口号。

"去找出租车的时候大家要聚在一起，千万别乱走。"战斗领导人发出英勇的号召，想在即将到来的考验面前让大家都冷静下来。说完，他就在行李架上寻找自己的帽子。

"卡斯波特，"母亲的声音很焦虑，"牵着我的手。"

"我不要——"

"各自把各自的行李拿好。"父亲继续说道，他的声音里有种少见的膨胀感。"拿好自己的球棒和球拍，别跟在腿脚不利索的人后面。我们的旅行不能耽搁。"

同车厢一个打扮体面的男人狐疑地盯着阿瑟·史密森。桃莉不止一次地想，是不是极度渴望消失的时候，人真的能消失不见？

* * *

每年，史密森家都要来海边度假，但他们从来不在海边租更衣室。父亲觉得租用更衣室太浪费了，不仅没必要，还容易让孩子们产生炫耀心理。在他看来，想在游客蜂拥到达沙滩之前找到一个不错的位置，早点出发是非常有必要的。所以，这么多年的海滩假日里，他们都是吃完早餐后直接就去海滩了。今天早上，詹宁斯太太留大家在贝尔维尤旅馆的餐厅吃早餐，耽误了很长时间。茶叶已经泡了许久，她换了一把茶壶，把茶水装在里面拼命摇晃。父亲焦躁不已，前一天大家也历经了同样的煎熬。他的脚后跟被死死地粘在地板上，白色帆布鞋发出声声呐喊。尽管如此，打断房东太太讲话是件非常不礼貌的事，阿瑟·史密森是个讲究体面的人。最后，还是卡斯波特出面拯救了大家。餐厅墙上挂着一幅框起来的码头图画，画框上方是一座船形挂钟，卡斯波特看着挂钟，惊讶得吞下了一整个水煮蛋。他大声嚷道："天哪！都九点半了！"

詹宁斯太太不好跟一个孩子计较，只好退回厨房，隔着门祝他们早晨愉快。"多完美的一天啊！"

这真是完美的一天。恍如天堂的夏日，天空干净澄澈，风儿轻柔温暖，桃莉总觉得这样的日子里会发生些令人兴奋的大事。走到景观大道时，前面驶过来一辆大型观光车，史密森先生赶紧吆喝家人加快步子，赶在游客下车前在沙滩上找个好位置。史密森夫妇早在二月份就定好了为期两周的海边旅行，三月份的时候就把费用全部支付了，他们同情地打量着那些一日游游客，心中的优越感油然而生。这些骗子似的家伙在属于他们的沙滩上四处逃窜，拥堵了他们的码头，迫使他们买冰激凌的时候还得排队。

在父亲的带领下，史密森一家抢在车上的游客前面来到露天音乐台旁边，他们带着胜利者的骄傲爬上台阶，在石墙下选定了一片位置。桃莉磨磨蹭蹭，故意落后了几步。父亲放下野餐篮，把拇指插进裤子的腰带里。他左右打量了一番，宣布这个位置"刚刚好"。他带着满足的微笑补充道："这里离旅馆大门不远，回去也走不了几步路。"

"在这儿还能跟詹宁斯太太挥手打招呼呢。"母亲总喜欢抓住一切机会取悦丈夫。

桃莉脸上浮现出尴尬的微笑——他们坐的地方根本看不见贝尔维尤旅馆。于是，她只好低下头抚平毛巾上的褶皱。据说，不苟言笑的詹宁斯先生曾在巴黎有过一个月的"美好时光"，所以给公寓取了个法国名字——贝尔维尤，意思是"到处都是美人儿的地方"。实际上，公寓位于小柯林斯街，蜿蜿蜒蜒，离景观大道还有一段距离。因此，视野当中并没有什么美人，风光也差强人意。街边前排房屋的客人勉强能看见市区灰扑扑的模样，住在后排房子里的客人就只能看见对面一栋双联别墅的排水管。再往下挑毛病的话，公寓建筑也并非法式风格。在桃莉眼中，这一切实在乏味。她把旁氏润肤霜擦在肩膀上，然后用杂志遮住脸，偷偷打量那些光鲜亮丽的有钱人，他们在更衣室的阳台上慵懒地晃荡，发出欢快的笑声。

* * *

这群人当中有一个金发女孩儿，小麦色的皮肤很漂亮，笑起来脸上漾起两个可爱的酒窝，她似乎很喜欢笑。桃莉忍不住盯着她看。她像只小猫一样扭来扭去，那样子既温暖又充满自信。她伸出手挨个儿去抓朋友们的胳膊。她翘起下巴，咬着嘴唇笑起来的模样是世界上最好看的人儿。清风拂过，阳光在她银色的缎子裙上流淌——连阳光也懂得欣赏美人儿。桃莉坐在史密森家人当中，感到一阵闷热。细密的汗珠布满发际线，身上的泳衣黏糊糊的。那条银色的缎子裙在高处诱人地晃动扑闪。

"谁想玩板球？"

桃莉用杂志遮住脸，头埋得更深了。

"我，我！"卡斯波特蹦跳着喊道，他的腿已经被太阳晒黑了，"我来投球，爸爸，我来投球！好不好？求你了，求你了，求求你了。"

父亲的影子在烈日下投下短暂的荫凉。"桃莉，你不是很喜欢玩这个吗？"

桃莉的目光越过父亲递过来的板球棒，看见他圆滚滚的腰，还有挂着炒鸡蛋沫儿的胡须。她心中忽然闪过那个穿着银色裙子欢笑的美丽姑娘，以及她和朋友们玩笑嬉闹的模样。她眼里根本没看到父亲。

"算了吧，谢谢爸爸，"桃莉虚弱地说道，"我有点头疼。"

头疼是女人家的事，史密森先生敬畏而厌恶地闭紧嘴唇。他点点头，慢慢地退回去了。"那你好好休息，呃……别累着自己——"

"爸爸，你快过米！"卡斯波特喊道，"鲍勃·怀亚特想跟我们一起玩，你教他怎么玩好不好？"

父亲没办法拒绝他的要求，只好照办。他转过身，昂首阔步地走到沙滩上，球棒斜着扛在肩上，那副利落的样子，看上去比他真实的状态年轻健康得多。游戏开始了，桃莉往后退了退，离墙更近了。阿瑟·史密森的板球技术曾是他们家族传奇故事的一部分，因此，每年的假期里，板球这项神圣的运动都是必不可少的项目。

桃莉内心深处对自己现在的表现厌恶不已——毕竟，这可能是她最后一次参加这一年一度的家庭聚会了，但她实在无力摆脱烦乱的心绪。日子一天天过去，她和家人之间的距离也在逐渐增大。她不是不爱他们，但他们似乎都有法子将她逼疯，就连小卡斯波特也不例外。桃莉一直觉得自己与众不同，这没什么可说的，但最近事情显然在朝更坏的方向发展。父亲开始在晚餐桌上讨论桃莉毕业之后要干什么了。自行车公司最近要招一个助理秘书——父亲已经在自行车厂工作了三十年，他自信还是有办法跟厂里的秘书长搭上话，确保桃莉能得到这个职位。父亲说起这件事的时候总爱笑着眨眨眼，好像他卖给桃莉一个天大的人情，而她理应对此感恩戴德一样。实际上，他的主意让桃莉想像恐怖电影里的女主角一样尖叫出来，她觉得这实在太可怕了。桃莉这才发现，在共同生活了十七年之后，父亲阿瑟·史密森先生居然如此不了解自己的女儿。

沙滩上传来一声大喊："六分！"桃莉从手里的《女性周刊》上抬起头瞟了一眼，看见父亲像扛着毛瑟枪一样把球棒扛在肩上，在临时搭建起的球门间一路小跑。贾妮思·史密森在旁边呐喊助威，她犹犹豫豫地喊着："真棒，好球！""干得漂亮！"卡斯波特去水边捡球的时候，她也会焦急地在一旁出主意，"小心点"，或者是"别跑太快""呼吸，卡斯波特，别忘了你有哮喘"。母亲整齐的鬈发一丝不苟地散在肩上，身上的泳衣也中规中矩。看见母亲不想给这世界带来任何影响的良苦用心，她忍不住迷惘地叹了口气。母亲不理解桃莉想要的未来，这才是最令她苦恼的。

等桃莉意识到对自行车公司任职的事父亲是认真的，她希望母亲会微笑着指出来，还有许多更有趣的事儿等着女儿去做呢。桃莉有时候虽然会沉浸在自己从小就被掉包了的想法中自得其乐，但其实并不相信。她和母亲站在一起的时候，没人会相信她们不是亲生母女。贾妮思和桃莉都有一头巧克力褐色的头发，她们的颧骨都很高，胸部都很丰满。近来，桃莉慢慢发现，她和母亲还有更多更重要的相似之处。

她是在车库的架子上找曲棍球棒的时候发现这个秘密的：架子最上面一层最里面的位置藏着一个浅蓝色的鞋盒。看到它的时候，桃莉立马觉得有些似曾相识。过了几秒钟她才想起来，她在父亲和母亲的房间里见过这个鞋盒。那时，母亲坐在卧室的床边，膝盖上就放着这个蓝色的盒子，她翻看着里面的东西，脸上满是伤感的神情。桃莉知道这是属于母亲的时光，所以立刻识趣地溜走了。但她后来一直在想，盒子里装的到底是什么，为什么母亲对它一脸着迷，一脸迷惘，她看上去既青春又沧桑。

那天，车库里只有桃莉一个人。她打开盒子，里面的一切都出现在眼前。盒子里装着另一种生活的碎片：歌唱表演节目单、诗歌比赛一等奖的蓝丝带，还有贾妮思·威廉斯获得最美声音的证书。里面还有一篇新闻报道，上面是一个面目姣好的年轻女孩，她的眸子像星星一样闪亮，整个人光芒四射。她流露出一种非凡的气质，她不会和学校里其他女孩一样，过着人们期待于她们的普通生活。

可她现在的确过着这样的生活。桃莉久久地看着这张照片。

她和贾妮思·史密森在同一屋檐下生活了十七年之久，却从没听她唱过歌，连哼都没哼过。但不可否认，母亲曾经天赋非凡，是个真正的天才，和别人都不一样。那个年轻的女孩曾在报纸上宣称："唱歌是我的最爱，唱歌的时候我觉得自己好像要飞起来了，希望有一天我能在国王面前唱歌。"究竟是什么让她从此缄默，不再展开歌喉呢？

桃莉觉得自己似乎知道答案。

"坚持下去，儿子。"父亲在沙滩另一头朝卡斯波特喊道，"机灵点儿，别懒懒散散的。"

阿瑟·史密森是一位优秀的会计师，对自行车公司忠心耿耿，守护所有好事和正确的事，也反对一切与世俗格格不入的东西。

桃莉看见父亲从三柱门那儿往后跳开，像上了发条一般利索地把球传给卡斯波特。她叹了口气。可能是父亲说服了母亲，让她放弃了自己身上所有的特别之处。但桃莉可不会听他的话，她绝不会让自己的命运听从他的安排。"母亲。"她把杂志放在膝盖上。

"怎么了，亲爱的？你想吃三明治吗？我带了虾酱。"

桃莉深深吸了一口气。她不敢想象自己要在此时此地说出这些话，但一阵风吹过，她还是开口说道："母亲，我不想跟父亲在自行车公司上班。"

"噢？"

"我不想。"

"哦。"

"我没法忍受日复一日的单调工作，一天到晚都在打印那些自行车和购买参考之类的东西，一写信就是'你忠实的某某'。"

母亲脸上带着温和而难以捉摸的神情，看着桃莉，她眨了眨眼睛："我知道了。"

"我不想去自行车公司。"

"那你想做什么？"

桃莉不知该如何回答。她还没想过这么具体的事情，她只知道，外面的世界在等着她。"我不知道，我只是……嗯，自行车公司的活儿不适合我这种人，你觉得呢？"

"为什么不适合？"

桃莉不想回答这个问题。她希望母亲能读懂她的沉默，无需回答就能明白她，赞同她。桃莉努力组织着语言，但失望的浪花使劲儿拍打着她的希望。

"你是时候静下心来了，桃莉，"母亲温柔地说道，"你已经长大了。"

"是的，可那工作太——"

"丢开那些孩子气的念头吧！你已经过了那个年龄了。你父亲本想亲自跟你讲的，他想给你个惊喜——他已经跟公司里的列文太太说了这件事，她马上就会为你安排一场面试。"

"什么？！"

"我本来不应该提前告诉你的，但他们希望在九月的第一个星期就见见你。有这样一个有门路的父亲你真的很幸运。"

"可我——"

"你父亲比你懂得多。"贾妮思·史密森本想伸手拍拍桃莉的腿，但终于没有碰她。"你会明白的。"她勉强的笑容背后似乎有一丝恐惧，好像知道自己背叛了女儿，但并不在乎。

桃莉内心燃起怒火。她想伸手把母亲摇醒，让母亲想起年轻的时候也曾与众不同。她想知道母亲为什么变了，她想告诉母亲自己很害怕，害怕会重复母亲的命运。桃莉知道这样说很残忍。

"小心！"

伯恩茅斯的海岸边忽然传来一声尖叫，桃莉的注意力转向水边，贾妮思·史密森于是得以幸免。

海边上，早先穿着银色裙子的女孩穿着泳衣站在那儿，好像《时尚》杂志里走出来的人儿。她噘着嘴，用手揉着胳膊。另一个漂亮姑娘则一脸同情，不停地发出嘘嘘的叹息声。桃莉不明白究竟发生了什么事，只看见一个和自己差不多大的男孩弯下腰在沙堆里摸索，然后直起身子举起一个东西——桃莉忍不住伸手捂住嘴——是父亲的板球。

"抱歉，年轻人。"父亲说道。

桃莉睁大双眼——他究竟在干什么？老天爷保佑，父亲不要过去，不要。可——桃莉的脸颊变得滚烫——他真的朝那个女孩走过去了。桃莉想找条地缝钻进去，但又不敢移开眼睛。父亲走到那群俊男美女面前，停下脚步，然后做了个最基本的挥球棒的动作。其余人点点头，听他说话。拿着球的那个男孩说了些什么，和他一起的那个女孩摸了摸自己的胳膊，然后轻轻耸了耸肩。她朝父亲笑了笑，露出两个好看的酒窝。桃莉深吸了一口气，终于化险为夷了。

可父亲好像被自己的魅力搞晕了头，他居然没有见好就收，而是转过身，指着沙滩上桃莉和母亲坐的地方，那群年轻漂亮的姑娘小伙都朝这边看了过来。贾妮思·史密森从来不是个优雅高贵的女人，这让桃莉觉得很尴尬。她不假思索地站起来，还没来得及直起身子，半佝偻着腰就跟丈夫挥了挥手。

桃莉内心深处某个地方慢慢蜷缩在一起，然后静静死去。事情已经糟糕透顶了。

好在这一切都发生在一瞬间。

"看这里！快看我！"

大家循声望去。小家伙的耐心已经耗光，等得不耐烦了。他忘了自己在和父亲玩板球，沿着沙滩往上走，去招惹沙滩边上的毛驴。他一只脚踩在脚镫上，努力想爬到毛驴背上去。这一幕看上去真是恼火，但桃莉还是按捺住心中的焦躁，继续静观其变。她偷偷扫了一眼周围的人，发现大家都在盯着卡斯波特。

大家对卡斯波特的围观是压垮桃莉心理防线的最后一根稻草。她知道自己应该出手帮他一把，但她做不到，至少今天当着这么多人的面她是做不到的。她抱怨说自己头疼，抱怨太阳太大，然后收拾好杂志，逃一般回到贝尔维尤旅馆狭小的房间。房间外布满寒酸的排水管，可那是唯一能给桃莉安慰的地方。

* * *

这一切都落入音乐台后面一位年轻男子眼中。他头发略长，身上的衣服很是寒酸。听见那声"小心"的时候，他正用帽子遮住脸打瞌睡。那声音扰了他的梦境，他醒过来，用手掌揉了揉眼睛，然后扫了一眼周围，想找出这声音的来源。之后，他看见了那对父子，他们一整个早上都在玩板球。

沙滩上有些混乱，那位父亲对着浅滩上的人挥手——是那群年轻的有钱人，他们在附近的更衣室显摆好一阵子了。更衣室现在空无一人，但阳台的栏杆上有银色的丝织物在空中飞舞，发出闪耀的光芒。是那条裙子，他一早就注意到那条银色的缎子裙了——那么漂亮的裙子很难不引起人们注意。那不是沙滩上该穿的衣服，它属于舞台。

"看这里！"有人喊道。"快看我！"男子循声看去。刚才还在玩板球的小男孩此刻正在出洋相，旁边还站着一头驴。其他人就这样看着这幕闹剧上演。

虽然如此，但他不会出手相救，他还有其他事情要做。那个有着心形嘴唇和一头让他心痛并渴望的鬈发的女孩此刻离开家人，独自离开了沙滩。他站起来，把背包甩到身后，把帽子往下拉了拉。他一直在等这样的机会，如今机会来了，他可不想浪费。

8

开始的时候，桃莉并没有看见他——或者说，当时的她眼里什么都看不见。她沿着沙滩往散步区走，边走边眨巴眼睛，免得屈辱和绝望的泪水滚落下来。天气燥热，她心里也满是烦躁，沙滩、海鸥以及人们令人厌恶的笑脸在她的视线里模糊成一团。桃莉知道，大家并非在嘲笑她，但那又如何？他们的欢乐就是对她的无情打击，他们的笑容让事情陷入愈发糟糕的境地。桃莉不能去自行车厂工作，不能。她实在无法想象自己以后会嫁给一个像她父亲一样的年轻人，然后一点点变成母亲那样子——噢，这种日子对父亲和母亲两人来说自然是极好的，他们对老天爷派发给自己的命运之签非常满意，但桃莉想要的可不止这些……她只是还不知道自己想要的究竟是什么，在哪里可以找到而已。

一阵狂风刮过，桃莉停下脚步，却发现自己刚好走到更衣室旁边。那条缎子裙被风吹着，从栏杆上逃脱，在沙滩上匆忙奔走，最后，刚好落到桃莉面前。银光流淌，非常奢华。桃莉难以置信地深吸了一口气，怎么回事？那个有对酒窝的金发女孩儿肯定没把裙子挂好。面对这么漂亮的裙子应该没人会无动于衷吧？桃莉否定地摇了摇头。穷人家的女孩不会有这么漂亮的裙子，它应该属于公主，或者美国的电影明星、杂志上的时尚模特，或是在法属里维埃拉度假的富有的继承者。要是桃莉没有恰巧路过这儿的话，这裙子肯定会继续在沙滩上飘荡，最后永远消失。

大风扭过头来，裙子被卷上沙滩，消失在更衣室后面。这一次，桃莉没有丝毫犹豫，立马追了上去——那个金发女孩的确马虎，但桃莉绝不会让这美丽的裙子受到丝毫伤害。

她能想象出女孩看到失而复得的裙子时欢欣雀跃的模样，桃莉会告诉她事情的始末——当然，她得注意措辞，免得女孩儿为自己的粗心而内疚——然后她俩会哈哈大笑，感叹还好有惊无险。金发女孩会请桃莉喝上一杯冰冻柠檬水——那是真正的柠檬水，可不是贝尔维尤旅馆的詹宁斯夫人给她们做的淡而无味的哄人玩意儿。她们会愉快地交谈，然后惊奇地发现彼此竟然有这么多共同点。最后，太阳消失在地平线上，桃莉向她告别，说自己真的得回去了。女孩失望地笑笑，然后又开心地挽着桃莉的胳膊："明天早上跟我们一起玩好不好？"她会邀请桃莉加入自己的小团体，"我们明天要在沙滩上打网球，肯定会很好玩的。你也一起来吧！"

桃莉加快脚步。她拐过更衣室的屋角，却看见那条裙子已经停下它的沙滩冒险，躺在另一个人的脚边了。是个戴着帽子的男人。此刻，他正弯腰去捡那条裙子。他的手指抓住它，银色缎子上有细沙簌簌落下，随之一同滑落的还有桃莉的满腔希望。

那一瞬间，桃莉真想杀掉这个戴帽子的男人，把他碎尸万段。她的脉搏因愤怒而加快，皮肤上传来一阵刺痛的感觉，双眼也失去了原本的神采。桃莉回望海边，父亲正冷酷地走向一脸茫然的卡斯波特，母亲还保持着那个木呆呆的姿势，像是在痛苦地祈祷。其他人——包括那个金发女孩——正在哈哈大笑，他们看着这滑稽的一幕，乐不可支地拍着膝盖。

驴子发出迷惘又令人心疼的叫声，这声音引起了桃莉内心深深的共鸣。虽然她还没完全回过神来，却依旧不管不顾地冲那男人吼道："喂，就是你！"他想偷金发女孩的裙子，桃莉得阻止他。"你在干什么？"

男人不解地抬起头来，桃莉看见他英俊的面庞一时间有些不知所措。她站在那里，呼吸急促，脑子里思考着下一步该怎么办。男人的嘴角动了动，似乎在暗示什么。桃莉忽然有了主意。

"我在问你，"桃莉头脑发热，心里感到一阵莫名的兴奋，"你在干什么？那条裙子不是你的。"

年轻男子张开嘴，似乎想要辩解什么，可他还没来得及开口，旁边就来了一位警察。他有个晦气的名字，叫萨克林①，他拖着肥胖的身躯，来到桃莉和男子身边。

* * *

整个早上，巴兹尔·萨克林警官都在散步区巡逻，当然，沙滩也是他的管辖范围，他一直关注着那里的情况。那个深色头发的女孩一出现在沙滩上就吸引了他的注意，于是，他一直默默地关注着她。驴子惹出那场闹剧的时候他稍稍分了分神，回过头的时候女孩居然不见了。萨克林警官花了好几分钟才发现，女孩原来去了更衣室后面，她好像在跟人激烈地争论，这一幕落在萨克

---

① Suckling，意思是乳臭未干。

林警官眼里显得分外可疑。和她争吵的男子戴着帽子，正是之前在露天音乐台鬼鬼祟祟溜达了一早上的年轻人。

萨克林警官握着警棍，艰难地穿过人群。沙滩松软，步履维艰。他勉力前行，走到近处时，听见女孩说道："那条裙子不是你的。"

"发生什么事情了？"警官停下脚步，将肥胖的肚子收紧了些。走近一看，女孩比他想象得更漂亮。蝴蝶结一般可爱的嘴唇，嘴角微微上翘；水蜜桃一般的皮肤，一看就很光滑柔软；她的脸蛋是心形的，周围垂着柔顺润泽的鬈发。警官再次问道："这个年轻人在骚扰你吗，小姐？"

"噢，不，先生，不是这样的。"女孩的脸"唰"地红了，萨克林警官看得出来，她是害羞了。平常的日子里，她可不是天天都能遇到穿制服的公务人员吧？警官在心里暗自揣度，觉得她真是个可爱的女孩。"这位先生正要把东西还给我。"

"是这样的吗？"他看着那个年轻人，皱起眉头，脸上一副公事公办的神情。年轻人的颧骨高高耸起，深色的眼睛中尽是傲慢的神色，举手投足之间颇有种洋洋自得的感觉。就是这双眼睛，让他看上去像个外国人，嗯，应该是爱尔兰人。萨克林警官眯起双眼。年轻人轻轻叹了口气，听上去竟有几分悲伤的味道。这让警官分外恼火，他大声问道："是这样的吗？"

年轻人依旧没有回答。萨克林警官握着警棍，手指勾在上面，他觉得这根警棍是最好的伙伴，当然，也是陪伴他时间最长的朋友。想起那些令人愉快的往事，他的指尖略有些疼痛。可这时候年轻人忽然认输了，他点了点头，这让萨克林警官有些失望。

"那好，"警察说道，"赶快把这位年轻小姐的东西还给她。"

"谢谢你,警察先生,"女孩说道,"你人真好。"她笑了笑,警察觉得满心愉悦。"是风把裙子吹跑了。"

萨克林警官清了清喉咙,换上一副尽职尽责的表情。"那好,小姐,我送你回家吧!这儿风大,坏人多。"

* * *

走到贝尔维尤旅馆的大门前,桃莉费了好大工夫才摆脱萨克林警官无微不至的关照。这个过程让人胆战心惊——警官说想送她进去,然后给她泡杯香喷喷的茶,好让她"安下心来"。桃莉费了好多口舌,才说服他不该把自己的聪明才智浪费在这些小事上,这都是仆人干的事,他该回去巡逻了。"而且,警官先生,还有好多人等着您的帮助呢。"

桃莉对他千恩万谢了一番。告别的时候,萨克林警官握着她的手,迟迟不松开。桃莉装模作样地关上门,朝自己的房间走去。门虽然关了,但还留了一条缝,桃莉透过门缝,看见警官昂首阔步地往散步区走去。直到他变成视野里的一个小黑点,桃莉才把那条银色的缎子裙塞在沙发垫子下,然后蹑手蹑脚地溜出旅馆,沿着散步区那条路折回沙滩上。

年轻人靠在一家豪华酒店的门柱上,等着她。擦肩而过的时候,桃莉并没有抬眼看他,而是舒展双肩,高昂着头走了过去。年轻人跟在她身后,走入僻静的街道——桃莉没有回头看,却感觉得到他在跟着自己——两人走进沙滩旁边一条曲折的巷子。海边的吵闹声逐渐被冰冷的石墙阻隔在另一边,桃莉几乎能听见自己的心在怦怦直跳。她加快脚步，继续往前走。橡胶底帆布鞋在柏油碎石路面上摩擦着，桃莉的呼吸变得急促，但她并没有停下脚步，也没有回头看。她知道前面有个僻静的地方，她小时候曾在那儿走丢过。母亲和父亲焦急地满世界找她时，她就在那儿与整个世界隔绝。

走到那儿，桃莉停下脚步，但她还是没有回头。她静静地站在那里，等着那人来到她身后，直到他逐渐靠近，滚烫的呼吸喷在她后颈上，她的皮肤也变得炽热。

男子抓起她的手，桃莉吸了一口气，任由他慢慢地把自己的身子扳过去。他握住她的手腕，印上一个吻。她内心深处感到一阵战栗。

"你在这里干什么？"她小声问道。

他的嘴唇依旧贴着她的皮肤："我想你了。"

"才三天而已。"

他耸耸肩，一缕桀骜不驯的深色头发垂在前额上。

"你坐火车来的吗？"

他轻轻地点了一下头。

"今天到的？"

他又点了一下头，脸上浮现出若隐若现的笑容。

"亲爱的吉米！可是路这么远……"

"我必须见到你。"

"要是我一直和家人待在沙滩上怎么办？要是我没有溜出来呢？你该怎么办？"

"那我也能看见你呀，不是吗？"

桃莉摇摇头，满心欢喜却装出一副不高兴的样子。"我父亲知道了肯定会杀了你的。"

"我想我打得过他。"

桃莉大笑起来。吉米总能让自己开心，这也是她最喜欢他的地方。"你真是疯了。"

"为你而疯。"

事实就是如此，他为桃莉而疯狂。桃莉心里一阵翻腾。"走这边，"她说道，"这边有一条通向田野的小路，没人会看见我们的。"

* * *

"你知道吗？刚才你差点害我被警察逮起来！"

"噢，吉米！别傻了，没事的。"

"你是没看见那警察的表情——他已经迫不及待地想把我铐起来，然后把钥匙扔掉了。而且，他一直盯着你看呢，不过，这一点我并不奇怪。"吉米扭过头看着她，但桃莉没看他的眼睛。他们躺的那片草地宽阔又柔软，桃莉盯着天空，低声哼唱着舞曲的调子，用手指在空中画出一个个菱形。吉米用眼神抚摸着她的脸庞——饱满光洁的额头，眉毛间微微下凹，然后又隆起，那是她坚毅的鼻子，再往下这隆起的线条突然断了，随之出现的是她饱满的上唇。天哪，她真美。吉米的整个身子都痛苦呻吟着，他不得不用尽每一丝力气，才能控制住自己不会翻身压住她，把她的胳膊压在脑后，像个疯子一样狂吻她。

他没有。对桃莉，他从没有过如此举动。肉体的欲望几乎让他快要窒息，但他还是保持了这份感情的纯洁。她还是个读书的女学生，而他已经是个成年男人了。她才十七岁，他已经十九岁了。两年的时间看起来不多，但他和桃莉却来自不同的世界——桃莉住在干净整洁的房子里，家人性情和善，穿着整洁得体；他十三岁的时候就辍学照顾父亲，为了谋生，任何污秽下贱的工作都干过。他曾在理发店里给客人打肥皂泡，一周才挣五个先令，理发师自己家的孩子却能挣七个先令零六便士。他还在城外的建筑工地上帮忙搬重物，老板给他什么他就拿着。每晚回家的时候他都会去肉店帮忙收拾碎肉骨头，以此给父亲换些茶叶。这就是生活，大家都在努力活着。他喜欢照相，并以此为乐。如今，他还有桃莉在身边，世界因她而更加明朗——他不明白自己为何能够如此幸运，但他也不想弄清楚个中缘由，他害怕自己的好奇会毁掉一切。

相爱容易，相处难。第一次见到桃莉的时候，她正和女伴们在街角的咖啡馆里闲聊，而他只是街头一个落魄的过客。当时，他正要给杂货店送东西，他从货物上抬起头时，看见桃莉正对他微笑，好像彼此是认识多年的老友一般。然后她大笑起来，低头饮茶时脸却红了。吉米知道，就算自己再活上一百年，也看不到比这更美的画面了。这就是一见钟情，充满了触电的战栗感。她的笑声让吉米感到纯粹的快乐，上一次有这样的感觉时他还小。她身上的味道很好闻，像暖暖的糖，像香香的婴儿润肤油。她穿着浅色的棉布裙，胸部饱满——吉米沮丧地扭过头，天空中有海鸥低低地飞过，掠过他的头顶，鸣叫着朝海边飞去。

天空蓝得纯粹，风儿很柔，夏天的味道无处不在。他叹了口气，把所有的事情都抛在脑后——银色的裙子、警察、被误会时的羞辱感……所有的一切。这些事情没有任何意义。今天太完美了，不适合跟桃莉争吵，毕竟，他也没有什么实质性的损失。没什么。桃莉喜欢玩"假装"游戏，这让他非常不解，他不明白她为什么那么喜欢虚假的生活。吉米并不喜欢这个游戏，但只要桃莉开心，他也就尽力配合着。

像是要向桃莉证明自己已经忘了整件不愉快的事情，吉米突然坐起来，从背包里掏出一直带在身边的勃朗尼相机。"来拍照好吗？"他摇了摇手里的胶卷。"就当纪念你的海边约会，史密森小姐？"桃莉开心起来，吉米早就料到她会有这样的反应了。桃莉喜欢拍照。吉米扫了一眼太阳的位置，走到离草坪稍远的一边。

桃莉坐起身来，像只猫咪一样伸了个懒腰。"这个姿势可以吗？"她的脸蛋被太阳晒得红扑扑的，翘翘的饱满嘴唇被草莓染红了。那草莓是吉米在路边的小摊上买的。

"棒极了。"吉米说道，事实也的确如此，她真的很美。"光线很好。"

"这么好的光线你想让我摆个什么姿势？"

吉米揉了揉下巴，装作深思熟虑的样子，他自言自语道。"我想让你摆什么姿势？好好想想，吉米，这可是个好机会，别糟蹋了……好好想想，别走神，好好想……"

桃莉笑起来，他也跟着笑了。然后他挠挠头："我希望你就是你本来的样子，桃莉，我想要如实记录今天发生的一切。如果又要有一天见不到你，至少我可以把你的照片放在口袋里。"桃莉微微一笑，嘴角神秘地翘了翘，她点点头："想我的时候你可以看看照片。"

"说得对，"吉米大声说道，"用不了一分钟，我马上把相机调好。"他取下迪威牌的镜头，看见阳光这么亮，又把光圈调小了些——宁愿保险点儿也不要把照片弄毁了。出于同样的原因，他又从口袋里拿出镜头清洁布，仔细地擦了擦镜头。

"准备好了，"他说着，闭上一只眼睛，从取景器里往外看，"注意微笑——"吉米胡乱在相机上摸索着，却不敢抬头看——

镜头里，桃莉正凝视着他。微鬈的头发垂落下来，吻着她的脖子。桃莉解开裙子的扣子，从肩膀处把裙子往下拉。她看着镜头，又慢慢地把泳衣拉开。

上帝啊。吉米咽了咽口水。他应该说点什么——开个玩笑，说句俏皮话，表现得聪明点儿，反正总该说点什么。但桃莉那样子坐在草地上，下巴微微抬起，眼睛里露出挑衅的神色，饱满的乳房裸露在阳光和风里。看着这一幕，他脑子里一句话也想不出来。吉米不知如何是好，于是做了此刻最明智的事情——按下了快门。

* * *

"你一定要亲自冲洗照片。"桃莉一边说着，一边用颤抖的手指把扣子扣上。她的心怦怦直跳，感觉整个人充满阳光和活力，浑身洋溢着莫名的力量。她为自己的胆量，为吉米看见自己身体时脸上的表情，为他红着脸不敢看自己的样子而感到沉醉。不仅如此，这也是个证据，证明她——桃莉·史密森——是特别的，就像鲁弗斯医生说的那样。在自行车公司上班才不是她的命运归属，绝对不是。她的生命会非同凡响。

"你觉得我会让别的男人看见你裸露的样子吗？"吉米仔细

收好相机里的胶卷。

"你当然不会故意给别人看。"

"要是有人看到的话，我一定会杀了他。"他轻声说道，声音有些沙哑。桃莉是属于他的，他有责任保护好她。桃莉为这种感觉而沉醉，他真的会为了自己而杀人吗？史密森家的人可不会这样做。桃莉家的房子是一栋半独立的仿都铎式建筑，木木然矗立在新开发的郊区。桃莉想象不出阿瑟·史密森卷起袖子保护妻子名誉的样子，但吉米跟她父亲不一样，他是和阿瑟·史密森完全不同的人。他有着劳动人民才有的强健胳膊和忠实面庞，脸上的笑容不知因何而起，但总能让桃莉的内心翻腾不已。她假装没听见这句话，从吉米手里拿过相机，若有所思地看着它。

桃莉拿着相机，玩味地抬眼看了看吉米："梅特卡夫先生，你知道吗？你带的这件东西非常危险，它能够捕捉到人们不想让人知道的瞬间。"

"比如说……？"

桃莉耸耸肩："人们做了不该做的事情。比如，一个年轻的女学生被世故的男人勾引——噢，不知这女孩可怜的父亲知道了会说些什么。"她咬了咬下嘴唇，有点紧张但却努力不让吉米发现。然后，她往他身边靠近些，几乎快要碰到他结实的褐色小臂——当然了，实际上他们并没有碰到——那一瞬间，两人之间有电流闪过。"要是不和你还有你的勃朗尼相机站在一条战线上，人们可能会给自己惹来大麻烦。"

"那你最好能保证自己是站在我这边的，你是吗？"透过前额的碎发，他看见桃莉微微一笑，但这笑容来得快去得也快。

他盯着桃莉的脸庞，桃莉觉得自己的呼吸顿时变轻了，周围的气氛悄然发生了变化。在那一瞬间，在他热切的目光下，一切都改变了。桃莉内心的天平倾斜，整个人陷入眩晕当中。她咽了咽口水，内心惶惶然，然而却是兴奋的——有事情要发生，这事是她引起的，她现在无力阻止这一切，也不想阻止。

吉米张开双唇，忽然发出轻轻的叹息，桃莉快为这叹息声着迷了。

他凝视着她，然后伸手帮她把脸颊的碎发别在耳后。做完这一切，他的手就那样放在桃莉后颈上，桃莉感觉到他的手指在颤抖。这种近距离接触让她内心深处忽然觉得自己是年轻的，她张开嘴，想说些什么——说什么呢？但吉米轻轻地摇了一下头，桃莉于是闭口不言。他下颌上的肌肉抽搐着，他吸了一口气，然后将桃莉拉向自己的怀抱。桃莉幻想了一千次自己被亲吻的场景，但她从没想过会是这样。在电影院，凯瑟琳·赫本和弗雷德·麦克默瑞亲吻的场景让人那么愉悦，桃莉和闺蜜凯特琳在自己的胳膊上练习过，好让自己知道这种时候该如何举动。但这次亲吻不一样，它有温度，有重量，还有急迫感。桃莉闻见了太阳和草莓的味道，闻见了他身上烟的气息，感觉到他身子挨着自己时散发出的温度和力度。最惊心动魄的是，她感觉得到他对自己的强烈渴望，他乱成一团的呼吸。吉米比桃莉高，比她壮，浑身结实有肉。此刻，这具强壮的身躯正竭力压制着自己的欲望。

他从这个吻中抽离出来，睁开双眼。他似乎松了一口气，惊讶地笑起来，发出温暖而沙哑的声音。"我爱你，桃莉·史密森。"他用额头抵住桃莉的额头，轻轻拉扯着她裙子上的纽扣，"我爱你，总有一天我会娶你的。"

* * *

　　他们沿着芳草萋萋的山丘走下来，桃莉虽一路无言，心中却是翻江倒海。吉米要向她求婚了：他之所以来到伯恩茅斯，刚才的吻，她感觉到的力量……除了求婚还能是什么？桃莉突然明白过来，现在她渴望吉米大声说出那句话，正式向她求婚。想到这里，她连脚趾头都充满了期待。

　　真是完美，她就要嫁给吉米了。真是倒霉，为什么妈妈问她不去自行车公司上班想干什么的时候她没有想到这件事呢？这是她唯一想做的，也是她必须要做的事情。

　　桃莉偷偷瞧了瞧吉米，发现他也满脸愉快地想着什么。他平时可不会这般沉默，桃莉知道他和自己想的一样。他心里肯定在忙着筹划，想思考出一个最棒的求婚方式。桃莉高兴得要飞起来了，她想旋转跳跃，想翩翩起舞。

　　这不是吉米第一次说想要娶她，他们之前曾多次讨论过这个话题，两人躲在镇上灯光昏暗的咖啡馆里——桃莉的父母从来不会来这种地方——小声讨论着"如果……"的话题。桃莉一直觉得这个话题非常让人激动。他们愉快地描述着将来要居住的农舍和要过的生活，虽然没有具体到细节，但肯定要有严实的门窗，两人要睡一张大床，彼此不干涉对方的自由——身心的自由——对桃莉这样的女学生来说，这种诱惑简直无法抵抗。虽然，现在她的校服裙子还要母亲来熨烫得笔挺。

　　对未来生活的憧憬让桃莉幸福得快要晕倒。他们离开被阳光照得明亮的田野，沿着迂回曲折的阴暗巷子往回走。桃莉伸手挽住吉米的胳膊，吉米停下脚步，把她拉过来，两人靠在旁边房屋的石墙上。

在石墙的阴影下，吉米笑了笑，然后轻声唤道："桃莉。"桃莉觉得他的笑容很紧张。

"嗯。"他终于要向自己求婚了，桃莉紧张得无法呼吸。

"我有件事情想告诉你，很重要的事情。"

＊　＊　＊

桃莉露出一个微笑，洋溢着率真和期待的脸如此美丽，吉米的心快要燃烧起来。他不敢相信自己刚才真的吻了她，这个吻和他想象中一样甜蜜。最妙的是，她也回吻了自己。未来就在这一个吻中许下。他们或许来自不同的阶层，但他们之间的差异并没有那么大，至少那些至关重要的方面他们的差距并不大——他们对彼此的感觉是一样的。他握住桃莉柔软的手，说出自己在心中酝酿了一整天的话。"前几天，我接到一个来自伦敦的电话，是一个叫洛伦特的人打来的。"

桃莉鼓励地点点头，示意他继续往下说。

"他创办了一家叫《图片展》的杂志，刊登那些有故事的照片。他在《电讯报》上看见我拍的照片，想请我去为他工作。"

他以为，桃莉听见这个消息会兴奋地抓着他的胳膊，尖叫着跳起来。自从在阁楼上找到父亲的旧相机和三脚架以及一堆黑白老照片，当摄影师就成了他梦寐以求的事。但桃莉却没有任何反应。她的嘴角耷拉着，整个人仿佛被冻住了一般。"是在伦敦工作吗？"她问道。

"是的。"

"你要去伦敦？"

"是的，那是个大地方，有大本钟，还有大雾。"

他想让自己的话变得风趣一些，但桃莉并没有笑。她一直眨着眼，然后长吁了一口气："什么时候？"

"九月。"

"你要住在伦敦吗？"

"也是在那里工作。"吉米支支吾吾的，他感觉到出事了，"是一本摄影杂志，"他含糊地说道，尔后皱起眉头，"你怎么了，桃莉？"

她下唇颤抖着，吉米想她肯定要哭了。

他吃惊地问道："桃儿，到底怎么了？"

桃莉没有哭。她挥了挥胳膊，然后用手捂着脸。"我们本来都要结婚了。"

"什么？"

"你说过的，我也是这样以为的，可现在——"

她在生吉米的气，可他却弄不懂其中缘由。她急切地摆动着双手，脸颊粉粉的，语速很快，说的话含混不清，吉米只听见什么"农舍""父亲"，还有"自行车公司"，真是奇怪。

吉米努力理解她的话，但什么也没听懂。最后，桃莉深深叹了口气，背着手，看上去筋疲力尽而又愤愤不平。吉米感到十分无助，不知道如何是好，只好把她抱在怀里，像安慰古怪的小孩儿那样抚摸着她的头发。不论如何，桃莉很快就会振作起来的，所以，感觉到怀里的人儿冷静下来，吉米的脸上露出了微笑。吉米的情绪向来温和又稳定，桃莉奔涌的情绪时常让他措手不及，但她这性子也让人沉醉——桃莉容易开心但却不容易讨好，容易生气却绝不会无理取闹。

"我以为你想娶我，"她抬起头看着他，"但你不仅不娶我，还要跑去伦敦。"

吉米忍不住笑起来。"我没有不想娶你，桃儿，洛伦特先生要付我酬劳，我会省下每一分钱。娶你是我最想做的事——你没开玩笑吧？你确定要嫁给我？""我确定，吉米。我们彼此相爱，我们想在一起。我们要有一栋农舍，养几只肥肥的母鸡，家里挂着火腿，我们可以光着脚跳舞……"

吉米脸上露出微笑。他跟桃莉讲过他父亲小时候在农场的生活，他小时候也同样为这些传奇故事惊奇。如今，桃莉对这些故事加以润色，组合成了自己的故事。桃莉有着非凡的想象力，她能用闪光的线索将平淡的事情串成精彩的故事。吉米喜欢她这种能力。他伸手捧着桃莉的脸庞，"桃儿，我现在还买不起一座农舍。"

"那我们可以买一个吉卜赛人那种大篷车，帘子上要有雏菊的图案，还要养一只母鸡……养两只也行，这样它们就不会孤单了。"

他情不自禁地吻了她。她还年轻，她那么浪漫，她是他的。"用不了多久我们就能拥有想要的一切，桃儿。我会好好工作的，你就等着瞧吧！"

两只海鸥尖叫着飞过小巷上空，吉米伸手揽住桃莉，指尖顺着她温暖的胳膊往下滑。桃莉任由他抓住自己的手，紧紧地握着，带自己返回海边。吉米喜欢桃莉的梦想和她富有感染力的劲头。遇到她之后，吉米觉得自己充满活力——之前的他可不是这样的。但是他得理性筹划他们的未来，仔细思量两人的生活。他们不能双双沉陷在梦想和幻觉中，这样没有任何好处。吉米是个聪明的孩子，父亲的病情还没恶化他还在学校里念书的时候，所有老师都是这样评价他的。他学东西很快。离开学校后，他经常从布茨图书馆借书来看，并由此走进了另一个世界。他缺少的仅仅是一个机会，如今，这机会终于来到他面前。

他们静默着走出小巷，散步区出现在眼前。到处都是午后散步的人，他们吃光了带的虾酱三明治，正要返回沙滩上。吉米停下脚步，抓住桃莉另一只手，十指交叉握在一起，"那……"他轻声说道。

"那什么？"

"十天之后见。"

"或许可以提前。"

吉米笑起来，身子前倾想跟她吻别。这时恰好跑来一个小孩，他的球滚进小巷里，于是他尖叫着一路追赶。吻别的时刻被糟蹋了。吉米缩回身子，男孩的突然打扰让他很是尴尬。

桃莉把身子扭向散步区那边："我该回去了。"

"别给自己惹麻烦，好不好？"桃莉笑起来，然后吻了吻他的嘴唇。她脸上露出令他心疼的微笑，然后她跑回阳光之中，裙子的褶边在她光洁的腿上飞扬。"桃儿。"她快要消失在视野中时，吉米突然喊道。她回过头，阳光给她的秀发镀上一层光圈。"你不需要华丽的服装，桃儿，你比今天那个女孩漂亮一千倍。"

她冲他笑了笑——至少，在吉米眼中她是最美的。站在阴暗的巷道里，吉米看不清她的脸，只看见她举起手朝自己挥了挥，然后走远了。

* * *

阳光很好，草莓的香甜还残留在唇齿间。吉米一路狂奔，终于没有误了火车。返程的大部分时间他都在沉睡，他梦见了妈妈。这是个旧梦，他已经做了好些年的梦。梦里，他和妈妈在集市上看魔术表演，魔术师把漂亮的女助手关进箱子里的时候——这个箱子总让他联想到父亲在楼下棺材店做的棺材——母亲弯下腰对他说道："他想转移你的注意力，吉米，这不过是声东击西的小把戏，你别走神。"那时的吉米不过八岁左右，他急切地点点头，睁大双眼，眨也不舍得眨。就算后来眼睛疼得厉害，泪水直掉的时候也没闭眼。但他肯定是哪儿做错了，箱盖打开的时候——哇！那个女人竟然真的不见了，凭空消失了。吉米一直很想念这个场景。母亲哈哈大笑，这让吉米感觉很怪，他手脚发凉，止不住地颤抖。他朝母亲看去的时候她却不在他身边——她在箱子里，告诉吉米他肯定是在做白日梦，母亲身上的香水味如此浓烈——

"请出示你的车票。"

惊醒过来的吉米赶紧伸手去找放在旁边座位上的背包。谢天谢地，包还在那儿。相机还装在包里呢，自己竟然就这样贸贸然睡着了，真是蠢。要是弄丢了他可承担不起。相机是他开启未来的钥匙。

"请出示你的车票，先生。"检票员的双眼眯成了一道缝。

"对不起，请等一下。"吉米从口袋里掏出车票，递给检票员，让他在票上打孔。

"去考文垂吗？"

"是的，先生。"

没有查到逃票的人，检票员有些遗憾地吁了一口气。他把车票递还给吉米，轻轻叩了下自己的帽子，然后沿着车厢继续往前走。

吉米从背包里取出从图书馆借的那本《人鼠之间》，但却没有读下去。他脑子里全是桃莉和今天发生的一切，还有伦敦和未来，哪里能静下心来读书呢？对于和桃莉的事，他还有些疑惑。他本以为她会为这个消息高兴的，哪知她却生气了。让桃莉这样活泼热情的人失望真是罪过，但吉米知道自己的做法是正确的。

她不是真想嫁给一个一无所有的男人。桃莉是个"物质"的女人，她喜欢收集各种小饰品、可爱的物件，还有纪念品。今天在沙滩上，她一直盯着更衣室里的有钱人和那个穿银色裙子的女孩看。他知道，虽然桃莉对农场生活抱有各种各样的幻想，但她也渴望刺激和奢华，以及钱能买到的一切——她当然喜欢这些，她那么美，那么有趣，那么有魅力，她才十七岁，她不知道一无所有的滋味，她也不该知道这些。她应该嫁给一个能给她所有最好东西的男人，而不是一辈子吃肉店买来的打折剩肉，过买不起糖块只能在茶里放一滴炼乳的生活。吉米正在努力奋斗，想成为那个配得上她的男人。一旦成功，他会立即娶她，绝不让她离开自己。

但现在还不是时候。

吉米知道那些一无所有却为爱结合的人最后会有怎样的命运。他母亲出生富豪之家，却不顾家长的反对，执意要嫁给吉米的父亲。婚后，他们也确实过了一段幸福的时光。但好景不长，吉米还记得那天早上他醒来却找不到母亲时心里的困惑。"那女人一觉起来就不见了。"他听见街上的人交头接耳，议论纷纷。

吉米想起几周前和母亲看的那场魔术表演，他想象着母亲温暖的肉体变成空气消失在眼前的场景，觉得非常吃惊。如果真有人会这样的魔法，那人肯定是他的母亲。

童年时期发生了许多大事，是小伙伴们让吉米看见了光明。那时，没有一个大人想到了这一点。**小吉米·梅特卡夫的妈妈是匹脱缰的野马，跟着有钱人去了天涯，留下吉米可怜巴巴。**吉米在学校的操场上听见这首童谣，回到家里说起此事时，父亲却没有什么想对他解释的。父亲日益瘦削憔悴，他每天都坐在窗边，假装在等邮递员给他送一封很重要的生意上的信件，一坐就是好长时间。他常常拍着吉米的小手，告诉他日子会好起来的，熬熬就过去了，他们还有彼此可以依靠。父亲说这样的话好像不是为了鼓励吉米，而是想说服自己，这让吉米觉得很紧张。

吉米把额头靠在火车的窗户上，看着铁轨在脚下呼啸着闪过。父亲已经老了，他是吉米的伦敦计划中唯一的顾虑，他不能把父亲一个人丢在考文垂。对于吉米长大的这所房子，父亲一直怀有哀伤的情感。后来，他精神逐渐有些不正常了，有时会在桌上多摆一副餐具，好像母亲在家一样。甚至，他会像以前那样枯坐在窗边，等母亲回家。

火车驶进滑铁卢车站，吉米把背包背在身后。他会想出办法的，肯定可以。未来在眼前徐徐展开，吉米下定决心，要让自己配得上它。他把相机紧紧抓在手里，跳着走出车厢，走向地下车站，去搭回考文垂的火车。

* * *

与此同时，桃莉正站在贝尔维尤旅馆房间的衣柜镜子前，拿着一件漂亮的银色缎子裙在身上比画。当然了，过一会儿她会把裙子还回去的，但若不先试试简直是个傻瓜。她站得笔直，端详了镜中的自己好一会儿。胸脯随着她的呼吸一起一伏，裙子的裁剪让她胸部微露沟壑，光滑的料子贴着她的皮肤，泛着灵动的光泽。她以前从未穿过这样的裙子，母亲的衣柜虽然满，但也没有这样的好东西，就连凯特琳的妈妈也没有这样的裙子。穿上它，桃莉好像变了一个人似的。

她希望吉米能看到自己现在的样子。桃莉摸摸自己的嘴唇，想到吉米的那个吻，想到他沉甸甸的目光，想到他拍照时看着自己的样子……一时间，她的呼吸有些停滞。这是她第一次正式接吻。现在，她和今天早晨的那个桃莉已经不一样了。她不知道父亲和母亲会不会注意到这件事，大家会不会知道，一个像吉米那样的男人——一个棱角分明，双手因工作而变得坚硬，在伦敦还有一份摄影师工作的男人——会用饥渴的目光凝视着她，并郑重其事地吻了她。

桃莉把裙子臀部上的褶皱抹平。她微笑着，假装在跟一位熟人打招呼，假装听见了个笑话开怀大笑。然后，她转了一个圈，伸开双臂，倒在窄窄的床上。"伦敦。"她对天花板上逐渐剥落的图案大声喊道。桃莉作了一个决定——她要去伦敦，她激动得快要死掉了。假期结束，一家人回到考文垂的时候她就会把这个决定告诉父亲和母亲。他们不会喜欢这个决定，但这是桃莉的生活，她才不会向世俗低头。她不属于哪家自行车公司，她要做自己想做的事情。外面的大世界中有冒险之旅在等着她，桃莉只需出发，去发现它。

9

2011年，伦敦

天空变得暗沉，洛瑞尔庆幸自己带了厚外套。纪录片的制作人说要给她派车，但她拒绝了，酒店就在前面不远的地方，她想走过去。她一直很喜欢散步，近来，这个习惯得到医生的赞扬，也算是意外的收获。今天，她尤其想出去走走。不管怎样，新鲜的空气会让头脑清醒些。她对下午的采访有种没来由的紧张，想到闪光灯，想到一动不动盯着自己的镜头，还有咄咄逼人的年轻记者抛出的问题，洛瑞尔感到一阵心烦意乱。她伸手从包里拿出一支香烟。顾不上医生是否赞许。

走到肯辛顿教堂街的拐角处，洛瑞尔停下脚步。她划燃一根火柴，点上烟，然后甩甩手熄灭了火。她顺便看了看手表——电影预演提前结束，纪录片采访要三点钟才开始。她吸了口烟，想着自己动作够快的话，还有时间在这条路上绕个弯子逗留一会儿。洛瑞尔抬头看了看不远处的诺丁山，觉得去那儿也花不了多长时间。尽管如此，她还是有些犹豫。她感觉自己似乎站在了命运的岔路口上，看似简单的决定背后隐藏着巨大的阴影。她摇摇头，觉得自己想太多了。她当然应该去看一看，来都来了，不去的话有点傻。洛瑞尔紧紧搂着自己的手提包，飞快地从步行街往诺丁山赶。"抓紧点，亲爱的，别磨磨蹭蹭的。"母亲以前经常这样说。想起这句话，她脸上露出会心的笑容。

生日聚会上，洛瑞尔一直盯着母亲的脸庞，希望能从她脸上找到所有谜题的答案。她想问桃乐茜，妈妈，你是怎么认识亨利·詹金斯的？你们应该不是朋友吧？周四上午，她们在医院的花园里为妈妈举办生日聚会。那天的天气很好，艾莉丝说，夏天的时候她们由于各种各样的原因没能聚在一起，现在可不能浪费这美好的阳光。

母亲真美，她年轻的时候一定更漂亮，风采远胜于洛瑞尔几姊妹——当然了，黛芙妮或许是个例外。不过，母亲没有洛瑞尔那么幸运，没遇上能把她包装成女主角的导演。只是年轻时的美貌注定不能持久，母亲如今也垂垂老矣，肉松皮皱，起了老年斑，脸上肤色不再均匀，身体萎缩，骨架也小了许多，头发稀疏。但那张脸上，顽皮的神情犹在，即便躺在医院的病床上也是如此。她的眼神虽然疲倦，却一直闪耀着愉悦的光芒；她的嘴角上翘，好像想起了某个笑话。这张脸总能吸引到陌生人的注意，让他们着迷，想去认识她。她那张下巴线条坚毅的脸常常让人觉得，她跟别人一样遭遇了许多不幸和挫折，但在她的世界里，一切都会好起来。这就是她真正美丽的地方——她的气质、她的欢乐、她的魅力，还有她对编故事的执著爱好。

"我的鼻子太大了，不衬我的脸。"小时候，洛瑞尔待在父母的卧室里，看着妈妈穿衣打扮。桃乐茜抱怨自己的鼻子太大，"真是糟蹋了老天爷给我的才能——这么大的鼻子，我居然没成为一名优秀的香水商人。"她从镜子前转过身，脸上挂着玩味的笑容，这笑总让洛瑞尔满心期待，同时心里也怦怦直跳。"你能帮我保密吗？"

坐在床尾的洛瑞尔点点头。母亲弯下腰，这样她的鼻尖刚好碰到洛瑞尔的小鼻子。"我以前是条鳄鱼。不过，那是很久以前的事情了，那时候我还不是你们的妈妈。"

"真的吗？"洛瑞尔倒吸了一口凉气。

"真的，但当鳄鱼相当乏味，每天就是捕猎游泳。而且，鳄鱼的尾巴很重，你知道的，打湿的时候尤其重。"

"所以你就变成了女人？"

"不，不是这个原因。重重的尾巴虽然让我不开心，但绝不是摆脱责任的理由。我之所以变成女人，是因为有一天，我躺在河岸边——"

"非洲的河吗？"

"当然了。你不会以为英格兰也有鳄鱼吧？"

洛瑞尔摇摇头。

"我躺在河边晒太阳，看见一个小女孩和她母亲手牵手在散步。那时候，我忽然也想这样牵着一个人的手。所以我就变成了人，之后就有了你。你看，除了鼻子，变人的过程相当成功。"

"可你是怎么变的？"洛瑞尔惊奇地眨眨眼，"你是怎么变成人的？"

"这个嘛，"桃乐茜转身面向镜子，理了理肩上的衬垫，"我总不能把所有秘密都告诉你，对吧？至少，不能一次全部告诉你。改天再问我吧，等你长大些再问。"

* * *

妈妈的想象力一向很丰富。"那也是没办法，她必须得这样。"生日聚会后，艾莉丝开车把姊妹们送回家，谈到母亲的想象力时她轻哼了一声。"你们想想，她得照顾五个孩子，稍微弱点的女人遇到这种情况说不定会疯掉的。"洛瑞尔赞同她的话。她知道，自己若处在妈妈的位置上肯定会抓狂。五个叽叽喳喳吵闹不休的孩子，一所每逢下雨天就会漏雨的农舍，鸟儿在烟囱里筑巢——这一切听上去就跟噩梦一样。

可对母亲来说，这并不是噩梦。相反，一切都非常完美。尼克森家的生活就像多愁善感的小说家笔下的旧日时光一样，充满了怀旧的色彩——不得不说，在那把闪着银光的匕首出现之前，她们家的生活的确是这样的。洛瑞尔至今都模糊地记得，那时，自己刚褪去青春的迷惘，常常疑惑是否真的有人会对这样乏味的家庭生活感到满足。那时候，"田园生活"这个词还没有出现，至少，还没出现在洛瑞尔的世界。1958年，她正沉迷于金斯利·艾米斯①的小说《五月的花朵》。但她觉得父亲母亲那样子也挺好的，并不想他们改变什么。年少总免不了轻狂，洛瑞尔一直以为，父母比自己少了些冒险精神。她从没想过，妈妈在幸福妻子和温柔母亲的外表之下，还藏着别的东西。她不知道，母亲曾和她一样年轻，也曾经下定决心不再重复外婆的老路，她从未想过，母亲原来一直在逃避过去的某些事情。

可如今，她过去的生活无处不在。在医院的时候，洛瑞尔就被薇薇安的照片勾起了好奇之心，自此心中的疑惑便一直不曾散

① Kingsley Amis，英国小说家、诗人，"愤怒的青年"（Angry Young Man）代表作家之一。

120

去。每个角落里都有它的身影，每个夜深人静的时候，它都在洛瑞尔耳畔低声絮语。一同而来的，还有噩梦和闪着寒光的匕首，有拿着锡铁火箭的小男孩，他说要回到过去，改变这一切。洛瑞尔无法将注意力集中在工作上，对下周即将上映的电影或是正在录制的系列访谈纪录片都提不起兴趣。除了解密母亲的过往，一切似乎都不重要了。

母亲的过去藏着巨大的秘密。即便洛瑞尔尚不能确定，但母亲的一举一动都昭示着这一点——她就差没有明说了。在桃乐茜九十岁大寿的聚会上，三个曾孙女儿用雏菊编了个花环送给她，曾孙的膝盖受伤了，孙儿用手帕给自己的儿子包扎，几个女儿忙着招呼大家吃蛋糕喝茶。这时，有人嚷起来："讲点什么！讲点什么！"桃乐茜·尼克森安详地笑了，她身后的树丛里，花期来得较晚的玫瑰一片艳红。桃乐茜双手合十，随意转动着手指上如今有些宽松的戒指。她叹了口气："我非常幸运，"她语速很慢，声音十分微弱，"看着你们，看着我的孩子们，我非常感激，我真幸运，能够拥有……"她衰老的嘴唇颤抖着，眼皮扑闪着合上了。大家冲到她身边，吻着她，大声呼唤着，"最最亲爱的，亲爱的妈妈！"因此，没人听见母亲最后说的那句，"……第二次机会。"

只有洛瑞尔听见了这句话。她仔细凝视着母亲的脸庞，那张脸可爱又疲倦，熟悉又藏着秘密。她想抚摸母亲的脸，从中寻找答案。她知道，母亲的秘密就藏在那里。过着庸常而又没有过失人生的人，是不会感激第二次机会的。

* * *

洛瑞尔走进坎普顿丛林[1]，街道上堆满了落叶。清洁工还没有打扫到这里，洛瑞尔开心极了。她走在厚厚的落叶上，树叶发出咯吱咯吱的响声。时间好像回到了小时候，她还是个八岁的孩子，在格林埃克斯农场后面的树林里玩耍。"把包装满，孩子们，让我们的焰火冲上月亮。"那天是篝火之夜[2]，洛瑞尔和洛丝穿着高筒胶靴，系着围巾，艾莉丝尚在襁褓之中，躺在婴儿车里眨巴着眼睛。最小的格里是孩子们当中最喜欢树林的，不过那时候他尚未来到这个世界，还是玫瑰色天空里一只若隐若现的萤火虫。黛芙妮那时候也没出生，不过她已经能在母亲的肚子里跳跃翻腾，彰显自己的存在了。"那时候你还是死的呢，"姊妹们谈起黛芙妮出生之前的事情时经常这样说。"死"这个词没让黛芙妮感到恼火，不过她很沮丧，自己竟然错过了这样热闹的事。

坎普顿丛林25号离戈登广场酒店不远，洛瑞尔停下脚步确认，就是这里了，25号，夹在24号和26号之间。这栋房子本身并没有什么特别之处，它是一栋白色的维多利亚式建筑，一楼阳台的铁栏杆是黑色的，屋顶铺着薄薄的石板瓦，上面开了一扇天窗。一部像登月舱一样的折叠婴儿车在屋前小径的嵌花地板上，一楼的窗户边挂着一串万圣节南瓜，显然是出自一个孩子之手。房子前面没有写明主人的姓名，只有门牌号。英格兰遗产组织不知道，坎普顿丛林25号曾是亨利·罗纳德·詹金斯的住所，他们起码应该做个标志，供后人凭吊。不知道现在的住户是否知道他

---

[1] 住宅区名称。
[2] 篝火之夜，即每年的11月5日晚上，英国人放焰火庆祝1605年炸毁议会大厦的阴谋失败。

们的房子曾经属于一位著名的作家？可能不知道吧！他们有什么理由该知道呢？在伦敦，许多人的房子都曾住过有来头的人，而亨利·詹金斯的名头早已如云烟般散去。

不过，网络上依旧可以查到亨利·詹金斯的信息。再有钱有势、情感丰富的人也没办法摆脱网络这张大网，亨利·詹金斯不过是困于这张网络中的万千灵魂之一。只要输入他的名字，信息就会出现在眼前，远去的灵魂就此复活。在格林埃克斯农场的时候，洛瑞尔曾犹犹豫豫地用新手机在网上搜索詹金斯的信息，但输入词条的时候，手机突然没电了。她本来可以去借艾莉丝的手提电脑，不过这件事得保密，最好还是不要让她知道。所以，在萨福克郡的最后一段时间，洛瑞尔一直在沉默中煎熬，甚至无聊到帮洛丝擦洗浴室地砖胶泥里的污垢。

星期五的时候，司机马克如约来接洛瑞尔。驱车沿M11公路返回，两人一路上都在亲切地闲聊，谈着交通、即将到来的电影季，还有奥林匹克道路能不能如期完工。平安到达伦敦的时候，洛瑞尔按捺住激动，拎着行李箱站在薄薄的暮色中跟司机挥手道别，直到车子完全消失在视野里，才冷静地走上楼梯，毫不慌乱地打开公寓的房门。轻轻关上门，包裹在自家客厅带来的安全感里，这时她才放下行李箱，摘下冷静的面具，等不及开灯就迫不及待地打开笔记本电脑，在谷歌上输入亨利·詹金斯的名字。在等待搜索结果的短短几秒钟里，洛瑞尔又忍不住咬起了手指甲。

维基百科上，亨利·詹金斯的资料并不多，只有他的著作清单以及一份简介：1901年，亨利·詹金斯出生在约克郡；1938年，他在牛津结婚，婚后居住在伦敦坎普顿丛林25号；1961年，于萨福克郡去世。一些二手书网站上有他的小说出售，洛瑞尔买了两本。其他杂七杂八的网站上也提到了他的名字，比如"诺德斯特姆中学校友录"和"比小说更传奇：文艺人士神秘死亡事件"等。他的小说都是半自传体风格，主角都是前途无望的工人阶级。1939年，他的写作风格有了突破，开始发表爱情小说。战争期间，他还曾就职于英国国家信息部。除了这些，网络上热议的是这位显赫一时的作家竟然是出现在萨福克郡的野餐骚扰者。洛瑞尔一页页地仔细浏览着这些资料，心里满是恐惧，担心那个熟悉的名字或地址会突然跳出来，狠狠地咬她一口。

好在她担心的事情并没有发生。报道中没有提到桃乐茜·尼克森——她是奥斯卡最佳女演员获奖者、全英国最喜爱面孔第二名获得者洛瑞尔·尼克森的母亲。至于亨利·詹金斯去世的地点，报道中也只含混地提到是"萨福克郡拉文汉姆郊区的一片草地"。网上也没有关于蛋糕刀、哭闹的婴儿以及小溪边的家庭聚会的传言。当然了，这些事情网络上的人们怎么会知道？混迹于网络的历史缔造者们已经将1961年那场温文尔雅的骗局粉饰完美。他们声称，亨利·詹金斯是一位在二战之前就已经成名的作家，但战争过后，名气却大不如前。他失去了金钱、名望、朋友，最终还失去了自己的体面。他想在历史上留下点痕迹，即便是臭名昭著，可他还是逐渐淡出了人们的记忆。洛瑞尔把这个故事读了一遍又一遍，每读一次，那张铅笔绘制的詹金斯的肖像在她记忆中就更加清晰。她快要对网络上的故事信以为真了。

之后，她又点了一下鼠标，屏幕上跳出一个看似没什么恶意的网页，标题是"鲁伯特·赫德斯托克的幻想园地"。网页上弹出一张照片，如同窗边突然出现一张人脸。是亨利·詹金斯。照片上的样子比洛瑞尔看见他从车道上慢慢走过来时要年轻些，但洛瑞尔确认那就是他。她感到身上忽冷忽热。网上的新闻报道中从没出现过詹金斯的照片，这还是那天下午她在树屋上看见詹金斯以来，第二次看到他的模样。

洛瑞尔忍不住开始使用图片搜索功能。不过0.27秒的时间，谷歌就找出了满屏类似的照片，仅是尺寸比例有些细微的不同。那么多张脸同时出现，詹金斯看上去有些惊悚。或许，这恐怖感是因为洛瑞尔的联想产生的——农场大门的吱嘎声、小狗巴纳比的狂吠，还有被染成红褐色的白床单。如今，这一排排一幅幅的黑白照片上，亨利·詹金斯穿着正式，留着黑色的胡须，两道浓眉下的眼睛直直地望向她。"你好，桃乐茜。"屏幕上，他薄薄的嘴唇好像一翕一合地动了起来，"好久不见。"

洛瑞尔猛地将笔记本电脑合上，整个房间顿时陷入黑暗。

* * *

她虽然不想再看亨利·詹金斯的照片，但脑海中却全是关于他的念头。她想到亨利·詹金斯住过的那栋房子——坎普顿丛林25号，它就在离自己公寓不远处的街角。第二天，次日达快递把她买的第一本书送了过来，洛瑞尔坐起身把这本小说从头到尾读了一遍。她想到了母亲桃乐茜。《女仆》是亨利·詹金斯的第八本小说，出版于1940年，讲述了一位知名作家和妻子的女仆之间发生的爱情故事。女仆萨莉是一个水性杨花的女孩，男主角是个经历坎坷的人，他的妻子是位冰美人。这本小说读起来还不错，有种一板一眼的散文味道。人物着墨颇丰，男主人公的困境一直无法解决，萨莉和他的妻子成为朋友之后让他尤其头痛。小说的结尾，男主人公打算和女仆萨莉分手，但却为这样做的后果隐隐担忧——那个可怜的女孩已经深深地爱上了他，她有什么错呢？就像亨利·詹金斯所写的那样，他——也就是小说中的男主人公——的确是个招女人喜爱的男人。

洛瑞尔抬头看了看坎普顿丛林25号的阁楼窗户。要知道，亨利·詹金斯的小说大部分都取材于现实生活，而妈妈也曾做过一段时间的女仆，她来尼克森奶奶的公寓本来也是为了做工的。妈妈和薇薇安是好朋友，但她和亨利·詹金斯——从最后的结局来看——显然不是。把萨莉的故事和妈妈联系在一起会不会太夸张了？桃乐茜曾经住在这栋铺着石板瓦的房子的阁楼上，还爱上了自己的雇主并最终伤心离去？这是否能解释洛瑞尔在格林埃克斯农场看见的那一幕——那难道是一个被轻视的女人的愤怒？真的仅此而已吗？

或许吧！

洛瑞尔思索该如何查证是否有一个名叫桃乐茜的年轻女子曾在亨利·詹金斯家工作过，这时，25号房子的前门忽然打开了。那扇门是红色的，想必房子的主人一定是个非常有趣的人。腿儿圆滚滚、穿着袜子、戴着针织绒球小帽的几个孩子吵闹着跑到门前的马路上。大部分房主都不喜欢陌生人打量自家的房子，所以洛瑞尔低下头，装作在包里找东西，想让自己看上去像个出门办事的普通女人，而不是在追寻往事。洛瑞尔是个合格的八卦者，她一边装作若无其事，一边注意25号门前的动态。门里出来一个推着婴儿车的女人，旁边还有三个小孩——噢，天哪——屋里还传来小孩唱歌的声音。

女人在台阶上艰难地推着婴儿车，洛瑞尔有些踌躇，不知道该不该上去帮忙。这时，第五个小孩出场了。是个小男孩，个头虽然比其他孩子高，但也只有五六岁的样子。他从屋里走出来，和妈妈一起把婴儿车搬下台阶。一家人朝着肯辛顿教堂街走去，小女孩们蹦蹦跳跳地走在最前面，男孩走在最后。洛瑞尔喜欢他嘴唇轻轻翕合的样子，好像在独自哼着歌儿一样。他玩手的样子也很招人喜欢——他双手摊平，在空中移动。他歪着头看着自己的手，好像在看两片飞舞的树叶。他完全不在乎周围的环境和事物，专注的小模样非常可爱，洛瑞尔不禁想起了格里小时候。

亲爱的格里弟弟从来不是个普通人。六岁以前他从未开口说过话，不了解情况的人常常以为他发育有些迟缓。认识尼克森家叽叽喳喳的女孩儿们的人则认为，格里的沉默寡言是必然的。实际上，格里发育才不迟缓呢，他聪明极了，在科学方面尤为如此。他会四处搜集事实和证据、真相和原理，还会回答洛瑞尔想都没想过的问题，比如时间和空间，还有存在于两者之间的事物。他第一次大声说话，跟人沟通是为了问一个问题：大家知道工程师是如何让比萨斜塔保持倾斜状态而不倒下的吗？——几天前的晚间新闻中报道过比萨斜塔的故事。

"朱利安！"

洛瑞尔从回忆中醒过神来。小男孩的妈妈正在叫他，声音好像是从另一个星球传过来的，那么遥远。"朱利安！"

小男孩稳稳地把手放下，然后才抬头看向母亲。他瞥见洛瑞尔，惊讶地睁大了眼睛，先是吃惊，尔后却有些别的意味。洛瑞尔知道，他认出了自己。这种事情经常发生，没认出她是大明星的人会傻傻地追问："我们认识吗？我们之前是不是见过？你是不是在银行工作？"

洛瑞尔朝男孩点点头，准备转身离开。男孩却面无表情地说了句："你是爸爸的女神。"

"朱——利——安！"

洛瑞尔转过身子，看着这个奇怪的小男子汉。"你说什么？"

"你是爸爸的女神。"

洛瑞尔还没来得及问他这话究竟什么意思，男孩就蹦跳着去找妈妈了。他双手抬起，像是航行在坎普顿丛林看不见的浪涛中。

10

洛瑞尔在肯辛顿大街拦下一辆出租车，钻进后排的座位，终于摆脱了这场突如其来的大雨。"请问您去哪儿？"司机问道。

"索和区，夏洛特街酒店，谢谢。"

司机没有说话，反而从后视镜中打量着她。随后，出租车驶入滚滚车流之中。司机问道："你看上去很面善，你是干什么的？"

你是爸爸的女神——这句话到底什么意思？"我在银行上班。"

司机开始喋喋不休地抱怨银行家和全球信用危机，洛瑞尔假装专注地看着手机。她漫无目的地浏览着通讯录里的名字，直到格里的名字忽然出现在眼前。

妈妈生日聚会那天，迟到的格里不好意思地挠挠头——他忘了把礼物放哪儿了。没人期待他会送些什么别出心裁的礼物，只要他能来大家就很开心。弟弟格里已经五十二岁了，却还是那个招人喜欢的傻小孩儿。他穿着一条不合身的裤子，上身搭配褐色的粗纺线套头衫——这衣服还是三十年前的圣诞节，洛丝给他织的。他的出现引起了姐姐们的一阵忙碌，大家兴冲冲给他端茶送蛋糕，一时间好不热闹。就连妈妈也从昏睡中醒了过来，她疲倦苍老的脸上露出了耀眼的笑容，格里是她唯一的儿子，见到他桃乐茜自然很开心。

众儿女之中，妈妈最挂念的就是格里了——这还是那个好心的护士告诉洛瑞尔的。大家忙着筹备生日聚会的时候，护士在走廊上拦下洛瑞尔："我一直在找你。"

洛瑞尔立刻警觉起来："有什么事吗？"

"你不用紧张，没什么大事。只是，你母亲反复念叨着一个名字——是个小伙子，好像是叫吉米。她问吉米在哪儿，怎么不来看她。"

洛瑞尔在心里反复咀嚼着这个名字，然后摇摇头告诉护士，母亲认识的人当中没有叫吉米的。这个问题其实不该来问洛瑞尔，姊妹们大多比她了解母亲的人际圈子。当然了，还有妹妹黛芙妮给她垫底。在一个女儿多的家庭中，只要不垫底就很幸福了。

"不用担心，"护士微笑着安慰她，"她最近常常有些神志不清，在末期病人中这种情况并不鲜见。"

"末期病人"——这个词直接得骇人，洛瑞尔感到一阵害怕。这时，艾莉丝突然出现在走廊上，手里拿着一把坏掉的茶壶，她皱着眉头，像是对整个英格兰都充满了怨念和不满。所以，洛瑞尔也没再追问下去。后来，她在医院外的走廊上偷偷抽烟的时候才想明白，母亲叫的那个名字应该是格里，而不是什么吉米。

* * *

车子转弯驶入布朗普顿路，忽然变得颠簸起来，洛瑞尔只好抓住前排的座椅。"这里正在施工，"司机解释道，他绕过尼克斯百货的后门，"在修高级公寓，已经修了一年了，起重机还在这儿忙呢。"

"真让人讨厌。"

"大部分公寓已经卖出去了，一套房子四百万英镑。"他吹了声口哨，"四百万英镑哪——我要是有这么多钱就去买座小岛了。"

洛瑞尔笑了笑，但并不是想鼓励司机的雄心壮志。谈论别人的财富和金钱让她有种窒息感，于是她把手机拿得更近了些。

她明白自己为什么会忽然想到格里，为什么会在陌生小男孩儿的脸上看到他的影子。洛瑞尔和格里的关系一度十分亲近，但他十七岁那年，事情发生了变化。那年，格里获得了剑桥大学的全额奖学金，兴奋的洛瑞尔把这消息告诉了所有认识的人，遇到陌生人也忍不住想跟人家说上两句。去学校报到的时候，格里顺道来伦敦看望洛瑞尔，这次小聚让姐弟俩都很开心。白天，他们一起去看《巨蟒与圣杯》，晚餐在街边的咖喱饭庄大快朵颐，夜宵是美味的马沙拉①，姐弟俩吃得饱饱的，然后拖着枕头和毛毯，从厕所的窗户爬上公寓屋顶。

那天晚上的夜空特别澄澈，星星比平时都多，远远望去，还能看见别人家温暖的灯光。在香烟的作用下，格里变成了一个话唠，他絮絮叨叨地说着，洛瑞尔一点也不觉得烦，反而感觉特别美妙。格里跟洛瑞尔解释万物的起源，他用柔软滚烫的手指指着

---

① 印度菜，一种用多种香料制成的咖喱。

天上的星团和星系，比画出爆炸的样子。洛瑞尔眯眼看着天空，星星模糊成一团，格里的话像流水一般在她耳边静静淌过。她迷失在一团团星云、半影和超新星之中，没有发现格里的演讲已经结束。最后，她听见格里在叫自己，他的声音固执坚定，像是叫了她很久一样。

"嗯？"洛瑞尔闭上眼，星星从天空中隐退。

"我想问你件事情。"

"什么事？"

"天哪，"格里笑起来，"我在脑子里把这个问题想了千百遍，现在却依然不知该如何开口。"他把手指插进头发里，一副沮丧的模样。终于，他发出一声小动物般轻快的哼声："好吧，我开始说了。我想问你，我们小时候是不是发生了什么事？一些……"他的声音低得好似自言自语，"暴力的事？"

洛瑞尔明白他指的是什么。她的脉搏在皮肤底下飞快地跳动，浑身变得炽热。格里居然记得那件事。他们总以为那时候他还小，但他却一直都记得。

"暴力事件？"洛瑞尔坐直了身子，但却没有看格里，她不能一边看着他的眼睛一边对他撒谎，"你难道是指艾莉丝和黛芙妮抢厕所的事？"

格里并没有笑。"我知道这个想法很蠢，可我有时候的确有这种感觉。"

"感觉？"

"洛瑞尔——"

"如果你想问的是神神鬼鬼的事情，还是跟洛丝谈谈比较好——"

"天哪。"

"如果你愿意的话，我可以给我认识的宗教人物打个电话……"

格里朝洛瑞尔扔了一个沙发垫子："我是认真的，洛瑞尔。这件事反复出现在我的脑海里，我之所以问你是因为我知道你会告诉我真相。"

他微微笑了笑，姐弟俩之间很少这样一本正经。洛瑞尔第一百万次思考，自己究竟有多爱他。她心里清楚，她爱格里就像爱自己的孩子一样。

"我似乎记得什么事情，但又想不起来究竟是什么事。那种感觉——就像是事情虽已过去，但那种丑恶、恐惧和阴影，一直都在。你明白我的意思吗？"

洛瑞尔点点头，她当然明白格里的感受。

"真的吗？"他抬起一边肩膀，然后又落下。虽然洛瑞尔的答案并没有让他失望，但他仿佛吃了个大败仗。"有这么回事吗？只要有点儿关系的事你都可以说说。"

洛瑞尔能说什么？把真相告诉他吗？不。不管她心里有多想倾诉，有些事情还是不能告诉小弟。起码，不能在他去大学的前一晚，不能在一栋四层建筑的楼顶告诉他。"我什么也想不起来，格里。"

格里没有追问，但也没有显露出不相信洛瑞尔的迹象。过了一会儿，他接着跟洛瑞尔介绍星星、黑洞，还有宇宙的起源。洛瑞尔心里疼爱并疼痛着，竟有些微微的后悔。她不敢看向格里，因为他眼里的东西让洛瑞尔忍不住想起他还是个漂亮小婴儿的时候。妈妈把他放在紫藤花架下的碎石路上，洛瑞尔想起这幅画面就忍不住难过。

第二天，格里动身去剑桥。大学期间，他依旧获奖无数，是个用自己的想法颠覆人们习以为常的认知的优等生。姐弟俩偶尔会相约见面，空的时候还会相互写信——洛瑞尔用潦草的字迹告诉他后台发生的趣事，格里的信则是写在咖啡厅的餐巾背后，字迹越来越难以辨认。尽管如此，姐弟俩都知道，他们再也回不到过去了。有一扇门，洛瑞尔原本不知道它开着，如今却悄然紧闭。不知道格里是不是也意识到，那天晚上，在洛瑞尔公寓的屋顶上，姐弟俩之间的感情出现了一道裂缝。洛瑞尔后悔没把事实告诉他，但已经晚了。她以为自己的做法是对的，是在保护他，但现在她心里也一片茫然。

"到了，夏洛特街酒店，十二英镑。"

"谢谢。"洛瑞尔把手机放进手提包，递给司机一张十英镑、一张五英镑的钞票。直到现在她才意识到，格里也许是除了母亲之外唯一一个她可以一起谈论这件事的人。那天他也在现场，姐弟俩被捆绑在一起，终身都无法摆脱那天看见的事情。

洛瑞尔打开车门，差点撞到自己的经纪人克莱尔。她打着伞在马路上走来走去。"天哪，克莱尔，你吓死我了。"

"我的服务周到吧？怎么样？你还好吗？"

"还好。"

她们互吻了脸颊，然后匆匆走进干净温暖的酒店。"剧组还在准备，"克莱尔把伞面上的水珠抖落干净，"灯光什么的还没弄好，我们在餐厅等一会儿。你要喝点东西吗？茶还是咖啡？"

"杜松子酒如何？"

克莱尔微微皱了皱眉。"你不能喝酒，之前你老这样，现在我得管管你了。要是记者胆敢偏离今天的采访主题，我一定会好好教训他。"

"好主意。"

"我脾气可不好。"

"我知道。"

服务员刚把茶端上来，一个梳着马尾辫，穿着衬衣的年轻女孩就走到桌边，告诉她们，所有员工都准备好了，采访随时可以开始。克莱尔挥手把服务员叫过来，让她把茶送到楼上。然后，她们乘电梯前往酒店房间。

"准备好了吗？"电梯门自动关上后，克莱尔问道。

"准备好了。"洛瑞尔努力让自己相信，的确准备好了。

房间还是上次采访的那间——连续花一周的时间录制一场谈话显然不可能，所以分期录制时要考虑画面连续性的问题。洛瑞尔也听从导演的安排，带来了上次穿的那件宽松衬衣。

制片人在门边等她们，服装经理把洛瑞尔领进套房，那里已经摆好了熨斗。洛瑞尔心里忽然一紧，克莱尔可能从她脸上看出了些什么，她关切地问道："需要我陪你一起进去吗？"

"不用了。"洛瑞尔整理好心情，强迫自己摆脱关于妈妈和格里的念头，以及隐藏在过去的阴暗秘密。"自己穿衣服还是没问题的。"

* * *

看见洛瑞尔，记者脸上堆满了笑容。"叫我米奇就好。"他安排洛瑞尔坐在塑料模特儿旁的扶手椅上。"非常高兴能再次采访您，"他一边说着，一边用双手紧紧握着洛瑞尔的手，"片子成形我们都很激动，我看了上星期拍摄的镜头，非常棒。您的片段绝对会成为整个系列中的亮点。"

"太好了。"

"今天的采访内容不多，只有一些零散的问题要问您，这样我们把片子剪辑在一起的时候才不会有遗漏。您对此有什么问题吗？"

"没问题。"洛瑞尔最喜欢捕捉生活中的遗漏了，不过，她脚上做过血管手术的事可不能在电视上说。

几分钟之后，洛瑞尔化好妆，麦克风也已备好。洛瑞尔坐在扶手椅中等待着。终于，灯光亮起，一位助理对比现场和上次拍摄时的场景。所有人都沉默不语，有人在洛瑞尔面前放了一块场记板。"咔"的一声，拍摄开始。

"已经开始了。"摄影师说道。

"尼克森女士，"米奇开始提问，"我们之前谈论了你演艺生涯中的起起落落，但观众想知道的是，偶像是怎么炼成的——你能跟我们谈谈你的童年吗？"

采访脚本还真是直接，不过洛瑞尔心里早就打好了草稿。很久以前，乡下的一栋农舍里住着一个女孩儿，她有个幸福的家庭，有几个妹妹和一个弟弟。父母恩爱，对孩子们也十分宠爱。女孩的童年时期过得一帆风顺，她天天和妹妹们玩过家家游戏，生活充满了阳光。20世纪50年代过去，60年代开始。女孩儿来到灯红酒绿的伦敦，刚好赶上了文化改革的浪潮。蒙幸运女神垂青（在采访中显露感恩之心非常有必要），加上自己不轻言放弃

（只有那些巧舌如簧的人才会将所有的好运归功于机会），从戏剧学院毕业之后，一直有工作做。

"你的童年生活听上去就像田园牧歌一样。"

"的确如此。"

"堪称完美。"

"世界上没有完美的家庭。"洛瑞尔觉得嘴唇有些干。

"是童年时期的经历让你成为一名演员的吗？"

"我觉得是这样的，我们如今的模样都源自之前的经历——那些无所不知的哲人们不就是这样说的吗？"

米奇笑了笑，在膝头的笔记本上飞快地记下了什么。笔尖在纸张上划过，洛瑞尔忽然被这一幕勾起了回忆——那时她才十六岁，坐在格林埃克斯农场的客厅里，警察把她说的每一个字都记录下来。

"你说你有四个弟弟妹妹，那你们会不会为了得到父母的关注而相互争吵打闹呢？所以你才想方设法，想获得人们的注意？"

洛瑞尔想喝点水。她在人群中寻找克莱尔的身影，然而她并不在现场。"不会，四个妹妹和小弟教会我如何隐藏自己。"的确，她很擅长隐藏自己。那年的家庭聚会，所有人都出门野餐，她却一个人躲了起来。

"作为一名演员，你应该没什么机会隐藏自己吧？"

"表演不是吸引人们的注意，也不是表现自己，相反，它与观察有关。"以前曾有人在后台门口这样对她说过。那时，一场电影刚刚落幕，人们还沉浸在情节中难以自拔。洛瑞尔正准备离开剧院的时候，那个男人拦下她，告诉她自己非常喜欢这部电影。"你在观察方面很有天赋，"他说，"你的耳朵、眼睛，还有心，都在观察周围的事物。"这话听上去似曾相识，可能出自某部戏剧或其他文学作品，但洛瑞尔却想不起来确切的出处。

米奇抬起头："你是一个善于观察的人吗？"

现在想起来，站在后台门口的那个男人真是奇怪。这句她找不到出处的话听上去那么熟悉，却那么晦涩难懂，几乎令洛瑞尔抓狂。即便此刻回想起来，它的魔力也令洛瑞尔脑中一片混乱。她觉得有些口渴，克莱尔就站在门边的暗影里。

"尼克森女士？"

"嗯？"

"你觉得自己是个善于观察的人吗？"

"噢，是的，的确如此。"她可以躲在树屋里，克制住自己不发出任何声音。洛瑞尔心里怦怦直跳，屋里太暖和了，所有人都注视着她，还有灯光——

"尼克森女士，你之前提到过，你的母亲是位十分坚强的女性。她经历了第二次世界大战，在大轰炸中失去了家人，但她还是毅然开始了新生活。你觉得自己有没有遗传到母亲的坚强？这是否就是你在弱肉强食的演艺圈中突出重围有一番成就的根本原因？"

答案很简单，洛瑞尔之前已经回答过无数遍，可现在她就是尤法说出那句话。她觉得自己像一条受惊的鱼，想说的话都化成木屑堵在嘴里。她的思绪四处飘荡，想起了坎普顿丛林那栋房子，想起了躺在病床上苍老疲倦的母亲。时间仿佛凝固了，一秒漫长成了一年。摄影师站直身子，助手们纷纷交头接耳，但洛瑞尔好像被刺眼的灯光困住了一般，看不见人们探询的目光。母亲的身影出现在眼前，她还是照片中年轻的模样。1941年，母亲离开伦敦，她在逃避一些往事，寻找人生的第二次机会。

有人碰了碰她的膝盖，是那名叫米奇的年轻记者。他满脸焦虑地问洛瑞尔是否需要休息，要不要喝杯水，出去呼吸下新鲜空气？他能为她做些什么？

洛瑞尔用尽力气点点头。"水，"她说道，"请给我一杯水。"

克莱尔来到她身边："怎么了？"

"没事，房间里有点热。"

"洛瑞尔·尼克森，我是你的经纪人，更重要的是，我还是你的老朋友。到底怎么了？"

"我母亲，"洛瑞尔的嘴唇快要颤抖了，她赶紧闭紧双唇，"她的情况不太好。"

"噢，亲爱的。"克莱尔抓住洛瑞尔的手。

"她快死了，克莱尔。"

"我该怎么帮你？"

洛瑞尔闭上眼。她需要答案，需要真相，她要确信，自己幸福的家庭和快乐的童年并不是一个谎言。"时间，"她终于开口了，"我需要时间，可我没有多少时间了。"

克莱尔握紧她的手："你还有时间。"

"可电影——"

"别想什么电影了，我会处理的。"

米奇端来一杯水，洛瑞尔喝水的时候他在一旁焦急地转来转去。

克莱尔问道："好些了吗？"看到洛瑞尔点了点头，她转向米奇，"抱歉，今天只能再问一个问题了，尼克森女士还有其他事情需要处理。"

"没问题，"米奇吞了口口水，"希望我没有……我并不想冒犯尼克森女士——"

"别傻了，不关你的事。"克莱尔笑了笑，脸上却如同北极的冬天一样冰冷，"我们继续吧！可以吗？"

洛瑞尔放下杯子，调节好心情。心头的包袱终于卸下，脑子里的思绪变得清晰：二战中，炸弹如雨点一般落向伦敦，房子在轰炸中化为废墟。一些胆子较大的居民把房子修好，胆战心惊地凑合着住。晚上，大家在漏雨的屋里挤作一团，一边盼着能吃上个橘子，一边诅咒着希特勒，希望灾难赶紧结束。有些人以前从来不知道自己可以这般勇敢，还有些人经历了之前想都没想过的恐惧，洛瑞尔的母亲就是其中一员。她和邻居及朋友们住在一起，用配给券换取鸡蛋等物品，偶尔换到一双袜子，就能开心好长时间。在战争中，母亲的命运和薇薇安还有亨利·詹金斯产生了交集。这两个人，一个是她终将失去的朋友，一个终将死在她手中。

他们三人之间一定发生了什么可怕的事情，否则事情不会像今天这样费解。真相应该非常惊人，所以才能解释母亲所做的一切。洛瑞尔想在剩余不多的时间里找出事情的真相，她或许不会喜欢这个真相，但她想抓住这个机会——不，她必须抓住这个机会。

"最后一个问题，尼克森女士。"米奇说道，"上周我们谈到了你的母亲桃乐茜女士。你说她是一位非常坚强的女性——她经历了第二次世界大战，在考文垂大轰炸中失去了所有的家人，后来，她嫁给你的父亲，开始了新生活。你觉得自己遗传到母亲的坚韧品质了吗？你能够在复杂的演艺圈中突出重围，并取得自己的辉煌事业，是否就是因为母亲传给你的坚韧精神？"

这次，洛瑞尔准备好了，她轻轻松松地说出了答案，根本不需要工作人员在一旁提白。"我母亲是第二次世界大战的幸存者，如今，她仍是生活的幸存者。我哪怕有她一半的勇气就实属幸运了。"

第二部

桃　莉

11

1940年12月，伦敦

　　"下手太重了，笨丫头，你使的劲儿太大了！"老妇拿起手杖朝桃莉敲去，"难道要我提醒你吗？我是位夫人，不是犁地的马，你也不是在给我钉马蹄铁！"

　　桃莉甜甜地笑了，她往后退了退，免得被手杖打到。给格温多林·卡尔迪克特夫人当陪护不是件容易的事，工作中会遇上许多不喜欢的活儿，但若被问到最讨厌的，她肯定会毫不犹豫地说是为格温多林夫人修剪脚指甲。这活儿每周一次，却让桃莉和格温多林夫人心里都颇为恼火。但对桃莉来说，这是生活中必要的折磨，她会毫无怨言地做好——当然了，当着格温多林夫人的面她自然要表现得心甘情愿，不过，和基蒂那些女孩儿们一起在客厅闲聊的时候，她会浓墨重彩手舞足蹈地描述她给老夫人修剪趾甲那一幕。女孩们被逗得哈哈大笑，有的人眼泪都笑出来了，只好求她赶紧停下。

　　"修剪好了，"桃莉把锉刀插进保护套里，然后拍了拍满是灰尘的双手，"简直完美。"

　　"哼。"格温多林夫人用手掌抚了抚头巾，却忘了手里还夹着一支快要熄灭的香烟，烟灰落了她一头。她今天穿了一身紫色雪纺绸衣裳，肥胖的身躯看上去如同一片紫色的大海。桃莉捧起她小巧的双脚——指甲已经修剪好并用锉刀打磨过了——让她检查是否满意。她俯过身子看了一眼："马马虎虎吧！"然后又开始喋喋不休地怀念美好的旧时代，那时候像她这样身份高贵的夫人只要一点头一招手，善解人意的女仆们就能心领神会。

　　桃莉笑了笑，转身去拿报纸。离开考文垂已两年有余，对她来说，今年的境况已经比去年好太多了。刚来伦敦的时候，她还是个什么都不懂的黄毛丫头，吉米帮她租了一个小房间，位置比他自己的房间好——说到这件事的时候，吉米不好意思地咧嘴一笑——还帮她找了一份卖衣服的工作。后来，战争爆发了，吉米也去了战场。"大家都想知道前线的消息，总得有人来告诉他们吧！"动身去法国之前，他们坐在蛇湖湖畔，吉米往湖里放纸船，桃莉闷闷不乐地抽着烟。来到伦敦的第一年，最让桃莉觉得兴奋的就是看见了一位穿着打扮非常精致的女士——当时，那位女士正在往邦德街走，刚好路过桃莉工作的约翰·刘易斯百货公司。除此之外，就是每天吃过晚餐后，和怀特太太公寓里的其他年轻女房客在客厅里聊天。她们惊讶地睁大双眼，乞求桃莉再讲一遍她离开家时，父亲吼骂她让她以后再也别回家的故事。那时，家里的大门在身后慢慢关上，桃莉把围巾甩在肩后，头也不回地走向车站。每次讲起这段经历，桃莉都觉得很有趣，同时也觉得自己很勇敢。客厅闲聊散场之后，桃莉一个人躺在逼仄黑暗的房间里那张窄窄的床上，却忍不住瑟瑟发抖，不知是因为回忆还是因为伦敦的寒冷。

　　丢掉在约翰·刘易斯百货公司当售货员的工作后，桃莉的处境有些艰难。这事其实根本不怪她——怪有些顾客不喜欢听实话，不愿承认短裙不适合自己罢了。最后，还是凯特琳的父亲鲁弗斯医生把她从水深火热中拯救出来。听说桃莉失业后，鲁弗斯医生向她抛出了橄榄枝，说自己有位朋友想给姨妈找个陪护。

"是位老态龙钟的夫人。"在萨沃耶酒店吃午餐的时候鲁弗斯医生跟桃莉介绍。他每个月都会来伦敦，每次来都会带桃莉出去吃顿饭，他们吃饭的时候，鲁弗斯医生的妻子和凯特琳都在忙着购物。"她性子非常古怪，是位很孤单的老人。自从她妹妹结婚成家搬出老宅以后，她一直这样子。你能跟她相处好吗？"

"能。"桃莉的注意力都集中在香槟鸡尾酒上，这还是她第一次喝这种酒呢，虽然有点晕乎乎的，但还是很开心。"我觉得没问题，能有什么问题？"鲁弗斯医生对桃莉的回答很满意。他为桃莉写了推荐信，又跟自己的朋友打了招呼，还亲自开车带她过去面试。面试那天，他们开车在肯辛顿的街道上绕来绕去，鲁弗斯医生跟桃莉介绍说，战争爆发后，老人的外甥本打算离开伦敦，带着姨妈和自己一家人回乡下过太平日子，可他姨妈却死活不同意。那个老顽固——你可得注意她这脾气——就要在这里扎根，还威胁说外甥要是再不离开她家就打电话叫律师了。

如今，桃莉来格温多林夫人家已经有十个月了。在这十个月当中，老太太又把"黄鼠狼外甥"的故事讲了无数遍，桃莉听得耳朵都快起茧子了。格温多林夫人喜欢念叨别人对自己不好的地方，她称自己的外甥是"黄鼠狼"，想"不顾她本人的意愿"让她搬出祖屋，但老太太坚持要留在这里，"这里有我幸福的回忆，是我和亨尼·佩妮一起长大的地方。想让我搬出去，除非我死了——哼，就算我死了，他要是敢把我搬出祖屋，我做鬼都不会放过他的。"桃莉为格温多林夫人的固执感到非常震撼，毕竟，正是因为这份固执，桃莉才有机会住进这栋位于坎普顿丛林的华美大宅。

老太太住在坎普顿丛林7号，地上有三层，地下还有一层。房子的外表十分经典：白色的泥灰和整体的黑色色调对比鲜明。房子前面有一个小花园，将房子与路边的嘈杂隔开。房子内部的装饰也十分漂亮，墙上贴着威廉·莫里斯牌壁纸，大气华丽的家具上结了一层神圣的灰——那是几代人才能留下的痕迹。置物架上摆满了珍贵的水晶、银器和瓷器，看上去沉甸甸的。这栋房子和怀特太太在雷灵顿的公寓比起来，简直是一个天上一个地下。在雷灵顿公寓，桃莉住的是原来的贮藏室，狭小逼仄的屋子里总有股咸牛肉炖土豆泥的味儿，挥之不散。而且，那么间屋子竟然要花掉桃莉半个星期的工资。踏进格温多林夫人家的那一刻，桃莉就下定决心，不论这份工作要付出什么代价，不论会有多辛苦，都要住进这栋房子里。

桃莉如愿以偿。房子很棒，唯一美中不足的就是格温多林夫人了。鲁弗斯医生对她的评价没错，她性子的确很古怪。此外，医生还忘了告诉她，老太太此前已经独居了三十年。三十年的孤独生活酿成了可怕的结果，来这工作的头六个月，桃莉始终觉得，老太太随时会把她送到胶水厂里做成胶水。现在，她对老太太的了解更深了些，她的脾气的确很坏，不过她就是这样的人。近来，桃莉有了新发现——老太太对自己喜欢的事物总是表现得淡淡的，这让桃莉工作起来更加得心应手。

"我给您念念今天的头条新闻好吗？"桃莉坐在床尾，开心地问道。

"随便你吧！"格温多林夫人虚弱地耸耸肩，两只湿润的手掌搭在肥肥的肚子上，"反正我无所谓。"

桃莉打开最新一期的《淑女报》，翻到社会板块。她清了清喉咙，用敬畏的语调朗读那些好似生活在梦境里的人们的近况。桃莉以前从不知道还有这样一个世界——噢，她看见了考文垂郊外华美的别墅，偶尔还能听到神父语气严肃地谈论上流社会人家定制的新物件。心情好的时候，格温多林夫人会跟桃莉讲自己的故事。以前，她经常和妹妹佩妮在皇家咖啡厅闲聊，她们还在伦敦的布鲁姆茨伯里区住过一段日子。有一个雕塑家，同时爱上了她们姐妹俩——她们在他面前摆好姿势，让他创作。桃莉天马行空的脑子里怎么也想象不出这样的生活，因为这样的日子简直不可思议。桃莉读到今日最佳新闻和最夺人眼球新闻的时候，格温多林夫人从缎面枕头上抬起头来，假装不感兴趣，其实聚精会神地听着每一个字——她总爱这样。不过，她是个好奇心很重的人，她装不了多长时间的。

"噢，亲爱的，听上去霍斯奎思勋爵和勋爵夫人不太对劲啊！"

"他们离婚了，是吗？"老太太抽了抽鼻子。

"看样子是的——勋爵夫人又和那个画家出去约会了。"

"这一点儿都不稀奇。那个女人一点判断力都没有，被自己的一腔热情冲昏了头脑，跟她母亲一模一样。"说到"热情"这个词时，格温多林夫人的上唇微微噘起——她说的是"任情"，噢，这发音真优雅。桃莉一人独处的时候最爱模仿她的发音了。

"你刚才说她又跟谁出去约会了？"

格温多林夫人抬头望着波尔多式屋顶上的圆形徽饰："我敢

保证，莱昂内尔·鲁弗斯介绍你过来的时候没告诉我你反应有点慢，也许我自己也不算是很聪明的女人，但我也不能容忍一个白痴。你是白痴吗，史密森小姐？"

"我希望自己不是，格温多林夫人。"

"哼，"格温多林夫人的语气听上去像是要作最后的总结陈词了，"霍斯奎思夫人的母亲普鲁登丝·黛儿夫人是个话特别多的讨厌鬼，她老是在我们耳边唠叨女性投票权的事，大家都受不了她。亨尼·佩妮模仿她的样子可滑稽了——心情好的时候，佩妮是个非常能逗乐子的人。最后，普鲁登丝夫人把大家的耐心都消磨干净了，社团里没人愿意跟她多待一分钟。做人可以自私，可以粗鲁、大胆或是邪恶，但桃乐茜你要记住，做人绝不可以无趣。过了一段时间，她突然消失了。"

"消失了？"

格温多林夫人懒洋洋又夸张地抖了抖手腕，烟灰就像魔法粉末一样纷纷撒落。"她上了一艘船，至于是去了印度、坦桑尼亚，还是新西兰，就只有上帝才知道了。"她的嘴像鳟鱼一样瘪着，像是在嚼东西，不知道是牙缝中残留的午餐还是她不为人知的那点儿智慧。最后，她狡黠地笑了笑，补充说："那只可怜的金丝雀告诉我，她在一个叫桑给巴尔的可怕地方和一个当地人勾搭上了。"

"真的吗？"

"当然是真的。"格温多林夫人果决地吸了口烟，双眼眯成了一条缝。作为一个三十年来从未踏出闺阁的妇道人家，她知道的还真多。《淑女报》上提到的人很少有她不认识的，而且她很喜欢干涉周围人的生活，就连凯特琳·鲁弗斯选丈夫都经过了她的首肯。凯特琳的丈夫岁数有些大，人虽然有些蠢，但是非常有钱。结婚后的凯特琳变得十分讨厌，她常常跟人抱怨婚姻是件多令人厌烦的事，一说就是好几个钟头。"桃莉，你不知道，结婚的感觉太糟了。"与此同时，她家里贴着商店里最贵的墙纸。桃莉见过她丈夫一两次，最后得出结论——要过上这种精致的生活肯定有更好的法子，不一定非要嫁给一个既好赌又喜欢在客厅的窗帘后面非礼女仆，还觉得自己的做法无可厚非的老男人。

格温多林夫人不耐烦地拍拍手，示意桃莉继续往下念，桃莉立马会意。"噢——有一条让人高兴的新闻，唐菲勋爵和伊娃·黑斯廷斯小姐订婚了。"

"订婚有什么好高兴的。"

"是没有什么可高兴的，夫人。"这个话题不宜多谈。

"黑斯廷斯小姐这种笨女孩儿能够攀上男人的高枝儿倒也不错。但你得记住，桃乐茜——男人生性爱追逐那些明亮耀眼的东西，可他们一旦得到又如何？追上了乐趣和游戏就结束了——女人的乐趣，男人的游戏。"她扭了扭手腕，"继续读，看看还讲了什么？"

"这周六晚上会举行庆祝酒会。"

格温多林夫人轻声嘟囔着："是在唐菲公馆吗？那是个好地方，亨尼·佩妮和我曾去那儿参加过一次盛大的舞会。舞会结束的时候，所有人都脱掉鞋子，在喷泉里跳舞……是在唐菲公馆里办酒会吧？"

"不是，"桃莉浏览了一下订婚公告，"应该不是，客人们被邀请去400俱乐部。"

"夜店！"格温多林夫人开始愤愤不平地数落那地方有多不

入流，桃莉在一边神游天外。她只去过400俱乐部一次，是和基蒂还有她认识的几个当兵的朋友。俱乐部就在莱斯特广场的一间地下室里，旁边的地面上以前是阿罕布拉剧院。俱乐部的墙上挂着丝绸，奢华的长沙发边烛光摇曳，天鹅绒窗帘像酒一样泼洒在猩红色的地毯上。暗红色的灯光笼罩一切，有种说不清道不明的暧昧味道。

音乐和笑声把这儿挤得满满的，侍应生在其中往来穿梭。情侣们在狭小昏暗的舞池里摇曳身姿，一切都如梦如幻。基蒂当兵的朋友喝了太多威士忌，下身胀胀的，憋得难受。他靠在桃莉身上，满口污言秽语，说他要是能和桃莉单独在一起的话会如何如何。桃莉的目光越过他的肩膀，落在一群耀眼的年轻人身上——他们的穿着打扮更加精致，相貌也更漂亮，总之，比俱乐部里其他人高出了不止一个档次。年轻人走到红绳子那边的贵宾区，有个留着黑色长胡子的小个子男人在那儿欢迎他们。回到坎普顿丛林7号，桃莉和基蒂躲在厨房的桌子下偷喝杜松子酒和柠檬水，基蒂用权威的口吻告诉她："那个男人叫路易吉·罗西，你不认识他？他可是400俱乐部的一把手。"

"这些新闻我都听腻了。"格温多林夫人使劲儿掐灭手里的香烟，差点打翻了旁边桌上装着咸牛肉土豆泥的饭盒。"我累了，有点儿不舒服——给我拿颗糖过来。噢，恐怕我活不了多久了。昨天晚上我连眼睛都没合上，那该死的吵闹声究竟是怎么回事？"

"可怜的夫人，"桃莉把《淑女报》放在一边，从一个大口袋里拿出硬糖，"这得怪希特勒，他的轰炸机——"

"我说的不是轰炸机，傻姑娘。我说的是她们——还有她们讨厌的笑声！"她夸张地抖了一下身子，降低了语调。

"噢，"桃莉点点头，"您在说她们呀！"

"就是她们。"格温多林夫人还没跟基蒂她们照过面，"那群在政府部门工作的女职员——她们打字的速度一定很快吧？战争部那群人究竟怎么想的？我当然知道得有地方来安置她们，不过怎么弄到我家里来了？佩罗格林来信跟我说过这件事，我觉得他脑子肯定有问题。真不敢想象，那样的人居然住到我家里，跟我祖上传下来的宝贝待在一起。"想到外甥也被这烫手山芋弄得心烦意乱，老太太差点笑起来，不过这笑容立马就被她心里的苦涩压了下去。她抓住桃莉的手腕："桃乐茜，她们不会把男人带回来吧？"

"噢，不会的，夫人。我保证，她们不敢这样做。"

"我绝不允许她们在我的屋檐底下乱来。"

桃莉严肃地点点头。她知道，这是格温多林夫人的大忌。鲁弗斯医生跟她介绍过格温多林夫人的妹妹佩妮洛浦·卡尔迪克特——就是老太太经常提到的佩妮。姐妹俩年轻的时候好得跟一个人似的，她俩的相貌举止都很神似，好多人都以为她们是双胞胎，但姐妹俩实际上相差一岁半。她们一起去跳舞，一起去乡下过周末，两人总是形影不离。但后来，佩妮洛浦犯了一个让姐姐永远无法原谅的错误。"她坠入爱河，后来就跟那个男人结婚了。"鲁弗斯医生终于抖出了这个大包袱，他心满意足地吸着烟，"在这个过程中，格温多林夫人伤透了心。"

"好了，没事了。"桃莉安慰格温多林夫人，"不会这样的，等她们把男人带回家里的那天，战争早就结束了，她们也就从哪儿来回哪儿去了。"桃莉不知道事情会不会这样，但站在她的立场而言，她并不希望这样。到了夜晚，这栋大房子静得瘆人，基蒂和其他女孩儿还算有趣——这也是她们唯一的优点了。老太太吹毛求疵，难以伺候的时候，桃莉尤其需要跟她们在一起抱怨取乐。格温多林夫人真可怜，失去自己的灵魂伴侣一定是件很可怕的事情，桃莉不敢想象自己若是遇到这样的事情会如何。

格温多林夫人重新躺下，嘴里还喋喋不休地数落着歌舞厅及其罪恶。她讲述里面奢华堕落的行为，怀念佩妮妹妹，怨念着家里可能会发生的肮脏事。终于，她变得憔悴又疲惫，整个人就像那天从诺丁山飘过来的防空气球①一样无精打采。"糖拿过来了，夫人，"桃莉说道，"这块奶油硬糖真可爱，您瞧。我喂给您吃，然后您好好休息一下，好吗？"

"好吧，"老太太含混不清地说道，"但我只能睡一个小时左右，桃乐茜，三点以前叫醒我，我想跟你玩纸牌。"

"好好休息吧！"老人噘起嘴，桃莉把糖塞进她嘴里。

老太太把糖含进嘴里，桃莉走到窗户前拉上遮阳窗帘。把帘子解下来的时候，她的目光不自觉地瞟向对面的7号房子，然后她的心就怦怦跳起来。

薇薇安又在那里。她坐在窗前的书桌边，手指上缠绕着那串长长的珍珠项链，整个人安静得像一座雕塑。桃莉急切地挥了挥手，希望薇薇安能看见自己，然后也朝自己挥手致意。但薇薇安沉浸在自己的思绪中，根本没有看见她。

"桃乐茜？"

桃莉眨了眨眼，根本没听见老太太的叫声。薇薇安可能是她

---

① 二战期间，许多城市上空都漂浮着数以百计的防空气球，有些还挂有炸弹，使低飞的敌军飞机很难进行轰炸。

见过的最美丽的女子了。她有一张心形的脸庞，深褐色的维多利亚式鬈发闪着迷人的光泽，饱满上翘的嘴唇涂成了艳丽的红色。她的眼睛很大，弯弯的眉毛像极了丽塔·海华丝和吉恩·蒂尔妮①。薇薇安的美不在于身上精致的衣裙，而在于她衣着华丽但脸上却依旧是云淡风轻的神情。她像极了自己脖子上那串纯洁又充满灵气的珍珠项链。她把一辆褐色的宾利汽车捐给战争急救部，那无所谓的样子好像自己送出去的不过是一双闲置的靴子而已。桃莉慢慢知道了她的传奇经历——薇薇安从小就是孤儿，在舅舅的抚养下长大成人，后来嫁给了一位名叫亨利·詹金斯的有钱作家，他在国家信息部担任要职。

"桃乐茜，过来帮我把毯子盖上，再去把我的眼罩拿来。"

离自己这么近的地方居然住着这么一位光鲜亮丽的富太太，一般情况下，桃莉心里还是会有些嫉妒的。但薇薇安是个例外，桃莉这辈子都渴望有一个像她那样的朋友——一个真正懂她的、可以和她挽着胳膊在邦德街上溜达的人。她们走在街上，优雅又阳光，人们会转过头来欣赏她们，悄悄议论这两个长腿深色皮肤的美人儿和她们不经意间流露出的魅力。凯特琳岁数比她大，人也呆笨，至于基蒂嘛，她人蠢又轻佻，她们都不配当桃莉的朋友。如今，她终于遇到了薇薇安。在坎普顿丛林第一次见面的时候，她们目光相遇，两人都笑了笑——那笑容里包含着秘密、了解，还有约定——她们俩都清楚，她们是同一种人，注定要成为最好的朋友。

"桃乐茜！"桃莉吓了一跳，她从窗户边转过身，看见格温

---

① 两人都是20世纪40年代好莱坞著名的女明星。

多林夫人已经钻进了紫色的绸缎被子中，脑袋下枕着鸭绒枕头。她绷着脸，脸颊红红的，"我找不到眼罩了。"

"别着急，"在合上遮阳窗帘前，桃莉最后看了薇薇安一眼，"我们一起找找吧！"

没过一会儿，眼罩就找着了——它被格温多林夫人肥胖的大腿压得扁扁的，已经焐热了。桃莉解下老太太头上鲜红的头巾，把它放在小橱柜上的大理石半身像上。然后，她替老太太把缎子做成的眼罩戴上。

"小心点儿，"格温多林夫人怒气冲冲地说道，"你把眼罩扣在我鼻子上的话，我会被捂死的。"

"噢，亲爱的夫人，"桃莉说道，"不会的，您放心吧！"

"哼。"老太太的后脑勺深深陷进枕头当中，她的脸看上去像是漂浮在身子上面似的，就像皱巴巴的皮肤之海里一座孤独的岛。"我活了七十五年了，活了这么久也没什么值得炫耀的——我最亲近最深爱的人抛弃了我，照顾我的女孩也只是拿钱干活儿。"

"不，不，"桃莉像在安慰一个坏脾气的孩子，"怎么能这么说呢？夫人，这事可不能开玩笑，您知道，就算没人付钱我也会好好照顾您的。"

"嗯，嗯，"老人嘟囔着，"那就好。"

桃莉把毛毯拉上来一些，老太太把下巴露在毛毯的绸缎裹边外，"你觉得我该怎么办？"

"什么怎么办，夫人？"

"我觉得应该把所有东西都留给你，这样我那奸诈的外甥才会得到教训。他就跟他父亲一样，想偷走我所有的宝贝。我打算把律师叫过来，把这事正式写进遗嘱当中。"

面对这样的好事，桃莉无话可说。知道格温多林夫人这么看重自己，桃莉当然很高兴，但这高兴不能挂在脸上。桃莉满心骄傲地转过身，抚平老人头巾上的褶皱。

* * *

鲁弗斯医生早就跟桃莉暗示过格温多林夫人的想法。几个星期之前，他们在一起吃午餐，两人就桃莉的社交生活进行了一场长谈。"有男朋友了吗，桃莉？当然，你这样的女孩子追求者肯定排到街区拐角了吧？我建议你找一个岁数大些、有正当职业的人，这样的人才能给你你该拥有的一切。"之后，他问桃莉在坎普顿丛林的生活过得如何，桃莉告诉他一切都好。鲁弗斯医生喝下一大口威士忌，杯子里的冰块发出清脆的响声，他冲桃莉眨了眨眼。"据我所知，你的生活可不只是好——上周，佩罗格林·沃尔西给我写了封信，说他姨妈非常喜欢'我推荐的姑娘'——他原话就是这样的。"鲁弗斯医生似乎沉浸在自己的世界当中，过了一会儿，他才回过神来继续往下说，"他在担心遗产的事。他一直埋怨我把你推荐给格温多林夫人。"鲁弗斯医生笑起来，桃莉露出一个若有所思的微笑。之后的一个星期里，桃莉一直在思考鲁弗斯医生说的话。

桃莉没有撒谎，开始的时候的确有些艰难。众所周知，格温多林夫人一直瞧不上自己周围的人——当然了，她自己可不是这样说的——但后来却对这个年轻的陪护青睐有加。这自然是好事。不过，为了得到老太太的青睐，桃莉付出了惨重的代价，她对此颇为羞愧。

十一月的一天，格温多林夫人家的电话响了。是女佣库克接的电话，然后她把桃莉叫过来——电话是打给桃莉的。回想往事，桃莉心里依旧疼痛不已。但在当时，能在这么华丽的大房子里接电话她觉得十分开心。她轻快地跑下楼梯，抓起听筒，用最郑重其事的声音说道："你好，我是桃乐茜·史密森。"然后，她听见在考文垂的邻居波特夫人的声音，她跟妈妈是好朋友，她在电话那一头大声喊道："死了，全都死了！天上落下来一颗燃烧弹，大家根本来不及躲进防空洞里。"桃莉心里裂开一道无底深渊，她的心不停地往下坠落，只留下一个夹杂着震惊、失去和恐惧的漩涡。她放下电话，站在坎普顿丛林7号宽敞的客厅中。那一刻，她觉得自己如此渺小，一阵风来就能把她吹得不见。桃莉身体的每一个部分，她生活中不同场景的记忆，都像一副随机发出的纸牌，上面的图案逐渐失去了颜色。库克的问候来得很及时："早上好。"桃莉想对她大吼大叫，告诉她这个早上一点都不好，一切都变了，那个蠢女人难道看不出来吗？但她没有这样做。她朝库克笑了笑，回应说："早上好。"然后回到楼上。格温多林夫人怒气冲冲地摇着银铃拍着手——她找不到眼镜了。

开始的时候，桃莉没有跟任何人提起自己家里的事，就连吉米也没说。后来，吉米听说了这件事，迫不及待地想要安慰她。桃莉告诉他，自己很好，现在是战争时期，大家都会失去一些东西。吉米觉得桃莉是个勇敢的姑娘，但让桃莉保持沉默的并非勇气。她当时的感受非常复杂，离家时的回忆想来都让人心疼，为了避免自己说出内心真实的想法和感受，桃莉决定还是闭口不言的好。来到伦敦，她就再也没见过父亲和母亲。父亲说，除非桃莉"开始循规蹈矩"，否则就不要跟他联系。母亲悄悄地给桃莉写信，虽然信中的言语淡淡的，但会定期来信，成为桃莉莫大的依赖。最近的一封信里，母亲告诉桃莉自己要来伦敦亲自看看"那栋漂亮的房子和你经常提到的那位夫人"。可一切都来不及了。母亲再也见不到格温多林夫人，也不能踏进坎普顿丛林7号，看不到女儿如今的光鲜。

至于可怜的卡斯波特，桃莉根本不忍心回想关于他的事情。她清楚地记得弟弟最后一封来信，每个字都历历在目。卡斯波特详细描述了他们在后花园里修建的防空洞，他搜集了喷火式战斗机和飓风战斗机的图片来装饰墙面，他想象着自己要是抓到了德国飞行员该怎么办才好。他那么骄傲那么好哄，对自己要在战争中扮演的角色十分兴奋。他是个胖乎乎又笨手笨脚的乐观小孩儿。如今，就连他也不在了。桃莉现在成了孤儿，那种悲伤、孤单的感觉如此强烈，她只好全心全意照顾格温多林夫人，对家里的灾难闭口不言。

直到那天，老太太说起自己年轻的时候有一副好嗓子。桃莉想起了母亲，还有她藏在车库里的蓝色盒子，那里面曾装满她的梦想和回忆，如今却成了满地荒凉。桃莉忍不住大哭起来。当时，她就坐在格温多林夫人的床尾，手里还拿着磨指甲的锉刀。

"怎么了？"格温多林夫人小巧的嘴巴吃惊地张着，那样子好像看见桃莉脱光了衣裳在屋里跳舞一般。

桃莉很少有如此卸下防备的时候，她把家里发生的事情一五一十地告诉了格温多林夫人。她的母亲、父亲，还有卡斯波特，他们的模样、说过的话、差点把她逼疯的时刻。她一直不喜欢母亲给她梳头的方式，她讨厌每年一次的海边旅行，讨厌板球，还有那头驴。最后，桃莉回忆起她冲出家门的时候，母亲在身后叫她，而她根本没有回头。她的母亲贾妮思·史密森没吃东西就跟了出来，却不敢太过大声让邻居知道家里的事。她跟在桃莉身后一路小跑，手里挥舞着一本书，那是她买来送给桃莉的分别礼物。

"咳咳，"桃莉说完，格温多林夫人说道，"这当然很让人难受，但你不是第一个失去家人的。"

"我知道。"桃莉深吸了一口气。房间里似乎还回荡着她之前的讲话声，她心里有些惶恐，不知道自己会不会被赶走——格温多林夫人不喜欢有人大吵大闹，当然，她自己吵闹可以。

"亨尼·佩妮离开我的时候我以为自己会死掉。"桃莉点点头，等着格温多林夫人对她的发落。

"可你还年轻，让这一切随风而去吧！你看到街对面那个女人了吗？"

的确，薇薇安的生活里最终长出了美丽的玫瑰，但她和桃莉简直是云泥之别。"她有个有钱的舅舅可以收养她，"桃莉轻声说道，"她继承了一大笔财产，嫁给了知名的作家，而我……"桃莉焦虑地咬着下唇，不让自己哭出来，"我……""傻姑娘，你并不是无依无靠，你说呢？"

格温多林夫人拿出她装糖的袋子，第一次把它递给桃莉。桃莉花了好一会儿工夫才明白老太太的举动，她伸出手，从袋子里拿出一颗红绿相间的圆形硬糖。她把糖捏在手心，手指紧紧握成拳，糖在温暖的手心里慢慢融化。桃莉郑重其事地回答："我还有您。"

格温多林夫人抽了抽鼻子，眼睛看向别处："我们还有彼此可以依靠。"突如其来的感伤让她的声音十分响亮。

＊ ＊ ＊

桃莉回到自己的卧室，把最新一期的《淑女报》放在旧报纸上面。闲暇的时候，她会仔细阅读，然后挑出最漂亮的图片粘在自己的幻想本上。眼下，她有更重要的事情要做。

桃莉趴在地上，在床底下翻找周二果蔬商荷普顿老板在柜台下"意外发现"的那根香蕉。她哼着歌儿，蹑手蹑脚地溜出卧室。她其实没必要偷偷摸摸的——此刻，基蒂和其他女孩儿正在战争部的打字机前忙碌，库克拿着一堆配给卡在肉店前怨气冲冲地排队，格温多林夫人在床上发出柔和的鼾声——但偷偷摸摸总比好好走路有意思，尤其是此刻，她有整整一个小时自由自在的时间。

桃莉爬上楼梯，掏出她自己配的那把小巧的钥匙，溜进格温多林夫人的衣帽间。每天早上，桃莉都要从狭小的衣柜里找出一件宽大的罩衣给格温多林夫人换上，但这个衣帽间可不同于那个小衣柜。这个衣帽间非常豪华，里面放着数不清的裙子、鞋子、外套和帽子，桃莉只在报纸的社会版上见过类似的漂亮衣裳。宽敞的开放式衣橱里，丝绸服饰和毛皮大衣放在一起，精巧的定制缎面鞋摆在高大的鞋架上，让人眼花缭乱。圆形的帽盒上印着梅菲尔区①的女帽商的名字——夏帕瑞丽、可可·香奈儿、罗斯·瓦卢瓦……帽盒一个叠一个，一直堆到了天花板。旁边因此装了一架小巧的梯子，方便拿取衣物。

---

① 伦敦地价最高的地方，到处都是奢侈品牌的店面。

奢华的天鹅绒窗帘垂到地毯上——为了不被德军的飞机窥见，窗帘一直是拉着的。窗户边摆着一张狮爪形弯腿梳妆桌，上面有一面椭圆形的镜子、一套纯银的梳子，还有许多镶在相框里的照片。照片里是两个年轻的女子——佩妮洛浦·卡尔迪克特和格温多林·卡尔迪克特。大部分照片都是在照相馆里照的，姐妹俩一脸做作的表情，相纸角落用花体字写着照相馆的名字。还有一部分是她们参加社团活动时的照片，这些看上去就随意多了。有张照片每次都会吸引桃莉的注意，那张照片里，卡尔迪克特家的两姐妹年龄已经不小了，至少有三十五岁。塞西尔·比顿[①]在一个宏伟的螺旋形楼梯上给她们拍了这张照片，格温多林夫人把手放在臀部，眼睛看着镜头，妹妹佩妮洛浦则盯着镜头外的某个东西或某个人。佩妮洛浦就是在拍摄照片的晚会上坠入了爱河，姐姐格温多林的世界也是在那天晚上开始坍塌。

可怜的格温多林夫人，照片上的她不知道自己的命运会在那天晚上发生变化，照片上的她那么美。楼上那个迟暮的妇人竟然也有这么年轻漂亮的时候，真是让人难以想象。或许，所有的年轻人都和桃莉一样，他们从没想过自己也会慢慢老去。桃莉悲哀地发觉，失去和背叛对人的打击原来如此沉重，不仅会让人的内心枯萎，连外表也会衰颓。照片里，格温多林夫人穿着一条深色的裙子，颜色鲜亮，斜裁设计让裙子轻轻地裹着她曼妙的曲线。桃莉在衣橱里四处翻找，终于找到了这条裙子。它就挂在衣架上，和一堆裙子放在一起。裙子是漂亮的深红色，桃莉十分开心。

桃莉第一次偷穿格温多林夫人的裙子，穿的就是这一条，

① Cecil Beaton, 1904—1980, 著名摄影师、服装设计师, 被誉为二十世纪最伟大的英国摄影家之一。

当然了，这肯定不会是最后一条。在基蒂和其他女孩儿住进来之前，坎普顿丛林这栋大房子到了夜晚只属于她一个人，她可以随心所欲地做自己想做的事情。大部分时间，她都流连在格温多林夫人的衣帽间里。她用椅子抵住门，脱得只剩内衣内裤，然后尽情试穿各种美衣华服。有时候，她会穿上性感的露胸长裙，坐在梳妆桌边，用粉饼在裸露的胸脯上扑粉。她在装满钻石别针的抽屉里挑挑拣拣，用猪鬃做成的梳子把头发捋顺——要是能有这样一把刻着自己名字的精致梳子，桃莉愿意用一切来交换……

不过，今天的时间可不多。桃莉翘着腿坐在天鹅绒靠背长椅上，在枝形吊灯的光亮下，仔细剥开香蕉皮。咬下第一口的时候她忍不住闭上眼，发出满足的叹息声——果然，稀缺水果就是特别甜。她一口一口地吃完整根香蕉，每一口都是享受。她把果皮轻轻放在长椅旁，心满意足地拍拍手，然后开始干活儿。她答应过薇薇安，不能食言。

桃莉跪在一排晃动的衣架前，弯下腰，把帽盒从暗处拉出来。她从昨天就开始准备这一切了——她把盒子里的钟形女帽取出来，放在另一个帽盒里，用腾出来的空盒子装她收集到的旧衣服。本来，桃莉是想把格温多林夫人的旧衣服送给妈妈的，但……桃莉最近加入了妇女志愿服务社，主要任务就是帮忙收集废弃的物品，清洁和修理之后分发给需要的人。刚入社的桃莉迫不及待地想为组织做些什么，她希望大家对自己的表现感到吃惊。而且，捐赠衣物的事都是薇薇安在组织，她想帮助薇薇安。

空袭频繁，各种零七碎八的小东西都十分紧缺，上次开会的时候，大家对目前的情况展开了热火朝天的讨论。绷带、给无家可归的儿童的玩具、给负伤士兵的宽松衣物……这些都是紧俏货。桃莉表示愿意捐一批旧衣服，裁剪成绷带，做成布偶，或者改大些送给需要的人。那群上了岁数的女人叽叽喳喳地争吵着谁的缝纫手艺更好，布娃娃该由谁来设计的时候，桃莉和薇薇安交换了一个默契的眼神——看上去，似乎只有她俩才是正常的年轻人。她们静静地干着活儿，需要针线或是材料的时候会轻声交谈，完全不顾周围热闹的争吵声。

这样静静相处的时光真好，这是桃莉加入妇女志愿服务社最主要的原因——既能见到薇薇安，劳工介绍所也不会派给她其他可怕的任务，比如去军工厂做工。格温多林夫人最近越来越依赖桃莉，一个月只肯让她有一个星期天的休息时间。薇薇安既要做一个完美的妻子，又要在志愿者的岗位上任劳任怨，自然非常忙碌。除了在服务社，她们几乎没有其他见面的机会。

桃莉飞快地在衣橱里挑挑拣拣。她手里拿着一件迪奥的素净衬衣，想着到底要不要把这件名牌衬衣改成一卷绷带。这时候，楼下突然传来一声闷响，桃莉吓了一跳。门"砰"的一声被关上，之后，楼下传来库克训斥下午来打扫卫生的女孩的声音。桃莉扫了一眼墙上的挂钟——快三点了，是时候叫醒那头沉睡的大熊了。她把帽盒盖上，藏回暗处，然后抚平裙子。她又得回到女仆的角色，去伺候挑剔的老太太了。

* * *

"你的吉米又来信了。"晚上，基蒂走进客厅，朝桃莉挥舞着一封信。桃莉翘着腿坐在躺椅上，贝蒂和苏珊在旁边翻着一本过期的时尚杂志。几个月前，女孩儿们嫌客厅里的钢琴碍事，就把它搬出去了，这可吓坏了库克。还有一个叫路易莎的女孩只穿着内衣内裤，在比萨拉比亚小地毯上摆出各种令人不解的柔软体操姿势。桃莉点燃一支烟，坐在老旧的皮质扶手沙发椅上，双腿盘起。女孩们习惯性地把这张椅子留给桃莉，大家对此心照不宣——桃莉是格温多林夫人的陪护，在这栋大宅子里身份自然不一般。事实上，桃莉只不过比她们早一两个月来到坎普顿丛林7号而已，但女孩们总喜欢围在她身边，问她各种各样的问题——这是怎么回事？她们可不可以在房子里逛逛？开始的时候桃莉觉得这很滑稽，但现在她却看不出这有什么可笑之处，女孩子难道不该是这样吗？桃莉叼着烟，拆开信封。信很简短，吉米说他此刻正在一列挤得像沙丁鱼罐头的军用列车上。他的笔迹十分潦草，桃莉从中理出了几条重要的信息：吉米此前一直在北方拍摄战争带来的灾难，现在他要在伦敦待几天，他非常想跟桃莉见一面，不知她周六晚上有没有时间。桃莉快乐得想要尖叫。

"有只小猫咪要乐出声了，"基蒂说道，"快跟我们讲讲他说了什么。"桃莉没有看她的眼睛。吉米的信内容简单，但她不妨让其他女孩以为这是封浪漫的情书，尤其是基蒂，她老在桃莉面前讲自己跟最新的裙下之臣的风流韵事。"这是私人信件。"桃莉脸上挂起一副模棱两可的微笑。

"真扫兴，"基蒂噘起嘴，"你就把那个帅气的皇家空军飞行员藏起来自己欣赏吧！不过，说真的，我们什么时候能见见他？"

"对呀。"路易莎在一旁插嘴道。她弯下腰，两手放在臀部，身子往前倾。"哪天晚上把他带过来让我们看看，看他到底适不适合我们的桃莉。"

路易莎扭着屁股，丰满的胸部在桃莉眼前直晃。她不知道大家是如何把吉米和英国皇家空军联系上的，几个月前，她们就对吉米的飞行员身份深信不疑了，那时候，桃莉也被她们的想象吓了一跳。不过，她也没有澄清，现在似乎已经来不及了。"抱歉，姑娘们，"桃莉把信笺纸对折了一下，"他现在正忙着执行秘密飞行任务——和战事有关，我不能跟你们说太多。就算他没有执行任务，家里的规矩你们也懂的。"

"没关系，"基蒂说道，"那只母老虎不会知道的。自从马车过时之后她就再也没下过楼，我们才不会跟她讲这些呢。"

"她知道的可比你们想象中多，"桃莉说道，"而且，她很依赖我，我就跟她的亲人差不多——即便这样，她要是知道我偷偷带男人回来也会把我撵出去的。"

"真的会这样吗？"基蒂说道，"那样的话你可以跟我们一起工作。你只要妩媚一笑，我们的主管就会马上聘用你——他那人是有点好色，不过还算不错，只要你知道怎么把他玩弄于股掌之上。"

"对呀，"贝蒂和苏珊从杂志上抬起头，异口同声地说道，她俩总是如此，"来和我们一起工作吧！"

"这样我每天就不用挨骂了？我可不这样认为。"

基蒂笑起来："桃莉，你真是疯了。要么是疯了，要么是太勇敢了。"

桃莉耸了耸肩，她当然不会跟基蒂这样的大嘴巴讨论自己留下来的理由。

桃莉拿起昨天晚上放在桌上的那本《不情愿的缪斯》。书还很新，这是她拥有的第一本书——母亲满怀希望塞到她手里的那本《比顿夫人的家庭管理全书》当然不算。周日下午，格温多林夫人给她放假，她特地跑去查令十字街的书店买了这本书。

"《不情愿的缪斯》，"基蒂凑过来，读出封面上的书名，"这本书你不是已经看过了吗？"

"准确地说，我已经看过两次了。"

"有这么好看吗？"

"当然。"

基蒂皱了皱漂亮小巧的鼻子："我不喜欢看书。"

"是吗？"一般情况下，桃莉也不喜欢看书，不过这没必要让基蒂知道。

"亨利·詹金斯，这个名字好熟悉……噢，是不是住在街对面的那个家伙？"桃莉挥了挥手里的香烟，"他好像是住在附近哪个地方。"其实，亨利·詹金斯才是桃莉买这本书的真正原因。格温多林夫人有一次说漏了嘴，她说，亨利·詹金斯在文艺圈之所以出名，是因为他小说里的很多内容都源自现实生活。"我认识一个人，亨利·詹金斯把他的丑事写进了小说，他非常生气，威胁说要去告詹金斯，不过还没来得及告上法院他就意外去世了，他父亲也是这样去世的。詹金斯真是走运……"桃莉被好奇折磨得心痒难耐。仔细询问了书店老板之后，桃莉认定，《不情愿的缪斯》写的是一位英俊作家和他年轻的妻子之间的爱情故事，所以迫不及待地把积攒了好久的工钱付给了书店老板。之后的一个星期，桃莉过得有滋有味。她偷偷窥探着詹金斯的婚姻生活，那些她不敢直接问薇薇安的细节书里都写得十分翔实。

"他真是个帅气的家伙。"路易莎冲桃莉眨了眨眼。她仰面躺在垫子上，背像眼镜蛇一样弓起。"他老婆有一头深色头发，走路的时候身上像绑了个扫把一样直挺挺的——"

"噢!"贝蒂和苏珊惊叫出来,眼睛睁得大大的,"是那个女人。"

"她真幸运,"基蒂说道,"要是能嫁给这样的男人让我怎样都可以。你们见过他凝视妻子的目光吗?那样子就好像她是件绝世宝物,他不敢相信自己竟然有这样的好运,能够娶到她一样。"

"只要他能看我一眼,我才不在乎这些呢,"路易莎说道,"你们说,一个女人要怎样才能遇到他那样的男人?"

桃莉知道薇薇安是怎么和亨利相遇的,《不情愿的缪斯》里写得明明白白,但她没有说出来。薇薇安是她的朋友,得知大家在背后这样议论她,明白原来她们也发现了薇薇安的夺目光彩并对此妄加揣测,桃莉的耳朵因愤慨而变得滚烫,就好像某件只属于自己的珍贵物品被人像翻看装满旧衣服的帽盒一样乱翻一通。

"我听说她身体不太好,"路易莎说道,"所以亨利才这么关心她,一刻都不敢移开眼睛。"

基蒂露出嘲讽的笑容:"要我看,她身体好得不得了——有一天晚上,我在下班回家的路上看见她往教堂街上妇女志愿服务社的食堂走。"基蒂压低声音,其余的女孩儿赶紧凑过来听她往下讲,"我听说,这女人有些水性杨花。"

"天啊,"贝蒂和苏珊一起惊呼道,"她在外面有情人!"

"你们没发现她做什么都小心翼翼的吗?"基蒂继续往下说,其他人都聚精会神地听着。"她男人回家的时候她总盛装打扮在门口迎接,詹金斯先生一到家就赶紧给他递上一杯威士忌——这可不是爱情,而是她受不了良心的谴责。你们记住我说的,这个女人身上藏着秘密,我想,你们都猜出来是什么了吧？"

桃莉实在听不下去了。现在，她非常赞同格温多林夫人的话——这些轻佻的女孩越早离开坎普顿丛林7号越好，她们还真是阅历肤浅。"时间不早了吧？"桃莉合上手里的书，"我该去洗澡了。"

＊　＊　＊

热水放到五英寸的刻度时桃莉用脚关掉水龙头，她把大脚趾塞进水龙头里，免得水继续滴滴答答。是该找个人修修了，但如今哪儿还有人管这事儿呢？水管工都忙着灭火，忙着修理被炸弹炸毁的主水管，谁有空管水龙头滴水的问题？再说，滴一会儿也就好了。桃莉把脖子枕在浴缸冰冷的边缘上，调整好姿势，免得鬈发夹戳到脑袋。她用毛巾把所有的头发都包起来，免得水汽把头发熏成扁扁的一团——但愿这样有用吧！桃莉记不起上一次洗热水澡是什么时候了。

楼下的无线电收音机里传来舞曲的声音，桃莉看着天花板，眨了眨眼。这房子真漂亮，黑白相间的地砖，栏杆和水龙头都是闪亮的金属色。格温多林夫人那个讨厌的外甥佩罗格林要是看到屋里拉着绳子，晾满了女人的内衣内裤和丝袜，肯定会气得满脸通红吧？想到这儿，桃莉有些高兴。

她的两只手露在外面，一手拿着烟，一手拿着那本《不情愿的缪斯》。两样东西都没被打湿——这并不难，五英寸的水并没有多深。桃莉翻到汉弗莱——书中那个聪慧却并不幸福的作家——受老校长的邀请，回学校跟孩子们讲解文学的章节。校长招待汉弗莱在家里用晚餐，饭后，他跟大家挥手告别。他从校长家里出来，经过天色逐渐暗淡的花园，朝自己停车的地方走去。他一边走一边思考自己的人生方向，想着那些后悔的往事，以及时光残忍的流逝。走到湖边时，他看见了这样一幕：

汉弗莱关掉手电筒，静静地站在澡堂的暗影中。湖边的树林里有一片空地，树枝上挂着玻璃灯笼，烛光在温暖的夜里摇曳。一个快要成年的女孩站在烛光里，她光着双脚，穿着简单的及膝夏裙，深色的鬈发松松地垂在肩上。月亮洒下一片清辉，女孩的侧脸被镀上一层美丽的光。汉弗莱看见女孩的嘴唇微微动着，好像在轻声朗诵诗歌。

她的脸庞非常精致，但真正让汉弗莱着迷的是她那双手。她身体其余部位都一动不动，只有手指在胸前轻轻摆动着，那细微优雅的动作像是在拨弄着人们看不见的线。

他不是没有见过女人，那些美丽的女人对他阿谀奉承极尽勾引魅惑之事，但这个女孩不一样。虽然她已经快成年，就要成为真正的女人了，但她的目光依旧纯洁，让他想起了孩子的眼睛。在这自然天地中遇到她，看见她身体的自然摆动和脸上野性的浪漫……这一切都让汉弗莱为之着迷。

汉弗莱从黑暗中走出来。女孩看见他，却并没有惊慌的神色。她朝他微微一笑，好像她一直在等他似的。她用手指着波光粼粼的湖面："在月光下游泳是件让人愉快的事，你说呢？"

　　这一章的内容就此结束，桃莉的烟也燃完了。她放下书，丢掉烟头。水已经变得温吞吞的了，她想在水彻底变凉之前洗完澡。她心事重重地往胳膊上抹着肥皂，然后用水冲掉身上的泡沫，她纳闷，吉米对自己是不是也有这样的感觉。

　　桃莉爬出浴缸，从架子上取下一条毛巾，却在不经意间看见镜中自己的身影。她停下动作，静静地站在镜子前面，用陌生人的眼光打量着自己。褐色的头发，褐色的眼睛——感谢老天，她的眼间距刚刚好——还有小巧玲珑的翘鼻子。桃莉知道自己很漂亮，十一岁的时候，邮递员在街上看见自己就魂不守舍了。但自己的美和薇薇安是不是一样的？亨利·詹金斯那样的男人会不会为月光中絮语的自己停下脚步、神魂颠倒？

　　薇奥拉——汉弗莱的妻子——就是现实生活中的薇薇安。书里的她站在月光下的湖畔，有上扬的嘴角和猫儿一样的眼睛，她的目光如此专注，好像在看着别人看不到的东西。为什么？桃莉从格温多林夫人房间的窗户里望见薇薇安时也会有这样的感觉。

　　桃莉往镜子前走了一步。浴室里如此安静，她的呼吸声清晰可闻。薇薇安知道亨利·詹金斯这样一个年龄和经历都很沧桑的男人对她神魂颠倒时是什么感觉。这个男人在文学界和上流社会的圈子里都有一席之地，他向她求婚的时候她肯定幸福得像个真正的公主吧？他带她摆脱了单调无聊的生活，她来到伦敦，从一个乡野丫头变成了一个戴着珍珠项链喷着香奈儿五号的大美人儿，夫妻俩挽着胳膊出现在最漂亮的俱乐部和餐厅，人们纷纷向他们行注目礼。这就是桃莉了解的薇薇安的生活，桃莉觉得，这才是真正的薇薇安吧！

屋外传来一阵敲门声。"里面有活着的吗？"是基蒂的声音，桃莉被吓了一跳。

"马上出来。"她喊道。

"老天，你还在里面！我还以为你被水淹死了呢。"

"没事。"

"怎么洗了这么长时间？"

"马上出来。"

"快九点半了，桃莉，我要去加勒比海俱乐部见一个英俊的飞行员，他今晚刚从比金山飞过来。你喜欢跳舞对吧？他说要带些朋友来，有个人还专门打听你呢。"

"今晚不行。"

"他们可是飞行员，桃莉，勇敢又风度翩翩的大英雄！"

"你忘了吗？我已经有一个了。再说，我今晚要去妇女志愿服务社的食堂值班呢。"

"那些寡妇、小丫头和老姑娘没你就不行吗？"

桃莉没有回答。过了一会儿，基蒂说道："路易莎可一直想顶替你的位置跟我们一块儿去呢。"

好像她真能取代自己一样，桃莉心里鄙夷道。"玩得开心些。"她喊道，然后她听见基蒂的脚步声逐渐远去。

之后，楼梯上传来女孩们下楼的声音，桃莉这才取下头上的毛巾。她知道，一会儿还是得跟基蒂她们解释，但以后的事以后再说吧。她取下鬓发夹，扔进空水槽里，然后用手指抓了抓头发，让微鬈的头发披散在肩膀上。这时，女孩们已经走出了坎普顿丛林7号。

收拾妥当，她在镜子前左看右看，学薇奥拉那样轻声细语。桃莉不会读诗，不过她觉得随便念几句歌词也可以。她抬起手，手指在面前轻轻舞动，像是在织着看不见的线。看见镜中的自己，桃莉露出一丝微笑。她觉得自己看起来就像书里的薇奥拉。

12

　　终于到了周六晚上，吉米把深色的头发往后梳，想让额前稍长的那缕发丝服帖些。没有发蜡注定难以成功，但这个月实在挤不出钱去买发蜡了。他只好用梳子蘸了些水，劝自己相信这样也很英俊，但结果还是差强人意。屋顶的灯泡不停闪烁，吉米抬头看着灯泡，祈祷它千万不要熄灭——这个灯泡还是挪用的客厅里的，要是再坏掉的话就只能把浴室里的灯泡取下来了，他可不喜欢摸黑洗澡。灯光忽然变暗，吉米站在昏暗的房间里，听着楼下公寓里无线电收音机传来的音乐声。灯光终于重新亮起，他心中也松了一口气，跟着音乐声哼起葛伦·米勒①的《好心情》。

　　这套西服是父亲的，吉米还小的时候父亲就做了这套衣裳，如今，它是吉米所有衣服中最正式的一套了。穿着西装吉米感觉束手束脚的，实话说，外面战事正酣，即便不能身穿军装上阵杀敌，至少也不能打扮得像个花花公子。可桃莉在信里说了，让他穿好点儿——要穿得像个绅士，货真价实的绅士。吉米的衣柜里满足这个条件的衣服实在没几样，这套西装还是他们从考文垂搬

────────────

① Glenn Miller，美国摇摆年代的爵士大乐团乐手、作曲人和乐队领袖。《好心情》(In the Mood) 是他的代表作之一。

来的时候带过来的，那时候战争还没开始，这也成了吉米最不忍割舍的一样旧物。但吉米知道，桃莉打定主意的时候最好别让她失望，最近一段时间尤其如此。自从桃莉的家人遭遇不幸以来，他和桃莉之间就有了距离，过去几个星期他还去了北方。桃莉不想让吉米同情自己，她假装很坚强，但吉米拥抱她的时候她整个身子都是僵硬的。她对家人的死闭口不谈，只跟吉米谈论她的雇主，提到那个老太太的时候，她比以前开朗多了。能有人缓解桃莉的悲伤，吉米觉得很欣慰。不过，他更希望这个人是自己。

吉米摇了摇头，努力摆脱这些念头——桃莉面对那么大的灾难都还在坚强面对，自己居然还有时间自怜自艾。桃莉最近沉默寡言，都有些不像她了。吉米有些害怕，那种感觉就像太阳躲进了乌云里，他知道，若是没有桃莉，自己的生命将陷入无尽的寒冬。所以，今晚的约会非常重要。桃莉给吉米写了信，让他穿得正式些——这还是考文垂大轰炸以来，吉米第一次看见桃莉有这么高的兴致，他可不想桃莉又回到以前蔫蔫的状态。吉米重新看了看身上的西装——竟然非常合身。父亲穿着这套西装的时候，吉米总觉得他像个巨人。真不敢相信，自己如今也是个大人了。

吉米坐在窄窄的床边，床上铺着布片拼接而成的旧棉被。他拿起袜子，发现上面有个洞——袜子已经破了好几个星期了，一直没来得及缝补。吉米把袜子翻了个个儿，把破洞的一面踩在脚下，他看了看，觉得这样也还凑合，于是试着动了动脚趾。皮鞋早就擦得锃亮，放在脚边的地板上。吉米看了看手表，离见面还有一个小时。他准备得太早了，这一点儿也不奇怪，吉米是个急性子。

他仰面躺在床上，一手枕在脑后，一手夹着香烟。觉得有东西硌着手了，他于是把手伸到枕头下面，掏出那本《人鼠之间》。1938年夏天，他从图书馆借了这本书，后来谎称自己把书弄丢了，赔给图书馆买书的钱。把这本书据为己有不是因为有多喜欢它，而是因为吉米有些迷信——那天在伯恩茅斯的海边他也带着这本书。只要看到这本书的封皮，那些甜蜜的记忆就会浮上心头。此外，这本书里还藏着吉米最宝贵的东西——他在海边的田野里给桃莉拍的照片就夹在这本没人想看的书里。吉米拿出照片，抚摸着已经卷起的边角。他吸了一口烟，然后长吁了一口气，用拇指滑过桃莉的头发、肩膀，在她饱满的胸部摩挲。

"吉米？"父亲在隔壁的餐具橱柜里翻来找去。吉米知道，不管父亲在找什么，他都应该过去帮他找找，但他还是犹豫了一会儿。找东西至少让父亲有事可做，吉米觉得，忙着的时候总会好过些。

他第一千零一次凝视着这张再熟悉不过的照片。照片上的桃莉用手指绕着头发，下巴微微扬起。她眼里有种挑衅的神情，那才是桃莉，她总是表现得比真实的她更大胆些。她说："想我的时候就看看照片。"吉米好像闻到了大海的味道，皮肤上感受到太阳的温度，他好像又回到了那天上午，他把桃莉平放在地上，伏在她饱满起伏的身子上，吻着她——

"吉米，我找不到那什么了，小吉米？"

吉米叹了一口气，耐下心来。"好的，爸爸，"他喊道，"我马上过来。"他对着照片露出沮丧的微笑——有父亲在隔壁吵吵闹闹，即便是桃莉裸露的乳房看上去也没那么美好了。吉米把照片放回书里，然后从床上坐起来。

他穿上鞋子，系好鞋带，然后夹着香烟，环视这间小小的卧室。战争开始之后，他也忙得马不停蹄。褪色的绿墙纸上挂满了他最得意的摄影作品，这些都是他最喜欢的照片。其中有一张他在敦刻尔克拍的照片，上面是一群面容疲倦几乎站立不稳的男人，其中一人把胳膊搭在旁边人的肩膀上，另外一人眼睛上缠着脏兮兮的绷带。他们沉默着往前走，眼睛盯着路面，脑子里只想着下一步该踩在哪儿。另外一张照片里，一位士兵在沙滩上睡着了，他的靴子不知去向，手里紧紧抱着满是污垢的水壶，里面装着救命的水。还有张照片拍摄的是水面上四散开的船只，轰炸机在天上不停开火。刚从船上下来，正准备离开这水上地狱的人只好在水中绝望地等待死神到来。

伦敦大轰炸开始之后，他也拍摄过一些照片，如今就在远些的那面墙上挂着。他站起来，朝那些照片走去。其中一张照片上，住在伦敦东区的居民用手推车搬运所剩无几的家当。另一张照片上，系着围裙的女人在厨房拴上了一根绳子，往上面晾衣服。厨房的四面墙都已经不在了，这个私人空间就赤裸裸地暴露在大众眼前。除此之外，还有一位母亲在防空洞给她的六个孩子讲故事哄他们睡觉的照片，有裹着毛毯的妇女坐在椅子上的照片，身后曾经的家燃起熊熊大火。还有一张照片，一位老人在废墟中四处寻找自己的狗。

他们的身影在吉米的脑海中挥之不去。按下快门的时候，吉米觉得自己在偷窥他们的私生活，是在窃取他们的灵魂。但吉米拍照时并不轻松，他和镜头下的人被联系在一起。那些人站在墙外望着他，他觉得自己欠他们的。这不仅是因为自己见证了他们生命中的某个瞬间，也因为他觉得自己有责任让他们的故事活在这世上。国家广播电台经常用冰冷灰暗的声调宣布："三名消防员、五名警察，以及一百五十三名市民丧生。"电台用语简练，报纸上也只有类似的寥寥数语，吉米前一晚经历的恐惧似乎只是一场噩梦。不过，战争时期也只能这样了——哪里有时间详细报道伤亡情况呢？鲜花和墓志铭都失去了意义，因为同样的事情在下一个夜晚、再下一个夜晚……还会发生。战争让人无暇悲伤，无暇怀念，小时候在父亲工作的殡仪馆看到过的告别仪式也不会再有了。但吉米总希望，自己的照片能够留下些什么。等到那一天，一切都尘埃落定，这些照片会保存下来，未来的人会说："看，这就是战争。"

吉米走进厨房的时候，父亲已经忘了自己究竟要找什么。他穿着背心和睡裤坐在桌边，用饼干渣喂金丝雀。那饼干是吉米便宜买来送给他的。"快吃吧，小宝贝。"父亲把手指伸进鸟笼的栏杆里，"吃吧，小东西，真乖。"他转过头，看见吉米就在身后，"你好！你都收拾好了吗？"

"还没呢，爸爸。"

父亲上上下下打量着他，吉米只好暗自祈祷，希望父亲不要想起身上这套西装原来是他的，这倒不是因为他很小气——老头总是很慷慨——但吉米害怕这身衣裳会让父亲想起从前的事，会因此变得焦躁。

但最后，父亲只是赞许地点了点头。"吉米，你看上去真帅。"他的下唇因内心澎湃的父爱而颤抖着，"真英俊，我真为你骄傲，真的。"

"好了，爸爸，别夸我了。"吉米温柔地说道，"再这么夸下去的话我会骄傲的，一个自大狂可不好相处。"

父亲还在点头，脸上是茫然的笑容。

"你的衬衣放哪儿了？在卧室吗？我去帮你拿过来吧，咱们家现在的情况你可不能感冒，你说对不对？"

父亲跟在他后面慢慢地走着，走到走廊中间却忽然停下来。吉米从卧室出来的时候他还站在那里，满脸迷惘的表情，好像在努力回忆自己为什么会离开刚才的地方。吉米扶着他的胳膊，小心翼翼地把他搀回厨房。他帮父亲把衬衣穿上，让他坐在常坐的位置上。要是换个位置的话，父亲脑子里就会一片混乱。

水壶里还有半壶水，吉米把它放在炉子上烧开。有燃气用是件幸福的事。前几天晚上，燃烧弹炸坏了燃气管道，父亲晚上没有奶茶喝难以入眠。吉米把握好量，小心翼翼地舀了一勺茶叶放进壶里。最近，霍普伍德的物资供应十分紧张，茶叶得省着点喝。

"你会回家吃晚餐吗，吉米？"

"不回来吃，爸爸，我今晚要回来得晚些。炉子上我给你留了香肠，记住了吗？"

"好的。"

"是兔肉香肠，不太好吃，但我会给你弄点好东西回来的，你绝对想不到是什么——橘子！"

"橘子？"老人脸上闪过回忆的光芒，"吉米，有一年圣诞节我就有一个橘子。"

"是吗？"

"那时候我还是个孩子，住在农场。那橘子又大又漂亮，我哥哥阿奇趁我不注意的时候把它吃掉了。"

水开了，水壶发出嗡嗡的响声，吉米把茶壶里灌满开水。提到阿奇的名字，父亲轻声哭起来。大概二十五年前，他的阿奇兄长死在了战场上。吉米并没有被父亲的眼泪打动，跟父亲在一个屋檐下生活了这么久，他早就知道父亲缅怀过往的眼泪是来得匆匆，去得也匆匆。现在，他要做的就是转移父亲的注意力。"放心吧，爸爸，这次不会了，没人会抢你的橘子，都是你的。"吉米往父亲的茶杯里倒了一小杯牛奶。父亲喜欢喝奶茶，伊万斯先生在他铺子旁的谷仓里养了两头奶牛，所以吉米家现在暂时不缺牛奶。糖就不容易弄到了——家里没有糖，吉米只好舀了一勺炼乳放进茶杯。他搅了搅，把茶杯和碟子端到桌上。"爸爸，香肠我放在锅里，保着温呢，所以你今天不用再开火了，知道了吗？"父亲正在清扫桌布上的饼干渣，那是要留给他的金丝雀的。"记住了吗，爸爸？"

"你说什么？"

"香肠我已经煮过了，你不用再开火了。"

"好的。"父亲喝了一小口茶。

"也不用再开水龙头了。"

"为什么，吉米？"

"我回家的时候会帮你洗漱的。"

父亲抬头看着吉米，脸上有一瞬间的迷茫。过了一会儿，他说道："你真是个英俊的小伙子，今晚是要出去吧？"

吉米叹了口气："是的。"

"是去好玩的地方吗？"

"我只是出去见个朋友。"

"女的吗？"

父亲忸忸怩怩的旁敲侧击让吉米忍不住笑起来："是的，爸爸，是去见个女性朋友。"

"她很特别吧？"

"非常特别。"

"挑个日子把她带回家来吧!"父亲的眼睛里好像闪烁着原来的睿智和调皮。吉米想起原来的一切,忽然觉得有些心疼。那时候,他才是被人照顾的孩子,父亲才是那个撑起家的男人。随后,吉米又觉得有些羞愧——他已经二十二岁了,早就不适合渴求那些孩子气的东西了。父亲朝他笑了笑,脸上带着急切和不确定的表情,"哪天晚上把你的姑娘带到家里来吧!吉米,让我和你母亲看看她配不配得上我们的儿子。"吉米心里的愧疚感又深了一层。

吉米弯下腰,亲吻父亲的额头。他没有向父亲解释妈妈已经走了,十年前就跟一个有豪车豪宅的男人走了。他为什么要告诉父亲这些呢?就让他以为母亲只是出去排队买那些紧缺的日用品了吧!那样他会开心些。再说,吉米该以什么身份告诉父亲真相呢?生活已经够残酷了,真相只会让它更糟。"你在家小心些,爸爸,"吉米说道,"我会把门锁上,但隔壁的汉布林太太有咱家的钥匙,如果有警报的话她会带你去防空洞的。"

"不用担心,吉米,已经六点了,德国鬼子还没影呢,他们今晚可能也想歇息一下。"

"这可说不准,今晚月亮很大,像个灯笼一样挂在天上,他们就喜欢挑这样的日子扔炸弹。不过警报一响,汉布林太太就会来照顾你的。"

父亲自顾自地玩着鸟笼。

"明白了吗,爸爸?"

"知道了,没事的,吉米。好好玩,别想那么多,爸爸不会乱跑的……"吉米笑了笑,想说什么又咽了下去。这段时间,爱和酸楚在心里交织成一块大石头，如鲠在喉，让人欲说不能。这份酸楚不仅和病弱的父亲有关，还……"那就好，爸爸，你好好喝茶，听听无线广播，我很快就回来了。"

* * *

桃莉沿着贝斯沃特区被月光照亮的街道匆匆忙忙地走着。两天前的夜晚，这里刚经受了炸弹的洗礼，一家美术馆被夷为平地。房东当时不在场，也没做好预防措施，阁楼上满满当当的画都毁于一旦。现在，这里还是满地狼藉。到处都是碎砖头和烧焦的木头，门窗散落一地，玻璃碴堆成了小山。桃莉喜欢坐在坎普顿丛林7号的屋顶上眺望远方，那天，她看见这里燃起熊熊大火，浓浓的烟尘升腾起来，散入被火光照亮的夜空。

桃莉用蒙了一层布的手电筒照亮地面，虽然避开了沙包，却险些掉进弹坑里。除此之外，她还得防着那位尽职尽责的守卫。要是被他撞见了，又得唠叨一阵子——你得当个聪明的姑娘，好好待在屋子里。今晚月亮那么大，正是空袭的好时机，你难道没看见吗？

开始的时候，桃莉跟其他人一样害怕炸弹。后来，她发现自己特别喜欢在轰炸的时候外出。她把这事告诉吉米的时候，吉米还担心，是不是因为她家人的不幸遭遇让她自己也有了轻生的念头。但事情并非如此。轰炸的时候疾步走在街上，桃莉总觉得非常刺激，心里升腾起一种莫名的轻松感和类似于快乐的感觉。她就想待在伦敦，这里的生活才能真正称为生活，大轰炸这样的事以前从未有过，以后可能也不会再发生。桃莉一点都不害怕，她不担心自己会遇到炸弹——这种感觉很难解释，但不知怎么回事，她就是知道，这绝非自己的命运。

直面危险，心中却无惧无畏——这种感觉非常刺激。桃莉心里热乎乎的——这种感觉并非她一人独有，一种特殊的氛围扼住了整座城市，今晚，伦敦的每个人似乎都在恋爱。今夜，桃莉步履匆忙地走在废墟当中，除了惯有的兴奋作祟外，还有别的原因。严格地说，她根本不用这么匆忙，时间留得够够的。她伺候格温多林夫人喝下三小杯雪利酒，这个量足够让她一夜安眠了，就算是空袭警报也吵不醒。再说，老太太那么骄傲，那么悲伤，她才不屑于躲进防空洞呢。不过，桃莉心中充满欢喜，要她慢条斯理地走路简直没法做到。她被心中的勇气鼓舞着，就算是跑上一百英里也不会气喘吁吁。

但她并没有迈开步子跑起来——这主要是因为她的袜子。这是桃莉最后一双没有抽丝的丝袜了，轰炸留下的废墟是丝袜的天敌，一不小心就会撕条口子出来。桃莉有过这方面的教训。这双袜子要是弄破了，她就只能学基蒂那样，用眉笔在小腿后面画出袜子的格子和线条臭美一下了。说起来，还真得感谢基蒂教给她这个好办法。但桃莉不打算冒这个险，所以一辆公交车停在大理石拱门旁时，她立刻跳上去。

车尾那里还有巴掌大一块地方可以站人，桃莉赶紧挤过去。旁边的男人正唾沫四溅地谈论他对肉类配给的看法，顺便告诉周围的人肝脏怎么炒才好吃。桃莉屏住呼吸，免得闻见他嘴里散发出来的咸腥味儿。她费了好大劲儿，才压制住告诉那男人"这菜听上去恶心死了"的冲动。车子拐过皮卡迪利圆环，桃莉立马下车了。

"宝贝儿，玩得开心。"一个穿着皇家空军制服的男人跟桃莉告别，他看上年纪有些大了。然后，车子就开远了。桃莉朝他挥挥手。这时，迎面走来两名休假回家的士兵，他们手挽着手，用醉醺醺的语调哼着《内莉·蒂恩》这首小曲。经过桃莉的时候，他们一左一右，把她拦在中间绕了个圈儿。他们吻了吻桃莉的脸颊，她忍不住开心地笑起来。之后，他们相互道别，士兵继续往家走去。

吉米在查令十字街和长街路的拐角处等她。月光照亮广场，桃莉看见吉米就站在他常站的那个位置。她忽然停下了脚步。吉米·梅特卡夫是个英俊的男人，月光下的他比桃莉记忆里高了些，也瘦了些，那头深色的头发还是往后梳着，高高的颧骨让他看上去随时都会说出什么好玩或机智的话来。桃莉见过很多英俊的男人，吉米不是唯一的一个，却是最特别的那个。他好像拥有某些猛兽的特性——强健的体魄和同样坚强的精神。桃莉的心脏在胸腔里怦怦直跳，她喜欢吉米。对那两个休假回家又即将踏上战场的士兵抛媚眼，她觉得只是一个市民的责任而已。

他那么善良，那么诚实率真。和他在一起，桃莉总觉得自己像是赢了一场比赛。今晚的约会，吉米按桃莉的要求穿着黑色的西装，那帅气的模样让桃莉欢喜得想要尖叫。他穿西装的样子真好看，不认识的人说不定真的会把他当成上流社会的绅士。桃莉从手提袋里拿出口红和化妆镜，借着月光，往嘴唇上又抹了些口红。她对着镜子做了个亲吻的动作，然后把它合上。

桃莉低头看了看她最终选定的这件棕色外套，不知道衣领和袖口的毛皮究竟是什么材质的。可能是水貂皮吧，她想，但也可能是狐狸皮。衣服不是时兴的样式，起码是二十年前的款式了。

但在战争面前，这些都不重要。再说，花了大价钱的衣服永远都不会过时——这话是深谙时尚之道的格温多林夫人说的。桃莉抬起胳膊闻了闻衣袖，刚把这件衣服从衣帽间里拿出来的时候，樟脑丸的味道重得熏人。她洗澡的时候就把衣服挂在浴室的窗户边通会儿风，然后又咬牙洒了好多香水上去。现在的味道好闻多了。这些日子，伦敦的空气中总有股烧焦的味道，衣服的味道在这种环境下很难闻出来。桃莉整理好腰带，把腰带上被虫子蛀出来的小洞遮住，然后站直身子。她兴奋得神经一阵发麻，迫不及待地想要吉米看见自己现在的模样。桃莉把毛领上的钻石胸针别正，双肩打直，整理好垂在脖子上的鬈发，然后深呼吸了一口气，大步走出黑暗。她步伐骄傲，像位公主，又像位女继承人，全世界都匍匐在她的脚下。

* * *

外面有些冷，桃莉出现的时候吉米刚把烟点上。他抬头看了两次才确认走过来的人是桃莉——她穿着精致的大衣，深色的鬈发在月光下闪着迷人的光泽。她大步流星地朝他走来，鞋跟敲在地上，发出自信的声响。她好像梦中人一样，那么美，那么灵动，浑身都闪着光，吉米心里感到一阵刺痛。她比上次见面的时候又成熟了些。吉米穿着父亲的旧西装，浑身不自在；桃莉却举止优雅，气质高贵。他突然明白过来，桃莉跟他之间已经有了距离，他心里十分震惊。桃莉沉默着走到他身边，身上传来馥郁的香水气息。吉米想学聪明些，想说点甜言蜜语，他想告诉桃莉，她是个完美的人儿，是世界上他唯一爱的女人。总之，他想说些话，用言语来填补两人之间可怕的距离。他想告诉桃莉自己工作上的进展，他拍摄的照片成了报纸头条时编辑兴奋地跟他聊到深夜。他想告诉桃莉，只要"战争一结束"，自己就有无限机会。他的照片会给他带来至高的荣耀，还有无数的金钱。但开口时，桃莉美丽的面庞和残酷的战争，那些伴着对两人未来的憧憬慢慢睡去的无数夜晚，还有他们在考文垂的过往时光，很久以前的海边野餐……所有的景象全部涌现在他脑中，一时竟无法言语。他努力挤出一个笑容，然后不假思索地摩挲着桃莉的秀发，吻了她。

* * *

这个吻就像比赛场上的发令枪。桃莉紧绷的神经立刻放松了，取而代之的是对即将发生的事情的渴望和期盼。为了这次约会，桃莉前前后后花了一个星期的时间准备，现在，终于到了这一天。桃莉迫不及待地想让吉米倾倒在自己脚下，让他看看自己现在已经是个成熟的女人了，她属于这灯红酒绿的世界，不再是他第一次见到的那个青涩女学生。桃莉静下心来，想象自己是和绅士约会的淑女。然后，她抬头凝视着吉米的脸："你好。"她的声音中带有淡淡的呼吸声，就像郝思嘉说话时那样。

"你好。"

"见到你真高兴，"桃莉的手指轻轻从他西装的领子上滑下来，"你今天打扮得很英俊。"

吉米耸了耸肩："我一直都这样，不是吗？"

桃莉扑哧一下笑出声来，跟吉米在一起她总想笑，但她忍住了没有放肆大笑。"那好吧！"她垂下头，却抬眼看着吉米，

"我们开始行动吧！梅特卡夫先生，今晚我们有好多事情要做呢！"

桃莉挽着吉米的胳膊，沿着查令十字街飞快地往400俱乐部走去。她步履轻快，几乎是拖着吉米在走。到俱乐部时，门前已经排起了蜿蜒的长队。城市东边传来枪炮声，探照灯不断扫过天空，像是连接天堂的天梯。他们在队列中的位置不断前移，快走到门边的时候一架飞机忽然从头顶飞过，桃莉对此视若无睹，刺耳的防空警报也没能让她放弃排队。终于，他们排到台阶最上面一级了，俱乐部里的音乐声萦绕在耳边。谈话声、欢笑声，还有那种不眠不休的氛围让桃莉头晕眼花，她紧紧抓住吉米的胳膊，免得自己晕倒在地上。

"你会喜欢这里的，"她说道，"泰德·希斯先生和他创立的400俱乐部超级棒，管理这里的罗西先生是个非常可爱的人。"

"你经常来这儿吗？"

"当然，经常来。"这话有些小小的夸张——桃莉实际上只来过一次。吉米比桃莉长了些年岁，他有份重要的工作，四处旅行，见识过形形色色的人物，可桃莉还是原来那个桃莉。她迫切想让吉米认为，自己比上一次见面的时候成熟有魅力多了。桃莉笑着挽起吉米的胳膊："别这样小心眼，是基蒂一定要我陪她来的，吉米，我的心里只有你。"

走下楼梯，来到衣帽存放处，桃莉停下脚步把大衣放在这里，她的心里像有一把小铁锤在不停地敲打。她渴望这个时刻很久了，也在家里练习过很多次，如今终于可以在吉米面前露一手了。她回想格温多林夫人给她讲的那些故事——她和佩妮洛浦一起跳舞，一起探险，追求她们姐妹的英俊男人可以绕伦敦一整圈，然后桃莉转过身子，背对着吉米，让外套从手臂上滑下来。吉米接住大衣，桃莉踮起脚尖，慢慢转过身子——这个动作跟她想象中一模一样，然后她摆好姿势，展示了一下身上的裙子。哦，朋友们，这里应该有热烈的掌声。

* * *

桃莉穿了条时髦的红裙子，裁剪流畅，昂贵的料子在灯光下闪闪发亮。她身上曲线毕露，吉米看得呆住了，差点把外套掉在地上。他从头看到脚，又从脚看到头，然后茫然地把桃莉的大衣放在存衣处，手里攥着服务员给他的存衣票据，整个人都是蒙的。

"天哪——"，吉米惊讶地说道，"桃莉，你看上去——这裙子太美了。""什么？"桃莉无所谓地耸耸肩，学他刚才那样说道，"我一直都这样，不是吗？"然后，她对吉米莞尔一笑，露出洁白的牙齿，这才是那个桃莉。"我们快点儿进去吧！"吉米晕晕乎乎地跟着她进去了。

* * *

桃莉看了看被红线围起来的贵宾区，那里有个小小的舞池，里面挤满了人，被基蒂称为"贵宾桌"的那张桌子就在离乐队最近的地方。本来，桃莉以为今晚会在这里遇到薇薇安——亨利·詹金斯和唐菲勋爵的关系一向不错，《淑女报》上经常能看见他俩的合影。但一眼扫过去，这里似乎没有她认识的人。没关系，这个夜晚依旧美好。詹金斯夫妇可能会晚点来。她领着吉米往俱乐部里面走，两人经过了拥挤的圆桌，经过了那些正在吃喝跳舞的人，最后终于走到贵宾区前面，见到了罗西先生。

"晚上好。"罗西先生双手叠在一起，微微弯腰鞠了一躬，"你们是来参加唐菲勋爵的订婚派对的吗？"

"这俱乐部太棒了，"桃莉快乐地喊道，她并没有回答罗西先生的问题，"好久没来这儿了，我和桑迪布鲁克勋爵刚才还在说，我们应该多到伦敦各地走走。"她看了一眼吉米，脸上满是鼓励的笑容，"你说呢，亲爱的？"

罗西看着桃莉和吉米，轻轻蹙了蹙眉头，不过马上就恢复了常态。掌管俱乐部这么多年，他早就练就了一身让人备感舒服的奉承本领。"亲爱的桑迪布鲁克夫人，"他捧起桃莉的手，轻轻一吻，"您大驾光临简直让我们俱乐部蓬荜生辉。"他又看向吉米，"桑迪布鲁克勋爵，您最近好吗？"

吉米一言不发，桃莉屏住了呼吸。吉米管她的这些小把戏叫做"游戏"，他对此向来不喜。而且，桃莉刚开口说话的时候，就发觉吉米搂在她腰上的手僵硬起来。桃莉不知道吉米接下来究竟会有怎样的举动，不确定性让这次冒险更具趣味。过了一会儿，吉米依旧没有开口说话。周围的一切似乎变得尤为嘈杂，桃莉听见了自己的心跳声，人群中传来幸福的尖叫，不知哪儿摔碎了一只玻璃杯，乐队开始弹奏另一首曲子了……

* * *

这个对着自己叫出另一个人名字的小个子意大利人正满脸期待地等着回答。吉米突然看见家里穿着破烂睡裤的老父亲，看见贴着难看的绿色墙纸的公寓，芬奇待在满是饼干渣的笼子里。他知道桃莉在看着他，期待他赶紧扮演起自己的角色，但对吉米来说，回应一个并不是自己的名字似乎尤为艰难。他觉得这样做对不起家里可怜的老父亲——他精神错乱，在家等待着永远不会归来的妻子，时常为二十五年前去世的哥哥轻声啜泣。他们刚到伦敦，走进这间破破烂烂的公寓时，父亲感叹道："这房子真漂亮，吉米，太棒了，你真是个好孩子，我和你妈妈都为你感到骄傲。"

他扭过头看了看桃莉——和他想象中一样，桃莉脸上哪儿哪儿都写满了期待。她的这些小把戏快让他疯掉了，它们彰显了桃莉想要的生活和吉米能给她的生活之间那道愈来愈宽的鸿沟。但这样的小把戏并不会伤害到任何人，对吗？今晚，没人会因为吉米·梅特卡夫和桃莉·史密森站在红绳这边的贵宾区而受到伤害。她渴望这样的生活，她费了好大工夫才弄到这条漂亮的裙子，还特地嘱咐吉米穿上西服。此刻，她睁大涂了睫毛膏的双眼，像个孩子一样满脸期盼。吉米那么爱她，他不能为了自己愚蠢的骄傲毁掉她的期待，不能因为自己身份地位低下而固守一身傲气。而且，这是桃莉失去家人以来第一次回到原来的状态。他不能毁掉这个夜晚。

"罗西先生，"他脸上绽放出愉快的笑容，伸手坚定地握了握罗西的手，"见到你真高兴，老伙计。"这是他在短时间内能装出来的最优雅的声音了，希望能有用吧！

* * *

坐在红绳这边的贵宾区，桃莉像自己想象中那样身心舒畅，觉得这里每个地方都像格温多林夫人讲的那样光彩诱人。其实，贵宾区这边看到的东西并没有什么两样——还是红色的地毯，墙上挂着一样的丝绸，两边舞池里的男男女女脸挨脸地跳着舞，一样地亲密无间。就连服务生都是同一批人，他们端着食物饮料和玻璃杯在红绳两边来回穿梭。说实在的，一个稍微粗心点的人可能都没有注意到俱乐部被红绳分成了两半。但桃莉知道那条绳子的确存在，而她喜欢在红绳这一边。

如今，桃莉终于得偿所愿，心里却隐约有些失落，不知下一步该做什么。为了想出更好的点子，她喝下一杯香槟，靠在墙边柔软宽大的长沙发上。俱乐部里的景象光看看就让人觉得满足，那些不停晃动的鲜艳裙子和人们微笑的脸庞让桃莉迷恋。一位服务生走过来，问他们想吃点什么，桃莉要了鸡蛋和培根。很快，东西就送上来了。桃莉的酒杯从未空过，屋里的音乐声也从未停过。

"这就像梦一样，对吗？"桃莉的语气里满是赞许，"你不觉得这里的一切都很美妙吗？"

吉米停下正在划火柴的手，含含糊糊地答道："当然。"他把点燃的火柴扔进黄铜烟灰缸里，然后吸了一口烟。"还是说说你吧！你最近怎么样？格温多林老夫人如何？还是那样管东管西吗？"

"吉米，你不应该问这些。开始的时候，我可能的确向你抱怨了几句，但接触下来，我发现格温多林夫人真的是个很好的人。她最近很依赖我，我们的关系很亲近。"桃莉朝桌子对面凑了凑，好让吉米帮她把烟点上。"她外甥最近很担心，害怕老太太会在遗嘱里把房子留给我。"

"这是谁告诉你的？"

"鲁弗斯医生。"

吉米嗓子里发出含混的嘟囔声，他不喜欢桃莉提到鲁弗斯医生。虽然桃莉跟他讲了很多次，鲁弗斯医生是她朋友的父亲，他岁数那么大，怎么会对自己这样的小姑娘有企图？吉米皱了皱眉，换了个话题。他把手伸过桌子，握住桃莉的手："那基蒂呢？她怎么样？"

"呃，她呀，她……"桃莉想起那天晚上她们在背后议论薇薇安，给她安上莫须有的罪名，心里有些犹豫，"她好着呢——她那种人怎么会过得不好？"

"她那种人？"吉米不解地重复了一遍。

"我的意思是，她要是把逛街和泡俱乐部的心思多放些在工作上肯定会表现得很好。不过，有些人就是没办法控制自己吧！"桃莉扫了一眼吉米，"我觉得你不会喜欢她的。"

"不喜欢她？"

桃莉摇摇头，吸了口烟。"她是个大嘴巴，而且——不是我说她坏话——她是个放荡的女人。"

"放荡？"吉米被逗乐了，嘴边漾起若有若无的笑容，"亲爱的——"

桃莉是认真的——基蒂经常趁天黑往家里带男朋友。她以为桃莉不知道，但那吵闹声除非是聋子才听不见。"是的，千真万确。"桃莉说道。桌上有支罩着玻璃灯罩的蜡烛，桃莉推着蜡烛在桌上移动。

她还没跟吉米讲薇薇安的事情。她也不知道为什么，这倒不是因为她觉得吉米不会喜欢薇薇安——吉米当然不会喜欢薇薇安了——而是因为桃莉本能地想让这段正在盛放期的友谊成为一个秘密，一个只属于自己的秘密。但今晚见到吉米，又喝了这么多甜蜜的香槟，桃莉特别想说话，她想把所有的事情都告诉他。

"我想跟你说件事，"她忽然有些紧张，"我不知道我在信里有没有提到过——我认识了一个新的朋友。"

"是吗？"

"嗯，她叫薇薇安。"光说出她的名字就让桃莉幸福得颤抖了，"她嫁给了亨利·詹金斯——你知道的，就是那个作家。他们就住在街对面的25号，我们已经成了关系很好的朋友。"

"真的吗？"吉米笑起来，"说来真巧，我最近刚读了一本詹金斯的小说。"桃莉本来可以问问是哪一本的，但她并没有，因为她根本没有听吉米讲话。那些关于薇薇安的事情在她心头徘徊，想奔涌而出。"她真的不是个寻常的女人，吉米，她很美，但她的美并不张扬，反而很柔和。她一直在帮助妇女志愿服务社——我们在那儿的食堂为士兵们服务，我跟你说过吧？我应该说过的。她知道我考文垂的家里发生的一切，她也是个孤儿，父母双亡之后被舅舅收养，在牛津附近一所老牌名校上学——那学校就修在她们家的土地上。我有没有告诉你，她继承了一大笔财产？坎普顿丛林那栋房子实际上是她的，而不是她丈夫的——"桃莉停顿了一下，因为她并不清楚具体的细节。"她没有细说这件事，她不是张狂爱炫耀的人。"

"听上去她人很不错。"

"是的。"

"我想见见她。"

"这个……"桃莉有些结巴，"当——当然可以，抽空见见！"她猛吸了一口烟，不明白吉米这个提议为什么会让自己觉得害怕。她从没想过薇薇安和吉米见面的场景。一方面，薇薇安是她的朋友，这是很私人的事情。另一方面，吉米的确是个好小伙子，他善良聪明，但薇薇安不会喜欢这样的人，她会觉得吉米配不上桃莉。这倒不是因为薇薇安嫌贫爱富，她本来就属于另一个阶层，桃莉和吉米跟她原本就不在一个阶层。但桃莉在格温多林夫人的培养下，学到了很多东西，薇薇安那个阶层的人是喜欢跟她打交道的。桃莉不想对吉米撒谎，她爱他，但她也不能直言不讳地伤害吉米的感情。她伸出手，放在吉米的胳膊上，从磨破的西服袖口上捡起一根棉线。"战争正打得火热，大家都忙着自己的事，哪有什么社交时间？"

"我一直有时间——"

"你听，吉米——他们在弹我们最喜欢的那首歌！我们去跳舞好不好？去跳舞吧！"

* * *

桃莉的头发香香的，她刚露面的时候吉米就闻见了这股令人沉醉的香气。这味道如此馥郁，充满期望，吉米刚开始几乎吓了一跳。他搂着桃莉的腰，两人脸挨着脸，在舞池里慢慢移动，吉米真希望能永远这样。他想让自己忘记桃莉刚才的闪烁其词——说实话，他突然觉得，他们俩之间近来产生的距离感或许仅仅是因为她家庭的不幸，住在街对面的那个叫薇薇安的有钱女人说不定也和这件事有关。当然，也可能是他多心了，桃莉一向喜欢留有自己的秘密。此时此刻，他要关心的应该是音乐声能一直演奏下去吗？

当然不能。没有什么能永远不变，他们最爱的那首曲子终于还是结束了。吉米和桃莉分开，为乐队鼓掌。这时，吉米看见一个蓄着淡淡胡须的男人正在舞池边上盯着他们。这本身并没有什么可疑之处，但那男人正在和罗西交谈，罗西伸出手挠挠头，跟那男人做出夸张的手势，好像在要什么名单。

宾客名单，吉米立刻明白了，还能是别的什么？

是时候悄悄溜走了。吉米抓住桃莉的手，想装作随意的样子离开。要是他们动作够快够轻的话，还有机会。他们可以弯腰穿过红绳子，悄无声息地融入人群当中，然后悄悄离开，不留下任何痕迹。

不幸的是，桃莉脑子里又蹦出来其他念头了，她来到舞池就不想离开。"吉米，我不想走，"她说道，"不走嘛，你听，他们在演奏《月光小夜曲》。"

吉米跟她解释，同时用余光瞄着那个有着淡淡胡须的男人，却发现他就快走到自己身边了。他嘴里叼着雪茄，朝吉米伸出一只手，有兜里的财富撑腰，脸上的笑容显得分外自信。"桑迪布鲁克勋爵，你能来参加派对我真开心，老伙计。"

"唐菲勋爵，"吉米握住他的手，"恭喜你——和你的未婚妻，派对真棒。"

"谢谢，我本来想低调些，但你知道伊娃那个人……"

"当然，我太了解她了。"吉米紧张地笑起来。

唐菲勋爵吸了一口雪茄，然后眯起双眼。空气里顿时一片白茫茫，好像火车的发动机在吞云吐雾一样。吉米意识到派对的主人心中也正在纳闷，在回想自己与这两位神秘来客之间的渊源。

"你们二位是我未婚妻的朋友吧？"他开口问道。

"是的。"

唐菲勋爵点点头："嗯，原来如此。"他继续抽着雪茄，周围烟雾缭绕。正当吉米以为自己和桃莉已经安全了的时候，唐菲勋爵突然说道："可能是我记错了吧——战争让人心烦意乱，我已经好几个晚上没睡觉了——可我不记得伊娃跟我提过一位叫桑迪布鲁克的朋友，你们真的认识吗？"

"当然认识了，艾娃和我是老朋友了。"

"她叫伊娃。"

"对，我是说的伊娃。"吉米把桃莉拽过来，"这是我的妻子，你们见过吗？""我是薇奥拉，"桃莉嘴里好像含着没融化的黄油，说话含混不清，"薇奥拉·桑迪布鲁克。"她抬起一只手，唐菲勋爵取下雪茄，吻了一下。他的嘴离开桃莉的手背，但却迟迟不肯松手，双眼贪婪地扫视着她凹凸有致的玲珑身段。

"亲爱的！"舞池那边传来一个女人的声音，"亲爱的乔纳森！"

唐菲勋爵马上丢开桃莉的手："我在这儿！"他像个被大人抓住在偷看黄色图片的小男孩一样，"伊娃过来了。"

"时候不早了。"吉米说道，他抓住桃莉的手，捏了一下。桃莉立马明白了他的意思，也偷偷捏了一下他的手。"非常抱歉，唐菲勋爵，"吉米说道，"祝福你跟你的未婚妻，但薇奥拉和我还得去赶火车。"

* * *

说完，他们就赶紧溜了。在俱乐部的人群中横冲直撞的时候桃莉乐得快笑出声来，他们在衣物寄存处停留了一会儿，吉米递上票据，取走格温多林夫人的大衣，然后两人冲上楼梯，一头闯进伦敦黑暗寒冷的夜晚。

　　他们逃跑的时候，400俱乐部有人在盯梢。桃莉回头扫了一眼，发现一个红脸膛的男人在他们身后气喘吁吁地跟着，像头吃得过饱的猎犬。桃莉和吉米直到穿过了里奇菲尔德大街才敢停下脚步。圣马丁剧院的电影刚刚散场，他们俩混入人群中，然后钻进了狭窄的塔巷。这时候，两人才背靠着墙壁，上气不接下气地欢笑。

　　"他的脸——"桃莉喘着气说道，"吉米，我觉得我这辈子都忘不了他那张脸，你说我们要去搭火车的时候，他……他完全蒙了！"

　　吉米也笑起来，这声音在黑暗中真温暖。他们站立的地方一片漆黑，天上的满月也无能为力，它的清辉没能流进这条窄窄的巷子。获得重生的幸福感，还有扮作他人并顺利逃脱的成就感让桃莉脑子里一阵眩晕。能够摆脱桃莉·史密森的身份，暂时扮作其他人是生活中最让她开心的事。至于她假扮的那个人姓甚名谁，什么模样，有什么爱好……这些都不重要，桃莉喜欢的是表演时那种激动的感觉，还有冒充他人那种一本正经的乐趣。这种感觉就像是闯入了另一个人的生活，窃取了他们片刻的生命。

　　桃莉抬头看着被星星点亮的夜空。黑暗中藏着许多我们看不见的星星，这应该是战争中最美丽的东西了。远方传来混乱的爆炸声，防空炮正在全力反击，但高高的苍穹中，星星仍在无辜地眨着眼。它们就像吉米一样，桃莉明白过来，像他那么忠实坚定，可以托付一生。

"你可以为我做任何事情，对吗？"桃莉满足地叹了口气。

"是的，你知道我愿意为你做任何事情。"

吉米停住笑声。风儿轻轻地吹着，这巷子里的氛围忽然变了。你知道我愿意为你做任何事情——她当然知道。但此刻，吉米的表态让桃莉既激动又害怕。听见他亲口这样说，桃莉觉得内心深处的那根弦猛地被拨动了，她颤抖着，脑子里一片空白。黑暗里，她伸手握住吉米的手。

他的手温暖光滑，手掌那么大。桃莉抬起他的手，嘴唇在他的指节上轻轻扫过。她听见吉米的呼吸声，然后把嘴唇凑了过去。

桃莉觉得自己是个勇敢坚强的成年人。她觉得自己真切地活着，美丽地活着。她抓起吉米的手放在自己的胸脯上，心里小鹿乱撞。

吉米嗓子里传来一声轻叹："桃莉——"桃莉用一个吻堵住他的嘴。此时，她不想听吉米说话，他一开口，自己或许就没这种心思了。她回想基蒂和路易莎在坎普顿丛林7号的厨房里谈笑时说的那些事，伸手把吉米的腰带解开。

吉米喉咙里发出一阵呻吟。他低头吻着桃莉，但桃莉却摆脱他的吻，在他耳边轻声说："我说什么你就做什么，对吗？"

吉米把脑袋靠在桃莉的脖子上，点点头："是的。"

"那你送我回家，让我安然入眠。"

* * *

桃莉睡着之后，吉米一直坐在她身边。这个夜晚如此迷人，他不想就这样结束，也不想这段美好的时光被打断。附近传来爆炸的声音，墙上的相框瑟瑟发抖。桃莉似乎被吵到了，吉米温柔地把手放在她的额头上。

回坎普顿丛林的路上，他们几乎一路无言。桃莉话里的含义他们都心知肚明。今晚，他们跨过了一道防线，走上了一条不能回头的路。吉米从没去过桃莉做工的地方——桃莉说，格温多林夫人对男女关系看得很重，吉米一直很尊重老夫人的规矩。

到达坎普顿丛林7号的时候，桃莉让吉米跨过地上的沙包，走进前门，然后轻手轻脚把门关上。房间里很黑，窗帘都拉着，甚至比外面还黑，吉米差点被绊倒，桃莉赶紧把楼梯下面的小台灯扭开。灯泡发出摇摇晃晃的光，洒在地毯和墙壁上，吉米第一次看到桃莉居住的这栋房子究竟有多奢华。这富丽堂皇的感觉让他觉得有些不安。或许，这就是他想给桃莉而不能的一切吧！看到桃莉在这屋子里自由自在的样子，吉米心里隐约有些担忧。

桃莉解开高跟鞋上的扣搭，用一根手指挑着鞋子，另一只手却紧紧握着吉米的手。她竖起一根手指放在嘴唇前，微微歪了歪头，然后走上楼梯。

* * *

"我会好好照顾你的，桃莉。"走进卧室的时候，吉米轻声对桃莉说道。此刻，他们俩之间已经无话可说了，只好站在床边，期待着对方接下来的举动。桃莉笑起来，但声音里却露出些微的紧张。年轻姑娘不安的心思在笑声中无意泄露，吉米觉得自己更加爱她了。刚才在小巷子里，桃莉求欢的举动让他心生退意。但现在，听见她孩子似的笑声，发觉她内心的紧张，吉米心里一下明白了，桃莉还是原来的桃莉，世界似乎重新回到了正轨。

他内心有种冲动，想把桃莉身上的裙子扯下来，但他最终只是伸出手，轻轻地把手指伸到裙子的肩带下面。夜很冷，桃莉身上暖暖的，吉米感觉到她的身子在微微颤抖。这个轻微的举动让他一时间有些难以呼吸。"我会好好照顾你的，"他再次承诺，"永远照顾你。"这次，桃莉没有笑。吉米弯下腰亲吻她。天哪，真甜。他解开红裙子的扣子，让肩带滑下肩膀，裙子轻轻掉在地上。桃莉凝视着吉米，她的胸脯随着呼吸一起一伏。然后，桃莉轻轻一笑，她经常这样若有似无地笑着逗弄他，让他心里既爱又疼。吉米还没明白过来，桃莉就把他的衬衣从裤子里拉了出来……

外面又传来爆炸声，门上的装饰线条上泥灰簌簌而落。吉米点燃一支烟，听防空炮在外面还击。桃莉仍然睡着，黑色的睫毛映衬着水灵灵的脸蛋，吉米轻轻抚摸着她的胳膊。他真是个蠢蛋，当之无愧的蠢蛋——当初，桃莉提出要和他结婚，就差没跪下求他，而他竟然拒绝了。如今，他又为彼此间的距离感而焦虑，却没有花一分钟的时间从自己的角度找问题。他对婚姻和金钱的观念一直很固执。今晚见到桃莉，吉米觉得她很容易就能融入伦敦的大世界，然后离他而去。如今，一切都清楚了。桃莉还在等他，她对他的感觉还没变，他多幸运啊！吉米脸上露出微笑，伸手摩挲着她润泽的头发。如今，他就躺在桃莉身边，这就是证据。

首先，他们要搬进他那套公寓——那里虽然不是他梦想中要给桃莉的家，但父亲还住在那儿，外面又正在打仗，再换房子也没什么意义。等战争结束的时候，他们可以在好点儿的地方租间房子，或许还可以从银行贷款买一套属于自己的房子。吉米自己存了些钱——这些年来，他省吃俭用攒下的每一分钱都存在了罐子里。而且，他的编辑很欣赏他拍的照片。

吉米吸了口烟。

即便外面正在打仗，他们还是要举办一个战时婚礼，这没什么丢人的。相反，吉米觉得这是件很浪漫的事——外面的世界战火纷飞，而他们彼此相爱。桃莉不论怎么打扮都很美，她可以请朋友们来当伴娘——基蒂，还有新朋友薇薇安——桃莉提到薇薇安的时候吉米心中隐约有种不安的感觉。还可以邀请格温多林夫人以长辈的身份出席，毕竟，桃莉的父母已经不在了。吉米早就把戒指准备好了。这枚戒指本来是他妈妈的，如今被吉米藏在卧室抽屉后面一个黑色的天鹅绒盒子里。母亲走的时候在父亲的枕边留下一张字条，述说事情原委，一同被留下的还有那枚戒指。吉米一直保管着它，开始的时候是想母亲回来的时候交给她。长大后，他希望能把这枚戒指交给自己心爱的女人，一个不会弃他而去的女人，跟她开始新生活。

小时候，吉米非常爱慕母亲。她是吉米第一个爱的人，是天上的明月，让他迷恋。他蒙昧时的欢乐悲伤都与这轮明月的阴晴圆缺有关。吉米记得，他睡不着的时候母亲曾给他讲过一个关于夜莺之星的故事。母亲说，夜莺之星是一艘具有魔法的老式大帆船，它的帆那么宽，桅杆那么结实，能够穿越沉睡之海，在每个黑夜里探险。母亲以前经常坐在吉米的床边，一边摩挲着他的头发，一边给他讲魔法大帆船的故事。再没有什么声音，能像母亲讲起那些奇幻之旅时的嗓音一样抚慰吉米了。直到吉米昏昏欲睡，大船载着他驶向东方的星辰时，母亲才会弯下腰在他耳边轻声说道："去吧，亲爱的，今晚在夜莺之星上见。等我，好吗？我们一起开始一场伟大的探险。"

很长一段时间里，吉米一直对这个故事深信不疑。母亲和那个舌灿莲花的有钱男人坐着宽敞气派的小汽车离开之后，吉米每晚都要跟自己讲这个故事。他相信，这样就能在梦里见到母亲，牵着她的手，带她回家。

他曾以为，自己再也不会这样深爱一个女人了。直到后来，他遇到了桃莉。

吉米抽完烟，看了看手表。快五点钟了，他得走了，还要回家给父亲煮鸡蛋当早餐呢。

他轻轻地站起来，穿上裤子，系好腰带，然后在房间里逗留了一会儿。他凝视着桃莉的脸庞，然后弯下腰，轻轻吻了吻她的脸颊。"夜莺之星上见。"他轻声说道。桃莉扭了扭身子，但并没有醒，吉米笑了。

他轻轻走下楼梯，走进黎明前的伦敦那寒冷的灰蒙蒙一片。天空飘着雪花，吉米闻见雪的味道。他一路走着，一路都是他吐出的白雾。但他不冷。桃莉·史密森爱他，他们就要结婚了，一切就此步上正轨。

13

2011年，格林埃克斯农场

晚餐是一片加了烤豆子的面包。坐在桌前，洛瑞尔忽然觉得这一刻有些像她第一次被独自留在农场的时候。父亲和母亲没在房间里，家里没有吵闹的妹妹们踩得木地板吱嘎作响，小弟不在家，宠物们也不见踪影，屋外的鸡笼里空空如也，母鸡不知道跑去了哪儿。四十多年来，洛瑞尔孤身一人在伦敦打拼，大部分时候都是这样过来的。说实话，她很喜欢独处。但今天晚上，孩提时的景象和声音在周围挥之不去，她突然觉得有些孤单。这感觉如此深刻，洛瑞尔微微有些诧异。

"你确定要自己一个人待在这儿？"洛丝离开的时候问道。她在门厅里踌躇了好一会儿，手里捏着那串长长的非洲念珠，扭头望着厨房里的洛瑞尔。"我可以留下来陪你，没关系的，我留下来好吗？我马上给沙蒂打电话，告诉她我今天不回去了。"

洛丝居然担心洛瑞尔，这事真有些蹊跷，洛瑞尔有些惊讶。"胡说些什么？"她的表情可能有些严肃，"别傻了，我能照顾好自己。"

洛丝还是有些犹豫，"我也不知道为什么，洛瑞尔……只是——只是你很少那样打电话过来，我觉得有些突然，你平时那么忙，现在又……"念珠的绳子快被她捻断了，"我直接给沙蒂打电话，告诉她我明天回去好了，真的不麻烦。"

"洛丝，求你了——"洛瑞尔脸上露出好看的皱纹，她有些恼火，"拜托你还是回家照看你女儿吧！我只想在拍《麦克佩斯》前好好在这儿放松一下。说句不怕你介意的话，我比较喜欢安静。"

洛丝原来也是个安静的人。洛瑞尔非常感谢她把农场的钥匙带过来，但此刻，她脑海里全是母亲过去的故事，有些她已经知道，有些仍然等待着她的探寻。洛瑞尔迫不及待地想躲进屋里，好好理一理自己的思绪。看见洛丝的车慢慢消失在车道上，洛瑞尔心里有种巨大的满足感。好戏应该快开场了。她终于回到了格林埃克斯农场，把伦敦抛在身后，回来探寻家里埋藏最深的秘密，她做到了。

现在，独自一人坐在客厅里，面前只有空空的盘子。窗外，黑夜微茫看不到头。洛瑞尔方才的坚定有些动摇，她后悔没再考虑下洛丝的建议，妹妹温柔的唠叨让人内心安宁，不至于飘飘荡荡，坠入黑暗的角落。要是洛丝在的话，洛瑞尔不会觉得自己周围到处都是幽灵在飘荡。它们无处不在，有的躲在墙角，有的在楼梯上徘徊，还有的在浴室叹息，声音撞到地板上，回音袅袅。有光着脚的小女孩，穿着长长的衬衣，都瘦高瘦高的，年龄却各不相同。暗影里，父亲精瘦的身影在吹着口哨。这些影子里，最多的还是母亲。她的身影无处不在，她就在格林埃克斯农场的这栋农舍里，这里的每一块地板、每一扇窗户，甚至每一块石头，都浸润了她的热情和开朗。

现在，妈妈就在房间的墙角里——洛瑞尔看见她了，她正在包装送给艾莉丝的生日礼物。那是一本关于古代历史的书，孩子们都把它当作百科全书，洛瑞尔还记得里面精美的插图带给她的震撼。插图是黑白的，里面都是很久很久以前的地方，因此显得颇为神秘。那本书对洛瑞尔来说非常重要，第二天早上，艾莉丝在父母的床上拆开礼物，小心翼翼地翻着书页，理好丝带做的书签时她竟然有些嫉妒。这种让人沉迷，让人滋生出占有欲望的书肯定带着故事。洛瑞尔没多少属于自己的书，她对之充满了渴望。

尼克森家并不是那种典型的书呆子家庭——外人知道这件事的时候总会有些吃惊——但尼克森家从来不缺乏故事的滋润。晚餐的时候，父亲总有许多趣闻轶事可讲，而桃乐茜·尼克森总能给孩子们创造故事和童话，她从来不需要照本宣科。小的时候，洛瑞尔耍赖不肯睡觉，母亲问她："我跟你讲过夜莺之星的故事吗？"

小洛瑞尔急切地摇摇头，她喜欢听妈妈讲故事。

"没讲过吗？那我现在给你讲讲吧！我还纳闷，怎么从来没在夜莺之星上见到你呢。"

"你说哪儿，妈妈？夜莺之星是什么？"

"它正在返航的路上，宝贝，它正在驶往这里的旅途当中。"

洛瑞尔有些不解："驶向这里？"

"它无所不在，无处不往……"妈妈笑起来，她微笑的样子总想让洛瑞尔亲近。妈妈神神秘秘地靠得更近一些，像是有秘密要告诉洛瑞尔似的，她深色的头发垂落在一边肩膀上。洛瑞尔最喜欢听秘密了，她也是个很好的守密者，她也往母亲那边凑近了些。"夜莺之星是一艘大船，每晚从梦之海起航，你见过海盗船的照片吗？就是那种风帆鼓张，绳梯在海风里摇摆的大船。"

洛瑞尔充满期冀地点点头。

"你见到夜莺之星的时候一定能认出来，它看上去就跟海盗船一样。笔直的桅杆，最顶上有一面银色的旗帜，中间是一颗白色的星星和一对翅膀。"

"我该怎么上船呢，妈妈？游过去吗？"洛瑞尔的游泳技术不佳。

桃乐茜笑起来："这就是夜莺之星最神奇的地方了——只要你心中充满期待，夜晚入眠的时候就会发现自己身在温暖的甲板上，准备扬帆起航，开始一场伟大的探险。"

"你也在船上吗，妈妈？"

桃乐茜脸上露出悠远的神情，好像想起了悲伤的往事。但她很快就微笑着揉了揉洛瑞尔的头发："当然在了，小宝贝，我怎么舍得让你一人出发呢？"

* * *

远方，一艘深夜列车呼啸着驶入站台。洛瑞尔叹了口气，叹息声撞到墙上，又弹向另一面墙。洛瑞尔想打开电视，好让屋里有点儿动静。母亲一直不愿意换配遥控器的电视，所以，洛瑞尔最后只好打开那台古老的无线电收音机，调到国家广播电台第三频道，然后重新捧起手里的书。

这本《不情愿的缪斯》是她读的亨利·詹金斯的第二本书。说实话，洛瑞尔觉得自己很难读下去。作者可能是个大男子主义者，小说的男主人公汉弗莱对女人的看法非常有问题。在书里，汉弗莱和詹金斯其他小说里的主人公一样魅力非凡，他对自己的妻子薇奥拉一方面非常喜爱，另一方面却将她视为珍贵的财产，而不是他无意中发现并拯救了的那个有血有肉无忧无虑的女人。薇奥拉是"自然的精灵"，被他带到伦敦并开始文明化的进程，但汉弗莱也不想让城市"污染"了薇奥拉。洛瑞尔不耐烦地往下看，她希望薇奥拉穿上漂亮的裙子，奔向和汉弗莱的期待相反的方向，跑得越远越好。

当然了，薇奥拉并没有离开，她答应嫁给她的英雄——这就是汉弗莱的故事。开始的时候，洛瑞尔很喜欢薇奥拉，她就像个活泼可贵的英雄，让人无法捉摸而又耳目一新。但洛瑞尔越往下读越看不到原来那个女孩的影子了。洛瑞尔知道，自己的看法很不公平——可怜的薇奥拉当时还是个孩子，作出这样的决定并不能怪她。再说，男女之事洛瑞尔自己又知道多少呢？她每一段恋情都没超过两年。即便如此，在洛瑞尔看来，薇奥拉嫁给汉弗莱也并不是一件浪漫的事。她坚持着又看了两章——薇奥拉和汉弗莱来到伦敦，在那里给薇奥拉修建了一座黄金囚笼。洛瑞尔实在读不下去了，她沮丧地合上书页。

才九点钟，但洛瑞尔觉得已经很晚了。一天的旅途奔波让她很疲倦，明天还要早起，去医院看母亲，希望她老人家一切都好。洛丝的丈夫菲尔从自家车库里给洛瑞尔找了辆不用的汽车，那是一辆20世纪60年代的绿色小轿车，活像一只蚂蚱。洛瑞尔要自己开车去镇里。她把《不情愿的缪斯》夹在胳膊下，把盘子洗干净，然后上床睡觉。格林埃克斯农场漆黑一片的夜就留给那些幽灵吧！

＊＊＊

"你运气真好。"第二天早上，洛瑞尔刚到医院的时候那个讨厌的护士就对她说道，语气竟像是十分惋惜的样子。"你母亲起床了，她状态不错。你们上周搞的聚会把她累坏了，但家人来看望就是最好的事情，别让她太激动。"之后，护士礼貌性地笑了笑，继续看着手里的塑料写字板。

洛瑞尔本想再举办一次爱尔兰舞会，护士这样说，她只好放弃了这个计划。她沿着米黄色的走廊往前走，来到母亲的病房前，轻轻敲了敲门。屋内没人回应，洛瑞尔轻轻推开门。桃乐茜躺在椅子上，背对着房门。洛瑞尔以为她睡着了，走近些才发现母亲醒着，正仔细打量着手里的东西。

"早上好，妈妈。"洛瑞尔问候道。

母亲惊讶地扭过头，眼里满是迷茫。不过，认出自己的女儿后，她马上露出了笑容。"洛瑞尔，"她轻声说道，"我以为你还在伦敦呢。"

"我本来是在伦敦的，不过已经回来一阵子了。"

母亲没有问为什么。她藏着那么多秘密，生命中许多细节都发生在别处，因此时常被人误会。走到生命尽头时，她已经不会为意料之外的事感到不安了吧？洛瑞尔不知道自己会不会有这一天，不再希冀或是期待绝对的真相的这一天。这种未来多让人绝望。她把小餐桌推到一边，坐在盖着塑料布的空椅子上。"你手里拿的什么？"她冲母亲手里的东西点了下头，"是照片吗？"

桃乐茜颤抖着双手拿出捧在怀里的精致银色相框。相框很旧了，上面还有凹痕，但却擦得发亮，洛瑞尔以前从没见过这个相框。"是格里送给我的生日礼物。"母亲说道。

桃乐茜·尼克森最喜欢搜集废弃的旧东西了，这份礼物对她来说堪称完美，而这也符合格里一贯的做法。就在他似乎与整个世界失去联系，洛瑞尔对他日思夜念的时候，他忽然又出现在大家眼前，让大家都大吃一惊。想到弟弟，洛瑞尔心里一阵绞痛。决定离开伦敦之后，她给格里的语音信箱发送了三条信息。最后一条是她喝光半瓶红酒之后，在半夜里发给他的。她的措辞和语气比前几条都要平淡。她告诉格里，她要回到格林埃克斯农场的家里，决定要查出"我们小时候"发生的事情。妹妹们对此都不了解，她需要格里的帮助。在当时的洛瑞尔看来，寻求格里的帮助似乎是个好主意，但她一直没收到格里的回信。

洛瑞尔戴上老花镜，仔细打量着这张褐色的照片。"这是场婚礼，"照片中的陌生人穿着打扮都很正式，"可我们不认识他们，你说呢？"

母亲没有正面回答她的问题。"多珍贵的东西啊，"母亲摇了摇头，似乎很悲伤，"格里在一家慈善商铺找到这张照片，这些人……他们应该被挂在墙上缅怀，而不是躺在箱子里，和一堆无人问津的东西放在一起……我们抛弃他人的方式太可怕了，你觉得呢，洛瑞尔？"

洛瑞尔赞同母亲的说法。"这张照片很美，不是吗？"她伸出拇指抚摸着相框上的玻璃，"虽然这个人没有穿军装，不过从他的穿着打扮来看，这应该是战争时期。"

"不是所有人都穿军装的。"

"你的意思是——逃兵？"

"还有其他情况。"桃乐茜拿回照片，端详着，然后颤抖着手把它放在自己简朴的结婚照旁边。

提到战争，洛瑞尔觉得这是个好机会，可以跟母亲谈谈她的往事。期待让她的脑子里一阵眩晕。"打仗的时候你在做什么，妈妈？"洛瑞尔装作毫不在意的样子问道。

"我在妇女志愿服务社工作。"

没有丝毫犹豫，也没有一点儿不情愿，母亲就这样自然而然地回答了她的问题，好像她们已经不是第一次讨论这个问题了。洛瑞尔急切地抓住这条线索问下去："在那儿织袜子，给士兵做饭吗？"

母亲点点头："我们在一间地下室里开设了食堂，提供汤……有时候我们也会办流动食堂。"

"什么——你是说，在炸弹纷飞的大街上吗？"

母亲轻轻地点点头。

"妈妈……"洛瑞尔一时不知该说些什么，所有的答案都汇成了一句话，"你真勇敢。"

"不，"令人难以置信的是，桃乐茜竟然否认了这个说法。她的嘴唇颤抖着，"他们比我勇敢得多。"

"你之前从未说过这些。"

"是的。"

为什么呢？桃乐茜想继续问下去。告诉我，为什么一切都像是天大的秘密？亨利·詹金斯和薇薇安、母亲在考文垂的童年，还有她遇到父亲之前的战时生活……母亲身上究竟发生了什么，让她如此执著地抓住人生的第二次机会，甚至不惜杀死那个想要将她的过去公之于众的男人？但洛瑞尔并没有问下去。她说道，

"真希望能见见那时候的你。"

母亲淡淡地笑了:"那可不容易。"

"你懂我的意思。"

母亲在椅子里动了动,稀疏的眉毛皱成一团,似乎有些难过:"我不知道你原来这么喜欢我。"

"什么意思?妈妈,你为什么会觉得我不喜欢你?"

桃乐茜的嘴唇动了动,好像想说什么,但终究没有说出来。

"为什么,妈妈?"

桃乐茜努力挤出一丝笑容,但她声音和眼睛里的阴影还是出卖了她。"人会长大,会变聪明,能作出更好的决定……这样,他们就变了……我的岁数已经很大了,洛瑞尔,活到我这把年纪的人都在后悔……后悔过去做的事情……希望当初能作出不同的选择。"

过去,后悔,人变了——洛瑞尔感觉她终于快要问出自己想要的东西了。她装出一副可爱女儿的模样,撒娇地打听年迈的母亲过去的生活:"什么事情,妈妈?你希望作出什么不一样的选择?"

桃乐茜并没有听她说话。她目光悠远,手指捻着膝上毛毯的边儿。"我父亲曾告诉我,要是我不小心的话,就会让自己陷入麻烦……"

"所有的父母都这样说,"洛瑞尔语气中是小心翼翼的温柔,"我敢保证你犯的错绝没有我们几个严重。"

"父亲想警醒我,但我从没听他的话,我觉得自己最聪明。终于,我为自己的荒唐决定受到了惩罚,洛瑞尔,我失去了一切……一切我所爱的。"

"怎么回事？发生什么了？"

先前的谈话以及伴随它而来的回忆让桃乐茜十分疲惫，就像船帆失去了风的支撑，她重新靠在垫子上，嘴唇微微动着，却没发出任何声音。过了一会儿，桃乐茜放弃了，她转过头，望着起了一层薄雾的窗户。

洛瑞尔端详着母亲的侧脸，希望自己当初没有那么任性，希望时间还多，她可以重新来过。她希望自己没有把一切都藏在心里，最后坐在母亲的病榻旁时，仍有这么多未解之谜。洛瑞尔想换种法子打听："我想起一件事，洛丝给我看了件特别的东西。"她从架子上取下家庭相册，从里面拿出母亲和薇薇安的合影。她假装镇定，手指却在不停地发抖。"是在格林埃克斯农场的一个箱子里发现的。"桃乐茜接过洛瑞尔递过来的照片，端详着。

走廊上的门关关合合，远处的喧嚣断断续续地传进病房。汽车在外面的拐弯处停下，又轰隆隆离开。

"你们是朋友。"洛瑞尔提示道。

母亲犹豫地点点头。

"那是在战争时期。"

母亲又点了点头。

"她叫薇薇安。"桃乐茜抬起头，满是皱纹的脸上闪过一丝诧异，之后的表情洛瑞尔没有看明白。她正要跟母亲提到那本书和书里的题词时，母亲忽然说道："她死了。"她的声音很轻，洛瑞尔差点没听见，"薇薇安死在战争中了。"

洛瑞尔想起来，亨利·詹金斯在讣告中提到过。"在空袭中去世的。"她补充道。

母亲好像没听见她的话，兀自紧紧盯着照片，眼睛闪闪发光，脸颊上突然滚下了泪珠："我快认不出自己了。"母亲的声音虚弱而苍老。

"那是很久以前的事情了。"

"好像是上辈子的事了。"桃乐茜掏出一块皱巴巴的手帕，擦拭脸上的泪珠。

母亲用手绢掩着脸，继续说着什么，但洛瑞尔只听清了几个字：炸弹，噪音，害怕重新开始。她靠近母亲，心里因即将获得答案而有些刺痛："你在说什么，妈妈？"

桃乐茜扭头看着洛瑞尔，脸上浮现出惊恐的表情，好像见了鬼一样。她伸出手抓住洛瑞尔的袖子，疲倦地说道："我干了一件事，洛瑞尔。"她的声音很小很小，"那时还在打仗……我没考虑好，所以一步错，步步错……我不知道该怎么办，那似乎是最好的办法，可以让一切重新走上正轨，但他发现了——他很生气。"

洛瑞尔的心忽然扑腾扑腾地跳起来——他。"所以他来找你了，对吗，妈妈？这就是格里生日那天，他来我们家的原因吗？"洛瑞尔心里一阵紧缩，好像又回到了十六岁的时候。

母亲仍然紧紧抓着洛瑞尔的袖子，面色苍白，声音如芦苇一般在风中飘荡。"他找到我了，洛瑞尔……他一直在找我。"

"是因为你在战争中做的事情吗？"

"是的。"母亲的声音微不可闻。

"究竟是什么事，妈妈？你干了什么？"

门忽然开了，拉奇德护士端着盘子走进来。"该吃午餐了。"她轻快地说道，然后把桌子摆好，往塑料杯子里倒了半杯温热的茶水，接着又去检查壶里还有没有水。"吃完饭就按铃叫我，"她的声音很大，"听见铃声我马上过来。"她扫了一眼桌上的物品，"还有什么需要的吗？"

桃乐茜茫茫然不知所措，眼睛一直打量着对面的女人。

护士开心地笑起来，弯下腰和蔼地说道："亲爱的，你还需要什么？"

桃乐茜眨眨眼，露出迷惘的微笑，洛瑞尔的心都要碎了。"是的，我想……我想跟鲁弗斯医生谈谈。"

"鲁弗斯医生？你是说科特医生吧，亲爱的。"

桃乐茜苍白的脸上笼罩着疑虑的乌云，然后她更加虚弱地笑了笑："是的，是科特医生。"

护士说她遇见科特医生的时候会转告他，然后转过身看着洛瑞尔，用手指了指桃乐茜的太阳穴，眼里满是意味深长。洛瑞尔有种冲动，想用手提包的带子勒死这个穿着软底鞋在屋里走来走去、大声聒噪的女人。

整理用过的杯子，填写医疗记录，谈论外面的倾盆大雨……等了好长时间，护士终于离开了房间。房门终于关上的时候，洛瑞尔心里焦急得快起了火。

"妈妈！"她喊道，声音比想象中大，她并不喜欢自己这样。桃乐茜·尼克森看着自己的女儿，脸上一片茫然。洛瑞尔惊讶地发现，母亲刚才急切想要告诉她的事又潜回了封存秘密的旧角落。当然，她可以再次发问——你做了什么事，为什么那个男人要一直找你？这件事和薇薇安有关系吗？告诉我，求你了，这样往事才能烟消云散——可看着母亲慈爱苍老的面庞，看见她迷惘地凝视着自己，笑容中流露出淡淡的焦急，"怎么了，洛瑞尔？"她又觉得没办法问出口。

214

洛瑞尔耐着性子对母亲报以微笑——还有明天，明天再问吧——"要我照顾你用午餐吗，妈妈？"

* * *

桃乐茜没吃多少东西，刚才半小时的经历让她有些萎靡不振，洛瑞尔看见母亲虚弱的样子，心里有些诧异。她没想到，母亲竟然虚弱至此。姊妹们从家里搬来的绿色扶手椅小巧玲珑，过去几十年当中，洛瑞尔经常看见母亲坐在这张椅子上。但这几个月来，这把椅子竟然不知不觉地变成了一个庞然大物，像只暴躁的狗熊吞噬着母亲弱小的身体。

"我给你梳头吧！"洛瑞尔说道，"你觉得好吗？"

桃乐茜嘴唇边泛起一丝笑容，她轻轻点了点头："我母亲以前也给我梳过头。"

"是吗？"

"我装作不喜欢的样子——我想要独立——但她梳头真的很舒服。"

洛瑞尔笑着从床后的架子上取下那把古董梳子。她轻轻梳理着母亲蓬乱的白发，想象着她小时候的样子。她肯定是个爱冒险的女孩，有时会很调皮，但这种调皮却是讨人喜欢而不招人厌烦的。洛瑞尔觉得，除非母亲开口，否则自己永远都不会知道她的故事。

桃乐茜合上薄薄的眼睑，不知她想起了什么，眼皮上的血管偶尔会轻轻地跳动。洛瑞尔给她梳理头发，她的呼吸逐渐变缓，终于进入了梦乡。洛瑞尔轻手轻脚地取下梳子，把钩针织就的小毛毯拉到母亲膝盖上，轻轻吻了吻她的脸颊。

"再见，妈妈，"洛瑞尔轻声说道，"我明天再来看你。"

她蹑手蹑脚地走出房间，小心翼翼地不让包和鞋子发出任何声响。耳边忽然传来一个没精打采的声音："那个男孩……"

洛瑞尔吃惊地转过身，母亲仍旧闭着眼，她喃喃说道："那个男孩，洛瑞尔。"

"什么男孩？"

"跟你约会的那个小伙子——比利。"母亲睁开浑浊的双眼，扭头看着桃乐茜。她颤巍巍地抬起一根手指，温柔又难过地说道，"你以为我不知道吗？你以为我没年轻过吗？你以为我不知道喜欢上一个帅气小伙子的感觉吗？"

洛瑞尔意识到，母亲的灵魂已经不在这间病房里了。她回到了格林埃克斯农场，在和处于青春期的女儿谈话。这个事实让人有些不安。

"你在听我说话吗，洛瑞尔？"

洛瑞尔咽下一口唾沫，听见自己说道："我在听呢，妈咪。"她很久没这样叫过母亲了。

"他要是向你求婚，而你也爱他的话，一定要说我愿意……你明白了吗？"

洛瑞尔点点头。她觉得有些奇怪，脑子里有些犯晕，身上一阵燥热。护士说母亲最近时常神志不清，就像串台的收音机一样，经常跳到不同的频道。今天是什么情况？母亲为什么会忽然提到一个她几乎不认识的男孩？那不过是很久很久以前，洛瑞尔人生当中一段一闪而过的青涩恋情而已。

桃乐茜的嘴唇一翕一合："我犯了那么多错……那么多。"泪珠打湿了她的脸颊，"亲爱的洛瑞尔，结婚的唯一理由就是——爱。"

* * *

洛瑞尔躲进走廊上的厕所里，打开水龙头，用双手掬起一捧凉水浇在脸上。她把手放在盥洗池上，目光凝视之处竟有几条发丝般细小的裂纹。洛瑞尔闭上眼，脉搏跳动的声音如同电钻的嗡嗡声一般钻进她的耳朵里。天哪，洛瑞尔感到一阵战栗。

母亲用对孩子说话的口吻对她谆谆教诲的时候，过去五十年的岁月似乎都被抹去，很久以前那个男孩的身影莫名出现在眼前，早就成为过往的初恋滋味在心尖扑腾。但这些，都不是让洛瑞尔震惊的缘由。真正让她惊讶的是母亲的话，还有她语气中的急迫、真诚，她迫不及待地想告诉年轻的女儿自己的宝贵教训。她想让洛瑞尔选择自己当初没有选择的，避免犯下她曾犯过的错误。

但这究竟是什么意思呢？洛瑞尔确信，母亲是爱着父亲的。父亲去世的时候，他们结婚已经有五十五年，两人相敬如宾，从来没有红过脸。如果桃乐茜是因为其他原因嫁给父亲的，如果她一直在为这个决定后悔，那她伪装的本领也太好了。现实生活中，应该没人能这样数十年如一日地伪装自己吧？此外，洛瑞尔不止一次地听过父亲母亲如何相识相爱的故事，她也曾见过父亲回忆与母亲初次见面时，母亲凝视父亲的温柔目光。

洛瑞尔抬起头。尼克森奶奶对母亲也充满怀疑，对吧？洛瑞尔一直都知道，母亲和奶奶的婆媳关系并不好——她们谈话的时候总有种例行公事的拘束感，四下无人时，老太太对儿媳说话的语气一直很严肃。大概在洛瑞尔十五岁的时候，她们去尼克森奶奶在海边的公寓看望她，就是那次，洛瑞尔听到了一些不该听见的事。那天，她在太阳底下晒了许久，头疼得厉害，肩膀也晒脱了皮，于是就早早回来休息了。她躺在阴暗的卧室里，给自己额头上敷了一条打湿的毛巾，觉得身子很不舒服。这时，尼克森奶奶和老姑娘佩里小姐刚好来到屋外的走廊上，佩里小姐也是公寓的房客。

"他对你真好，葛楚德。"佩里小姐说，"当然了，他一直是个好小伙子。"

"是的，我的史蒂芬就像金子一样闪闪发光，比他父亲还能干。"奶奶停下来，等着女伴的赞同，然后继续说道，"他很善良，对那些无家可归的可怜人儿总是充满怜悯。"

奶奶这句话勾起了洛瑞尔的好奇心。先前的谈话余音袅袅，在屋里回荡，这句话因此显得尤为刺耳。佩里小姐明白奶奶所说的"可怜人儿"是谁。"不，"她说道，"史蒂芬以前可从没遇到过像她这样漂亮的姑娘。"

"漂亮？如果你喜欢这种长相的话，我也无话可说。我觉得她太——"奶奶忽然停下来，洛瑞尔伸长了脖子想听清楚她接下来的话，"——太妖艳了。"

"噢，是的。"佩里小姐简直是根墙头草，"的确太妖艳了。不过，她这人很会把握机会，你说对吧？"

"是的。"

"她一见面就知道谁耳根子软。"

"的确如此。"

"我一直以为，史蒂芬会娶一个像街尾的宝琳·西蒙兹那样的本地姑娘，我觉得她对史蒂芬应该有意思。"

"她当然对我儿子有意思了。"奶奶忽然生气了，"这难道是她的错吗？我们本来就没料到桃乐茜会来横插一脚。遇到这种下定决心就一定要得到的对手，可怜的宝琳哪儿还有机会。"

"真不要脸，"佩里小姐明白奶奶话里的含义，"没羞没臊。"

"桃乐茜迷住了他，我可怜的儿子还不知道自己遇见的究竟是个什么样的女人呢。他以为她是个单纯的人。这也不能怪他，他们结婚的时候他才从法国回来几个月？桃乐茜让他头昏脑胀，她就是那种人，一旦有了目标就会不择手段。""她看上了史蒂芬。"

"她在找逃离的机会，我儿子刚好能给她。一结婚她就拽着他离开以前熟悉的环境和朋友，在那座破破烂烂的农舍里重新开始。当然，这都得怪我。"

"这可不是你的错！"

"是我把她带进家门的。"

"当时正在打仗，找个放心的帮佣简直不可能，你当时也不知道会这样。""可事情就是这样，我早该调查一下的。开始的时候我太轻信她了，后来，我开始调查她，发现不对劲，不过为时已晚了。"

"这话什么意思？什么为时已晚？你查到什么了？"

奶奶和佩里小姐越走越远，洛瑞尔没听见奶奶接下来的话，因此，奶奶究竟查到了什么一直是个谜团。不过，当时的洛瑞尔并没有为此过多烦忧。尼克森奶奶是个守着老派礼节的人，桃乐茜在沙滩上看了别的男孩一眼她都会大惊小怪地跟儿子儿媳打小报告。所以，不管她发现了什么，洛瑞尔都觉得要么是她无中生有胡编乱造，要么就是她小题大做了。

洛瑞尔擦干脸上和手上的水——现在，她不那么确定了。尼克森奶奶猜测，桃乐茜在逃避什么，她并不像她的外表那么纯洁无辜，她的婚姻也只是权宜之计——这和母亲刚才告诉洛瑞尔的事情有种不谋而合的感觉。

桃乐茜·史密森出现在尼克森奶奶的公寓是为了逃婚吗？这就是奶奶查出的真相？有可能，但这绝不是全部的事实。儿媳以前的恋爱史就足以让奶奶勃然大怒——虽然这并没有什么大不了的——但这不至于让桃乐茜在六十多年后还黯然神伤。洛瑞尔觉得母亲的悲伤可能源自内疚，她一直在说自己以前犯了错。难道，她没告诉自己的未婚夫就跑了出来？这是为什么呢？她那么爱他，母亲会做这样的事吗？她为什么不直接嫁给他呢？而这和薇薇安还有亨利·詹金斯又有什么关系？

洛瑞尔想不明白的事情还有很多，她恼火地叹了口气，叹息声在小小的洗手间徘徊。洛瑞尔感到深深的挫败感。这么多迥然不同的线索，单独看来似乎没有任何意义。洛瑞尔扯出一张纸巾，轻轻擦着眼睛下晕染开的睫毛膏。整件事就像迷宫，又像夜空中的星座。小时候，父亲曾带洛瑞尔几个姐妹出去看星星。他们在布莱茵德曼的树林里搭好帐篷，等待夜色浓郁，星子在漆黑的夜空中慢慢显现。父亲告诉孩子们，自己小时候迷路了，就是跟着星星找回了家。"你们只需找这张地图，"他调好架子上的望远镜，"如果发现自己陷入黑暗，孤身一人，夜空中的地图就会带你回家。"

"可我什么地图也没看见。"戴着连指手套的洛瑞尔一边搓手抗议，一面眯着眼睛看着天上闪烁的星星。

父亲看着她，宠溺地笑了笑。"那是因为你眼中只有星星，看不见星星之间的空间。你要在心里画出线条，才能看见星星构成的地图。"

洛瑞尔凝视着镜中的自己，眨了眨眼，慈爱的父亲消失不见，心里只有悲伤的思念。她想念父亲，她现在长大了，而母亲也老了。

镜中的她看上去状态差极了，洛瑞尔掏出梳子梳理头发。漫长的探寻之旅，这只是开始。格里才是能在夜空中找出各个星座，引来大家惊叹的人。他还是个小孩子的时候，就能对着天空画出星座的图案，而洛瑞尔从来只能看见散乱的星子。

想到弟弟，洛瑞尔心里动了一下。他们应该一起查出真相，这件事和姐弟两人都有关系。她掏出手机，看看有没有未接来电。

没有。还是没有。

洛瑞尔翻看通讯录，找到弟弟办公室的电话，拨了过去。她咬着手指甲焦急地等待着，心下暗自懊恼弟弟为何不接电话。剑桥大学凌乱的书桌上，电话不停地响着，响着……终于，话筒里传来"咔嗒"一声。"你好，我是格里·尼克森。我正在观察星星，有事请留言。"

格里不可能卷入这件事情当中，洛瑞尔嘲弄着自己的一厢情愿。她没有给格里留言，她要独自找出真相。

14

1941年1月，伦敦

　　桃莉记不清这是自己倒给那个年轻消防员的第几碗汤了，不管对方在说什么，她都报以甜美的微笑——周围太吵了，笑声、谈话声还有钢琴声混在一起，她实在听不清消防员在说什么。不过，从他脸上的表情来看，肯定不是什么好话。笑笑总没什么坏处，所以桃莉一直笑着。消防员端起汤，找座位坐下来时，桃莉终于松了一口气。总算得空不用伺候那一张张饿嘴了，她也终于找到机会坐下来，解放一下疲惫的双脚。

　　食堂里人很多，桃莉忙得团团转。今天，她从坎普顿丛林出发的时间稍微晚了些，格温多林夫人装糖果的袋子不见了，老太太非常难过。最后，失踪的糖袋子终于在这位胖妇人肥肥的屁股下的垫子里找到了。可这时桃莉已经迟到，她只好一路狂奔，跑到教堂街。不巧的是，今天她刚好穿了一双缎面鞋，这种鞋好看不好穿，桃莉到达的时候已经上气不接下气，脚又酸又疼。食堂里，士兵正在大吃大喝，桃莉想趁此机会偷偷溜进去。不过，刚走到半道就被小队长怀丁汉姆太太拦下了。怀丁汉姆夫人长了个大大的朝天鼻，双手患了严重的湿疹，不管天气好坏，她总是戴着手套，心情也总是糟糕透了。

"你又迟到了，桃乐茜。"她的嘴唇闭得紧紧的，像腊肠犬的屁股一样，"快去厨房帮忙盛汤，大家今晚都忙坏了。"

桃莉知道那种忙得团团转的感觉，她飞快地扫了一眼四周，运气真差，薇薇安不在这里，早知道她就没必要这么着急赶来了。不过，事情有些奇怪，桃莉仔细查看过排班表，确定薇薇安今天会和她一起来值夜班。况且，不到一个小时前，她还在格温多林夫人的窗户边跟薇薇安招手呢，她亲眼看见薇薇安穿着妇女志愿服务社的制服离开了坎普顿丛林25号。

"动作快点儿，"怀丁汉姆夫人挥了挥戴着手套的双手，"快去厨房帮忙，外面的战争可不会为你这样的姑娘停下来，你说呢？"

桃莉真想在她的大腿上狠狠地掐一把，但这样显然不好。于是，她朝怀丁汉姆夫人笑了笑——有时候，想象带来的快乐和现实没什么两样——然后，她朝怀丁汉姆夫人谄媚地点了点头。

* * *

食堂设在圣玛丽教堂的地窖里，所谓的厨房不过是墙壁上一小块凹陷进去的地方，前面搭上一张条桌，上面再铺一张桌布，周围挂一串英国国旗，就成了一个简陋的柜台。角落里有个小小的水槽，还有个给汤保温的煤油炉子。在此刻的桃莉眼中，没有什么比墙边上那张空着的长椅更可爱的东西了。

房间里都是吃饱喝足的士兵，几个救护车司机在一边打乒乓球，志愿服务社的女人在角落里织毛衣闲话家常。怀丁汉姆夫人也在那堆女人当中，她背朝着厨房跟她们聊得热火朝天。大家都这么忙，没人会注意到她吧？桃莉决定冒一回险。连续站了两个小时，她实在有些吃不消。她坐下来，脱掉鞋子，然后舒展着穿了袜子的脚指头，幸福地吁了一口气。

按照规定，志愿服务社的成员不可以在食堂吸烟，但桃莉还是从包里掏出她从杂货店老板霍普顿先生那儿买来的一包还没拆封的香烟。士兵们都在抽烟，没人有心思去制止他们，所以天花板上总笼罩着一层灰色的烟雾。桃莉觉得，这烟再多一点也没人会发现。她坐在铺了地砖的地板上，划燃火柴，脑子里回想着下午发生的那至关重要的一幕。

事情的开始极为普通。午饭过后，桃莉被打发去杂货店买东西，这任务有些艰难，她心情有些沮丧。在白糖都要定量配给的时期，糖果是非常稀罕的东西。但格温多林夫人从来不会接受这样的理由，桃莉只好在诺丁山后面的街道上挨家挨户地寻觅——据说，谁的舅舅的房东的朋友那儿还买得到走私过来的糖果，真是无稽之谈。两个小时之后，桃莉才回到坎普顿丛林7号，刚到家，还没来得及把围巾和手套脱下来门铃就响起来。

这种情况桃莉遇到多很多次，她以为是收集废金属制造喷火式战斗机的那群讨厌小孩，打开门却看见一个干净的小个子男人。他蓄着淡淡的胡须，脸颊上有一块草莓大小的胎记。他带着一个巨大的黑色鳄鱼皮公文包，接缝处快被撑开了——包看上去很重，男人有些吃力。他把稀疏的头发梳向一边，勉强遮住头皮，从这一点看来，他是个很会自我安慰的人。

"我叫彭伯利，"男人飞快地说道，"雷金纳德·彭伯利律师，我是来见格温多林·卡尔迪克特夫人的。"他凑近些，用神秘兮兮的语气低声说道，"事情很紧急。"

桃莉听格温多林夫人提到过彭伯利先生——"他是个胆小无能的人，根本没法跟他父亲比，不过算账倒还行，所以我让他帮我办事……"不过，这还是她第一次见到他。桃莉请他进屋，然后上楼请示格温多林夫人。老太太平时总是一副闷闷不乐的样子，但关系到钱的事她格外上心。此刻，她虽然面有愠色，不过还是挥了挥肥肥的手，示意桃莉让他上来。

"下午好，格温多林夫人。"虽然楼梯只有短短的三级，彭伯利还是有些气喘，"这样突然来访真是失礼，不过，这都是因为轰炸。十二月的时候，我家被炸弹袭击了，所有的文件卷宗都毁于一旦，这很麻烦，不过我现在都补全了。今后，我会把这些文件随身带着。"他敲了敲鼓囊囊的公文包。

桃莉离开格温多林夫人的房间，回到自己的卧室。她把报纸上好看的图片剪下来，粘在自己的奇幻本上。时间一点点过去，马上就到她去妇女志愿服务社工作的时间了。桃莉看着手表，心里慢慢焦急起来。楼上的银铃终于摇响，桃莉上楼走进夫人的房间。

"送送彭伯利先生。"格温多林夫人打了一个响亮的嗝儿，然后继续说道，"然后回来伺候我睡觉。"桃莉笑着点点头，等律师先生拿起公文包。这时候，老太太忽然用漫不经心的语气介绍道，"她叫桃乐茜，桃乐茜·史密森，就是我跟你提到过的那个姑娘。"

律师立马转身面向桃莉："很高兴认识你。"言语中满是敬意。说完，他退后两步，帮桃莉打开房门。下楼的时候，桃莉跟彭伯利礼貌地交谈着，走到前门的时候，两人相互告别。彭伯利转身看着桃莉，惊叹地说道："你真了不起，小姑娘，自从她妹妹那件事之后，我从没见过格温多林夫人这么高兴过。以前她连手指头都懒得抬，别说像今天这样挥着拐杖兴高采烈了。这事干得漂亮，她对你如此青睐真是难得。"说完，他还眨了眨眼，桃莉被他这个小动作吓了一跳。

你真了不起……自从她妹妹那件事以后……对你如此青睐。坐在食堂的地板上，桃莉回想刚才的谈话，脸上浮现出淡淡的笑容。这件事来得太突然了。鲁弗斯医生曾暗示过她，格温多林夫人想把桃莉加入自己的遗产继承人当中，老太太自己有时候也会拿这事打趣儿。但这次显然不一样，格温多林夫人介绍自己和她的律师认识，还告诉他自己很喜欢这个年轻的陪护，她们快成一家人了——

"你好。"一个熟悉的声音打断了桃莉的思绪，"我想喝碗汤。"桃莉抬头看去，吉米正站在柜台边弯腰对她耳语，"你又开小差了是吧，史密森小姐？"桃莉吓了一跳。

她感觉血液涌上脸庞："你来这里干什么？"她慌里慌张地站起来。

"我刚好在这片工作，"吉米指了指肩上的相机，"顺便过来看看你。"

桃莉举起一根手指放在唇边，示意吉米小声点。她把香烟在墙上摁熄，小声说道："不是说好了在里昂街角餐厅见面的吗？"她转身走到柜台前，顺手整理了一下裙子，"我还在上班呢，吉米。"

"我都看见了，你真忙。"吉米笑了笑，但桃莉却没笑出来。

她看了看热闹的餐厅。怀丁汉姆夫人还在一边织毛衣一边八卦闲话，薇薇安还是没来，一切还和刚才一样，这样真是冒险。

"你先出去，"她低声说道，"我马上出来。"

"没关系，我可以等你，这样才有机会看看你工作时的样子。"吉米弯下身子，想亲她一下，桃莉一把推开他。

"我在工作，"桃莉解释道，"我还穿着制服呢，这样不合适。"吉米似乎并没有相信她突然而然的一本正经，桃莉只好换了个方法。"听我说，"她悄声说道，"你去找个地方坐下来，喝点汤。我马上收拾好，换件衣服，然后我们一起走，好吗？"

"好的。"

桃莉目送吉米离开，看见他在房间另一头找位置坐下来才松了一口气。桃莉觉得指尖有些疼。吉米究竟在想些什么？说得清清楚楚的，在餐厅见面，怎么跑到这儿来了？如果薇薇安照常上班的话，桃莉就不得不介绍他们俩认识了，这对吉米来说不啻为一场灾难。在400俱乐部里，吉米假装成桑迪布鲁克勋爵，风度翩翩，英俊迷人。可现在，他刚从大轰炸的现场回来，一身破破烂烂又脏兮兮的日常衣服……薇薇安要是知道桃莉有这样一个男朋友不知会怎么说，想到这儿，桃莉忍不住打了个冷战。更糟糕的是，格温多林夫人知道这件事了该怎么办？

既然如此，桃莉只好作了个艰难的决定——她要向吉米和薇薇安隐瞒彼此的存在，就像她跟吉米聊天时，小心翼翼避开她在坎普顿丛林的生活一样。但如果吉米老是这样不按常理出牌的话，这个秘密还能瞒多久？桃莉把酸痛的脚重新塞回那双令人痛苦的漂亮鞋子里。她若有所思地咬着下唇，这件事很复杂，她没办法向吉米解释，他不会明白的，但她不得不顾及吉米的感受。他不属于这里的食堂，不属于坎普顿丛林7号，也不属于400俱乐部贵宾区的餐桌和舞台。但桃莉不一样。

桃莉看了看吉米，他正在喝汤。在400俱乐部和她卧室的那天晚上，他们在一起是那么快乐。但400俱乐部和坎普顿丛林的人不能知道她和吉米的关系，薇薇安不能知道，格温多林夫人就更不行了。想象老太太知道这件事的反应，桃莉觉得浑身滚烫。她要是知道自己会像失去佩妮妹妹那样失去桃莉，整个人都会崩溃的……桃莉忧心忡忡地叹了口气，然后离开柜台去拿自己的外套。她得和吉米谈谈，用婉转的方式让他明白，他俩之间的关系得冷下来，这样才最好。桃莉知道，吉米肯定会不高兴的，他向来讨厌假装。他就是那种恪守规矩，眼里容不得一点沙子的人。但他会妥协的，桃莉了解他。

走到储藏室，顺利拿到自己的外套，桃莉高兴得出声。这时，身后突然传来怀丁汉姆夫人的声音："桃乐茜，你要提前离开吗？"桃莉这才回过神来。她还没来得及回答，另外一个女人就怀疑地抽着鼻子："我闻见的烟味儿是从这里传来的吗？"

* * *

吉米把手伸进裤兜里，那只黑色的天鹅绒盒子还在那儿——他已经检查无数遍了。整件事情现在看上去越来越像是冲动之举，所以吉米觉得越早把戒指套上桃莉的手指越好。他在脑海中排练了无数遍求婚的场景，但还是非常紧张。他想有个完美的求婚仪式，虽然，在看过了这满目疮痍的世界以及世界上的死亡和悲伤之后，吉米并不相信这世上还有尽善尽美之物。但桃莉是个完美主义者，所以他要尽力让这场仪式变得完美。

吉米本来打算在桃莉喜欢的高级餐厅里订个座的，丽姿餐厅和克拉里奇餐厅都是不错的选择。但这两家餐厅的预定都已经满了，不论他怎么解释恳求，餐厅就是没法匀一张桌子出来。起初，吉米十分沮丧，想要变强变有钱的念头又浮上了心头。他努力摆脱这些念头。在这么重要的夜晚，他也不想装模作样。再说，就像他的老板开玩笑时说的那样，在这种定量配给的时期，克拉里奇餐厅的伍尔顿馅饼，和里昂街角餐厅的东西并没有什么两样，只不过价格贵了些而已。

吉米往柜台的方向看去，桃莉并不在那里。他以为她去取外套，补口红，或者是做女孩们以为能让自己更漂亮的其他事去了。他觉得桃莉不必如此，她不需要涂脂抹粉，也不需要华丽的装束。这些东西就像是家具表面贴的那层饰板，掩盖了一个人本来的模样。桃莉的弱点和真实面目也就藏在那下面，对吉米来说，这样的桃莉才是最美的。她复杂的小心思和不完美也是他爱她的地方。

吉米漫不经心地挠了挠胳膊，回想刚才发生的一幕——桃莉看见自己时为何举止慌张？她躲起来，点上香烟，脸上挂着梦幻般的微笑，她以为这地方就她一个人，自己突然出现在柜台边，跟她打招呼的确会吓到她。发生自己意料之外的事情时，桃莉通常会特别激动。她是最勇敢的姑娘，是吉米认识的人当中最大胆的人，没有什么事能吓住她。不过，她看见吉米的时候的确是一副受惊的小鹿的模样，和那天晚上跟他在伦敦街头逃亡，领他回自己卧室的那个女孩迥然不同。

除非——柜台后面有她不想让吉米看见的东西。吉米掏出烟盒，抽出一支香烟。或许，桃莉给他准备了什么惊喜，想在餐厅见面的时候送给他；也可能当时她正在回想属于他们俩的那个夜晚，这或许能够解释她抬头看见吉米的时候，那么惊讶，甚至有些尴尬的原因。吉米用力划燃一根火柴，猛吸了一口烟。他猜不透桃莉的心思，但他知道，这种怪异的举止不是她惯常玩耍的"假装游戏"，他觉得这或许无关紧要。苍天保佑，希望桃莉不要在今晚玩她的游戏。今天晚上，他得是掌控局面的那个人。

他又忍不住把手伸进裤兜里查看，然后嘲弄地摇了摇头——戒指盒当然还和两分钟前一样好好待在那儿。他这股执念越来越可笑了，他必须找到其他东西分散一下自己的注意力，直到最后把戒指戴上桃莉的手指。吉米没有带书，所以他拿出自己装照片的黑色文件夹。不上班的时候，他一般不会带着它，但今天他和编辑开完会之后就直接来这里了，没来得及把文件夹放回家里。

吉米翻到星期六晚上在奇普赛街拍的照片。照片里是个大概四五岁的小女孩，她站在教堂的厨房前面。她所有的家人都在空袭中罹难，一无所有，就连件合身的衣裳都没留下。救世军没有孩子的衣服，小女孩只好穿着一条松松垮垮的灯笼裤，一件大人的毛开衫，脚上趿着一双踢踏舞鞋。小女孩很喜欢这双红色的鞋子。她身后，圣约翰教堂的女士们正在给小女孩找饼干。吉米遇到小姑娘的时候，照顾她的女人正满怀期待地盯着房门，希望她的家人会奇迹般地出现，完好无损，满面笑容，准备带小姑娘回家。而她自己正像秀兰·邓波儿那样轻叩脚尖。

吉米拍摄了许多关于战争的照片，家里的墙上和他的脑海里密密麻麻，全是各种长相的陌生人。面对灾难和损失，他们无比坚毅。这周，吉米刚去了布里斯托、朴次茅斯和戈斯波特。他一直无法忘记那个小女孩，虽然，他连她的名字都不知道。吉米不想忘记她。在遭受了那么多伤害之后，她小小的脸庞还会因为一点点小事而绽放笑容。对一个孩子来说，这样的遭遇无疑是可怕的，会阴影一样笼罩着她的余生，甚至改变她的一生，吉米太明白这一切了。他继续浏览爆炸遇难者的照片，不知道母亲会不会在里面。

小女孩的个人悲剧相对于战争的大格局来说，渺小得不值一提。在历史这张宽大的地毯上，她和她的踢踏舞鞋如同细小的微尘，会轻而易举地被抹去。但那张照片却是真实的，它就像琥珀里的昆虫一样，在某个瞬间被捕捉到，然后永永远远地保存下来。它提醒吉米，自己记录战争真相的这项举动非常重要。有时候，吉米需要被提醒。比如，在这样的夜晚，周围都是穿军装的人，他心里尤其渴望自己能跟他们一样。

之前坐这个位置的人很贴心地在桌上放了一个汤碗，吉米把烟屁股扔了进去。他看了看手表，自己坐在这儿已经十五分钟了，不知桃莉究竟干什么去了。吉米犹豫着要不要收拾好自己的东西，去找找桃莉。这时，他发现身后有一个人。他转过身，以为是桃莉，不想却是一个自己从未见过的人。

* * *

桃莉终于摆脱怀了汀汉姆夫人的纠缠，她从厨房走出来，心里暗自纳闷，这么漂亮的鞋子怎么会这么磨脚。她扫了一眼周围，觉得整个世界都停止转动了——薇薇安来了。

她站在一张餐桌旁。

在跟人热切地交谈。

而她交谈的对象就是吉米。

桃莉心里怦怦直跳，她躲在厨房柜台边的柱子后面，既不想被人发现又想看清楚薇薇安和吉米两人之间发生的一切。她双眼睁得溜圆，从柱子后偷偷看去，却惊恐地发现事情比自己想象中更糟。吉米和薇薇安不仅在交谈，两人还对着吉米放照片的文件夹指指点点。桃莉踮着脚，皱眉蹙额地看着那边发生的一切。她想，薇薇安和吉米应该是在谈论他的照片。

　　吉米曾经让桃莉看过这些照片，当时，她就被深深地迷住了。这些照片太震撼了；一点儿也不像他之前在考文垂拍摄的那些日落、树木以及姜姜牧场上漂亮的小房子，也不像桃莉和基蒂在电影院看的战争片——那里面都是荣归故里满脸笑容的军人，他们神色疲倦衣着肮脏，但却是胜利归来。孩子们在火车站列队欢迎他们，憨厚的妇女把橘子递给欢乐的士兵。吉米照片中的人身体残缺，脸颊灰暗消瘦，他们的眼睛见证了本不该看到的一切。桃莉不知该说些什么，她希望吉米没给自己看过这些照片。

　　他为什么要给薇薇安看照片呢，他是怎么想的？薇薇安那么漂亮那么完美，她不该为这些丑恶的事情烦忧。桃莉想保护自己的朋友，她想飞奔过去，把吉米的文件夹合上，结束这一切。可她做不到。吉米会亲吻她的，他甚至会说自己是他的未婚妻，这样薇薇安就会以为他们已经订婚了。可实际上他们并没有正式订婚——他们的确讨论过这件事，但那时候他们俩都还小，而且已经是很久以前的事情了。现在，他们都长大了，战争改变了一切，人也变了。桃莉努力咽了咽口水，她最害怕的一幕就在眼前。她别无选择，只能痛苦地躲在这里，等一切自行结束。

　　吉米终于合上了文件夹，薇薇安也转身离开，桃莉觉得过了好几个小时那么久。她松了一口气，然后又感到一阵恐惧——薇薇安轻轻皱着眉头，沿着桌子间空出的通道往厨房走来了。桃莉本来很想见她，但却不是在这样的场合。起码，在知道吉米跟她谈话的内容前，她和薇薇安还不能见面。薇薇安就要走过来了，桃莉灵机一动，她俯下身子，在圣诞节剩下的红红绿绿的布帘中埋头翻找，好像很忙一样。薇薇安走过去之后，桃莉立马抓起包，跑到吉米身边。现在，她只想在薇薇安发现之前，带着吉米离开食堂。

* * *

他们没有去里昂街角餐厅。火车站旁边就有一家现成的饭店，朴素无华的建筑上，窗户都用木板钉着，炸弹在窗户上轰出一个窟窿，老板自我解嘲地在窟窿上挂了个牌子，写着"比以往更通透"。走到这儿的时候，桃莉觉得自己再也走不动了。"吉米，我脚上起水泡了。"桃莉带着哭腔说道，"就在这儿吃吧！好吗？外面快冻死人了，今天晚上肯定要下雪。"

饭店里的确要暖和些，服务生在靠里面的地方给他们找了张桌子，旁边就是火炉。吉米接过桃莉的外套，挂在门边；桃莉脱下志愿服务社的帽子，把它放在盐和胡椒瓶子旁。有枚发卡一晚上都戳着她的脑袋，这时候她才轻轻挠着头皮，然后脱下那双让人痛苦的鞋子。吉米走过来的时候轻声对服务员说了几句，但桃莉满脑子都是他今晚上和薇薇安的谈话，根本无暇顾及他的举动。她从烟盒里抽出一支烟，划燃火柴，不料用力过大，火柴竟然断了。桃莉确定，吉米有事瞒着自己。离开食堂之后，他的举止一直很奇怪。现在，他回到座位上，根本不敢看桃莉的眼睛。

双方一有目光接触，他便立即移开视线。

他刚坐下来，服务生就端上一瓶酒，把两个玻璃杯倒得满满的。汩汩的声音特别刺耳，让人有些尴尬。桃莉扫了一眼餐厅，三个无精打采的服务员站在角落里交头接耳，酒保百无聊赖地擦着干净的吧台。除了她和吉米，餐厅里就只有一对夫妇在用餐。吧台上的留声机里传来阿尔·乔尔森深情的歌声，那对夫妻一边吃着东西一边小声交谈着，女人脸上充满期待，跟基蒂谈起她的新情郎时的表情一模一样——就是那个皇家空军飞行员。女人一手顺着男人的衬衣往下滑，一边听着男人讲笑话，咯咯娇笑。

服务员放下酒瓶，用夹杂着法语的时髦语调告诉他们，由于物资匮乏，菜单上的菜品都没有了，但他们的大厨会用现有的材料给他们做一顿美食。

"很好，"吉米根本没有抬眼看服务员，"谢谢你。"

服务员转身离开，吉米点燃一支烟，看着桃莉飞快地笑了笑，然后就盯着她的额头看。

桃莉受不了了，她心里忐忑不安，不管吉米会不会主动提起薇薇安，她必须知道吉米究竟对薇薇安说了什么。

"现在。"她说道。

"现在。"

"我在想——"

"我有事——"

两人同时停下话头，使劲抽着烟。透过淡淡的烟雾，两人相互打量着对方。

"你先说。"吉米笑了，他摊开手，直直地盯着桃莉的眼睛。要是心里没那么着急的话，她肯定会被这眼神看得浑身发烫。桃莉用词十分谨慎。"我看见你了，"她往烟灰缸里抖了抖烟灰，"在食堂里，我看见你在跟人谈话。"吉米脸上的表情让人难以琢磨，他紧紧地盯着她。"你和薇薇安。"桃莉补充道。

"她就是薇薇安？"吉米睁大了眼睛，"她就是你新交的朋友？我还不知道呢，她没告诉我她的名字。噢，桃莉，你早点出现的话就能介绍我们认识了。"

他看上去很失望，桃莉心里有些踌躇，但还是松了一口气。吉米还不知道薇薇安的名字，这是不是意味着，薇薇安也不认识他？更不知道他今晚上来食堂的原因？桃莉用若无其事的语气问道，"你和薇薇安谈了些什么？"

"战争，"吉米耸耸肩，紧张地抽了口烟，"都是些很平常的话题。"

桃莉看得出来，吉米在撒谎。他向来不擅长撒谎，显然，他并不想和桃莉谈论这个话题。他回答得太快了，而且还一直躲着桃莉的目光。他们究竟谈了什么，吉米竟然这么讳莫如深？他们谈到自己了吗？天哪——吉米说了些什么？"战争。"桃莉重复着他的话，然后停下来，想给他一个机会继续往下说，但吉米并没有接话。桃莉冲他冷笑道："还真是个寻常的话题。"

服务员来到桌边，揭开一个热气腾腾的盘子："仿扇贝。"他隆重地介绍道。

"仿扇贝？"吉米不敢相信自己的耳朵。

服务员的嘴角抽搐着道出实情："就是煮洋蓟，先生。"他轻声解释道，"是厨师在自留地上种的。"

* * *

吉米看着坐在白色桌布另一边的桃莉。在这样冷清的低级饭店里向她求婚，请她吃切碎的洋蓟，喝发酸的葡萄酒，让她怒气冲冲，这一切都和他原本的计划背道而驰。两个人都沉默不语，戒指盒在吉米的裤兜里似有千斤重。他不想辩解，他只想把戒指套在她的手指上——戒指代表着真实和美好，戴上戒指桃莉才真正属于自己，而他对此渴望已久。吉米一边想，一边拨弄着盘子里的洋蓟。

要是自己再用心一点，事情就不会搞成这样了。更糟糕的是，此情此景，他根本不知道该如何弥补。桃莉知道吉米没有把事情原原本本地告诉自己，她非常生气。可那个叫薇薇安的女人请求他不要把他们的谈话内容告诉别人。不仅如此，薇薇安恳求他保密时的表情说明，这背后似乎另有隐情，吉米只好答应了她的要求。现在，他脑子里思索着这一切，无意识地把洋蓟在惨白的盘子里拨来弄去。

薇薇安所说的别人可能不包括桃莉——她们是好朋友。要是他把事情都告诉桃莉，她可能会哈哈大笑，挥着手告诉吉米自己早就知道这件事了。吉米抿了一口酒，想象父亲要是面临这样的困境会作何举动。凭直觉，他觉得父亲会坚守对薇薇安的承诺。但想想父亲遭遇的一切——他失去了自己最心爱的女人——吉米不愿让这样的事情发生在自己身上。

"你的朋友薇薇安，"吉米假装随意地说道，好像两人之间并没有发生刚才那尴尬的一幕，"她看了一张我拍的照片。"

桃莉殷切地注视着他，什么也没有说。

吉米吞了口口水，摆脱关于父亲的念头，还有小时候听他讲过的勇气和尊重。今晚，他别无选择，他必须把实情告诉桃莉。再说，这能有什么影响？"照片上是一个小女孩，她的家人在奇普赛街的空袭中全部遇难。桃莉，这真是个悲伤的故事。你看，小女孩还在笑呢，她穿着——"他停下来，自嘲地挥了挥手。看得出来，桃莉根本没耐心听他讲故事。"这些都不重要——关键在于，你的朋友认识这个女孩，她一看照片就认出来了。"

"怎么回事？"

这还是服务员把菜端上来以后桃莉第一次开口说话，虽然这并不意味着桃莉已经原谅了自己，吉米心中还是轻松了许多。

"她说，她有一位当医生的朋友，他在富勒姆开了一家小型的私人医院。这位医生把部分医疗资源用于关爱战争孤儿，薇薇安有时会过去帮忙。她就是在那儿遇到了妮拉——就是照片中的那个小女孩。她被送到医院，到现在都没人来认领。"

桃莉盯着吉米，等他继续往下说，但吉米实在不知道还有什么可说的。

"这就完了？"桃莉问道，"你没跟她介绍你自己吗？"

"我连自己的名字都没提，根本没时间。"远处，湿冷的伦敦夜里传来一连串的爆炸声。吉米忍不住想，谁又遭到了袭击，谁又在痛苦、悲伤和恐惧的煎熬中惊声尖叫。

"她没说别的了吗？"

吉米摇摇头："只说了些医院的事。有机会的话我想跟她一起去那里，去给妮拉拍些照片——"

"你当时没说吗？"

"我没机会说。"

"薇薇安说她有时会去医院帮她的朋友——这就是你对我躲

躲闪闪的原因吗？"

看着桃莉满脸狐疑的表情，吉米觉得自己蠢透了。他笑着往后缩了一些，抱怨自己总是小题大做，竟然没有意识到薇薇安把事情看得太严重了，桃莉肯定早就知道这件事了。他这人老是这样，总爱为小事纠结。最后，吉米倦怠地说道："她求我别告诉任何人。"

"天哪，吉米，"桃莉娇笑着伸出手抚摸他的胳膊，"薇薇安说的任何人可不包括我，她的意思是让你不要告诉别人——那些不熟悉的人。"

"我明白了。"吉米握住桃莉的柔嫩的手，"我真傻，连这都没想明白，我今晚有些不清醒。"吉米突然意识到，自己正面临着一个重要的抉择，自己的余生和桃莉的余生，都将有个新的开始。吉米的声音略微有些沙哑："我有件事情想告诉你。"

* * *

吉米抚摸着她的手时，桃莉正出神地微笑着。一位医生朋友，还是个男人——基蒂说的都是对的，薇薇安在外面有情人，一切都明朗了。薇薇安守护的秘密，她之所以经常缺席妇女志愿服务社的活动，她坐在坎普顿丛林25号的窗前时脸上那梦幻般的悠远神情——一切都有了答案。她说道："不知他们是怎么认识的。"此刻，吉米也正在对她说，"我有件事情想告诉你。"

这已经是今天晚上他们第二次同时开口说话了。桃莉忍不住笑起来："我们不能这样下去了。"她忽然觉得心情很爽朗，忍不住咯咯直笑，似乎能笑上一整晚。她喝得有点多，而且，得知吉米没有在薇薇安面前暴露身份，她的心情更好了。"我想说的是——"

"别说，"吉米伸出一根手指放在桃莉唇边，"让我说完，桃莉，我必须说完我想说的话。"

他的表情让桃莉有些惊讶，她从未见过他这种表情——坚定，急切。虽然桃莉迫不及待地想知道更多关于薇薇安和她的医生朋友的事情，但她还是忍住了话头。

吉米的手指滑向一边，抚摸着桃莉的脸庞。"桃乐茜·史密森，"他的语气让桃莉的心都化了，"第一次见面我就爱上了你，你还记得考文垂那家咖啡馆吗？"

"你那时扛着一袋面粉。"

吉米笑起来："一个真正的英雄，对，就是我。"

桃莉微笑着把空盘子推到一边，然后点燃一支烟。她突然觉得有些冷，炉子里的火已经熄了："的确，那袋子好大。"

"我之前告诉过你，我愿意为你做任何事情。"

桃莉点点头，吉米说过很多次。这话真甜，所以吉米再次说起的时候她并没有打断他的话。但桃莉不知道，关于薇薇安的念头她还能在心里压多久。

"我是认真的，桃莉，你让我做什么我就做什么。"

"那你能叫服务员来看看炉火吗？"

"我是认真的。"

"我也是，这里忽然好冷。"她双手抱在胸前，"你难道不觉得冷吗？"吉米没有回答，他正忙着从裤兜里往外掏东西。桃莉看了眼服务员，想引起他的注意。他好像看见她了，但却转身走进厨房。这时，另一对夫妇也起身离开，他们俩成了餐厅里唯一的客人。"我们走吧!"她对吉米说,"已经很晚了。"

"再给我一分钟。"

"可这儿好冷。"

"不想就不冷了。"

"可是——"

"我想向你求婚。"话一出口,吉米自己都有些吃惊。他忽然笑起来,"可求婚仪式被我搞得一团糟。我之前没有跟人求过婚,今后也不想再来一次。"他从椅子上站起来,跪在桃莉面前,深吸了一口气,"桃乐茜·史密森,你愿意做我的妻子吗?"

桃莉花了好长时间才明白吉米的举动,她等着吉米自己演不下去,然后哈哈大笑——她知道吉米是在开玩笑,在伯恩茅斯的时候,吉米坚持一定要等自己攒够了钱才和她结婚。他随时可能笑场,然后问桃莉要不要吃些甜点。可吉米并没有,他仍旧跪在地上,含情脉脉地凝视着她。"吉米,"桃莉喊道,"你这样会长冻疮的,快起来。"

吉米没听她的话。他抬起左手,手里露出一枚金戒指,中间镶着一块小小的宝石。这枚戒指款式有些旧,不可能是新的,但也不是真古董,肯定是吉米带来的道具。桃莉看着戒指,眨了眨眼。她真心仰慕吉米,他是个天才演员。她希望自己也能配合着吉米往下演,不过,她没料到吉米今天会来这招。吉米忽然这样兴致勃勃地玩起了自己常玩的假装游戏,桃莉有些不习惯,这该是自己的拿手好戏才对。桃莉也说不出,吉米这样自己究竟是喜欢还是不喜欢。"嗯,我得洗个头,好好想想。"她说了句俏皮话。

一缕头发遮住了吉米的眼睛,他甩甩头,把头发甩到一边。

他一脸严肃地注视着桃莉，好像在理清自己的思绪。"我在向你求婚，桃莉。"他的声音中充满了真诚，没有丝毫虚情假意或是模棱两可。桃莉忽然明白，吉米可能是认真的。

＊＊＊

桃莉以为自己在开玩笑——意识到这一点，吉米差点忍不住笑起来。他是认真的，他把头发从眼睛前甩开，回想那天晚上她带自己回到卧室，脱掉红裙子时凝视自己的目光，还有她抬起下巴，与自己对视的样子。那一刻，他觉得自己年轻、强壮，能够在此时此刻和她待在这间卧室里，是件多么幸运的事。他又想起自己坐在床上，久久不能入睡的样子。桃莉这样的女孩居然会和自己相恋，真是难以置信。他看着桃莉沉睡的模样，发誓会爱她一生一世，直到两人都变成老头老太太，坐在农舍舒服的扶手椅上，孩子们长大成人，像鸟儿一样飞离这个家，他们俩可以相互为对方倒茶。

吉米想把自己的计划告诉桃莉，想让她像自己一样清楚地看见未来的蓝图。但吉米知道，桃莉和自己不一样，她喜欢惊喜，不想在开始的时候就看见结局。吉米的万千思绪像落叶一样慢慢聚集在一起，他尽量用平淡的语调说道："我希望你能嫁给我，桃儿。虽然我现在还不富裕，但我爱你，我不想虚度时光，过没有你的日子了。"桃莉明白他是认真的，脸色变了，嘴角抽搐着，眉头轻蹙。

吉米在等着她的回答。桃莉慢慢长叹了一口气，她摆弄着帽檐，两条好看的眉毛绞在一起。吉米知道，桃莉不喜欢这样戏剧化的突然安静，所以仍旧像在海边的小山上一样，看着她美丽的侧脸，心里其实并不担心。桃莉忽然开口了："吉米——"她的声音忽然像变了个人似的。她扭头看着吉米，脸颊上忽然落下一滴滚烫的泪珠。"你不应该这时候向我求婚。"

　　吉米还没来得及问她为什么，桃莉就飞快地起身离开了。她慌不择路，屁股不小心撞到桌子上，最后，终于消失在战时伦敦漆黑冰冷的夜里。自始至终，她都没有回头。过了好几分钟，她依旧没有回来。吉米这才明白发生了什么。忽然间，他的身体好像成了镜头下的人物，灵魂则高高地飘荡在半空，俯视着那具麻木的肉体。昏暗的餐厅里，一个男人孤独地跪在肮脏的地板上。夜已深沉，地板冰凉。

15

2011年，萨福克郡

洛瑞尔突然灵机一动：自己怎么没想到在谷歌上搜索一下母亲的名字呢？虽然，她认识的桃乐茜·尼克森并没有什么事值得网络铭记。

她实在等不及回到格林埃克斯农场的家里，干脆就坐在医院外面的小汽车中，拿出手机在搜索栏里输入"桃乐茜·史密森"。她动作太快，输错了字母，不得不重新输入一遍。她准备好了，无论搜索结果如何都能坚强面对，然后才按下搜索按钮。手机屏幕上一共跳出来127条搜索结果，一个是位于美国的家族谱系网站，一个是在脸书上结识朋友的黛玛·桃乐茜，澳大利亚的分区电话簿上也有一个桃乐茜·史密森。洛瑞尔继续把页面往下拉，忽然看见国家广播公司人民战争档案的一个条目中也有母亲的名字。这篇文章有个副标题——《一位伦敦话务员记忆中的第二次世界大战》。洛瑞尔哆嗦着手指点进去。

这是一位名叫凯瑟琳·弗朗西斯·巴克尔的女子的战争回忆录。伦敦大轰炸期间，她就职于威斯敏斯特的战争部，从事话务员的工作。页面顶部的说明显示，这篇文章是一位名叫苏珊娜·巴克尔的女子代表她的母亲提交的。页面上还有一张照片，上面是一个垂垂老矣的妇人，她坐在暗红色天鹅绒沙发上，脑袋后面枕着针织垫子的样子竟有几分卖弄风情的味道。照片下面有简短的说明：

> 凯瑟琳·基蒂·巴克尔在家中休息。第二次世界大战爆发时，基蒂搬往伦敦从事话务员的工作，一直到战争结束。基蒂本想加入皇家海军女子服务队，但在当时的情形下，通讯是最重要的事情，所以她一直无法离开。

文章很长，洛瑞尔匆匆扫过，在文中寻找母亲的名字。几段内容过后，母亲的名字终于出现在眼前：

> 我在英国中部地区长大，在伦敦举目无亲。好在战争期间，有关部门为我解决了住宿问题。相对于其他人来说，我非常幸运地被安排在一位富太太的家里。她家位于肯辛顿坎普顿丛林7号，说出来你们也许不会相信，战争期间，我在那儿的日子过得相当舒心。与我同住的还有在战争部工作的其他女文员和格温多林·卡尔迪克特夫人的仆人，包括一名厨娘和一个名叫桃乐茜·史密森的女陪护。战争爆发时，她们都留在了伦敦。我和桃乐茜的关系不错，但自从1941年我和汤姆结婚之后就失去了联系。战争时期，友情来得很快，我觉得这并没有什么奇怪的。我经常想念那段特殊时期中结识的朋友，不知她们后来境况如何，希望她们都好好地活着。

洛瑞尔脑中嗡嗡作响。在网上看见母亲结婚前的闺名，这简直不可思议。更重要的是，她的名字竟然是出现在战争回忆录当中，洛瑞尔感兴趣的时间、地点都被囊括其中。

她把这段文字重新读了一遍，兴奋之情仍然没有消解。桃乐茜·史密森确有其人，她为一位名叫格温多林·卡尔迪克特的夫人工作，住在坎普顿丛林7号——洛瑞尔惊讶地发现，薇薇安和亨利·詹金斯也住在那条街。母亲还有一位名叫基蒂的朋友。洛瑞尔看了一下这篇文章的发布时间——2008年10月25日。母亲这位朋友极有可能还活着，她也许愿意跟洛瑞尔聊聊。每个发现都是无垠夜空中一颗闪亮的星，它们组成星座的图案，指引洛瑞尔回家。

* * *

苏珊娜·巴克尔邀请洛瑞尔过来喝下午茶。洛瑞尔从来不相信所谓的一帆风顺，如此容易就找到苏珊娜让她有些不敢相信。她不过是在朗伯威在线目录中输入了凯瑟琳·巴克尔和苏珊娜·巴克尔的名字，然后根据页面上的联系方式挨个儿打电话而已，刚打到第三个号码就找到了她想找的人。"母亲每周四要去打高尔夫，周五要去本地的语法学校跟孩子们交流，"苏珊娜说道，"不过，今天下午四点钟刚好有时间，你方便吗？"洛瑞尔当然有空，她根据苏珊娜的指引，开车行驶在剑桥郊外被绿意浸染的田野中，沿着弯弯曲曲的小路往前。

一个身材微胖、满脸喜悦的女人在门前等她，鬓边古铜色的鬈发已经被雨水打湿。她穿着一件明黄色的开衫，里面是一条褐色的裙子。她双手握着伞，既恭敬又焦虑地在门边等候洛瑞尔。身为演员的洛瑞尔能够从一个手势中判断出那个人的一切——打着伞的女人很紧张也很开心，是个可以信赖的人。

"你好，欢迎来我家。"洛瑞尔穿过街道走过来，女人颤抖着声音招呼道。她笑起来露着牙龈，"我是苏珊娜·巴克尔，见到你真是太荣幸了。"

"我是洛瑞尔，洛瑞尔·尼克森。"

"我当然知道你是谁，请进吧，快请进。今天天气糟透了，母亲怪我之前在屋里踩死了一只蜘蛛。我真傻，现在才明白这个道理。打死蜘蛛天上就会下雨，对吧？"

* * *

基蒂·巴克尔是个聪明直率的女人。"桃乐茜·史密森的女儿。"她瘦小的拳头使劲砸在桌上，"真是天大的惊喜。"洛瑞尔本想自我介绍，说说自己是如何在网上找到基蒂的名字的，但基蒂不耐烦地挥了挥瘦弱的手掌，大声说道："我知道，我都知道，我女儿把你在电话中说的事都告诉我了。"

洛瑞尔素来是个直来直去的性子，基蒂的脾气很对她的胃口。也对，一个九十二岁高龄的老人是不愿意来回兜圈子无谓地浪费时间的。洛瑞尔笑着开口："巴克尔大人，我母亲从没跟我讲过她在战争时期的故事。我想，她不想提起这一切吧！不过，她现在情况不太好，我非常想知道她过去的点点滴滴。或许，你可以告诉我战争期间伦敦发生的事情，给我讲讲我母亲那时候的生活。"

基蒂·巴克尔有些兴奋，她没有按照洛瑞尔提供的思路往下讲，而是欣欣然地开始了关于伦敦大轰炸的长篇大论。她的女儿苏珊娜端上来茶水和烤饼。

洛瑞尔全神贯注地听了一会儿，却发现桃乐茜·史密森在这段故事中的戏份并不多，所以不自觉地开始走神了。客厅的墙上挂着战争纪念品，贴着号召人们勤俭节约，多吃蔬菜的海报。

基蒂仍在滔滔不绝地讲着灯火管制时期非常容易遭到意外伤害的事情，洛瑞尔百无聊赖地看着时钟嘀嘀嗒嗒地走过了半个小时，她的注意力转向一边的苏珊娜——她全神贯注地盯着她母亲，根据她讲述的情节，时而惊讶地张大嘴，时而紧张地咬着嘴唇。基蒂的女儿肯定已经听过很多遍这个故事了，洛瑞尔忽然明白基蒂身上的活力来自哪儿了——苏珊娜的紧张、殷勤和讨好，提到母亲时的尊敬。基蒂和桃乐茜是截然不同的人。她把自己在战争年代的生活变成了神话，就连她的亲生女儿也无法逃脱其光芒。

或许，所有的孩子或多或少都会被父母过往的经历俘虏。可怜的苏珊娜要取得怎么样的成就，才能媲美母亲的勇敢和牺牲呢？洛瑞尔人生中第一次对父母有些小小的感激，感谢他们没有把如此沉重的负担加在自己和妹妹弟弟的身上。他们家的情况恰好相反，对母亲过往生活的一无所知让洛瑞尔感觉自己被囚禁了。真是无奈的讽刺。

洛瑞尔以为今天就这样一无所获的时候，基蒂忽然停下演讲，指责苏珊娜很久没给她添茶了。洛瑞尔抓住机会，把话题转回桃乐茜·史密森身上。"这故事太宏大了，巴克尔夫人，"洛瑞尔用演戏时的贵妇人语气说道，"太吸引人了，英勇的事迹无处不在。可我的母亲呢？能不能多跟我说说她的故事？"

显然，很少有人敢打断基蒂说话，房间里忽然陷入沉默的尴尬当中。基蒂扭过头，好像在揣测洛瑞尔如此放肆背后的缘由。苏珊娜小心翼翼地躲避着洛瑞尔的目光，哆哆嗦嗦地给大家倒茶。

洛瑞尔才不会感到窘迫，恰恰相反，她心里童真的那部分非常开心能打断基蒂的长篇大论。她开始有些喜欢苏珊娜了，她母亲实在霸道。洛瑞尔知道如何应付这种尴尬的场面，她开心地说道："我母亲负责家里的杂活儿吗？"

"桃乐茜自然有她的事要做，"基蒂不情愿地说道，"住在坎普顿丛林7号的人都要轮流执勤，执勤的人拎着一桶沙，拿着手摇抽水泵坐在屋顶。"

"那你们有什么社交生活？"

"桃乐茜的日子很滋润，当然了，大家的日子都很舒心。虽然外面在打仗，但我们不会放过任何欢乐的时刻。"

苏珊娜把装着牛奶和糖的盘子端过来，洛瑞尔摆摆手，示意自己不需要。"像你们这样年轻漂亮的女孩肯定有很多男朋友吧？"

"当然了。"

"那我母亲有没有男朋友呢？"

"是有一个，"基蒂喝了一口红茶，"不过我现在已经想不起他的名字了。"

洛瑞尔心里忽然蹦出来一个想法。上周四的生日派对上，护士说母亲在念叨一个叫吉米的人，问他怎么没来看她。那时候，洛瑞尔以为护士听错了，母亲问的人应该是格里。但后来看见母亲时而清醒时而糊涂的样子，洛瑞尔知道自己原来的想法是错的。"吉米，那人是叫吉米吗？"

"对，"基蒂说道，"我想起来了，就是吉米。我以前经常打趣桃乐茜，说他就是她的吉米·斯图尔特[1]。不过，我从没见过他，我只是根据桃乐茜的描述猜测出他的模样。"

"你没见过他？"真是奇怪。母亲和基蒂是朋友，两个住在一起的年轻女孩相互介绍自己的男朋友给对方认识是件合情合理的事。

"一次都没见过，桃乐茜把他藏得死死的。据说，那个吉米是英国皇家空军的飞行员，太忙了，没时间跟我们见面。"基蒂诡秘地噘了噘嘴，"反正她是那么说的，谁知道呢？"

"你这是什么意思？"

"我丈夫汤姆也是皇家空军的飞行员，他才没有忙得抽不出空来看自己的女朋友——你懂我的意思了吧？"基蒂友好地笑了笑，洛瑞尔也只好报之以了然的微笑。

"你觉得我母亲在撒谎？"

"准确地说——不是撒谎，是美化了事实。桃乐茜是个很难懂的人，她的想象力尤其天马行空。"

妈妈的想象力洛瑞尔自然知道。她为何不让朋友们认识自己所爱的男人呢？热恋中的人都恨不得在屋顶上拿着喇叭大声宣扬自己的爱情，妈妈从来不是一个能隐藏自己情感的人。

除非，吉米的身份有些特别，需要保守秘密。那时正在打仗，吉米可能是个间谍。这就解释了桃乐茜守口如瓶的原因，也能解释她为什么没有嫁给自己心爱的男人，而是远远逃离开了。亨利和薇薇安的出现对大局无关紧要，除非——亨利发觉了吉米的身份，觉得他对国家安全造成了威胁。

---

[1] Jimmy Stewart，美国电影巨星、空军准将，凭借《费城故事》获得第13届奥斯卡金像奖最佳男主角奖。

"桃乐茜从来没把吉米带回家，因为格温多林夫人不允许家里有男性客人到访。"基蒂的话不经意间扎破了洛瑞尔漫无边际的想象。"格温多林夫人原来有个妹妹，她们俩年轻时一起住在坎普顿丛林的那栋大宅子里，好得形影不离。但好景不长，两姐妹后来还是分开了。妹妹爱上一个男人，结婚之后就和丈夫搬了出去，格温多林夫人一直没有原谅自己的妹妹。她把自己关在卧室里，几十年来一直闭门不出，也不见任何人。她讨厌所有人，但不包括你的母亲，她们关系很好。桃乐茜对老夫人忠心耿耿，一直拥护她定下的规矩，她要是想打破规矩一点儿都不难。她是个很爱漂亮的人，一直在黑市上买尼龙袜和口红，但她一向遵守老夫人的规定，好像那是自己的命一样。"

基蒂最后的评语让洛瑞尔有些踌躇。

"后来回想起来，我觉得那就是事情的开端。"基蒂皱着眉头，在记忆的隧道里努力摸索。

"什么开端？"洛瑞尔有种不祥的预感。

"你母亲变了。我们刚来坎普顿丛林的时候，桃乐茜是个非常有趣的人，后来，她慢慢地只以伺候老太太为乐了。"

"我想，格温多林夫人是她的雇主，母亲——"

"不止这个原因。她反复跟我们说老夫人把她视为家人，她的举止作派变得时髦洋气，对我们也趾高气扬的，好像我们不配跟她做朋友似的。而且，她在外面结交了新的朋友。"

"薇薇安，"洛瑞尔突然插嘴，"是薇薇安·詹金斯吗？"

"看来你母亲跟你讲过她的事情，"基蒂的嘴角刻薄地翘着，"她把我们所有人都抛在了脑后，唯独还记着薇薇安·詹金斯。不过，这一点儿也不奇怪。薇薇安是街对面那个作家的妻子，那女人很傲慢，不过不可否认，她的确是个美人儿，冰美人。走在街上，面对面地遇到我们她才懒得屈尊打招呼呢。她把桃乐茜带坏了，桃乐茜觉得薇薇安才是这世界上最好的人。"

"她们经常见面吗？"

基蒂拿起一块烤饼，往上面倒了一勺果酱。"具体的情况我可不知道，"她酸溜溜地说道，把红色的果酱抹平，"她们从来没邀请我加入她们的小团体。从那以后，桃乐茜也不再跟我讲她的秘密。所以，事情发展到无可挽回的那一步我还一无所知。"

"什么事情？什么无可挽回？"

基蒂往烤饼上涂了些奶油，她看着洛瑞尔，"你母亲和薇薇安之间发生了不愉快的事情——那应该是1941年初，我就是在那时候遇到汤姆的。或许，这也是我当时没怎么注意桃乐茜的原因吧！后来，桃乐茜的心情一直非常不好，她总是气急败坏的，既不愿意跟我们出去玩，也不想见吉米，就连食堂也不去了，感觉像变了一个人似的。"

"你说的是妇女志愿服务社的食堂吗？"

基蒂点点头，她咬了一口美味的烤饼，继续往下说。"桃乐茜喜欢在那儿工作，总是趁格温多林夫人不注意的时候偷偷溜过去帮忙值班。你母亲是个勇敢的人，从来不怕炸弹。但后来不知怎么回事，她忽然就说什么都不肯去那儿了。""为什么？"

"她没说，但我知道，这事和街对面的那个女人有关。她们闹崩的时候我恰好在场。那天，我办公室附近发生了爆炸，所以回家的时候比平常早了些。走到坎普顿丛林的时候，我看见你母亲从詹金斯家的房子里冲出来——啧啧，你不知道她当时脸上的表情。"基蒂摇了摇头。"我哪儿还管什么炸弹呀，你母亲那样子感觉整个人都要崩溃了。"

洛瑞尔喝了一口茶，她能理解一个女人同时把好友和男朋友拒之于门外的原因。吉米和薇薇安是不是好上了？这就是母亲悔婚并离开伦敦开始新生活的原因吗？不过，这虽然也能解释亨利·詹金斯那么愤怒的原因，但他的怒气不该冲着桃乐茜。再说，母亲最近流露出的悔意也无法解释。在那样一段感情中抽身而出，开始新生活并没有什么值得后悔的，她这样做很勇敢。

"你认为她俩之间究竟发生了什么？"洛瑞尔放下茶杯，小心翼翼地试探道。

基蒂耸了耸瘦骨嶙峋的肩膀，表示的确不知情。"桃乐茜没跟你提过这些吗？"她惊讶的表情下是掩盖不住的欣喜。基蒂假惺惺地叹了口气，"唉，她一直是个喜欢藏秘密的人，可能，有些母女之间的关系就是没那么亲密吧！"

苏珊娜喜得眉开眼笑，她母亲又咬了一口烤饼。

洛瑞尔有种强烈的感觉，基蒂肯定隐瞒了什么。作为姊妹中的老大，她向来擅长挖掘妹妹们背后的秘密。再自信的人也抵挡不过别人的忽视。"今天占用您太多时间了，巴克尔夫人。"洛瑞尔叠好餐巾，放好饮茶的小勺子。"谢谢您，您告诉我的这些东西太有用了。如果您想起其他和薇薇安还有我母亲有关的事情，请一定要告诉我。"洛瑞尔站起身，把椅子往前推了推，然后转身朝门边走去。

"啊，"基蒂马上说道，"我忽然想起另外一件事。"

洛瑞尔强忍着不笑出声来："是吗？什么事？"

基蒂抿了抿嘴唇，好像很勉强的样子——她还没明白自己怎么就掉进洛瑞尔的陷阱里了。她朝苏珊娜吼，让她赶紧给茶壶续水。

苏珊娜去拿水壶的时候，她自己把洛瑞尔重新领回桌边。"我刚才跟你讲过，桃乐茜的心情很不好。"基蒂开口往下说，"非常不好，她很沮丧，我们在坎普顿丛林最后的日子里她一直都是这样。我婚礼过后几个星期，我丈夫要回部队工作，我同一起上班的几个姑娘出去跳舞。我本来不打算叫桃乐茜的，她那时候常常钻牛角尖，但我还是叫她了，没想到，她竟欣然答应了。"

"她打扮得花枝招展地来到舞厅，喝了许多威士忌，然后哈哈大笑。她还带了个跟她在考文垂一起长大的朋友，好像是叫凯特琳还是什么。那女孩开始的时候很高傲冷漠，不过一会儿就玩开了。有桃乐茜在身边，大家都玩得很开心，她就是那种情绪高涨的人，总能用自己的欢乐影响他人。"

洛瑞尔根据基蒂的描述，想象着母亲那时候的样子，脸上浮现出淡淡的笑容。

"那天晚上，桃乐茜玩得很开心。她眼神狂野不羁，不停地笑着跳着，还说了些奇奇怪怪的事情。回家的时候，她抓住我的胳膊，告诉我她有一个计划。"

"计划？"洛瑞尔后颈上的每根汗毛都紧张得立了起来。

"她说，薇薇安·詹金斯对她做了件恶毒的事情，但她有办法让一切回归正轨。她和吉米会继续幸福地生活在一起，大家都会得到自己想要的东西。"

母亲在医院也是这样对洛瑞尔说的。但事情没有按她的计划发展，她最终还是没有嫁给吉米。相反，亨利·詹金斯为此非常愤怒。洛瑞尔心里怦怦直跳，但她还是装作若无其事的样子。"她有没有说她的计划是什么？"

"没有。而且，说实话，我那时候对她的计划并没有多大兴趣。战争时期，一切都不一样。人们说着他们平时不会说的话，做着他们平常不会做的事。你永远都不会知道明天会发生什么，还能不能见到明天的太阳。这种不确定性让人无所顾忌。你母亲很有演戏的天赋，我以为她所谓的复仇只是嘴上空谈而已。直到后来，我才意识到，她可能比我想象中更加认真。"

洛瑞尔往基蒂的方向凑了些："后来呢？"

"后来，她就消失了。那天晚上在舞厅是我最后一次见到她，从此再无她的消息。我寄过去的信她一封都没有回，我一直以为她在爆炸中遇难了，直到后来一位年纪较大的太太找到我。那时候，战争刚刚结束。她偷偷跟我打听桃乐茜的消息，想知道她过去是否有些'不能提及'的秘密。"

洛瑞尔忽然回忆起尼克森奶奶家昏暗凉爽的客房。"那位夫人是不是个头高高的，脸蛋很漂亮，脸上的表情总像吃了酸柠檬似的？"

基蒂抬起一条眉毛："是你的朋友？"

"我奶奶。"

"我明白了，"基蒂露齿一笑，"原来是桃乐茜的婆婆。你奶奶并没有说明她的身份，只说是你母亲的雇主，来作背景调查。后来，你妈妈和爸爸还是结婚了是吧？他一定很爱她。"

"何出此言？您对我奶奶说什么了？"

基蒂尤辜地眨了眨眼："我觉得很受伤——我一直在担心她，却一直没有她的消息。而她竟然活得好好的，悄无声息地就离开了，一直都没跟我说一声。"她轻轻挥了挥手，"我添枝加叶地告诉你奶奶，你母亲有很多男朋友，喜欢喝酒……不过，这也不是什么大事。"

怪不得尼克森奶奶一直不待见桃乐茜。男朋友的事情已经够让她反感了，还喜欢喝酒？在奶奶看来，这无异于亵渎神灵。

洛瑞尔忽然很想离开这栋嘈杂的小别墅，在外面一个人静一静。她谢过基蒂·巴克尔，收拾好自己的东西。

"帮我向你母亲问个好。"基蒂把桃乐茜送到门边。

洛瑞尔保证她会转告，然后穿上外套。

"我一直没和你母亲正式道别。这些年来，我经常想起她，特别是知道她还活着以后。我能做的不多，桃乐茜是个固执的人，她下定决心要做的事就一定会做到。她要是想躲起来的话，没人能够阻止她，也没人能够找到她。"

可亨利·詹金斯是个例外，洛瑞尔心里想着，他还是找到了母亲。桃乐茜杀死詹金斯，以为所有的秘密都随着他葬在了格林埃克斯农场。

* * *

洛瑞尔坐进基蒂·巴克尔家门前的那辆绿色小汽车，发动引擎。排气管全力开动，洛瑞尔希望车里的温度赶紧升上来。已经五点多了，夜色在车窗外徘徊。剑桥大学建筑楼的尖顶在黄昏时的夜空中闪闪发光，但洛瑞尔并没有看见这一幕。她脑子里全是母亲的影子——她还是照片中那个年轻女子的模样，在舞厅里，拉住基蒂的手，用放荡不羁的声音告诉她，自己有个计划，能让一切重回正轨。"什么计划，桃乐茜？"洛瑞尔一边自言自语，一边伸手在包里找烟，"你究竟干了什么？"

她在手提包里翻找时，手机忽然响起来。她拿出手机，希望是格里给她回电话了。

"洛瑞尔吗？我是洛丝，菲尔今天晚上要开会，我想你可能需要人陪。我可以给你带晚餐还有DVD碟片过来，你觉得如何？"

洛瑞尔有些泄气，她思索着拒绝的理由。她不喜欢撒谎，更不想对洛丝撒谎，但她不能答应洛丝的要求。她不想和自己的妹妹一边看着浪漫喜剧片，一边窃窃私语，脑子却一直想着该如何解开母亲身上的谜团，这样会很痛苦。真遗憾，洛瑞尔内心其实也想将这一切和盘托出，对妹妹们说道："看看你会如何处理这一堆烂事吧！"但这个负担是她的。尽管她很想告诉妹妹们真相，但她不能这样做——除非，自己知道了所有的事实，知道该如何对她们开口。

洛瑞尔抓了抓自己的头发，绞尽脑汁都没想出拒绝这顿晚餐的理由。天知道她这时候有多饿。这时，她忽然看见牛津大学高耸的塔尖在昏暗的远方巍峨耸立。"洛瑞尔，你在听吗？"

"在，我听着呢。"

"信号不太好，我刚才说，要不要我过来帮你做晚餐？"

"不用了，"洛瑞尔飞快地说道，脑子里忽然浮现出一个好主意，"谢谢你，洛丝，但真的不用了。我明天给你打电话好吗？"

"一切还顺利吗？你在哪儿？"

电话那头一阵嘈杂，洛瑞尔不得不大声喊道："一切都好——"脑子里的主意越发清楚明了，洛瑞尔得意地笑了，"我恐怕要很晚才能回家，也有可能不回来了。"

"啊？"

"嗯，我忽然想起来要去见一个人。"

16

1941年1月，伦敦

过去的两个星期过得十分糟心，桃莉忍不住把这一切都怪罪于吉米——他对结婚一事操之过急，结果把事情给搞砸了。那天晚上，她本来打算跟吉米好好谈谈，让彼此都对这段感情保持低调。结果，他一上来就跟自己求婚，桃莉内心面临两难的抉择，不想作出选择。一边，是吉米认识的桃莉·史密森，那个从考文垂出来的天真小女孩，觉得嫁给自己心爱的人，住在小溪边的农舍里就是她一生所愿；另一边是桃乐茜·史密森，是那个漂亮富有的薇薇安·詹金斯的闺蜜，是格温多林·卡尔迪克特夫人的陪护和继承人。桃乐茜·史密森是个成熟的女人，她脑子里没有关于未来的美好幻想，因为她清楚地知道，未来会有多不容易。

不过，这并非意味着桃莉在服务生好奇的注目下，丢下吉米，独自冲出餐厅时，心里是好过的。她觉得自己如果继续待在那儿的话会不由自主地答应吉米的求婚，让他赶紧从冰冷的地板上站起来。那样的话她又会面临怎样的境地？和吉米还有他的父亲老梅特卡夫挤在一间小小的公寓里，整天都在为下一顿饭发愁吗？格温多林夫人又该怎么办？老太太对桃莉一向很好，甚至把她视为自己的亲人，她能忍受再次被亲人抛弃的命运吗？不，桃莉觉得自己的做法是对的。她和鲁弗斯医生一起吃午餐的时候，忍不住哭着把这一切和盘托出，但鲁弗斯医生也赞同她的做法。医生说，她还年轻，生活才刚刚开始，这么早就结婚生子没什么意义。

当然了，基蒂也发觉了不对劲的地方，于是更加频繁地把她那位皇家空军飞行员男友带到坎普顿丛林7号来显摆，一边炫耀手上那枚寒酸小气的订婚戒指，一边不停地打听吉米的消息。比较而言，食堂的工作几乎算得上是解脱。至少，看见薇薇安她心里总会好受些。从吉米不请自来的那天晚上开始，她们俩只见过一次。薇薇安负责分发别人捐赠的衣物，桃莉正准备过去和她打个招呼的时候，怀丁汉姆夫人忽然急匆匆地让桃莉去厨房帮忙。她真是个老巫婆。桃莉真想去劳工介绍所重新找份工作，只要可以不再见到这个可恶的女人。不过，这个机会微乎其微。桃莉收到了劳工部的来信，但不小心被格温多林夫人听到了风声。她赶紧跟老太太保证，劳工部的长官知道，桃莉现在的工作岗位很重要，不会派她去制作烟幕弹的。

这时，两个满脸烟灰的消防员走到柜台边，桃莉微笑的脸上露出两个酒窝。她盛了两碗汤递给他们。"今晚很忙吧？"她问道。

"我们去一栋房子里灭火，消防水管里面全是冰。"个头稍矮的那个消防员回答道："不用看就知道，隔壁房子的水管也被冻住了。"

"太可怕了。"桃莉说道，消防员点点头，转身瘫坐在条桌边。厨房里又只剩下桃莉一个人。

她把胳膊支在柜台上，双手托着下巴。薇薇安这些日子肯定在忙着和医生约会吧？吉米告诉她这件事的时候她还有点幻灭的感觉，她多希望自己是从薇薇安那里得知这些的！但她明白，这事必须保密。亨利·詹金斯绝不会允许自己的妻子跟别人在外面暧昧不清——看他那样子就知道他是个眼里容不得沙子的人。如果别人知道了薇薇安的秘密，还把话传到她丈夫耳中，那就糟了。怪不得薇薇安一直要求吉米不要把这件事告诉第二个人呢。

"詹金斯太太在吗？詹金斯太太？"

桃莉警觉地抬起头，薇薇安来了吗？

"原来是你呀，史密森小姐——"那声音立马失去了热情，"你一个人在这儿吗？"

莫德·霍斯金斯站在柜台前，她打扮得非常简单，只在衬衣领口上别了一枚胸针，那领口就跟牧师一样遮得严严实实的。薇薇安没在这里，桃莉的心情有些沮丧，"只有我在这儿，霍斯金斯太太。"

"这样啊，"霍斯金斯夫人使劲儿嗅了嗅，像只慌乱的母鸡一样四处打量了一下，"亲爱的，你见到她了吗？我是说——詹金斯夫人。"

"让我想想。"桃莉一边假装思考的样子咬着嘴唇，一边偷偷把鞋穿上，"没有，我没见到詹金斯夫人。"

"真是不巧，我有件东西要交给她。肯定是她上次来这儿的时候落下的，我一直替她保管着，希望哪天碰上了还给她，可她这几天都没来。"

"是吗？我还没发现呢。"

"整整一个星期都没来了，希望她没出什么事。"

桃莉本想告诉霍斯金斯太太，她每天都能从格温多林夫人卧室的窗户里见到薇薇安，她活蹦乱跳好得很。但转念一想，这说不定会招来更多问题——"她肯定没事的。"

"借你吉言，希望在这种严峻的日子里，我们大家都平安无事。"

"放心吧！"

"不过，我马上要去康沃尔和我妹妹住一段时间，我想在我走之前把东西交还给她。"霍斯金斯太太看上去有些踌躇，"我想，只好——"

"你要把它交给我吗？当然没问题。"桃莉脸上挂着胜利的微笑，"我一定会把东西转交到她手里的。"

"这——"霍斯金斯太太从干净的镜片后面打量着桃莉，"我没打算……我不想就这样把这东西留下。"

"放心吧，霍斯金斯太太，我很乐意帮忙。再说，我跟薇薇安很快就要见面了。"

妇人轻轻吸了口气——桃莉竟然直呼詹金斯太太的闺名，可见她们关系匪浅。"那好吧！"她说道，言语中竟有几分钦佩的意味，"如果你确定能见到她的话。"

"放心吧，没问题。"

"谢谢你，史密森小姐，你真是个好人。我终于可以放下心了，这东西好像挺值钱的。"霍斯金斯太太打开手提包，从里面拿出一包小小的东西，外面还用纸巾裹着。她隔着柜台把东西交到桃莉早就摊开的手里："保险起见，我把它包了一下。亲爱的，你小心点儿，可不能弄丢了，记住了吗？"

＊ ＊ ＊

回到家里，桃莉才打开纸包。霍斯金斯太太刚转身离开的时候她就想拆开看一看了，但最终还是按捺下自己的好奇心。她把纸包放在手提包里，下班后飞奔回坎普顿丛林。

她把卧室门紧紧关上，好奇心折磨着她，她连衣服和鞋袜都来不及脱就跳到床上，兴冲冲地从手提包里掏出那个小纸包。拆开纸包，一个东西掉在她腿上。桃莉捡起来一看，是一个漂亮的椭圆形盒式项链坠子，上面还穿着一条精美的玫瑰金项链。项链上有一环稍微松了，所以薇薇安才把它弄丢了。桃莉把项链两端穿在一起，用指甲轻轻把它们合拢。

好了。完全看不出曾经松开的痕迹。桃莉满意地笑了，注意力又集中到项链坠子上。这种盒式项链坠子是用来装照片的，桃莉轻轻抚摸着上面的螺旋形花纹，慢慢把它打开。里面装着一张照片，上面有两男两女四个小孩。他们坐在木楼梯上，迎着阳光眯着眼。照片一分为二，镶在项链盒子两边。

桃莉立刻从几个孩子中认出了薇薇安，她是女孩中稍小些的那个。她站在楼梯上，一手握着楼梯栏杆，一手放在旁边男孩的肩上。那个男孩也还小，看上去天真活泼。这些都是薇薇安在澳大利亚的家里的兄弟姊妹。照片拍摄的时间距离薇薇安来英国生活显然已经有一段时间了。那时候，她还没遇到久未联系的舅舅，还没住进她家在湖边上的塔楼，还没有长大成人。就是在那栋塔楼里，她遇见了英俊的亨利·詹金斯。桃莉幸福得要颤抖了。他们的故事真像个童话，确切地说，像亨利·詹金斯在他的小说里勾勒的童话。

她冲着薇薇安小时候的照片笑起来。"真希望那时候就认识你。"桃莉轻声说道。这想法真傻，当然是现在认识薇薇安更好了，因为现在住在坎普顿丛林的她才是真正的桃莉，才有机会跟薇薇安成为挚友，才有机会跟她互称"桃莉"和"薇薇"。她看着照片上小女孩稚气未脱的面庞，在如今这个成熟的女人身上找着相似之处。桃莉心里觉得真奇怪，自己竟然能这么喜爱一个刚认识不久的人。

她合上项链盒子，却发现它背后用娟秀的字迹刻着一个人的名字——伊莎贝尔。"伊莎贝尔。"桃莉大声念出这个名字。难道是薇薇安的母亲？桃莉不知道薇薇安母亲的名字，但这个解释明显说得通。这应该是孩子们远游时，母亲挂在胸口的照片。桃莉还年轻，还不曾养育子女，但她知道，自己要是有了孩子也一定会这样带着他们的照片。

有件事确定无疑：如果这条项链曾属于薇薇安的母亲，那对她一定重要极了。桃莉要用生命捍卫它。想了一会儿后，桃莉脸上露出了笑容，她要把项链放在自己知道的最安全的地方——桃莉解开项链扣，拨开自己的头发，把项链系在自己脖子上。她心满意足地叹了口气，心里满是幸福。项链坠子藏在她的衬衣里，冰冷的金属贴在她温暖的肌肤上。

桃莉脱下鞋子，把帽子扔在床边的椅子上，一头倒在软和的枕头上，两条腿叠在一起。她点燃一支烟，朝屋顶吐出一个个烟圈，想象着把项链坠子交还给薇薇安时她会多开心。她会挽着桃莉的胳膊，拥抱自己，叫自己"亲爱的"，她漂亮的深色眸子里会溢出感动的泪水。她还会邀请桃莉坐在她旁边的沙发上，跟她闲聊八卦。桃莉有种直觉，只要和薇薇安能有时间坐下来聊聊，薇薇安说不定会把那个医生的事全都告诉自己。

她从胸口掏出项链坠子，看着上面精致的螺旋形纹样。可怜的薇薇安肯定以为自己把东西弄丢了，难过得要死吧？桃莉觉得应该马上让她知道项链安然无恙。或许，她可以写封信，从薇薇安家的门缝里塞进去。桃莉马上否决了这个念头——家里的信笺上都印着格温多林夫人的姓名首字母，桃莉没有属于自己的信笺，这样太失礼了。最好还是亲自告诉薇薇安，不过，两人见面时她又该穿什么呢？

　　桃莉趴在床上，从床底下找出她的奇幻本。她对母亲送的那本《比顿夫人的家庭管理全书》没有丝毫兴趣，但在这战火连天的日子里，纸张的价格堪比黄金，这本书倒是可以用来粘贴桃莉从《淑女报》上剪下来的漂亮图片。桃莉用胶水把图片粘在比顿夫人的条条规规和菜谱上，她这样做已经有一年时间了。此刻，她翻阅着自己的奇幻本，仔细观察那些上流社会淑女的穿着打扮，把图片里的东西和楼上衣帽间里的东西暗自比对。翻到最近的一张图片时，她停下来——这是薇薇安在丽姿大酒店参加慈善筹款那天下午拍的照片。她穿着一身漂亮的丝绸连衣裙，整个人看上去光彩照人。桃莉用指尖抚摸着那条裙子，想起楼上刚好有一条类似的，稍微改动一下就很合身。桃莉想象着自己穿着那条裙子走过街道，和薇薇安闲坐品茶的场景，忍不住笑出了声。

* * *

　　三天过后，格温多林夫人吃完糖果后忽然要求桃莉把遮光窗帘拉上，说是想安安静静地睡个午觉。那时候已经是下午三点了，桃莉兴高采烈地照办。老太太安然进入梦乡之后，桃莉换上那条黄色的连衣裙——她早就把裙子从衣帽间拿出来，挂在自己的房间里了——然后轻快地走过门前的街道。

薇薇安家门前的台阶上铺着地砖，桃莉站在台阶最上面一级，伸手去按门铃。她想象着薇薇安打开门看见自己时惊喜的脸庞，她们坐下来喝茶的时候，桃莉把项链坠子拿出来，薇薇安肯定会大大松口气的。桃莉想象着这一切，心里充满了期待，忍不住想要跳起来。

桃莉停下伸出的手，再次整理了一下头发。她静静品味着这激动人心的时刻，然后按响门铃。

她侧耳倾听门内的铃声。门忽然朝内打开，一个声音说道："亲爱的——"

桃莉忍不住往后退了一步。站在她面前的是亨利·詹金斯，他真实的个头比看上去还要高，和所有有权有势的男人一样潇洒又时髦。他行为举止有些粗鲁，但很快就恢复了彬彬有礼的模样，桃莉觉得是自己多心了。当然，虽然她是个喜欢想象的姑娘，但她从没想到过会发生眼前这一幕。亨利·詹金斯在信息部担任要职，白天的时候很少回家。桃莉张了张嘴，最终还是闭上了。在高大又一脸不悦的詹金斯面前，她有些胆怯。

"你找谁？"詹金斯面色红润，桃莉心想，他刚才可能在喝酒，"是来收废布的吗？我们家不要的布料都已经捐出去了。"

桃莉听见自己说道："不，不是的，抱歉打扰到你了。我不是来收废布的，我来找薇薇安——也就是你太太。"桃莉终于恢复了镇定，她朝詹金斯微笑说道，"我是你妻子的朋友。"

"是吗？"詹金斯有些奇怪，"我妻子的朋友……请问你叫什么名字？"

"桃莉——嗯，桃乐茜·史密森。"

"桃乐茜·史密森，请进来说话。"詹金斯后退一步，做了个请的手势。

桃莉走进薇薇安家的大门，立刻被震惊了。虽然她也住在坎普顿丛林，但这还是她第一次来到坎普顿丛林25号。屋子的布局和格温多林夫人家差不多，进门就是门厅，然后是通往一楼的楼梯，左手边是一条廊道。跟着亨利·詹金斯走进客厅之后，桃莉立马发现了两栋房子的不同之处。薇薇安家显然是新装修过的，一切都和格温多林夫人家厚重的桃花心木雕花家具还有凌乱的墙壁不同，整栋房子干净清爽又时髦。

房间内的装潢非常华丽，地板上铺着实木拼花地板，天花板上的水晶灯罩在霜花玻璃里。每面墙上都挂着漂亮的当代建筑画，柠檬绿的沙发扶手上搭着斑马皮。这房子如此时髦，如此典雅，桃莉边看边按捺住心里的惊讶。

"请坐吧！"亨利·詹金斯指着窗户边的蜗牛形扶手椅。桃莉坐下来，理好裙角，然后才把两条腿优雅地叠在一起。她忽然为自己今天的穿着感到尴尬——裙子本来不差，但坐在这间时髦的房间里，它看上去就跟博物馆里的老古董似的。站在格温多林夫人的衣帽间里，在镜子前转来转去的时候，桃莉觉得自己十分优雅。现在，她忽然发现裙子裁剪过时，裙摆上还有一圈土里土气的荷叶边，跟薇薇安那条裁剪利落、简洁大方的裙子截然不同，怎么早没发现呢？

"该给你泡杯茶的。"亨利·詹金斯轻轻抚摸着胡茬儿，表情有些尴尬，但这样子落入桃莉眼中仍然十分迷人，"可这周我们刚把仆人辞退了，那女孩子偷了家里的东西，真是可惜。"

他看着桃莉，桃莉双腿优雅地叠在一起，她忽然觉得非常兴奋。她局促地笑了笑，有些受宠若惊——他可是薇薇安的丈夫。

"的确很遗憾，"她想起格温多林夫人往常说过的话，"这种时候想找个靠谱的佣人实在不容易。"

"是啊。"亨利·詹金斯站在贴着黑白两色瓷砖，好像棋盘一样的壁炉旁。他疑惑地打量着桃莉，然后问道，"请问，你是怎么认识我妻子的？"

"我们是在妇女志愿服务社认识的，非常合得来。"

"女人总是这样的。"他笑了笑，但脸上的表情依旧很沉重。尔后，他停下话头，盯着桃莉。桃莉觉得他肯定想从自己这里知道些什么。桃莉不知道他究竟想打听些什么，所以只好笑笑，并不接话。亨利·詹金斯看了看手表，"就拿今天来说吧——早餐的时候，我妻子说她下午两点能开完会，所以我提前回家，想给她个惊喜。但现在都三点一刻了，她还不见踪影。我想，她可能有事耽搁了吧！我很担心她。"

他言语之中有些焦躁，桃莉能够理解——像他那样身居要职的人把战争事务抛在一边，回到家里妻子却在外逍遥快活，自己只能干等着，能不着急吗？

"你和我妻子是约好的吗？"他忽然问道，似乎以为薇薇安的拖沓给桃莉也带来了不便。

"不是。"桃莉飞快地说道。亨利·詹金斯似乎为此有些恼火，桃莉想安慰他，"薇薇安不知道我要来，我是来给她送她不小心弄丢的东西的。"

"是吗？"

桃莉从手提包里取出项链，挂在指尖轻轻摆动着。出门之前，她特意用基蒂仅剩的清洁剂把指甲洗得干干净净的。

"她的项链坠子。"亨利·詹金斯伸手接过项链，轻声说道，"我们第一次见面的时候，她就戴着这条项链。"

"这项链很漂亮。"

"她还是个小女孩的时候就一直戴着它了。不论我给她买的项链有多漂亮多昂贵，她从来不会取下这条。有时候，她甚至同时戴着这条项链和珍珠链子，我从没见她取下来过。"他仔细检查着链子，"是完好的，这么看来的确是她取下来才弄丢的。"他扫了一眼桃莉，桃莉忍不住往后退了些——詹金斯掀起薇薇安的裙子，挪开她胸脯上的项链坠子，亲吻她的时候也是这样看着她的吗？"你说是你捡到了这条项链？"亨利·詹金斯追问道，"在哪儿捡到的？"

"我……"桃莉为自己的念头脸红了，"抱歉，我也不清楚。这项链不是我捡到的，是别人捡到了交给我，让我还给薇薇安，因为我跟她关系比较好。"

亨利·詹金斯缓缓地点点头："我很好奇，史密森夫人——"

"我还没结婚。"

"史密森小姐，"他的嘴唇往上翘了翘，若有似无的微笑让桃莉的脸更红了，"说句失礼的话，你为什么不在妇女志愿服务社的食堂把项链还给我妻子呢？对于像你这样事务繁忙的女士来说，那样不是更方便吗？"

事务繁忙的女士——桃莉喜欢这样的说法。"没关系，詹金斯先生。我这样做是因为我知道这东西对薇薇安很重要，所以想尽快交还给她。而且，我们值班的时间并非每次都一样。"

"真是奇怪。"他若有所思地把项链坠子紧紧握在手中。"我妻子每天都要去值班。"

桃莉想告诉她，没人是每天都要去食堂帮忙的，怀丁汉姆夫人手里有本轮班表，她这人向来管理严格。但这时候，门锁里忽然传来钥匙转动的声音。

薇薇安回来了。

桃莉和亨利·詹金斯都紧紧盯着紧闭的客厅大门，听着薇薇安的鞋子踩在门厅的拼花木地板上的声音，桃莉的心激动地翻滚着。按她的设想，薇薇安回家看到亨利手里的项链，得知是桃莉送回来的，一定会开心死的。她肯定会很激动，脸上会露出明媚的笑容，对丈夫说："亲爱的亨利，你跟桃莉终于见面了，我太开心了。我一直想请你俩一起喝茶，亲爱的，但我太忙了。"然后，她会拿食堂的小队长开玩笑，桃莉和她都会默契地哈哈大笑，亨利还会邀请桃莉一起去他名下的俱乐部吃晚餐……

客厅的门打开，桃莉的身子往前倾了一点。亨利走上前，拥抱妻子，深情地嗅着妻子身上的味道——这个拥抱如此缠绵，如此浪漫。桃莉心里羡慕得有些发疼，亨利·詹金斯多爱自己的妻子啊！当然，桃莉读了《不情愿的缪斯》之后就明白了这一点。但坐在他们的家里，亲眼看着他们恩爱的一幕，桃莉的感受更强烈了。有亨利这样的男人深爱着自己，薇薇安还要跟那个医生搅和在一起，她脑子里究竟在想什么？

亨利把薇薇安的脑袋搂在自己胸膛上，双目紧闭。桃莉看着他的脸，想起了那个医生。亨利紧紧抱着薇薇安，好像他们已经分别数月。桃莉忽然明白了，亨利知道这一切——薇薇安回家晚了，他的焦虑不安，他尖锐的问题，他提起自己深爱的妻子时沮丧的语气……他什么都知道。他已经在怀疑薇薇安了，他刚才一直想从桃莉这里套话。天哪，薇薇安，桃莉看着薇薇安的背影，手指纠结地拧在一起，你千万要小心。

亨利终于松开了薇薇安，他抬起妻子的下巴，凑近她的脸庞端详着："今天过得怎么样，亲爱的？"

他手上的劲松了些，薇薇安趁机脱下头上妇女志愿服务社的帽子。"忙死了。"她伸手抚平后脑的头发，把帽子放在身旁的小桌子上，帽子旁是他们的婚纱照。"我们在打包围巾，需要的数量很大，所以花费了很长的时间。"她顿了顿，小心摆弄着帽檐。"我不知道你会回来这么早，我还以为自己动作够快，能赶在你回家之前回来。"

亨利笑了笑，但桃莉觉得他并不开心。"我想给你个惊喜。"

"什么惊喜？"

"你绝对猜不到——出其不意，这样才能称作惊喜，对不对？"他抓着薇薇安的胳膊，轻轻扳过她的身子，好让她看见屋里的情形。"说到惊喜，你有客人来了，亲爱的——"

桃莉站起来，心里怦怦直跳。这一刻终于来了。

"史密森小姐来看望你，"亨利继续说道，"我们刚才在聊你在妇女志愿服务社的工作，我跟她相谈甚欢。"

薇薇安看见桃莉，脸色一瞬间变得跟纸一样白。"我不认识这个女人。"她说道。

桃莉有些呼吸不过来，房间里天旋地转。

"亲爱的，"亨利说道，"你应该认识她才对——她给你带来了这个。"他从口袋里掏出项链放在妻子手里，"你肯定是取下项链的时候不小心弄丢了。"

薇薇安翻来覆去地看着项链，她打开项链坠子，看了看里面的照片。"你是怎么得到我的项链的？"她逼问道，冷酷的声

她一生的秘密　269

音让桃莉不由自主地有些畏缩。她们经常在路两边的窗户里看见彼此，桃莉还构想了许多关于她们的未来。薇薇安难道没意识到她们对彼此的意义吗？她难道不期待桃儿和薇薇的传奇友谊吗？"你把项链掉在食堂，被霍斯金斯太太捡到，她请我帮忙还给你，因为……"因为我们是心意相通的好朋友，是同样的人。"……因为我们是邻居。"

薇薇安抬了抬两条好看的眉毛，盯着桃莉思考了一会儿。之后，她脸上的神情有所缓和，甚至轻松了许多。"好吧，我明白了。这位女士是格温多林夫人家的佣人。"

她说出佣人这个词的时候意味深长地看了看亨利，后者脸上的表情立马变了。桃莉想起他刚才提到自家因偷窃而被打发走的那个女佣。亨利看着那条贵重的项链，问薇薇安："她不是你的朋友吗？"

"当然不是。"薇薇安似乎很厌恶这个说法，"亲爱的亨利，我的朋友你都认识。"

他狐疑地看着自己的妻子，然后僵硬地点了点头。"我也觉得很奇怪，可她一直坚持说是你的朋友。"他转向桃莉，眉头因怀疑和烦恼而深锁。桃莉知道，他对自己很失望——甚至更糟，他脸上的表情还有厌恶。"史密森小姐，"亨利说道，"谢谢你把我妻子的项链还回来，不过，你该走了。"

桃莉不知道该说些什么，她觉得自己一定是在做梦——眼前发生的这一切都跟她想象中不一样，她怎么会有这样的遭遇，她的生活不应该是这样的。她马上就会醒来，发现自己正跟薇薇安和亨利谈笑风生。大家喝着威士忌，坐在一起，讨论生活的考验。她和薇薇安坐在沙发上，讨论着怀丁汉姆夫人，咯咯直笑。

亨利宠溺地看着她们，感叹她俩真是天生的好朋友，自己拿她们简直没办法。

"史密森小姐？"

桃莉努力让自己点点头，拿起手提包，沿着来时的路匆匆折回门厅。

亨利·詹金斯跟在后面。走到门口时，他犹豫了一会儿，还是伸手帮桃莉把门打开了。他的胳膊挡在前面，桃莉只好站在那儿，等他让自己离开。亨利似乎在思索该说些什么。

"史密森小姐？"他的语气像是在对一个傻小孩说话——噢，更糟，是一个忘了自己身份，幻想自己遥不可及的生活的卑微女仆。桃莉不敢看他的眼睛，她觉得自己要晕倒了。"走吧，做个好姑娘。"亨利说道，"好好照顾格温多林夫人，别再给自己惹麻烦了。"

门外已经起了淡淡的暮色。桃莉走过街道，碰见下班回来的基蒂和路易莎。基蒂看见桃莉时嘴巴张得能塞下一个鸡蛋。桃莉没跟她微笑，没跟她挥手，甚至都没有个好脸色。一无所有的时候她怎么有心情跟人打招呼？她所期望的一切，她所有的希望都残忍地破灭了。

17

2011年，剑桥大学

雨停了，层层叠叠的云雾里躲躲闪闪地出现一轮满月，银色的光辉透过云层，洒满大地。洛瑞尔从剑桥大学图书馆出来，坐在克莱尔学院的小教堂外面，等待一个骑自行车的人。晚间祷告快结束了。她在樱桃树下坐了半个小时，听着里面的管风琴声和合唱声。音乐声结束时，教堂的门里会立刻涌出一大群人。门边的金属栏杆上锁着三十多辆自行车，他们在里面找到自己的坐骑，骑着车，飞快地经过洛瑞尔身边，各自散开。洛瑞尔希望，格里就在他们当中。姐弟俩都喜欢音乐，音乐让他们无需开口便知道对方想说的话。洛瑞尔来到剑桥，看见学校外面贴着晚祷的海报，就知道能在这里找到弟弟。

布里顿《欢喜的羔羊》进入尾声。又过了几分钟，教堂门口出现三三两两的人影。一个瘦高个儿独自走出来，洛瑞尔看见他的身影高兴地笑了。了解一个人到如此程度，能隔着黑暗的院子从人群中认出他的身影，这或许就是人一生中最朴素的欣喜了吧？那个身影跨上自行车，脚一蹬，摇摇晃晃地骑了过来。

格里的身影越来越近，洛瑞尔走到路边，喊着他的名字。格里差点撞上洛瑞尔，他停下车，在月光中眨了眨眼睛，露出单纯的笑容。洛瑞尔一时有些责怪自己，为什么不常来看看他。

"洛尔，"格里说道，"你在这里干什么？"

"我想来看看你。我给你打电话，还留了语音信息。"

格里摇摇头："手机一直响，上面的红色小灯泡还不停地闪啊闪。我以为它坏了，就把它扔到墙外面了。"

这个解释很符合格里的性格，所以，不论打电话时多恼火，不论洛瑞尔联系不上格里时多担心，甚至以为他在生自己的气，此刻，洛瑞尔都忍不住满脸笑容。"好吧！"她说道，"这也算给我个理由过来看看你，你吃饭了吗？"

格里不好意思地挠了挠头，好像在努力回想。

"走吧！"洛瑞尔说道，"我请客。"

格里推着自行车走在洛瑞尔身边，两人边走边聊着音乐。他们来到一家比萨店，小小的店铺像是镶嵌在墙上似的，不过地理位置绝佳，还能俯瞰艺术剧院。洛瑞尔想起来，她小时候第一次看品特的《生日聚会》就是在那家剧院。

餐厅里灯光昏暗，红白格子桌布上，茶灯在玻璃罩子里微微跃动。餐厅里到处都是食客，格里和洛瑞尔被安排在靠里边的一张空桌上。那位置刚好在比萨炉旁边，洛瑞尔赶紧把外套脱下来。服务员是一个留着金色长发的年轻人，一缕发丝盖过了眼睛。洛瑞尔和格里要了比萨和红酒，服务员转身离开，过了几分钟又端着一瓶基安蒂干红葡萄酒和两只玻璃杯过来。

"格里，"洛瑞尔给自己和弟弟倒好酒，"我能问问你最近在忙什么吗？"

"今天刚好写完了一篇关于年轻星系猎食习惯的论文。"

"它们很饿吗？"

"应该是的。"

"它们应该不止十三岁吧？"

"老多了，大概是在大爆炸之后三十亿到五十亿年左右产生的。"

洛瑞尔看着弟弟滔滔不绝地讲着欧洲南方天文台在智利建立的超大望远镜——"它就相当于生物学家手里的显微镜"，听他急切地解释天空中模糊的斑点实际上是遥远的星系，其中一部分星系周围没有大气层环绕——"这真是难以置信，现有的理论都无法解释这一切"。洛瑞尔点点头，心里有些内疚，因为她实际上并没有在听他讲话。她关心的是他讲话的方式。格里激动的时候，词语一个接一个地从嘴里蹦出来，好像他的嘴跟不上他开阔的思路一样。只有实在喘不过气的时候，他才会停下来呼吸一会儿。他的双手生动地比画着，修长的手指绷得笔直，动作却十分精准，好像指尖上托着一颗颗星子。洛瑞尔发现，格里的手很像父亲，他的颧骨和温柔的眼睛也跟父亲一样。实际上，格里这个家中独子跟父亲史蒂芬·尼克森很像，不过格里的笑容却遗传了母亲。

他停下来，咕嘟咕嘟灌下一杯酒。洛瑞尔因为即将向弟弟提出的请求有些紧张，此刻，话就在嘴边，她尤为煎熬。和格里在一起的时光那么简单，那么纯粹，她实在不想毁掉这一切。她回忆起姐弟俩曾经的快乐时光，想在自己坦白一切，破坏这份感情之前好好回味一番。"然后呢？什么东西能打败年轻星系的猎食习惯？"

"我正在创作最新的宇宙空间图。"

"这对你来说应该没什么难度吧？"

格里咧嘴笑了笑。"应该不麻烦，我没有把所有的空间都包含进去，我的空间图里只有天空——也就是说，只有五十六亿颗星星、星系或者其他物体，现在已经完成得差不多了。"

洛瑞尔正在思考这个数字的时候，服务员把比萨端了上来。大蒜和罗勒的香气让她忽然想起，早餐过后她还没吃过任何东西。她像格里说的年轻星系一样贪婪地吃着，觉得世界上没有比眼前这盘比萨更好吃的东西了。格里问她的工作情况，洛瑞尔边大快朵颐边告诉他，自己正在拍一部纪录片和新版的《麦克佩斯》。"很快就要开始拍摄了，我请假休息了一段时间。"

格里拿起一大块比萨："你说什么——休息？"

"是的。"

他摇了摇脑袋："出什么事了？"

"为什么所有人都这样问？"

"因为你不是个会休息的人。"

"瞎说。"

格里抬了抬眉毛。"你在开玩笑吗？你老说好长时间没休假了。"

"我是认真的，没跟你开玩笑。"

"那我必须告诉你，我发现了很多你在撒谎的证据。"

"证据？"洛瑞尔有些好笑，"拜托，你也别说我——你上次休假是什么时候？"

"1985年6月，马克思·舍尔杰在巴斯举行婚礼。"

"你看。"

"我没说我不一样。你我是同一种人，工作就是我们的伴侣，所以我知道肯定是出什么事了。"他用餐巾纸擦擦嘴唇，身子往后一倾，靠在深灰色的砖墙上。"莫名其妙的休假，还怪怪地跑来看我——我猜，这两件事肯定有关系。"

洛瑞尔叹了口气。

"别想拖延时间——这也是证据之一。洛尔，你愿意告诉我究竟发生什么事了吗？"

洛瑞尔把餐巾叠成一个小方块——要么现在说，要么就沉默一辈子。她一直希望格里能一起调查这件事，现在就是请他加入的最好时机。"你还记得上次来伦敦看我的时候吗？就是你来剑桥之前？"

格里用《巨蟒与圣杯》里的台词给予肯定的答复："当然了！那会儿很开心。"

洛瑞尔笑了笑，也用《巨蟒与圣杯》里的台词来回应："不要争吵究竟是谁杀害了谁——好喜欢那部电影。"她把盘子里的柠檬从一边拨弄到另一边，心里来来回回地想着合适的词语，但这显然不可能，因为没有合适的话题可以切入那件事。"那时，我们坐在屋顶上，你问我，我们小时候是不是发生了什么暴力事件。"

"我记得。"

"真的吗？"

格里用力地点了一下头。

"你还记得我是怎么说的吗？"

"你说，你想不起有这样的事。"

"是的，我是这样说的。"洛瑞尔轻声赞同，"但我对你撒谎了，格里。"她没有解释说这是为了格里好，也没说当时的她以为这样才是正确的做法。虽然这两条理由都是真的，但现在

276

又有什么要紧呢？她不想给自己找借口，她就是撒谎了，她应该得到惩罚——她不仅对格里撒谎，还对警察作了伪证。"我撒谎了。"

"我知道。"格里啃掉比萨表面的脆皮。

洛瑞尔眨眨眼："你知道？你怎么知道的？"

"我问的时候你都不敢看我，你还叫我'格'——你只有非常困惑的时候才会这样叫我。"格里满不在乎地耸了耸肩，"你可能是我们国家最伟大的女演员，但还是败给了我强大的推理。"

"大家都说你对什么事都不上心。"

"是吗？那是因为我并不关心那些事。"他们小心翼翼地朝彼此笑了笑。格里说道："现在你想告诉我了吗，洛尔？"

"想，很想。那你呢？还想知道吗？"

"想，很想。"

洛瑞尔点点头。"那好吧！"她从最开始说起——1961年的夏日，一个女孩待在树屋里，车道上走来一个陌生人，妈妈怀里抱着一个小男孩。她仔细地描述了母亲对孩子深切的爱意，她在门边的台阶上停下来，对小婴儿微笑，闻着他身上的奶香，挠着他摇摇晃晃的胖脚丫。戴着帽子的男人出场，聚光灯打在他身上。他鬼鬼祟祟地走进农场的侧门，小狗率先发现黑暗的一幕即将来临，它冲母亲狂吠起来。母亲转过身，看见那个男人。树屋里的女孩看见，母亲一下变得非常惊恐。

讲到匕首、鲜血和站在碎石路面上哭泣的小男孩时，洛瑞尔仔细听着自己的声音，仿佛它是别人发出的。她看着桌对面，长大成人的弟弟的面庞，在这种公共场合谈论如此私密的事真是奇怪。但她知道，只有这儿的吵闹喧哗才能让她鼓足勇气，讲出这一切。在这里，在剑桥大学的一家比萨店，周围都是谈笑风生的学生，他们那么年轻，那么聪慧，大好前程就在眼前，洛瑞尔觉得自己与世隔绝，非常安全，也非常舒适。只有这样，她才能坦白一切。要是在格里安静的宿舍里，她能说出这样的话吗？——"母亲杀死了他，那个名叫亨利·詹金斯的男人就倒在咱们家门前的小路上。"

格里仔细地倾听着，他盯着桌布上的格纹，脸上没有丝毫表情。他的下巴笼罩在昏暗的灯光当中，他轻轻地点点头，好像表示知道洛瑞尔讲完了，而没作出任何反应。洛瑞尔喝完杯里的红酒，然后又给格里和自己都添了点。"就这样，这就是我看见的。"

格里终于抬起头来看着她："原来如此。"

"什么原来如此？"

格里有些紧张，他说话的时候指尖微微颤抖。"我小时候经常会看见这一幕——它们就发生在我眼角边，笼罩在昏暗当中。我很害怕，这种感觉很难描述。我转过头来看，但那儿什么都没有，我总觉得我反应太慢了。我心里怦怦直跳，我不知道这是为什么。我跟妈妈讲过这件事，她带我去作了视力检查。"

"所以你配了副眼镜？"

"检查出来我有近视才戴的眼镜，它们没有消除我眼角昏暗处的景象，但让你们的脸更加清晰了。"

洛瑞尔笑了笑。

格里没有笑。洛瑞尔知道，他内心的科学主义者松了一口气，以前无法解释的事情终于有了答案。但身为人子，他却无法面对这样的真相。"好人干坏事，"他抓了抓头发，"天哪，多么血腥的陈年旧案！"

"但这是真的，"洛瑞尔想安慰他，"好人有时候的确会干坏事，他们都有不得已的理由。"

"什么理由？"格里盯着洛瑞尔的样子，好像一个稚嫩的孩子，希望洛瑞尔能够解释这一切。前一分钟他还在兴奋地思考宇宙中的谜团，下一秒却从姐姐那里得知母亲杀过人。"那个男人是谁，洛尔？母亲为什么要这样做？"

洛瑞尔尽量用直截了当的方式来叙述这一切，格里这样逻辑思维强大的人会有办法找出其中的缘由。洛瑞尔告诉他，亨利·詹金斯是位作家，他娶了母亲在战争时期的好朋友薇薇安。基蒂·巴克尔所说的，1941年初，桃乐茜和薇薇安之间爆发了一场冲突，她也如实告诉了格里。

"你觉得，她们的争吵和1961年发生在格林埃克斯农场的事有关？"格里问道，"否则你不会提起这件事的。"

"是的。"洛瑞尔想起基蒂说的，那天晚上她和母亲一起出去跳舞时她奇怪的举动，她的胡言乱语。"我觉得，妈妈对她和薇薇安之间的冲突感到非常生气，所以她要惩罚薇薇安。不管妈妈的计划是什么，事情的结果都比她预期中更糟，但为时已晚，她没办法弥补这一切。所以只好逃离伦敦。亨利·詹金斯为妻子的遭遇感到震怒，所以二十年后才会来找妈妈。"洛瑞尔不知道是不是真的有人能这样直言不讳地谈论自己的阴谋。作为旁观者，她必须冷静克制，尽快找出真相。压力在侵蚀她的内心，但她没有流露出一丝一毫。她压低声音说道："我甚至怀疑，母亲是不是和薇薇安的死有关。"

"天哪，洛尔。"

"我想，母亲的余生是不是都在愧疚中度过，是不是愧疚让她变成了我们熟知的那个女人，她的余生或许都是在为自己的过错赎罪。"

"所以她要做个好母亲？"

"是的。"

"在亨利·詹金斯找到她之前，她一直做得很好。"

"是的。"

格里陷入沉默当中，他眉头微蹙地思考着。

"你怎么看？"洛瑞尔催促道，她往格里的方向凑近些，"你是个科学家，想到什么眉目了吗？"

"你的理由也说得过去。"格里慢慢地点点头，"悔恨会使人改变，丈夫也会为妻子遭受的侮辱复仇。如果母亲真的对薇薇安做了什么坏事，那就可以解释她为什么一定要杀死亨利·詹金斯，让他永远沉默了。"

洛瑞尔的心往下一沉。内心深处，她还是希望格里听见自己的推论会哈哈大笑，用他聪明的大脑找出洛瑞尔推理中的漏洞，告诉她她应该躺下来好好休息，别再看莎士比亚的书了。

但他没有。他身体里的逻辑大师说："不知道她究竟对薇薇安做了什么，后来才会如此后悔。"

"我不知道。"

"不管母亲做了什么，我想，你的看法都是正确的。"格里接着往下说，"事情的结局肯定比母亲想象中要糟，妈妈不会故意伤害自己的朋友。"

洛瑞尔不置可否地笑了笑，心里却想起母亲举刀刺进亨利·詹金斯胸膛时，毫不犹豫的模样。

"她不会那样做的，洛尔。"

"当然不会，我也没这么想——嗯，一开始的时候我并没有想这么多。你想过吗，因为她是我们的母亲，我们了解她，爱她，所以才会为她找借口开脱？"

"或许吧！"格里同意她的说法，"但这没关系，我们了解她，她不是那样的人。"

"我们以为自己了解她。"洛瑞尔想起基蒂·巴克尔说的话——战争让人狂热，国家被攻破的威胁，一次次被恐惧和黑暗惊醒的碎梦。"如果她那时候跟现在不一样怎么办？有没有这种可能——大轰炸改变了她？或者，她嫁给爸爸，有了我们之后才变了呢？"在她得到人生的第二次机会之后，她就不是以前那个桃乐茜了。

"没有人会变化这么大。"

洛瑞尔忽然想起鳄鱼的故事。她问母亲，你为什么变成人呢，妈妈？桃乐茜回答说，自己放弃了鳄鱼的身份，变成一个母亲。把这个故事想象成寓言，想象成母亲在用另一种形式坦白过往，会不会是自己想太多了？难道，这个故事原本就是母亲编来逗小孩的，洛瑞尔真的过分解读了吗？她想起那天下午，桃乐茜在镜子前转着圈儿，整理那条漂亮裙子的肩垫。八岁的洛瑞尔睁大双眼，问桃乐茜她是怎么变成今天这副模样的。母亲说，嗯，我总不能把所有的秘密都告诉你，对吧？至少，不能一次全部告诉你。改天再问我吧，等你长大些再问。

洛瑞尔现在就想问妈妈这个问题。她忽然感到浑身燥热，餐厅里其他食客拥挤喧哗，比萨炉吹出一股又一股热浪。洛瑞尔打开钱包，拿出两张二十和一张五元的钞票放在账单下面。她拦住格里："说好了，这顿我请。"她没说，这是自己把灰暗的往事甩进格里明朗的世界后，唯一能为他做的事情。"走吧，"洛瑞尔穿上外套，"我们散散步。"

* * *

他们穿过国王学院的广场，回到剑桥，餐厅里的谈话声逐渐随风淡去。河边很安静，洛瑞尔听见小船在月色笼罩的水面上划过的声音。远处传来钟声，那声音荒凉又隐忍。某个教室里传来学生练习小提琴的声音。美丽忧伤的琴声抓住洛瑞尔的心，她忽然觉得，自己来这儿是一个错误。

离开餐厅之后，格里一直沉默不语。他推着自行车，勾着脑袋，安静地走在洛瑞尔身边，眼睛紧紧盯着路面。洛瑞尔最终还是忍不住说出一切，让格里和自己一起背负这个过往的沉重负担。她说服自己，格里应该知道真相，他一直被那恐怖的一幕紧紧缠绕。但他那时候还是个孩子，小得让人爱怜，如今他已经长大成人，是母亲的心头肉。他无法接受母亲竟然做过这样的事情。洛瑞尔想说点什么，她想跟格里道歉，想轻描淡写地说起自己对这件事的执念。格里忽然开口说道："之后怎么办？我们有什么线索吗？"

洛瑞尔看了看格里。

他站在路灯昏黄的光晕中，伸手把眼镜往鼻梁上推了推。"你是什么意思？难道你打算就这么不了了之吗？我们应该查出真相，这是我们的过去，洛尔。"

此刻，洛瑞尔觉得自己很爱格里。"有点线索。"她屏住呼吸，"既然你提到了，我正好告诉你。今天早上我去看望妈妈，她有些神志不清，说让护士碰到鲁弗斯医生时让他过来一趟。"

"这没什么奇怪的呀！"

"但她的医生名叫科特，不是鲁弗斯。"

"或许是一时说错了？"

"我不这样觉得，她叫这个名字的时候非常肯定，而且……"洛瑞尔想起那个叫吉米的年轻人，母亲曾深爱着他，如今却空余怀念，"这不是她第一次提起自己以前认识的人了。我想，她可能会时不时地陷入回忆当中，她也想让我们知道真相。"

"你有没有问过母亲？"

"没问过鲁弗斯医生的事，但我问其他的事情时，她都很爽快地回答了我。我们的谈话让她有些疲倦，所以我打算改天再问她这件事。不过，要是有其他办法就好了，我有些等不及了。"

"同意。"

"我刚才去了一趟图书馆，看看能不能找到二十世纪三四十年代在考文垂或伦敦执业的医生的资料。我只知道他的姓氏，也不清楚他究竟是哪一科的医生，图书管理员建议我们从《柳叶刀》的数据库开始查找。"

"还有什么？"

"我找到一位莱昂内尔·鲁弗斯医生。格里，我几乎可以断定就是这个人。他那时候刚好住在考文垂，还发表了人格心理学方面的论文。"

"你的意思是，妈妈是鲁弗斯医生的病人？她那时候可能得了某种心理疾病？"

"我不知道，但我会查出来的。"

"我来吧！"格里突然主动请缨，"我刚好认识可以咨询这方面问题的人。"

"是吗？"

格里点点头，他激动得有些语无伦次。"你回萨福克郡，我这边一有消息就马上通知你。"

洛瑞尔有些大喜过望，这正是她心里期盼的——有格里帮忙，姐弟俩一起找出事情的真相。"你得知道，你查出来的事可能会很可怕。"她这样说不是想把他吓退，而是想要给他提个醒。"可能，我们印象里的母亲其实是个弥天大谎。"

格里微微一笑。"你不是演员吗？这时候，你不是应该告诉我，人不是科学能够解释的——人性具有多面性，新的一面出现并不能否定整体吗？"

"我只是说说而已，你要有心理准备，小弟。"

"我一直准备着，"格里咧嘴一笑，"我还是站在妈妈这边的。"

洛瑞尔眉毛一挑，希望自己也能像格里这样信心满满，但她眼前又出现了那天在格林埃克斯发生的一幕，她知道，母亲做得出这样的事情。"你这样说可没有科学道理，"洛瑞尔面色严肃，"特别是所有的证据都指向一个结论的时候。"

格里握住她的手。"饥饿的年轻星系什么都没教给你吗，洛尔？"他轻声问道。洛瑞尔内心涌起一股焦虑和保护欲望，她看得出来，格里希望这一切都是他们的臆想，可洛瑞尔内心深处明明白白地知道，这不可能。"永远不要否定现有的理论解释不了的事情。"

18

1941年1月末，伦敦

　　桃莉这辈子都没受过这样的奇耻大辱。就算活到一百岁，她也绝不会忘记亨利和薇薇安·詹金斯夫妇俩看着自己离开时，漂亮而扭曲的脸上那嘲弄的表情。他们差点让桃莉觉得，自己的确不过是邻居家的女仆而已，穿着女主人衣橱里偷来的衣服前来拜访。但桃莉远比他们想象中坚强，就像鲁弗斯医生一直对她说的那样："你是万中无一的，桃乐茜，你不是个普通人。"

　　被詹金斯夫妇羞辱后第三天，她和鲁弗斯医生在萨沃耶餐厅共进午餐。医生靠在椅背上，一边抽着雪茄一边打量着桃莉。"桃乐茜，"他开口说道，"你觉得那个叫薇薇安·詹金斯的女人为什么会这样侮辱你？"桃莉想了想，然后摇摇头，随后又告诉鲁弗斯医生自己现今的看法。"我觉得可能是这样的——她撞见我和詹金斯先生坐在客厅……"桃莉目光游移，想起亨利·詹金斯打量她的眼神，还是觉得有些尴尬，"嗯，我那天特意打扮了一下，我想，薇薇安可能就是因为这事而恼火。"医生赞赏地点点头，然后摸着下巴，眼睛眯成了一条缝。"桃乐茜，她侮辱你的时候你是什么感觉？"桃莉原本以为，听见医生这个问题自己会委屈得号啕大哭，但她并没有。她勇敢地笑了笑，指甲掐着手心，心里为自己的自控力感到非常骄傲。"我当时觉得很难堪，也非常非常受伤。我从没受过这样的羞辱，而且羞辱我的人还是我的朋友，我真的觉得——"

"快住手——马上住手！"坎普顿丛林7号的房间被灿烂的阳光照得格外明亮，格温多林夫人缩回娇小的脚掌大声吼道，"你差点把我的脚指头削掉了，蠢姑娘。"听见老太太的声音，桃莉这才回过神来。

她带着悔恨的心情重新把注意力集中在老太太粉色脚丫上那块白白的趾甲上，一想到薇薇安她就心神不定，用锉刀磨指甲时不自觉地使了不小的劲儿，动作也快了些。"对不起，格温多林夫人。"她赶紧道歉，"我会小心的。"

"我真是受够了。桃乐茜，你去把我的糖果拿来。昨天晚上我一直没睡好。食品限量供应，搞得晚餐惨兮兮的——竟然是牛蹄子烧紫甘蓝！怪不得我一晚上都翻来覆去地睡不着，还老做噩梦。"

桃莉依言取来糖袋。格温多林夫人在口袋里摸索了半天，想找块最大的糖果。

起初的屈辱感很快就消失了，取而代之的是愤怒。她不过是想把那条贵重的项链还回去，薇薇安和亨利·詹金斯凭什么羞辱自己？他们就差没有直接说桃莉是个小偷了。现实真是讽刺——薇薇安才是背着丈夫在外面勾勾搭搭的人，对每个关心自己的人谎话连篇，还要求别人帮她保守秘密。这样的人居然好意思来评判桃莉，她知道吗，别人对她指指点点的时候跳出来维护她的可是桃莉。

既然如此——桃莉下定决心似的皱了皱眉，她把锉刀插进护套里，打扫干净梳妆台——就别怪我不客气了。桃莉心里已经有了计划，她还没对格温多林夫人讲这件事。但老太太要是知道她年轻的小闺蜜被人背叛了，就像自己年轻时的遭遇一样，桃莉肯定她会站在自己这边的。战争结束后，她们要举办一个盛大的化装舞会，所有的人都穿着华丽的服装，到处都挂着灯笼，还要请杂技团的人来表演吞火节目。所有的社会名流都会参加，《淑女报》也会报道这场盛事，还会登出照片，好多年之后人们都会对此津津乐道。桃莉想象着客人们盛装打扮来到坎普顿丛林的场景，他们招摇地经过25号的房子，薇薇安·詹金斯没有收到邀请，只好在窗户边干看着。

　　与此同时，她尽量避开詹金斯夫妇。桃莉知道，这件事还是不让旁人知道为好。亨利·詹金斯倒是容易躲开，反正桃莉平时也不常遇到他。为了避免和薇薇安见面，她辞去了妇女志愿服务社的工作，终于从怀丁汉姆夫人的高压统治下解放出来，这未尝不是一件好事。闲下来的时间，她全心全意照顾格温多林夫人。事情似乎在往她预料的方向发展。这天早上，她帮格温多林夫人按摩疼痛的双腿，平常这个时候她都在食堂帮忙。这时候，楼下忽然传来门铃的响声。老太太用手指了指窗户，让桃莉看看是谁会在这个时间来拜访。

　　起初，桃莉担心按铃的人会是吉米——他来了好几次，不过老天保佑，他来的时候家里没有其他人，没人能看到她的笑话。但楼下的人不是吉米。桃莉从格温多林夫人卧室的窗户往下瞧了瞧，玻璃上都贴着透明胶布，免得爆炸把玻璃震碎了。她看见楼下站着的人是薇薇安·詹金斯，她一直回头往后打量，生怕别人看见她，好像来坎普顿丛林7号会降低自己的身份，甚至就连站在7号房的屋檐下都觉得尴尬似的。桃莉身上的皮肤一下变得滚烫，她立刻洞悉了薇薇安的来意——她是个小肚鸡肠的人，她是来告诉格温多林夫人她家女仆盗窃的事情的。桃莉能够想象薇薇安优雅地交叉双腿，坐在盖着灰扑扑印花棉布的扶手椅上的样子。她身子向前微倾，感同身受地谈论着战争时期佣人的品质问题。

"想找个值得信赖的人实在太难了，您说是不是，格温多林夫人？我这么说是因为我们家前几天就遇到了这样的事……"

薇薇安站在门口的台阶上，不停回头打量着身后的街道。老太太在床上冲桃莉喊道："桃乐茜——你还要看多久？我可活不了多长时间了，究竟是谁？"桃莉压下心中的惊恐，强装淡定地告诉老太太，门外是一个穿着寒酸的女人，来收旧衣服的。格温多林夫人不屑地冷哼了一声，"别让她进来，她肮脏的手指决不能碰到我的衣帽间。"桃莉当然乐意遵从她的命令。

* * *

"砰——"桃莉吓得差点跳起来，原来，她已经在窗边站了好久，傻傻地盯着对面的25号。"砰——砰——"桃莉转过身，看见格温多林夫人正怒气冲冲地盯着自己。老太太嘴里含着一大块糖果，脸颊因此而鼓起来。她用拐杖捶打床垫，想引起桃莉的注意。

"什么事，格温多林夫人？"

老太太抱着胳膊，好像很冷的样子。

"你冷吗？"

她点点头。

桃莉用顺从的微笑掩饰住内心的郁闷——刚才老太太还在抱怨屋里太热，让桃莉把毛毯拿开。她走到床边："我给你盖厚点，看能不能暖和些。"

格温多林夫人闭上眼，桃莉帮她盖上毯子。这活儿说起来容易做起来难。老太太刚才用拐杖在床上这敲敲那儿戳戳，床单被子搅成一团，毯子被压在她大腿下面。桃莉飞快走到床的另一边，使劲儿把毛毯往外拽。

后来，她回想整件事的时候把一切都归罪于房间里的灰尘。当时，她正忙着往外拉扯毛毯，终于把它从格温多林夫人的大腿下解放出来。桃莉抖了抖毛毯，把它盖到格温多林夫人身上，把毛毯边掖在老太太的下巴下面。这时候，桃莉忽然使劲打了一个喷嚏，阿嚏——！

巨大的响声惊动了格温多林夫人，她猛地睁开双眼。

桃莉揉着疼痛的鼻子，慌忙道歉。她眨了眨被泪水糊住的双眼，看见老太太挥舞着胳膊，双手像惊恐的鸟儿一样扑腾着。

"格温多林夫人？"桃莉走近些，看见老太太的脸已经憋得通红，"亲爱的夫人，您究竟怎么了？"

格温多林夫人的喉咙里传来粗哑的喘气声，她的脸此刻已经胀成了茄子般的紫色。她挥手指着自己的喉咙，里面有东西卡住了，她说不出话来——

是那颗糖，桃莉倒吸了一口凉气，它像枚塞子一样堵在老太太的喉咙里。桃莉不知该怎么办，一时间手足无措。她来不及思考，直接将手指伸进格温多林夫人的嘴里，想把糖果抠出来。

她没摸到糖果。

桃莉慌了，或许应该帮忙拍拍老太太的背，或者帮她揉揉腰？

两种办法都试过了，桃莉的心怦怦直跳，她甚至听见自己脉搏跳动的声音。她想把格温多林夫人扶起来，但她实在太沉了，身上的衣服又滑……"没事的。"桃莉听见自己一边使劲一边安慰老太太的声音，"马上就好了。"

　　桃莉一边劝慰格温多林夫人，一边使出吃奶的劲儿想把她拉起来。格温多林夫人在她的怀里挣扎着。"很快就好了，没事的，很快就没事了。"

　　最后，桃莉气喘吁吁，她不再说话，这时候，她才发现老太太的身体愈发沉重，她也不再扭动身体，喘气呼吸。房间里安静得有些诡异。

　　这间漂亮大房子里的一切都沉默着，只有桃莉的呼吸声。她丢开格温多林夫人的身体，让她用惯常的姿势躺在床上。桃莉跌坐在床上，床铺吱吱嘎嘎的声音让人心慌。

* * *

　　医生站在床尾，说格温多林夫人是"自然死亡"。桃莉一边握着老太太冰冷的手，一边用手绢拭着眼泪。医生看了看桃莉，补充道："她小时候得过猩红热，心脏一直不好。"

　　桃莉端详着格温多林夫人严肃的脸庞，点了点头。她没有提到那颗糖和自己的喷嚏，这些都没有意义，也改变不了既成的事实。她不想念叨着糖果和灰尘，让自己听上去像个胡说八道的傻瓜。再说，医生赶来的时候格温多林夫人嗓子里的糖已经化了。前一天晚上，街道遭炸弹侵袭，满地废墟，医生花了好长时间才赶过来。

"节哀吧，姑娘。"医生拍拍桃莉的手背，安慰她。"我知道你对格温多林夫人很好，她也很喜欢你。"然后，医生戴上帽子，拿好自己的包，告诉桃莉葬礼上要邀请的宾客名单放在楼下的桌子上了。

* * *

1941年1月29日，彭伯利律师在坎普顿丛林7号的书房里公开宣读格温多林夫人的遗嘱。其实，这事本没必要如此大张旗鼓，按彭伯利先生的看法，最好是给遗嘱中提到的每个人都寄封信——他有严重的舞台恐惧症。但格温多林夫人好像预见到自己身后会发生一场闹剧，她坚持公开宣读遗嘱。桃莉作为继承人之一，也受邀来到书房，她对老太太的做法毫不吃惊。格温多林夫人厌恶自己唯一的外甥，这早就不是什么秘密了。在她百年之后，没有什么比收回遗产，并当众把这笔财富交给其他人更能羞辱他了。

桃莉精心打扮，让自己看上去有女继承人的样子，又不过分刻意。她觉得格温多林夫人也希望自己这样做。

等待彭伯利先生宣读遗嘱的时候，桃莉心里非常紧张。可怜的彭伯利先生结结巴巴地读着继承遗产的先决条件，脸上的胎记憋得绯红。他提醒到场的继承者们——桃莉和沃尔西勋爵——这是自己的委托人格温多林夫人的意思。他作为一名公正无私而且具有资质的律师，对这份遗嘱进行了认证，证明它是格温多林夫人立下的最后一份遗嘱，具有法律效力。格温多林夫人的外甥长得跟斗牛犬一样高大，桃莉希望他在认真倾听彭伯利先生说的关于剥夺遗产继承权的情况。她知道，沃尔西勋爵要是知道自己阿姨是如何分配遗产的，肯定不会高兴。

桃莉的看法是对的。彭伯利先生朗读遗嘱正文的时候，佩罗格林·沃尔西勋爵气得快中风了。大部分时候，他都不是一位耐心的绅士，彭伯利先生还没读完前言的时候他就已经不耐烦了。彭伯利先生还没读到"我留给我的外甥佩罗格林·沃尔西……"的时候，桃莉就听见他气呼呼的喘息声。终于，律师先生深吸一口气，掏出手绢擦了擦满是汗水的额头，朗读财产分配事宜："我，格温多林·卡尔迪克特，宣布之前所立的遗嘱全部作废。我把衣橱赠给我外甥佩罗格林·沃尔西的妻子，把先父衣帽间里的东西赠送给我的外甥。"

"什么？"沃尔西勋爵突然咆哮着吐出嘴里的雪茄烟，"这他妈的究竟什么意思？"

"沃尔西勋爵，"彭伯利先生结结巴巴地恳求道，脸上的胎记已经憋成了紫色，"请——请你安静地坐——坐下来，听我读——读完。"

"凭什么？我要起诉你这个卑鄙的小人。我知道，就是你在我阿姨耳边吹风——"

"沃尔西勋爵，求——求求你了，坐下来。"

彭伯利先生迎着桃莉善意的颔首，继续朗读遗嘱。"我把剩下的财产和房产、地产、个人物品及其他，包括我在伦敦坎普顿丛林7号的房子——下文列出的部分物品除外——捐赠给肯辛顿动物收容所。"彭伯利先生抬起头看了看，"该机构的代表今天因故无法到场……"这时，桃莉耳中"嗡"的一声，除了背叛的钟声，她什么也听不见。

* * *

当然，格温多林夫人也留了一部分东西给"我年轻的陪护，桃乐茜·史密森"，但桃莉当时还深陷在失望和震惊中，根本没留意老太太留给自己的究竟是什么东西。晚上，她独自待在卧室里，反复读着彭伯利先生避开沃尔西勋爵的威胁，塞到她颤抖的手中的那封信。这时候，她才知道，格温多林夫人留给自己的不过是楼上衣帽间里的几件外套而已。除了一件破破烂烂的白色皮草大衣之外，其他的衣服早就被桃莉装在帽盒里，开开心心地在薇薇安·詹金斯组织的旧衣捐赠活动里慷慨地捐出去了。

桃莉怒火中烧。她强压怒火，却浑身滚烫，恶心得想吐。自己为老太太做了那么多，忍受了那么多羞辱——为她修剪脚趾甲，掏耳屎，还要忍受她定期的恶语相向——这一切她都生生受下来了。当然，桃莉绝不会说自己是心甘情愿毫无怨言的，但她忍受了这一切，最终却一无所有。她为格温多林夫人放弃了所有，她以为她俩就像家人一样。彭伯利先生和格温多林夫人都让她以为，未来有丰厚的遗产等着自己。桃莉想不明白，究竟是什么事让老太太改变了主意。

除非……一个念头像闪电一般划过，桃莉心里一下明白过来。她双手颤抖，律师先生给的信掉到地上。只有这样才解释得通——薇薇安那个恶毒的女人还是来拜访格温多林夫人了——这是唯一的解释。她一直坐在窗户边，等待时机，趁桃莉出门采购的时候来到坎普顿丛林7号。薇薇安静待时机，然后重拳出击。她坐在格温多林夫人身边，向老太太灌输关于桃莉的恶毒谎言。而单纯的桃莉除了老太太的喜好之外，心里再无其他。

* * *

肯辛顿动物收容所接管坎普顿丛林7号后的第一项举措就是联系战争部，请之为暂住在这里的姑娘们另寻住处，他们要把这里改造成动物医院和动物救援中心。这件事没有给基蒂和路易莎带来丝毫烦恼——二月初的时候，她们分别嫁给了各自的皇家空军飞行员男朋友，婚礼前后相距不过几天。1月30日，另外两个女孩手挽着手去参加朗伯斯区的舞会，路上遭到炸弹袭击，尸首混成一团。两人生前形影不离，如今也算有个伴了。

剩下的就只有桃莉了。在伦敦找间房子不是件容易的事，对于她这种过惯了好日子的人来说尤为如此。桃莉先后看了三间脏兮兮的公寓，最后还是搬回了两年前曾经住过的诺丁山公寓。那时候，她只是个售货员，坎普顿丛林对她来说不过是地图上的一个名字；如今，这里却存着她这辈子最大的喜怒哀乐。雷灵顿公寓24号的主人，孀居的怀特太太再次看见桃莉时非常开心——说"看见"有些夸张，那个老太婆要是不戴眼镜的话就跟瞎眼蝙蝠一样。桃莉把债券和配额册当作房租交给她时，她高兴地告诉桃莉，她以前住的那个房间还空着。

桃莉对此毫不惊讶。即便是在战时的伦敦，愿意出高价租这么间空荡荡的小房子的人也寥寥无几。这哪里称得上是一间屋子——原来的卧室被隔成一大一小两个房间，哪儿还剩什么空间？窗户在另外半间屋子里，桃莉这边只有一面泥粉剥落的墙壁，黑漆漆的，就像一个狭窄的衣橱。屋里有一张小床、一个床头柜、一个小水槽，除了这些就不剩什么了。屋子里既没有光线又不通风，所以价格还算便宜。桃莉没有多少东西，她所有的家当都放在随身携带的箱子里了。那个手提箱还是三年前离家出走的时候带来的。

一到屋里，她马上把自己的两本书——《不情愿的缪斯》和桃乐茜·史密森的奇幻本——摆在水槽上的单层搁板上。老实说，她其实再也不想读亨利·詹金斯的小说，但她的财产实在少得可怜，而桃莉素来是个喜欢特别物件儿的人，她没法把这本书扔掉。不过，她还是把书掉了个个儿，让书脊那边挨着墙。这样的摆设太寒酸了，桃莉把生日时吉米送的莱卡相机也摆到搁板上。摄影需要静下心来等待，所以从来不是桃莉能够做到的事。但这屋子实在简陋，要是有个五斗橱的话，桃莉还是愿意把自己拍的照片摆上去。最后，她拿出格温多林夫人遗赠给她的那件皮草大衣，用衣架把它晾起来，挂在门后的挂衣钩上，这样，她在小屋里的任何角落都能看见它。这件破旧的白色大衣象征着桃莉每个破碎的梦想。她看着它，心里升起无端的烦忧，她把心里对薇薇安·詹金斯的怨气都凝聚到这件毛料打结的破旧皮草上了。

桃莉在附近的军工厂找了份工作——她要是不按时交上每周的房租，怀特太太就会毫不犹豫地把她撵出去。再说，这份工作只需要稍微专注一点就行，桃莉其他心思都在想着自己不幸的遭遇。夜晚，回到家里，她勉强咽下一点怀特太太做的咸牛肉土豆泥，然后回到自己逼仄的房间，任由其他女孩在身后讨论各自的男朋友，听广播中呵呵勋爵的脱口秀，在客厅里大声欢笑。她躺在小床上，抽着仅剩的香烟，在烟雾中回想自己失去的一切——家人、格温多林夫人，还有吉米……她想着薇薇安说的那句"我不认识这个女人",亨利·詹金斯把她领到大门口的情景时常出现在她眼前。回想起这些,她感到身上冷一阵热一阵,屈辱和愤怒交织,在她的心里来回奔突。

日子就这样一天天过去,二月中旬的一天,事情发生了转折。桃莉在军工厂两班倒,下晚班的时候她通常会在附近的英国餐厅里买点吃食,怀特太太做的菜实在难以下咽。大部分日子她都是这样过来的,这天也不例外,她在餐厅角落的座位上一直坐到人家打烊。桃莉透过淡淡的烟圈,打量着周围的食客,尤其是那对隔着桌子都还忍不住偷偷接吻的情侣。他们大声笑着,仿佛世界很美好。桃莉模糊地想起,自己也曾有这样的感受,那时的她,常常欢笑,心里充满了幸福和希望。

回家的路上,远方传来炸弹落下和爆炸的声音,桃莉抄近道走进一条窄窄的小巷。此时已经到了灯火管制的时候,她只能摸索着前行——搬家的时候,她的手电筒落在坎普顿丛林7号了——这都怪薇薇安。突然,她不小心掉进一个深深的弹坑里,脚踝扭伤,她最好的一双丝袜也破了,鲜血从膝盖的破口处渗出来。但她觉得这是对自己的严峻考验,她为此感到自豪。回公寓的路上,她一瘸一拐地在寒冷和黑暗中踽踽独行。桃莉拒绝称那个地方为"家",那儿不是她的家,她的家被抢走了——这都是薇薇安的错。走到公寓门口,她发现大门已经上了锁。怀特夫人把宵禁令奉为圭臬,虽然她觉得雷灵顿24号是希特勒进攻名单上的头号目标,但她这么做并不是出于安全的缘故,而是想给房客中那些晚归的女孩们立个规矩。桃莉握紧拳头,走进旁边的巷子。她把墙上的旧铁闩当作落脚处,爬上墙头。膝盖疼得厉害,她忍不住皱了皱眉头。灯火管制的夜晚比平常更加黑暗,天上也没有月亮，但桃莉还是顺利翻过墙头，绕过后院的杂物，来到储藏室的窗户下。窗闩松松地插着，桃莉用肩膀顶着窗户，窗闩稍微松动了些，桃莉把窗户往上一推，然后爬进屋里。

走廊上弥漫着一股动物油脂和廉价肉散发的陈腐气息，桃莉屏住呼吸，蹑手蹑脚地沿着滑腻腻的楼梯往楼上走。走到一楼的时候，她看见怀特太太的门缝里透出一缕亮光。没人知道她在干什么，平常她屋里的灯早就关了，难道她在和死人交流？又或者，她在给德国军队发送密电？桃莉不知道怀特太太在干什么，说实话，她对此也并不关心。她忙着的时候，晚归的房客正好悄悄回到自己的屋子里，大家相安无事，这样最好不过。桃莉沿着走廊蹑手蹑脚地走着，免得地板发出吱吱嘎嘎的声音。桃莉打开卧室房门，身影一滑，溜了进去。

桃莉用后背紧紧抵住门，这时候，她才完全放松下来，毫无顾忌地发泄心里积累了一晚上的痛苦。她还没来得及把手提包扔在地上，就忍不住像个孩子一样放声大哭起来。耻辱、愤怒和痛苦交织而成的滚烫泪水顺着脸颊流下来，她低头看了看身上脏兮兮的衣服和血肉模糊的膝盖，鲜血和泥土混在一起，粘在上衣和裙子上。透过模糊的泪光，她打量着这间寒酸的小屋——床罩破了洞，水槽的塞子边到处都是污垢。桃莉忽然彻底明白过来，那些珍贵美好的东西，都在自己的生命中缺席。她知道，这都怪薇薇安。失去吉米，一无所有，军工厂的枯燥工作——这一切都是薇薇安捣的鬼。就连今晚的不幸，她受伤的膝盖和划破的丝袜，被锁在自己付了一大笔房租的公寓外，她都算在了薇薇安头上——要是她跟薇薇安没有交集，没有去给她送项链，没有把这个卑鄙的女人当作好朋友，这一切都不会发生。

桃莉模糊的目光落在放着奇幻本的搁板上，她内心的悲愤几乎快要决堤而出。她盘腿坐在地板上，哆嗦着手翻到三分之一的地方，她满心欢喜搜集的薇薇安·詹金斯的社交照片都粘贴在这里。她曾仔细琢磨过每一张图片，对每一个细节都赞赏有加，牢牢记在心里。桃莉不敢相信，自己原来这么傻。

桃莉像一只发狂的野猫，用尽全力撕扯书页。她把那个女人的图片撕成碎片，以此来发泄心中的怒火。薇薇安·詹金斯看镜头时的小窍门——撕掉；从不开怀大笑——撕掉；自己被她像扔垃圾一样抛弃——撕掉。

今晚真是尽兴，桃莉正打算继续往下撕的时候，有件东西吸引了她的目光。她僵直着身体，盯着手里的碎纸片，大口大口喘着气——没错，就是它。

那张照片里，那个项链坠子从薇薇安的衬衣领上滑出来，落在衣服的褶边上。桃莉用指尖摩挲着照片，想起归还项链那天自己的屈辱遭遇，感觉有些喘不过气。

她把碎片扔在身旁的地板上，脑袋靠着床褥，闭上双眼。

脑子里一片天旋地转，膝盖还在疼，桃莉觉得很累。

她闭着眼，掏出烟盒，抽出一支点上，沮丧地吸着烟。

那天的事还历历在目，桃莉在心里把整件事细细回顾了一遍——亨利·詹金斯意外地邀请自己进屋，他奇怪的问题，对妻子行踪的好奇之心显而易见。

如果她跟亨利·詹金斯再多待一会儿，会发生什么？那天，桃莉差点告诉他食堂轮班的情况。如果她真的说了事情会如何？她告诉那位大作家："噢，不是这样的，詹金斯先生，这不可能。我不知道薇薇安是怎么跟你说的，但她一周最多去食堂一次。"

可桃莉并没有说出口。她没有证实亨利·詹金斯心中的猜想，没有告诉他，他妻子在外面与人有染。她没把薇薇安·詹金斯供出来，平白浪费了一个大好机会。现在，她又没办法告诉亨利·詹金斯这些，他不会相信自己的话。这都得归功于薇薇安，她让亨利·詹金斯以为桃莉就是个爱小偷小摸的女仆。再说，桃莉现在的境况如此狼狈，手里也没有薇薇安出轨的证据。

困局。桃莉吐出一串长长的烟圈。除非自己亲眼看见薇薇安跟自己丈夫以外的男人接吻，自己刚好拍到他们出双入对的照片，否则说什么都没用。桃莉没有时间在昏暗的小巷里躲躲藏藏，跟着她去陌生的医院，在合适的时间合适的地点拍下合适的照片。要是自己能够知道薇薇安和她的医生情人会面的地方就好了，但这可能性微乎其微。

桃莉深吸一口气，坐直了身子。这事如此简单，她忍不住笑起来。她一直在哀怨世事不公，希望有办法让一切重回正轨，现在，绝好的机会就摆在面前。

19

2011年，格林埃克斯农场

"她说她想回家。"

洛瑞尔揉了揉惺忪的睡眼，一只手在床头柜上摸索着眼镜。"她想干什么？"

电话那头，洛丝慢慢地用耐心的语调重复了一遍，好像电话这边的人不懂英语一样。"她今天早上跟我说，她想回家，回格里埃克斯。"她停顿了一下，"她不想待在医院。"

"我知道了。"洛瑞尔戴上眼镜，从卧室的窗户里往外看，今天是个天朗气清的好日子。"她想回家，那医生是怎么说的？"

"等医生忙完手头的事情我会跟他谈谈的，可是——洛尔，"她的声音变得急促，"护士告诉我，她时日不多了。"

站在自己少女时代的卧室，看着清晨的阳光洒在褪色的壁纸上，洛瑞尔叹了一口气。母亲已经时日无多，没必要问护士这话究竟什么含义。"那好吧！"

"你怎么看？"

"她一定要回家？"

"是的。"

"那我们就在家里照顾她。"电话那头没有回答，洛瑞尔问道，"洛丝，你在吗？"

"我听着呢。你是认真的吗，洛尔？你也要回来，和我们一起待在家里？"

洛瑞尔正叼着香烟准备点火，她含混不清地说道："我当然是认真的。"

"太好了，你是……你是在哭吗，洛尔？"

洛瑞尔晃了晃火柴，让它熄灭，然后才开口说道："没，我没哭。"电话那头停顿了一下，洛瑞尔知道，妹妹手里的珠子快被拧出疙瘩了。她用温柔的语气说道："洛丝，放心吧！我很好，我们大家都会很好的。这次我们一起努力，你就等着看吧！"

洛丝咳嗽了一声，既有赞同也有怀疑的意味。她很快就换了个话题，"昨天晚上睡得好吗？"

"还不错。回来的时候比我预料中晚得多。"实际上，她回到农舍的时候已经凌晨三点了。晚餐后，她和格里去了他的寝室，谈了很多关于母亲和亨利·詹金斯的猜想。他们决定，由格里负责追查鲁弗斯医生的线索，洛瑞尔去打听那个神秘的薇薇安。她是将母亲和亨利·詹金斯联系在一起的关键人物，也极可能是1961年亨利来找桃乐茜·尼克森的原因。

昨晚，他们说起这些任务的时候觉得很容易办到。但现在，站在明朗的日光中，洛瑞尔心里没有那么确定了。整个计划听上去就像拍电影一样，充满了梦幻的色彩。她扫了一眼光秃秃的手腕，不知自己究竟把手表放哪儿了。"现在几点了，洛丝？外面已经很亮了。"

"已经十点多了。"

十点？天哪，她睡过头了。"洛丝，我得挂电话了，但我会直接去医院的，你会在那儿等我吗？"

"我只能等到中午，我得去托儿所，把沙蒂最小的孩子接回来。"

"好的，一会儿见，到时候我们可以一起跟医生谈谈。"

* * *

洛瑞尔赶到医院的时候洛丝正和医生在一起。咨询台的护士指着接待中心旁边的咖啡馆告诉洛瑞尔，大家都在等她。洛丝肯定已经等了很久了，洛瑞尔刚走进咖啡馆看到她迫不及待地挥手。洛瑞尔一面招手，一面穿过桌子间的通道。走近些，她才发现洛丝正在哭泣，哭声还不小。桌上到处都是揉成团的纸巾，洛丝湿润的眼睛下面，睫毛膏晕染开来。洛瑞尔坐到洛丝身边，跟医生打了个招呼。

"我刚才正在跟你妹妹介绍情况。"医生的语气中有股职业性的关怀，洛瑞尔扮演医疗工作者，遇到不能不说的坏消息时就会用这个语气。"我认为，该用的治疗方法我们都用上了，现在的问题是让她少些痛苦，舒适地度过余下的时光。我想，你们对此应该做好心理准备。"

洛瑞尔点点头："我妹妹告诉我，我母亲想回家。科特医生，这样能行吗？"

"没问题的。"医生笑了笑，"当然了，如果她想待在医院的话，我们也能满足她的愿望。实际上，大部分病人一直在医院待到临终时刻——"

临终时刻。洛丝在桌子下紧紧抓住洛瑞尔的手。

"但如果你们愿意在家照顾她的话——"

"我们愿意，"洛丝赶紧说道，"我们当然愿意。"

"——那我们可以接着谈送她回家的事了。"

没有香烟可以缓解情绪，洛瑞尔的手指有些疼。她说道："母亲的时间不多了。"这句话听上去像是个陈述句而不是疑问句，洛瑞尔说这话其实是想让自己认清现实。医生没有搭话。

"我之前还很惊讶，"他说道，"但老实说，她的时间的确不多了。"

* * *

"你要去伦敦？"走廊上的地毯布满斑点，姐妹俩一边往母亲的病房走一边聊天。跟医生告别已经有十五分钟了，洛丝手里还攥着一张湿乎乎的纸巾。"是去参加工作上的会议吗？"

"工作？什么工作？我不是跟你说了吗，我现在正在休假。"

"求你了，洛尔，别这样，每次你这样说我都很紧张。"洛丝抬起手跟路过的护士打招呼。

"我说什么了？"

"说你休假的事。"洛丝停下脚步耸耸肩，她乱蓬蓬的头发也跟着左右摇摆。她穿着一件牛仔外套，胸口别着一枚煎蛋样式的别致胸针。"这事听上去总觉得怪怪的。我不喜欢变化，你知道的，你这样让我很担心。"

洛瑞尔忍不住笑起来。"洛丝，没什么好担心的，我不过是去尤斯顿找一本书而已。"

"一本书？"

"我在做一项研究。"

"哈，原来如此！"洛丝接着往前走。"研究！我就知道你并不是真的在休假。噢，洛尔，我终于松了一口气。"洛丝一边说一边用手在满是泪痕的脸前扇了扇，"不得不说，我心里现在轻松多了。"

"你这样说的话，我很高兴有机会为你效了劳。"洛瑞尔微笑着说道。

格里率先提出去大英图书馆查找关于薇薇安的资料。熬夜在网上搜索后，他们查到的却是威尔士的橄榄球网站，陷入了无关的死胡同。格里坚持认为，图书馆一定不会让他们失望。"每年新增三百万个词条，洛尔。"格里一边填写登记表一边说道，"要是摆在书架上都得有六英里长，我们肯定能查到些东西。"说到图书馆的在线服务，格里有些兴奋，"他们可以帮忙复印你要找的文件，然后直接寄到你家里。"但洛瑞尔觉得，自己亲自去一趟更省事。洛瑞尔之前演过侦探片，她知道，有时候只有走出去才能找到线索。要是自己找到的线索能牵引出更多信息呢？亲自去看看总比待在家里，在网上订了文件，然后干等着来得好。总得做点什么，不能就这样徒劳地等待。

她们走到桃乐茜的病房前，洛丝推开房门。母亲躺在床上睡着了，看上去比早晨的时候又瘦弱憔悴了些。洛瑞尔震惊地发觉，母亲生命的时钟走得越来越快了。姐妹俩坐了一会儿，看着桃乐茜的胸膛起起伏伏。然后，洛丝从手提包里掏出一块抹布，开始擦拭病房里摆着的相片。"我们应该把这些东西收拾好，带回家里。"她一边干活一边说道。

洛瑞尔点点头。

"这些照片对她很重要，她一直很看重这些东西，你说呢？"

洛瑞尔又点点头，仍旧一言不发。提到照片，她想起桃乐茜和薇薇安在战时伦敦的那张合影，照片上的日期显示是1941年5月份。正是母亲开始在尼克森奶奶的公寓做工的月份，薇薇安·詹金斯也在那个月在空袭中遇难。这张照片是在哪儿拍的？拍照的人又是谁？是母亲和薇薇安都认识的人吗？难道是亨利·詹金斯？也可能是妈妈当时的男朋友，那个叫吉米的人。洛瑞尔皱着眉头，还有许多没能解开的谜团。

护士开门进来，外面世界的声音也随之涌进房间：人们的欢笑声、蜂鸣器的响声，还有电话铃声。护士忙着检查桃乐茜的脉搏、体温，然后在床尾的表格上记录下来。做完这一切，护士朝洛瑞尔和洛丝笑了笑，说自己给桃乐茜留了午餐，一会儿她醒来就可以吃。洛瑞尔谢过护士之后，转身离开病房，房门关上，房间又陷入一片寂静当中，好像一个静默等待的小站台。等什么呢？对桃乐茜来说，她当然是在等着回家。

"洛丝？"洛瑞尔看着妹妹把擦干净的相框摆成一条直线，忽然开口叫住她。

"怎么了？"

"母亲让你帮忙拿书的时候——就是那本夹着照片的书——你有没有发现她的储物箱里有什么特别的东西？"洛瑞尔真正想问的是，有没有什么东西能解开自己心中的谜团。她小心翼翼地斟酌着，既想打探出有用的消息，又不想让洛丝知道这件事。

"没什么。说实话，我当时没想那么多，只顾着赶快把书拿下去。我害怕耽搁太久的话，母亲会跟上楼来。还好，我回去的时候她还乖乖地躺在床上——"洛丝回想起往事，长吁了一口气。

"真的没什么吗？"

洛丝叹息着，用手拨开额头上的碎发。"没什么，一切都很正常。"她摆摆手，"我当时也手忙脚乱的。你知道，母亲脾气不好，她醒来的时候看到这本书很焦躁。我想，她应该是很高兴吧？毕竟，是她要我去找这本书的。"

"你还记得钥匙放哪儿了吗？"

"嗖，当然——我把钥匙放回她的床头柜里了。"洛丝朝洛瑞尔无奈地摇了摇头，憨厚地笑笑。

洛瑞尔也笑了笑。亲爱的洛丝真是个天真的好姑娘。

"抱歉，洛尔——你刚才问我什么来着……储物箱对吧？"

"也没什么，就随口一提。"

洛丝匆匆看了看手表，告诉洛瑞尔自己得去托儿所接两个小孙女儿了。"我晚上再来，艾莉丝明天上午过来。我们把东西都收拾好，星期六好出院……提到出院，我真有些激动。"她的脸上却是愁云惨淡，"虽然现在这种情况，这种感觉有些不合时宜。"

"洛丝，放心吧！哪有这么多的规矩。"

"也许你是对的吧！"洛丝弯下腰吻了吻洛瑞尔的脸颊，然后转身离开，留下满屋子薰衣草的香气。

* * *

洛丝在的时候，起码屋里还有另一具忙碌的鲜活躯体。她一走，洛瑞尔更清楚地意识到，母亲此刻十分衰弱，只能静静地躺在床上。手机传来短信声，洛瑞尔低头查看信息。此刻，手机是她与外界唯一的交流渠道。是大英图书馆发来的邮件，说她预约的那本书明天就可以借出，请她准备好身份证，办理借阅证。洛瑞尔读了两遍才恋恋不舍地把手机放回手提包里。邮件让她有些分神，不过却是件令人高兴的事。现在，她又回到这间让人思维迟缓的病房。

　　她受不了了。医生说，母亲服用了止痛药，下午会一直昏睡。洛瑞尔才不管母亲有没有醒，她翻开相册，第一张照片是桃乐茜年轻时在尼克森奶奶的海边公寓工作时拍的。她从这张照片开始，慢慢讲述这些年的故事，回忆他们家族的历史。洛瑞尔听见自己令人宽慰的声音，心里觉得这样病房里好歹能有些生气。

　　终于，她讲到格里两岁生日时拍的照片了。那天一早，大家在厨房收拾野餐用具，准备去小溪边的时候拍了这张照片。照片里的洛瑞尔还是个青涩的小姑娘——你瞧她的刘海！她背着格里，洛丝挠着他胖乎乎的肚子，格里不停咯咯笑着。艾莉丝竖着手指，也被拍了进来——她当时肯定在生气。妈妈在后面的背景里，一边清点提篮里的东西，一边用手拍着脑袋。桌子上——洛瑞尔的心几乎停止了跳动，她以前从未留意过这个细节——那把匕首赫然在目，就放在插着大丽菊的花瓶旁边。"妈妈，记住，"洛瑞尔心中暗自叮嘱，"记得把蛋糕刀带上，这样你就不必折回家里，所有的一切都不会发生。在那个男人从车道上走过来之前，我就会从树屋里爬下来，没有人知道他曾经来过。"

这只是孩子的幻想。谁敢断定亨利·詹金斯看到家里空无一人不会再来？他的第二次到访可能会更惨烈，被杀的可能是另一个无辜的人。

洛瑞尔合上相册，没兴趣再叙述家族的历史了。她把母亲身上的被单抚平，对她说道："昨天晚上，我去看格里了，妈。"

房间里响起一个缥缈的声音："格里……"

洛瑞尔看见，母亲的嘴唇虽然没有动，但却微微张开，她的双眼仍旧闭着。"是的。"洛瑞尔接着说道，"是格里，我去剑桥大学看他了。他很好，还是那个机灵的孩子。你知道吗？他在绘制宇宙空间图。你有没有想过，我们捧在手心里的那个小家伙竟然能有这么伟大的成就？他说，学校想把他送去美国做研究，这是个绝好的机会。"

"机会……"母亲像呼吸一般轻轻地吐出这个词。她的嘴唇很干，洛瑞尔拿过水杯，把吸管放进母亲嘴里。

母亲艰难地喝了一点水，轻轻睁开双眼。"洛瑞尔。"她轻声唤道。

"我在这里，你别着急。"

桃乐茜松软的眼皮颤抖着，她努力不让自己闭上眼睛。"它看上去……"她的呼吸声非常空洞，"……看上去好像没什么害处。"

"它？什么它？"

桃乐茜眼中有泪水渗出，苍白的脸上，皱纹被泪水浸得闪闪发亮。洛瑞尔从盒子里抽出一张纸巾，替母亲擦泪。她的动作很轻很柔，就像对待一个受了惊吓的孩子。"什么东西好像没害处，妈？跟我说说吧！"

"是一个机会，洛瑞尔，我拿……拿走……"

"拿走什么？"一件首饰，一张照片，还是亨利·詹金斯的性命？

桃乐茜紧紧抓住洛瑞尔的手，努力睁大湿润的眼睛。母亲继续往下说，声音中却多了一丝绝望，也增添了一股决心，好像她已经等了很长时间，终于能够说出这些事情。虽然此刻她说话都很艰难，但她还是决意要把这一切都说出来。"是一个机会，洛瑞尔，我以为它不会伤害任何人。我只想要公平公正——我觉得这是我应得的。"桃乐茜嗓子里传来沙哑的呼吸声，洛瑞尔身上一阵颤抖。像蜘蛛徐徐吐出一条条丝线，母亲接着往下说。"你相信公平吗？你觉得我们的东西若被夺走该不该把它抢回来？"

"我不知道，妈。"看着那个曾为她驱散恐惧，擦干眼泪的女人如今这样衰老，这样虚弱，还要受内疚和悔恨折磨，洛瑞尔心里每一寸都被割得生疼。她想安慰母亲，想知道母亲究竟做了什么事。她温柔地说："我想，这要取决于我们被夺走的东西是什么，想抢回来的又是什么。"

母亲紧张的表情逐渐缓解，她的眼睛看着明亮的窗户，又泪眼婆娑。"所有的东西。"她说道，"我那时候觉得自己一无所有。"

* * *

日暮时分，洛瑞尔坐在格林埃克斯农场阁楼的地板上。褪色的地板结实光滑，黄昏时刻最后一缕阳光穿过阁楼尖顶上小小的玻璃窗，像聚光灯一般打在母亲上了锁的储物箱上。洛瑞尔缓缓地抽着烟。她已经在这里坐了半个小时，陪伴她的只有一个烟灰缸、储物箱的钥匙和她的意识。钥匙就在母亲床头柜的抽屉里，按洛丝的指点，她很容易就找到了。此刻，洛瑞尔要做的就是把它插入锁孔中，扭一下，然后一切就都明白了。

明白什么呢？桃乐茜所谓的机会？还是她拿走的东西或做过的事？

洛瑞尔并不指望从箱子里找到一份完完整整的忏悔书。储物箱藏着许多关于母亲的秘密。如果她和格里在整个英国奔走寻找，从别人那儿打探消息，却不先从自己家里查起，那真是太傻了。再说，看看箱子里的东西也不算侵犯母亲的隐私。难道，这比她去找基蒂·巴克尔打听消息，查找鲁弗斯医生的信息更糟吗？明天，她还要去图书馆查薇薇安·詹金斯的资料。洛瑞尔过不去的其实是她心里这道坎。

洛瑞尔看了看锁头。母亲不在家，她试图劝服自己，看看也没什么大不了的——妈妈让洛丝替她取书，她应该也不会介意自己看看箱子里的东西。这个逻辑或许很荒谬，但这是洛瑞尔唯一能够想出的理由。一旦桃乐茜回到格林埃克斯农场，所有的一切都会成为泡影。洛瑞尔知道，母亲若就在楼下，自己绝没有机会探寻母亲的秘密。要么现在就看，要么让所有的事成为一个永远的秘密。

"对不起，妈妈。"洛瑞尔决绝地摁灭香烟，"但我必须搞清楚。"

她小心翼翼地站起身，朝阁楼的角落走去，阁楼低矮，她感觉自己像个巨人。她跪下来，把钥匙插进锁孔里，然后轻轻一扭。这一刻，她从心里感受到，即使自己一直不打开这个箱子，那件杀人案也已经发生了。

事已如此，不如索性放手一搏？洛瑞尔站起来，掀开老旧的箱盖，但仍然不敢朝里面看。久未使用的皮革合页早已僵硬，此刻一动就发出干涩的吱嘎声。洛瑞尔屏住呼吸，好像又回到了孩童时代，打破了家里戒条。她感觉整个人都轻飘飘的。如今，箱盖已经完全打开。洛瑞尔松开手，合页被箱盖压得又是一阵哀鸣。她深呼吸一口，越过禁区，打量箱子里面的东西。

最上面是一个微微发黄的信封，看样子有些年头了。上面的收件人写的是格林埃克斯农场的桃乐茜·史密森，橄榄绿的邮票上是穿着加冕华服的伊丽莎白女王，那时候的女王还很年轻。邮票似乎说明了这封信的重要性，洛瑞尔虽然猜不到其重要之处到底在哪儿，却还是感到一阵激动。信封上没有寄件人的地址，洛瑞尔咬着嘴唇，打开信封。里面掉出一张浅黄色的卡片，上面用黑色的墨水写着三个字——谢谢你。洛瑞尔翻到背面，却什么也没有。她来回打量着卡片，心中疑虑重重。

这么多年来，给母亲寄卡片表示感谢的人很多，但谁会匿名呢——信封上没有寄信人的地址，卡片上也没有落款，真是奇怪。桃乐茜居然把这张卡片珍藏在箱子里，还锁起来，这就更奇怪了。洛瑞尔意识到，母亲肯定知道这封信是谁寄的。而且，不管这人为什么感谢妈妈，这件事一定非常私密。

虽然这和她调查的事情无关，但整件事都充满不寻常的色彩，洛瑞尔心里怦怦直跳。这封信极有可能是条重要的线索，但洛瑞尔觉得即便知道寄件人是谁也没多大用处，至少，现在看来没多大用。除非她直接去问妈妈，而她目前并不打算这样做。她把卡片装回信封，放在箱子里那个精巧的庞齐雕像下面。洛瑞尔露出淡淡的笑容，回想起小时候在尼克森奶奶家度假的时光。

箱子里还有一件体型巨大的东西，几乎占据了整个储物箱。它看上去像是一张毛毯，洛瑞尔拿出来抖开才发现，这竟然是一件破旧的皮草大衣，看样子应该是白色的。洛瑞尔拎着大衣的肩膀伸开，像是在服装店里挑选衣服那样。

衣柜在阁楼另一边，柜门上镶着一面镜子。小时候，她和妹妹们经常躲在衣柜里面玩——至少，洛瑞尔曾经这样干过。妹妹们都很胆小，所以这里就成了洛瑞尔绝佳的藏身之处，她想躲起来静静地编故事的时候就会来这里。

洛瑞尔拎着大衣来到衣柜前，把衣服穿在身上，来来回回打量着自己的身影。大衣长度过膝，前面有一排扣子，腰上还有一条腰带。不管你喜不喜欢皮草，你都得承认，它的裁剪非常漂亮，细节处的做工也很好。洛瑞尔觉得，当初买下这件衣服的人肯定花了不菲的价格。不知道买下它的人是不是妈妈，如果是的话，一个女佣如何买得起这样昂贵的大衣。

她看着镜中自己的身影，忽然想起一段久远的回忆。这不是洛瑞尔第一次穿这件大衣，那时候她还是个小姑娘。那天正在下雨，整个上午尼克森家的姑娘们都在楼上楼下来回跑，母亲不胜其烦，就把她们赶到阁楼上，让她们玩化妆表演的游戏。尼克森家的孩子们有一个很大的装衣服的箱子，里面装满了旧帽子、旧衬衣和围巾，还有桃乐茜搜集的许多有趣的小玩意儿。在孩子们眼里，这些都是不可多得的好东西。

妹妹们把旧衣服裹在身上，眼尖的洛瑞尔在阁楼的角落里发现一个口袋，露出来的部分是白色的，毛茸茸的。洛瑞尔马上把大衣从口袋里拖出来，穿在自己身上。当时的她就站在这面镜子前，欣赏自己的身姿，感叹这衣服让人看上去立马贵气起来，就像邪恶却强大的冰雪皇后。

那时的洛瑞尔还是个孩子，没发现大衣上脱落光秃的毛皮，也没看见衣领袖口处的污渍，却立马意识到这件华贵衣服中蕴含的权威。她命令妹妹们钻进笼子里，不听话就会放出驯养的恶狼吃掉她们，自己则在一边发出邪恶的欢笑声。洛瑞尔就这样乐此不疲地玩了好几个小时，妹妹们也乐于听从她的命令。母亲叫孩子们下来吃午饭的时候，洛瑞尔还对这件衣服和它神奇的力量恋恋不舍，于是就穿着大衣下来了。

桃乐茜看见大女儿穿着皮草大衣走进厨房时，脸上的表情难以捉摸。既不是高兴，也没有气得大吼，她的表情比这更糟。她脸上一瞬间颜色全失，说话的时候声音都在颤抖。"脱下来，"她说道，"马上脱下来。"洛瑞尔没有立刻执行母亲的命令，桃乐茜风一般地走到她身边，一边从她身上脱下大衣，一边喃喃地说道，天太热，大衣太长，楼梯太陡，不该穿这件衣裳，洛瑞尔没有摔跤真是万幸。母亲扫了一眼洛瑞尔，把大衣搭在胳膊上，她脸上的表情像是在控诉什么，交织着沮丧、恐惧和被背叛的失落。那一瞬间，洛瑞尔以为母亲要哭了。但她并没有。她让洛瑞尔坐在桌子边，自己拿着大衣转身离开。

之后，洛瑞尔再也没见过那件大衣。几个月之后，学校的表演需要这样一件大衣，洛瑞尔问母亲它的下落。桃乐茜却只说："那件旧衣服？我早就丢了，放在阁楼上只会招老鼠。"然而，她却不敢看洛瑞尔的眼睛。

但这件衣服又出现了，就藏在母亲的箱子里，一锁就是好几十年。洛瑞尔心事重重地吁了一口气，她把手揣进大衣的口袋里。色丁料子的里衬上破了一个洞，洛瑞尔的手指刚好可以穿过。她摸到了一个东西，好像是一张硬纸板。不管是什么，洛瑞尔抓住它，从小洞里拖了出来。

是一张长方形的白色卡片，非常干净，上面印着几行字。字体有些褪色，洛瑞尔就着一缕余晖辨认上面的字迹。这是一张单程火车票，从伦敦到尼克森奶奶家最近的车站，上面的日期是1941年5月23日。

20

1941年2月，伦敦

吉米穿行在伦敦城里，步子像弹簧一样轻快。他和桃莉已经有几个星期没联系了，吉米去坎普顿丛林找她也被拒之门外，他寄过去的信她一封都没有回。但今天，她终于来信了。信就放在吉米的裤子口袋里，他几乎能感觉到它的温度。几个星期前那个不堪回首的夜晚，这个口袋里装着给桃莉的戒指。他希望这仅是巧合而已。前几天，信就被送到报社办公室了，内容很简单——恳求吉米去肯辛顿花园，彼得·潘塑像旁的那张长椅上见面，她有事要跟他谈，她希望这件事能让吉米开心起来。

桃莉改变心意，同意嫁给自己了？肯定是这样的。吉米试图让自己谨慎些，不要忙着下结论，毕竟，桃莉不久前才拒绝了自己，而自己为此伤心不已。但他还是没办法控制自己的念头——说白了，这就是他所期待的。要不然还能是什么事？能让自己高兴的事——在吉米看来，唯一能让自己高兴的就是桃莉愿意嫁给他。

十天前，德国人开始对伦敦进行猛烈的轰炸，这两天忽然平静下来，这比大轰炸中最艰难的时候都更诡异，不明所以的平静让人们胆战心惊。1月18日，一枚流弹刚好落到吉米住的公寓楼顶上。晚上下班回家的时候，吉米转过街角，看见骚乱的人群，心里一下子就明白了。上帝啊！他屏住呼吸，冲进火焰和废墟当中，在倒塌的公寓中来来回回地找，大声喊着父亲的名字。那一刻，除了自己的呼吸声、脚步声和血液沸腾的声音，他什么都听不见。吉米责怪自己没找个安全的住处，没有在父亲最需要陪伴的时候陪在他身边。他在废墟中翻出了芬奇被压成一团的笼子，心里既痛苦又悲伤，忍不住发出一声动物般的哀鸣。他不知道自己竟然能发出这样的声音。他照片中的苦难场景忽然降临身边，但这次被炸毁的房子是他的家，满地破碎的物品是他的财产，罹难的人是他的父亲。他忽然明白，无论编辑对自己奉以多少赞誉，此刻的他都无法勇敢地拿起相机，拍下这一幕。不过转瞬之间，自己竟然一无所有，吉米心里充满了恐惧和惊慌，而这一切居然都是真的。

吉米转过身，双腿猛地承受不住身体的重量，跪倒在地上。这时，他看见汉布林太太站在街对面，精神恍惚地朝他挥手。吉米走过去抱着她，让她在自己肩头轻声啜泣。他也哭了，无助、愤怒和悲伤交织成滚烫的泪水，从脸上滑落。汉布林太太忽然抬头问道："你还没见到你父亲吧？"吉米答道："我没找到他。"汉布林太太指了指街上："他可能是和红十字会的人一起走了，一个漂亮的年轻护士给他倒了杯热茶，你知道的，你父亲最喜欢喝茶了，他——"

吉米来不及等她说完，就转身往教堂的方向跑去。他知道，红十字会就驻扎在那里。他冲进教堂大门，一眼就看到了父亲。老头子坐在桌边，面前摆着一杯茶，芬奇就站在他的胳膊上。汉布林太太及时把他老人家送到防空洞，吉米觉得她是自己这辈子最该感谢的人，要是可以的话，他愿意把整个世界都献给她。但很遗憾，吉米现在一无所有，他省吃俭用攒下的钱和其他物品都在爆炸中化为灰烬，哪里还有东西感谢汉布林太太？除了身上的衣服和随身携带的相机之外，他已经身无长物了。感谢上帝，要是连相机都没了，他真不知道自己还能干什么。

　　吉米边走边把额前的碎发甩开。他这会儿心里很乱，不能再想父亲的事情了。想起父亲他整个人都变得脆弱，但今天，脆弱对他而言是奢侈品，他一定要控制住自己，尽量显得庄重，哪怕傲慢一点儿也无妨。他有自己的骄傲和尊严，他想让桃莉看看自己现在的样子，让她知道，她犯了一个错。这次，他没有穿父亲的西服，让自己看上去像个滑稽的猴子，但他还是费尽心力收拾了一下。

　　他走进公园，经过捐献给胜利菜园的那片草地。小路两边没有围着铁栏杆，看上去光秃秃的。桃莉身上有种魔力，只需一个眼神，就能让吉米臣服于她的意志。吉米记得在考文垂的咖啡馆里，她喝着咖啡，用笑盈盈的眼睛打量自己；她笑起来嘴角好看地翘着，有时候会有股玩世不恭的味道在里面，但却如此生动，让人激动不已。一想到桃莉他身上就暖和起来，他收回心神，想着桃莉伤害自己，让自己尴尬的时刻。服务生看见吉米一人跪在餐厅的地板上，手里还举着一枚戒指，脸上的表情——啧啧——吉米绝不会忘记他们的神情，自己转身离开的时候他们肯定在嘲笑自己是个可怜虫吧！走到小径尽头，吉米被绊了一跤。天哪，他得镇定下来，别盲目乐观期许，保护好自己，不要再次因失望而受伤。

　　吉米尽力了，真的尽力了。但他爱了桃莉这么多年，哪能说不爱就能不爱？男人一旦遇到爱情就会变成傻瓜。晚上，吉米回到家的时候又追悔莫及——可怜的吉米·梅特卡夫走到约会地点附近时，竟然忍不住一路小跑。

＊ ＊ ＊

桃莉就坐在她信中所说的那条长椅上。吉米一看见她就立马停下脚步，他一边凝视着桃莉，一边调整呼吸，抚平头发，整理衣领，调整步态。起初的兴奋很快就变成了疑惑。他们不过三个星期没见面——虽然分别时的场景让吉米感觉像是过了三年——但桃莉整个人都变了。虽然她的脸蛋依旧美丽，但吉米从远处就感觉到，她变了。他一时有些茫然，他本来想装作严厉冷漠的样子，但一看见她坐在那儿，抱着胳膊，低垂着双眼，比记忆中清减了许多，他的心又软了。吉米没料到再次见面时桃莉会是这副模样，所以一时竟有些措手不及。

桃莉看见吉米，试探地笑了笑。吉米也笑着朝她走去，心里暗自忖度究竟发生了什么事情。是不是有人伤害了她，所以她整个人都失去了往日的神采？如果真是这样的话，吉米一定要杀了这个人。

桃莉站起来拥抱吉米。吉米抱着她柔软的身体，感觉像捧着一只小鸟。她穿得不多，天上断断续续飘着雪，她身上那件破旧的皮草大衣肯定不够暖和。她抱着吉米，就这样过了很长时间。桃莉拒绝吉米的求婚，把他一人丢在餐厅里，还不愿意解释其中的原因，吉米觉得非常受伤，非常愤怒。他对自己说，今天见到桃莉要时刻记得自己所受的折磨。但此刻，他竟然轻轻抚摸着她的头发，动作轻柔，好像她是一个迷路的脆弱小孩。

"吉米，"她终于开口了，她的脸紧紧贴在吉米的衬衣上，"噢，吉米——"

"嘘——"吉米说道，"我在这儿，别哭了。"

桃莉仍旧哀哀地哭着，清亮的泪珠像断了线的珠子，一颗接一颗地往下落。她抱着吉米的胸膛，吉米感觉自己很重要，心里有种奇怪的兴奋感。天哪，自己究竟怎么了？

"噢，吉米，"桃莉再次喊着他的名字，"对不起，我真替自己感到羞愧。"

"你在说什么，桃儿？"吉米握住她的肩膀，桃莉却畏畏缩缩地看着他的眼睛。

"我犯了一个错误，吉米，"她说道，"我犯了很多错误。我不应该那样对你——那天晚上，我在餐厅……把你一个人丢在那里，自己跑了。我真的非常非常抱歉。"

吉米没有手绢，只好掏出镜头布轻轻擦干她脸上的泪水。

"我不奢望你会原谅我，"她说道，"我也知道我们回不去了，我知道。但我不得不告诉你，我非常愧疚，我必须亲自向你道歉，这样你才能看到我的诚意。"她泪眼婆娑地往下说，"我是认真的，吉米，我真的很抱歉。"

吉米点点头。这时候，他应该说些什么才对，但他心里既惊讶又感动，一时间竟想不起该说什么。桃莉笑了，比刚才开心多了，如此就够了。在她的笑容中，他好像看见了她往日的活力，吉米想把她这模样冰冻起来，这样她的笑容就不会消失。桃莉是那种必须一直幸福的人，这不是吉米自私的期待，而是事实。就像一架钢琴或是一把竖琴，只要调好音，她就能发挥出最大的魅力。

"就是这样，"桃莉如释重负地叹了口气，"我终于做到了。"

　　"你做到了。"吉米的声音非常有磁性，他忍不住用手指抚摸着桃莉柔软的嘴唇。

　　桃莉往前凑了凑，轻轻吻着吉米的手指。她闭上眼睛，黑色的睫毛还是湿漉漉的，衬得面庞分外白皙。

　　桃莉吻了很长时间，好像她也想让世界就此不再转动，就停在这一刻。终于，她抬起头，害羞地打量着吉米。"既然如此……"她说道。

　　吉米掏出香烟，递给桃莉一支，她开心地接过来。

　　"你真了解我，我都昏了头了。"

　　"这不像你。"

　　"不像我？嗯，可能是我变了。"

　　桃莉的口气非常随意，但却和吉米见到她的第一印象对上了号，他忍不住皱了皱眉。他给自己和桃莉把烟点上，然后挥着香烟指着自己来时的路。"走吧！"他说道，"再这样交头接耳，我们会被当成间谍的。"

　　公园的大门早已不知去向，他们沿着小路往外走，一路都像陌生人一样礼貌地谈着些无关紧要的事情。走到路边，两人停下脚步，都像在等对方来决定下一步该往哪儿走的样子。桃莉率先开口了，她转身朝着吉米。"真高兴你能来，吉米。我不值得你这样，但还是谢谢你。"她语气中有种到此为止的味道，起初的时候吉米还不明白。桃莉勇敢地笑笑，然后挥挥手，吉米这才意识到，她要走了。她道完歉，做了自以为能让吉米开心的事，现在，她要走了。

就像一缕阳光穿破乌云，吉米心里忽然明白，唯一能让自己开心的事就是娶她为妻，和她在一起，好好照顾她，让一切回到原来的模样。"桃儿，等等——"

桃莉把手提包挂在胳膊上，准备抛开。听见吉米的喊声，她转过头来。

"跟我走吧！"吉米说道，"我还有一会儿才上班，我们去吃点东西吧！"

* * *

以前的吉米不会这样做，他会把一切计划周全，尽量尽善尽美，但如今的他顾不了那么多了，让骄傲和完美见鬼去吧！他此刻心急如焚。他已经意识到，生命中有些事情转瞬即逝，只需一颗流弹，一切都会随云烟散去。女服务员刚放好餐具他就迫不及待地坐直身子说道："桃儿，我的求婚仍然有效——我爱你，我一直都爱着你，我最想做的事情就是娶你。"

桃莉凝视着他，大大的眼睛里写满了惊讶。这也不怪她，刚才她还在想到底是点鸡蛋还是兔肉，现在求婚的问题就突然摆到了眼前。"真的吗？你不怪我？"

"我不怪你。"吉米将手伸过桌子，桃莉将自己纤细的双手放在他的手里。进到餐厅，桃莉脱掉白色的皮草大衣，吉米看见她苍白细弱的手臂上有伤痕。吉米看着她的脸庞，想要照顾她的念头在心里排山倒海。"桃儿，我没法给你戴上戒指。"他握着桃莉的手，两人十指相扣。"流弹把我住的公寓炸成废墟，我现在一无所有，我一度以为我连父亲也失去了。"桃莉轻轻地点头，仍然非常吃惊的样子。吉米继续往下说，他知道自己废话太多，没说到正题上，但还是想把心里的话说完。"感谢上苍，父亲还好好地活着。他幸免于难，我找到他的时候他正和红十字会的人待在一起，舒舒服服喝着热茶。"吉米想起和父亲劫后重逢的场景，嘴角不禁露出一抹微笑。尔后，他摇摇头，"不管怎样，我的意思是戒指已经丢了，我会尽快攒钱给你买枚新的。"

桃莉有点哽咽，她温柔地说道："噢，吉米，你以为我会在乎这些东西吗？那你真是太小看我了。"

这次轮到吉米吃惊了："你不喜欢戒指吗？"

"当然不喜欢，我才不要它把我捆在你身边呢。"桃莉握紧他的手，眼睛里泪光闪闪。"吉米，我也爱你，一直都爱。我怎么做你才能相信呢？"

* * *

他们安静地吃着东西，偶尔会抬起头来，朝对方微笑。吃完饭之后，吉米点燃一支烟，"格温多林老夫人愿意让你嫁出来，离开坎普顿丛林吗？"

桃莉的脸忽然间阴云密布。

"桃儿？怎么了？"

她把一切坦然告之——格温多林夫人去世了，桃莉从坎普顿丛林搬出来，重新住回雷灵顿公寓那间窄窄的小屋。她身无分文，为了付房租只好在军工厂里长时间劳作。

"格温多林夫人不是在遗嘱里给你留了东西吗？"吉米问道，"我记得你跟我说过这件事，不是吗？"

桃莉将目光转向窗户，刚才喜悦的神情被苦涩一扫而光。

"是的，"她说道，"她答应过我，但那是以前的事情了，后来，事情发生了变化。"

看着她黯然的神情，吉米知道，不管桃莉和格温多林夫人之间发生了什么事情，这肯定就是见面时桃莉一脸沮丧的原因了。

"什么事，桃儿？什么事情变了？"

桃莉躲避着吉米的目光，他一下子就明白了，她不想再回忆往事，但吉米必须知道，这虽然很自私，但他爱她，他不能就此略过不提。他沉默不语地坐着，一坐就是很长时间。桃莉终于明白，吉米不知道真相是不会罢休的。她长叹了一口气，"一个女人卷了进来，吉米，一个有钱有势的女人。她讨厌我，把我的生活搞成了一团乱麻。"她的目光从窗户回到吉米脸上。"我孤身一人，根本没机会打败薇薇安。"

"薇薇安？食堂那个薇薇安？你们不是朋友吗？"

"我以为我们是，"桃莉苦涩地笑了笑，"我想，曾经是吧！"

"究竟发生什么事情了？"

桃莉的身子在白色的衬衣里轻轻颤抖，她盯着桌面，神色中仿佛在思考什么。吉米猜，她是不是在为接下来要告诉自己的事情感到尴尬。"我去把她丢失的项链还给她，但我敲响她家大门的时候她并不在家。她丈夫邀请我进去等——我跟你说过的，吉米，他是个作家——他请我进去等薇薇安，我就去了。"桃莉低下头，鬈发微微晃动着。"可能我不该接受他的邀请，我不知道。但是薇薇安回家看见我的时候非常生气，我看得出来，她以为我和她丈夫……就是那种事。我想解释给她听，我以为能证明自己的清白，但是……"她的注意力重新回到窗户上，一缕浅浅的阳光洒在她高高的颧骨上。"但是我错了。"

吉米心里咚咚直跳，羞辱和恐惧同时涌上心头。"她对你做什么了，桃儿？"

桃莉欲言又止，喉咙轻轻动了动，吉米以为她要哭出来了，但她没有。她扭过头看着吉米，脸上的表情如此悲哀，如此受伤，吉米的心都要碎了。她的声音低得像是在自言自语。"她用谎言污蔑我，吉米，她在她丈夫面前抹黑我。后来甚至还告诉格温多林夫人我是个小偷，不值得老夫人相信。"

"但这，这——"吉米既惊又怒，为桃莉感到愤愤不平，"这太卑鄙了。"

"最可笑的是，吉米，她自己才是满口谎言。她红杏出墙已经好几个月了，你还记得她在餐厅里跟你说，她有一个做医生的朋友吗？"

"经营儿童医院的那个人吗？"

"这只是表象而已——我的意思是，医院是真的，医生也是真的，但那个所谓的医生实际上是她的情人。她以医院为伪装，这样去会情人的时候才不会引人怀疑。"

吉米注意到，桃莉在轻轻发抖，这不是桃莉的错。谁被朋友残忍背弃的时候不会恼怒呢？"桃儿，真替你感到难过。"

"你不用同情我。"桃莉假装坚强的样子让吉米心里无比疼痛，"这件事的确让我深受打击，但我告诉自己，绝不能让薇薇安打倒。"

"这才是我的好姑娘。"

"这不过是——"

女服务员过来帮他们清理桌面，桃莉只好停下话头，无聊地摆弄着吉米的餐刀。女服务员扫了他们一眼，以为这对小情侣在吵架——她走过来的时候这两人都沉默不语。桃莉飞快地把头扭到一边，吉米只好随口应付服务员的闲聊。"大本钟不走了，知道吗？""只要圣保罗教堂还在就好。"服务员偷偷打量着桃莉，她只好尽量侧过头，把脸藏起来。吉米从她的侧影看见，她的下唇已经在瑟瑟发抖了。"好了好了，"他催促服务员离开，"不用打扫了，谢谢你。"

"要来一份布丁吗？不是我夸口——"

"不，不用，已经够了。"

服务员抽了抽鼻子。"那好吧！"然后转身踩着橡胶底的高跟鞋离开了。

"桃儿？"终于只剩下他们两个人了，"你刚才想说什么？"

桃莉用手紧紧捂住嘴，害怕自己哭出来。"我那么爱戴格温多林夫人，吉米，我视她老人家为母亲，她离开这个世界的时候以为我是个满口谎言的小偷——"她终于崩溃了，泪珠一颗接一颗地滑过脸颊。

"嘘——没事了，别哭。"吉米坐到桃莉身边，吻掉每一滴泪珠。"你每天都尽心尽力地照顾格温多林夫人，她知道你心里的感受。而且，你知道吗？"

"知道什么？"

"你是对的——别让薇薇安打倒你，我敢保证你不会被她打垮的。"

"噢，吉米。"她轻轻摆弄着吉米衬衣上松掉的纽扣，把它捻来捻去，"你真是个好人，但我怎么做得到呢？我怎么才能打败她？"

"你只要健康长寿，过着幸福的生活。"

桃莉眨眨眼。

"和我一起。"吉米笑着把她脸旁的一缕头发掠到耳后，"我们结婚后一起跟她战斗——我们节约每一分钱，然后搬到海边或是乡下——看你喜欢哪儿，就像我们一直梦想的那样，过着幸福的生活，以此来打败她。"他亲亲她的鼻尖，"你说是不是？"

过了一会儿桃莉才慢慢地点点头，吉米看得出来他，她还是有些疑虑。

"你说是不是这样，桃儿？"

这次，她终于笑了。但这个笑容来得快去得也快，桃莉叹了口气，用手托着脸。"不是我扫兴，吉米，我希望我们的梦想能快点实现，真恨不得现在就走，去别的地方重新开始。有时候，我觉得这是唯一能让自己好受些的办法。"

"用不了多久的，桃儿。我会努力赚钱，每天都出去拍照片，编辑很看好我。要是——"

桃莉吸了一口气，她抓住吉米的手腕，吉米只好停下来。"照片。"桃莉急促地喘着气。"噢，吉米，你让我想起一个好主意，我们立刻就能拥有梦想中的一切——海边小屋，还有你说的那些——而且，我们还能给薇薇安一个教训。"桃莉眼中神采飞扬，"我们一起离开，开始新生活，这就是你想要的，对吗？"

"我当然想，桃儿，但是——钱的问题，我没——"

"你没有认真听我说话，你难道没听明白，我说的就是钱的问题，我有办法能弄到钱。"

她亮晶晶的眼睛紧紧盯着吉米，里面全是不羁的神色。虽然桃莉没有告诉他全部的计划，但吉米心里忽然一沉，他努力控制住自己的心绪，不想毁掉这美好的一天。

"你记得吗？"桃莉从吉米扔在桌上的烟盒里抽出一支烟，"你说过，愿意为我做任何事情。"

吉米看着她划燃火柴。他当然记得自己说过的话，而且他也是认真的。但桃莉眼中兴奋的神色，她划火柴时颤抖的手指，让他有种不祥的预感。他不知道桃莉接下来会说些什么，他只知道，自己一点都不想听。

桃莉抽了一口烟，吐出浓浓的烟雾。"吉米，薇薇安·詹金斯是个很有钱的女人，她也是个谎话连篇的荡妇，还伤害了我，让我深爱的人对我充满敌意，剥夺了我对格温多林夫人财产的继承权。但我了解她，她有一个弱点。"

"是吗？"

"她的丈夫对她忠心耿耿，要是知道她对自己不忠肯定会难过得心都碎了。"

吉米机械地点点头，表示自己在听。

桃莉继续往下说："我知道，这听上去很滑稽——但吉米，你听我说完。如果有人拍到薇薇安和那个男人出双入对的照片你觉得会怎样？"

"会怎样？"吉米的声音听上去很平淡，一反平常。

桃莉扫了他一眼，嘴角一翘，脸上的笑容略显紧张。"我觉得她会出一大笔钱买下这张照片，这笔钱足够一对年轻的恋人一起远走高飞。"

吉米努力思考桃莉的话,他忽然意识到,这一切都是桃莉的小把戏。她随时都会绷不住,笑出声来——"吉米,我是开玩笑的,傻子,你把我当什么人了?"

但她没有,相反,她的手越过皮座椅,握住吉米的手,轻轻印上一个吻。"钱,吉米。"她把他的手放到自己温暖的脸颊上,声音很低很低。"就像你说的那样,我们有足够的钱结婚,重新开始,过着幸福的生活——这难道不是你一直想要的吗?"

桃莉知道,这当然是吉米想要的生活。

"她罪有应得。吉米,你不是也说她应该为自己的所作所为付出代价吗?"桃莉吸了一口烟,在缭绕的烟雾中飞快地说道,"就是她让我跟你分手,你知道吗?她让我对你心生不满,吉米,她让我以为我们不应该在一起,你难道不明白她给我们带来多大的痛苦吗?"

吉米茫然不知所措。他讨厌桃莉的建议,更讨厌自己不敢直接说出心中的感受。他听见自己说道:"你是想让我去偷拍他们的照片吗?"

桃莉朝他笑了笑。"噢,不是的,吉米,不是这样子。我们有很多机会,根本不用冒风险等着抓他们的现行。我的法子简单多了,相比之下简直是小孩子的把戏。"

"那好吧!"吉米盯着餐桌的金属镶边,"桃儿,告诉我,什么办法?"

"我去拍照片。"她玩笑般将那枚纽扣拧落在自己手里,"你也要帮忙。"

21

2011年，伦敦

　　这段路开车很方便，十一点钟的时候洛瑞尔就到了尤斯顿路。她到处找车位。终于在站台附近发现了一个窄窄的地方。大英图书馆就在几步路开外的地方，真是完美。洛瑞尔四处一看，街角处有尼路咖啡黑蓝色相间的遮阳棚。没有咖啡因的滋润，即便是在上午，脑子也昏昏沉沉的。

　　二十分钟之后，精神抖擞的洛瑞尔穿过图书馆灰白色的大厅，来到读者登记处。胸牌上写着"邦妮"的年轻工作人员没有认出洛瑞尔，正兀自对着玻璃门欣赏自己的容貌。洛瑞尔觉得这是对自己的嘉奖。整个晚上她都辗转反侧，难以入眠，脑子里全想着母亲究竟从薇薇安·詹金斯那里拿走了什么。又是凌晨才入眠，在格林埃克斯农场从起床到开车离开，她一共只花了十分钟时间。这样的速度难能可贵。洛瑞尔用手拨弄了一下头发，想让自己看上去精神些。邦妮问道："请问有什么可以帮您？"洛瑞尔回答道："你好，我想咨询件事儿。"她掏出格里写着借阅证编号的那张字条，"我在人文阅览室预约了一本图书。"

　　"我查一下，请稍等。"邦妮在键盘上敲下几个按键，"请提供您的身份证和地址，这样我才能完善您的登记资料。"

洛瑞尔把东西递给她，邦妮看了一眼笑着说道："洛瑞尔·尼克森——和那个女演员同名。"

"是的。"洛瑞尔点头同意。

邦妮找出一张借阅证，指着盘旋楼梯的方向说道："请去二楼前台，那儿的工作人员会把书给您。"

洛瑞尔依言而行，二楼前台果然有一位非常热心的绅士在等着她。他穿着西装马甲，脖子上系着红色领结，留着长长的白胡子。洛瑞尔说清楚自己要找的书，把刚才在楼下打印的资料递给他。老绅士转身走向身后的书架，从上面取下一本薄薄的书，书脊用黑色的皮革裹着。洛瑞尔屏住呼吸，看了一眼书名——《爱与失去：作家亨利·詹金斯的一生》——她心里感到一阵强烈的兴奋。

她在角落里找个位置坐下，打开封面，闻着书本上的陈旧书香味儿。这本书篇幅不长，洛瑞尔从没听过这家出版公司，从外观来看，这本书的装帧设计显得极不专业——封面尺寸和图案让人不舒服，页面留白不够，照片很少，清晰度也不佳。此外，书中许多内容都摘自亨利·詹金斯的其他小说。但这至少是一个开端，洛瑞尔想马上开始阅读。她浏览了一下目录。在网上看到标题为《婚后生活》的章节时，产生了极大的兴趣。此刻，真的从书上看到这一章内容，她的心情十分轻快。

但洛瑞尔没有直接翻到九十七页。最近一段日子，她每次闭上眼，都能看到一个戴着帽子的男人走在洒满阳光的车道上，那暗色的剪影似乎被印在了自己的视网膜上。她的手指轻轻叩着目录页。现在，自己终于有机会得知更多那个男人的故事，为那个模糊的剪影涂上颜色，增添细节。想起那个陌生男人的身影，她忍不住打了个冷战，或许是终于能够得知母亲那天究竟做了什么吧！之前，在网上搜索亨利·詹金斯的时候洛瑞尔非常害怕，但这次，这本看似微不足道的薄薄书册却没有给她同样的恐惧感。这本书很早以前就出版了——洛瑞尔查看版权页，发现它早在1963年就已出版。也就是说，除了自然损毁之外，存世的书寥寥无几，大部分都丢在了鲜有人看到的昏暗角落。她手里的这本书几十年来一直藏在数英里长的书墙当中，被世人遗忘。要是洛瑞尔在书中看到了自己不想知道的东西，她大可以合上书页，把书还回去，再也不去碰触。洛瑞尔有些犹豫，然后还是稳了稳心神。她的指尖微微有些疼，她飞快地翻到前言部分。她深呼吸了一口气，心里充满了突如其来的奇怪激动感，然后开始了解这个从车道上走来的陌生人的故事。

亨利·罗纳德·詹金斯六岁的时候，在约克夏村的大街上亲眼目睹了警察打人的一幕。他从周围人的窃窃私语中得知，被打的男子是附近邓纳比的居民。邓纳比位于峭壁谷当中，被人们称作"人间炼狱"。在许多人看来，那里是"全英格兰最差劲的村庄"。这件事在年幼的亨利·詹金斯心中留下了难以磨灭的印象，他一生都无法遗忘。1928年，他出版了处女作小说《黑钻石的悲》。在书中，他刻画了一个背负真相骄傲非凡的男人，这个男人的困境引起了读者和评论家的广泛同情，这个人物甚至成为战争期间英国小说中最著名的形象。

在《黑钻石的悲》的开篇当中，穿着安全靴的警察殴打了命运悲惨的主人公——沃尔特·哈里森。他大字不识一个，但却非常勤劳刻苦。个人生活的不幸促使他倡导社会变革，这最终导致了他的英年早逝。在1935年英国国家广播电台的一次采访中，詹金斯提到了他的现实生活，以及现实生活对他的作品和灵魂的深刻影响。"那天，我看见一个男人被穿制服的警察逼到一无所有、无路可走的地步，我忽然意识到，我们的社会当中既有弱者也有有权有势的人，善良不是决定强弱的因素。"这个主题在亨利·詹金斯后来的诸多小说中都有体现。《黑钻石》被誉为大师杰作，早期的评论使之成为出版界的热点。他早期的作品都因大胆真实刻画工人阶级的生活而饱受赞誉，其中，对贫困和肢体暴力的直白描述尤其引人注目。

亨利·詹金斯自己就成长于一个工人阶级家庭。他的父亲是费茨威廉家族煤矿的一个小工头，是个严肃刻板的人。据亨利·詹金斯说，每到周六，父亲就会喝得烂醉如泥。他对家庭的态度就好像"我们都是煤矿未来的接班工人一样"。詹金斯有六个兄弟，他是唯一一个走出村庄的人，他对自己的生活有不一样的期许。对于自己的父亲母亲，亨利·詹金斯是这样评论的："我的母亲是一个既美丽又虚荣的女人，她对自己的命运非常失望，但对如何改善现在的境况却没有实际的办法。这种无力的沮丧感让她在生活中更加刻薄愤怒，她挖苦父亲，心里一想到什么就催促父亲去做。父亲空有一身力气，但其他方面的条件都太差了，母亲这样的女人根本不适合他，我们的家庭并不幸福。"当被英国国家广播公司的记者问到，父母的生活是否是他小说的素材来源时，詹金斯笑着答道："不仅如此，他们还让我知道，我绝不要过这样的日子。"

的确，他没有重复父亲母亲的生活。亨利·詹金斯出生低微，却凭借自己宝贵的才华和坚韧的毅力摆脱了矿工的命运，震惊了整个文坛。《泰晤士报》的记者问到他卓越的成就时，詹金斯将这一切都归功于他村庄小学的一位老师赫伯特·泰勒。詹金斯还是个孩子的时候，泰勒老师就发现了他过人的天赋，鼓励他参加几个最好的公立学校的奖学金考试。十岁的时候，詹金斯考上了牛津郡的诺德斯特姆中学，这所学校虽然规模不大，但素有名气。1911年，他离开父母家乡，孤身一人登上火车去往陌生的南部。之后，亨利·詹金斯再没有回过约克郡。

其他曾就读于公立学校的学生——尤其是那些和大多数人背景不同的学生——表示，他在学校的经历非常悲惨。亨利·詹金斯却从来不谈这个话题，他只说："就读诺德斯特姆中学，以极好的方式改变了我的一生。"他的同窗乔纳森·卡尔扬评价詹金斯——"他是个非常勤奋刻苦的人，毕业的时候，他以优异的成绩考取了牛津大学，去了自己最想去的学院。"在肯定詹金斯天赋的同时，他在牛津大学的朋友——作家艾伦·轩尼诗无意中透露了詹金斯另外一个天赋。"我从没见过像他那样有魅力的男人，"轩尼诗说道，"如果你有心仪的女孩，一定不要介绍她和詹金斯认识。只需一个眼神，姑娘们就会被他迷得神魂颠倒，你机会全无。"这并不是说詹金斯是个花心的浪荡公子。"他是个英俊的男人，举手投足之间魅力斐然，他享受女人的瞩目，但他绝不是一个花花公子。"麦克米伦出版公司的罗伊·爱德华评价道，他是亨利·詹金斯的出版人。

不管詹金斯对女人究竟有多大的魅力，他的情感生活并不像他的文字生涯那样一帆风顺。1930年，他和未婚妻伊丽莎·霍德斯托克分手，他不肯公开分手的具体原因。1938年，他终于和自己的真命天女，诺德斯特姆中学校长的外甥女薇薇安·隆美尔结为夫妻。尽管夫妻两人相差了二十岁，詹金斯还是认为他们的婚姻"为自己的人生戴上了皇冠"。婚后，詹金斯夫妇定居伦敦。第二次世界大战爆发前，两人一直过着甜蜜的二人生活。从战争的硝烟徐徐升起，到正式宣战期间，詹金斯就职于英国国家信息部，这份工作他做得非常出色。在了解他的人看来，这并不意外。正如艾伦·轩尼诗曾评价他的那样，"他（詹金斯）所做的每一件事都堪称完美。他强壮、聪明、有魅力……世界就是为他那样的人而存在的。"

詹金斯或许的确像轩尼诗说的那样：强壮、聪明，有魅力，但世界对他那样的人并非一直和善。伦敦大轰炸的最后几个星期中，詹金斯年轻的妻子不幸遇难。妻子死后，詹金斯心中悲怆难言，他的世界就此崩塌。此后，他再也没有出版过任何书籍。妻子死后他是否仍在写作，以及他生命中最后十年的具体情况一直无人知晓。1961年，亨利·罗纳德·詹金斯去世时，名声一落千丈，曾经把他描述为"天才"的报纸对他的死讯毫不知情。20世纪60年代初，社会上逐渐流出了詹金斯就是所谓的"萨福克郡野餐侵扰者"的消息。据称，当地发生的一系列侵扰公众事件都是他所为，但这项指控一直没有实际证据。不管詹金斯有没有做过这样下流的行径，这个曾取得辉煌成就的男人沦为了人们茶余饭后的谈资，可见其境遇之潦倒。诺德斯特姆中学的校长曾评价詹金斯"只要是他想要的，他都能得到"。但他死的时候一无所有，人们连他的名字都不知道。亨利·詹金斯的书迷一直不解，这样一个曾经拥有一切的男人怎么会有这样悲惨的结局。这个结局和他小说中的人物沃尔特·哈里森有神奇的相似之处——他们都死得静悄悄，他们的一生中爱与失去相互交织，死的时候都很孤单。

洛瑞尔靠在图书馆的座椅上，心里的一块大石头总算放下了。虽然书里讲的事情她在谷歌上都已经看过，但还是觉得心情轻松了许多。书里虽然提到了詹金斯不光彩的结局，但却没有提到桃乐茜·尼克森的名字，也没有提到格林埃克斯农场。谢天谢地。洛瑞尔并没有意识到，自己对这件事有多紧张。序言把詹金斯刻画成一个凭借天分和努力白手起家，最终取得成功的男人，洛瑞尔对此有些疑惑，她本以为能从中找到自己对车道上走来的这个男人无端厌恶的缘由。

不知道是不是传记作者把事情搞错了——有这种可能，没什么不可能的。短暂的放松之后，洛瑞尔转了转眼珠子。内心的骄傲自负告诉她，一切都有可能——对于亨利·詹金斯，她了解的可能比这本传记的作者多得多。

卷首插图中有一张詹金斯的照片。洛瑞尔翻开书页，决定抛开内心的成见，看看他是否如前言中所说的那样英俊迷人。照片中的亨利·詹金斯比洛瑞尔在网上看到的图片年轻多了，不得不承认，他的确是个英俊的男人。看着他轮廓分明的五官，洛瑞尔甚至想起了相爱过的一个男演员。六十年代时，洛瑞尔在拍摄契诃夫的戏剧时与他相识，随后陷入了一场疯狂的恋爱。这场恋爱最后无疾而终——戏里的浪漫哪能长久呢？但它曾是那般醉人，令人头晕目眩。

洛瑞尔合上书页。她脸上暖乎乎的，怀旧的情绪在心里翻腾。这种感觉来得莫名其妙，在这种环境下，让人有些不适。洛瑞尔按捺下心中的不安，提醒自己此行的目的。于是，她径直翻到第九十七页，深吸了一口气，开始仔细阅读《婚后生活》这一章。

如果说亨利·詹金斯曾经情路坎坷，那他最后终于迎来了自己的春天。1938年春，他中学时期的校长乔纳森·卡尔扬邀请詹金斯回诺德斯特姆中学给毕业生讲述文学生涯的艰辛与不易。就是在那里，詹金斯晚上闲逛的时候遇到了校长的外甥女，薇薇安·隆美尔。当时，她由自己的舅舅抚养。薇薇安·隆美尔当时是个只有十七岁的小美人，亨利·詹金斯在自己最为成功的小说《不情愿的缪斯》中详细描述了这段不期而遇的爱情。后来，他的写作风格发生了巨大的变化，不再像早期著作中那样逼真地描述悲惨的现实生活。

詹金斯把自己和妻子的相遇相恋公之于众，他的妻子薇薇安·詹金斯对此是何看法我们不得而知，如同她本人一样一直是一个谜。年轻的詹金斯夫人还没来得及在这世界上留下印记，她的生命就在伦敦大轰炸中悲惨地戛然而止。我们所了解的薇薇安·詹金斯都源自亨利·詹金斯在《不情愿的缪斯》中的倾情描述——她是一个既可爱又充满魅惑的女人，詹金斯看到她的第一眼就有这种感觉。

接下来是一长段来自《不情愿的缪斯》的摘录。亨利·詹金斯用喜悦的笔调描绘了他和小妻子认识和约会的过程。洛瑞尔最近才勉强读完了整本书，所以直接跳过这一段，继续阅读传记作者对薇薇安的描述。

薇薇安·隆美尔的母亲伊莎贝尔是乔纳森·卡尔扬唯一的妹妹。第一次世界大战之后，她和一名澳大利亚士兵私奔，从此离开了英国。尼尔·隆美尔和伊莎贝尔定居在昆士兰东南部塔姆伯林山附近一个地方，周围种了很多雪松。薇薇安在四个孩子中排行第三。八岁之前，薇薇安·隆美尔过着比上不足比下有余的生活。八岁的时候，她被接回英国，由舅舅乔纳森抚养。乔纳森在祖上传下来的土地上修建了一所学校，他和薇薇安就住在那里。

关于薇薇安·隆美尔最早的记录来自凯蒂·埃利斯

小姐，她是一位著名的教育家。1929年，薇薇安·隆美尔从澳大利亚漂洋过海去往英国的途中，就由她负责看护。凯蒂·埃利斯在她的回忆录《生而为师》中提到了这个姑娘。据她说，和薇薇安·隆美尔的相遇促使她想要教育受过心灵创伤的年轻人，从此，她的一生都致力于此。

"小姑娘的姑姑请我照料她的行程，她提醒我说，薇薇安是个心思简单的孩子，如果旅途中她不愿意与我交谈也请我不要见怪。我那时候还很年轻，还不会为了孩子们的冷漠而苛责他们。但就我自己的第一印象而言，我觉得事情并不像她姑姑说的那样。看到她的第一眼我就知道，薇薇安·隆美尔绝不是个简单的姑娘。但是，我也明白她姑姑为何会对她有这样的印象。薇薇安能够静坐很长时间，这让人有些不安。她安静坐着的时候脸色并不苍白，而是因脑中天马行空的想象而兴高采烈。但她不会把自己的想法告诉别人，这样旁边的人就会觉得无法接近她。

"我小时候也很爱幻想。我父亲是一个严肃的新教牧师，经常因为我的白日梦和日记中奇奇怪怪的念头而责备我，但我直到现在仍然保留了写作的习惯。我明白，薇薇安有一个精彩纷呈的内心世界，她常常沉浸在其中不愿意出来。对于一个同时失去了父母和家庭的小孩来说，这是件很自然的事情，不足为奇。她生于斯长于斯的祖国成为心中一个模糊的印象，对于以前的生活，她只能一遍一遍在心中回忆，将其内化为生命的一部分。

"在漫长的航行途中，我得到薇薇安的信任，与她维系了多年的师生友谊。她在第二次世界大战中不幸遇难，花儿一般的年纪就此香消玉殒。在她去世之前，我们一直都有书信来往。尽管我从没有正式教育过她，也没给她提供专业的咨询，但我非常高兴，我们依然是朋友。她的朋友不多。她属于那种——大家都希望得到她的喜爱，但她不轻易与人称友。回想往事，我觉得她向我敞开她为自己建造的内心世界，事无巨细都向我一一讲述，这应该是我整个教育生涯中最闪亮的瞬间。她感到恐惧和孤单的时候，可以退到这个幻想的安全世界，我很荣幸能够一窥其容貌。"

凯蒂·埃利斯的这段描述与成年后的薇薇安的资料完全符合——她非常迷人，你会不由自主地想看着她，但看过之后你又不敢确切地说自己认识她。她总让人觉得，简单的表象下暗流涌动。某种程度上而言，薇薇安的独立让她如此迷人，她好像不需要任何人。或许，在诺德斯特姆中学的那个夜晚，正是薇薇安这种奇怪而不俗的气质吸引了亨利·詹金斯的目光。又或者，薇薇安和亨利·詹金斯一样，都有一段被暴力浸淫的童年时光，进入一个新鲜世界后，周围人与自己迥然不同的生活背景逐渐将这段时光的影响淡化。"我们都是自己生活的旁观者。"亨利·詹金斯对英国国家广播公司的记者说道，"我们是一样的人，第一次见到她的时候我就明白了这一点。我看着她穿着圣洁的白纱，沿着小路向我走来，感觉我的诺德斯特姆中学之行就此画上了圆满的句号。"

书里有一张他们结婚那天从教堂走出来时拍的照片。照片是后来翻印的，年日久远，上面已经布满了斑点。薇薇安凝视着亨利，她身上的白纱在风中轻轻摆动。亨利挽着她的胳膊，对着镜头露出甜蜜的微笑。宾客站在教堂的台阶上朝新婚夫妇撒大米，所有人都满脸幸福和喜悦。洛瑞尔心中却充满悲凉，老照片经常让人难过。她是桃乐茜的女儿，她清醒地知道，照片中这些幸福的人都不知未来会有怎样的命运等待着他们。在这张照片中，厄运就鬼鬼祟祟地藏在墙角。洛瑞尔亲眼见证了亨利·詹金斯的死亡，她也知道，照片中年轻漂亮满怀憧憬的薇薇安·詹金斯仅仅三年后就离开了这个世界。

毫无疑问，亨利·詹金斯对妻子的喜爱已经到了迷恋的地步。他不止一次地在公共场合坦言妻子对自己的重要性，称她是自己的"荣耀"和"救赎"。没有薇薇安，他的生命也失去了意义。不幸的是，他竟然一语成谶。1941年5月23日，薇薇安在空袭中遇难，亨利·詹金斯的世界崩塌了。他在国家信息部就职，应该清楚大轰炸对平民造成的伤亡有多严重，但他无法接受妻子竟然就这样死了。詹金斯声称，妻子的死亡是一场阴谋，她是被那些下作的伪艺术家害死的——妻子平时绝不会去她遇难的那个地方。从这件事当中，亨利·詹金斯的偏执逐渐显露出来。他拒绝接受妻子的死亡只是战时的意外，发誓要"找出元凶，将他们绳之以法"。1940年中，詹金斯身体垮掉，不得不住院治疗。但不幸的是，他的余生一直被癫狂症困扰，并逐渐被文明社会排斥。1961年，这个贫困交加、心力交瘁的男人孤独地离开了这个世界。

洛瑞尔猛地合上书页，以为这样就能把真相封闭在书本中。亨利·詹金斯坚信，妻子的死亡并非表面这么简单，他发誓要找出真凶。洛瑞尔不愿意看到这样的内容。她心中有种强烈的预感，詹金斯践行了自己的誓言，洛瑞尔则见证了他找寻的结果。想出"完美计划"的妈妈就是亨利·詹金斯要找的那个人，她应该对薇薇安的死负责，是这样的吗？詹金斯所说的那个想从薇薇安那里"得到些什么的人""下作的伪艺术家"，就是把薇薇安引到死亡之地的那个人，不是她的话，薇薇安绝不会去这样的危险之地。

洛瑞尔忍不住打了个冷战，她往身后扫了一眼，总觉得有双看不见的眼睛在盯着自己。她内心一阵翻腾，觉得自己身上也背着罪过。她想起在医院躺着的母亲，想起她的悔过，她曾说自己"拿走"了某件东西，自己感激这"第二次机会"……所有事情就像暗夜天空中的星子，洛瑞尔不喜欢它们串联起来的图案，却无法否认，它们的确存在，事实就是如此。

她打量着传记看似无心的黑色封面。母亲知道所有的答案，但她不是唯一的知情者。薇薇安也了解事情的真相，可如今薇薇安已经远去，成为老照片中一张微笑的脸庞，一本旧书封面上的名字，早已消失在历史的烟尘中，被人们遗忘。

但她是个很重要的人物。

洛瑞尔心中忽然有个坚定的念头——不管桃乐茜的计划究竟出了什么差错，这和薇薇安肯定有千丝万缕的联系。从薇薇安素来的性格来看，她肯定是个不好打交道的人。

凯蒂·埃利斯提到童年时期的薇薇安时，用语和善。但在基蒂·巴克尔口中，她却是个"目中无人"的女人，拥有"可怕的影响力"，是个高傲又冷漠的人。童年的遭遇是否在薇薇安内心留下了阴影，让她变成一个怀揣冷漠、秘密和傲慢的美貌富有女人？亨利·詹金斯的自传中传达的信息——她死后詹金斯痛不欲生，花费了数十年时间寻找凶手——也说明了薇薇安的巨大魅力。

洛瑞尔轻轻一笑，再次翻开这本书，迅速翻到自己想找的地方。她兴奋地握着笔，勾出了凯蒂·埃利斯的名字，以及她的回忆录《生而为师》。薇薇安不需要也没有太多朋友，但她和凯蒂·埃利斯有书信往来，她或许会在信中坦承自己不堪回首的往事。这些信可能还保存在世——大部分人都不会保存信件，但洛瑞尔敢打赌，凯蒂·埃利斯小姐这样出名的教育家和作家绝对不是这样的人。

洛瑞尔又把线索捋了一遍，更加确认薇薇安就是关键的一环。了解了这个难以捉摸的女人之后，才有机会了解桃乐茜的计划。更重要的是，这个计划究竟出了什么岔子。如今，她终于离真相近了一步。洛瑞尔脸上忍不住露出了笑容。

第三部
薇薇安

22

1929年，澳大利亚塔姆伯林山

薇薇安在麦克维先生的店铺外跟人打架，被抓了个现行。大家其实都看得出来，父亲并不想惩罚她。他是个心地善良的好人，心中最后一点狠劲也在世界大战中消磨殆尽，再说，他一直特别喜欢小女儿身上那股闹腾的劲儿。但家规不容更改，麦克维先生一直闹着要用棍子责打薇薇安，说她被大家惯成这副无法无天的样子。人群聚集过来，如同地狱，唯一的不同之处在于地底下没这么热……但隆美尔家的孩子不论做错了什么，大人都不会动手打人。至少，父亲不会自己动手，不会因为薇薇安和那个叫琼斯的小恶霸打架而责打她。因此，父亲只好当众宣布了一个决定——禁足薇薇安。这项惩罚是匆忙之间不得已而为之的决定，不料后来却成为父亲悔恨的源头。夜深人静的时候，父亲和母亲经常为此吵架，但那时已经来不及了，大家都听见了他的决定。才八岁的薇薇安一听到父亲的话，就知道已经无可挽回，只好高傲地扬起下巴，双手交叉抱在胸前，告诉所有人，她才不在乎呢。她根本不想出去玩。

于是，1929年夏季最热的这天，薇薇安独自一人待在家里，其他人都去绍斯波特参加野餐聚会。早餐的时候，父亲严肃地宣布了许多规矩，哪些事可以做，哪些事不可以，都事无巨细地告诉薇薇安。母亲看见她心不在焉的样子，轻轻拧了她一把。孩子们一人喝下一勺蓖麻油，免得贪嘴吃多了回来难受，薇薇安享受特别待遇，喝了两勺——没人管着，她肯定管不住自己的嘴。之后，大家慌乱又兴奋地收拾好东西，钻进福特小汽车里，沿着狭窄崎岖的山路慢慢离开。

　　屋子里少了那么些人，顿时安静下来，光线似乎也暗了些，细细的灰尘因为没人来回跑动静静地浮在空中。几分钟之前，大家还围坐在餐桌边欢笑打闹，如今，桌上的盘子都收起来，上面摆着各种各样的瓶瓶罐罐，里面装着母亲做的果酱。父亲还在桌上留了几张白纸，方便薇薇安给麦克维先生和保利·琼斯写道歉信。到现在，信纸上还只有"亲爱的麦克维先生"几个字。薇薇安想了想，又把"亲爱的"划掉，改成"给"字。之后，她就呆坐在椅子上，看着空白的信笺出神，不知究竟还要写多少字才能填满信笺。希望父亲回家之前，它们会自动浮现在纸上吧！

　　后来，薇薇安明白，道歉信是不会自己出现在信笺上的，她沮丧地放下自来水笔，伸了个懒腰。她晃着两只光脚丫，打量着整间屋子——墙上的画框，暗色的红木家具，铺着针织小毯的藤条床。屋子就是这样，她厌恶地想着，只是大人的地盘，孩子们做作业的地方，在这里每天还要刷牙洗澡，孩子们被要求"保持安静""不要跑来跑去"。母亲用梳子细细地打理头发，穿着蕾丝衣服和埃达姑姑喝茶，牧师和医生有时会来拜访。这个地方死气沉沉又无趣，薇薇安一直竭力想逃出这儿，但今天——薇薇安咬着腮帮子，心里突然跳出一个主意——今天，这个地方是自己的，自己一个人的。这应该算是一个前所未有的时刻吧！

薇薇安先翻了翻姐姐伊芙的日记，然后瞧了瞧哥哥罗伯特最爱读的杂志，看了看小弟皮蓬收集的石头。最后，她把注意力放在了母亲的衣橱上。她把脚伸进冰凉的鞋子里——这双鞋是她出生以前母亲买的；将脸蛋贴在母亲最贵的丝绸衬衣上，感受那光滑的质感；从铺着全丝硬缎的核桃木首饰盒里拿出一串亮晶晶的珠子，在脖子上比画着。她在抽屉里找到了爸爸的太阳勋章，还有小心翼翼叠好的退伍文件、一沓用丝带扎好的信件，还有爸爸和妈妈的结婚证，上面印着他们俩的名字。那时候，妈妈还是来自英国牛津的伊莎贝尔·卡尔扬，还不是他们家的一员。

蕾丝窗帘被风掀起又落下，屋外甜蜜的气息从敞开的垂直推拉窗里飘进来——有桉树和柠檬香桃木的味道，还有父亲最珍爱的芒果树上熟透的果子味道。薇薇安把东西叠好放回抽屉里，跑到窗户边。天气很好，湛蓝的天空中没有一丝云彩，既像蔚蓝的大海，又像绷紧的鼓面。无花果树的叶子在明媚的日光中闪闪发亮，粉红明黄的鸡蛋花勾着人的眼睛，屋后茂盛的雨林里，鸟儿们一唱一和地鸣叫着。薇薇安意识到，要变天了，不久之后应该会有一场暴风雨。她喜欢暴风雨，喜欢重重叠叠的乌云和厚重的雨滴，喜欢干涸的红土地被雨水打湿的味道，还有雨滴拍打在墙上的声音。每当这时，爸爸就会在阳台上来回踱步，他嘴里叼着烟管，眼睛里闪着光芒。看见棕榈树在风雨中恸哭折腰，他有些忧心忡忡。

薇薇安转过身，她已经在家里待得够久了，再也不想把珍贵的时间浪费在屋里。她在厨房待了一会儿，装好母亲给她留的午餐，然后四处搜寻，想多带点安扎克饼干。一队蚂蚁沿着水槽往墙上爬，它们也知道马上要下大雨了。薇薇安看都没看那封没完成的道歉信，跳着舞跑到后面的阳台上。她从来都不肯好好走路。

外面还是很热，空气非常闷。光着脚踩在阳台的木地板上，薇薇安立马感到一阵灼热。这样的天气最适合去海边了，不知道爸爸妈妈还有哥哥姐姐他们现在在哪儿，他们到绍斯波特了吗？参加聚会的父母和孩子们是不是正在游泳，正在笑着摆好午餐？她的家人可能划着游船在玩耍吧？罗伯特说，海边新修了一座栈桥——他也是偷听父亲和战友的谈话才知道的。薇薇安想象自己站在栈桥上，猛地跳入海水中，"扑通"一声，像枚澳洲坚果一样飞快地沉入水中。她的皮肤会感到刺痛，冰凉的海水会灌进她的鼻子里。

平时，她可以去女巫瀑布游泳，但今天这种天气，岩石上的小泳池哪里比得上迷人的大海呢？再说，她不能离开家，镇子上多嘴的长舌妇肯定会发现的。最糟的是，保利·琼斯也会看到她，他说不定正在太阳底下像只又肥又老的大白鲨一样晒着他白白的肚皮呢。一看到他薇薇安就来气，他要是敢再欺负皮蓬的话，薇薇安一定会让他好看。

薇薇安松开攥着的拳头，瞧了瞧外面的小棚屋。流浪汉老麦就住在那里，给人修修补补，他那儿倒是值得去一趟。但爸爸明令禁止薇薇安用奇奇怪怪的问题打搅老麦工作。他的活儿很多，爸爸又没付他钱，他才没必要喝着茶跟一个小姑娘耍嘴皮子。再说了，薇薇安还有自己的事情要做呢。老麦知道今天只有薇薇安一个人在家，他听着屋里的动静。但是除非薇薇安病了或是摔伤了，否则他是不会管她的。

如此一来，只剩一个地方可去了。

薇薇安蹦跳着走下宽阔的楼梯，穿过草地，绕过苗圃——母亲坚持在那儿种了些玫瑰，爸爸好心提醒她这不是英国——然后，薇薇安连着翻了三个跟头，兴冲冲地朝小溪出发。

* * *

薇薇安刚学会走路的时候，就知道慢慢地朝这条小溪踱步了。她在银色的胶树丛里自由穿梭，一边采摘金合欢花和红千层，一边注意别踩到蚂蚁和蜘蛛。走着走着，她离人群和建筑越来越远，老师和学校里的条条框框也被她甩在身后。世界上，她最喜欢的地方就是这里了。这是她一个人的天地，她属于这里，这里也属于她。

今天，她比往常更着急到达目的地。穿过第一重岩壁，地面变得陡峭起来，到处都是蚂蚁堆一样的小山丘。薇薇安抓紧装着午餐的小包，飞跑起来，享受着心脏在胸腔里怦怦跳动和双腿传来的让人惊心的兴奋感。她转过一个又一个弯，差点被绊倒在地上。她灵活地避开路边伸出来的树枝，跳过一块又一块岩石，踩着干枯的落叶顺势往前一滑。

鞭鸟在头顶唱着歌儿，死人沟里的瀑布发出嘈杂的声响。阳光穿过密林，碎碎地筛在色彩斑斓的植物上，在奔跑的薇薇安看来就像万花筒一般有趣。灌木丛里生机勃勃——树木用干渴苍老的声音慢慢交谈，树枝和倒在地上的树干后面藏着数千双看不见的眼睛，它们正看着薇薇安奔跑的身影眨巴。薇薇安知道，自己要是停下脚步，把耳朵贴在坚硬的地面上，就能听见大地呼唤她的声音，还有远古时候的歌声。但薇薇安没有停下奔跑的脚步，她心里全是蜿蜒着穿过峡谷的小溪。

没有人知道这个地方，但不得不说，这是条有魔力的小溪。溪流有一处拐弯，两岸的河床特别宽，四周都是峭壁。河床早在几百万年之前就已经形成，那时候，大地的面貌在叹息声中发生了变化，大块大块的岩石聚在一起，形成了参差不齐的峭壁。峭壁边原来是一片浅滩，它变深变幽暗，那就是薇薇安发现宝藏的地方。

那天，她从妈妈的厨房里偷了几个玻璃罐子，用来装抓住的小鱼——如今，这些罐子被她藏在羊齿草后面的烂树干里，薇薇安所有的宝贝都藏在那里。小溪里总会有各种各样令人惊喜的发现：鳗鱼、蝌蚪和多年以前的生锈水桶。有一次，她还找到了一副假牙。

那天，薇薇安趴在岩石上，把胳膊伸进小溪里，想抓住那条她从未见过的大蝌蚪。抓住又滑走，抓住又滑走，薇薇安把胳膊往溪水里伸得更深了些，脸几乎都碰到了水面。这时，她忽然发现水里有东西在闪光。那东西有好几个，都是橙色的，闪闪发光，像是在水底下朝她眨眼。起初，薇薇安还以为是太阳在溪水上的反光，她眯着眼打量了一下阳光灿烂的天空，但天空静静地倒映在水面上，和水底的闪光明显不同。那些光亮来自很深的水底，散落在溪床上滑溜溜的水藻和水草当中。那是来自另一个地方的另一种东西。

薇薇安想了许多关于那些光的事，她不是个爱钻研书本的人——那是罗伯特和妈妈喜欢做的事——但她很擅长提问。她从老麦和爸爸那儿旁敲侧击，然后碰到了爸爸的战友——在战争中负责侦察的布莱克·杰基，他对丛林的了解远远超过了其他人。

杰基停下手里的活，一手扶在后腰上，一面弯下结实的身子："你看见水塘里有东西在闪光，是吗？"

薇薇安点点头，杰基端详她的神情，眼珠子都不错开。最后，他轻轻笑了笑："你去过水塘下面吗？"

"没有。"薇薇安赶走鼻子上的苍蝇。"水太深了。"

"我也没下去过。"杰基把手伸进宽大的帽子里挠了挠头，他本来打算继续挖土的，还没来得及把铁锹插进土里，忽然又扭头对薇薇安说道："既然你没有亲眼看到，你怎么确定真的有那么个闪光的东西？"

这时候，薇薇安忽然意识到，她的小溪里有一条暗道，一直通向世界另一边，这是唯一的解释。她听爸爸说，在澳大利亚挖一个洞，可以一直通到中国。现在，她就要去探寻这条暗道，那是一条通向地心的秘密通道。地心是魔力、生命，还有时间的来源，从那儿还可以去往布满闪闪星子的遥远苍穹。问题在于，她找到这条秘密通道要干什么？

探索其中的秘密。对，就是这样。

灌木丛和小溪中间有一块平坦的石板，像一座桥，把二者连在一起。薇薇安跳上石板，停下脚步。水面很平静，岸边浅滩里的溪水颜色浑油厚重。水面上浮着上游漂来的一层污物，像是一层油腻腻的皮肤。太阳正当空，地面被晒得滚烫，高大的胶树树枝在炙热中毕剥作响。

薇薇安把午餐藏在石板上葳蕤的羊齿草下面，灌木丛中有不知名的小东西一闪而过。

她光着脚走进溪水中，起初的时候还觉得微微有些凉。她用脚趾紧紧抓住又黏又滑的石板，走过这片浅滩，石板上有时会有尖尖的凸起。薇薇安的计划是先看看溪水里的闪光，确定它们还在原来的地方，然后再尽量潜入水底，仔细看看它们。她已经在家练了好几个星期憋气了，还带来了妈妈的木头晾衣夹子。罗伯特告诉她，只要能避免空气进入鼻孔，就能憋更长时间。薇薇安打算用晾衣夹子夹住自己的鼻孔。

她走到石板尽头，低头凝视昏暗的溪水。她花了好几秒钟时间，不停变换姿势，终于看见那些东西还在那里！

薇薇安忍不住咧开嘴笑了，差点没站稳。岩石那边有两只小翠鸟，它们被薇薇安的窘相逗得咯咯直笑。

薇薇安跑回水塘边上，湿漉漉的脚底板拍打着平坦的岩石。她在包里翻找夹子。

她正在思考怎么才能把夹子固定在鼻子上，忽然看见自己脚背上有个黑色的小东西———一条肥肥胖胖的蚂蟥！薇薇安弯下腰，用大拇指和食指捻住这个小东西，用力拉扯，但这滑腻的玩意儿还是不肯松口。

她坐下来，接着摆弄脚背上的小小吸血鬼。但无论她是拖是拽，它竟然纹丝不动地伏在薇薇安的脚背上。湿漉漉的蚂蟥在手指间滑动，发出恶心的吧唧声。薇薇安坐直身子，闭上眼，使劲儿一拽。

她把平时禁止使用的每一个骂人的词语都用上了———屎玩意儿！该死！浑蛋！———这些词都是她在过去的八年从父亲那儿偷听来的。蚂蟥终于松开嘴，但薇薇安的脚背上忽然涌出一股鲜血。

她一时间有些头昏眼花，真庆幸自己此刻是坐着的。她还见过老麦杀鸡呢，没什么大不了的。小弟皮蓬被斧子切断手指头那次，是她把断指送到法雷尔医生的诊所。和罗伯特在内兰河边比赛杀鱼的时候，她的动作干净又麻利。但此刻，看见自己的鲜血，她还是有些犯晕。

薇薇安一瘸一拐地走到小溪边，把脚放进去晃动着。过了一会儿，她抬起脚，却发现还是在流血。没办法，只好等等看了。

薇薇安坐在石板上，打开自己的午餐——昨天晚上烤的牛肉片，上面淋着闪闪发光的酱汁，酱汁已经凉了，薇薇安用手指撮着软软的土豆和甘薯往嘴里送。除了这些，还有一片面包，上面涂着妈妈新做的果酱。此外，还有三块安扎克饼干和一个刚从树上摘下来的新鲜血橙。

昏暗的树丛里忽然出现几只乌鸦，它们用冰冷的目光看着吃得津津有味的薇薇安。她吃完后将残渣抖进灌木丛中，乌鸦挥舞着沉重的翅膀追逐食物。薇薇安掸了掸裙子，伸了个懒腰。

她的脚背终于不流血了。她本来想去探寻水塘下面的隧道，但忽然觉得很累，特别累，就像妈妈讲的故事里的小姑娘一样。妈妈讲故事的声音越来越远，越来越不像她自己的声音，薇薇安觉得妈妈的声音有些奇怪。对于妈妈的声音，她既喜欢又嫉妒。

薇薇安又打了个哈欠，眼睛开始忍不住流泪。

或许，她应该躺一会儿，就一小会儿。

薇薇安爬到岩石边上，钻进茂密的羊齿草丛。然后，她翻过身，仰面朝上，又朝左边挪了挪，这样，羊齿草就把天空全部盖住了。石板上的落叶软乎乎，凉沁沁的，蟋蟀在灌木丛里窃窃私语，不知哪儿传来青蛙喘气的声音。

天气很暖和，薇薇安还是个小孩，所以一会儿就睡着了。她梦见了水塘底下的闪光，梦里她知道要游多久才能到中国。她还梦见了一座长长的木头栈桥，被太阳晒得滚烫。她和哥哥姐姐站在桥头，跳进大海。她梦见了即将到来的暴风雨，梦见了在阳台上踱步的父亲，梦见母亲那英国人的皮肤受不了海边的烈日，起了斑点。她还梦见一家人聚在餐桌边吃晚饭的场景。

炎热的阳光穿过灌木丛，筛下斑斑点点的影子。湿气让鼓膜变得更紧绷，薇薇安的头发上出现了细密的汗珠。虫子在一旁叫个不停，羊齿草的叶子碰到脸上，熟睡的孩子扭动了一下身子。这时忽然传来一个声音——

"薇薇安！"

有人从小山坡上走过来，穿过灌木丛中，一边朝她藏身的地方靠近，一边呼唤她的名字。

薇薇安立刻惊醒了。

是埃达姑姑，父亲的姐姐。

薇薇安坐起来，把额前打湿的头发顺到脑后。附近有蜜蜂在嗡嗡转悠，她忍不住打了个哈欠。

"小公主，你要是在这儿的话就快出来吧！"

大部分时间薇薇安都是个叛逆的小孩，但埃达姑姑一向镇定，她慌里慌张的声音勾起了薇薇安的好奇心，她从羊齿草中爬出来，抓起午餐盒子。天空暗了下来，乌云遮蔽了蔚蓝的天空，峡谷里一片昏暗。

薇薇安恋恋不舍地回头看了一眼她的小溪，心里发誓一定会尽快回来，然后抬起脚步朝家里跑去。

* * *

薇薇安从灌木丛里钻出来时，看见埃达姑姑坐在屋后的台阶上，脑袋埋在手心里。姑姑好像有种第六感，觉得薇薇安并非孤身一人，因此不由自主地朝周围看了看。她难以置信地看着薇薇安，脸上满是困惑，好像出现在草地上的是来自丛林的精灵。

"过来，孩子。"埃达姑姑一边朝薇薇安挥手，一边勉强站起身子。

薇薇安慢慢走到她面前，心中有种奇怪的眩晕感，那时的她还不知道这究竟是什么感觉，后来才知道这就是恐惧。埃达姑姑面色绯红，似乎无法控制自己的情绪。她那样子像是要吼骂薇薇安，或是伸手拧她的耳朵，但她没有。相反，她忽然泪流满面地说道："谢天谢地，快进屋洗洗脸吧！你那可怜的妈妈要是看见你这样会有多难过！"

* * *

此刻，薇薇安又待在屋子里。得知家人的噩耗之后，她大部分时间都待在家里。第一周，那些木头匣子——就是埃达姑姑说的棺材——就放在客厅里。漫漫黑夜里，薇薇安的卧室伸手不见五指，连墙壁都隐没在黑暗当中。天气依旧闷热潮湿，来吊唁的大人们小声交谈，感叹悲剧来得太突然。屋外下着大雨，屋内闷热不堪，窗户被雾气糊住。他们穿着被雨打湿的衣服，又出了一身汗。

薇薇安在墙边给自己筑了一个巢，她就躲在餐具柜和爸爸的扶手椅隔起来的墙缝中。头顶污浊闷热的空气中传来大人蚊子般嗡嗡的交谈声——福特小汽车……从山脊上摔了下去……烧成了光架子……难以辨认——薇薇安捂住耳朵，安静地想着池塘里的暗道，还有暗道正中央的发动机舱——地球旋转的动力就来源于此。

整整五天时间，她都一动不动地待在这里。大人们也迁就她，给她端来饭菜，同情地对她摇摇头。但最终他们的耐心耗光了，薇薇安被强行拖出来，回到这个真切的世界。

这时候正值雨季，天气又湿又热，但这天太阳却十分明媚，薇薇安听见曾经的自己在轻声呼唤。于是她走到后院当中，迎接众人的目光，发现老麦还待在那个小棚屋里。老麦简单问候了几句之后，用他那双粗糙的大手拍了拍薇薇安的肩膀，用力握了握。然后老麦交给她一把锤子，让她帮忙修理篱笆。一天的时间就这样消磨过去。薇薇安本来想去小溪边看看，但她没有。之后，天上又下起了大雨，埃达姑姑搬了一堆盒子来收拾屋里的东西。姐姐最喜欢的那双缎面鞋还像一周前她出门时那样随意地丢在门口的地毯上，妈妈说，这鞋子这么漂亮，穿去野餐实在是糟蹋东西。如今，这双鞋子被随意丢进盒子里，和爸爸的手帕、旧皮带混在一起。接下来，门前的草地上竖起了一块"甩卖"的牌子，薇薇安搬到姑姑家，睡在表姐妹卧室的地板上。这地方对她来说有点陌生，表姐妹躺在自己的小床上，用好奇的眼光打量着薇薇安。

* * *

埃达姑姑家的房子和薇薇安家很不一样。墙上的漆没有一块块往下剥落；长凳上没有蚂蚁在闲逛；长势茂盛的花朵不会从花瓶里钻出来，爬得到处都是。在这样的房子里，任何调皮捣蛋的行为都不会被原谅。就像埃达姑姑常说的那样，所有的东西在这里都有自己的位置。埃达姑姑说话的时候，声音又尖又利，就像一把弦绷得太紧的提琴。

屋外大雨依旧，薇薇安躺在"好房间"的沙发底下，身子紧紧贴着墙上的踢脚板。沙发上铺着棕色的粗麻布，垂到地板上，从门那边看不到薇薇安。破旧的沙发底下是个很舒服的地方，总会让薇薇安想起自己家的房子和家人，家里的物件破旧杂乱，却总让人欢喜。待在这里，薇薇安总是想哭。大部分时间，她都摒弃一切杂念，专心呼吸，每次只吸进去一点点空气，然后又慢慢吐出来，她的胸腔几乎一动不动。几个小时，甚至一整天的时间就这样过去了。屋外雨水在排水管里哗啦啦直响，薇薇安闭上眼，胸脯几乎没有任何起伏。有时候，她几乎相信自己这样的举动可以让时间停止。

这房间最大的好处就是不会有旁人来打扰。薇薇安来这里的第一天晚上，埃达姑姑就给她立了规矩——"好房间"是姑姑专享的休闲地方，身份贵重的客人来拜访的时候也会在这里招待——薇薇安神情肃穆地点点头，她知道大家希望她明白这个道理。她的确明白——除了每天一次的打扫之外，没人会来这个房间，她可以把这里当成自己的小天地，享受独处的时光。

但今天是个例外。

法雷牧师已经在窗户边的扶手椅上坐了十五分钟，埃达姑姑热情地端上茶水和蛋糕招待他。薇薇安就被卡在沙发和地板之间——确切地说，是埃达姑姑的大屁股把她卡住了。

"就是主教大人来了也会这样劝你的，弗洛斯特夫人。"牧师的声音甜得发腻，好像是在对襁褓之中的耶稣说话一样，"即便是对陌生人也要友好相待，因为你不知道，她会不会是天使的化身。"

"那姑娘要是天使的话，那我就是英国女王了。"

"我的意思是——"薇薇安听见勺子碰在瓷杯上的叮当声，"那个孩子已经遭遇太多不幸了。"

"您要再加点糖吗？"

"不用了，谢谢你，弗洛斯特夫人。"

埃达姑姑叹了口气，沙发又往下陷了一些。"这是我们所有人的损失，牧师先生。一想到我哥哥死得那么惨……葬身山谷……载着所有人的福特汽车从山上径直撞了下去……找到他们遗体的哈维·沃特金斯说，车烧得只剩了个光架子，他差点没认出来。真是个悲剧……"

"极大的悲剧。"

"是的。"埃达姑姑把鞋子脱在地毯上，薇薇安看看见她用大拇指挠着另一只脚上磨出来的水泡。"我不能把她养在家里，我自己已经有六个孩子了，而且我母亲最近要搬来和我们同住。您是知道的，自从做了大腿截肢手术之后，她的身体一直病恹恹的。我是个虔诚的基督教徒，牧师，我每周日都会去教堂做礼拜，复活节募捐和教堂遇上大事的时候，我都尽了自己的一份力，但这次我真的没法子。"

"我知道。"

"而且，您不知道，那丫头不是盏省油的灯。"

谈话忽然中断，大家静静品着茶，想着薇薇安不让人省心的地方。

"要是其他孩子的话，"埃达姑姑把茶杯放在碟子上，"哪怕是傻乎乎的皮蓬……我没办法。请您原谅我，我知道这样说要受上帝怪罪，但我一看见她就忍不住把这一切怪到她头上。她要是没犯错受罚的话，就会和大家一起出去野餐……那样的话，他们也不会着急赶回来。我哥哥是个心肠特别软的人，他不忍心把她一个人留在家里那么久——"姑姑忽然恸哭失声，薇薇安想象着大人哭泣的丑相和脆弱模样——他们习惯了追逐自己想要的东西，却不知道首要的事情应该是勇敢和坚强。

"好了，请您节哀，弗洛斯特夫人。"

啜泣声变得更刺耳，就像皮蓬想引起妈妈注意时的故意号哭。牧师的椅子发出咯吱的响声，薇薇安看见他往沙发这边走过来，交了什么东西给埃达姑姑——肯定是这样的，因为她听见姑姑说："谢谢您。"然后是擤鼻涕的声音。

"您自己留着吧！"牧师说完，又坐回椅子上，他沉重地叹了口气，"那这个女孩该怎么办？"

埃达姑姑止住哭声，轻轻抽了抽鼻子，然后小心翼翼地试探说，"我觉得图文巴那边的教堂学校不错。"

牧师把双腿叠在一起。

"修女们把学校里的姑娘照顾得很好，"埃达姑姑接着往下说，"虽然严厉了些，但也是为了她们好。规矩对她不会有任何害处——戴维和伊莎贝尔一直太溺爱她了。"

"伊莎贝尔。"牧师忽然念叨着这个名字，他往前倾了倾，"伊莎贝尔家还有哪些人？你能联系上他们吗？"

"她没多说自己的家庭……但您这一说，我想起来了，她还有个哥哥。"

"哥哥？"

"他在英国当老师，就在牛津市附近。"

"那就好办了。"

"什么好办了？"

"我们可以从这里入手。"

"您的意思是……联系他？"埃达姑姑的声音忽然变轻了。

"只能试一试了，弗洛斯特夫人。"

"给他写信吗？"

"我亲自给他写信。"

"牧师先生，您真是——"

"就看上帝的慈悲和同情能不能说服他了。"

"说服他作出正确的选择。"

"这是他的家族责任。"

"对，家族责任。"埃达姑姑的声音轻飘飘的，"谁能拒绝自己的家族责任呢？我要是有这个能力的话，就自己把她抚养长大了，但我母亲要搬过来，家里已经有了六个孩子，根本住不下。"她站起身，沙发解脱地长吁一声。"牧师先生，我再给您拿块蛋糕吧？"

* * *

伊莎贝尔的确有个哥哥，他接受了牧师的劝导，于是，薇薇安的生活再次被改变。事情很顺利。埃达姑姑的朋友认识一个人，他妹妹要远渡重洋去伦敦应聘家庭教师的职位，薇薇安就被安排和她同行。大人们谈过几次就匆匆作出决定，细枝末节的地方也很快就搞定了。薇薇安躲在沙发底下，他们的谈话声永远萦绕在她头顶。

出发那天，姑姑给她穿上一双几乎全新的鞋子，头发利落地编成两条辫子，身上穿了一条中规中矩的裙子，腰上还系着丝带。姑父开车把她们送到山下，然后大家一起去车站搭乘去布里斯班的火车。大雨仍旧不停歇，空气中十分闷热。薇薇安用手指在雾气弥漫的窗户上写写画画。

车站旅馆前面的广场上人山人海，但他们很容易就在约定的地点找到凯蒂·埃利斯小姐了，她就站在售票窗口旁边的大钟下面。

薇薇安从没想过世界上居然会有这么多人。人类无处不在，他们的面貌又各不相同，大家来去匆匆，就像裹着烂木头的潮湿污泥里的工蚁一样。黑色的大伞，巨大的木头集装箱，还有长着深棕色大眼睛、鼻孔翘起的马儿。

对面的女人咳嗽了一声，薇薇安这才反应过来，她刚才在对自己说话。她回想她的说话内容，但脑子里全是马儿和雨伞，还有湿地里的蚂蚁，行色匆匆的人群，就是想不起她的名字。女人问她是不是薇薇安。

她点点头。

"注意你的行为举止。"埃达姑姑替她理好衣领，责备道，"这也是你父亲和母亲希望的，回答问题的时候你应该说'是的，小姐'。"

"要是答案是否定的话，就说'不是的，小姐'。"女人轻声玩笑道。薇薇安看了看面前这两张充满期待的脸庞，埃达姑姑眉头紧锁，她已经不耐烦了。

"是的，小姐。"薇薇安说道。

"今天早上过得好吗？"

顺从不是她的天性，薇薇安听到她的问题就想大声喊出自己的心声——她一点儿都不好，她不想离开这里，这不公平，他们不能强迫自己……但这显然不是时候。薇薇安意识到，还是说出他们想听的话比较省事。再说，自己说了也无济于事，对吗？言语真是笨拙，她想不出一个词语，可以描述内心的无底深渊。听见父亲走进客厅的脚步声，闻见母亲常用的香水味，哪怕是看见她曾经心不甘情不愿地和皮蓬分享的东西时，薇薇安的内心都在发疼……

"是的，小姐。"薇薇安说道。面前的这个红头发女人穿着一条干净的长裙子，看上去很活泼。

埃达姑姑把薇薇安的行李箱交给脚夫，摸摸外甥女的头，叮嘱她路上小心。凯蒂·埃利斯小姐仔细看了看车票，不知道面试时穿那条裙子究竟合不合适。火车一声长啸，即将启程。一个梳着辫子，穿着不合脚鞋子的小女孩爬上铁梯。站台上烟雾弥漫，人们挥手朝车上的乘客呼喊道别，一只流浪狗在人群中钻来钻去。没人注意到，那个小女孩跨过昏暗台阶的身影。埃达姑姑也没注意到，人们本来以为她会将这个可怜的孤儿抚养长大。薇薇安·隆美尔生命中的光芒和活力都封存起来，消失在内心深处。世界依旧繁忙，没人看见她心里的动向。

23

1941年3月，伦敦

薇薇安埋头走路，不料却撞上了一个人。她走路的速度向来很快，所以伦敦三月份灰暗冰冷的一天，两个人就在富勒姆街和悉尼街的拐角处撞到了一起。"抱歉，先生。"薇薇安心中的惊吓变成了懊恼。"我没看见你。"男人脸上一副晕乎乎的表情，薇薇安以为自己吓着他了，于是赶紧解释道："我走得太快了，我一直都这样。"小时候，薇薇安欢呼着在灌木丛中穿梭奔跑的时候，父亲常说，她走路都带着风。薇薇安摇摇头，甩开儿时的回忆。

"是我的错。"男人挥挥手，"我不容易被人注意到——有时候甚至像个隐形人，你不知道，这是件多麻烦的事情。"

他的反应出乎薇薇安的意料，她心中有小小的惊喜，忍不住想笑。男人靠过来仔细打量薇薇安的模样，黑色的眼睛微微眯着。"我们见过面的。"

"你搞错了。"薇薇安脸上的笑容立马消失了，"我们没见过。"

"见过的，我确定。"

"你认错人了。"她点点头，想结束这场谈话，"祝你好运。"说完，薇薇安继续往前走。

过了一会儿，她快要走到凯尔街的时候，男人忽然在她身后喊道："还记得肯辛顿的妇女志愿服务社食堂吗？你看了我的照片，还跟我介绍你朋友的医院。"

薇薇安停下脚步。

"那家收留孤儿的医院，你还记得吗？"

薇薇安的脸颊一下变得又红又烫，她转过身，急促地走到男人面前。"住口！"她竖起一根手指放到唇边，暗示他小声点，"别说了。"

男人皱了皱眉，有些不解。薇薇安看了看他和自己身后，确定没人注意他们才把男人拉到一家被炸成废墟的店铺后面，避开大街上偷窥的目光。"我不是清清楚楚地告诉过你，不许把我的话告诉别人吗？"

"这么说你是记得啰？"

"我当然记得，你觉得我看上去像个白痴吗？"薇薇安扫了一眼街道，等一个拎着购物篮的女人慢悠悠地走过去，然后才小声说道，"我告诉过你，不许对任何人提到那家医院。"

男人也配合着小声说道："我不知道你说的任何人也包括你自己。"

薇薇安一时不知道该说些什么。男人绷着脸，一副很严肃的样子，但他的语气让薇薇安觉得他是在逗自己。她不想点破，那样只会让他更加得寸进尺，她才不想这样。"那好吧！"她说道，"的确包括我在内。"

"那我明白了，谢谢你的解释。"男人嘴角浮起浅浅的微笑，"希望我把你的秘密告诉你不会给你带来麻烦。"

薇薇安这时才发现，自己竟然一直抓着他的手腕。她像被烫着了似的赶紧丢开，往后退了一步，站在满是碎石的地面上。她伸手理了理前额散落的鬓发。结婚一周年的时候，亨利送给她一枚红宝石发卡，这小东西虽然漂亮，却不像普通发卡那样牢固。"我得走了。"她敷衍了一句，然后飞快地转身走向街道。

两人相撞时，薇薇安马上后退了几步。看到男人的脸，她立马想起来，自己的确认识他，她感觉两人之间的默契像电流一般迅速传遍了全身。他们在食堂相遇的那天晚上，薇薇安做了一个奇怪的梦——直到现在薇薇安都想不明白个中缘由。但第二天回想梦境的时候，天哪，薇薇安忍不住吸了一口凉气。倒不是春梦，却比春梦更让人沉醉迷恋，也更危险。这个梦让薇薇安心中突然萌生了一种难以言喻的深切渴望，她想远离这里，过着不问世事的生活，长大成人的薇薇安很久没有做过这样的梦了。第二天早上醒来时，薇薇安意识到那只是一场梦，自己不会拥有那样的生活，顿时觉得心中空落落的，像是失去了一位挚爱的亲人。她想方设法摆脱这个梦，但它总是如影随形般跟着她。早餐的时候，薇薇安几乎不敢直视亨利的眼睛，她害怕他看见自己心中的秘密。她一向把自己的秘密埋藏得很好，亨利从不知情。

"等一下。"

天哪，又是他，他竟然跟上来了。薇薇安微微扬起下巴，加快脚步往前走。她不想让他跟上来，那是最好的结局。但她心中还残留着以前的薇薇安的影子——冲动、鲁莽，充满好奇，给小时候的她带来了那么多麻烦，埃达姑姑因此对她失去信心，但这部分薇薇安是父亲亲手培养出来的。如今，那个年幼的薇薇安被她埋藏在心里，不论遭遇任何打击，都不会破碎死亡。现在，内心深处的薇薇安想知道，来自梦境的这个男人究竟想说什么。

薇薇安埋怨自己不该有这种念头，她穿过街道，沿着石板路走得更快了。鞋跟敲击着路面，发出冰冷的响声。自己真傻，不就是那天晚上见过他一面，然后梦见了一堆乱七八糟的事情吗？

"等等。"男人离她很近了，"天哪，你走路的速度太快了，你考虑过参加奥林匹克运动会吗？要是得了冠军还能振奋国民士气呢，你说对吧？"

男人走到薇薇安身边，她不自觉地放慢了脚步，但还是不正眼看他，只静静地听他说话。"抱歉让你误会了，我并不是想捉弄你，只是——能以这样的方式遇见你我觉得很开心。"

薇薇安扫了他一眼："噢？为什么？"

男人停下脚步，脸上的表情很严肃，薇薇安也只好停下来。她朝街道前后看了看，确定没有其他人跟着。男人说道："不用担心，只是……上次见面时你提到医院和妮拉——就是照片中那个小女孩——我后来想了很多。"

"我知道妮拉是谁，"薇薇安怒气冲冲地说道，"我这周才去看过她。"

"你的意思是，她还在医院？"

"是的。"

薇薇安看见，自己的惜字如金让男人眉头微蹙，但他很快就换上一副笑脸，似乎想要融化她心中的坚冰。"我也想去探望她，仅此而已。我不想打搅你，我发誓不会碍手碍脚的。如果你能抽空带我去一趟的话，我会感激不尽。"

理智告诉薇薇安，她应该拒绝男人的要求，她不希望自己去见托马林医生的时候有人跟着。这样做很危险，亨利已经起了疑心。但这个男人的目光如此热切，脸上全是善意、友好还有希望。薇薇安又有了那种奇怪的感觉，梦里闪着光芒的希望好像又回来了。

"求你了，好吗？"他伸出手。如果这真是一场梦的话，薇薇安愿意握住他的手。

"你得跟上我的脚步。"她冷冷地说道，"只此一次，下不为例。"

"什么？现在就去？你原来是要去医院？"

"是的，而且我已经迟到了。"薇薇安没说出口的是——"这都怪你。"但她觉得男人应该懂自己话中的含义，"我……我跟人约好了。"

"放心吧，我保证不会误了你的事。"

薇薇安不想让他得意，但从他脸上的笑容来看，他的尾巴已经翘起来了。"我带你去医院，但到那儿之后你就在我面前消失。"

"我刚才说自己是隐形人是在开玩笑，你不会当真了吧？"

薇薇安没有笑："你从哪儿来回哪儿去，忘记那天晚上我在食堂跟你说的话。"

"我保证。"男人友好地伸出手，"我叫——"

"不必了。"薇薇安飞快地丢下这句话。她看得出来，男人对此非常意外，"别告诉我你的名字——朋友才交换姓名，我们不是。"

他眨眨眼，然后点点头。

她的话听上去冷冰冰的，薇薇安对自己很满意，她已经犯了太多愚蠢的错误。"还有一件事。"她补充道，"见过妮拉之后，你永远都不许再出现在我面前。"

* * *

吉米的话并非全是玩笑——薇薇安·詹金斯走路的样子就像背负着什么重要使命一样。更确切地说，她好像想加快脚步，甩掉身后这个累赘。薇薇安健步如飞地穿过河边狭窄密集的小巷，吉米只好一阵小跑，才勉强跟上她的脚步。走这么快，他根本没法开口说话。这样也好，他们之间的交流没必要太多。就像薇薇安自己说的那样，他们不是朋友，现在不是，以后也不会是。吉米很高兴薇薇安点明了这一点——她的提醒非常及时，吉米总喜欢跟所有人保持友好关系，但他并不想了解薇薇安，就像薇薇安也不想了解他一样。

他最终还是同意了桃儿的计划，主要是因为桃儿保证，这个计划不会伤害任何人。"我的计划非常简单。"在马伯拱门附近的里昂街角餐厅，桃儿紧紧握着他的手。"你假装无意中遇见她——你要装作很意外很巧合的样子——然后告诉她，你想去看望那个小女孩，就是那个轰炸中失去家人的孤儿。"

"她叫妮拉。"窗外的阳光从餐桌边缘上镶嵌的金属逐渐淡去。

"薇薇安会同意的，你告诉她，你听说那孩子的境况后非常感动——这本来也是大实话，对吧？你不是跟我说，你想去看看妮拉，看她过得好不好吗？"

吉米点点头，还是不看桃莉的眼睛。

"这样你就能和她一起去医院，然后找个机会跟她再次见面，这时候就该我出场了——我拍一张你们看上去很亲密的照片，然后给她寄一封匿名信，让她知道我们手里的筹码，她肯定会迫不及待地想把这件事情压下来。"桃莉把烟头使劲按熄在烟灰缸里，"明白了吗？就是这么简单，绝对万无一失。"

事情的确简单，的确万无一失，但还是不道德。"桃儿，这是扭曲事实。"吉米扭过头看着桃莉，柔声劝道，"咱们这是在骗人。"

"不，"桃莉回答得很坚决，"这是正义，她罪有应得。你不知道她对我，对我们做了什么，吉米，更别说她的确背叛了她的丈夫。再说了，她很有钱，我们要的这点儿小钱对她来说不过是九牛一毛而已。"

"但她丈夫会——"

"他不会知道的，这就是整个计划的关键所在。吉米，整个计划都只和薇薇安一个人有关。他们在坎普顿丛林的那栋房子是她的私人财产……薇薇安的外婆把房子留给她的时候说了，即便结婚，薇薇安也是这栋房子的绝对主人。你应该听格温多林夫人说过这件事，她觉得这个主意简直太棒了。"

吉米没有回答，桃莉看出他的不情愿，一时间竟然有些慌了。她漂亮的大眼睛睁得大大的，双手合十，像在祈祷一般，满是祈求的神色。"你难道不明白吗？她不会在意这点小钱的，但我们可以用这些钱生活在一起，结婚生子，过着幸福的生活。"

吉米仍旧不知如何回答，只好一言不发，紧张的气氛在两人中间逐渐蔓延。他摆弄着一根火柴，思绪早就飘到了天外。他紧张的时候就会出神，就像烟圈飘离烟头一样。此刻，吉米想起了父亲。想起他们以前一起挤着住的那个小房间，想起父亲坐在窗边凝视街道，念叨吉米的母亲知不知道该来哪儿找他们父子，以为这就是她迟迟不出现的原因。每天晚上，父亲都要问吉米，可不可以搬回以前住的公寓。有时候，父亲会独自哭泣，听着他老人家把头埋在枕头里小声啜泣，嘴里还一遍又一遍地念叨着他想回到过去，让一切都恢复老样子，吉米的心都要碎了。要是自己有了孩子，吉米希望在孩子们伤心哭泣，好像世界就要毁灭的时候自己知道该如何安慰他们。但这个哭泣的人是他的父亲，吉米不知道如何是好。在这种战火纷飞的日子里，每天都有很多人躲在枕头里哭泣。吉米忽然想起战争开始以来，自己照片中所有逝去的灵魂，他们失去的一切，遭遇的悲痛，他们的无助和勇敢。吉米看着桃儿，又点燃一支烟，郁郁寡欢地抽着。桃儿早已不是海边那个眼睛里都充满笑意的女孩了，吉米想，可能有很多人都像他父亲那样，希望回到过去吧！

或者一路向前——火柴棍在他的指间折断——但人怎么能回到过去？那不过是美好的愿望罢了，但现在还有一条路摆在眼前，那就是向前。吉米回想起桃莉拒绝嫁给他之后的那几个星期，自己简直是度日如年。天地间全是茫茫然的虚无感，孤独让他整夜整夜都无法入眠，只好听着父亲的哭泣声，还有自己悲哀却一下复一下的心跳。吉米忽然觉得，或许桃莉的建议也没那么难以接受。

倘若在平时，吉米可能不会答应她的要求，他向来是个是非分明的人。但现在，外面正在打仗，战争把一切都撕成碎片——吉米有些不确定——事情早就和原来不一样了。现在的时代，墨守成规的人冒着巨大的风险。

他把断成几截的火柴棍拼起来，桃儿在旁边叹了口气。他看见她跌坐回皮椅里，用小巧的双手捂着脸。他注意到她手臂上的伤痕，她近来瘦了许多。"对不起，吉米。"她捂着脸说道，"对不起，我不应该提出这样的要求，我只是想想而已，因为——因为……"她的声音忽然变得很低，好像不忍听见自己说出那简单又残忍的真相一样，"……她让我觉得自己什么都不是，吉米。"

桃莉喜欢演戏，没有人能像她一样惟妙惟肖地扮演另一个角色。但吉米太了解她了，桃莉此刻的诚实坦荡一下击中了他的内心。薇薇安·詹金斯让美丽的桃儿觉得自己什么都不是，这还是那个聪慧又活泼，笑起来让他觉得活着真好，让这世界变得活色生香的桃儿吗？吉米不需要她再往下说了。

* * *

"动作快点儿。"薇薇安·詹金斯停下脚步，站在一栋砖石建筑的台阶上催促吉米。除了大门上"托马林医学博士"的黄铜名牌之外，这栋房子与周围的建筑几乎没有任何不同。薇薇安看了看精致的玫瑰金手表，那小东西像个镯子一样套在她手腕上。她扫了一眼身后的街道，阳光洒在她深色的头发上。"我得搞快点——"她深吸了一口气，忽然记起他们俩之间的约定，"我的意思是，接下来你自便，我已经迟到了。"

吉米跟着她走到前台接待区。看布局，这栋房子原来应该是一栋豪宅，他们现在站着的位置应该是客厅。前台接待是一个灰色头发的女人，她的头发梳成了维多利亚式髻发，一副非常爱国的样子。她坐在桌子后面扫了一眼吉米。

"这位先生是来探望妮拉·布朗的。"薇薇安说道。

女人的注意力转移到吉米身上,她从半框眼镜后面仔细审视着吉米。吉米友好地笑了笑,她却没笑。吉米意识到自己应该再解释一下此行的来意,他朝桌子走了一步。"我认识妮拉。"他说道,"她家人遇难的那天晚上我们见过一次,我是报社的摄影师,我过来跟她打个招呼,看看她最近过得怎么样。"说完,吉米看着薇薇安,希望她能替自己证明,但她并没有。

不知从哪儿传来挂钟的滴答声,飞机在头顶的天空中轰鸣。接待员终于考虑清楚,慢慢地叹了口气。"我知道了。"好像认定他是个坏人,却不得不让他进来一样,"报社的摄影师,你说你叫什么来着?"

"吉米。"他看见薇薇安正看向别处,"吉米·梅特卡夫。"他应该编个假名字,但一时间又想不出合适的,再说,他平时也不经常撒谎。"我只是来看看妮拉的近况如何。"

女人紧紧闭着嘴唇打量着他,然后点了一下头。"那好吧!梅特卡夫先生,跟我来,但我得警告你,我不会让医院里的任何人受到骚扰,你要是敢惹麻烦的话立马就会被轰出去。"

吉米开心地笑了,心里也有点畏惧。

女人轻轻地把椅子推到桌子下面,整理了一下脖子上精致的金十字架,然后顺着弯曲的楼梯往上走。她根本没有回头看吉米,只是用动作示意他跟上来。吉米跟在她身后,走到一半时他忽然意识到薇薇安没和他们一起来。他转过身,看见她站在另一边的走廊上,对着椭圆形的镜子整理头发。

"你不来吗?"他问道。他的声音本来很小,但房间的布局和穹顶形天花板造成了巨大的回音,真是吓人。

她摇摇头。"我还有其他事要做——我要去见一个人。"她忽然脸红了，"走吧！我不能再多说了，已经迟到了。"

* * *

吉米在妮拉的寝室里待了大概半个小时，看小姑娘给他表演踢踏舞。外面的铃声忽然响起来，妮拉说："午餐时间到了。"吉米表示，自己也应该离开了。妮拉牵着他的手，两人一起穿过走廊。走到楼梯口时，小姑娘忽然抬起脸庞看着吉米："你什么时候再来看我？"吉米犹豫了一下——他还没想那么远的事——但看着她充满期待的明媚脸庞，吉米忽然想起母亲离开自己的时候，他心里顿时划过一个闪电般明亮的念头——那是孩子的天真，他们愿意相信任何事情，他们很容易就会把自己柔软的小手放进你的手心，相信你不会让他们失望。吉米说道："过几天如何？"妮拉微笑着跟他挥手道别，又沿着走廊蹦蹦跳跳地走向餐厅。

* * *

晚上，吉米告诉桃儿白天发生的一切，她鼓励地说道："干得漂亮。"她急切地听吉米描述整个经过，吉米提到医生办公室外面的镜子，说到薇薇安脸红的时候，桃儿的眼睛睁得溜圆。他们一致断定，这是内疚的表现——薇薇安意识到吉米看见自己在整理仪容——"我告诉过你的，吉米，她背着丈夫和那个医生见面。"桃儿满意地笑了，"天哪，吉米，我们离真相越来越近了。"

吉米心里还是不踏实，他点燃一支烟："我不知道，桃儿，事情很复杂——我跟薇薇安保证过，以后都不再去那家医院……"

"是的，可你也答应妮拉要再去看她。"

"所以我很矛盾。"

"有什么可矛盾的？你可不能违背对小孩子的诺言，她是个可怜的孤儿，你说呢？"

吉米当然不会，但桃儿显然没有明白，薇薇安说话有多刻薄。

"吉米，"桃儿再次问道，"你不会让妮拉失望的，对吧？"

"不，不会。"他挥了挥手里的香烟，"我会去看她的，薇薇安对那儿的情况很了解，她肯定会不高兴的。"

"她会爱上你的。"桃莉轻轻抚摸着吉米的脸，"亲爱的，你可能不知道自己有多大魅力。"她凑过去，嘴唇在他耳边一翕一合，戏谑地说道，"比如现在，我就对你很感兴趣。"

桃莉吻了吉米，吉米心不在焉地笑了笑。他满脑子都是薇薇安·詹金斯发现自己违背诺言，再次出现在医院时的厌恶表情。他想给自己找个合适的借口——就说，是妮拉要求自己再去看她的？这时，桃莉坐回座位上："这的确是最好的办法。"

吉米点点头，她是对的。

"你去看望妮拉，然后无意间撞见薇薇安，我刚好在那个时候出现，剩下的就都交给我了。"她歪着头冲吉米笑，看上去像个不谙世事的少女，"简单吧？"

吉米努力挤出一个笑容："简单。"

* * *

这计划听来的确简单。不过，后来几次去医院，吉米再也没有碰到薇薇安。整整两个星期，他在工作、父亲，还有桃儿之间周旋，一有时间就去医院看望妮拉。有两次他都远远地望见了薇薇安的身影，但从不让她看见自己，更别提跟她约时间见面了。第一次，吉米刚转过海布里街的拐角处，薇薇安就已经站在医院门前。她左右打量了一番，然后用围巾遮住脸庞离开了。吉米加快步伐，但等他走到医院边上的时候，薇薇安早就沿着另一个方向扬长而去了。她一路勾着头，躲开路边打探的目光。

第二次的时候她就没那么小心了。吉米刚走到医院前台，跟玛拉——就是那个灰色头发的接待员，他们现在的关系处得不错——跟她说自己又来看妮拉了。这时候，吉米看见桌子后面有一扇半开的门，透过这扇门，他看见托马林医生的办公室，薇薇安也在那里。她对门后的人温柔地笑了笑，之后，门后伸出一只男人的手，抓住薇薇安的裸露的胳膊，吉米心里顿时掀起一片惊涛骇浪。

他后悔自己今天没带相机来，虽然看不见医生的脸，但薇薇安的身影可是一清二楚。那个男人抓着她的胳膊，她脸上满是愉快的表情……

这些天，吉米只有今天没带相机，但就这么凑巧，今天刚好用得上。吉米还在埋怨自己，玛拉突然关上桌后的门，跟吉米寒暄，问他今天过得如何。

第三周，吉米走上楼梯，沿着走廊朝妮拉的寝室走去。这时候，他看见前面有一个熟悉的身影。吉米站在原地，假装端详墙上"为胜利挖战壕"的海报。海报上画着一个患了足内翻的小孩，他手里还拿着锄头和铲子。吉米竖起耳朵听着薇薇安的脚步声，薇薇安转过墙角的时候，他立刻跟上去。看着前面的背影，他的心怦怦直跳。墙上有一扇小门，吉米以前从未留意过这道门。薇薇安推开门进去，吉米也随之跟上。门后面竟然是一段窄窄的楼梯，吉米拾级而上，楼梯尽头处的走廊透过来一丝光亮。吉米踏上走廊，发现自己身在一栋旧房子当中，天花板比楼下的房间略低一些。他能听见薇薇安的脚步声，却不能断定她到底往哪边走了。吉米往左边扫了一眼，恰巧看见她的身影在褪色的金色和蓝色壁纸间闪过。他笑了笑，内心顽皮的一面很喜欢这场追逐的游戏，然后跟了上去。

吉米知道，薇薇安这般偷偷摸摸是出来见托马林医生，他们躲在老房子静谧隐蔽的阁楼上，不会有人来打搅——除了吉米。他从墙角后伸出脑袋，看见薇薇安停下了脚步。这次他带着相机，肯定能拍到货真价实的出轨照片。这样最好，不必搞那一套乱七八糟的东西，还要跟薇薇安约时间见面，那样实在太卑鄙了。薇薇安的确背着丈夫在外面跟人偷情，这样吉米心里也好受了些。剩下的就是寄匿名信的问题了——实话实说，这就是敲诈——吉米虽然无法接受这种做法，但还是硬起心肠。

他看着薇薇安推开门走进去，他一边蹑手蹑脚地跟在后面，一边打开镜头盖。他把脚卡在门缝中，举起相机准备拍下这一幕。

然而，镜头中的场景却让他放下了手中的相机。

24

2011年，格林埃克斯农场

周六早上，尼克森家的姑娘们给桃乐茜办理好出院手续，带她回到格林埃克斯农场。姊妹中最小的黛芙妮正在洛杉矶拍摄新的网络宣传片，她说"那些人一放过自己"就会马上搭乘夜间航班回伦敦。洛丝没联系上格里，因此有些担忧。艾莉丝总喜欢装权威，她声称自己已经致电格里就职的大学了，他们说格里正在出差，办一项"很重要"的工作，办公室的同事说会给他发消息。艾莉丝滔滔不绝的时候，洛瑞尔不自觉地掏出手机在手中把玩，格里一直没告诉她鲁弗斯医生的消息，但她不想打电话问他。格里有自己的办事方法和节奏，再说，她知道打电话到他的办公室不会有什么结果。

到中午，桃乐茜终于回到自己的卧室，她很快就昏昏睡去，雪白的发丝在暗红的枕套上散开，像一道耀眼的光环。姊妹们面面相觑，最终在沉默中达成默契，决定就让她安心睡下。天已放晴，外面竟然有些暖和，一点都不是这个时节该有的温度。姊妹几个走出屋子，坐在大树下的秋千上，一边吃着艾莉丝坚持独自烤制的面包圈，一面挥手赶走讨厌的苍蝇，享受着今年最后的温暖阳光。

这个周末平平淡淡地过去了。大家围坐在桃乐茜的床边，要么静静看书，要么小声聊天，有时候兴致来了还会一起玩拼字游戏——大家总是玩不久，洛丝是个拼字高手，艾莉丝跟她玩不到一个回合就会甩脸子。大部分时间，姊妹们都轮番守候在沉睡的母亲床畔。洛瑞尔打心里觉得，把母亲带回家的做法是对的。桃乐茜属于格林埃克斯，属于这栋宽厚又有趣的老屋。当年，她无意中看到这栋房子，立马认定以后就在这里安家。"我一直想有一栋这样的房子。"小时候，母亲牵着洛瑞尔的手在花园里散步，她脸上挂着明朗的笑容。"我曾经以为自己这辈子都不会有这样的机会，但最终还是让我碰上了。看见这栋房子的时候，我立刻觉得这就是我梦想中的地方……"

洛瑞尔在心中思量，不知道母亲会不会想起很久以前的那个周六，她和爸爸开车沿着车道出行。她会不会梦见那个年老的农场主——1947年的那天，她和爸爸敲开农舍的大门，年老的农场主给他俩沏茶，小鸟躲在被木条封住的壁炉后面偷偷打探。那时候，妈妈还是个年轻的小妇人，她紧紧把握着来之不易的第二次机会，对未来充满期待，想要躲避自己曾经犯下的过错；也许，姊妹们驾车沿着弯弯曲曲的车道驶入格林埃克斯的途中，桃乐茜想起了1961年那个夏日所发生的一切，心中喟叹人不可能永远避开过往。也许，是洛瑞尔自己过于感性——母亲坐在洛丝的小汽车后座上，沉默着流下泪水不过是因为年事已高加上路面崎岖。

不管如何，从医院回家的路途一定让她很疲惫，整个周末她几乎一直在昏睡，吃得很少，说的话更少。轮到洛瑞尔在床边陪伴的时候，她总希望母亲能醒过来，睁开她疲倦的双眼，看看她的大女儿，继续那天未完成的谈话。她想知道母亲究竟对薇薇安·詹金斯做了什么，这是整件事的症结所在。亨利·詹金斯的看法是正确的，他坚持认为妻子死亡的原因绝不止表面上那些——她成了阴暗的伪艺术家们的目标。洛瑞尔发现，亨利·詹金斯说的是"伪艺术家们"，难道母亲还有同伙？会不会是吉米？那个她爱过又最终分离的男人？这会不会就是他们最终劳燕分飞的原因？看来，所有的答案都要等到周一才能揭晓了，桃乐茜一时半会儿还不会醒。洛瑞尔看着母亲平静的睡容，窗帘在微风中忽闪，她忽然意识到，母亲已经跨过了一道看不见的门槛，门后再不会有妖魔鬼怪来侵扰她。

只有一次例外。那是周一凌晨，母亲做了噩梦，这是最近几个星期她唯一一次睡不安稳的时候。洛丝和艾莉丝都回了自己家过夜，所以农舍里只剩下洛瑞尔和母亲。黑暗中，她被母亲的叫喊声惊醒，沿着走廊摸索到母亲房间，摸到墙上的开关，打开电灯。这个时刻忽然让她想起小时候，母亲曾多次被自己梦中的呐喊惊醒，然后飞快冲下楼，安抚受惊的女儿，摩挲她的头发，在她耳边轻声安慰："乖，没事了……放心吧，没事了。"虽然这段时间洛瑞尔对母亲的感情充满矛盾，但她还是迫不及待地想用同样的方式来回报她。当年，洛瑞尔不顾一切地离开家，就连父亲去世的时候都不在他们身边。她把自己的整个生命都献给了自己和艺术，却亏欠了父亲和母亲。

洛瑞尔爬到母亲床上，温柔地握住她的手。桃乐茜身上的白色棉布长睡裙已经被噩梦惊出的汗水打湿，她瘦弱的身子在被窝里轻轻颤抖。"是我的错，洛瑞尔。"她说道，"是我的错。"

"没事了，没事了。"洛瑞尔安慰她。"放心吧！我在呢。"

"她的死都是因为我。"

"我知道，我都知道。"洛瑞尔心中忽然想起了亨利·詹金斯，他坚信薇薇安之所以香消玉殒是因为她被别有用心的人引到了那个被炸弹轰炸的地方。平时她是绝不会去那儿的，这个人应该是薇薇安很信任的人。"好了，妈妈，一切都结束了。"

桃乐茜的呼吸声逐渐变得缓慢沉稳，洛瑞尔开始思考什么是爱。得知母亲曾犯下如此罪过，她对她的爱仍旧炽烈，那些丑恶的行径似乎并不能让爱就此消失，但洛瑞尔受不了这种巨大的失望感。失望这个词平平淡淡，但其中蕴含的羞耻感和无助感却让人绝望。洛瑞尔并不是个完美主义者，她早就不是天真的孩童，所以对格里盲目的乐观不敢苟同——不能因为桃乐茜是她的母亲，就认定她不会犯错，这不可能。洛瑞尔是个现实主义者，她知道这世上的人都不是圣人，他们都会犯错。虽然母亲憎恶自己犯下的过错，但她犯错的事实绝不会就此消失——洛瑞尔自己也犯过错。仔细思考桃乐茜的过往，思索她的所作所为……

"他来找我了。"

洛瑞尔刚才一直在走神，母亲轻飘飘的声音吓了她一跳。"你说什么，妈？"

"我想躲起来，但他还是找到我了。"

洛瑞尔意识到，她是在说亨利·詹金斯。1961年那个夏日发生的一切似乎越来越近了。"他已经走了，妈，他不会再回来了。"

耳边传来一个很小的声音："是我杀了他，洛瑞尔。"

洛瑞尔屏住呼吸，小声回答道："我知道。"

"你能原谅我吗，洛瑞尔？"

洛瑞尔从没想过这个问题，一时间也不知道如何作答。此刻，在母亲安静昏暗的房间里，她只好说："睡吧！一切都会好的，妈。我爱你。"

* * *

几个小时之后，太阳从树梢后面慢慢升起。洛瑞尔把照顾母亲的重任交托给洛丝，她走出屋子，朝那辆绿色的小汽车走去。

"又要去伦敦吗？"洛丝陪她走过花园中的小径。

"今天去牛津大学。"

"牛津大学。"洛丝绕着手里的珠串，"还是去做研究吗？"

"是的。"

"查得怎么样了？"

"你是了解我的，洛丝。"洛瑞尔坐进驾驶座，关上车门。"我觉得没问题。"她微笑着挥挥手，在洛丝提出其他难以回答的问题之前赶紧开车逃走。

周五的时候，她提出要找"一本不为人知的回忆录"时，大英图书馆阅览室前台的小伙子非常乐意帮忙。不知道凯蒂·埃利斯去世之后，谁还会来找她生前的往来信件呢？小伙子盯着电脑屏幕皱起了眉头，他不时腾出手在便签本上记着什么，洛瑞尔心中的希望随着他皱起又落下的眉头起起伏伏。最后，她的关切已经干扰到小伙子的正常工作，他说这要花些时间，建议洛瑞尔先去做点其他事情。洛瑞尔明白他的意思，于是走到图书馆外面吸了一支烟——老实说，吸了三支。她神经质地来回踱步，终于还是忍不住急匆匆地回到阅览室，看他查得如何了。

看上去还不错。小伙子从查询台后面递给洛瑞尔一张纸，脸上是马拉松选手完成比赛后那种心满意足又疲惫不堪的神情。"找到你说的那个人了。"凯蒂·埃利斯为了考取博士学位，曾在牛津大学新学院学习。1983年9月，凯蒂·埃利斯去世，她把所有的文件档案都捐献给新学院，其中还包括她回忆录的复印件。洛瑞尔觉得这些东西里可能有自己想要的东西。

她把绿色小汽车停在康山的停车换乘区，搭巴士去牛津大学。司机让她在市区下车，说新学院就在女王学院对面。洛瑞尔根据路标一路向前，经过鲍德林图书馆，沿着霍尼韦尔街往前走，很快就到了新学院的大门前。她一直很喜欢学校里那种大气磅礴的美，每块石头、每座塔楼、每根指向天空的塔尖都是过去岁月的沉淀积累。但今天，洛瑞尔没有时间欣赏风景。她双手揣在口袋里，低头躲避凛冽寒风，急匆匆穿过草坪，径直朝图书馆走去。

管理员是一位年轻人，留着一头蓬乱的蓝黑色头发，他对洛瑞尔表示欢迎。洛瑞尔表明自己的身份和此行的目的，说大英图书馆的管理员在周五的时候替她打电话预约过。

"是的，有这么回事。"这位热情的图书管理员名叫本，他要在图书馆实习一年时间，"是我接的电话，你是来找新学院一位校友留下的文件，对吧？"

"那位校友名叫凯蒂·埃利斯。"

"对，我已经把相关档案从资料楼给你搬过来了。"

"太好了，非常感谢。"

"小事一桩，资料楼虽然高，但这也不算什么事。"本笑了笑，然后神秘兮兮地凑过来，"那栋楼的楼梯是螺旋形的，还要经过隐藏在大厅墙上的一扇门，感觉像是霍格沃茨魔法学校一样。"

洛瑞尔当然读过《哈利·波特》，她对老建筑的魅力无法抵挡。但图书馆开放时间有限，凯蒂·埃利斯的信件就近在咫尺，她实在没有耐心再多花一分钟时间和本讨论建筑和小说。她装作不解地笑笑——霍格沃茨？那是什么？本同情地看了她一眼——原来是个麻瓜。话题于是成功转换。

"你要的资料我都放在档案馆的阅览室了。"本说道，"我带你过去吧！你以前没来过这里，肯定会觉得它像个迷宫一样。"

洛瑞尔跟在本身后，两人穿过一条石头砌成的走廊，本一路上都兴致勃勃地谈着新学院的历史。转了许多弯，绕了许多圈子之后，他们终于来到阅览室。阅览室里摆满了桌子，从窗户望出去，能看见一面爬满常春藤的中世纪古墙。

"就是这里了。"本走到一张桌子前，桌子上摆着二十多个盒子，"你愿意在这里看资料吗？"

"这里很棒。"

"那就好。盒子旁边有手套，翻阅资料的时候请戴上手套，有需要的话请叫我——我就在那边。"他指着旁边角落里一张堆满了文档的桌子。"——做抄录。"他补充道。洛瑞尔怕他又喋喋不休，于是没有搭话。本识相地点点头，去忙自己的事情了。

过了一会儿，洛瑞尔自然而然地沉浸在这栋石头砌成的图书馆的静谧当中。她终于能和凯蒂·埃利斯的信件亲密接触了，洛瑞尔看看桌上小山一般的盒子，捏响了指关节。然后，她戴上眼镜和白手套，在书山纸海中寻找答案。

这些盒子的外观都一模一样——都是用不含酸的硬纸板做的，每一个盒子都一本百科全书大小。盒子上写着名目和编号，洛瑞尔不明白编号的具体含义，但她觉得这可能是图书馆的档案编号。她本来想去问问本，但又怕他对档案管理的历史渊源滔滔不绝。这些盒子好像是按年代顺序摆放的，洛瑞尔决定碰碰运气，说不定刚好找到自己想要的东西了呢？

她打开编号为1的纸盒，里面放着大概二十来封信，信件都用白绳子扎着，下面垫着一块硬纸板。洛瑞尔看看旁边那一大堆纸盒——看来，凯蒂·埃利斯是个很爱写信的人，但她会写给谁呢？看样子，这些往来信件是按收信日期排列的，除了挨个查看之外，应该有更简便的方法能找到自己想要的东西。

洛瑞尔用手指轻轻叩着桌子，陷入思考当中。她随意一瞥，却看见了被自己忽略的索引卡。她脸上露出笑容，拿过索引卡，仔细看着上面的内容。正如她所料，上面有寄信人和收信人名单。洛瑞尔屏住呼吸，用手指一行一行地在寄信人一栏当中查找，看有没有詹金斯、隆美尔或薇薇安的来信。

索引卡上并没有这几个名字。

洛瑞尔不甘心，她又查找了一遍，比上次更加细心，却还是一无所获。索引卡上的名单中没有薇薇安·隆美尔或是薇薇安·詹金斯，但凯蒂·埃利斯明明在《生而为师》中提到过，她和薇薇安有书信往来。洛瑞尔找出她在大英图书馆拿到的影印件——没错，上面白纸黑字地写着"在漫长的航行途中，我得到薇薇安的信任，与她维系了多年的师生友谊。她在第二次世界大战中不幸遇难，花儿一般的年纪就此香消玉殒，在她去世之前，我们一直都有书信往来……"洛瑞尔咬咬牙，再次查看索引卡。

什么都没有。

这不可能。凯蒂·埃利斯说得清清楚楚，她和薇薇安之间有书信往来。它们究竟在哪儿？洛瑞尔看看弓着背抄写文件的本——没法子，还是得向他求助。

"我们收到的捐赠全部都在这里。"本说道。洛瑞尔指出凯蒂·埃利斯在回忆录中的描述给他看，本皱了皱鼻子，也觉得很奇怪，但他马上明白过来。"或许她在去世前就把这些信件销毁了呢？"他不知道，自己正像捏碎一片枯叶一般打破了洛瑞尔的希望。"这种情况时有发生，"本继续往下说，"那些打算捐赠信件的人经常这样做，以免不想让人看到的信件也出现在档案馆或是博物馆的藏品当中。你觉得，凯蒂·埃利斯有没有可能这样做？"

洛瑞尔想了一会儿，觉得有这种可能。凯蒂·埃利斯或许觉得薇薇安的信件当中有些敏感和灰色的信息不宜让公众知道。天哪，真是一切都有可能。洛瑞尔的脑子忽然一片混沌，她问本："这些信有没有可能放在其他地方了？"

本摇摇头："新学院图书馆是凯蒂·埃利斯遗赠的唯一受益人，她留下的东西全部都在这儿了。"

洛瑞尔真想把这些码得整整齐齐的档案盒扔到地上，然后狠狠揍本一顿。她本来距离真相如此之近，但——真是丧气。本向她报以同情的微笑，洛瑞尔跌跌撞撞地走到桌子边，脑中忽然灵光一闪。"日记。"她飞快地蹦出这个词。

"什么？"

"凯蒂·埃利斯有写日记的习惯——她在回忆录中提到过——她的日记会不会也在你们的档案当中？"

　　"在，"本说道，"我把它们一起搬过来了。"

　　他指了指地板上的一摞书，洛瑞尔简直想亲他一下，但还是克制住自己。她回到座位上，拿起最上面一本用皮革装订的日记。上面的日期显示是1929年，洛瑞尔知道，凯蒂·埃利斯就是在这一年和薇薇安·隆美尔一起经过漫长的航海旅行，从澳大利亚来到英国。日记第一页是一张黑白照片，四角用金色的贴纸固定在纸张上，年长日久，照片已经起了斑点。照片上是一个穿着长裙和古板衬衫的年轻女人，她头发的颜色难以辨认，但洛瑞尔觉得应该是红色的。她的头发全部梳到一边，弄成一板一眼的鬈发。她的打扮中规中矩，有种女学究的端庄娴静，但目光却十分坚定。她的下巴微微扬起，脸上笑意阑珊，似乎对自己这身打扮并不满意。洛瑞尔觉得，这个人可能就是凯蒂·埃利斯小姐。照片下面的注解证实了她的猜测——出于小小的虚荣心，作者把自己在布里斯班的亨特&古尔德照相馆拍的照片贴在这里。1929年，照片中的年轻女子就要开始一场伟大的旅行。

　　洛瑞尔翻到正文第一页，凯蒂·埃利斯的字迹十分公正。这篇日记写于1929年5月1日，标题是《第一周——新的开始》。看来，这位凯蒂·埃利斯小姐生活中还真是一丝不苟。洛瑞尔忍不住笑了，但薇薇安的名字却让她屏住了呼吸。日记开篇是对船上环境的大概描述——住宿环境，其他乘客，还有食物（这部分是最详细的），在这些内容当中洛瑞尔发现了这样一段话：

　　　　我的旅伴是一个名叫薇薇安·隆美尔的八岁小女

孩。她不是一般的孩子，非常让人费解。她长得很漂亮，看上去赏心悦目——深色的秀发编成两条辫子（我的杰作）垂在身后，大大的棕色眸子，深红色的嘴唇十分饱满。她经常双唇紧闭，脸上的表情非常坚毅，给人一种脾气很坏或者主意很正的感觉——我现在还不清楚她究竟属于哪种情况。她是个骄傲任性的姑娘——这一点，我从她用棕色眼睛打量我的时候就知道了。当然，她姑姑还跟我讲了许多她的坏话——言辞尖锐，爱动手动脚，等等。但到目前为止，我还没在她身上看到她姑姑说的种种劣迹。她很安静，到现在为止跟我说的话总共不超过五个字，也看不出言辞尖锐的痕迹。不过，她的确是个很叛逆的孩子，举止无礼，小小年纪就有着成人才有的古怪性子，但依旧很讨人喜欢。就算她安安静静地坐在甲板上，看着蔚蓝的大海，我也会被她的样子吸引。她不止样貌迷人，身上还有一股让人觉得可远观而不可亵玩的气质，还是静静欣赏就好。

补充一点，她安静得有些奇怪。其他孩子在甲板上追逐打闹的时候，她会悄悄躲起来，一动不动地静静坐着。这种安静很不自然，我还没准备好怎么应对。

显然，凯蒂·埃利斯一直对薇薇安·隆美尔充满兴趣，所以日记中对这趟旅行的评价越来越多，其中还夹杂着凯蒂·埃利斯给薇薇安制定的到伦敦之后的学习计划。接下来几个星期的日记也都大同小异。凯蒂·埃利斯从远处静静看着薇薇安，只有不得不交谈的时候才会说上几句。到了1929年7月5日，事情终于出现了转折，那篇日记的标题是《第七周》。

　　早上起来就很热，北边吹来一阵轻柔的微风。用过早餐之后，我们一起坐在前面的甲板上，这时候发生了一件特别的事情。我让薇薇安回客舱把练习本拿出来复习功课——出发前，我答应她姑姑，即便是在海上也不会让薇薇安放松学习——我觉得她姑姑是害怕薇薇安的舅舅发现她成绩不好，会立刻把她打发回澳大利亚。我们的学习是非常有趣的打哑谜猜字游戏，每天都一样：我在练习本上写下单词或者画出一个东西，不停地讲解这个单词的意思，让薇薇安来猜。我讲得口干舌燥，薇薇安却一直用厌倦的目光看着练习本上我辛辛苦苦的写写画画，并不作声。

　　我想起自己的承诺，于是还是坚持下来。那天早上的情况已经不是第一次了，薇薇安不按我的要求来，她根本不看我的眼睛。我一遍又一遍地重复自己讲过的话，语气逐渐严肃起来，但这孩子还是充耳不闻。终于，我忍不住带了哭腔，我问她为什么这样做，为什么装作听不见我说话。

　　可能我的情绪失控打动了她，她叹了一口气，告诉我背后的缘由。她看着我的眼睛，说在她看来我不过是她梦境的一部分，是她虚构出来的东西。她觉得听我说话没有任何意义，除非我的"唠叨"——她的原话就是这样——有点意思。

　　要是别的孩子说出这种话，脸蛋或是耳朵早就被拧了，但薇薇安不是个普通的孩子。至少，她从来不撒谎。她的姑姑虽然非常不待见她，但也说我绝不会从这孩子口中听到一句谎话。我对她的话非常好奇，于是装作漠不关心的样子，好像询问几点钟了一样问道——刚才那句"我不过是她梦境的一部分"究竟是什么意思。她朝我眨了眨深棕色的大眼睛，说道："我在我家附近的小溪边睡着了，现在还没醒过来呢。"她告诉我，那以后发生的所有事情——家人的车祸，她像一个无人想要的包裹一样被打发到英国，只有一位老师陪伴的漫长海上旅行——一切都不过是一个长长的梦境而已。

我问她为什么不醒过来，人怎么可能睡这么久。她说，这都是丛林魔法导致的。她在那条有魔法的小溪边的羊齿草丛里睡着了——她跟我说，小溪里面还有细碎的光，里面藏着一条秘密通道，通道那头是一个巨大的发动机舱，可以通往世界另一头。就是因为那条神秘的小溪，所以她一睡就是很久，不然的话她早就醒了。我问她，怎样才算是从梦里醒过来。她觉得这个问题太简单了，歪着头说道："我睁开眼睛，发现自己回到家里的时候就算醒过来了。"她小巧精致的脸庞上写满了坚定。

两个星期之后的日记中，凯蒂·埃利斯又谈到这个话题。

我小心翼翼地探寻薇薇安的虚拟世界，一个孩子居然会以这样的方式来理解一场莫大的悲剧，我对此很感兴趣。从她的点滴描述中，我知道，她在自己周围构筑了一片影子大地，那里终日被黑暗包围，她必须经过这片黑暗才能回到澳大利亚的小溪边，才能醒过来。她告诉我，有时候她觉得自己就快醒了——如果她非常安静地坐着，她就能够看到黑暗之外的场景，能看到家人，听见他们日常交谈的声音，虽然他们看不见黑暗这边的薇薇安。现在，我明白这个孩子为何如此安静了。

遇到伤害的时候，人会本能地退到一个安全的虚拟世界，这一点我能够理解。相对而言，更让我不安的是薇薇安面对惩罚时脸上欣然的表情。准确地说，那种表情不是开心，而是顺从，甚至近乎解脱。有一天，她被人冤枉，说她偷了上层甲板一位妇人的帽子。我亲眼看见那顶钟形女帽被风吹到甲板上，然后欢蹦乱跳地走远了，我确定薇薇安是无辜的。我当时有些惊讶，所以没来得及说话。薇薇安被那位夫人狠狠训斥了一顿，还说要揍她。薇薇安很淡然的样子，像是早就预料到了一般。从她的眼神里，我发现她似乎觉得惩罚是一种解脱。我立刻回过神来，阻止了这场冤案的发生。我用说笑的语气告诉他们帽子的真实去向，然后把薇薇安带回安全的地方。但她眼中的神情困扰了我很长时间，我不知道，小孩子为什么会愉快地接受惩罚，特别是她们的确无辜的时候。

几页之后，凯蒂·埃利斯写下这样一段话：

最困扰我的问题已经有了答案。我经常听见薇薇安

390

在睡梦中尖叫，尖叫的时间一般都很短，她翻个身便又陷入了睡梦当中。但那天晚上的情形不一样，她叫了很长时间，我赶紧起床去安慰她。她紧紧抓住我的胳膊，语速很快地说着些什么——这几乎是我见过的她最激动的时刻了。从她的话语中，我得知，她也认为家人的不幸都是自己造成的。从成年人的观点来看，这简直是无稽之谈，因为我知道薇薇安的家人都是因为车祸去世的，当时薇薇安和他们隔了好几十英里远。但孩子的世界不是逻辑和道理能够解释得通的，不知为何，她始终为此耿耿于怀。我始终觉得，孩子的姑姑对此或许起到了推波助澜的作用。

洛瑞尔抬起头，本正在收拾文件。她看看手表，心里有些沮丧。已经12点50分了，真该死，本告诉过她，图书馆中午要闭馆一个小时。洛瑞尔觉得自己很快就能查出事情的真相，却来不及看完所有的资料。她只好跳过剩余的海上旅行，匆忙翻到一篇笔记潦草的日记——凯蒂·埃利斯要乘火车去约克郡应聘家庭教师的工作。

列车长很快就要过来了，我必须写快点，免得一会儿把这事忘了。昨天，我们到达伦敦的时候我的小旅伴举止十分奇怪。我们刚踩着步桥走下船，我还在打量周围的环境，看我们接下来该去哪儿。薇薇安却立刻四肢着地趴在地上，把耳朵贴在地面，全然不顾我用海绵为她刷洗干净的裙子，她一会儿还要穿着这身裙子去见她舅舅呢。我不是个容易觉得尴尬的人，所以当时我并不觉得不好意思，而是担心她会被人群或是马匹踩踏到。

于是我大声喊道："你在干什么？快起来！"

她没有任何反应，当然，我对此并不意外。

"孩子，你在干什么？"我问道。

她摇摇头，飞快地说道："我听不见了。"

"什么听不见了？"

"发动机转动的声音。"

我想起她跟我提到过的，地心深处的发动机舱，还有那条通向她家里的秘密通道。

"我听不见它们的声音了。"

她开始意识到自己真实的处境。在我看来，即便她还有机会返回故乡，那也会是很多年以后的事情。看着眼前这个倔强的小姑娘，我内心感到一阵难过。我不想用毫无意义的言语来安慰她，因为越早逃离梦境的控制对她来说越好。我实在不知道该说些什么，只能轻轻握着她的手，去约定的地方见她那位英国舅舅。薇薇安的话让我非常担心，因为我知道这件事会在她心里掀起怎样的惊涛骇浪。这一刻来得太突然，我知道得太晚——我必须马上跟她告别，看着她开始自己的生命旅程。

如果能从她舅舅身上感到更多温暖，我或许不会如此担心。但很遗憾，她舅舅不是那样的人。薇薇安新的监护人是牛津郡诺德斯特姆中学的校长，我和他之间有一道职业贵贱（也可能是性别）带来的阻碍。他好像根本没看见我，只顾着打量薇薇安，让她跟在自己身后，然后转身就走，一秒钟时间都没有给我留。

不，从我对他的印象来看，他绝对不是个温柔的人，肯定无法理解一个遭遇了如此不幸的敏感小姑娘。

我给薇薇安在澳大利亚的姑姑写了一封信，告诉她我的担忧。但我并没有抱多大希望，不奢望她会立刻跑到英国把薇薇安接回家。与此同时，我答应会定期给身在牛津郡的薇薇安写信。我是认真的，要是我的新工作没有在英国另一边，我会非常乐意保护她，让她远离伤害。我是一位教师，职业纪律要求我观察而不是理解我的学生，但我对薇薇安已经有了很深的感情。我真心希望时间和环境能够让她内心的伤口慢慢愈合，或许有个朋友在身边能好得快些吧？正是出于对她的深切感情，我才会杞人忧天，担心她的未来，被自己无端的想象困扰。但我真的非常担心她，她有可能会被困在自己的梦境里不能解脱，和现实世界之间始终隔着一道鸿沟。如此一来，她长大成人之后，很容易成为别人欺骗的对象。她舅舅为什么同意收养她——或许是我太多疑了——责任感吗？有这种可能。喜欢孩子？显然不是。薇薇安长大后会是个美人，而且会从母亲的家族中继承一大笔财产，我担心其他人或许会对此虎视眈眈。

洛瑞尔靠在椅子上，眼神空洞地盯着窗外的中世纪古墙。她咬着手指甲，脑子中反复思索着凯蒂·埃利斯的话——我担心其他人或许会对此虎视眈眈。薇薇安·詹金斯是遗产继承人，金钱改变了一切。她是个富有的女人，又是那种性子，她的朋友埃利斯小姐担心，这会让她成为那些图谋不轨之人的最佳捕猎对象。

洛瑞尔取下眼镜，合上眼，用手轻轻揉着鼻梁两侧。钱是最原始的诱惑，她叹了口气。虽然这种方法很不道德，但显而易见，薇薇安的悲剧就是钱造成的。母亲并不是个爱慕虚荣的女人，更不会搞阴谋诡计，从别人那里巧取豪夺——但那都是现在。洛瑞尔认识的那个桃乐茜·尼克森已经经过几十年的风雨历练，早就不是当初那个贪婪的女孩。十九岁的时候，她在考文垂大轰炸中失去了所有的家人，在战火喧嚣的伦敦只能靠自己闯出一片天地。

母亲如今表现出来的后悔，她所说的错误、第二次机会和原谅都符合洛瑞尔的推断。母亲曾经对艾莉丝说——没人会喜欢一个贪心的姑娘——这句话又是什么意思？或许，这是她从自身经历中总结出来的教训？洛瑞尔越想越觉得有这种可能。母亲需要的是钱，于是就打上了薇薇安·詹金斯的主意。但后来，事情的发展完全脱离了她的预期。不知道吉米是不是也参与了这件事？计划失败会不会是他和母亲分道扬镳的导火索？洛瑞尔不知道，母亲的计划和薇薇安的死因究竟有何瓜葛。亨利·詹金斯把妻子的死因归罪于桃乐茜，母亲或许是出于赎罪的心理才远远离开，但薇薇安悲痛欲绝的丈夫却不打算就此罢休，他最终还是找到了桃乐茜。接下来发生的事情，洛瑞尔已经在1961年的夏天亲眼目睹了。

本站在洛瑞尔身后，轻轻咳嗽，想引起她的注意。墙上挂钟的分针已经走过了12点，洛瑞尔装作没听见，脑子里还在思索母亲的计划究竟出了什么岔子——是不是被薇薇安发现，然后阻止了？或者半道上发生了别的事情，把一切都搞砸了？她看着面前厚厚的日记，找到书脊上写着1941年的那一本。

"如果可以的话，我很愿意把你留在这里。"本说道，"但我们的头儿会把我倒吊着拷打一顿。"他忧心忡忡地补充了一句，"也可能更惨。"

真是个浑球。洛瑞尔的心情很沉重，她心里有个深深的漩涡，现在她需要冷静一会儿。就让这本或许能够解释一切的日记暂时留在阅览室当中吧！

25

1941年4月，伦敦

　　吉米把脚卡在门与门框的缝隙当中，窥视着薇薇安的一举一动。眼前的景象并非他预料中的婚外情，相反，到处都是孩子。他们在地板上玩猜字谜游戏，围成圆圈跳来跳去，还有个小姑娘在玩倒立。吉米忽然意识到，这是一家破旧的孤儿院，这些孩子可能就是托马林医生收养的那些战争孤儿。看见薇薇安的身影，孩子们虽然没有出声，但他们的眼睛都盯着她。孩子们张开手臂朝薇薇安跑去，就像一架架嗡嗡作响的小飞机。薇薇安也满脸喜悦，她脸上带着甜蜜的笑容，跪在地板上，伸出胳膊搂着这些朝她涌过来的孩子。

　　然后，他们开始热切地交谈，讨论飞行、船、绳索还有小精灵的故事。听了一会儿，吉米才明白他们是在继续之前的谈话。薇薇安应该了解孩子们此刻讨论的主题，她一边认真地听着，一边皱着眉头，若有所思地点点头，那样子不像是成年人与孩子打交道时的敷衍，好像在思考解决办法。此刻的薇薇安和之前在街头跟吉米说话时那个冷冰冰的人儿迥然不同，现在的她更随和，没有什么戒备之心。薇薇安抬了抬手，孩子们立刻安静下来。"我们先排练一遍，遇到问题再想办法，你们觉得这样好不好？"

孩子们都赞同她的办法——至少，在吉米看来是这样的——因为大家都没有抱怨，而是四散开去，各自去搬椅子和其他杂物——毛毯、扫帚、戴着眼罩的布娃娃。他们把这些看似无关的东西搬到房间中央，然后小心翼翼地组装在一起。吉米这才明白他们想干什么——原来，孩子们是在造船，瞧，这边是船头，这里是桅杆，船的一头用木板搭建，另一头用脚凳靠着。床单折成三角形，用细绳子绑住每个角，挂在桅杆上，就成了迎风飘扬的船帆。

薇薇安坐在一口倒扣着的木箱上，手里捧着一本书。她翻到书本中间，把折叠的书页抚平，然后说道："我们就从胡克船长和失踪的男孩这一段开始吧！嗯——温蒂在哪儿？"

"我在这里。"原来是一个十一岁左右的小姑娘，胳膊还打着石膏。

"好，"薇薇安说道，"准备入场，马上就要开始了。"

一个小男孩蹦跳着朝薇薇安走来，他肩上放着一只手工制作的漂亮鹦鹉，手里拿着硬纸板做成的钩子，颜色闪闪发亮。薇薇安看着他的样子，忍不住开心地笑了。

原来，孩子们是在排练戏剧《彼得·潘》。吉米小的时候，妈妈曾带他看过。他们来到伦敦，在利伯蒂餐厅喝了顿美美的茶。喝茶的时候，吉米一直偷偷盯着母亲脸上的表情——她不时回头，用渴望而伤感的目光打量窗外的衣服橱窗。之后，母亲和父亲大吵了一架，起因就是钱。吉米躲在卧室里，听见有东西被砸在地上，摔成了碎片。他闭上眼，回想那出戏剧，回想他最喜欢的片段——彼得·潘扔掉武器，对所有相信梦幻岛魔力的人说道："姑娘们，小伙子们，你们相信童话吗？"他大声喊道，"如果相信的话你们就拍拍手，不要让小叮当死掉。"吉米从座位上站起来，两条细弱的腿颤抖着，双手合十，充满期待地喊道："相信！"吉米相信，这样就能拯救小叮当的生命，改变这世上不如意的一切。

"纳森，你准备好手电筒了吗？"

吉米眨眨眼，从回忆中醒过来。

"纳森，"薇薇安说道，"我们现在要用手电筒。"

"我已经打开灯光了。"一个留着红色鬈发，脚上安着支架的小男孩说道。他坐在地板上，用手电筒的光照着船帆。

"好的，"薇薇安说道，"原来已经打开灯光了，嗯——做得很棒。"

"但我们什么都看不见。"另一个男孩从眼镜后面不满地瞥着手电筒微弱的光，他站在地上，正要升起船帆。

"要是我们看不见小叮当的话这么做有什么用。"扮演胡克船长的男孩抱怨道，"手电筒根本不管用。"

"会有效果的。"薇薇安坚定地说道，"当然会有用。心理暗示有很强的力量，如果我们都说自己能看见小精灵，观众也能看见。"

"但我们看不见小叮当。"

"是的，的确看不见，但我们得说自己能看见——"

"撒谎吗？"

薇薇安抬头看着天花板，好像在寻找合适的理由，孩子们开始争吵不休。

"抱歉。"吉米从门后走出来。没人听见他的声音,吉米只好再说一遍,这次他的声音更大了,"打搅一下。"

孩子们全都转过头来。薇薇安看见吉米的那一刻,忍不住倒吸了一口凉气,随后她就皱起了眉头。吉米承认,看见薇薇安为自己苦恼心中竟然有点儿开心,这样起码能让她知道,事情不会总按她的想法来。

"我想,用摄影灯效果会不会好一些?它跟手电筒很像,但光线强得多。"

孩子们有的站着,有的坐着,都呆呆地待在自己原来的位置。一个陌生人突然闯进阁楼上的孤儿院,参与讨论这场谈话中最重要的细节,但他们对此都不疑心,也不惊奇。相反,孩子们都安静地思考着他的建议,随后发出轻轻的讨论声。一个小男孩兴奋地跳起来,大声喊道:"太棒了!"

"简直完美!"另一个孩子也赞同道。

"但我们没有摄影灯呀!"一个戴着眼镜的忧郁男孩说道。

"我可以帮你们找一个。"吉米说道,"我在报社工作,我们的工作室里有各种各样的摄影灯。"

孩子们爆发出更加激动的欢呼声和讨论声。

"但我们怎么才能让这灯光看上去像小精灵在空中飞舞?"那个郁郁寡欢的男孩站在伙伴们中间,再次提出自己的担忧。

吉米关上门,走进房间。所有的孩子都转身看着他,薇薇安怒气冲冲地盯着膝盖上合拢的《彼得·潘》。吉米假装没看见她,"我觉得应该从高一点的地方打光,对,这样一定行得通。而且,你们得确保灯光一直是朝向舞台的,光束很小,而不是白乎乎的一大片,你们可能是想营造出隧道般的感觉……"

"但我们的个子都不够高，没办法把灯举起来。"戴着眼镜的小男孩说道，"灯光不可能从高处洒下来。"不管他是不是孤儿，吉米觉得自己开始讨厌他了。

薇薇安看着吉米跟孩子们交流，脸上的表情非常严肃。吉米知道，她希望自己记起她说过的话——别在这儿瞎指挥了，赶紧消失——但他不能这样做。他脑海里浮现出用摄影灯打光的美好画面，他有一百种办法能实现这个设想。如果在角落里架起楼梯，或者把灯捆在扫帚棍上——当然了，一定得捆紧——像鱼竿那样垂下来，还有个法子——"我来帮你们，"吉米忽然说道，"我负责打光。"

"不行！"薇薇安站起来表示反对。

"太好了！"孩子们欢呼道。

"你不能这样做。"她冷冷地说道，"不可以。"

"可以的！""他一定可以！""他必须参加！"孩子们嚷嚷着。

这时候，吉米看见妮拉，她坐在地板上朝吉米挥手，然后骄傲地看了看周围的孩子。吉米怎么能拒绝孩子们的要求呢？他朝薇薇安摊摊手，虚情假意地表示自己非常抱歉，然后欣喜地看着周围的孩子。"就这么定了，"他说道，"我加入，你们有了新的小叮当。"

* * *

事后，吉米对自己的决定也有些难以置信，但在医院中，他决定扮演小叮当的时候并没有多想，桃莉希望他和薇薇安·詹金斯约时间见面的事也早被他抛在了脑后。他为自己用摄影灯营造小精灵的想法兴奋得难以自持。不过，好在桃莉也不介意这件事。"噢，吉米。"她兴奋地吸着烟，"我就知道你一定会有好办法的！"

吉米坦然接受桃莉的表扬，让她相信，这不过是自己计划的一部分而已。最近桃莉的心情非常好，看见她又变成了自己记忆当中的那个桃儿，吉米觉得总算松了一口气。"我最近很想去海边。"有时候，吉米会从怀特太太贮藏室的窗户里偷偷爬进来，他和桃莉躺在那张窄小还微微凹陷的床上聊天。"吉米，你能想象出我们以后的生活吗？我们会一起慢慢变老，终有一天会儿孙绕膝，他们会开着车带我们到处玩。我们可以搭一个秋千，上面安两把椅子——你觉得怎么样，亲爱的？"

吉米说，自己觉得这样的生活很棒。他再次亲吻桃莉光洁的脖子，她被逗得哈哈大笑。感谢上帝，让他有机会和桃莉分享这么私密温暖的时刻。他想要桃莉描述的那种生活，他对之如此渴望，心里竟隐隐作痛。如果桃莉知道自己和薇薇安在一起，并且关系日益亲密会开心的话，那他很愿意继续编织这个故事。

吉米心里明白，他和薇薇安之间并非桃莉想象中那么密切。接下来的几个星期当中，吉米尽量挤出时间，参加孩子们的每一场排练。薇薇安的敌意让他有些吃惊，他不敢相信，她就是那天晚上自己在食堂遇见的那个姑娘——她看了自己给妮拉拍的照片，告诉自己她在医院当志愿者，可如今的薇薇安几乎不愿意与自己多说一句话。吉米非常确定，薇薇安根本没把自己放在眼里。他对薇薇安的冷漠早有预料——桃儿告诉过他，薇薇安想要对付一个人就会很残忍。但吉米没想到，薇薇安对自己的憎恶来得如此毫无缘由。他们几乎完全是陌生人，薇薇安绝对猜不到自己和桃莉之间的关系。

有一天，孩子们的举动让他们两人都忍俊不禁，吉米抬头朝薇薇安看去，想和她分享这有趣的一刻。薇薇安察觉到他的目光，抬头看着他的眼睛。吉米明明看见她笑了，但她脸上欢快的表情很快就消失不见。薇薇安的敌意让吉米进退两难，从某方面来看，薇薇安讨厌他是件正中下怀的事——吉米并不是真心赞同桃莉的敲诈计划，但薇薇安对他的冷漠总算让他心里好受了些，勉强接受了桃莉的计划。但若得不到薇薇安的喜爱和信任，他和桃莉的计划又根本没办法实施。

吉米只好一直试着与薇薇安接触。他尽量不让自己为她眼里的憎恶感到愤怒，他不去想薇薇安对桃莉的背叛，她让那个闪闪发光的开朗女孩如此低沉。吉米强迫自己去想薇薇安和孤儿们在一起的温暖场景，她创造了一个世界——只要一走进阁楼的大门，大家就可以沉溺在一个幻想世界当中，生活中所有的难题都被丢在楼下的宿舍和医院的病房里。排练结束之后，薇薇安给孩子们讲故事，讲那条通往地心的秘密隧道，深不见底的魔法小溪。溪水中细碎的光，吸引着孩子们靠近些，再近些……孩子们看着薇薇安，一脸迷恋。

随着排练的继续，吉米觉得薇薇安似乎没有刚见面的时候那样讨厌自己了。不过，她还是不愿意跟吉米讲话，对于吉米的出色表现也不过是点点头而已。但有时候，吉米发现她在偷偷看着自己——她以为吉米不会发现，那时她脸上的表情一点儿也不生气，而是沉思的样子，甚至还有几分好奇。或许，就是这一点让吉米犯了错。他觉得就算薇薇安和自己之间的关系没有升温，起码坚冰也在慢慢融化。四月中旬的一天，孩子们下楼吃午餐，阁楼上只剩下他和薇薇安在组装轮船。他问薇薇安有没有孩子。

吉米本以为这会是两人关系的转折点，但薇薇安整个人都怔住了，吉米立刻意识到自己犯了一个错误——虽然还不知道究竟哪儿错了——然而话已经说出口，没办法挽回。

"没有。"这话又冷又尖锐，就像鞋子里的碎石，总让人不舒服，"我没法生孩子。"

吉米真希望地上有条缝，自己能够钻进去顺着深深的隧道躲进地心深处。他喃喃地说了声抱歉，薇薇安轻轻地点点头，然后裹好船帆，离开阁楼。房门"吱呀"一声在她身后关上，像是幽怨的叹息。

吉米觉得自己像个无知的小丑。他并没有忘记自己来这里的目的，虽然薇薇安是那样的人，虽然她对桃儿的所作所为非常残忍，但吉米并不想伤害任何人。想起薇薇安刚才怔住的样子，吉米忍不住皱起眉头。他在心里反复想着这件事，怪自己不该这么鲁莽。那天晚上，吉米出门去拍大轰炸的悲惨后果。他举起相机对准那些刚刚失去亲人，无家可归的可怜人儿，脑子里却想着该怎么向薇薇安赔礼道歉。

* * *

第二天，吉米早早来到医院门口，他紧张地吸着烟，等待薇薇安的身影出现在街对面。他坐在医院门前的台阶上，心中暗自忧虑，薇薇安看见自己在这儿会不会立刻转身离开。

薇薇安匆忙的身影出现在街头，吉米扔掉烟蒂走到她面前，递给她一张照片。

"这是什么？"薇薇安把照片翻来覆去地看了好几遍。

"没什么。"吉米答道，"这是昨天晚上，我拍的照片，它让我想起了你说的故事——那条藏着光的小溪，还有那些住在地球另一边的人。"

薇薇安端详着照片。

吉米拍下照片的时候，黄昏刚刚降临。落日的余晖洒在废墟上，照得碎玻璃闪闪发亮，近处是升腾的烟雾，烟雾后是刚从防空洞里钻出来的人们昏暗的剪影。拍完照片之后，吉米径直去了报社办公室，想连夜把照片冲洗出来送给薇薇安。

薇薇安一言不发，吉米看着她脸上的表情，以为她要哭了。

"我很抱歉。"吉米说道，薇薇安闻言看了他一眼，"昨天说的话让你不开心，真是对不起。"

"你不会明白的。"她小心翼翼地把照片放进手提包里。

"可——"

"你不会明白的。"薇薇安说完这句话，脸上的笑容几乎抑制不住，至少，在吉米眼中是这样的。不过，这表情很难辨认，因为她立马转身朝医院大门走去，然后闪身进去了。

那天的排练很快就过去了。孩子们一窝蜂似的冲进房间，屋子里立马充满了活力和吵闹声。午餐铃声响起，他们又匆匆忙忙跑出去，跟来的时候一样迅速。吉米本来想和孩子们一起离开，跟薇薇安单独在一起着实有些尴尬。但他又讨厌自己的软弱，所以还是留下来和薇薇安一起拆卸船只。

他把椅子重叠在一起的时候发现薇薇安正在偷看自己，但他没有回头。他不知道薇薇安脸上此刻是什么表情，再说，此刻的感觉已经很糟糕，吉米不想给自己徒增烦恼。薇薇安忽然开口了，这次语气略微不同："那天晚上你为什么会出现在食堂，吉米·梅特卡夫？"

吉米没有回答她的话，反而把目光移到一边。薇薇安正专心致志地画着舞台的背景板，上面有棕榈树，还有沙滩。她称呼吉米的全名时有种奇怪的拘谨，吉米感到一阵兴奋的战栗。他心里明白，不能把桃莉供出来，但他向来不是个爱撒谎的人，于是只好折中。"我去见一位朋友。"

薇薇安看着吉米，嘴角隐约有一丝笑意。

吉米这人从来不知道适可而止，他继续解释。"我们本来约在别处见面，但我自作主张去了食堂。"

"为什么？"

"什么为什么？"

"你为什么不去原来的见面地点？"

"我也不知道，就觉得这样做是正确的。"

薇薇安还在打量他，她的神情静默，看不出到底在想些什么。然后，她转过身接着画背景板上的棕榈树叶子。"我很开心，"她的声音非常清晰，"很开心你那天出现在食堂。"

* * *

从那天起，事情似乎悄然发生了变化。这并非是因为薇薇安所说的话——当然了，她的话让吉米很高兴——而是她看着吉米时，吉米心中竟然泛起一种难以言喻的感觉。回想这一刻的时候，吉米觉得他和薇薇安之间有种默契，这感觉在他心中铺天盖地。虽然，这些细节都没有什么特别的意义，但是所有的事情联系在一起就有了别样的意味。吉米当时就有这种感觉，后来，桃莉让他汇报日常进度的时候这种感觉又出现了，他没有提及这一部分。虽然这事会让桃莉很开心——吉米了解她，她会把这当作自己进一步取得薇薇安信任的证据——但吉米还是没有说，和薇薇安的谈话只属于他一个人。这的确算一种进步，但却不是桃莉想要的那种。他不想与人分享那一刻，不想糟蹋了那美好时光。

第二天，吉米出现在医院的时候步子里都带了风。他推开门，今天是玛拉的生日，他送给她一个橘子。玛拉告诉他，薇薇安今天没来。"她早上来电话说自己身体不好，起不了床，想请你代替她帮孩子们排练。"

"没问题。"吉米一口答应，心中却有些疑惑，不知道薇薇安的病是不是和前一天两人之间发生的事情有关。她是否后悔卸下自己的防备了？吉米皱着眉头看着地面，一缕发丝垂下来，遮住了他的眼睛。他抬起头看着玛拉："你是说，她病了吗？"

"听上去状态的确不佳，真是可怜。不过你也没必要那么着急，她会好起来的，她经常这样。"玛拉握着吉米送给她的橘子。"我可以留半个给她吗？等她下次来排练的时候送给她。"

可下一次排练的时候薇薇安仍旧没有出现。

"她还病着呢。"吉米走进医院大门的时候玛拉说道，"不过多休息几天也好。"

"她的病严重吗？"

"应该不严重。她经常生病，但很快就会恢复——离开孩子们太久她自己就受不了。"

"她以前也病过吗？"

玛拉笑了笑，但这笑容中却带了某种别的意味，像是察觉，又像是善意的关切。"人都会生病的，梅特卡夫先生。詹金斯太太有自己的麻烦，但大家都是这样的，对吗？"她踌躇了一下，再次开口时声音虽然柔和却十分坚定。"听我说，亲爱的吉米，我知道你很关心她，你是个善良的人。薇薇安为孩子们所做的一切就像是天使的所为，但我觉得，你没必要担心，她丈夫会好好照顾她的。"说完，玛拉又笑了笑，笑容中满是母性的光辉。"别操心她的事情了，好吗？"

吉米应承下来，然后转身上楼，玛拉的建议让他有些犹疑。薇薇安病了，问候她是应当应分的事，为什么玛拉要他别操心薇薇安的事情呢？玛拉刻意提到薇薇安的丈夫似乎也意有所指，她会不会把这件事告诉托马林医生——那个觊觎别人妻子的浑蛋？

* * *

吉米手里没有《彼得·潘》的剧本，但他还是尽最大的努力让排练顺利进行。孩子们跟他相处得很好，他们扮演着各自的角色，很少争吵，一切都很顺利。排练结束之后，大家一起把道具收拾好，吉米坐在倒扣着的大木箱上，孩子们在他身边围成一个圈，祈求吉米讲故事。他心里有些洋洋得意的感觉。吉米告诉孩子们，自己不会讲故事，当孩子们拒绝相信这一点时，他不得不尝试着讲薇薇安曾讲过的故事，以防孩子们吵闹起来，虽然他都快不记得那些故事情节了。这时候，吉米忽然想起了夜莺之星的故事。孩子们好奇地睁大双眼听他讲故事，吉米这才意识到，原来自己和托马林医生的病人竟然有这么多相似之处。

和孩子们玩着玩着，吉米就把玛拉刚才的话抛到了脑后。跟孩子们道完别，走下楼梯的时候，吉米这才明白玛拉的意思——她想多了。他走到玛拉的办公桌前，但还没来得及开口，玛拉就说道："吉米，托马林医生想跟你打个招呼。"她语气甚为尊敬，好像国王要亲自到访，来看望吉米一样，甚至还伸出手，从吉米的衣领上扯下来一根线头。

　　等待的时候，吉米喉咙中泛起一丝苦涩，这种感觉跟小时候他想象与抢走妈妈的那个男人见面时的感觉一模一样。几分钟的时间过得格外漫长，终于，靠近桌边的门轻轻打开，一位体面的绅士从门内走出来。吉米心中的敌意瞬间消失得无影无踪，只余下微微的纳闷。男人雪白的发丝梳理得非常整齐，厚厚的镜片后是淡蓝色的眼睛，这位托马林医生应该有八十岁了。

　　"你就是吉米·梅特卡夫？"医生走过来握着吉米的手，"最近过得好吗？"

　　"还不错，谢谢您，我很好。"吉米有些笨嘴拙舌，他不知道托马林医生到底是什么意思。虽然他已经这把年纪了，但也依旧不能洗脱是薇薇安·詹金斯的情人的嫌疑，不过这还是有点……

　　"我想，你肯定在为詹金斯太太的事情而烦恼。"医生继续说道，"薇薇安是我一位故友的孙女。"

　　"哦，我不知道。"

　　"是吗？那你现在知道了。"

　　吉米点点头，挤出一个笑容。

　　"无论如何，你帮助孩子们的事情做得很棒，你是个善良的小伙子，谢谢你。"说完，医生生硬地点点头，转身回到自己的办公室，他走路的时候左腿有点瘸。

"他很喜欢你。"门一关上玛拉就迫不及待地说道，眼睛睁得圆溜溜的。

吉米脑子里还是一片混乱："是吗？"

"当然了。"

"你怎么知道？"

"他起码知道你的存在，通常而言，他都喜欢跟孩子们一起玩，不大爱跟成年人打交道。"

"你认识他多长时间了？"

"我在这儿工作了三十年。"玛拉骄傲地说道，她伸手把v领衬衣中的十字架放平整。"告诉你吧！"她从半框眼镜后面打量着吉米，"他不喜欢医院里有太多成年人，这么久以来，你还是唯一一个他愿意打交道的人。"

"你没把薇薇安算在内吧？"吉米在套她的话，玛拉肯定知道些什么，"对了，应该说詹金斯太太。"

"当然没有。"玛拉挥挥手，"詹金斯太太不是外人，她还是个孩子的时候托马林医生就认识她了，这不是一码事。托马林医生就像薇薇安的爷爷一样，我敢打赌，今天你能见到托马林医生还得感谢薇薇安，她肯定在医生面前替你说了不少好话。"玛拉止住话头，"不管怎么说，医生很喜欢你，这太好了。对了，你不是要去拍摄报纸明天早上要用的照片吗？"

吉米向她敬了个滑稽的军礼，玛拉被逗笑，他也心满意足地转身离开。

回家的路上，他脑子里一直晕乎乎的。

桃莉搞错了——不管她先前有多肯定，但她的确误会了。托马林医生和薇薇安之间是清白的，老人的年龄跟她爷爷差不多。而且，薇薇安——吉米使劲甩甩头，为自己先前的观点感到羞愧——薇薇安不是个荡妇。她不过是一个普通的女人而已，一个善良的女人，愿意给那些失去一切的孤儿带去欢乐。

先前所有的揣测都被证明是无稽之谈，但吉米心里却有种莫名其妙的愉悦感。他迫不及待地想告诉桃儿，他们没必要进行先前的计划了，薇薇安是无辜的，她什么也没做。

"对，除了对我残忍之外。"他把一切都告诉桃莉之后，她淡淡地回答道，"不过这没什么大不了的，你们已经是好朋友了。"

"别这样，桃儿。"吉米说道，"事情不是你想的那样——"他的手越过桌面握住她的手，吉米尽量用轻松的语调，想证明整件事不过是一场闹剧，是时候让它停下来了。"我知道她对你不好，我比你更加讨厌她，但这个计划……不会管用的。薇薇安没有出轨，她读了我们的敲诈信之后肯定会哈哈大笑，说不定还会把信拿给她丈夫看，夫妻俩一起嘲笑在这件事背后恶作剧的人。"

"不，她不会的。"桃莉抽回双手，抱在胸前。她很固执，或者说已经豁出去了——有时候这两者很难分辨。"没有女人愿意丈夫猜疑自己和别的男人有一腿，她还是会给我们钱的。"

吉米点燃一支烟，从火焰后面打量着桃儿。以前，他很愿意讨她欢心，爱情蒙蔽了他的双眼，即便她犯了错他也视而不见。但现在不一样了，吉米心中已经有了裂痕。那天晚上，桃儿拒绝他的求婚，冲出餐厅，留他一个人孤零零地跪在餐厅地板上的时候，他心中的裂痕就出现了。后来，这道裂痕逐渐修复，大部分时候都不显眼，但它就像母亲砸到地板上的花瓶一样，虽然父亲用胶水把它复原了，但光线一转，上面的裂痕就清晰可见。吉米深爱着桃莉，这一点永远不会改变，对吉米来说，忠贞是和性命一样宝贵的东西。但此刻，他看着桌对面的桃儿，发现其实自己此刻不再那么爱她了。

＊ ＊ ＊

薇薇安休养了不到一个星期就回来了，吉米转过阁楼拐角推开门的时候，看见薇薇安坐在房间中央，周围围了一圈叽叽喳喳的小麻雀。意想不到的是，看见薇薇安他心中竟然十分高兴——不对，不只是高兴，整个世界似乎都比前一秒钟更加明亮了。

吉米站在原地。"薇薇安·詹金斯。"薇薇安闻声抬头，刚好撞见他的目光。

她朝吉米笑笑，吉米也开心地笑了。他知道，自己陷入了一些麻烦。

26

2011年，牛津大学新学院图书馆

接下来的五十七分钟，每一秒对洛瑞尔来说都是无尽的煎熬，她在新学院的花园里百无聊赖地踱来踱去。图书馆的大门终于打开的时候，她推开其他人冲了进去，就像在圣诞节后的大促销时闯进商场血拼一样，这速度肯定打破了图书馆的记录。她风风火火地跑回到书桌前，本为她的速度感到震惊。"你太厉害了，"他打趣道，"我应该没把你锁在图书馆吧？"

洛瑞尔一边回答他一边匆忙翻看着凯蒂1941年的第一本日记，想知道母亲的计划最后为何失败。开始几个月的日记并没有过多地提到薇薇安，凯蒂只是偶尔提到自己写了信或是收到了信，后面还有一句措辞非常谨慎的话——"詹金斯太太似乎过得很好"。但1941年4月5日这天的日记中，事情发生了变化。

今天，邮差给我送来薇薇安小朋友的信。按她通常的写信习惯来说，这封信很长。我立刻意识到，她的语气有些变化。开始的时候我还为此感到开心，觉得她以前的精神又回来了。我想，她的心境开始因平和而变得

412

明朗。但可惜的是，信里的内容显示，她的家庭生活和健康状况并没有新的变化。她用大量篇幅和许多琐碎的小细节跟我讲和她一起在托马林医生的医院当志愿者、照顾孤儿的那个小伙子。信的结尾，她一如既往地恳求我，阅后即焚，在回信中也不要提到她在医院的工作。

我当然会遵从她的意愿，但我还是想尽量恳求她，不要再去那个地方，至少，在我找出一劳永逸解决问题的办法之前，不要再去那儿了。这些年来，医院不菲的花销都是她在负责，这难道还不够吗？她真的一点儿都不关心自己的健康？我知道，她不会停下来的。她已经二十岁了，但依旧是我们在船上初次见面时那个固执的小孩，如果我的建议不适合她，她是不会听从的。但无论如何，我都会把这些话告诉她。如果不幸即将来临，而我没有尽最大的努力把她拉上正轨，那我永远都不会原谅自己。

洛瑞尔眉头微蹙。什么不幸？显然，洛瑞尔错过了一些很重要的信息。对那些受过心灵创伤的孩子们来说，凯蒂·埃利斯扮演着亦师亦友的角色，她为什么强烈建议薇薇安放弃在医院的志愿者工作，别去照顾那些孤儿呢？难道，托马林医生就是那个危险因素？又或者，医院所在的区域经常遭到德军的轰炸？洛瑞尔思考了几分钟，最后还是决定暂时不管凯蒂的担心——毕竟，剩下的时间不多，不能全部浪费在和今天的任务无关的事情上。虽然洛瑞尔对这个问题非常感兴趣，但毕竟这和今天的任务无关——今天来这儿的目的是了解母亲所谓的计划，所以她接着往下读。

薇薇安的兴致之所以这么好，答案在信的第二页就揭晓了。她好像邂逅了一个年轻男人。她假装轻描淡写地跟我说起他——"和我一起照顾孩子们的还有一位志愿者，我不知道怎么把灯光变成精灵，他不知道人与人之间的界线"——我了解薇薇安，我知道，她假装无所谓是为我好，不想让我担心。我不知道她心底的秘密究竟是什么，但花费这么多篇幅来描述一个刚认识的人并不是她一贯的风格。我有些忐忑，我的直觉一向很准，我决定马上写信让她多提防人心。

下一篇日记当中，凯蒂·埃利斯直接摘录了薇薇安·詹金斯来信中的一大段内容。显然，凯蒂·埃利斯写信告诉了薇薇安自己的担忧，而薇薇安的来信是想宽慰她。

亲爱的凯蒂，我好想你啊！距离我们上次见面已经一年有余，我感觉这一年多的时间就像十年那样漫长。读完你的来信，我真希望我们能够坐在诺德斯特姆中学的大树下——就是湖边那棵大树，以前你来看我的时候我们经常在树下野餐。你还记得那天晚上吗？我们从舅舅的大房子里溜出来，往树林里的树木上挂纸灯笼。我们告诉舅舅，肯定是那些吉卜赛人搞的鬼。第二天，他扛着枪，牵着那条患了关节炎的可怜小狗在草坪上威风凛凛地溜达了一整天。那条猎犬叫杜威，真是个忠心耿耿的老家伙。

后来，你为我的调皮训斥了我一顿，但亲爱的凯蒂，我记得你就是在吃早餐的时候绘声绘色地说自己夜里听见了"可怕动静"的那个人。你还说，这肯定是吉卜赛人走进诺德斯特姆中学地窖时发出的声音。天哪，这明明是我们借着银色的月光，在河里游泳发出的声音。我好喜欢游泳，那感觉就像马上要离开这世界一样，你说呢？我一直相信，自己有一天会在小溪底下发现一条隧道，顺着它我就能回到从前。

亲爱的凯蒂，真不知道我长到多大岁数你才不会为我担忧。我真是你的负担。等我老了，在躺椅上摇晃着织毛衣的时候，你还会提醒我别弄脏裙子，要擦干鼻涕吗？这些年来，你一直很照顾我，我知道，有时候我让你很为难。我多幸运，那天在火车站遇见的人是你。

你的建议向来很明智，但亲爱的凯蒂，请你相信，我也不是愚笨之人。我已经长大了，我清楚自己肩上的责任——你肯定不相信吧？此刻，你读着我的来信，也肯定在一边摇头，一边觉得我是个鲁莽的姑娘。别担心，我向你保证，我没有跟那个男人多说一句话——顺便提一句，他叫吉米，我们还是叫他的名字吧！"那个男人"听上去总有种鬼鬼祟祟的感觉。实际上，我一直在努力与他保持距离，必要时，甚至不惜粗鲁无礼。亲爱的凯蒂，真是对不起你，我知道你不愿意看见我待人接物没有教养的样子，我也不愿意做任何有损你清誉的事。

洛瑞尔笑了，薇薇安真是个招人喜欢的姑娘。她的信读来像是在撒娇、开玩笑，不会让人觉得她对老母鸡护崽儿一样一直忧心忡忡的凯蒂有任何不敬之意。就连凯蒂自己也在摘录下方写了这样一句话：看见她又成了以前那个鲁莽的小姑娘，我真的很开心，我一直很想念她当初的模样。不过，洛瑞尔并不喜欢和薇薇安一起在医院做义工的那个小伙子的名字。那个吉米和母亲曾经爱过的那个吉米是同一个人吗？当然是。他也在托马林医生那儿工作，这难道只是个巧合？当然不是。洛瑞尔心中忽然有一种不祥的强烈预感，那对年轻情侣的计划慢慢露出了冰山一角。

薇薇安显然不知道医院里那个帅气小伙和自己曾经的朋友桃乐茜的关系。洛瑞尔觉得这并不奇怪。基蒂·巴克尔说过，母亲一直把男朋友藏着掖着，不让坎普顿丛林的人知道。基蒂还说过，战争时期，人们的情感分外炽烈，道德感逐渐瓦解。洛瑞尔忽然意识到，或许正是当时的环境，让这对命运乖蹇的恋人在一时的疯狂中与彼此擦肩而过。

接下来一个星期的日记里没有提到薇薇安和那个年轻男人。那段时间，凯蒂·埃利斯一直忙着估量各个地区的监护人政策，广播里又全是德军入侵的消息。4月19日，她在日记中写道，薇薇安没有如期来信，但第二天的日记中她又说道，她接到托马林医生打来的电话，医生说薇薇安现在的情况不妙。如今，事情变得十分有趣——凯蒂·埃利斯和托马林医生相互认识，那凯蒂之所以反对薇薇安去医院应该不是医生本人有什么问题了。四天之后的日记中有这样一段话：

今天收到的一封信让我非常苦恼。日记中的寥寥数语难以说清楚这件事情，我不知道该从信的哪一个段落开始引用，哪一个段落结束。所以，我只好违背亲爱的薇薇安的意愿——她一定会很生气——把这封信保留下来，但我向亲爱的她保证，只此一次，下不为例。

洛瑞尔急切地翻到下一页。白色的纸笺上，字迹非常潦草。1941年4月23日，薇薇安·詹金斯给凯蒂·埃利斯写下这封信的时候显然非常着急。洛瑞尔从信件的日期中敏锐地发现，薇薇安就是在一个月之后去世的。

> 我在火车站附近的餐厅里给你写这封信，亲爱的凯蒂，因为我突然很害怕，害怕自己如果不马上记录下整件事情的话，它就会立马消失，明天早上我醒来的时候发现这不过又是我自己的幻想而已。我要说的事情你可能不喜欢，但亲爱的，你是唯一能倾听我的人，我必须跟人讲讲这件事。原谅我吧，亲爱的凯蒂，请接受我最诚挚的歉意，因为接下来我要告诉你的事情肯定会让你担心。如果你因此对我印象不好，那么请你记得，我还是你在船上认识的那个小小的旅伴。
>
> 今天发生了一件事。我离开医院的时候在门前的台阶上停留了一会儿，整理围巾。凯蒂，我向你保证，事情真的是这样的，你知道我向来不会撒谎。这时候，我听见医院的门响了，虽然没有回头，但我知道肯定是他。我应该跟你提到过他一两次吧？那个叫吉米的小伙子就站在我背后。

凯蒂·埃利斯在这个句子下面画了一条横线，旁边还作了批注。她的字迹很小很工整，洛瑞尔费了好大工夫才看清楚她话语里的否定情绪：提到过一两次？陷入爱河中的人真容易出现错觉，我对此毫不吃惊。陷入爱河的人——洛瑞尔的心扑腾扑腾地跳着，重新把注意力集中到薇薇安的来信上。薇薇安爱上吉米了吗？这就是那个不会伤害到任何人的计划？

> 我很肯定，背后的人就是他。吉米走到台阶上，我们谈了几句孩子们的趣事儿。他让我很开心，他是个有趣的人，而我喜欢有趣的人。你也是这样的，对吧？我父亲就是个很有意思的男人，总会让我们哈哈大笑。吉米的举动很不自然，他略显尴尬地问我，可不可以跟我一同步行回家，我们要去的地方刚好在一个方向。理智告诉我，我应该拒绝，却不由自主地答应道："好的。"

> 凯蒂，此刻你肯定在一边读信一边摇头，我能想象出你坐在窗户边的小书桌前的样子。你以前跟我说过你的小书桌，不知此刻桌角的花瓶中有没有新鲜的樱草花呢？肯定有，我了解你。让我告诉你我为什么答应他的要求吧！几个星期以来——我一直像你说的那样，跟他保持距离，对他视而不见——但那天，他送给我一份致歉礼物，我和他之间有些小误会，但我并没有为此生气。他的礼物是一张照片，看着照片里的场景，我感觉他好像看透了我内心藏着的小世界。从我还是个孩子的时候，那个世界就一直存在于我的心里。

我把照片带回家，像守护珍宝的孩子一样，一有机会就把它拿出来端详，打量上面每一个细节。欣赏完之后，又把它锁在卧室里外婆画像后面的隐秘壁橱里。就像孩子会把自己认为宝贵的东西藏起来一样，只有把它藏起来，让它单单属于我一个人，它的宝贵价值才会凸显出来。在医院里，他曾听过我给孩子们讲故事，所以拍了这张照片给我也不足为奇，但我依然很感动。

"不足为奇"这个词下面被画上了横线，凯蒂·埃利斯在旁边作了批注：

　　她的意思其实就是觉得这件事很神奇，我了解薇薇安，我知道她对小溪里那个奇幻世界有多迷恋。工作经验让我清楚地知道，孩童时期建立的信念体系非常牢固，人们从来不可能彻底摆脱它的影响。有时候它会隐藏起来，但关键时刻总会时不时地出现，影响那个由它一手塑造的灵魂。

洛瑞尔想起了自己的童年时代，不知道凯蒂说的是不是真的。洛瑞尔的父亲母亲都是无神论者，在他们看来，家庭才是最重要的。母亲尤其赞同这个观点——母亲说，自己太晚才意识到家庭的重要意义。洛瑞尔不得不承认，如果她和别人发生争执，尼克森家的人会团结一致支持她，就像小时候爸爸妈妈教她们的那样。

也许，最近的小伤痛让我比平时更加鲁莽。我在昏暗的卧室里待了一个星期，德国人的飞机在头顶发出呜呜的轰鸣声。有一天晚上，亨利坐在床边握着我的手，希望我赶紧好起来。我真想走出房间，自由呼吸春日里伦敦新鲜的空气。顺便说一句，凯蒂，整个世界都卷入我们称之为战争的这场疯狂之中，你不觉得这很让人吃惊吗？花儿、蜜蜂和四季却还是无奈地一如既往，睿智地等待人性苏醒，等待他们想起生命的美好，似乎从来不知疲倦。这真奇怪，但我对这世界的爱与渴望却因为离开它而变得更加深厚。人能从绝望里滋生出欢喜的渴望，即便是在最黑暗的日子，最琐碎的事物中也藏着幸福，你不觉得这很神奇吗？

不管怎样，他邀请我同行的时候我答应了。我们就这样走着，我纵容自己畅声欢笑。他给我讲了许多有趣的故事，让我感觉很轻松。我意识到，自己已经有很长时间没能好好享受这些最简单的乐趣了，比如，晴朗的下午有人陪伴，有人可以交谈。凯蒂，对这些简单的欢乐我向来没有多大耐心，但现在，我是个女人了，我想要一些我不曾有过的东西。但我想要的是一个人，我们应该渴望那些自己被禁止触碰的东西吗？

什么东西？什么东西是薇薇安禁止触碰的？洛瑞尔心里又出现那种奇怪的感觉，好像自己错过了整个谜团中至关重要的一部分。她匆匆扫了扫接下来两个星期的日记，找到薇薇安的名字，希望能解开心中的疑团。

她继续跟他见面——在医院里。这真难办，但即便他们在其他地方见面的话情况也不会好转。这时候，薇薇安应该在妇女志愿服务社的食堂做义工，或者在家打理杂务。她让我别担心，说"和他只是朋友，仅此而已"。她还说，那个年轻人已经有未婚妻了。"他已经订婚了，很快就要结婚，凯蒂，他们很恩爱，打算战争结束后就搬到乡下去。他们会找一栋宽敞的旧房子住下，生很多孩子，让屋子里充满欢声笑语。所以，我不会违背自己在婚礼上的誓言。我知道，你一直担心这件事。"薇薇安想以此证明她和那个男人之间是清白的。

读完这段话，洛瑞尔心里忽然明白过来，薇薇安信中提到的那位未婚妻就是她的妈妈——桃乐茜。过往和现在，真实的历史和她现今的感受混杂在一起，一时间让人难以承受。她取下眼镜，轻抚额头，静静看着窗外的石墙。

过了一会儿，她接着往下看：

她知道，我担心的并非只有这件事，她故意曲解了我的意思。我也不是什么懵懂无知的人，我知道这个年轻男子的婚约在心动面前根本不堪一击。虽然我不知道他是怎么想的，但对薇薇安的想法我了如指掌。

凯蒂似乎杞人忧天了，但洛瑞尔仍旧不明白她为何如此忧心忡忡。薇薇安的来信表明，凯蒂主要是害怕她背叛自己的婚姻和丈夫。难道薇薇安以前也有出轨的经历？虽然线索不多，但从薇薇安对生命的浪漫遐想中，洛瑞尔已经读出了一种自由恋爱的精神……

翻到两天之后的日记，洛瑞尔觉得，凯蒂好像已经察觉到，吉米对薇薇安造成了威胁。

　　战争真可怕——昨天晚上，威斯敏斯特大厅、威斯敏斯特大教堂和国会大楼都遭到了炸弹攻击，开始的时候大家以为大本钟也被炸成了废墟。今天晚上，我既没有读报纸也不想听无线广播，我决定好好整理一下客厅的橱柜，给我新写的教育笔记腾地方。我承认，自己有点像园丁鸟，这个称号让我羞愧。其实，我很希望自己在家务方面跟教育方面一样在行——橱柜上杂七杂八的小零碎实在太多了。其中一封信，还是三年之前薇薇安的舅舅寄来的。薇薇安的舅舅在信中说，她很听话，很让人省心——今晚读到这句话的时候我跟三年前一样着急，他根本不了解真实的薇薇安。此外，他还随信寄来一张照片。照片上的薇薇安虽然只有十七岁，但美丽的容貌却已经遮掩不住。我还记得，多年以前我第一次见到薇薇安的时候，她就像童话里走出来的小人儿，嗯，有点像小红帽，大大的眼睛，花骨朵儿一样的嘴唇，目光是孩子特有的率直和纯真。记得，我当时就许下心愿，希望丛林里没有大灰狼在觊觎她。

　　这封三年前的来信偏偏在今天重见天日，我一时有些踌躇。上次我也有这种感觉，后来证明我的看法是对的。但我当时没有及时行动，导致如今后悔终生，这次我不会袖手旁观，让我年轻的朋友再次犯下弥天大错。信件不能充分表达我心中的忧虑，所以我决定去趟伦敦，亲自跟她谈谈。

显然，凯蒂说走就走——下一篇日记已经是四天以后了。

我已经去过伦敦了，事情比我想象中更严重。亲爱的薇薇安显然已经爱上了那个叫吉米的年轻人。虽然，她对此并没有多言——这是自然，她对这件事特别谨慎——但她还是个孩子的时候我就已经认识她了，观察她的神色变化，倾听那些她没有说出口的话，我心里已经有了结论。更糟的是，她似乎把所有的小心谨慎都抛到了脑后。那个年轻人跟他可怜的父亲同住，薇薇安已经去拜访了好几次。她坚持说他们之间"是清白的"，我告诉她这世上根本没有纯洁的男女关系，如果吉米也到她家拜访的话，两人之间的差距不会给她带来任何好处。她告诉我，她不会放弃的，真是个固执的丫头，我硬起心肠说道："亲爱的，但你已经结婚了。"我问她还记不记得在诺德斯特姆教堂对自己丈夫许下的誓言，她会深爱尊敬服从自己的丈夫，直至死亡将他们分开。我很难忘记她当时看我的眼神——她眼睛里满是失望，像在跟我说：我是不会明白的。

我当然知道爱情中的禁忌是什么，也如实相告，但她还是太年轻了，年轻人总以为自己才有强烈的情感。

我们分手道别的时候闹得很不愉快，想来真是难过。我最后一次试图说服她放弃医院的工作，但被她拒绝了。我让她考虑一下自己的身体状况，她却把我的担忧抛之脑后。她美丽的脸庞像是大师的杰作，失望的表情爬上她的脸庞，感觉这世界上所有的美好都消散了一样。但我不会放弃，我还有最后一张王牌。她可能永远都不会原谅我，但火车离开伦敦的时候，我已经作出了决定——我要写信给吉米·梅特卡夫，告诉他，他的所作所为会毁了薇薇安。也许，薇薇安陷入疯狂的时候吉米会小心谨慎些吧！

日光西斜，阅览室里逐渐变得阴暗冰凉。洛瑞尔已经连续看了两个小时的日记，凯蒂·埃利斯的字迹虽然工整却过于秀气，洛瑞尔的眼睛都看花了。她靠在椅背上，闭上眼，脑子里全是凯蒂的话。洛瑞尔不知道她到底有没有写信给吉米。难道妈妈的计划就是因此而搁浅的？虽然薇薇安不肯放手，但凯蒂的来信显然会让吉米放弃他和薇薇安之间的友情，不过，这就是妈妈和吉米感情最终破裂的原因吗？小说里经常有这样的事——年轻情侣为了获得幸福不顾一切，却最终因自己的所作所为劳燕分飞。这是常有的事。那天在医院，母亲对洛瑞尔说，人应当为爱情而走进婚姻，不应该等待，没有比这更重要的事情了。那时候，她心里是不是就想着这件事？桃乐茜是不是等得太久，想要的太多，所以才让爱人扑进了别人的怀抱？

洛瑞尔觉得，薇薇安身上肯定有什么不可告人的秘密，所以桃乐茜和吉米的计划才被迫中止。难道，这仅仅是因为吉米爱上了她？或者，还有别的原因？凯蒂·埃利斯不愧是牧师的女儿，她担心薇薇安会跨越婚姻的道德底线，但除此之外，肯定还有其他原因。凯蒂的确是个爱操心的人，但从她对薇薇安的关心来看，薇薇安肯定有某种慢性疾病，不是一个二十岁的年轻女人该有的生机勃勃。薇薇安本人也曾在信中提到，自己与外面的世界隔绝，丈夫亨利坐在病榻旁，握着她的手希望她尽快康复。薇薇安·詹金斯是不是身体不好，所以面对外界尤为脆弱？她是不是经历了一系列心理或身体的创伤，所以特别容易旧疾复发？

难道——洛瑞尔忽然坐直了身体——薇薇安和亨利结婚后曾多次流产？这样就能解释丈夫对她无微不至的宠溺。她身体稍微好转就想走出家门，或许是想摆脱家庭带给她的烦恼。勉力做些身体难以承受的事情刚好证明了这一点，凯蒂·埃利斯之所以不愿意她在医院跟孩子们打交道或许也是出于这个原因。事情真是这样的吗？凯蒂是担心薇薇安和孩子们在一起会经常想起自己膝下无子的事实，怕她更加难过吗？薇薇安在信中提到，追求明知自己不能得到的东西是人之本性，她也不能免俗。凭直觉，洛瑞尔认为自己的推测是正确的，凯蒂遮遮掩掩欲盖弥彰的话也验证了她的推测。

洛瑞尔希望有更多线索，便于自己找出真相。她忽然想起了格里的时光机器，那玩意儿用在此刻再合适不过。但现在她还得继续阅读凯蒂的日记。她从后面几篇日记中得知，虽然凯蒂一直不看好他们，但薇薇安和吉米之间的友情持续升温。5月20日这天的日记里忽然提到，薇薇安来信说自己再也不会和吉米见面，是时候让他开始新生活了。薇薇安跟他告别，希望他一切都好。

洛瑞尔吸了一口气，不知道凯蒂到底有没有写信给吉米，如果有的话，是否就是她的信导致了薇薇安的转变。她替薇薇安·詹金斯感到惋惜，虽然洛瑞尔知道吉米对她的友情并非一见钟情那么简单，但她还是忍不住同情那个年轻的女人，这么一点点细微的情感居然能让她如此满足。洛瑞尔觉得，自己之所以对薇薇安心生怜悯，或许是因为早就知道了她宿命的结局。但一向觉得这段友谊应该结束的凯蒂，对这个结果似乎也很矛盾。

> 出于对薇薇安的担心，我希望她结束和那个年轻人的感情，可如今，我的愿望达成，心里却背负了沉重的负担。薇薇安的来信没有说他们分手的细节，但从她的语气中不难揣测这个过程有多么艰难。她字里行间满是顺从。她只说，我是对的，这段友谊该结束了，她让我不要担心，一切都很好。无论她是悲伤还是愤怒我都不觉得奇怪，但她这种沮丧的语气却让我非常忧虑。我担心她是不是身体不好，我期待她的下一封来信，希望那时候她会好些。我相信，我的做法是对的。

薇薇安再也没有来信。"三天之后，"凯蒂·埃利斯在日记中写道，"薇薇安·詹金斯去世了。"她心中的悲痛可想而知。

* * *

三十分钟后，洛瑞尔急匆匆地穿过新学院被暮色笼罩的草坪，往车站赶去。她在脑海中回顾今天获得的信息时，手机忽然响起来。是个陌生号码，但她还是接起来。

"是洛尔吗？"电话那头问道。

"格里？"电话那头非常嘈杂，洛瑞尔努力想听清楚他的话。"格里，你在哪儿？"

"我在伦敦，弗利特街上的一个电话亭。"

"伦敦现在还有能用的电话亭？"

"是的，也可能是我乘坐时间机器，穿越回过去了，那样可就糟了。"

"你在伦敦做什么？"

"查找鲁弗斯医生的资料。"

"是吗？"洛瑞尔用手捂着另一边耳朵，想听得更清楚一些，"有结果吗？你查到什么了？"

"我找到了他的日记，战争快结束的时候鲁弗斯医生因感染，生病去世了。"

洛瑞尔的心跳得飞快，她不想听医生的死讯。追寻真相的过程中，留给悲伤的空间不多。"然后呢？日记中都说什么了？"

"我不知道该从何说起。"

"拣重要的说，快点，求你了。"

"等一下。"她听见格里投币的声音，"你还在吗？"

"在，在呢。"

前面是黄灯，洛瑞尔停下脚步，听格里在电话那头说道。

"洛尔，她们从来都不是朋友——妈妈和那个薇薇安·詹金斯——鲁弗斯医生说，她们从来都不是朋友。"

"你说什么？"洛瑞尔以为自己听错了。

"她们几乎都不认识彼此。"

"你是说妈妈和薇薇安吗？你胡说什么？我看了那本书，还有照片——她们肯定是朋友。"

"是妈妈一厢情愿，想跟薇薇安做朋友。鲁弗斯医生在日记里说，妈妈想成为薇薇安·詹金斯，她沉浸在自己的想象中，以为她们俩是难分彼此的好朋友——医生的原话是'同一种人'，但这一切都是妈妈的想象。"

"可是……我……"

"然后发生了一件事，我不清楚究竟是什么事，但薇薇安的所作所为让妈妈明白，她们根本不是好闺蜜。"

洛瑞尔想起基蒂·巴克尔提到过的那次争吵，薇薇安和桃乐茜之间起了争执，桃乐茜心情一直不好，并因此起了复仇的念头。"究竟怎么回事，格里？"她追问道，"薇薇安究竟做了什么？"

"她——你等等。浑蛋，我没硬币了。"电话那头传来摇晃钱包和听筒的嘈杂声，"电话马上要挂了，洛尔——"

"给我打过来，去换些硬币给我打过来。"

"来不及了，我会再给你打电话的，我要回格林埃克——"

电话那头忽然陷入寂静，格里的声音消失了。

27

1941年5月，伦敦

第一次带薇薇安回家拜访父亲的时候，吉米觉得很尴尬。狭小的房间，把这儿当家在吉米看来已经很糟糕，但落入薇薇安眼中，那可就更糟糕得让人绝望了。真不知道自己把旧毛巾搭在木柜子上，把它改造成餐桌的时候脑子里是怎么想的。不过，薇薇安依旧若无其事，好像用不配套的茶杯喝红茶，还有父亲的床尾上停着一只小鸟这事，没什么不妥一样。在她看来，一切都很好，吉米待客非常周到。

吉米的父亲一直称呼薇薇安为"你的姑娘"，他尖着嗓子问吉米，这对小情侣打算什么时候结婚。吉米至少跟父亲解释了三遍，最后只能冲薇薇安抱歉地耸耸肩，让她把这事当作玩笑。他还能怎么做？这不过是老人的无心之失而已——父亲只见过桃莉一次，那还是战争爆发前，在考文垂的时候。再说，他也没有恶意。薇薇安似乎并不介意，吉米的老父亲也非常高兴。他很久没这么开心了，跟薇薇安聊天非常有趣，他好像一直在等这样一个听众。

父亲和薇薇安聊起自己从前的趣闻轶事，两人都乐得哈哈大笑。一老一少合力想办法教会芬奇新的小把戏，开心地争论如何串鱼饵的问题，吉米知道自己心里满是感激。这些年来，父亲常常糊涂，不知道自己是谁，身在何方，想着这些问题的时候他的眉头老是拧在一起。上次这样开怀大笑，已经是很多年以前的事情了。

有时，吉米会想象和父亲聊天的人是桃儿，是她为父亲端来一杯热茶，用他喜欢的动作搅拌炼乳，是她的故事让老头子惊奇又开心地摇头晃脑……但他无法想象出这幅画面，他为自己下意识地拿薇薇安和桃莉作比较而感到自责。对比没有任何意义，对两个女人都不公平。桃儿要是有时间的话肯定会来看望他父亲的，她不是养尊处优的悠闲淑女，军工厂的工作时间很长，一天下来她早就倦了，为数不多的清闲夜晚自然想跟朋友们约会玩乐。

薇薇安似乎发自内心喜欢这间小屋里的时光，吉米曾唐突地为此表示感谢，好像她卖了自己一个天大的人情，但薇薇安的表情却好像他疯了一般。"谢我什么？"看着她一脸的不解，吉米觉得自己很蠢，于是赶紧讲了一个笑话，跳过这个话题。后来，吉米觉得自己想多了，薇薇安或许就是想来看看父亲，所以才和自己保持联系的吧！不管如何，这是唯一说得过去的理由。

吉米有时候忍不住会想，那天在医院门前，自己邀请薇薇安同行的时候她为什么会同意呢？当然，自己发出邀请的原因很清楚——她病了那么久，吉米推开阁楼大门，惊喜地看见她回来了，一瞬间，整个世界似乎都更加明亮了。她离开的时候吉米赶紧追上去，他推开医院大门，看见薇薇安站在台阶上系围巾。他没奢望薇薇安会答应自己的请求，他只知道，排练的时候自己满脑子都是这个念头。他想和她待在一起，这并非是桃莉的要求，而是他喜欢薇薇安，喜欢跟她在一起。

"吉米，你有孩子吗？"他们肩并肩往前走的时候，薇薇安问道。她的步子比平常慢了许多，看来大病一场之后她身子还是有点虚弱。吉米发现，她一整天都郁郁寡欢。虽然她还像往常一样跟孩子们嬉笑打闹，但她眼中的谨慎和保留却让他很不习惯。吉米虽然不知道背后的原因是什么，但却真心为薇薇安感到难过。

他摇摇头："没有。"想起自己曾问过她同样的问题，为此让薇薇安很难过，吉米的脸"唰"的一下红了。

但这次是薇薇安把话题扯到这方面的，她继续说道："但你终有一天会有孩子的。"

"是啊。"

"你想要一个还是两个？"

"一两个只是开始，然后会再生六个孩子。"

薇薇安笑了。

"我们家就我一个孩子，"吉米解释道，"总觉得有些孤单。"

"我们家有四个孩子，太吵了。"

吉米也笑起来，他发现自己以前从未笑得这样舒心，连嘴角都满是笑意。"你在医院讲的那个故事，"他们转过街角，吉米想起自己送给薇薇安的那张照片，"你说的高脚木楼，魔法森林，丛林那边的人家，其实都是你自己的家庭，对吗？"

薇薇安点点头。

不知道为什么，吉米那天特别想给薇薇安讲父亲的故事。或许是薇薇安说起自己家人时的神色勾起了他的思绪吧！也可能是薇薇安那充满魔法和渴望、能让时间消失的故事，让他一时间很想找个人倾诉。不管怎样，他把自己家里的故事全都告诉了她。薇薇安有时也会发问，吉米想起自己第一天看见她和孩子们在一起，她倾听孩子们说话时真挚的神情。薇薇安说，自己想去探望吉米的父亲。吉米以为她只是在客套而已，但下一次排练的时候，薇薇安又提到这件事。"我给老人家带了点东西，"她补充道，"他肯定会喜欢。"

第二周，吉米终于同意带薇薇安去见自己的父亲，她给老人家带了一条不错的墨鱼。"这是给芬奇的小礼物。"薇薇安说，这鱼是她和亨利去拜访出版商的路上，在沙滩上捡到的。

"她是个讨人喜欢的姑娘，吉米。"父亲大声说道，"漂亮得跟从画里走出来的人儿一样，还很和气。你打算等我们去海边的时候举办婚礼吗？"

"我不知道，爸爸。"吉米看了看薇薇安一眼，她正假装专注地看着墙上的照片，"等等再说，好吗？"

"别拖太久了，吉米，你妈妈和我岁数都大了。"

"好的，爸爸，我保证，等我们定下来了第一个就告诉你。"

后来，他送薇薇安去地铁站的时候，他解释说父亲脑子有些糊涂，希望薇薇安不要见怪。

她的表情很惊讶："吉米，你父亲的话没什么需要道歉的。"

"我不是这个意思，我——我只是——我不想让你觉得尴尬。"

"恰恰相反，我很久没这么开心了。"

两人沉默着走了一段路，薇薇安问道："你以后打算住在海边吗？"

"有这个计划。"计划这个词让吉米心里一紧，他完全是无意识说出这个词的，他心里有些自责。跟薇薇安描述他和桃莉未来的生活场景让他备感尴尬——毕竟，他们的未来和桃莉的阴谋裹挟在一起，而他也参与了其中。

"你会结婚。"

他点点头。

"太棒了，吉米，真为你感到高兴。她长得漂亮吗？我真傻，她一定很美。"

吉米含混地笑了笑，希望赶紧结束这个话题。但薇薇安继续追问："跟我讲讲她吧！"她笑起来。

"你想听哪方面的？"

"我也不知道……就随便说说吧！嗯，比如，你俩是怎么相遇的？"

吉米的思绪回到考文垂的咖啡馆。"我那时候扛着一袋面粉。"

"她就爱上你了？"薇薇安打趣道，"那她肯定很喜欢面粉了。她还喜欢什么？她是什么样的人？"

"她很有趣，"吉米的喉咙有些发紧，"永远充满活力，充满幻想。"他一点儿都不喜欢这场谈话，但他心里却想起了桃儿，想起了曾经的那个女孩，如今的那个年轻女人，"她在大轰炸中失去了所有的家人。"

"天哪，吉米，"薇薇安的脸色一下子变了，"真可怜，她肯定要崩溃了。"

她的同情真挚而发自肺腑，吉米有些受不了。他想起桃莉的阴谋，想起自己在其中扮演的角色，一时间觉得非常耻辱。加上内心对欺骗的厌恶，他忽然想要跟薇薇安坦白一切。可能，他内心深处其实希望这样能够摧毁桃儿的计划。"说实话，你可能认识她。"

"你说什么？"薇薇安看了吉米一眼，神情非常警觉，"怎么可能？"

"她叫桃莉。"吉米屏住呼吸，回想薇薇安和桃莉之间的恩怨情仇，"桃莉·史密森。"

"不认识。"薇薇安显然松了一口气，"我认识的人中没有叫这个名字的。"

现在，轮到吉米一头雾水了。桃莉说过，她和薇薇安曾经是好朋友。"你们都在妇女志愿服务社工作，她以前也住在坎普顿丛林——就在你家对面，她是格温多林夫人的陪护。"

"天哪！"薇薇安恍然大悟，"天哪，吉米。"她松开抓着他胳膊的手，棕色的眼睛里满是恐慌，"那她知道我们俩都在医院做义工的事情吗？"

"不知道。"吉米撒谎道，他讨厌这样的自己。

薇薇安似乎松了一口气，想故作轻松地笑笑，但脸上很快浮起了新的忧愁。她悔恨地叹了口气，轻轻用手捂着嘴。"吉米，她肯定很恨我。"她看着吉米的眼睛，"我太对不起她了——不知道她跟你说过没有，她帮过我一个大忙，把我丢掉的项链坠子送回来，可我——我太粗鲁了。那天发生了一些意想不到的事情，我心情很糟，所以态度很差。后来，我去找过她，想跟她道歉，解释那天的一切。我敲响坎普顿丛林7号的大门，但没人开门。后来，那家的老太太去世了，所有人都搬了出去。这一切发生得很突然。"薇薇安说话的时候用手指摆弄着脖子上的项链坠子。"你能帮我告诉她,我那天不是故意的吗?"

吉米答应了她的要求。听见薇薇安的解释,他心里莫名觉得很开心。这证明了桃莉所言不虚,但也说明整件事,薇薇安表现出来的冷漠,其实都是一个天大的误会罢了。

吉米和薇薇安沉默着往前走,两个人各有各的心思。最后,还是薇薇安开口说道:"你为什么迟迟不结婚呢,吉米?你们,你和桃莉彼此深爱着对方,不是吗?"

吉米的开心顿时烟消云散,他向老天爷祈祷,希望薇薇安能结束这个话题。"是的。"

"那为什么不现在就结婚?"

他的谎言是老生常谈的调子。"我们想要个完美的婚礼。"

她点点头,思考着,然后问道:"有什么能比和自己深爱的人结婚更加完美呢?"

或许是心头的羞愧感让吉米迫不及待地想要为自己辩护,也可能是他潜意识中,父亲数十年如一日地空等母亲回来的画面刺激了他,吉米苦涩地笑起来。"首先,我得有能力让深爱的人开心。要有可以遮风挡雨的房子,要有一日三餐,冬季能有取暖的钱。对我们这种难得存下几个钱的人来说,这绝不是容易的事情。这或许没有你想象中浪漫,但这就是生活,不是吗?"

薇薇安的脸色变色苍白,吉米知道,自己的话让她很受伤。但他的拧脾气也上来了,尽管他生气的对象是自己,根本不关薇薇安的事,他还是没有开口向她道歉。"你说得对,"薇薇安开口道,"对不起,吉米,是我说错了,是我太不食人间烟火。再说,这根本不关我的事,我只是被你描述的画面感动了——你说的农舍、海边都太美了。"

吉米没有搭话。薇薇安说话的时候他一直静静地看着她，但她说完，吉米却扭过头。看着她美丽的脸庞时，吉米心中浮现出一幅清晰的画面，他们两人——他和薇薇安——在海边奔跑。他想拦下她，在街上捧着她的脸庞，给她一个长久又热烈的吻。天哪，自己究竟怎么了？

　　吉米点燃一支烟，边走边抽。"你呢？"他喃喃地问道，心中有些愧疚，想弥补些什么，"你的未来会是什么样子？你的梦想是什么？"

　　"我——"她挥了挥手，"我没想过未来。"

　　他们走到地铁站，两人仓促道别。吉米既觉得内疚又觉得不舒服，接下来，他还要赶到里昂斯街角餐厅去见桃莉。

　　"我把你送到肯辛顿吧！"他叫住薇薇安，"让我送你安全到家。"

　　她回头看了吉米一眼。"有炸弹朝我飞来时你会接住它吗？"

　　"我会尽力。"

　　"不用了，"她说道，"谢谢，我还是自己回去吧！"她好像又变成了从前的那个薇薇安，急匆匆走在吉米前面，连个笑容都不肯施舍。

* * *

　　桃莉正在抽烟，她从餐厅的窗户里看见吉米的身影，于是一边瞧着玻璃窗，一边整理衣袖上的白色毛皮。这个天气穿皮草有点热，但桃莉还是不愿意脱下来。这件皮草大衣让她觉得自己很重要、很强大，此刻，她尤其需要它。最近，她总有不好的预感，觉得事情已经开始脱离自己的掌控。恐惧让她内心一阵翻腾，最糟糕的是她不知道今天晚上会发生什么。

她筹谋的计划本来看似天衣无缝，既能轻而易举地给薇薇安·詹金斯一个教训，又能让吉米和自己的日子好过些。但随着计划一天天实施下去，吉米一直没能把薇薇安约出来，"出轨"的照片也无从拍摄。与此同时，桃莉发现自己和吉米之间的距离越来越远，他不敢看自己的眼睛。桃莉意识到，自己犯了一个天大的错误，她一早就不应该让吉米去干这件事。最低落的时候，桃莉甚至怀疑，吉米可能没有以前那么爱自己了，他不再认为自己独一无二。她被自己的想法吓了一跳。

前一天晚上，他们之间爆发了激烈的争吵。争吵来得毫无端倪——她和凯特琳、基蒂一起去跳舞，她觉得凯特琳笨手笨脚的。她以前经常对人评头论足，但这次却引得吉米十分生气。吉米说，如果她觉得自己原来的朋友如此不堪的话，就去结交新的朋友好了。如果桃莉跟她并不喜欢的人出去玩，还不如去他家看看他和他父亲。吉米话中的尖锐吓着了桃莉，他的脾气来得有些突然，而且来意不善，桃莉忍不住在大街上哭出声来。以前，桃莉只要一掉眼泪吉米就知道她是真的伤心了，就会来哄她，逗她开心，但这次他没有这样做。他大声吼道："天哪！"然后捏着拳头走了。

桃莉咽下心头的泪水，在黑暗中倾听并等待着。但漫长的一分钟内，她什么都没听见。她以为自己成了孤家寡人，她把吉米推得太远了，这次他真的离她而去了。

吉米没有离开，他还是回来了，但却不是像桃莉想象的那样来道歉的。当时，她差点没听出来这是吉米的声音。他说，"你应该答应嫁给我的，桃儿，我向你求婚的时候你真他妈的应该答应。"

桃莉喉咙里发出痛苦的呜咽，她听见自己哭着喊出声来，"不是的，吉米——你应该早些向我求婚！"

后来，他们在怀特太太的公寓门前和好如初。两人小心翼翼地吻别，礼貌地互道晚安，他们都声称彼此间的感情更加深厚了。但桃莉知道，事实不是这样的。那天夜里，她在床上翻来覆去了好几个小时才勉强入睡，心里一直想着过去几个星期以来发生的事情。她想起每次跟吉米见面的场景，想起他的一言一行，所有的事情像放电影一般在她心头一一闪过，然后，她明白了事情的根源——是她的计划，是她让吉米去做的事情。这不仅没有如她所愿地修复两人之间的关系，还差点毁了一切……

此刻，桃莉掐灭烟头，从手提包里取出一封信。她把信笺抽出来，再次读了一遍。这是一家名叫"海之蓝"的公寓的聘用信，吉米在报纸上发现了招聘广告，特地剪下来给她看。"桃儿，这工作听起来不错。"他说道，"海边的美丽地方，有海鸥，空气中有咸咸的味道，还有冰激凌……我可以在那边找份工作……肯定能找到的。"桃莉实在没办法想象自己跟在肤色各异的游客后面打扫卫生的样子，但吉米一直在边上看着她，直到她开始写应聘信。桃莉心中其实有点喜欢吉米强势霸道的一面。最后，她觉得只要能让吉米开心，自己何乐而不为呢？就算最后人家真的肯用她，她也可以悄悄写信回绝。当时，桃莉觉得他们最后一定能拿到薇薇安"出轨"的照片，她根本不必做这样一份工作。

餐厅大门打开，吉米走进来。桃莉看得出来，他是一路跑过来的——她希望，吉米这么着急是因为迫不及待地想见自己。桃莉朝他挥挥手，看着他走到自己身边，深色的发丝散落在额头上，看上去既英俊又有些危险。"嗨，桃儿。"他吻了吻她的脸颊，"穿皮草有点热吧？"

桃莉笑着摇摇头："我觉得还好。"她往旁边的椅子上移了移，给他挪出位置，但吉米径直坐在她对面的座位上，挥手示意服务员过来。

他们要了些茶点，桃莉觉得自己不能再等下去了。她深吸了一口气："我有一个主意。"吉米的脸色立马紧张起来，他的警觉让桃莉内心非常自责。她轻轻握着他的手："吉米，不是你想的那样——"她咬着嘴唇，有些踌躇，再次开口时，声音低了下去，"实际上，我想的是我们的计划。"

吉米戒备地抬起下巴，桃莉赶紧往下说："我希望，你把这件事忘了——别去管什么约会和照片。"

"你说的是真的吗？"

她点点头。她从吉米脸上的表情看出来，自己的决定是正确的。"其实，我根本就不该提出这个要求——"她语速太快，所以有些含混，"是我自己在钻牛角尖，格温多林夫人的事，还有我的家人……让我变得有点疯狂，吉米。"

吉米走过来坐在她身边，用手捧着她的脸庞，深色的眸子紧紧看着桃莉的眼睛。"我的傻姑娘，这不能怪你。"

"我不应该对你提出那样的要求。"面对吉米的吻，她再次道歉，"这不公平，我很抱歉——"

"别说了。"他声音里的解脱让人觉得十分温暖。"没关系，事情都过去了。让我们把这一切都抛在身后，往前看吧！"

"嗯。"

吉米往后仰了仰,端详着桃莉,然后摇摇头,笑起来,声音里满是惊喜和愉快。这声音让桃莉感到一阵愉快的战栗。"我也想这样。"他说道,"就这样做吧!嗯,我来的时候你不是有事情要告诉我吗?"

"噢,是的。"桃莉兴奋地说道,"你不是在组织一场演出吗?我那天本来要上班的,但我决定逃一天班,和你一起去看演出。"

"真的吗?"

"当然是真的,我也想见见妮拉和其他孩子,看你扮演小叮当的机会可只有这一次。"

* * *

战争孤儿表演的《彼得·潘》仅此一次,却取得了巨大的成功。孩子们奔跑厮打,在满是尘土的阁楼上用几条旧床单表演了一场魔法。那些伤势太重的孩子们在观众席上尖叫着鼓掌欢呼,吉米自如地掌控灯光,小精灵赢得了众人的喜爱。演出结束后,孩子们取下船上的海盗旗,换上"夜莺之星"的旗帜,把吉米给他们讲的那个故事活灵活现地搬上了舞台。为了这个惊喜,他们已经偷偷排练了好几个星期。演出结束后,托马林医生上台讲话,薇薇安和吉米也上台鞠躬。吉米看见桃莉在观众席上朝自己挥手,他笑着冲她眨眨眼。

不知为什么,今天带桃莉来医院,他心里居然有些紧张。桃莉提出一起来看演出时,他心里非常内疚——自己和薇薇安走得太近了，同时，他也担心桃莉的出现会让自己和薇薇安之间的关系再度恶化。但他知道，自己没办法说服桃莉，只好破罐破摔，走一步看一步。他没有跟桃莉坦承自己和薇薇安之间的友情，相反，他告诉桃莉，自己责问薇薇安为什么桃莉去送项链坠子时她会是那样的态度。

"你跟她提到我了？"

"当然了。"他们走出餐厅，手牵手走进漆黑的夜晚，"你是我的女朋友，我怎么能不提到你呢？"

"她是怎么说的？她承认了吗？她有没有说自己那天有多恶劣？"

"她都说了。"桃儿点烟的时候，吉米停下脚步，"她非常非常抱歉，她说她那天受了些刺激，但也不应该那样对你。"

月光中，他看见桃莉的下唇颤抖着。"太糟了，吉米。"她小声说道，"她说的话，他们带给我的感觉，太可怕了。"

他帮她把一缕头发顺到耳后。"她想跟你道歉，但她去格温多林夫人家里的时候，屋子里没人。"

"她去找我了？"

吉米点点头，他看见桃莉脸上的神色缓和了些，原来的苦涩一扫而光。这个改变太让人激动了，不过他并不吃惊。桃莉的情绪就像天上的风筝，一会儿低沉，一会儿又乘着清风直上云霄。

那天晚上，他俩去跳舞了。几个星期以来，那个可怕的计划一直悬在头顶，他们很久没有这么轻松愉快地相处了。他们像以前那样欢笑打闹，最后，吉米跟她吻别，从怀特太太公寓的矮窗户里钻出去。回家的路上，吉米想，带桃儿一起去看演出或许并不是一个坏主意。

他的看法是对的。除了开始的时候有些不顺之外，演出那天比他预想中要顺利得多。他们到达阁楼的时候，薇薇安正在往船上挂船帆。她转过身，看见吉米和桃儿，脸上的笑容转瞬即逝，惊讶的神情显而易见。吉米内心感到一阵不安。他手里抱着桃儿的白色大衣，薇薇安小心翼翼地从船上爬下来。他们打招呼的时候，吉米有些紧张，不过这寒暄还算顺利。桃莉的表现让他既高兴又骄傲，她终于从牛角尖中走出来，把一切恩怨抛开，友好地对待薇薇安。吉米看得出来，薇薇安也松了一口气。虽然，她的话比往常少了许多，人也没有那么热情。他问道，亨利会不会来看表演时，薇薇安脸上的神情像是被冒犯了一样。她说，自己的丈夫在国家信息部工作，实在抽不开身。

多亏了桃莉，她总有法子让气氛热起来——"吉米，快来。"趁孩子们还没到场，她挽着薇薇安的胳膊，"给我们照张相吧！就当是纪念这特别的日子。"

开始的时候薇薇安并不情愿，她说自己不喜欢照相，但桃莉热情邀请，吉米不想扫她的兴，于是也微笑着劝道，"我保证，照相不会疼的。"薇薇安终于勉为其难地点点头……

掌声终于停下来，托马林医生告诉孩子们，吉米为他们准备了一份礼物。他宣布完，孩子们又是一阵欢呼。吉米朝大家挥挥手，分发照片。那是薇薇安生病离开的时候，他给孩子们拍的。照片上是孩子们全副武装进行排练时，一起站在船上的样子。

吉米也给薇薇安冲印了一张。他看见薇薇安正在阁楼的角落里，把孩子们扔下的道具收拾到藤篮里，托马林医生和玛拉正在跟桃莉交谈。

"结束了。"他走到薇薇安身边。

"是啊，都结束了。"

"明天的报纸肯定会热烈讨论这场演出。"

她笑起来："当然了。"

他把照片递给她："这是给你的。"

她接过照片，微笑着看着孩子们的脸庞。她弯腰把藤篮放下，衬衣领口微微敞开，吉米看见她肩膀到胸骨一块都布满了瘀青。

"没事。"她注意到吉米的目光，赶紧用手指捂住领口。"灯火管制的时候，我去防空洞的路上摔了一跤，被邮箱绊倒了——黑暗里总有那么些乱七八糟的东西挡在路上。"

"真的没事吗？看上去很严重。"

"我的皮肤容易起瘀青。"她看着吉米的眼睛，那一瞬间，吉米觉得自己捕捉到了什么。薇薇安笑了笑，"我走路总是很快，所以经常撞上东西，有时候也会撞上人。"

吉米想起他们见面那天，也忍不住笑起来。一个孩子走过来，牵着薇薇安的手走开了。吉米想起薇薇安反复生病，想起她不能生育，在脑海中思索什么病会让人身上布满瘀青，一阵担忧浮上心头。

28

薇薇安坐在床边，拿着吉米上次送给她的照片。轰炸刚刚结束，大地上硝烟弥漫，碎玻璃碴闪闪发光，远处，几个人正从防空洞里钻出来。薇薇安笑起来，她躺在床上，合上眼，希望灵魂能跨越深渊，穿越暗影大地，透过雾气和水下隧道深处的闪光，看见家人在澳大利亚的家里等她。

她静静地躺着，努力尝试，希望能看见逝去的亲人。

一切都是徒劳，她睁开眼。最近，薇薇安一闭上眼就会看见吉米·梅特卡夫，看见他深色的发丝散落在前额，说话前嘴角微微翘起，谈起自己父亲的时候眉头紧锁……

她飞快地站起身，走到窗户边，照片就放在身后的床罩上。孩子们的演出已经结束一个星期了，这段时间，薇薇安一直心事重重。她想念跟孩子们和吉米一起排练节目的时光，如今这样每天两点一线地往返于食堂和这座没有声响的大房子中，她实在快受不了了。房子里太安静了，静得有些瘆人。这样一栋大房子里，应该有孩子们在楼梯上追逐奔跑，顺着栏杆往下滑，在阁楼上跺脚打闹。就连女佣萨拉也走了。那件事之后，亨利坚持要解雇她，但薇薇安其实并不介意她继续留下来。慢慢地，薇薇安已经习惯了吸尘器撞上墙壁踢脚板的声音，习惯了老旧的地板发出的咯吱声，她隐隐觉得还有一个人在呼吸，走动，四处张望，跟自己就在同一个空间里。

窗外的街道上，一个男人骑着一辆破旧的自行车摇摇晃晃地过去，车前的篮子里装满了脏兮兮的园艺工具。薇薇安拉上薄薄的纱帘，盖住格了图案玻璃窗。她坐在窗边的扶手椅上，整理思绪。这几天，她一直在心里断断续续地构思写给凯蒂的信。自从她上次离开伦敦之后，薇薇安觉得她们之间似乎有了隔阂。薇薇安迫不及待地想修复她们的友谊，这不是妥协和让步，而是解释——明知自己是正确的情况下，薇薇安从来不会向别人道歉。

她想让凯蒂明白，她和吉米之间的友情是真挚善良的，最重要的是，这段友情是纯洁的。她不会弃自己的婚姻于不顾，也不会罔顾自己的健康，凯蒂担心的事情都不会发生。她想告诉凯蒂老梅特卡夫先生的故事，自己能让他老人家开怀大笑。她想让凯蒂知道，自己和吉米在一起聊天、看照片的时候非常放松，吉米相信人性至善，她觉得他肯定不会是坏人。她想说服凯蒂，自己对吉米的感情不过是朋友之间的情谊而已。

虽然，这并不是真的。

薇薇安心里清楚，自己是什么时候爱上吉米·梅特卡夫的。那天，她坐在楼下的餐桌前用早餐，亨利跟她讲自己在信息部工作时的事。她茫然地点点头，脑子里却想着医院里发生的趣事——吉米为了让新来的孩子高兴，做了许多滑稽的事情。她忍不住笑出声来。好在亨利的故事此刻也到了高潮，他朝薇薇安笑了笑，走过来亲吻她："亲爱的，我就知道你也这样觉得。"

薇薇安也知道，一切不过是自己的一厢情愿而已，吉米永远不会了解她心中的感觉。即便他也有同样的感觉，他们俩也不会有未来——她许不了他未来，薇薇安的命运早已写好，不容更改。她早就死心了，即便自己的生活再怎么糟糕，她也不会再像以前那样焦虑或是沮丧。她已经接受自己的命运，余生都会这样度过，她既不需要忏悔，也不需要表达爱意治愈自己。

薇薇安还是个孩子的时候，在嘈杂拥挤的火车站，准备去往一个遥远的陌生国度时就已经明白，她只能掌控自己内心的小世界。搬进坎普顿丛林的大宅子之后，听见亨利在盥洗室吹口哨，刮胡子，看见他在镜子前端详自己的模样，薇薇安很庆幸，内心的小世界为自己一人所独有。

即便如此，那天看见吉米和桃莉·史密森一起出现她还是非常震惊。她和吉米聊天的时候提到过一两次他的未婚妻，但吉米的嘴像贴了封条似的严实，所以薇薇安也不好追问。她不知道吉米在医院外还有另一种生活，不知道除了他父亲之外，他还有其他爱的人。他温柔地牵着桃莉的手，深情地凝视她……看见他和桃莉在一起的样子，薇薇安强逼自己面对现实。她或许对吉米有几分爱，但吉米爱的人是桃莉。薇薇安知道为什么。桃莉漂亮又有趣，充满活力又无所畏惧，让人情不自禁地想要亲近。吉米曾用"灿烂"这个词形容她，薇薇安明白他的意思。他爱桃莉，所以愿意为她随风鼓起的华丽船帆竖起一根桅杆，她正是吉米这样的男人会狂热爱恋的女人。

所以，薇薇安想告诉凯蒂——吉米已经订婚，很快就要结婚了。他的未婚妻是个非常迷人的姑娘，所以他和薇薇安之间的友情是——

桌上的电话忽然响起来，薇薇安有些惊讶。白天的时候，坎普顿丛林25号一般不会有人打电话来。亨利的同事会打他办公室的电话，薇薇安自己并没有多少朋友，会给她打电话的人更是屈指可数。她满腹疑虑地接起电话。

电话那头传来一个陌生男人的声音。他语速太快，薇薇安没听清楚他的名字。"您好，"她再次问道，"请问您是——"

"莱昂纳尔·鲁弗斯医生。"

薇薇安不认识叫这个名字的人，她想，这人可能是托马林医生的朋友。"有什么事吗，鲁弗斯医生？"这时候的薇薇安有点像她的母亲，母亲给孩子们讲故事的时候就是这种声音——缥缈、温柔、清脆，一点都不像她本来的嗓音。

"请问你是薇薇安·詹金斯太太吗？"

"是的。"

"詹金斯太太，我有件事情想告诉你。这件事和一个年轻女人有关，你可能见过她一两次。她以前就住在你家对面，是格温多林夫人的陪护。"

"你是说桃莉·史密森吗？"

"是的。本来……我不应该告诉你这件事情，我应该为她保密，但为了你好，我还是决定告诉你。詹金斯太太，我建议你先找个地方坐下来，听我慢慢说。"

薇薇安本来就坐着，所以她答应了医生的要求。医生给她讲了一个令人难以置信的故事。

她仔细地倾听，很少开口说话。鲁弗斯医生挂断电话之后，薇薇安还握着听筒呆坐了很长时间。她在心里反复回味医生的话，想弄清楚他话中的含义。他提到桃莉，说她"是个好女孩，心血来潮的时候想象力非常惊人"，还提到桃莉的男朋友，"我没见过那个小伙子，应该是叫吉米吧"。他告诉薇薇安，桃莉和吉米非常想在一起，他们需要一笔钱才能开始新生活。他把桃莉和吉米的计划全都告诉了薇薇安——他们想敲诈她一笔钱。薇薇安大声质问，他们为什么选择对自己下手的时候，医生解释说，桃莉觉得被自己仰慕的人"抛弃"了，所以非常绝望。

起初，薇薇安心里一阵麻木。感谢这件事带来的伤害，感谢她原本深信不疑的美好情谊原来只是一个谎言，否则她真的会崩溃的。她告诉自己，鲁弗斯医生搞错了，这一切不过是他的玩笑而已。但薇薇安想起自己问吉米，他和桃莉为何不赶快结婚，搬去海边的时候，他脸上苦涩的表情。他怒气冲冲地告诉薇薇安，浪漫是那些有钱人才能享有的奢侈。薇薇安什么都明白了。

她安静地坐着，内心的希望一点一点破灭。薇薇安向来擅长躲在感情的暴风骤雨后面——在这方面她有许多经验——但这次不同。很早以前，她把内心的一部分收拾妥善藏起来，如今，这藏起来的部分尝到了锥心之痛。薇薇安这时才明白，她渴望的不只是吉米，而是他代表的一切：另一种生活、自由，还有自己不曾想过的未来——不拖泥带水，一往直前的未来；还有过去——不是她那噩梦般的过往，而是和往事和平共处的机会……

楼下的挂钟鸣响，薇薇安这才想起自己身在何方。房间里变得阴冷，她的脸庞被泪水濡湿——她居然哭了。一阵穿堂风刮过，吉米送给她的照片从床上飘落到地上。薇薇安呆呆地看着它，不知道这份特别的礼物是否也是他们计划的一部分，一个想要得到她信任，方便施展接下来的阴谋的诱饵。他们会拍下自己和吉米在一起的照片，然后写信敲诈……薇薇安坐直身体，内心一阵翻腾。她忽然意识到，除了失望之外自己还有更重要的事情要做。一趟危险的火车即将启程，只有她才能阻止这一切。她把电话听筒放回原处，看了看手表——两点钟，也就是说，她只有三个小时，然后就该回家为亨利准备晚餐了。

没有时间悲伤了，薇薇安走到书桌边，做了自己该做的事情。她步履蹒跚地走到门边——似乎那是唯一能摆脱内心煎熬和不断升腾的恐惧的出口——然后又回来拿起那本《彼得·潘》。她在扉页上匆匆写下一行字，然后合上笔帽，没有丝毫犹豫，急匆匆地走下楼。

* * *

吉米上班的时候，汉布林太太会过来照料老梅特卡夫先生。看见薇薇安的时候，她高兴地笑了。"太好了，亲爱的，我正想去杂货店买东西，就麻烦你照看一下老先生了，你不会介意吧？"她胳膊上挂着一个网兜，匆匆走出门外，一边摸着鼻子一边说，"我听说有的店里有香蕉卖，得有路子才能买到。"

薇薇安非常喜欢吉米的父亲。有时候，她觉得自己的父亲要是也能活到这把年纪，应该跟老梅特卡夫先生差不多。老梅特卡夫在农场长大，有许多兄弟姐妹，他说的许多故事薇薇安也有同感。父亲的故事影响了吉米对未来的期待，他也想过这样的生活。今天，老先生似乎兴致不高。"你们的婚礼，"他警觉地抓着薇薇安的手，"我没有错过你们的婚礼吧？"

"当然没有。"她温柔地答道，"没有你的话婚礼怎么开始？你想什么呢——不会发生这种事的。"看着他，薇薇安内心一阵绞痛。他已垂垂老矣，经常糊涂，时而感到惊恐。她希望自己能尽量让老人家过得舒服些。"我给你泡杯茶，好吗？"她问道。

"好的，"他说道，"太好了，谢谢你。"薇薇安的一杯茶似乎满足了他一生中最大的愿望，"听上去太棒了。"

薇薇安用勺子搅拌炼乳，门外忽然传来钥匙转动的声音。吉米走进来，看见薇薇安在这儿的时候好像有些吃惊，但并没有显露出来。他脸上露出一个温暖的笑容，薇薇安也笑着打招呼，但内心却一阵失落。

她待了一会儿，和梅特卡夫父子聊天，尽量在这间小屋里待得久一些。但最后，她还是得离开——亨利还在家等她呢。

吉米像往常一样送她去地铁站，走到站台门口的时候，她没有像往常一样径直走进去。

"我有件东西想送给你。"她从包里掏出那本《彼得·潘》递给吉米。

"送给我？"

她点点头。吉米被触动了，但她看得出来，他心里有些迷惑。"我在前面写了点东西。"她补充道。

他翻到扉页，看见薇薇安写下的那句话，"真正的朋友是黑暗里的一束光。"他笑起来，眼睛在散落的发丝后面闪闪发光。"薇薇安·詹金斯，这是我收到过的最棒的礼物。"

"那就好。"她心里很疼。"现在我们扯平了。"自己接下来要做的事情或许会改变一切，想到这里，她有些踌躇。然后，她提醒自己，一切已经不同了，接到鲁弗斯医生电话的时候一切就变了。医生冷静的声音还在她脑海中盘旋，他明明白白地诉说的真相。"我还给你准备了另一件东西。"

"今天又不是我的生日，准备那么多礼物干吗？"

她递给他一张纸。

吉米翻过来，看着上面的字迹，然后震惊地看着她："这是什么？"

"我想，这没必要解释。"

吉米回头看了看，然后压低嗓子："我的意思是，你干吗要给我这个？"

"酬劳，谢谢你在医院做的一切。"

他把支票还给薇薇安，好像手里握着的是毒药一样。"我不要报酬，我只是想帮忙而已，我不会要你的钱。"

那一瞬间，疑虑和希望一起在薇薇安心中翻腾。但她了解吉米，薇薇安明白他的目光为何躲闪。吉米受了羞辱一般的表情不仅没有证实薇薇安心中的疑虑，反而让她更加难过。"我知道你的意思，吉米，我知道你从来就不是为了酬劳。但我希望你能收下。你肯定有用得着它的地方，拿去给你父亲改善生活吧！"她说道，"或者把它给你心爱的桃莉，就当是我谢谢她把我的项链坠子还回来——如果这样说能让你心里好受些的话。你可以用这笔钱结婚成家，举行一个完美的婚礼。就像你们计划的那样，搬离伦敦，重新开始。去海边生儿育女，拥有美好的未来。"

他的声音里没有任何感情。"你不是说，自己从未想过未来吗？"

"我是说我自己的未来。"

"你为什么要这样做？"

"因为我喜欢你。"她抓住吉米的手，紧紧地握着。他的手温暖、稳健、柔和。"我觉得你是个好男人，吉米，最好的男人，我希望你能过上幸福的生活。"

"这听上去像是在告别。"

"是吗？"

他点点头。

"这的确是告别。"她靠得更近一些，然后在人来人往的大街上毫不犹豫地吻了他。她吻了吉米，温柔急促而又决绝地吻了他。她把额头靠在吉米胸前，用力记住这美好的一刻。"再见，吉米·梅特卡夫。"她说道，"这次……这次我们真的不会再见了。"

* * *

吉米拿着支票，在车站坐了很长时间。他很生气，觉得薇薇安背叛了自己，但他也知道，自己这样说完全不公平。只是，薇薇安为什么要送支票给自己？为什么是现在——桃莉刚好放弃了那个计划，他和薇薇安成了真正的朋友。这和她身上神秘的疾病有关系吗？她今天的言语之中有种诀别的意味，吉米非常担心。

日子一天天过去，父亲经常问他那个可爱的姑娘什么时候再来。吉米一边应付父亲，一边看着那张支票，不知道接下来该怎么办。他想把这讨厌的东西撕成碎片，但他没有——他又不是傻子，他知道这张支票能实现自己所有的愿望，虽然它让自己心中充满羞耻、沮丧，以及难以言说的悲伤。

那天下午，他和桃莉约好在里昂街角餐厅喝茶。他在心里纠结，要不要把这张支票一起带去。他来回思考这个问题，一会儿把支票从《彼得·潘》里拿出来，放到自己的衣服口袋里，一会儿又把这烫手的山芋夹回书里，藏到自己看不见的地方，眼不见心不烦。他看了看手表，又重复了一遍这个过程。他快迟到了，桃莉肯定在等自己。之前，她给报社办公室打了电话，说有件重要的东西要给吉米看。她肯定睁着明亮的大眼睛，期待地看着餐厅大门。他没办法跟她解释，自己丢失了一件珍贵的东西。

吉米感觉整个世界的黑暗都笼罩着自己，他把那本《彼得·潘》放进口袋里，去见未婚妻桃莉。

* * *

桃莉还是在老位置等他，当初提出那个计划的时候她也坐在那个位置。吉米一进餐厅就看见她了——她又穿着那件讨厌的白色皮草大衣。天气已经回暖，没必要穿皮草，但桃莉还是不愿意脱下那件衣服。在吉米看来，这件皮草大衣跟整个令人厌恶的阴谋裹挟在一起，单单看上一眼就让他浑身不自在。

"抱歉我迟到了，桃儿，我——"

"吉米，"她的眼睛闪闪发光，"我搞定了。"

"什么搞定了？"

"你看。"她手里拿着一个信封，从里面拿出一张照片。"我把它冲印出来了。"她把照片推过桌面，送到吉米面前。

吉米拿起来扫了一眼，心中立马充满了柔情。照片是演出那天在医院拍的，薇薇安的模样很清楚，吉米的样子也很清晰，他俩站得很近，吉米伸出手，想要扶住薇薇安的胳膊，他们相互凝视着对方。吉米记得这一刻，他就是在那时候发现了薇薇安身上的瘀青……他忽然意识到手里拿的是什么，"桃儿——"

"拍得很好，对吧？"她开心又骄傲地笑着，好像自己替他做了什么了不得的大事，希望吉米赶紧谢谢她一样。

吉米的声音比自己想象中大，"我们不是说好了不干这件事的吗？你说你错了，你说不该这样做。"

"我说的是你，吉米，我不应该让你去做这件事。"

吉米的目光回到照片上，然后又落到桃儿身上。他的目光就像一束无情的光，把漂亮花瓶上的裂痕照得清清楚楚。她的确没有撒谎，是吉米误会了。她从来没对孩子们，对演出，还有与薇薇安和好感兴趣，她只是觉得有机可乘而已。

"本来我——"她的脸色变了，"可你为什么那样看着我？我以为你会很高兴，你还是没改变心意，对吗？我这封信写得很棒，吉米，没有什么恶意，只有她自己会看到这张照——"

"不，"吉米清楚地听见自己的声音，"她不会看到这张照片的。"

"你怎么了？"

"我今天来就是要跟你说这件事。"他把照片塞回信封里，还给桃儿，"忘记这件事吧，桃儿，我们没必要这样做了。"

"你这话什么意思？"她狐疑起来。

吉米从口袋里拿出那本《彼得·潘》，从书里抽出支票，递给桃莉。她翻来覆去地看着，动作十分小心。

她激动得脸都红了："哪儿来的？"

"薇薇安给我的——给我们俩的。说是为了感谢我在医院帮忙，谢谢你把她的项链坠子还回去。"

"她是这样说的吗？"桃莉眼中泪光闪闪，那泪水不是悲伤而是解脱，"吉米，这可是一万英镑啊！"

"是的。"他点了一根烟，桃莉还在恍惚地看着支票。

"比我想向她要的数目多多了。"

"嗯。"

桃莉跳起来亲吻吉米，吉米心里什么感觉都没有，空落落的。

＊　＊　＊

那天下午，他在伦敦的街道上漫无目的地走了很长时间。桃儿把那本《彼得·潘》拿走了——他虽然不情愿，但桃儿不由分说地抢过去，求他让自己把这本书带回家，他实在找不到理由解释自己心里这份不情愿。支票还在他这里，像一块沉甸甸的石头一样揣在他衣兜里，陪他在满目疮痍的街头游荡。没带相机出来，他看不见战争中细微的诗意画面，目之所及，一切都那么可憎。他知道，自己绝不会花这张支票上的一分钱，如果桃儿要把这张支票花掉的话，自己再也不会见她。

回到家里的时候，他忍不住哭起来。滚烫的泪水夹杂着愤怒从脸上滑落，他用手掌擦去泪水，一切都错了，他不知道如何才能让事情回到原来的样子。父亲发现他情绪不好，问他是不是邻居家的孩子在学校欺负他了，要不要爸爸帮忙教训那些臭小子一顿？吉米渴望回到过去，但再也回不去了，他心里一阵悸动。他吻了吻父亲的额头，说自己一切都好。这时，他看见桌上有一封信，上面的字迹工整秀气，写着："吉米·梅特卡夫先生收"。

写信的人是一个叫凯蒂·埃利斯的女人，她写信来是为了跟吉米谈谈薇薇安·詹金斯夫人的事情。吉米读完信，心里燃起怒火、爱和决心。凯蒂·埃利斯理由坚决，想让吉米离开薇薇安，但吉米读完信却觉得自己必须去见她。最后，所有的谜团都解开，一切都清楚了。

* * *

　　桃莉·史密森写给薇薇安·詹金斯的信，还有信中的照片一起消失了。不过，桃莉现在不需要那封信，所以也没有去找，她根本没发现信不见了。但信的确消失了。她拿着支票跳起来亲吻吉米的时候，厚厚的衣袖扫过桌子，信封滑到桌边上，摇摇欲坠，终于还是跌落到沙发和墙壁之间的夹缝里去了。

　　餐厅的顾客根本看不到信封，它可能会一直待在那里，盖满尘土，被蟑螂啃噬。日复日，年复年，里面的姓名变成遥远的回音，信封也化为一捧尘土。但命运开了个玩笑，所以有了后来的事情。

　　那天晚上，桃莉躺在惠灵顿公寓狭窄的小床上，蜷成一团。她想象自己宣布离开公寓的消息时，怀特太太的脸上会是什么表情。这时，纳粹德国空军一架亨克尔111式战斗机在返回柏林的途中，从温暖的夜空里悄悄投下一枚定时炸弹。飞行员本来想炸掉马伯拱门，但太过疲劳，所以投弹的时候有了偏差，炸弹落在原来铁栏杆的位置——就在里昂街角餐厅前面。凌晨四点钟的时候，炸弹爆炸。桃莉太兴奋了，所以醒得很早。她坐在床上，端详着《彼得·潘》的封面，小心翼翼地把自己的名字——桃乐茜——写在薇薇安的赠语前面。薇薇安送这样的礼物给自己真贴心，桃莉觉得自己之前误会了她，为此感到非常难过。看到她和薇薇安的合影时，桃莉心中更加内疚了——这还是演出那天，吉米给她俩拍的。现在她们又是好朋友了，这真是件值得高兴的事情。炸弹把里昂街角餐厅夷为平地，隔壁的房子也有一半成了废墟。好在伤亡人数没有预想中那么多，39站的救护小组很快赶过来，从废墟中抢救幸存者。救护小组中有一个叫舒的好心人，她的丈夫在敦刻尔克大撤退中被吓得神志不清，她唯一的儿子在威尔士一个不知名的地方遇难。快下班的时候，她在废墟中发现了一件东西。

　　舒揉揉眼睛，打了个哈欠。她本想一走了之，却还是弯腰把那东西捡起来。是一封信，上面有地址也贴了邮票，但还没来得及寄出去。她没有看信的内容，但信封没有封口，一张照片掉落在她手中。黎明破晓，第一缕阳光照亮硝烟四起的伦敦，舒看得很清楚，照片上有一男一女。看得出来，这是一对情侣，小伙子凝视那个漂亮姑娘时的眼神昭示了一切。他的眼睛离不开她。姑娘笑着，小伙子虽然没笑，但他脸上的神色明明白白地告诉舒，他全心全意地爱着这个姑娘。

　　舒笑起来，想起她和唐原来四目相对的时候，心中有些难过。她把信封封上，放进自己的口袋里，然后钻进来接班的同事身旁那辆棕色戴勒姆小汽车里，和维拉一起回到站点。舒信奉乐观主义，信奉帮助别人，把这封情书送往该去的地方就是今天她做的第一件好事。步行回家的路上，她把信塞进邮箱。后来，在她漫长而幸福的余生当中，她有时也会想起那对情侣，期望他们一切都好。

29

2011年，格林埃克斯农场

天气热得像是在印度，热浪在田野上盘旋翻滚。整个上午，洛瑞尔都守在母亲的病榻边，梳妆台上的落地扇慢悠悠地转着。洛丝过来接班，洛瑞尔终于可以出去放风了。她本来想去小溪边走走，放松一下紧绷的双腿，但树屋却在这时映入眼帘。她决定顺着梯子爬上去看一看，五十年了，这还是她第一次去树屋。

谢天谢地，终于顺利爬到了树屋门口，但门比她记忆中矮小了许多，洛瑞尔只能弯腰爬进去。她盘腿坐在地板上，打量这间屋子。黛芙妮的镜子依旧摆在横梁边上，时光流逝，镜子背后的水银面已然斑驳，镜中洛瑞尔的身影也模模糊糊，仿佛水中的倒影。回到小时候待过的地方，在镜子中看见的却是自己老去的容颜，这感觉真奇怪。五十年了，唯一变了的只有自己。

洛瑞尔把镜子放回原来的地方。她从窗户往外看，一切都和那天一样。耳边似乎还能听见巴纳比的叫声，那只只有一只翅膀的母鸡依旧在尘土中转悠，夏天刺目的阳光洒在车道边的石头上。恍惚之间，洛瑞尔觉得自己若是扭过头去看看家里的房子，还能瞧见艾莉丝的呼啦圈随着风儿在架子上轻轻晃荡。但洛瑞尔没有回头。岁月是一架手风琴，逝去的时光是身体上的痛，就藏在它的褶皱当中。洛瑞尔把目光从窗外收回来。

洛瑞尔带了桃乐茜和薇薇安的照片，洛丝在《彼得·潘》里找到的那张，她从口袋里掏出来。还有那本从牛津大学回来以后一直随身带着的《彼得·潘》。这张照片似乎变成了她的一件法宝，能帮助解开她心中的谜团。天哪，她打心眼里希望，但愿这就是开启真相之门的钥匙。格里说，照片上的两个女人并不是朋友，可她们一定交过朋友，要不然这张照片该作何解释？

她仔细看着照片上的两个女人，想从中找出些线索。她们挽着胳膊，满脸笑容看着摄影师。这张照片是在哪儿拍的？应该是某个房间内，这一点很清楚。屋顶应该是斜的——莫非是一间阁楼？照片中只有她们两个人，但她们后面有个小小的黑影，可能是有人匆忙地从她们后面跑过。洛瑞尔凑近一些，如果不是拍摄角度有问题的话，那个黑影应该是个小人儿。难道是个孩子？有可能。但知道这一点也没什么用，到处都有小孩——战争时期的伦敦，小孩子也是遍地跑吗？伦敦大轰炸的前几年，废墟当中挖出了许多孩子的尸体。

洛瑞尔沮丧地叹了口气。没用的，不管怎么努力，还是像猜谜游戏一样，每个解释都似乎说得通，却怎么也找不出什么真正的线索导向照片拍摄环境。照片在书里夹着，一放就是好几十年——或许书里能有什么线索？书和照片，这两件东西难道是一起的？母亲和薇薇安曾一起演过戏剧吗？又或者，这不过是另一个该死的巧合？

她把注意力集中到桃乐茜身上。她举起照片，对着窗外洒进来的阳光，想看清上面每一个细节。洛瑞尔发现母亲的表情很不自然，她很紧张，脸上的笑容有些勉强。当然，也不是反感，她并不讨厌照相机后面的人。不过她脸上的开心有些表演的痕迹，那笑容不是出自纯粹的快乐，而是其他情感的驱使。

"嘿！"

洛瑞尔吓得跳起来，发出猫头鹰一样的惊叫声。格里站在树屋门口的梯子上哈哈大笑。"天哪，洛尔，"他乐不可支地摇摇头，"你真应该看看你现在的模样。"

"我知道，肯定很滑稽。"

"真的很有趣。"

洛瑞尔依旧惊魂未定。"小孩子才会觉得这样的把戏有趣。"她看着空荡荡的车道，"你是怎么过来的？我没听见汽车的声音。"

"我们最近在研究瞬间移动技术——嗯，就是把物体分解，然后再进行传送。目前进展不错，不过，我另一半脑子可能落在剑桥大学的实验室了。"

洛瑞尔假装耐心地笑了笑。看见弟弟回来，她心情很好，但这时候根本没心情开玩笑。

"你不相信？好吧！我先是搭公交车到村里，然后走路上来的。"他爬进树屋，坐在洛瑞尔身边，然后伸长脖子打量树屋每个角落。他的头发乱蓬蓬的，在小小的屋子里像个巨人一样。

"天哪，我有好久没上这儿来了，我喜欢你把它布置成这样。"

"格里。"

"当然，我也很喜欢你在伦敦的公寓，不过这个地方少了些浮华，对吗？更加自然。"

"你说完了吗？"洛瑞尔严厉地瞪着他。

他揉了揉下巴，假装出一副思考的模样，然后把前额凌乱的头发拨到脑后："应该说完了。"

"真是受不了你，现在能告诉我你在伦敦查到什么了吗？别怪我粗鲁，但我正试图解开咱们家里一个重要的谜团。"

"好吧，既然你都这样说了……"格里取下身上背着的绿色帆布挎包，修长的手指从里面翻出一个破破烂烂的笔记本——里面的纸张参差不齐地露在封皮外，上面和下面都贴着卷了边的便利贴，封皮上还有咖啡杯留下的圆形污渍。洛瑞尔心里顿时感到一阵沮丧，但她什么也没有说。格里弟弟拥有博士学位和一堆头衔，他既然知道做笔记，那希望他也能顺利找到自己写下的资料吧！

"我插一句，"格里翻看笔记本的时候，洛瑞尔假装欢快地说道，"那天你在电话里说的话究竟什么意思？"

"什么？"他继续在一堆纸张里翻找。

"你说桃乐茜和薇薇安不是朋友，她们几乎不认识对方。"

"是啊。"

"我——抱歉，但我不明白这怎么可能。你是不是弄错了？我的意思是——"她举起照片，上面的两个年轻女人胳膊挽着胳膊，冲镜头微笑着，"这个怎么解释？"

格里接过照片。"我的解释是——这两位女士都很年轻漂亮，现在的摄影技术比那时候进步多了，黑白照片看上去比彩色——"

"格里，我是认真的。"洛瑞尔警告他。

他把照片还给洛瑞尔："我的意思是，从这张照片中能够看出来，以前——七十年前——我们的母亲和另一个女人挽着胳膊，朝镜头微笑。"

枯燥的科学逻辑。洛瑞尔的脸抽搐着："那这个呢？"她拿起那本旧旧的《彼得·潘》，翻到扉页："上面写了东西，"她用手指着，"你看。"

格里把笔记本放在膝盖上，接过书。他念出那句话，"送给桃乐茜，真正的朋友是黑暗里的一束光。薇薇安。"

洛瑞尔知道，自己在推理方面比不上格里，但她心里还是浮起一股小小的胜利感。"这总解释不通了吧？"

格里从大拇指的指肚抚摸着下巴，盯着书页，皱起眉头。"嗯，这的确有点麻烦。"他把书拿得更近一些，然后凑到窗户前。洛瑞尔看见，弟弟脸上浮现出一丝笑意。

"怎么了？"她追问道，"你发现什么了？"

"你当然不会发现，你这种人在细节上向来马虎。"

"说重点，格里。"

他把书还给洛瑞尔："你仔细看看，我觉得这句赠语和上面的名字是用不同的笔写的。"

洛瑞尔走到窗户边，让阳光直接洒在古老的书页上。她扶了扶眼镜，仔细看着上面的题词。

她感觉自己快变成侦探了，真不明白之前怎么没发现。那句关于友谊的题词是用一支笔写的，上面的"送给桃乐茜"虽然也是用黑墨水写的，但显然出自另一支笔，字迹更加纤细。可能薇薇安写完"送给桃乐茜"之后，钢笔没墨水了，所以就换了另一支笔。不过，这种可能性太低了。

洛瑞尔有些沮丧，觉得自己的理由太过牵强。她继续端详，发现两种字体的风格也有轻微的不同。她的声音低沉而飞快，"你的意思是——是妈妈把自己的名字添在前面的？这样，这本书看上去就像是薇薇安送给她的礼物。"

"我没有任何意思，我只是说，上面的字迹出自两支不同的笔。不过，这种可能性很大——鲁弗斯医生留下的证据也证明了这一点。"

洛瑞尔合上书："鲁弗斯医生——格里，告诉我你发现什么了？"她挥了挥手，"妈妈的强迫症，他究竟怎么说的？"

"首先，她并不是强迫症，只是普通的执念而已。"

"有什么区别吗？"

"怎么说呢？强迫症是一个临床概念，执念只是人的性格特征而已。鲁弗斯医生觉得，母亲的执念比较重——我一会儿跟你详细解释——但她从未正式成为他的病人。母亲还是个小孩的时候鲁弗斯医生就认识她了，他的女儿和妈妈一起在考文垂长大，两人是朋友。从我搜集到的资料来看，医生很喜欢妈妈，他对她的生活很感兴趣。"

洛瑞尔看了看手中的照片，那时候的妈妈年轻又美貌："谁会不喜欢她呢？"

"他们定期会在一起吃午餐，而且——"

"——而且他刚好记下了母亲和他的谈话？他是母亲的朋友？"

"是的，这正好方便了我们。"

洛瑞尔不得不认输。

格里合上笔记本，看着上面冒出来的便利贴。"根据莱昂纳尔·鲁弗斯医生的记载，母亲一直是个外向开朗的姑娘，人很风趣，充满想象——这刚好符合我们对母亲的印象。她出身生平凡，却渴望浮华的生活。鲁弗斯医生是在研究自恋症的时候对母亲产生兴趣的。"

"自恋症?"

"对,尤其是以想象作为自己的防御机制。他发现,青少年时期妈妈的言行刚好符合自恋症的特征。表面上看来,她只是非常自恋而已,她需要别人的仰慕,觉得自己独一无二,希望有朝一日能取得成功,得到万众瞩目——"

"谁小时候不是这样?"

"准确地说,自恋症有一个度。有些特征非常常见,也是正常的——有些人利用自身这一特点,成为社会上广受欢迎的人。"

"比如说……?"

"呃——这不好说,比如演员……"他露出一个皱巴巴的笑容,"我是认真的,自恋并不是卡拉瓦乔说的那样,整天对着镜子显摆。"

"如果这样就算自恋的话,黛芙妮早就不可救药了。"

"但有自恋倾向的人容易受到不切实际的念头和幻想的影响。"

"比如想象自己仰慕的人和自己之间有深厚的友情?"

"就是这样。多数时候,这种想象都没有害处,而且会随着时间的流逝逐渐淡去,他们幻想的对象对此一无所知。但有时候,如果病人不得不面对现实,发现那只是自己的想象,而不是真实的存在——打个比方,就像镜子被打碎了一样——他们会觉得非常受伤。"

"然后就会伺机报复?"

"对,虽然在他们看来,这是正义的审判而绝非复仇。"

洛瑞尔点燃一支烟。

"鲁弗斯医生的笔记没有说清楚细节，但1940年初，妈妈大概十九岁左右的时候，她有两个主要的幻想，第一个关于她的雇主。她坚信，那位年迈的贵妇人把她视为亲生女儿，要把那栋价值不菲的祖屋赠送给她。"

"但老人并没有，对吧？"

格里点点头，耐心听洛瑞尔说完。"肯定没有，你继续说吧……"

"第二次是她想象自己和薇薇安是好朋友。她们只是点头之交，根本没有妈妈幻想中那样亲密无间。"

"后来，母亲的幻想被打破了？"

格里点点头。"我没找到具体的细节，但鲁弗斯医生的笔记中说，妈妈受到薇薇安·詹金斯的羞辱，具体情况不得而知。但据我的推测，应该是薇薇安公开否认自己认识妈妈。她觉得非常伤心，非常尴尬，同时也很愤怒。医生说，一个月之后，他得知桃乐茜想出了一个计划，要让一切'回归正轨'。"

"是妈妈告诉他的吗？"

"应该不是……"格里翻看着便利贴，"他没说自己究竟怎么知道的，但我从他字里行间中看出来，这消息应该不是妈妈告诉他的。"

洛瑞尔的嘴角抽搐了一下，陷入思考当中，"回归正轨"这句话让她想起跟基蒂·巴克尔的那次见面。巴克尔回忆说，那天晚上，她和妈妈一起出去跳舞，桃莉疯狂的举止，她一直念叨的"计划"，和她一起的朋友——那个跟她在考文垂一起长大的女孩。洛瑞尔抽着烟，陷入了沉思。那人应该就是鲁弗斯医生的女儿，肯定是她把听见的一切告诉了她的父亲。

洛瑞尔替母亲感到难过——一个朋友说自己根本不认识她，另一个朋友也出卖了她。她想起自己年少时绵绵不断的白日梦和奇幻想象，成为演员之后她终于松了一口气，把这些梦想灌输在艺术表演当中，但桃乐茜却没有这样的机会……

"然后发生什么了，格里？"她问道，"妈妈摆脱了那些幻想，继续生活？""摆脱"这个词让洛瑞尔想起妈妈以前给她讲的鳄鱼的故事，鳄鱼的蜕变其实指的就是她自己的变化，对吗？她从基蒂·巴克尔在伦敦认识的那个年轻姑娘桃莉，变成了格林埃克斯农场的桃乐茜·尼克森。

"是的。"

"真的吗？"

他耸耸肩："当然是真的，事情已经发生了，妈妈就是证人。"

洛瑞尔不置可否地摇摇头。"科学家一向迷信所谓的证据。"

"当然了，证据之所以被称为证据就是这个原因。"

"可是，格里，怎么才能……"洛瑞尔想知道的不止这些，"她是怎么摆脱这些……毛病的？"

"参考莱昂纳尔·鲁弗斯医生的理论来说，虽然有的人会发展成全面的人格障碍，但也有许多人长大成年之后，会慢慢摆脱青少年时期的自恋特征。妈妈就属于这种情况。医生说，造成改变的主要是重大的不幸事件——比如说震惊、失去或者悲痛。自恋型人格的个人生活，会治愈他们。"

"你的意思是，让他们重新回到现实当中？目光转向外面的世界而不是他们自己的想象？"

"对，是这个意思。"

这和他们那天晚上在剑桥大学的设想不谋而合——母亲卷入了一件可怕的事情，她因此实现了人生的蜕变。

格里说："我觉得，这个过程和我们大多数人一样——我们逐渐成长，根据生活的境况而发生改变。"

洛瑞尔点点头，闷不作声地抽完手里的香烟。格里把笔记本收拾好。目前看来，他们已经走入了绝境当中，但洛瑞尔忽然想起一件事。"鲁弗斯医生说，幻想其实是一种防御机制，那妈妈究竟是在防御什么，格里？"

"许多事。但鲁弗斯医生认为，那些在家里格格不入的孩子——那些和父母不亲近，觉得自己非常独特非常不一般的孩子——他们很容易陷入自恋情绪当中，以此自我保护。"

洛瑞尔想起来，母亲从来不愿细说自己在考文垂的过往，不愿提及自己的家人。她一直以为，母亲这样是因为不愿提及失去家人的悲伤。现在，她不禁怀疑，母亲的沉默是不是因为别的事情。"我年轻的时候惹了很多麻烦。"洛瑞尔犯错的时候母亲以前经常对她说这句话。"我总觉得自己和爸妈不一样——他们不清楚我该成为什么样的人。"难道年轻时的桃乐茜·史密森在家的时候一直不开心？她觉得自己跟家人不一样，孤独让她产生了巨大的幻想，她用这种近乎绝望的方式填满内心的空虚？如果某天，她的幻想世界轰然坍塌，不得不面对现实，最后终于获得人生的第二次机会，甩掉过往重新开始。这次，她有机会成为自己一直想成为的那种人，拥有一个对她充满崇拜的家庭？

多年以后，亨利·詹金斯沿着车道走到家门前的时候，她肯定非常震惊。她觉得他是扼杀自己美梦的元凶，他来了，那段不堪回首的往事也随之而来，与现在的生活来一场噩梦般的相遇。或许，正是震惊促使她举起匕首。她既震惊，又害怕会失去现在这个由她一手创立的家庭，她爱这个家。这个说法，虽然没能让洛瑞尔为当年自己目睹的事安心，但的确有助于查清当年的事。

但那个改变了母亲一生的悲剧究竟是什么？洛瑞尔敢用性命打赌，这件事肯定和薇薇安还有妈妈的计划有关。但究竟是怎么回事？怎么才能找出更多的真相？她还能去哪儿查探？

洛瑞尔想起阁楼上落了锁的储物箱，那本戏剧和照片就是在里面找到的。除了那件破旧的白色皮草大衣之外，剩下的东西很少，只有一个木刻的庞齐雕像，还有那张致谢卡。皮草大衣也是故事的一部分——妈妈离开伦敦的时候肯定是靠1941年的那张车票。但雕像究竟是什么含义就不得而知了……她想起装着致谢卡的信封，上面贴着女王加冕的纪念邮票。不知为何，这张卡片总让洛瑞尔有种似曾相识的感觉，她这时忽然想再看看那张卡片，不知能否找出更多的线索。

* * *

晚上，白天的热气慢慢散去，夜幕低垂。妹妹们都在翻看相册，洛瑞尔悄悄爬上阁楼。她从母亲床边的抽屉里取来钥匙，心里没有任何愧疚不安——这或许是因为她知道，箱子里的东西可能会拔掉她心中由来已久的一根刺吧！此刻，她的道德罗盘早已失灵。她干脆利落地打开箱子，找到自己想要的东西，然后匆匆走下阁楼，没有丝毫犹豫。

洛瑞尔把钥匙放回原处的时候，桃乐茜还在沉睡当中。被子盖得高高的，她的头靠在枕头上，脸上毫无血色。护士一个小时前刚来过。洛瑞尔帮妈妈擦洗身子，她用毛巾擦拭妈妈的胳膊时，心中不禁想起，就是这两条胳膊把自己抚养长大的。她握着母亲苍老的手，想起小时候手掌蜷在母亲掌心里的安全感。此刻，就连这时节反常的燥热和顺着烟囱涌进来的热气，都让洛瑞尔不可抑制地觉得伤感。她脑子里响起一个声音——这没什么好奇怪的，你的母亲即将离开这个世界，你当然会觉得伤感。洛瑞尔不喜欢这个声音，她甩甩头，把它轰走。

洛丝从门缝中探头进来，轻声说道："黛芙妮刚才打电话来，她乘坐的飞机明天中午到希斯罗机场。"

洛瑞尔点点头。太好了，护士离开的时候说，是时候把所有的家人都叫回来了。洛瑞尔很喜欢她柔柔的嗓音。"她剩下的时间不多了，漫长的旅程快要结束了。"母亲的一生的确漫长——在洛瑞尔出生之前，桃乐茜过着另一种截然不同的生活，洛瑞尔到现在才有机会一瞥其状。

"需要什么东西吗？"洛丝歪着头问道，银色的鬈发洒落在一边肩膀上，"想喝茶吗？"

洛瑞尔说道："不用了，谢谢。"洛丝转身离开。楼下的厨房里传来一阵响动，有水壶的嗡嗡声，有茶杯摆在凳子上的声音，还有刀叉在抽屉里碰撞发出的叮当声。这是属于家的吵闹声，让人觉得欣慰。洛瑞尔真高兴，母亲能从医院搬回家，再次听见这温馨的喧哗。她坐到床边的椅子上，用手背轻抚桃乐茜的脸颊。

看着母亲的胸腔轻轻地一起一伏，洛瑞尔心里觉得宽慰了许多。她不知道梦中的母亲能不能听见周围发生的事情。她是不是在想，我的孩子们都回来了，他们长大成人，幸福快乐，身边有爱人陪伴。洛瑞尔猜不到母亲的想法。近来，母亲睡得安宁了许多。自那天晚上之后，她再也没有被噩梦惊扰。尽管她清醒的时间很少，但有时候莫名其妙就醒过来了。她似乎已经摆脱了内心的不安——洛瑞尔觉得，应该是内疚——过去几个星期当中，内疚让母亲寝不安枕，此刻，她已经离开了被悔恨掌握的世界。

洛瑞尔替母亲感到高兴。不管过去发生了什么，向来慈爱善良（也可能是悔恨）的母亲临终之时不能被悔恨的情绪吞没，她不忍心看到那样的事情发生。其实，洛瑞尔还想知道更多事情，她想在妈妈去世前跟她谈一谈。谈谈1961年夏季那天发生的事情，改变她一生的那场悲剧。到现在这个节骨眼儿上，直接问出自己想问的问题是唯一的办法。等你长大了再问我吧！小时候，洛瑞尔追问母亲是怎么从鳄鱼变成人的时候，母亲这样回答。洛瑞尔内心其实是想以这样的方式安慰母亲，从心底原谅她——她一直渴望被安慰被原谅，不是吗？

"妈，跟我讲讲你的朋友吧！"洛瑞尔对昏暗寂静的房间说道。

桃乐茜的身子微微颤抖，洛瑞尔提高声音又说了一遍。"跟我讲讲薇薇安。"

她并没有期待母亲会醒过来回答她的问题，护士离开的时候给她打了吗啡止痛，房间里只有自己的声音在回荡。洛瑞尔靠在椅背上，从信封里取出那张旧卡片。

上面还是那句"谢谢你"。一字不多，一字不少。洛瑞尔没法推测出寄信人的身份，没法解开心中的谜团。

洛瑞尔翻来覆去地看着卡片，不知道是不是缺乏其他的线索，自己才如此重视这张卡片。她把卡片放回信封里，这时，上面的邮票忽然吸引了她的目光。

她心里又涌起那种似曾相识的感觉。

之前，她一直没想到邮票上会藏着线索。

洛瑞尔把信封拿近一些，看着女王年轻时的脸庞，身上的长袍……真难相信，时间已经过去了六十年。她心事重重地摇晃着信封，或许，她对卡片的重视并不是因为它和母亲身上的谜团有关系，而是因为女王即位那年，洛瑞尔还是个八岁的孩子，这件盛事在她心中留下了难以磨灭的印象。她还记得那时候，爸爸妈妈从别人那儿借了一台电视机，和孩子们一起观看这场盛事，大家聚在一起——

"洛瑞尔？"母亲苍老的声音虚弱得像一缕青烟。

洛瑞尔把卡片放到一边，手肘靠在床垫上，握住母亲的手。"我在这里，妈。"

桃乐茜脸上露出虚弱的笑容，她眼神呆滞地看着自己的大女儿。"你在这里，"她重复道，"我好像听见……听见你说……"

等你长大了再问我吧！洛瑞尔觉得自己面前是一处深渊。她一直相信人生会面临一些至关重要的抉择关口，这时候显然就是这样。"我想跟你谈谈你的一位朋友，妈，"她说道，"战争时候，你在伦敦的朋友。"

"吉米。"母亲飞快地说出这个名字，脸上出现惊慌和失落的表情，"他……我没有……"

母亲脸上满是痛楚，洛瑞尔赶紧安慰她："不是吉米，妈，是薇薇安——"

桃乐茜一言不发，洛瑞尔看见她的下巴在颤抖。

"求你了，妈妈。"

桃乐茜或许发现了大女儿声音中的绝望感，她长叹一声，声音里满是被岁月尘封的悲痛，她的眼皮颤抖着。"薇薇安……她很脆弱，她是个受害者。"

洛瑞尔觉得自己后颈上每根汗毛都竖了起来。薇薇安是受害者，是桃乐茜计划的受害者——母亲这话听上去像是在忏悔。"薇薇安怎么了，妈妈？"

"亨利是个禽兽……"

"你是说亨利·詹金斯吗？"

"他太残忍了……他打她……"桃乐茜苍老的手握住洛瑞尔的手，粗糙的手指不停地颤抖。

洛瑞尔心中明白过来，脸颊变得滚烫。她想起自己读完凯蒂·埃利斯日记后的疑问，薇薇安并不是体弱，也不是不能生育——她嫁给了一个暴力成瘾的男人，一个文质彬彬的野蛮人，关上门虐待自己的妻子，打开门对外界又是满脸微笑。他把薇薇安打得几天起不了床，自己则守在一旁监视……

"这是个秘密，没有人知道……"

母亲这话并不确切，至少，凯蒂·埃利斯知道事情的真相。她曾婉转地提到薇薇安的身体状况，她非常担心薇薇安与吉米之间的友情，她还写信告诉吉米，他必须离开薇薇安的原因。凯蒂不希望薇薇安有任何引起丈夫怒火的举动，这就是她建议自己的年轻朋友离开托马林医生的医院背后的原因吗？亨利得知自己的妻子爱上了别的男人，肯定嫉妒得发疯吧？

"亨利……我当时很害怕……"

桃乐茜脸色苍白。凯蒂和薇薇安是无话不谈的挚友，所以才知道这桩美满婚姻背后的肮脏秘密。但妈妈是如何知道的？难道她也是亨利暴力的受害者？所以她和吉米的计划才出了岔子？

洛瑞尔心里忽然跳出一个可怕的念头——是亨利杀死了吉米。他察觉了吉米和薇薇安之间的友谊，所以杀死他，所以妈妈最后没能嫁给自己心爱的男人——这个念头的出现就像推翻了多米诺骨牌——所以母亲知道亨利是个暴力成性的人，所以她才感到害怕。

"所以，"洛瑞尔赶紧问道，"你杀了亨利给吉米报仇。"

母亲的声音低得像飞蛾飞进窗户，奔向灯光时翅膀的震颤一样，但洛瑞尔还是听见了"是的"。

这个字落在洛瑞尔耳中仿若天籁，简简单单的一个字解答了困扰她一生的疑团。

"他出现在格林埃克斯的时候你很害怕，你怕他伤害你，因为你的计划出了岔子，薇薇安也死了。"

"是的。"

"你害怕他会伤害格里。"

"他说……"母亲睁开眼，紧紧抓住洛瑞尔的手，"他说要毁掉所有我爱的东西……"

"天哪，妈妈。"

"就像……就像我对他做的那样。"

母亲筋疲力尽地松开手，洛瑞尔的泪水几乎快要落下来，突如其来的解脱让她无法控制自己的情绪。经过几个星期的探寻，几十年的怀疑纠结，一切终于明朗。她看见的那一幕，那个戴着黑帽子的男人走在车道上时她心里的恐惧，还有之后困扰她的谜团，一切都有了答案。

1961年，亨利·詹金斯来到格林埃克斯农场，他是个殴打自己妻子的暴徒，他杀死桃乐茜的爱人，之后还花了二十年时间寻找桃乐茜的踪迹。找到她之后，他威胁要毁掉她深爱的家。

"洛瑞尔……"

"我在呢，妈妈。"

桃乐茜什么也没有说，她的嘴唇无声地翕动着，探寻心里早已蒙尘的角落，想抓住那些永远也抓不住的东西。

"没事了，妈妈。"洛瑞尔抚摸着母亲的额头，"一切都尘埃落定了，一切都好了。"

洛瑞尔替母亲盖好被子，然后站起身来，端详母亲安详的脸。一直以来，她都渴望知道，她幸福的家庭，她整个童年，还有父亲母亲相互凝视时充满爱意的目光都不是假象。现在，她终于知道了。

她的胸膛因炽烈的爱意、惊惧，还有姗姗来迟的解脱而感到疼痛。"我爱你，妈妈。"她凑近桃乐茜耳边，轻声说道，她觉得自己的寻找终于结束了，"我原谅你了。"

厨房里传来艾莉丝越发开心的声音，洛瑞尔心里也痒痒起来，想加入弟弟和妹妹们。她轻轻替母亲盖好被子，在她的额头上印上一个吻。

那张致谢卡静静躺在她身后的椅子上，洛瑞尔拿起来，想把它放到自己的卧室里。她的心早已飞到楼下，品尝热茶去了。所以她也说不清为什么自己会注意到信封上小小的黑色邮戳。

但她的确注意到了。她本来已经要抬腿离开妈妈的房间，却还是停下来。她凑到明亮的灯光下，戴上眼镜，把信封拿得更近些。然后，她脸上慢慢绽开一个讶异的微笑。

之前，她的注意力一直集中在邮票上面，差点忽略了其中真正的线索。那个邮戳历经了几十年的岁月沧桑，难以辨认，但上面的时期依旧清楚：1953年6月3日。邮寄地址是伦敦肯辛顿。

洛瑞尔看了一眼熟睡的母亲。战争期间，母亲就住在肯辛顿坎普顿丛林的一栋大宅里。但谁会在十年之后给她寄来一张致谢卡呢？这其中究竟有何缘由？

30

1941年5月23日，伦敦

薇薇安焦灼的目光在手表和咖啡馆大门之间来回打量，最终转向外面的街道。吉米约她两点钟见面，但现在马上两点半了，还是不见他的踪影。可能是工作上有事耽搁了，也可能是他父亲那儿有什么事，但薇薇安觉得这两种可能性都很低。吉米的消息来得很急——他说自己必须见她——而且，他传递消息的方式也非常神秘。薇薇安觉得他不会迟到的。她咬着下唇，又低头看了看手表。她的目光移向桌上那杯满满的茶水，那还是十五分钟前倒上的，碟子的边缘有细小的缺口，勺子里的茶叶已经干了。她扫了一眼窗外的街道，虽然没有认识的人，但她还是压低了帽檐，遮住自己的脸。

吉米的消息让她吃了一惊，这种感觉既奇妙，又让她的心害怕得怦怦直跳。给吉米支票的时候，薇薇安真的以为，他们再也不会见面了。这不是欲擒故纵的小把戏，就算薇薇安不在意自己的性命，她也重视吉米的安危。对吉米和桃乐茜计划勒索她这件事，她的关注点完全集中在另一个方面。听完鲁弗斯医生的故事，她意识到这件事可能会引发严重的后果——他们三个人都可

476

能面临灾难——亨利要是知道自己和吉米之间的友情，自己在托马林医生的医院里的工作，那就大事不妙了。给他们一笔钱，让他们远远地离开，这似乎是唯一的办法，也是最完美的结局。桃莉可以得到梦寐以求的金钱，但对吉米这样的血性男儿来说，这无疑是一种侮辱。他是个爱惜羽毛的好男人，所以这个办法绝对能让他离开，永远和自己保持距离，如此他才能平平安安。她任由吉米和自己的关系逐渐升温，现在看来的确太鲁莽了，她早该意识到这一点。薇薇安把整件事都归罪于自己。

其实，送支票给吉米也让薇薇安得到了她在这世界上最想要的东西。即便此刻只是想起，她脸上都忍不住泛起笑意。她对吉米的爱是无私的，这不是因为她本性善良，而是因为她不得不如此。亨利不会允许他们之间有任何瓜葛，所以她给吉米的爱就是让他拥有最好的生活，即便薇薇安自己并非这生活的一部分。吉米和桃莉现在自由了，他们可以做吉米梦想中的一切——离开伦敦，结婚，从此过着幸福的生活。亨利向来看重金钱，她把钱这样漫不经心地花出去是对他的重大打击，也是她唯一的反抗方式。他肯定会发现这笔不明不白的支出。虽然外婆留下来的遗产只属于薇薇安一个人，但她对金钱和它能买到的东西并没有多大兴趣。不论亨利要多少钱，她都会大笔一挥，签上自己的名字，但她自己想要的东西却很少很少。亨利是个很固执的人，他想知道薇薇安每一笔支出的数目和去处。这次，她会为送给吉米的支票付出惨痛的代价，就像上次给托马林医生的医院捐款之后一样。但这一切都值得。是的，想到亨利为之发狂的金钱被用在了别处她就觉得很开心。

但这并不意味着与吉米告别是一件愉快的事情。事实上，这是薇薇安经历过的最痛楚的事。现在，马上就要见到他，想象他走进这扇门，黑色的发丝散落眼前，嘴角带着神秘的微笑，薇薇安心里充满了愉悦。她忽然意识到，自己其实根本没办法忍受与吉米离别的痛楚。

咖啡馆的女招待来到桌边，问她要不要来点儿吃的。薇薇安抬起头，告诉她不用了。她忽然想起来，吉米可能已经来过又走了，他们俩有可能擦肩而过。这几天，亨利一直神经分分的，想要从家里出来不是件容易的事情。薇薇安询问女招待的时候，她却摇了摇头，"我知道你说的那个小伙子，他背着相机，很英俊。"薇薇安点点头。"但他好几天都没来了，对不起。"

女招待转身离开，薇薇安转过头，望向窗外，来来回回地用目光在街上寻找，看其中有没有吉米或监视自己行踪的人。刚接到鲁弗斯医生电话的时候，她的确非常震惊，但设身处地地站在吉米的角度想过之后，薇薇安居然能够理解他和桃莉的所作所为——桃莉以为自己遭到朋友的背叛，伤心自然难免。她想复仇，想以新面目开始新的生活，这一切都无可厚非。薇薇安知道，有些人会觉得这样的阴谋难以接受，但她不会。她觉得这没什么奇怪的——只要最后侥幸逃脱，他们是愿意冒这样的险的。桃莉失去了所有的亲人，孤身一人漂泊在伦敦，她更做得出这样的事情。

鲁弗斯医生的故事之所以像一把利刃一样刺痛她，是因为吉米在这场阴谋中扮演的角色。薇薇安不愿意相信，他们在一起的所有时光都是虚情假意。她知道不是。不管那天吉米在街头撞见她究竟是出于什么目的，他们之间的感觉是真实的。她把这份感情珍藏于心，她的内心从不会欺骗她。在食堂见面的那天晚上，她看见妮拉的照片并为之赞叹的时候，吉米抬起头来，他们的目光遇到一起。从那时候起，薇薇安就明白了。她还知道，吉米也有同样的感觉，因为他的目光并没有躲闪。桃莉想要的就是一张支票，她给吉米的那张上面的数额比她想要的多得多，但吉米并没有转身就走，他不让薇薇安离开。

吉米约她见面的消息是托一个薇薇安并不认识的女人送来的。那女人个头小小的，手里拿个罐头盒子，希望人们给士兵医院基金会捐款。她敲开坎普顿丛林25号的大门时，薇薇安正要掏出钱包。女人摇摇头，小声说道，吉米想见她，周五下午两点钟在火车站的咖啡馆见。说完，女人转身离开。薇薇安心里有微茫的希望在闪烁摇曳，她不知道如何扑灭这希望之火。

但现在已经快三点了，薇薇安看了看手表，吉米还是没有出现。过去半个小时，薇薇安一直望眼欲穿。

亨利一个小时之后就会回家，她必须在他回来之前做好一切。薇薇安站起身来，把椅子推回桌子下面。此刻，她内心的失望比上次和吉米分开时加深了一百倍。但她不能再等了，她一直躲在安全的壁垒后面。薇薇安结了账，最后看了这家咖啡馆一眼，然后压低帽檐，匆匆赶回坎普顿丛林。

* * *

"你出去散步了，是吗？"

薇薇安僵直身体站在门厅当中。她回头一看，通向客厅的门开着。亨利坐在扶手椅上，跷着二郎腿，黑色的皮鞋闪闪发光，面前堆着厚厚一沓工作文件。

"我……"她一时不知如何是好。亨利提前回来了。薇薇安应该在他回家的时候等在门边，给他递上一杯威士忌，问他今天过得如何。"天气很好，我忍不住想出去走走。"

"去公园了吗？"

"是的。"她笑了笑，努力安抚内心怦怦直跳的小兔，"郁金香都开了。"

"是吗？"

"嗯。"

他拿起一份文件，遮住自己的脸。薇薇安终于松了一口气，她在门厅站了一会儿，想确定亨利没有起疑。她小心翼翼地取下帽子，慢慢放在搁架上，然后取下围巾，放慢步子离开。

"出门有没有遇到朋友？"薇薇安刚踏上第一级楼梯，亨利就开口问道。

薇薇安动作迟缓地转过身，亨利随意地靠在客厅的门框上，用手摸着自己的胡须。他喝酒了，他随意轻松的举止让薇薇安的心坠入了恐惧的深渊。她知道，别的女人可能会觉得亨利非常有魅力，他阴郁的表情和嘴角的冷笑，还有毫不遮掩的目光都让女人心醉。但薇薇安并不这样认为。从他们相遇的那天晚上开始，她就不喜欢亨利。那天晚上，她以为诺德斯特姆中学的湖边只有自己一人，抬头却看见他倚在池塘边的屋墙上，一边抽烟一边紧盯着自己。他的目光充满贪婪和色欲，但还有其他内容。薇薇安忍不住起了一身鸡皮疙瘩。此刻，她又在他的目光中看到了那种让她不寒而栗的东西。

"你怎么会这么问，亨利？没有。"她假装轻松地回答道，"当然没有，你知道的，食堂的工作很忙，我哪儿有时间见朋友。"

房子里很安静，楼下没有厨师揉面团准备晚餐要吃的酥油点心，也没有女佣拽着吸尘器满屋走的声音。薇薇安很想念萨拉。那天下午，薇薇安撞见她和亨利在房间里亲热的时候，那个可怜的女孩放声大哭，既尴尬又觉得羞辱。薇薇安的突然出现搅了亨利的好事，他觉得自己的尊严受到伤害，因此勃然大怒。他把柔顺的萨拉扫地出门，却把突然出现的薇薇安留在家里，以此作为对这两个女人的惩罚。

所以，这栋大房子里如今只有她和亨利两个人。亨利·詹金斯还有薇薇安·詹金斯，他们是一对夫妇。舅舅在他烟雾缭绕的书房里跟亨利谈过一番之后，对薇薇安说，亨利是他最聪明的学生之一。他是个杰出的绅士，他对薇薇安感兴趣是薇薇安的福气。

"我想上楼躺一会儿。"短暂又漫长的停顿之后，薇薇安开口说道。

"亲爱的，你累了吗？"

"是的。"薇薇安努力挤出一个微笑，"还不是空袭搞的，我想，整座伦敦城都累了吧！"

"你说得对。"他皮笑肉不笑地走到薇薇安身边，"我觉得可能是这样的吧！"

* * *

亨利最开始的一拳砸向了薇薇安的左耳，她耳边立马传来一阵嗡鸣，然后什么都听不见了。她的脸撞在门厅的墙上，随后整个人都摔在了地板上。亨利骑在她身上，拽着她的衣裙使劲摇晃。他殴打薇薇安的时候，英俊的脸庞因为愤怒而扭曲。他大声吼骂着，口水喷溅出来，洒在薇薇安的脸上、脖子上。亨利一遍又一遍地说道，薇薇安是他的，永远都是，他绝不会让别的男人染指她，他宁愿让她死也不会让她离开自己。他眼里闪着凶恶的光。

薇薇安闭上眼，她知道，这样会让亨利更加疯狂。果不其然，他更用力地晃着她的身体，掐着她的脖子，在她耳边使劲叫嚷。

薇薇安在心里寻找那条小溪，寻找溪水里的闪光……

面对亨利的暴行，她即便已经握紧拳头，也从未还手。很久以前就被她收藏起来的那个薇薇安·隆美尔在亨利的殴打中得到解脱。舅舅或许在他的书房里和亨利达成了一笔交易，但薇薇安如此逆来顺受，却有着自己的原因。凯蒂一直劝她改变心意，但她一直冥顽不灵。这是她该受的惩罚，她知道，自己罪有应得。若不是管不住自己的拳头跟人打架，她也不会被爸爸惩罚，不会被独自留在家里。家人也不会在参加完野餐之后匆匆往回赶，也就不会出事。

此刻，她心如止水。她顺着秘密隧道往水下越潜越深，而她结实有力的胳膊和腿穿过无尽的水，带她回家……

薇薇安不在乎被惩罚，她只想知道，惩罚什么时候才会结束，亨利什么时候才不会折磨自己。薇薇安相信，终有一天，这一切都会结束。她屏住呼吸，等待着，期盼着，那终将到来的解脱。每次昏死过去，又醒过来，发现自己还在坎普顿丛林的豪宅里，薇薇安心里的绝望就更深一分。

溪水变得温暖，她就要到家了。远方是一缕细碎的闪光，薇薇安朝着光亮游过去……

接下来会发生什么呢？亨利会杀了自己吗？她知道，亨利有这个本事。他或许会让自己的死看上去像一个意外——不幸坠楼，或者在空袭中遇难。人们会摇头惋惜，说她在错误的时间出现在错误的地点。亨利会被人们当作坚贞的典范，扮演悲痛欲绝的丈夫。他可能会写一本书，编造一个他想象中的薇薇安，就像那本《不情愿的缪斯》一样，把她写成一个驯服得令人厌恶的女人，崇拜自己的作家丈夫，整天就想着漂亮衣服和派对。薇薇安差点没认出来，书中这个肤浅美貌的女人竟然就是自己。

那些光变得更加明亮，距离越来越近，薇薇安看得真真切切。她望向光的背后，想追寻光亮后面的东西……

房间颠倒着出现在她眼中，亨利终于结束了自己的暴行。他抱起薇薇安，薇薇安觉得自己的身子像个破布娃娃一样往下一沉，手脚都被亨利搂着。她应该自己站起来，捡起石头砖块等沉甸甸的东西，放进衣兜里，然后一步一步，走进蛇形湖，去找那些闪烁的光芒。

亨利疯狂地吻着她的脸，他呼吸急促，薇薇安闻见了头油、酒精，还有汗水的味道。"没事了，"他念叨着，"我爱你，你知道我很爱你，但你太让我生气了——你不应该让我生气。"

细碎的光亮，如此密集，皮蓬就站在光那边。他转身看着薇薇安——他竟然能看见薇薇安，这还是第一次……

亨利抱着薇薇安走上楼梯，像一个恐怖的新郎抱着自己的新娘。他轻轻把薇薇安放在床上，薇薇安觉得自己不用他帮忙。此刻，她心里变得十分明朗——她，薇薇安，是她最后能从亨利身边带走的东西。他替她脱掉鞋子，整理好头发，让发丝均匀地垂在两边肩膀上。"你的脸，"他悲伤地说道，"你的脸真美。"他抬起薇薇安的手背印上一个吻，然后又温柔地放下。"好好休息吧！"他说道，"醒来的时候就好了。"他把嘴唇凑到她耳边。"不用担心吉米·梅特卡夫，我已经把他处理好了——他死了，静静地躺在泰晤士河下面等着变成一堆烂肉，他不会再来打搅我们了。"他沉重的脚步声离开房间，房门关上，锁孔里传来钥匙转动的声音。

皮蓬举起手，像是打招呼，又像是在召唤她，薇薇安朝他游过去……

* * *

一个小时之后，薇薇安在坎普顿丛林25号的卧室里醒过来。午后的阳光穿过窗户，洒在她脸上，薇薇安赶紧把眼睛闭上。太阳穴、眼窝，还有后颈都突突地疼。整个身体就像熟透的李子，从高处掉在了地面上。她像块木头一样直挺挺地躺着，努力回想刚才发生的一切，不知道自己的身体为何如此疼痛。

刚才发生的事情如潮水般一波接一波出现在眼前，亨利的暴行和她想象中得到的救赎混杂在一起涌上心头。后者更让她难过——那笼罩在阴暗当中的幸福，永恒的渴望，比单纯的回忆更加狂热有力。

薇薇安试着活动身体各个关节，看自己伤得如何。她微微蹙起眉头。每次挨打后都是这样，亨利希望自己回家的时候薇薇安"好好的"，他不喜欢薇薇安花太长的时间恢复。腿似乎没有受伤，太好了，跛着腿总让人觉得难堪。胳膊上虽然有瘀青，但好在没有骨折。下巴一直很痛，耳边依旧萦绕着嗡嗡声，一边脸颊跟被火烧了似的刺痛难忍。看来今天的情况有些特殊——亨利一般不会打她的脸，他很小心，只狠狠揍衣领以下的部位。她是他的荣光，只有她才能彰显他的特别。他不喜欢看见她身上的伤痕，这会让他想起薇薇安把他惹怒的事情，想起她有多让人失望。他喜欢她把伤痕遮掩在衣服下面，只有她一个人能看见，这样才能提醒她自己有多爱她——如果他不在乎一个人，绝不会动手打她。

薇薇安把亨利从脑海里撵出去，似乎有别的东西想要浮现出来，一件重要的事情。她听见它像蚊子一样在夜的死寂里孤独嗡鸣，它愈来愈近，但薇薇安却抓不住它。她躺在床上，身子绷得笔直，倾听那嗡嗡的声音。那声音终于变得清晰，薇薇安差点喘不过气来，身体上的苦痛瞬间变得不值一提。不用担心吉米·梅特卡夫，我已经把他处理好了——他死了，静静地躺在泰晤士河下面等着变成一堆烂肉，他不会再来打搅我们了。

薇薇安难过得无法呼吸。吉米今天没有按时赴约，她等他，他却一直没有出现。吉米不会让她等的，要是能脱身他一定会想办法赶来。

亨利知道他的名字，他还杀了吉米。以前，要是有人胆敢染指亨利喜欢或想要的东西，他们也会有同样的下场。亨利从来不用亲自动手，薇薇安是唯一知道他残忍面目的人。他手底下养着许多打手，可怜的吉米还是没能逃脱他的魔爪。

屋里缓缓飘起一个声音，那是动物痛楚时发出的哀鸣，薇薇安发现，这是自己的哭声。她侧身躺在床上，蜷成一团，双手抱着头，想缓解心中的痛楚。她觉得自己再也没法好起来了。

* * *

第二次醒来的时候，太阳的温度已经不再炽热，房间里被薄暮时分的忧郁笼罩。薇薇安的眼睛很疼，即便是在睡梦中她也一直在哭泣，但此刻却哭不出声了。她心里空荡荡的，孤独而凄凉。世界上所有的美好都消失了，亨利亲眼见证了这一切。

他是怎么知道这件事的？薇薇安知道，亨利有自己的耳目，但她一直非常小心。五个月以来，她偷偷前往托马林医生的医院，没有发生任何意外。她早就跟吉米断绝了联系，这件事不应该发生。鲁弗斯医生把桃莉的计划告诉她之后，她就知道——

桃莉。

不会错的，肯定是她。薇薇安强迫自己回想跟鲁弗斯医生的谈话，医生说，桃莉打算给薇薇安寄一张她和吉米的合影，以此敲诈薇薇安一大笔钱，否则就要把这桩婚外情告诉她的丈夫。

薇薇安以为那张支票的数额已经足够，但看来事情并非这样，桃莉还是坚定不移地实行了自己的计划。她肯定在信里提到了吉米的名字，还有那张照片也随信寄来。真是个傻姑娘，太傻了。她以为自己的计划天衣无缝——鲁弗斯医生说，她以为这计划不会伤害到任何人——但她不知道和她打交道的人究竟是谁。亨利是个善妒的人，薇薇安在街角处停下脚步对卖报的老头问好也会让他妒火中烧。他不允许薇薇安交朋友，也不许她生孩子，他担心朋友和子女都会耽误薇薇安的时间，让她冷落自己。亨利在信息部工作，能查到所有人的资料，他用薇薇安的钱来"处理"那些和薇薇安打交道的人。

薇薇安小心翼翼地坐起来。眼前、耳中还有脑海里全是小星星。她深吸一口气，勉强站起身子。还好，自己还能走路。她看见镜子中自己的脸庞，忍不住端详了一阵子。一边脸上有干了的血迹，眼睛已经肿了。薇薇安轻轻转过头，查看另一边脸上的伤势。扭头的时候，身上所有地方都在疼。脸上的皮肤比较细嫩，现在还没有泛起瘀青红肿，明天就不是这样了。

站得时间久了些，她对疼痛的忍耐程度也提高了。亨利把卧室上了锁，但薇薇安自己偷偷配了一把钥匙。她慢慢挪到外婆的画像前，画像后面的墙上镶着一个小小的保险箱。她想了好一阵子才记起密码。婚礼前几周，舅舅带她去伦敦和律师见面，带她参观外婆留给她的房子。卧室里只剩她和律师的时候，那个慈眉善目的老太太指着肖像后面的保险箱小声告诉她，"淑女需要一个地方保存自己的秘密。"虽然薇薇安并不喜欢她脸上偷偷摸摸的表情，但她一直想要一个属于自己的地方，因此一直记得这个建议。

保险箱门弹开，薇薇安取出自己上次偷偷配的钥匙。她还取出吉米送给她的那张照片，有它在身边，她觉得安心了许多。薇薇安轻手轻脚地关上保险箱，把外婆的肖像挂好。

* * *

她在亨利的书桌上发现一个信封——他连藏都懒得藏。信封上的收件人是薇薇安，邮戳显示的时间是两天前。信封已经被撕开了，亨利一直喜欢偷拆她的信件，所以桃莉的计划有一个致命的漏洞。

薇薇安知道信里会说些什么，但她读信的时候心还是怦怦直跳。事情和她想象中差不多，薇薇安唯一感到庆幸的是，这个傻姑娘没有署名，落款是"一个朋友"。

薇薇安看到自己跟吉米的合影时，泪水几乎快要掉下来，但她忍住没有哭。她回想起和吉米在医院阁楼上的珍贵瞬间，想起吉米曾让自己憧憬未来……她把这些念头甩到一边，她明白，一切都回不去了。

薇薇安翻到信封背面，终于忍不住流下了绝望的泪水——桃莉在信封背面写道："一个朋友，来自诺丁山雷灵顿公寓24号。"

* * *

薇薇安顺着漆黑一片的街道朝诺丁山走去。她想跑起来，但脑子被疼痛占据，思绪涣散，每到一盏路灯下面，她都不得不靠着灯柱歇一会儿。她在坎普顿丛林的大宅里冲洗干净自己的脸，藏好自己和吉米的合影，然后匆匆写了一封信，把它投进自己途中遇到的第一个邮箱，然后继续赶路。她还有一件必须要做的事情，在一切尘埃落定之前，她必须拯救桃莉。

明白整件事的来龙去脉之后，她像扔掉一件旧外套一样扔掉心里的绝望，朝着一盏接一盏的路灯走去。是她害死了自己的家人，是她害死了吉米，但现在她要去拯救桃莉·史密森。然后——也只有在这个时候——她要去蛇形湖边，把口袋里装满石头。薇薇安似乎能看到故事美丽的结局。

父亲曾说，她是风一样的姑娘。尽管头疼欲裂，尽管她不得不抓住路边的栏杆才不至于倒下，薇薇安还是加快步子。她不愿意停下脚步。她把自己想象成澳大利亚的沙袋鼠，在灌木丛里奔跑跳跃；把自己想象成在黑暗里潜行的澳洲野犬，想象成暗影中爬行的蜥蜴。

远处的天空中传来飞机的轰鸣声，薇薇安顾不得脚下的磕磕绊绊，常常抬起头仰望漆黑的夜空。她希望飞机飞到自己的头顶，然后扔下一枚炸弹。但现在还不是时候，她还有事情要做。

＊　＊　＊

走到雷灵顿公寓的时候，夜幕已经把街道遮得水泄不通。薇薇安忘了带手电筒，她努力辨认门牌号的时候，身后一扇门忽然打开，门里走出一个人影。

"抱歉，打扰一下。"薇薇安说道。

"怎么了？"说话的是一个女人。

"你能帮帮我吗？我在找雷灵顿公寓。"

"你运气真好，就在这里，但现在已经没有空房间了，不过很快就会有的。"女人划燃一根火柴，凑近嘴边点烟。薇薇安借着微弱的火光看见她的脸庞。

她简直不敢相信自己的运气，还以为出现了幻觉。"桃莉？"她冲到穿着白色皮草大衣的漂亮女人身边，"是你，太好了，桃莉，是我，我是……"

"薇薇安？"桃莉的语气里充满了讶异。

"我以为已经跟你擦肩而过了，我以为已经来不及了。"

桃莉露出怀疑的语气："什么来不及了？你在说什么？"

"没什么。"薇薇安忽然笑起来。她脑子里一片晕眩，因此有些言语不清，"我是说，一切都好。"

桃莉抽了一口烟。"你喝酒了吗？"

远处的黑暗里传来一阵响动，是人的脚步声。薇薇安小声说道："我们得谈谈——马上。"

　　"不行，我要——"

　　"桃莉，求你了。"薇薇安朝身后看了一眼，害怕有亨利的爪牙跟着自己，"我有很重要的事情。"

　　桃莉没有马上回答，薇薇安不请而来的举动让她非常谨慎，但她终于勉为其难地抓住薇薇安的胳膊："走吧，进去说。"

　　公寓大门关上的时候，薇薇安虽然不确定事情会如何发展，但心里总算松了一口气。她假装没看见那个戴眼镜的老太婆脸上好奇的表情，跟着桃莉走上楼梯，穿过一条弥漫着过期食品味道的走廊。走廊尽头的房间很小，房间里一片漆黑，闷热不堪。

　　走进房间，桃莉扭开电灯开关，头顶上亮起一个光秃秃的灯泡。"抱歉，屋里很热。"她脱下身上厚重的皮草大衣，把它挂在门后的挂钩上。"房间里没有窗户，虽然灯火管制的时候方便了许多，但通风不好。也没有椅子，实在不好意思。"她转过身，这时候才清楚看见薇薇安的脸。"天哪，你这是怎么了？"

　　"没事。"薇薇安差点忘了自己现在这副骇人的模样。"路上发生了点小事故，我撞到灯柱上了。我真蠢，还像平时一样横冲直撞的。"

　　桃莉露出半信半疑的表情，但并没有往下追问。她请薇薇安坐到床边。床铺狭窄低矮，用了许多年的床单已经皱皱巴巴。但薇薇安并不介意，能坐下来歇一会儿实在太好了。她跌坐在薄薄的床垫上，这时候，外面忽然响起空袭警报声。

　　桃莉转身想走，薇薇安飞快地说道："别管它，我要说的事情比这更重要。"

桃莉心神不宁地抽着烟，然后警惕地把双臂抱在胸前，声音非常紧张。"是那笔钱的事？你想把钱要回去？"

"不，不是，别提钱的事。"薇薇安努力整理好凌乱的思绪，本来一切都很简单，但现在她脑子里一片昏沉，太阳穴很疼，外面的警报声一直哀怨地响着。

桃莉开口道："吉米和我——"

"对，"薇薇安忽然回过神来，"对，吉米。"她停下来，想用最婉转的语言告诉她这件可怕的事情。桃莉看着她，难以置信地摇摇头，好像已经知道薇薇安要说什么。薇薇安鼓足勇气说道："吉米，桃莉——"这时候，警报声忽然停下来，"——他不在了。"这句话在悄寂的房间里回荡。

不在了。

外面传来急促的敲门声，有人喊道，"桃儿——你在吗？我们要去防空洞了。"桃莉没有回答，她紧紧盯着薇薇安的眼睛，焦躁地抽着烟。外面的人慌慌张张地敲了一会儿门，没听见回应，就沿着走廊跑下楼了。

桃莉走过来，坐到薇薇安身边，露出一个充满希冀和不确定的笑容。"你搞错了，我昨天才见过他，我们约好了今晚见面。我们要一起离开这里，他不会丢下我一个人……"

她还没弄明白究竟发生了什么，薇薇安也没有进一步解释，她心里满是温柔的同情。看着桃莉热切的面庞，薇薇安实在开不了口。心爱的人就这样莫名其妙地死掉，薇薇安知道这噩耗有多让人难以接受。

这时候，屋顶忽然传来飞机的盘旋声——是轰炸机。薇薇安知道，没有时间悲伤了，她必须让桃莉明白，自己所说的一切都是真的，她要是想活命的话就得马上离开。"我的丈夫亨利，"
她开始说道，"是个暴力成性且十分善妒的人，虽然，你们眼中
的他不是这样的人。所以那天你来归还我的项链坠子的时候，我
只好想办法把你撵走，他不许我交朋友——"附近不远的地方传
来巨大的爆炸声。薇薇安停了一会儿，觉得自己身体里每块肌肉
都绷紧并疼痛着，然后她更快更直接地说道："他收到了你寄来的
信和照片，他觉得非常屈辱，认为我给他戴了绿帽子。所以，他
派人来让一切回到正轨——找人教训你和吉米。"

　　桃莉的脸变得跟粉笔一样白。薇薇安知道，她非常震惊，但
她肯定听明白了自己的话，因为泪水开始从她的脸上滑落。薇薇
安继续往下说："今天，我和吉米约好了在咖啡馆见面，但他一直
没有出现。桃莉，你了解吉米，他是个说话算话的人——我回到
家里，看到怒火中烧的亨利。桃莉，他气得快疯了。"薇薇安失
神地用手抚摸着肿痛的下巴。"他告诉我，他已经让手下的人杀
死了吉米，因为他和我走得太近了。我本来还不知道他是怎么发
现这件事的，但后来我找到了你寄过来的信——亨利一直喜欢偷
拆我的信件——然后看见了我和吉米的合影，事情变得一发而不
可收拾，你知道吗，你的计划惹出了大祸。"

　　听见薇薇安提到那个计划，桃莉抓住她的胳膊，眼神疯狂，
声音近乎呓语。"我也不知道怎么回事——照片——我们决定不
寄出去，没必要这么做。"她看着薇薇安的眼睛，疯狂地摇着
头，"事情不该是这样的，吉米他——"

　　薇薇安不想听她解释，桃莉到底有没有寄出那封信已经不
重要了，她来这里并不是想指责她。现在不是内疚的时候，老天
保佑的话，桃莉的余生会有大把大把的时间责备自己。"听我

说，"薇薇安说道，"他们知道你住哪儿，他们会来找你的。"

泪水滑过桃莉的脸庞。"是我的错，"她喃喃说道，"都是我的错。"

薇薇安抓住她瘦弱的双手，桃莉的悲伤是情到深处的自然流露，但现在没有任何益处。"桃莉，振作起来，这件事我也有错。"她抬高声音，免得被轰炸机的轰鸣声盖住。"但现在这些都不重要，他们马上就会过来，说不定已经在路上了，所以我才来找你。"

"可我——"

"你必须离开伦敦，马上就走，一定不要再回来。他们会一直找你的，一直——"屋外传来爆炸声，整栋房子都在瑟瑟发抖。虽然房间没有窗户，但细微的光还是从房子的每一个毛孔中渗透进来。桃莉的眼里满是恐惧，外面的吵闹声没有丝毫减弱。炸弹落下时的呼啸声，落在地上的爆炸声，还有防空炮的反击声一起涌进房间。薇薇安问桃莉有没有亲戚朋友可以落脚的时候几乎是喊着说的，但桃莉没有回答。她摇着头，用手捂住脸，无助地哭泣。薇薇安想起来，吉米曾跟自己讲过桃莉家里的事情。知道面前这个女人也和自己有着同样的遭遇，她心里竟然有些温暖。

房子颤抖着发出咯吱咯吱的声音，窄小的水槽里，塞子被震得跳出来。薇薇安心里忽然感到一阵恐惧。"赶紧想，桃莉。"她祈求道。这时，外面又传来一声震耳欲聋的爆炸声。"你必须好好想想。"

夜空中的战斗机和轰炸机越来越多，防空炮发出猛烈的反击声。轰鸣声中，薇薇安觉得头疼欲裂。她想象着飞机飞过屋顶时的样子，虽然隔着天花板和阁楼，但她还是觉得自己能看见飞机那大白鲨似的肚子。"桃莉，你想好了吗？"她大声喊道。

桃莉紧闭着双眼。外面的爆炸声、枪炮声还有飞机的轰鸣声不断，她脸上的表情却变得明朗，一时间竟非常平静。她抬起头说道："几个星期前，我应聘了一份工作——还是吉米帮我找的……"她从床边的小桌上拿起一张纸递给薇薇安。

薇薇安扫了一眼信的内容，是一家名叫海之蓝的公寓寄给桃乐茜·史密森小姐的聘用信。"太好了，"她说道，"太好了，你一定要去。"

"我不想一个人去，我们——"

"桃莉——"

"我们说好了要一起去的，事情不该是这样子，他说了会等我——"

她又号啕大哭起来。薇薇安也想放纵一回，放声大哭，放手让一切都走，让一切都湮没……但这样没有任何好处，她必须坚强勇敢，而不是和桃莉一起沉浸在悲伤之中。吉米已经死了，桃莉要是不按自己说的去做也会丢了性命。亨利不会浪费太多时间，他手底下的爪牙已经赶过来了。事态紧急，她抽了桃莉一个耳光，虽然没有用力，但那声音却非常清脆。耳光似乎有用，桃莉咽下哭泣声，抬起头，哽咽着。"桃乐茜·史密森，"薇薇安严肃地说道，"你必须尽快离开伦敦。"

桃莉摇摇头："我做不到。"

"我相信你能做到，你是一个幸存者。"

"可是吉米——"

"够了。"她抬起桃莉的下巴，强迫她看着自己的眼睛。"我知道，你爱吉米。"她在心里说道，我也爱他，"他也爱你，我都知道，但你得听我说。"

桃莉抽了一口气，双眼含泪地点点头。

"今晚就去火车站买票，然后——"公寓附近传来一声爆炸，头顶的灯泡忽明忽暗。桃莉睁大眼，但薇薇安却很冷静，拉着她没让她躲开。"你搭火车，到终点站再下车。别回头，好好工作，好好活着。"

桃莉眼中的神色忽然变了，她目光专注，薇薇安知道她听进去了自己的话，而且理解话中的含义。

"你必须走，抓住这第二次机会。桃莉，把它当作一个机会。你经历了这么多苦难，失去了这么多。"

"我会的。"桃莉飞快说道，"我会的。"她站起身，从床底下拖出一个小行李箱，往里面装衣服。

薇薇安忽然觉得心力交瘁，她眼里闪着疲倦的泪光。终于做完了自己该做的事情，一切可以就此结束了，她已经等了很久很久。外面，飞机无处不在，高射炮发出咔嗒咔嗒的反击声，探照灯把夜空切割成一片一片。炸弹落在地上，大地为之颤抖，人们的脚下传来一阵战栗。

"那你怎么办？"桃莉合上行李箱，站起身来。她伸手拿过海之蓝公寓寄来的信。

薇薇安笑了笑，她的脸很疼，骨子里都是倦意。她觉得自己沉入了溪水当中，朝着亮光游去。"别担心我，我会好好的，我要回家了。"

说完这句话，耳畔忽然传来一声惊天动地的爆炸声，眼前全是刺眼的亮光，一切似乎都成了镜头里的慢动作。桃莉的脸变得明亮起来，她脸上全是震惊的表情。薇薇安抬起头。一枚炸弹落在雷灵顿公寓24号的屋顶上，天花板炸裂开，桃莉房间里的灯泡瞬间碎成了千万块细小的碎片。薇薇安心满意足地闭上眼，上帝终于听见了自己的祈祷和呼唤，她没必要去蛇形湖了。黑暗中有细碎的闪光，她看见小溪的溪床，看见通往地心的隧道。她在隧道中奋力往前游，越来越深，暗影大地就在眼前，皮蓬在那里朝她挥手，大家都在。他们也能看见她，薇薇安·隆美尔笑了。经过了如此漫长的时光，她终于到达终点。她完成了自己该做的一切，终于可以回家了。

第四部

桃乐茜

31

2011年，伦敦

洛瑞尔抓紧时间赶到坎普顿丛林。她不清楚自己为什么要这样做，但却坚信这是自己该做的。内心深处，她希望自己叩响坎普顿丛林的这栋大宅的大门后，会看到那个给妈妈寄感谢卡的人，他依旧住在这里，只是垂垂老矣。她觉得这种可能性的确存在。当年的坎普顿丛林7号如今成了一个短期度假公寓，洛瑞尔站在门厅里，空气中弥漫着淡淡的柠檬味空气清新剂的味道，满脸倦容的游客在她身边进进出出。她觉得自己真傻。前台狭小而拥挤，接待员从电话后面抬起头，再次问她是否还好。洛瑞尔予以肯定的答复后，继续盯着脏兮兮的地毯，试图解开脑海中的死结。

洛瑞尔的直觉是错的，她感到非常沮丧。昨天晚上，母亲告诉她亨利·詹金斯的为人之后，她在心里欢呼雀跃。真相终于大白，她确信这就是故事最终的结局，那年夏天发生的一切都水落石出。后来，她留意到邮票上的邮戳，心里忽然又起了波澜。她敢肯定，这枚邮票很重要。不仅如此，它背后隐藏的秘密应该非常私密，好像她——洛瑞尔——是唯一能够解开这最后死扣的人。但现在，她站在一家三星级酒店门口，思绪陷入了死胡同。

她不知道该从何找起，甚至不知道自己是在找什么，战争期间住在这里的人早就不在了。那张卡片是什么意思？谁寄来的？它真的很重要吗？洛瑞尔开始否定自己原来的想法。

她朝前台接待员挥手告别，接待员正在接电话，于是只好用口型跟她再见。洛瑞尔走出来，点燃一支烟，心中有些焦虑。过一会儿，她要去希斯罗机场接黛芙妮，总算不是白跑一趟。她看了看手表，黛芙妮还有几个小时才到。天气很好，阳光温暖，天空湛蓝，只有飞机飞过留下的一道道白烟。洛瑞尔觉得自己应该去买个三明治，再去蛇形湖边上的公园散会儿步。抽烟的时候，她忽然想起自己上次来坎普顿丛林的时候，在25号门前碰见的那个小男孩。

洛瑞尔看了一眼对面的那栋房子，那是薇薇安和亨利的房子，里面藏着不为人知的秘密和暴力。薇薇安在此煎熬了许多年。多亏了凯蒂·埃利斯的日记，洛瑞尔对街对面的25号大宅十分了解——她对自己的母亲桃乐茜曾住过的7号大宅都没这么熟。她抽完烟，踌躇着把烟头摁进公寓入口处的烟灰缸里。站起身子的时候，她心里已经作出了决定。

* * *

她敲响坎普顿丛林25号的大门，静静等待。窗户上，万圣节的装饰物已经取下来，取而代之的是孩子们的剪纸画，大大小小一共有四种尺寸。如今，这栋原本充满暴虐的房子里住着一个和和美美的家庭，过去的肮脏历史被新的家庭重写，这样真好。她听见屋里的吵闹声，肯定有人在家，但没人来开门，洛瑞尔只好再次敲门。她站在铺着地砖的台阶上，看着对面的7号房，想象年轻时候的母亲爬上楼梯时的样子。那时候的妈妈，还是一位贵妇人的女佣。

房门打开，洛瑞尔上次看见的那个漂亮女人走出来，怀里抱着一个婴儿。"噢，天哪。"女人难以置信地眨巴着蓝色的大眼睛，"——是你。"

人们认出洛瑞尔的时候经常会有这样的反应，但这女人的言语之中还有种别的意味。洛瑞尔笑笑，女人脸红了，她在蓝色的牛仔裤上擦了擦手，然后朝洛瑞尔伸过来，"不好意思，"她说道，"我平时的礼节都去哪儿了？我叫凯伦，这是汉弗莱——"她拍了拍小孩肉嘟嘟的屁股，蓬乱的金色鬈发垂下一缕，落在她肩上。她天蓝色的眼睛窘迫地打量着洛瑞尔，"我知道你是谁，尼克森女士，见到你真荣幸。"

"叫我洛瑞尔就好。"

"洛瑞尔。"凯伦轻轻咬着下唇，看得出，她既紧张又开心。她难以置信地摇摇头，"朱利安说他见过你，我还以为……以为他……"她笑了笑，"这些都不重要了，你真的来了，我丈夫见到你肯定会高兴得发狂。"

你是爸爸的女神。洛瑞尔坚信，这里肯定会有自己意想不到的发现。

"他真是的，都没跟我说你要来。"

洛瑞尔没有解释自己并没有提前打电话过来，她还不知道该如何解释自己的来意，只好笑笑。

"请进来，马迪在楼上，我去叫他。"

洛瑞尔跟着凯伦走过杂乱的门厅，绕过婴儿车，走过一堆球、风筝，还有乱七八糟不配对的小鞋子，走进温暖明亮的客厅。白色的书架从地板一直伸到天花板上，上面放着各种各样的书。墙上挂着笑容满满的全家福，旁边是孩子们的涂鸦。走着走着，洛瑞尔差点踢到趴在地上的一个小孩，是她上次见过的那个男孩。他跪在地上弯着腰，一只胳膊高高举起，假装自己是一架飞机，嘴里发出引擎的轰鸣声，完全沉浸在自己的世界里。"朱利安，"他妈妈喊道，"亲爱的朱朱，上楼去告诉爸爸，家里来客人了。"

小男孩抬起头，眨眨眼，回到现实世界。他看见洛瑞尔，眼睛里流露出恍然大悟的神色。他没有说话，继续模仿飞机发动机的轰鸣，调整航向，爬起来，跑上铺着地毯的楼梯。

凯伦坚持要去烧水泡茶，洛瑞尔坐在舒服的沙发上，红白相间的格子布沙发罩上有斑斑点点的毡笔痕迹。小婴儿被放在地毯上，用胖乎乎的脚丫踢着拨浪鼓。

楼梯上传来一阵急促的吱嘎声，一个相貌英俊的高个子男人走下来。他棕色的长发有些凌乱，鼻梁上架着一副黑框眼镜。他站在客厅门口，小儿子也跟着走进来。男人伸出一双大手，朝洛瑞尔笑笑。他似乎不敢相信自己的眼睛，一直摇着头，好像眼前的人是幽灵一般。"老天哪，"他握住洛瑞尔的手，发现面前的女人的确是有血有肉的真人，"我以为朱利安在跟我开玩笑呢，但你真的来了。"

"我来了。"

"我叫马丁，"他介绍道，"你叫我马迪就好了。请原谅我刚才的吃惊，我只是——我在玛丽皇后学院当老师，我的博士论文写的就是你。"

"是吗？"洛瑞尔想起小男孩说的那句，你是爸爸的女神，怪不得。

"论文的题目叫《莎士比亚悲剧的当代解释》，哈哈，文章其实并没有标题这么无聊。"

"我知道。"

"现在，你居然来我家做客。"男人笑了笑，然后轻轻蹙额，继而又笑起来。他发出可爱的笑声，"不好意思，但这实在太巧了。"

"你跟尼克森女士——洛瑞尔——"凯伦走进房间，脸忽然红了，"跟洛瑞尔讲爷爷的故事了吗？"桌子上堆满了孩子们的手工材料，她整理出一块地方，放下茶点，然后挨着丈夫坐在沙发上。一个留着褐色长鬈发的小女孩闻见饼干和糖果的香气，不知从哪儿钻出来，凯伦不以为意地递了一块饼干给她。

马迪解释道："我爷爷是你的忠实粉丝，我也算你的影迷，不过他对你是宗教般虔诚的信仰，你每一部戏他都看过。"

洛瑞尔笑了笑，不让心中的得意流露出来。她喜欢这个家庭，还有他们杂乱却可爱的房子。"我敢肯定他至少错过了其中一部。"

"不可能。"

"跟洛瑞尔讲讲爷爷摔断腿的事情吧！"凯伦轻轻拉了一下丈夫的胳膊。

马迪笑起来。"有一年，他摔断腿住院，为了去看你的那部《你喜欢就好》硬是提前出院了。以前，他也经常带我一起去。那时候我还小，要在座位上垫三个垫子才能看到屏幕。"

"看来爷爷品位不错。"洛瑞尔跟大家开玩笑。她很开心，真庆幸艾莉丝这时候不在这里。

"的确如此。"马迪也笑了，"我很爱他老人家。十年前，他离开了我们，这些年来，我每天都在想他。"他推了推鼻梁上的黑框眼镜，继续说道，"他跟我们在一起的日子真的太宝贵了……抱歉——你的到来让我有些感伤，我们还不知道你今天来是否有事呢？我想，你应该不是来听我们讲爷爷的故事的吧？"

"这事说来话长。"洛瑞尔端起茶杯，往里面加了些奶。

"我在探寻我们家族的历史——主要是我母亲这边的，我发现她曾经——"洛瑞尔犹豫了一下，"——和住在这栋房子里的人关系密切。"

"你知道那大概是什么时候吗？"

"20世纪30年代末，也就是二战初期。"

马迪的眉毛一挑："太巧了。"

"你母亲的朋友叫什么名字？"凯伦问道。

"薇薇安，"洛瑞尔说道，"薇薇安·詹金斯。"

马迪和凯伦相互交换了一个眼神，洛瑞尔注意到他们的小动作，赶紧问道："怎么了？"

"没什么，不过——"马迪回过神来，笑着搓了搓手，"——我们太熟悉这个名字了。"

"是吗？"洛瑞尔的心里咚咚咚地敲起了小鼓。他们是薇薇安的后人，怪不得，可能是薇薇安的侄儿之类的——

"这是个特别的故事，已经成了我们家族的传奇。"

洛瑞尔急切地点点头，希望马迪趁自己喝茶的时候赶紧往下说。

"第二次世界大战期间，我的曾祖父博迪获赠了这栋房子。

他那时候穷困潦倒，虽然一辈子勤勤恳恳，但日子仍旧过得很艰难，毕竟，那时候正在打仗。他住在斯特普尼附近的一间狭小的公寓里。忽然有一天，一位律师来到家里，告诉他有人把这栋大房子送给他了。"

"我不是很明白。"洛瑞尔糊涂了。

"我曾祖父也不明白。"马迪说道。"但律师坚称这栋房子就是给他的。一个名叫薇薇安·詹金斯的女人把他立为自己遗嘱的唯一受益人，但他从来没听说过这个名字。"

"他不认识薇薇安吗？"

"听都没听过。"

"那可太奇怪了。"

"我也这样觉得。开始的时候，曾祖父不愿意搬过来，他那时候脑子有些迷糊，不喜欢改变。再说，你也知道这件事对他来说有多震惊，所以他还是住在原来的地方，这栋房子也就一直空着。后来，他的儿子——也就是我爷爷——参军归来，他说服曾祖父这并不是玩笑。"

"你爷爷认识薇薇安，对吗？"

"是的，但他从来没有说过关于薇薇安的事。我爷爷是个非常开朗的人，但有些话题他永远不愿意触碰。薇薇安是一个，战争是另一个。"

"这也难怪，"洛瑞尔说道，"战争毕竟太残酷了。"

"是的。"马迪忽然悲伤地皱起眉头。"但对爷爷来说，这不仅是战争本身的缘故。"

"是吗？"

"他是从监狱里出去，被迫参军的。"

"原来如此。"

"他不愿提及其中细节，但我做过一些调查。"马迪的声音低下去，好像有些难为情。"我找到了警方的记录。原来，1941年的一天夜里，爷爷被人从泰晤士河里捞出来，浑身伤痕累累。"

"是谁干的？"

"我也不清楚，但爷爷住院的时候警察来了。警方认为，爷爷涉嫌敲诈，把他带回去审问。爷爷一直发誓说这是一场误会，了解他的人都知道，他是不会撒谎的，但警察并不相信他。根据当时的记录，爷爷被发现的时候，身上带着一张随时可兑现的大额支票，他不愿意说明支票的来源，所以就被关进监狱。爷爷请不起律师。警方没有足够的证据，最后就把他送上了战场。但爷爷却说，是这些警察救了他的命。"

"警察救了他的命？这怎么说？"

"我一直没搞明白，或许这只是他的玩笑话吧！爷爷很爱开玩笑。1942年，爷爷被送到法国打仗。"

"他之前没参过军吗？"

"没有，但他见识过战争的残酷——那是在敦刻尔克，但当时爷爷手里拿的并不是枪炮，而是照相机。他是一名战地记者，来看看他拍的照片吧！"

* * *

"天哪，"洛瑞尔浏览墙上满满的黑白照片，忍不住惊呼出来，"你爷爷是詹姆斯·梅特卡夫！"

马迪骄傲地笑了。"正是。"他顺手摆好一个相框。

"十年前，我在维多利亚和阿尔伯特博物馆看过他的摄影展。"

"那时候，他老人家刚刚辞世。"

"他的作品太棒了。小时候，我母亲在家里的墙上挂了一幅他作品的复制品，那张小小的照片现在都还在呢。我母亲曾说，这张照片让她想起她的家人，以及他们在战争中的遭遇——考文垂大轰炸的时候，母亲的家人全部遇难了。"

"真是遗憾。"马迪说道，"太可怕了，简直难以想象。"

"你爷爷的照片有种治愈的功效。"洛瑞尔逐个看着墙上的照片。这些照片非常特别，有在轰炸中失去家园的可怜人儿，也有战场上的士兵。其中一张照片是小女孩，她穿着踢踏舞鞋和松松垮垮的灯笼裤，显得非常不合身。"我喜欢这一张。"她说道。

"这是我的姑姑妮拉。"马迪微笑着介绍。"她其实也是战争孤儿，和我们家并没有血缘关系，但我们都这么叫她。这张照片就是在她失去所有家人的那天晚上拍的，爷爷一直跟她有联系。他从战场上回来的时候，找到领养妮拉姑姑的人家，他们俩一直是很好的朋友。"

"太感人了。"

"爷爷就是那样的人，忠贞不贰。在他和奶奶结婚之前，他一直在苦苦寻找他的旧情人，希望她一切都好。当然了，没有什么能阻止他和奶奶的爱情，他们深爱着彼此。但他说，这是他必须要做的事情。他和他的旧情人在战争期间被迫分离，参军回来之后他只见过她一次，还隔着老远的距离。她和她丈夫在沙滩上散步，爷爷没有去打扰她们。"

洛瑞尔边听边点头，脑子里的碎片忽然拼成了一整块——薇薇安·詹金斯把这栋房子留给了詹姆斯·梅特卡夫的父亲，所谓的詹姆斯·梅特卡夫其实就是吉米——妈妈的男朋友，薇薇安深爱的吉米。凯蒂曾警告薇薇安远离吉米，免得亨利发现之后会报复他们。也就是说，吉米结婚前一直寻找的恋人就是她的妈妈桃乐茜。洛瑞尔感到一阵晕眩，这不仅是因为马迪正在谈论的女人就是她的母亲，也是因为她脑海中忽然闪现出的一段回忆。

"怎么了？"凯伦说道，"你的表情好像见了鬼似的。"

"我——我只是——"洛瑞尔结结巴巴地解释道，"我——忽然明白了你爷爷的遭遇，马迪，我知道他那天晚上为什么受伤，也知道把他扔进河里的人是谁。""你知道？"

她点点头，一时竟不知道从何说起，故事太长了。

"回客厅坐会儿吧！"凯伦建议道，"我去把茶水热一热。"她兴奋得打了个哆嗦。"噢，我也知道自己挺蠢的，不过能解开谜团的感觉真的很棒，对吧？"

他们转身准备离开房间。这时候，洛瑞尔忽然看见墙上的一幅照片，忍不住倒吸了一口凉气。

"她真美，对吧？"马迪留意到洛瑞尔的目光。

洛瑞尔点点头，她差点说出来："她是我母亲。"马迪继续说道："就是她，这是薇薇安·詹金斯，是她把房子送给了我的曾祖父。"

32

1941年5月，故事的结局

火车上挤满了士兵和满脸倦容的伦敦难民，逼仄的车厢里勉强有立足之地，但薇薇安上车之后，竟然有人给她让座。她这才明白，自己这副刚从轰炸废墟中刨出来的样子原来也有好处。左边的座位上是一个小男孩，他膝盖上放着一个行李箱，双手紧紧捧着一个罐子，里面装着一条红色的小金鱼。火车加减速度或拐上岔道的时候，水拍打着玻璃罐子，小男孩举起罐子看鱼儿是否受到了惊吓。鱼儿也会受惊吗？薇薇安心里清楚，它们不会。但想象着被关在玻璃罐里的画面，她心里忽然一紧，呼吸都有些艰难。

不看鱼儿的时候，小男孩抬起头打量薇薇安。他用忧郁的蓝色大眼睛看着薇薇安脸上的伤痕和她身上不合时宜的白色皮草大衣——俨然已是暮春时节，这衣服太厚了。薇薇安笑着回应他的目光。旅途过了大概一个小时，男孩依旧重复着同样的动作。薇薇安心里思绪万千，好奇这个男孩的身份，战争期间他为什么独自出行，但她没有开口。她心里的弦一直绷得紧紧的，害怕一开口就会暴露自己的身份。

每隔半个小时，就有一趟开往小镇的公交车。到达车站的时候，她听见几个岁数较大的女人在嘀咕，这趟车非常准时，风雨无阻。但薇薇安还是决定走路过去，她依旧觉得，只有不停地走才能保证自己的安全。

一辆小汽车放慢速度，跟在她身后，薇薇安身上每根神经都绷紧了。她想，自己大概一直都要活在恐惧当中吧！除非亨利离开这个世界，那时候她才能获得真正的自由。司机是一个她不认识的穿着制服的男人。薇薇安知道自己现在的模样——穿着冬季的皮草大衣，悲伤的脸上还有瘀青，手里提着一个小小的行李箱，踽踽独行在这座陌生的小镇上。"下午好。"男人主动打招呼。

薇薇安连头都没转，只略微点点头。距离她上次开口说话已经快要24个小时了。她知道自己很迷信，总觉得一旦开口说话，游戏就会结束，亨利和他手下的小混混就会听见她的声音来找她。

"你要去镇上吗？"男人问道。

薇薇安再次点点头，她心里明白，自己不得不开口说话了，否则这男人肯定会以为自己是德国人派来的间谍。她不想被警惕过头的民兵扭送到警察局，招供自己图谋不轨。

"你愿意的话，我可以搭你一程。"男人说道，"我叫理查德·哈格里夫斯。"

"不用了。"她久未开口说话，嗓音有些嘶哑，"谢谢你，但我想自己走路过去。"

男人点点头，看着挡风玻璃前面，然后扭过头问薇薇安，"你去镇上是找人吗？"

"我是去工作的，"她说道，"在海之蓝公寓。"

"哦，尼克森太太的公寓。那好吧，咱们以后肯定还会在镇上碰面的，你叫——"

"史密森，"她说道，"桃乐茜·史密森。"

"史密森小姐。"男人念叨着她的名字，脸上露出笑容。"真好听。"然后，他轻轻挥了挥手，开着车走远了。

汽车消失在青草连绵的山丘那边，这时，薇薇安才松了一口气，流下了解脱的泪水。她开口说话了，但可怕的事情并没有发生。用一个新的名字跟一个陌生人对话，天空没有塌下来，地上没有裂开大口子吞没她。她小心翼翼地深吸了一口气，让自己沉浸在一切都会好起来的希冀当中。她真的可以拥有人生中第二次机会。空气中弥漫着海水的腥咸味，一群海鸥在远处的天空中盘旋。桃乐茜·史密森提起行李箱，继续前行。

＊ ＊ ＊

故事的最后，其实是雷灵顿公寓那个瞎眼老太婆让薇薇安产生了偷天换日的念头。在尘土飞扬的废墟中睁开眼的时候，薇薇安意识到自己竟然还不幸地活着，她开始小声啜泣。防空警报响起来，那些勇敢的志愿者来到废墟中，灭火，给伤者包扎，把遇难者的遗体抬走。薇薇安不明白自己为什么还活着，命运的大手为什么不愿意放过她呢？

她身上的伤并不重——薇薇安向来擅长检查自己的伤势。门板挡在她身上，救了她一命。门和废墟之间留有缝隙，薇薇安从缝隙中爬出来，呆坐在黑暗中，脑子里一片混乱。夜里依旧很冷，对此刻的她来说更是凉透人心，薇薇安忍不住浑身打战。她手底下摸到一个软乎乎的东西——一件大衣。她把大衣从门底下拽出来，发现衣服口袋里有一只手电筒。她打开手电筒，发现桃乐茜已经死了。砖头和楼顶的水泥板掉在她身上，阁楼上的一个大铁箱也刚好砸在她身上。

恶心、痛苦和震惊在薇薇安心里交织，她还是没能救下桃莉，失望的情绪铺天盖地。她爬起来，天花板早就不在了，只余下夜空中璀璨的星星。她凝视遥远的星辰，脚下一阵摇晃。她不知道亨利什么时候会来找她，这时候，她听见那个老太婆喊道："史密森小姐，史密森小姐还活着！"

薇薇安扭头看去，心里十分不解——她确定桃莉不可能生还。她伸手指着桃莉躺着的地方，想开口说话，却发现喉咙里只能发出沙哑的气流声。老太婆伸手指着薇薇安，不停地嚷着史密森小姐还活着。这时候，薇薇安才明白房东老太太搞错了。

这是个机会。薇薇安头疼难耐，思绪也混成一团，但她立刻意识到，自己面临着一个机会。实际上，在大爆炸后的混乱里，整件事情显得尤为简单。新的身份和新的生活就像她刚才在黑暗中捡到的那件大衣一样触手可得。没人会因此受到伤害，会因此受伤的人早就不在了——吉米已经死了，薇薇安为老梅特卡夫先生做了自己该做的一切；桃莉·史密森的家人也早就去世了，至于薇薇安自己，没人会缅怀她。所以她决定抓住这个机会。她取下自己的结婚戒指，在黑暗中蹲下身，把它套在桃莉的手指上。周围很吵，人声嘈杂，救护车来来去去，黑暗中升起烟雾，碎石哗哗掉落。但薇薇安只听得见自己的心跳声，她不是害怕，而是终于下定了决心。桃莉手里还握着那封聘用信，薇薇安稳定心神，拿走了尼克森太太的来信，装在那件白色皮草大衣的口袋里。衣袋里还有一个硬硬的小东西，薇薇安一摸就知道，是一本书，但她没有去看究竟是什么书。

"是史密森小姐吗？"一个戴着头盔的男人把梯子靠在已经满是废墟的地面上，顺着梯子爬到薇薇安所在的楼层，劝慰道："别着急，我们会把你安全接下来，一切都会好起来的。"

薇薇安看着他，一瞬间有点不敢相信这是真的。她用手电筒的光指着地板上的尸体，用沙哑的声音问道："我的朋友怎么了？"

桃莉的脑袋被压在大铁箱下面压变了形，四肢松散开来。男人扫了一眼，说道："上帝呀！太惨了，她已经不在了。她叫什么名字？她还有什么家人我们可以联系吗？"

薇薇安点点头："她叫薇薇安，薇薇安·詹金斯。你们应该把这个噩耗告诉她丈夫。"

＊　＊　＊

接下来的战争日子里，桃乐茜·史密森在尼克森太太的公寓里，为客人收拾床铺，打扫房间。她低垂着头，不想引起任何注意，也从来不接受舞会的邀请。她擦桌子拖地洗衣服，晚上合上眼的时候，尽量不去看黑暗中亨利紧盯着她的那双眼睛。

白天，她专注于手里的杂活儿。开始的时候，亨利的身影无处不在——陌生男人阔步走过码头的身影、路人脸上残暴的表情，还有人群中的尖叫都会让她浑身哆嗦。过了一段时间，亨利的身影出现得没那么频繁了。她很开心，但一直都很谨慎，因为她知道，亨利终有一天会找到自己，这只是时间和地点的问题而已。她让自己准备好，从容面对这一天的到来。

这些年来，她只给外界寄了一张卡片。在海之蓝公寓待了大概八年之后，她挑了张自己能找到的最漂亮的卡片——一艘巨大的客轮，上面满载着从世界这头奔向世界那头的人。她在卡片背面写道："这里的天气很好，大家都很好。阅后即焚。"然后，她把卡片寄给自己唯一的朋友，约克郡的凯蒂·埃利斯小姐。

* * *

生活的马车四平八稳地往前走。尼克森太太安排的活儿很紧，但桃乐茜却求之不得——繁忙的生活将她从不堪回首的往事中解脱出来，她心里的伤口逐渐愈合。每天，尼克森太太都要叮嘱她给楼梯扶手打油："别浪费东西，桃乐茜，你不知道外面正在打仗吗？"

1944年7月——诺曼底登陆后一个月左右，桃乐茜从杂货铺回到公寓的时候，看见厨房的桌子边坐着一个穿军装的男人。他有些岁数了，一身军装很破旧。桃乐茜立刻认出来，他就是尼克森太太摆在餐厅壁炉架上的照片里，那个一脸急切的男孩。那个相框桃乐茜擦了很多次，她熟悉他热切的双眼，颧骨的高度，还有下巴上的小窝。看见照片上的人就坐在桌边上，她忍不住脸红了，好像自己这么多年来一直在偷窥他一样。

"你是史蒂芬。"她说道。

"是的。"他站起身，接过她手里的纸袋。

"我是桃乐茜·史密森，我在这儿替你母亲干活，她知道你回来了吗？"

"不知道，"他说，"我看见侧门开着，所以就进来了。"

"她就在楼上，我去叫——"

"不用了，"男人飞快地制止她，他脸上挤出一个尴尬笑容。

"我的意思是，谢谢你，史密森小姐。我不想让你误会——我爱我的母亲，她给了我生命，但如果你不介意我在你旁边，我想坐一会儿享受一会儿安宁。见到母亲，真正煎熬的日子才开始。"

桃乐茜笑起来。笑过之后，她忽然意识到，这是自己从伦敦过来之后第一次开怀大笑，这种感觉让她有些诧异。许多年以后，孩子们问爸爸妈妈是如何相爱的——他们最爱问这个问题了——史蒂芬和桃乐茜·尼克森告诉他们，那天晚上，他们沿着破败的码头跳舞，一直跳到码头尽头。史蒂芬把那个古老的留声机也一起带着，他们放着歌曲，跟着《在银色的月光下》的节奏，在坑坑洼洼的码头上旋转跳舞。后来，桃乐茜爬到码头边的栏杆上，不小心掉进了河里——这时候，他们会停下故事，对孩子们谆谆教诲，"宝贝们，别站在高高的栏杆上玩。"——史蒂芬连鞋子都没脱就径直跳进河里，把桃乐茜救起来。"我就是这样虏获了你们的母亲。"史蒂芬说。孩子们听见这话，总会一边欢笑，一边在脑海里想象母亲在鱼线上的样子。之后，他们坐在沙滩上聊天。那时已经是夏天，夜里很暖和，他们品尝纸杯装着的扇贝，聊了好几个小时。直到第一缕粉色的霞光穿过地平线，他们才慢慢回到海之蓝公寓。虽然一言不发，但他们心里都知道，彼此已经深陷爱河中。孩子们最喜欢这个故事了，故事里父亲和母亲穿着湿漉漉的衣裳，在码头漫步。母亲是自由的精灵，父亲是一位大英雄。但桃乐茜知道，这不过是故事而已。在那之前，她就爱上了史蒂芬。那天在厨房里，史蒂芬让自己绽放出久违的笑容的时候，自己就爱上他了。

如果让她列出史蒂芬的优点，那张单子一定会很长。他勇敢，会保护人，还很风趣。他的母亲是个难缠的老太太，即便是最善意的话也能让她火冒八丈，但他对母亲一直很耐心。他有一双沉稳有力又灵巧的大手，会做各种精巧的玩意儿，什么坏掉的东西到他手里都能完好如初。他还很英俊，他深情的凝视总会让桃乐茜脸热心跳。他是个梦想家，但从不沉浸在空想当中。他喜欢音乐，会吹黑管，美妙的爵士乐让桃乐茜满心沉醉，却让尼克森太太几欲抓狂。有时候，桃乐茜坐在史蒂芬卧室床边的椅子上，跷着腿听他演奏。尼克森太太在楼下用扫帚柄狠狠敲着天花板，史蒂芬听见后吹得更大声更欢快。桃乐茜乐不可支地开怀大笑，只好用手捂着嘴。史蒂芬让她很有安全感。

她最看重史蒂芬的地方是他的人品。史蒂芬·尼克森不是大男子主义者——他绝不会让爱人屈从于自己的意志，桃乐茜喜欢这一点，那种让人违背自己意愿的爱实在太危险。

史蒂芬绝对尊重她的隐私。"你都不怎么提到你的过去。"一天晚上，他们坐在沙滩上闲聊的时候，他对桃乐茜说道。

"嗯。"

沉默在两人之间画出一个问号，但桃乐茜并没有多说。

"为什么？"

她叹了一口气，海风在夜里恣意飞扬，叹息声就这样悄悄被风带走。她知道，尼克森太太又在儿子耳边叨咕那些关于她过往的可怕流言了。老太太想让史蒂芬相信，他应该等一等，再去见见其他女人，最后和一个漂亮的本地姑娘结婚过日子。这些朴实的姑娘没有那些"伦敦作派"。桃乐茜也知道，史蒂芬对他母亲说过，自己喜欢神秘，跟太了解的人生活在一起实在乏味。

桃乐茜终于开口说道："我想，你不愿意提到战争，也是出于同样的原因。"

他握着她的手，印上一个吻："你说得对。"

她知道，自己终有一天会将那段不堪回首的往事向他和盘托出，但她还是得小心。史蒂芬知道事情的真相之后，会气得冲到伦敦亲手杀掉亨利，桃乐茜不想自己深爱的人再死在亨利·詹金斯手上了。"你是个好人，史蒂芬·尼克森。"

他摇摇头，用前额抵住桃乐茜的额头。"不，我只是个普通人而已。"

桃乐茜没有争辩，她握住史蒂芬的手，在黑暗中轻轻把头靠在他肩膀上。她认识许多人，有好人，也有坏人。史蒂芬·尼克森是个好人，最好最好的人。他让桃乐茜想起一位故人。

* * *

桃乐茜时常想起吉米，跟想起自己的兄弟姐妹还有爸爸妈妈的法子一样。她想象吉米和她的家人一起住在亚热带的小木屋里，隆美尔家的人非常欢迎他。他的友谊是黑暗里的一束光，给她带来了希望。如果他们有机会更加深入地了解彼此，这段友情说不定会发展成书里写的那种爱情，就像她和史蒂芬之间的爱情一样。但吉米属于薇薇安，薇薇安已经死了。

有一次，她以为自己看见了吉米。那时，她和史蒂芬的婚礼刚结束没几天，他们手挽着手在海边漫步。史蒂芬侧过头来亲吻她的脖子，她笑着躲开，扭头跟他玩笑。这时候，她看见远方的沙滩上有一个人影正在看着自己和史蒂芬。桃乐茜认出了那个身影，一时间竟然忘了呼吸。史蒂芬走过来抱着她，她转身想看个究竟的时候，那个人影已经不见了。原来，一切不过是自己的幻觉而已。

33

2011年，格林埃克斯农场

病榻上的桃乐茜想去客厅听那首曲子。洛瑞尔提议把CD机搬进卧室，省得来回折腾，却被母亲拒绝了。洛瑞尔明白多说无用，尤其是这时候，母亲的眼睛有些出神。自从两天前，洛瑞尔从坎普顿丛林回来，告诉她这趟行程的发现之后，她一直这样子。

从伦敦回来的车程显得尤为漫长，即便黛芙妮在旁边不停地叽叽喳喳，洛瑞尔心里的兴奋也丝毫不减。她找机会和母亲单独相处，母女俩终于坦然谈到当年发生的一切，谈到吉米、桃莉、薇薇安，还有远在澳大利亚的隆美尔家族。母亲告诉洛瑞尔，自己一直后悔那天晚上去找桃莉，还硬拉着她回到屋子里。"如果不是我的话，她也不会死，我到那儿的时候她正要出门。"洛瑞尔宽慰母亲，她也是出于好心，想救桃莉一命，谁也想不到，德国人的炸弹刚好会落在那儿。

妈妈让洛瑞尔把吉米送给她的照片拿过来——不是复印的那张，是原版那张。洛瑞尔坐在母亲身边，用新鲜的眼光审视这张照片——轰炸过后，暮色低垂，前景中的地面上满是闪闪发光的碎玻璃，空气中烟雾弥漫。远处，一群人正从防空洞里钻出来。

"这是他送给我的礼物，"母亲轻声说道，"这份礼物对我而言意义重大，我实在无法割舍。"

谈起往事的时候，母女俩都忍不住垂泪。母亲似乎重新恢复了精神，滔滔不绝地说着过去，偶尔会若有所思地停下来。洛瑞尔不明白，这段夹杂着绝望和痛苦的回忆有什么意义。得知吉米及其后人的消息后，不知母亲是出于欢喜还是终于不用保守秘密的解脱，总之，她的精神好了许多。护士说，这种状态维持不了多久，让他们不要高兴得太早，接下来桃乐茜的身体会急剧恶化。但护士说完又笑笑，让尼克森家的孩子抓紧时间享受和母亲在一起的时光。大家依言而行，围坐在母亲身边，用爱和家庭生活特有的争吵打闹声将她包围。桃乐茜·尼克森一直钟爱这样的生活。

此刻，格里把母亲抱到沙发上，洛瑞尔则去唱片堆里翻找母亲想听的曲子。她动作飞快，但看到《克里斯·巴伯的爵士乐队》的时候，脸上还是忍不住露出了惊喜的笑容。这张唱片是父亲的，洛瑞尔现在都记得父亲把它带回来那天的情景。他取出自己的黑管，跟着蒙蒂·阳光的独奏曲吹了好几个小时。他站在地毯上，不时停下来，摇头晃脑地赞叹蒙蒂精湛的演奏技巧。晚餐的时候，父亲依旧沉浸在自己的世界里，一言不发。女儿们在旁边追逐打闹，父亲坐在餐桌边，露出心满意足的神情。

回想往事，洛瑞尔心中充满爱意。她把蒙蒂·阳光的唱片放在一旁，接着去找雷·诺贝尔和斯鲁基·兰森的《在银色的月光下》。她找到唱片的时候，格里已经把母亲安置在沙发上，轻轻给她盖上薄毯。洛瑞尔看着弟弟的身影，觉得有他在真好，他是唯一能够和洛瑞尔分享这个秘密的人。前一天晚上，姐弟俩坐在树屋当中喝酒。格里从网上找到一首伦敦的乡村摇滚乐，他们听着歌曲，有一搭没一搭地聊着初恋、衰老和漫漫人生中的琐碎事儿。

提到母亲的秘密时，格里说，他觉得没必要告诉其他人。"洛尔，那天我们都在场，这是我们生命的一部分，而洛丝、黛芙妮和艾莉丝……"他耸耸肩，啜了一小口酒，"呃，这只会让她们徒增烦恼，我们干吗要这样做？"洛瑞尔不确定该怎么办。当然了，他们没必要把事情搞得这么麻烦，要说清楚这段往事不是件容易的事，尤其对于洛丝那样爱刨根问底儿的人。与此同时，关于这个秘密洛瑞尔有许多思考。保守秘密是件困难的事，它们蛰伏在人心里，一有机会就会瓦解守密者的决心，冒出水面。洛瑞尔觉得自己应该等一等，看看事情究竟会如何发展。

格里微笑着看了一眼洛瑞尔。他坐在母亲身边，朝洛瑞尔点点头，示意她可以开始了。洛瑞尔把唱片从纸袋子里取出来，放到唱片机上，把唱针放到最外缘。钢琴声如流水一般潺潺涌出，填满了寂静的房间。洛瑞尔坐到沙发另一头，双手抱着母亲的脚，合上双眼。

恍惚间，她又回到了九岁的时候。那是1954年的一个夏日晚上，洛瑞尔穿着短袖睡裙，床边的窗户敞开着，这样夜里的凉风才能吹进屋子。她把脑袋靠在枕头上，又长又直的头发就像扇子一样散在脑后。她把脚搁在窗台上。这天晚上，爸爸妈妈邀请了朋友过来吃饭。洛瑞尔在黑夜里躺了好几个小时，静静倾听楼下叽叽喳喳的谈话声和欢笑声，妹妹们都已经睡着，不时发出含混的呓语。偶尔，香烟的味道也会随着楼梯和敞开的屋门飘进来。餐厅里，玻璃杯碰在一起发出清脆的响声。洛瑞尔觉得，大人的世界一定温暖又明亮。想象中的画面投影在墙壁上，不停地旋转，旋转。

过了一会儿，楼下传来把椅子推回餐桌下的声音，门厅里响起脚步声。洛瑞尔知道，男人们此刻定在握手告别，女宾们则吻着彼此的脸颊依依不舍。他们赞美这个美妙的夜晚，许下改日再聚的诺言。汽车车门"砰"地关上，发动机的声响沿着月色笼罩的车道慢慢远去，最后，寂静重新回到格林埃克斯。

洛瑞尔静静等着父亲母亲上楼睡觉的脚步声，但他们一直没上来。半梦半醒之间，洛瑞尔有些按捺不住心里的好奇。这时，木地板的缝隙中传来女人的笑声，那声音清凉如甘泉，令人备感舒适。洛瑞尔完全清醒过来。她坐起身子，楼下又传来一阵笑声。这次是爸爸在笑。接下来，是搬重物的响动。夜已深，洛瑞尔早该睡了，除非她身体不舒服，起来上厕所，或者被噩梦惊醒。但她不愿合上双眼，进入梦乡，此刻尤其不想。楼下不知道发生了什么事，洛瑞尔得搞清楚。好奇也许会害死猫，但小女孩们常常幸运得多。

她溜下床，踮着脚，沿着铺满地毯的走廊蹑手蹑脚地前行，睡裙的裙摆在裸露的膝头忽闪忽闪。她像只老鼠一样轻巧地爬下楼梯，听见音乐声时才停下脚步。客厅的门紧闭着，门内传出断断续续的音乐声。洛瑞尔迅速跑到门边，小心翼翼地跪着，双手撑在地上，眼睛贴在锁孔上。她屏住呼吸。爸爸的扶手椅已经被搬到墙角，客厅中间空出一大块地方。他和妈妈站在地毯上，身子贴在一起。爸爸厚实宽大的手掌搂着妈妈的后背，两人脸贴着脸，身子随着乐曲声轻轻摆动。爸爸闭着眼，脸上的神情让洛瑞尔吞了口唾沫，双颊滚烫。他好像很痛苦，又好像很享受的样子。那个人既像是她的爸爸，又好像不是。这样的爸爸让洛瑞尔觉得陌生，又有一丝丝嫉妒，然而，她也不明白这是为什么。

舞曲节奏加快，爸爸妈妈的身体随之分开。他们在跳舞，就像电影里那样，手挽着手，拖着脚，妈妈在爸爸的胳膊下来回转圈。她脸色绯红，一头鬈发挽得比平时松散了些。她穿着浅白色的长裙，一边的肩带滑落下去。九岁的洛瑞尔知道，即便自己活到一百岁，也不会见到比妈妈更美丽的人了。

* * *

"洛尔。"

洛瑞尔睁开眼睛，音乐声已经结束，唱片在桌上兀自空转。母亲已经睡着了，格里站在她身边，轻轻摩挲着她的头发。

"洛尔。"他再次叫道，声音里的迫切引起洛瑞尔的注意。

"怎么了？"

他专注地凝视着母亲的脸庞，洛瑞尔随着他的目光看过去，这才明白桃乐茜不是睡着了，她走了。

* * *

洛瑞尔坐在树下的秋千上，脚尖轻轻点地。一上午，尼克森家的人都在和牧师讨论葬礼的具体事宜。此刻，洛瑞尔轻轻擦拭着母亲生前一直戴在脖子上的项链坠子。兄弟姐妹们一致决定，让它和母亲一起长眠于地下。母亲从来不是个看重物质的人，但却一直特别珍视这个项链坠子，从来不愿意取下。她曾说："这里面装着我最宝贵的东西。"每次说到这里，她都会打开项链坠子，让大家看里面的照片——那是尼克森家孩子们的照片。小时候，洛瑞尔很喜欢上面精巧的合页，扣上项链坠子时的清脆响声总会让她开心。

她把项链坠子打开又合上，端详着自己和弟弟妹妹们小时候笑意盎然的稚气面庞。这两张照片她已经看过无数次了，但这次她忽然发现一边玻璃竟然缺了个口子。洛瑞尔皱了皱眉头，用拇指抚摸着那个缺口。指甲边缘碰到那儿，整块玻璃都松动了，掉落在她膝盖上——这东西并没有她想象中牢固。没有了玻璃的保护，照片微微翘起一角，照片后面似乎藏着什么东西。洛瑞尔凑近些，把照片取出来。

正如她所料。照片后面藏着另一张年代久远的老照片，上面是两个稚气未脱的孩子。洛瑞尔飞快地检查项链坠子另一面，抽出上面的玻璃拿出艾莉丝和洛丝的合影。果然，那里也有一张照片，依旧是两个孩子的照片。洛瑞尔把两张照片合在一起，四个小孩的面容出现在眼前。他们身上的衣服款式老旧，大家都眯着眼对着照相机，天气似乎很热。最小的女孩子一脸倔强，似乎很不耐烦。洛瑞尔知道这些孩子是谁了，他们是住在塔姆伯林山的隆美尔一家，是妈妈和她的兄弟姐妹。后来，隆美尔一家在那场可怕的车祸中丧生，妈妈不得不远渡重洋，在凯蒂·埃利斯的庇护下，来到英国。

想起那个她所知甚少的隆美尔家族，洛瑞尔一时间有些失神，竟然没发现车道上有车开过来。直到车子开到篱笆附近，她才回过神来。来吊唁志哀的客人络绎不绝，每个人似乎都有一个关于桃乐茜的故事，洛瑞尔和弟弟妹妹听着这些故事微笑，只有洛丝哭得愈发厉害。家里的纸巾不够用了，只好专门给她买了些。红色的小汽车越来越近，原来是格林埃克斯的邮递员。

她走过去打招呼。邮递员也是听说桃乐茜过世的消息，前来吊唁的。洛瑞尔谢过他的好意，笑着听他讲起桃乐茜竟然会用铁锤的事。"难以置信，"他说道，"像她那样美丽的女人居然会用铁锤砸篱笆桩，但她的动作真的很娴熟。"洛瑞尔附和地摇着头，脑海里却想起很久以前住在塔姆伯林山的隆美尔一家。她取过信件，坐回秋千上。

同信件一起寄来的有一份电费单，一张关于地方议会选举的传单，还有一个鼓鼓囊囊的信封，上面赫然写着洛瑞尔收。她不禁挑了挑眉毛。知道她在格林埃克斯的人只有克莱尔，但她是个懒人，打电话能说清楚的事情绝不会动笔写信。洛瑞尔翻到信封背后，寄信人是住在坎普顿丛林25号的马丁·梅特卡夫。

洛瑞尔好奇地拆开信封，里面是十年前詹姆斯·梅特卡夫的作品在维多利亚和阿尔伯特博物馆展出时的一本官方目录。封面上贴着一张小字条，"我觉得你可能会喜欢它。祝好。马迪。下次来伦敦的时候来做客吧！"洛瑞尔喜欢马迪和凯伦两口子，还有他们的孩子，尤其是那个模仿飞机的小男孩，和他眼里悠远的神情。洛瑞尔觉得自己和他们像一个奇特的组合家庭，所有人都被1941年发生的事情联系在一起。

她翻看着册子，再次为詹姆斯·梅特卡夫惊人的摄影天赋感叹不已。他不仅能用相机捕捉到一个个动人的瞬间，还能集合同一时刻的不同元素在镜头下讲述出一个完整的故事。这些故事的重要性不亚于一部部纪录片，没有它们，那段过往的生活就会被掩埋在历史的尘埃中。不知道吉米当时是否知道这些照片的重要意义，他把那些个体的悲喜得失用胶卷记录下来的时候，是否知道自己是在为未来留下一份珍贵的回忆录呢?

翻到妮拉的照片,洛瑞尔脸上露出笑容。妮拉的照片后面松松垮垮地别着她上次在坎普顿丛林见过的妈妈的那张照片。洛瑞尔取下照片,端详着母亲美丽的容颜。小册子最后面是詹姆斯·梅特卡夫自己的照片,上面说,这张照片拍摄于1954年。

看见照片上的人,洛瑞尔心里浮现出一种奇怪的感觉。起初,她以为这是因为吉米在母亲的生命中扮演了至关重要的角色。母亲告诉她,吉米是个善良的好人。那时候,母亲的生活一片漆黑,看不到任何希望,但吉米总有法子让她开心起来。但洛瑞尔越看照片越知道不是那么回事,让自己觉得奇怪的另有原因,而且,这个原因和洛瑞尔本人有关。

记忆的闸门轰然打开。

洛瑞尔靠在座椅上,凝视着天空,脸上露出难以置信的笑容。拨云见日,一切都清楚了。她终于明白,在医院听到洛丝提及薇薇安这个名字时,自己为什么会感到极大的触动;为什么吉米会知道桃乐茜·尼克森住在格林埃克斯农场,还寄来一张感谢卡;每次见到女王加冕的邮票时,她心里都会浮现出的似曾相识感也终于有了原因。

上帝保佑,洛瑞尔忍不住笑出声来,她终于明白在后台门口跟她打哑谜的那个男人话里的意思了。那句话根本不是出自某部戏剧,洛瑞尔的方向一开始就错了,所以才会自寻烦恼。那句话出自她遗忘已久,此刻才重新想起的一场对话……

34

1953年，格林埃克斯农场

长到八岁最让洛瑞尔得意的事情，就是终于会侧手翻了。整个夏天，她都兴致勃勃，乐此不疲。她最好的纪录是连续翻了三百二十六个，一直从车道这边翻到父亲的旧拖拉机那儿。今天早上，她给自己立下了新的目标，看看绕着农舍翻一圈要做多少个侧手翻，她要拿出自己最快的速度。

但侧门是个问题。为了防止院子里的老母鸡跑出去，侧门一直都关着——每次快翻到那儿的时候（到那儿一共是四十七个跟头，有时候要四十八个），洛瑞尔都不得不停下来做个记号，然后跑去把侧门打开，又忙不迭地跑回来。今天，为了节约时间，洛瑞尔想找个东西把门抵住。但那群调皮的母鸡得一丁点儿机会，都会趁机跑到菜园子里糟蹋东西。

洛瑞尔一时间想不出其他法子。她像她的老师普林顿小姐那样咳嗽一声，清了清嗓子，示意自己有话要说。"小家伙们，听我说。"她伸出手指比画着。"我要去把那扇门打开，但只开一分钟。如果你们中有人胆敢偷偷溜出去，跑到爸爸的菜园里捣乱的话，妈妈今天下午正要做加冕鸡，她可能需要几个志愿者。"

妈妈从未打算杀掉任何一只鸡，出生在尼克森家农场的小鸡命都极好，可以一直安然活到衰老死亡。但洛瑞尔可不会把实情告诉它们。

她从前门那儿把爸爸干农活穿的大靴子拿过来，靠在敞开的侧门边。那只名叫警察的猫趴在前门台阶上，喵喵地叫唤着，想提点儿意见，但洛瑞尔假装没听见，猫儿只好无奈地看着。门总算不会自己弹回去了，洛瑞尔心满意足地对母鸡重申了一遍刚才的警告。她看看手表，等着秒钟慢悠悠地走过12的刻度，然后大喊一声："出发！"就开始了自己的侧手翻挑战之旅。

她一圈接一圈地翻着，两条长长的辫子一会儿拖在尘土当中，一会儿又挂在背后，就像马儿的尾巴。她翻着跟头越过鸡群，经过敞开的侧门，回到刚才出发的地点。八十九个侧手翻，一共花了三分钟零四秒。

洛瑞尔心里充满胜利的喜悦，但她随即发现，母鸡已经顺着敞开的侧门跑出去，完全忤逆了她的旨意。它们在爸爸的菜畦里又啄又刨，细嫩的玉米被糟蹋得不成样子。该死，好像尼克森家没给它们按时奉上一日三餐似的。

"你们在干什么？"洛瑞尔大声吼道，"赶紧回鸡圈里去！"

母鸡们对她的话充耳不闻。洛瑞尔走过去，又是挥胳膊又是跺脚，但却徒劳无功，心里好不沮丧。

开始的时候，洛瑞尔并没看见那个男人，直到他开口说"你好"，洛瑞尔这才抬起头，看见男人就站在爸爸平时停车的地方。

"你好。"

"你好像有点生气。"

"是的，母鸡跑出来，把爸爸的玉米啄得不成样子，我又要挨骂了。"

"天哪，"他说道，"听上去很严重。"

"的确如此。"洛瑞尔的下唇委屈得快颤抖起来，但她努力控制住自己。

"事情已经这样了，不如让我试试吧——我刚好懂点儿鸡语，看能不能把它们弄回去。"

洛瑞尔同意了他的提议，他们联手在菜畦里来回追赶，男人发出咯咯咯的叫声，洛瑞尔好奇地回头望着他。最后一只母鸡也被关进鸡圈，洛瑞尔点了点数，小心翼翼地关上门。男人帮洛瑞尔清理母鸡们留在玉米秆上的罪证。

"你是来找我爸爸妈妈的吗？"洛瑞尔忽然意识到，他可不是专门来替自己撵鸡的。

"是的，"男人答道，"我以前认识你母亲，很久以前。我们那时是朋友。"他笑起来，洛瑞尔觉得自己很喜欢他，当然不只是因为他帮自己撵鸡。

意识到这一点，她有点儿害羞。"如果你愿意的话，可以进来等，我这时候得回去打扫屋子了。"

"好的。"他跟着洛瑞尔往屋里走，进门时脱下帽子。他打量了一下屋里的摆设，饶有兴趣地看着新刷的墙壁。"你爸爸妈妈不在家吗？"

"爸爸下地干活儿去了，妈妈去借电视机，晚上看女王加冕仪式。"

"这样啊……如果你要打扫房间的话，我一个人待在这儿就好。"

洛瑞尔点点头，但并没有挪开步子。"你知道吗，我以后要当演员。"她忽然很想告诉这个男人自己的一切。

"真的吗？"

洛瑞尔又点了点头。

"嗯，那好，我以后会去看你的演出，你觉得自己能在伦敦的剧院演出吗？"

"噢，当然了。"洛瑞尔像大人那样噘着嘴，陷入思考。"应该说，我极有可能会做到。"

男人笑了笑，脸上的表情很快就变了。起初，洛瑞尔还以为是自己说错话或者做错事惹他不高兴了，但她很快就意识到，男人的目光并未在自己身上。他在看客厅桌上爸爸和妈妈的结婚照。

"你喜欢这张照片？"她问道。

他没有回答，而是沉默着走到桌边，拿起相框端详，好像不敢相信自己的眼睛。"薇薇安。"他轻声念叨着，用手抚摸妈妈的脸庞。

洛瑞尔皱起眉头，不明白他话里的含义。"她是我妈妈，她叫桃乐茜。"

男人盯着洛瑞尔，张口像是要说什么，但终于还是没有说出来。他闭上嘴，脸上浮现出一个玩味的笑容，好像自己刚刚解开了一个谜语，脸上满是悲喜交加的神情。他戴上帽子，准备离开。

"妈妈很快就回来了。"洛瑞尔有些迷惑，"她只是去隔壁村子了。"

男人没有改变心意，他走到门边，站在紫藤花架下，沐浴着灿烂的阳光。他伸手向洛瑞尔告别。"再见，赶鸡的小姑娘，遇见你真高兴，好好欣赏加冕仪式吧！"

"我会的。"

"顺便说一声，我叫吉米。我会在伦敦各大舞台上寻找你的身影。"

"我叫洛瑞尔。"她握住男人的手，"到时候见。"

他笑起来："我相信会有那一天。我觉得你就是那种会用耳朵、眼睛，还有心灵一起倾听的人。"

洛瑞尔郑重其事地点点头。

男人准备离开，刚迈出步子又最后一次回过身来。"在我离开之前，洛瑞尔，你能不能跟我讲讲，你爸爸妈妈幸福吗？"

洛瑞尔耸耸鼻子，不太清楚他的意思。

他解释道："他们会不会一起玩笑打闹，一起唱歌跳舞？"

洛瑞尔转了转眼珠子："噢，会，他们经常这样。"

"你爸爸人和善吗？"

她抓了抓脑袋，点点头。"嗯，还很风趣。爸爸总能让妈妈开怀大笑，还会给妈妈煮茶。你知道吗，他还救过妈妈的命，他们就是那时候相爱的——妈妈从悬崖边上掉下去，她很害怕，很孤单，虽然里面有鲨鱼、鳄鱼，还有海盗，爸爸还是勇敢地跳下去，把她救了出来。"

"是吗？"

"是的，然后他们在一起吃扇贝。"

"我明白了，洛瑞尔。"那个叫吉米的男人说道，"我觉得你爸爸是个好男人，配得上你妈妈。"

他低头，用那种悲喜交加的表情看着自己的靴子，跟洛瑞尔挥手道别。洛瑞尔看着男人远去的身影，心思很快又转到侧手翻上面去了——不知道从家里到小溪边要做多少个侧手翻？母亲和妹妹们开车回到家里，后备箱里装着借来的电视机。洛瑞尔已经完全忘记白天那个帮自己赶鸡的男人了。

致　谢

　　首先，我要感谢本书最早的三位宝贵读者，他们是茱莉亚·科里舒莫、戴维·帕特森以及凯瑟琳·米琳；感谢我优秀且孜孜不倦的编辑团队，来自英国麦克米伦出版公司的玛利亚·雷洁、索菲·欧莫、莉兹·科文以及阿里·布莱克本，他们负责本书的出版工作；来自澳大利亚乔治·艾伦与昂温出版公司的克里斯塔·姆尼丝、克莱瑞·菲莱；美国阿垂亚出版社的茱蒂丝·科尔、丽莎·凯姆、金贝利·葛思登以及艾素德·索尔。此外，我还要感谢丽莎·帕特森，她是一位优秀的试读者，以及我的好朋友——出版人安妮特·芭洛，她一直不问缘由地支持我。

　　感激来自全球各国的出版商一直以来的支持，感谢那些聪慧的人，把我的故事变成书，流向世界各地。感谢每一位图书销售，感谢每一位图书管理员，以及每一位读者，谢谢大家的支持。我还要感谢文诺娜·布恩为我额外所做的工作，感谢鲁斯·哈登，身为艺术家的她为我提供了灵感。感谢我的家人和朋友，让我沉浸在想象的世界中，走出来后又若无其事般继续跟他们生活。此外，我要向经纪人西瓦·安东尼和我两个宝贵的孩子——欧丽芙和路易斯——致以特别的谢意。当然，最重要的是，我要感谢我的丈夫戴维，谢谢他为我所做的一切。

* * *

在创作《她一生的秘密》这本书时，我参考了许多资料，对本书帮助最大的包括：

BBC' s online archive, WW2 People' s War;

The Imperial War Museum, London;

The British Postal Museum and Archive;

Black Diamonds

The Rise and Fall of an English Dynasty, Catherine Bailey;

Nella Last' s War: The Second World War Diaries of 'Housewife, 49', Richard Broad, Suzie Fleming; Debs at War: How Wartime Changed Their Lives 1939−1945, Anne De Courcy;

Wartime Britain 1939−1945, Juliet Gardiner;

The Thirties: An Intimate History, Juliet Gardiner;

Walking the London Blitz, Clive Harris;

Having it so Good: Britain in the Fifties, Peter Hennessy;

Few Eggs and No Oranges: *The Diaries of Vere Hodgson 1940−45*;

How We Lives Then: A History of Everyday Life during the Second World War, Norman Longmate; *Never Had It So Good: A History of Britain from Suez to the Beatles*, Dominic Sandbrook;

The Fortnight in September, Sheriff;

Our Longest Days: A People's History of the Second World War,
Mass Observation & Sandra Koa Wing;

London at War, Philip Ziegler.

英国邮政博物馆和档案馆的佩妮·麦克马亨为我细心解答了跟邮戳相关的问题，伦敦交通局的工作人员让我一瞥1940年代火车站的模样。约翰·维哈姆跟我分享了他对于诸多历史类话题的非凡见解，艾锁蓓·笼带领我窥探了档案和记录管理的美妙世界。我提出的关于战争时期的疑问，克里夫·哈里斯给出了富有洞见的回答，他所著的*Walking the London Blitz*也是我撰写本书最初的灵感来源。我还要感谢哈布特和丽塔，他们让我发现了自己对戏剧的喜爱。

扫二维码，关注"**卖书狂魔熊猫君**"，

并回复"**她一生的秘密**"，

抢先试读凯特·莫顿其他精彩作品。

图书在版编目（CIP）数据

她一生的秘密 /（澳）凯特·莫顿著；文微译.
--上海：文汇出版社，2017.10
ISBN 978-7-5496-2058-6

Ⅰ.①她… Ⅱ.①凯… ②文… Ⅲ.①长篇小

说一澳大利亚一现代 Ⅳ.①I611.45

中国版本图书馆CIP数据核字（2017）第251298号

她一生的秘密

作　　者 / （澳）凯特·莫顿
译　　者 / 文　微

责任编辑 / 戴　铮
特邀编辑 / 夏文彦　任俊芳
封面装帧 / 刘　倩

出版发行 / 文**匯**出版社
　　　　　 上海市威海路755号
　　　　　 （邮政编码200041）
经　　销 / 全国新华书店
印刷装订 / 三河市良远印务有限公司
版　　次 / 2017年10月第1版
印　　次 / 2017年10月第1次印刷
开　　本 / 890mm×1270mm　1/32
字　　数 / 373千字
印　　张 / 17

ISBN 978-7-5496-2058-6
定　　价 / 62.00元

侵权必究

装订质量问题，请致电010-85866447（免费更换，邮寄到付）